Rachel Caine
Wer die Furcht kennt

AF196409

Das Buch

Als Ex-Frau des Serienkillers Melvin Royal trägt Gwen eine schwere Last. Mit ihren Kindern ist sie untergetaucht, hat eine neue Identität angenommen und gelernt, sich gnadenlos zu verteidigen. Vergeblich hofft sie, dass der Albtraum vorbei ist: Melvin ist aus dem Gefängnis entkommen. Gwen weiß, dass sie nirgends mehr sicher ist. Sie muss den Mann, der ihr Leben vergiftet, endgültig zur Strecke bringen.

Die Kinder lässt sie bei Freunden, und die Jagd beginnt. Sam Cade, dessen Schwester eines von Melvins Opfern war, steht an ihrer Seite. Noch ahnt Gwen nichts von dem perfiden Plan aus dem Hinterhalt, der nur ein Ziel hat: ihren Tod.

Die Autorin

Rachel Caine ist internationale Bestsellerautorin von mehr als fünfundvierzig Romanen, einschließlich der bekannten Reihen »Haus der Vampire«, »The Great Library« und des gefeierten Jugendromans »Prince of Shadows«. Rachel Caine wurde auf der White Sands Missile Range geboren, und Leute, die sie kennen, sagen, dass das viel erklärt. Sie hat bereits als Buchhalterin, professionelle Musikerin und Schadensermittlerin gearbeitet und war bis vor Kurzem Geschäftsführerin in einem großen Unternehmen. Zusammen mit ihrem Mann, dem Künstler R. Cat Conrad, lebt sie in Texas.

RACHEL CAINE

WER DIE FURCHT KENNT

THRILLER

Aus dem Amerikanischen von Claudia Hahn

Die amerikanische Ausgabe erschien 2017 unter dem Titel »Killman Creek«
bei Thomas & Mercer, Seattle.

Deutsche Erstveröffentlichung bei
Edition M, Amazon Media EU S.à r.l.
38, avenue John F. Kennedy, L-1855 Luxembourg
Januar 2019
Copyright © der Originalausgabe 2017
By Rachel Caine
All rights reserved.
Copyright © der deutschsprachigen Ausgabe 2019
By Claudia Hahn

Die Übersetzung dieses Buches wurde durch AmazonCrossing ermöglicht.

Umschlaggestaltung: semper smile, München, www.sempersmile.de
Originaldesign: Shasti O'Leary Soudant
Umschlagmotiv: © Photonica / Getty; © Image Source Trading Ltd /
Shutterstock; © Jenov Jenovallen / Shutterstock; © Tormina Anna /
Shutterstock; © Antti Partanen / Shutterstock; © BMJ / Shutterstock
Lektorat und Korrektorat: Verlag Lutz Garnies, Haar bei München,
www.vlg.de
Gedruckt durch:
Amazon Distribution GmbH, Amazonstraße 1, 04347 Leipzig /
Canon Deutschland Business Services GmbH, Ferdinand-Jühlke-Straße 7,
99095 Erfurt /
CPI books GmbH, Birkstraße 10, 25917 Leck

ISBN 978-2-91980-398-9

www.edition-m-verlag.de

Kapitel 1

Gwen

Es ist die zwölfte Nacht, seit mein Ex-Mann aus dem Gefängnis geflohen ist. Schlaflos liege ich da und beobachte das Spiel von Licht und Schatten auf den Vorhängen. Auf der schmalen Klapppritsche spüre ich jede Feder durch die dünne Matratze. Meine Kinder Lanny und Connor schlafen in den beiden Betten dieses Mittelklasse-Motelzimmers. Mittelklasse ist im Augenblick das Beste, was ich mir leisten kann.

Das Handy ist neu. Wieder ein Prepaidhandy, mit einer völlig neuen Nummer. Nur fünf Menschen kennen diese Nummer, zwei davon schlafen im selben Zimmer wie ich.

Außerhalb dieses verschwindend kleinen Kreises kann ich niemandem trauen. Immer wieder muss ich an den Schatten eines Mannes denken, der durch die Nacht schleicht – schleicht, nicht rennt, da ich kaum glaube, dass Melvin Royal ein Mann ist, der rennt, obwohl ihn die halbe Polizeibelegschaft des Landes jagt –, und an die Tatsache, dass er es auf mich abgesehen hat. Auf uns.

Mein Ex-Mann ist ein Monster, und ich hatte geglaubt, er befinde sich hinter Gittern in sicherer Verwahrung und warte nur noch auf die Hinrichtung … aber selbst vom Gefängnis aus war es ihm gelungen, mich und unsere Kinder zu terrorisieren. Oh, er hatte Hilfe, jemanden innerhalb der Gefängnismauern und jemanden außerhalb; wie weit das alles reicht, bleibt noch offen, aber er verfolgt einen Plan. Er hatte es geschafft, mir mit gezielten Drohungen Angst einzujagen und mich an genau den Ort zu lotsen, an dem er mich haben wollte: eine Falle, die wir nur um Haaresbreite überlebt haben.

Melvin Royal verfolgt mich in der kurzen Dunkelheit, wenn ich die Augen schließe. *Blinzeln*, und er steht auf der Straße. *Blinzeln*, und er geht die Treppe des Motels zum offenen Flur im zweiten Stock hoch. *Blinzeln*, er steht vor der Tür. Lauscht.

Das Vibrieren als Zeichen einer Textnachricht auf meinem Telefon lässt mich so heftig zusammenzucken, dass es wehtut. Ich greife nach dem Handy, gleichzeitig springt die Heizung im Zimmer an. Sie ist laut, aber effizient, und angenehme Wärme strömt langsam durch das Zimmer. Ich bin dankbar dafür. Die Decke auf diesem Klappbett ist nicht die dickste.

Müde blinzle ich auf das Handydisplay. **Nummer unterdrückt**. Ich schalte das Handy aus, stecke es unter mein Kopfkissen und bemühe mich, mir einzureden, dass wir uns hier so weit in Sicherheit befinden, um ein paar Stunden schlafen zu können.

Aber ich weiß, dass es nicht so ist. Ich weiß, wer mir schreibt. Und das Doppelschloss an der Motelzimmertür scheint mir längst nicht ausreichend.

Seit zwölf Tagen versuche ich, meine Kinder vor einem Mörder zu retten. Ich bin erschöpft, mir tut alles weh und ich leide an Kopfschmerzen. Ich bin tief betrübt und müde und nervös und vor allem – *vor allem* – bin ich wütend. Ich muss wütend sein. Die Wut hält uns alle am Leben.

Wie kannst du es nur wagen, denke ich in Richtung Handy unter meinem Kopfkissen. *Wie kannst du es nur wagen, du verfluchter Scheißkerl.*

Als ich meine Wut auf Hochtouren gefahren habe, greife ich unter das Kissen und hole das Handy wieder hervor. Meine Wut ist ein Schild. Meine Wut ist eine Waffe. Mit Nachdruck tippe ich auf die Nachricht, schon beinahe sicher, was sie enthalten wird.

Aber ich liege falsch. Die Nachricht ist nicht von meinem Ex-Mann. Sie lautet: SIE SIND JETZT NIRGENDS MEHR SICHER, gefolgt von einem Symbol, das ich gut kenne: Å.

Absalom.

Der Schock löst meine Wut und schickt sie in heißen Wellen durch Brustkorb und Arme, als hätte das Handy selbst auf mich eingepeitscht. Mein Mann hatte Hilfe – Hilfe dabei, uns zu manipulieren, meine Kinder zu entführen – und diese Hilfe war Absalom … ein Meisterhacker, der mich in die Falle gelockt hat, die Melvin sich ausgedacht hatte. Irgendwie hatte ich gehofft, dass Absalom nach diesem Fehlschlag über nichts mehr verfügen würde, womit er uns drohen könnte.

Ich hätte es besser wissen sollen.

Einen Augenblick lang spüre ich eine ungefilterte, tief sitzende Angst, als hätten sich sämtliche Geister meiner Kindheitsängste als wahr herausgestellt. Dann atme ich tief und langsam ein und versuche gedanklich, die unmögliche Aufgabe, damit umzugehen, zu bewältigen … wieder einmal. Dabei trage ich keine Schuld als die, mich gegen einen Mann zu verteidigen, der mich umbringen wollte, der im Laufe der Jahre mein Vertrauen gewonnen und mich langsam an einen Ort geführt hatte, an dem meine Hinrichtung stattfinden sollte.

Aber das lässt die Nachricht auf dem Display auch nicht verschwinden.

Absalom hat noch jemanden auf uns angesetzt. Der Gedanke durchzuckt mich wie ein Blitz und lässt meinen Mund trocken werden. Alle meine Nervenenden stehen in Flammen, denn der Gedanke *fühlt sich richtig an.* In all diesen langen Tagen, an denen wir von einem Versteck zum nächsten weitergezogen sind, hat irgendetwas an mir genagt ... das Gefühl, dass wir nach wie vor beobachtet werden. Ich hatte es auf meine Paranoia geschoben.

Doch was, wenn dem nicht so ist?

Ich versuche, leise aufzustehen, aber das Klappbett quietscht und ich höre meine Tochter Lanny flüstern: »Mom?«

»Alles okay«, flüstere ich zurück. Ich schlüpfe in meine Schuhe, ansonsten bin ich bereits vollständig bekleidet, ich trage eine bequeme Hose, einen locker sitzenden Pullover und dicke Socken. Anschließend lege ich noch mein Schulterholster um und ziehe meinen Parka über, bevor ich die beiden Sicherheitsschlösser aufschließe und in die kühle Nachtluft trete.

Es ist bewölkt und kalt hier in Knoxville. Ich bin nicht an die Lichter der Stadt gewöhnt, aber im Augenblick beruhigen sie mich ein wenig. Sie vermitteln mir das Gefühl, nicht ganz so isoliert zu sein. Hier sind andere Menschen. Schreie wären zu hören.

Ich rufe eine der wenigen auf meinem Handy gespeicherten Nummern an. Es klingelt nur einmal, bevor abgenommen wird, und ich höre die stets erschöpft klingende Stimme Detective Presters vom Norton Police Department. Norton ist die Stadt, in deren Nähe wir gewohnt haben, nein, *immer noch wohnen*, denn wir werden zurück nach Stillhouse Lake gehen, das schwöre ich. »Ms Proctor. Es ist spät.« Er klingt nicht sonderlich erfreut über meinen Anruf.

»Sind Sie sich zu einhundert Prozent sicher, dass Lancel Graham tot ist?«

Es ist eine seltsame Frage, und ich schließe aus dem Quietschen des Bürosessels, dass Prester sich zurücklehnt. Ich schaue auf die Uhr. Es ist nach ein Uhr morgens. Ich frage mich, warum er noch bei der Arbeit ist. Norton ist eine verschlafene

Kleinstadt, auch wenn es dort genug Kriminalität gibt. Er ist einer von zwei Detectives.

Und Lancel Graham war Officer des Norton PD.

Presters Antwort kommt langsam und vorsichtig. »Haben Sie einen zwingenden Verdacht, der Sie veranlasst zu glauben, dass er es nicht ist?«

»Ist – er – tot?«

»Mausetot. Ich habe gesehen, wie ihm auf einem Autopsietisch die Organe entnommen wurden. Warum fragen Sie das um …« Er zögert und stöhnt dann, als hätte er gerade selbst erst auf die Uhr geschaut. »… zu einer völlig unpassenden Zeit mitten in der Nacht?«

»Weil es mich ziemlich panisch macht, eine weitere Drohnachricht erhalten zu haben.«

»Von Lancel Graham.«

»Von Absalom.«

»Aah.« Er zieht das Wort in die Länge, und zwar auf eine Weise, die mich augenblicklich alarmiert. Detective Prester und ich sind keine Freunde. Wir sind, bis zu einem gewissen Grad, Verbündete. Aber er vertraut mir nicht vollständig, und das kann ich ihm nicht wirklich verdenken. »Was das angeht: Kezia Claremont hat ein paar Nachforschungen angestellt. Sie sagt, es sei möglich, dass es sich bei Absalom nicht um einen *er* handelt. Vielleicht eher um ein *sie*, also um mehrere.« Ich respektiere Kezia. Sie war Officer Grahams Partnerin im Streifenwagen, zumindest manchmal, aber im Gegensatz zu Lancel Graham ist sie vollkommen ehrlich. Es war ein ziemlicher Schock für sie, zu erfahren, dass ihr Partner ein Killer war.

Allerdings nicht so sehr wie für mich.

Meine Stimme klingt angespannt und wütend. »Warum *zum Teufel* haben Sie mich dann nicht gewarnt? Sie wissen doch, dass ich mit meinen Kindern hier draußen bin!«

9

»Ich wollte Sie nicht in Panik versetzen«, meint er. »Wir haben noch keine Beweise. Nur Vermutungen.«

»Sie kennen mich nun schon ein wenig, Detective. Sind Sie der Meinung, dass ich der Typ bin, der in blinde Panik verfällt?«

Er lässt das unkommentiert, weil er genau weiß, dass ich recht habe. »Ich finde ja immer noch, dass es besser für Sie wäre, zurück nach Norton zu kommen und sich von uns hier beschützen zu lassen.«

»Mein Mann hat aus einem Ihrer Cops einen Mörder gemacht.« Ich muss die Wut, die in mir hochgekocht ist, hinunterschlucken. »Sie haben Graham mit meinen Kindern allein gelassen, wissen Sie noch? Nur Gott weiß, was er ihnen hätte antun können. Warum sollte ich ausgerechnet Ihnen ihr Wohlergehen anvertrauen?«

Ich weiß noch immer nicht alles, was Lancel Graham getan hat, als er meine Kinder entführt hatte. Weder Connor noch Lanny reden darüber, und ich bin klug genug, sie nicht zu drängen. Sie wurden traumatisiert, und obwohl die Ärzte meinten, dass es ihnen gut geht und ihnen physisch nichts angetan wurde, frage ich mich, welchen psychischen Schaden sie wohl erlitten haben. Und wie es sich in Zukunft auf sie auswirken wird.

Denn sie zu biegen, zu formen, zu brechen, ist genau das, was Melvin Royal will. Das ist etwas, an dem er eine tiefe, verstörende Freude hat.

»Irgendetwas Neues von Melvin?« *Mel*, flüstert eine winzige Stimme in mir, schüchtern und geisterhaft. Er konnte es nie leiden, Melvin genannt zu werden, nur Mel, weshalb ich es mir zum Prinzip gemacht habe, nur noch seinen vollen Namen zu sagen. Auch eine erbärmliche Form der Macht ist Macht.

»Die Fahndung nach ihm läuft, und von denen, die ausgebrochen sind, befinden sich ungefähr fünfundsiebzig Prozent bereits wieder hinter Schloss und Riegel.«

»Er allerdings nicht.«

»Nein«, bestätigt Prester. »Er nicht. Noch nicht. Haben Sie vor, wegzulaufen, bis er geschnappt wird?«

»So lautete der Plan«, sage ich. »Aber dieser Plan hat sich soeben geändert. Wenn Absalom noch mehr Leute hat, die er mir hinterherschicken kann, dann werden die mich für ihn aufspüren. Und das ist es, was er will. Weshalb er ausgebrochen ist. Weglaufen verlängert diesen Albtraum nur und bedeutet, dass ich keine Kontrolle über mein Leben habe. Das gebe ich nicht seinetwegen auf. Nie wieder.«

Erneut höre ich das Quietschen seines Bürosessels. Diesmal bin ich mir beinahe sicher, dass er sich vorbeugt. »Und was zum Teufel wollen Sie stattdessen tun, Gwen?«

Er nennt mich auch weiterhin bei meinem neuen Namen, und das weiß ich zu schätzen. Die Frau, die als Gina Royal bekannt war, die Ehefrau eines besonders schrecklichen Serienkillers, ist fort, ein weiterer Leichnam, den Melvin zurückgelassen hat. Sie ist tot besser dran. Ich bin jetzt Gwen. Und Gwen lässt sich nichts mehr gefallen.

»Ich glaube kaum, dass Ihnen das gefallen wird, also erspare ich Ihnen die Details. Danke, Detective. Für alles.« Das meine ich auch fast so. Bevor er mir noch weitere Fragen stellen kann, schalte ich das Handy aus, stecke es in meine Jackentasche und stehe dann für einen Augenblick einfach in dem feuchten, kühlen Wind da. In Knoxville sind noch nicht sämtliche Bürgersteige hochgeklappt, ich höre Musik aus Autos, die auf der Straße vorbeifahren, sehe die Silhouetten von Menschen hinter den Vorhängen anderer Motelzimmer. Auf der gegenüberliegenden Seite des Hofs flackert der Schein eines Fernsehers durch den Spalt zwischen den Vorhängen. Gerade passiert ein Flugzeug den Himmel über mir.

Ich höre, wie die Zimmertür geöffnet wird, und Lanny tritt heraus. Sie hat sich Schuhe und ihre Jacke übergezogen, darunter trägt sie noch ihren Schlafanzug. Das lässt mich etwas entspannen. Hätte sie Jeans, eines ihrer schlabbrigen Flanellhemden und die Laufschuhe angezogen, wäre das ein Zeichen gewesen, dass sie Angst hat.

»Die Nervensäge schläft noch«, sagt sie und lehnt sich neben mir gegen das Geländer. »Erzähl's mir.«

»Es war nichts, Schatz.«

»Blödsinn, Mom. Du verlässt doch nicht wegen nichts das Bett und gehst raus, um jemanden anzurufen.«

Ich seufze. Es ist so kalt, dass der Atem weiße Wölkchen bildet, die vom Wind davongetragen werden. »Ich habe mit Detective Prester gesprochen.«

Ich sehe, wie sich ihre Hände um das Geländer klammern, und verspüre wieder einmal den Wunsch, ich könnte ihr das nehmen, diese Angst, dieses ständige Gefühl der Beklemmung. Aber das kann ich nicht. Lanny weiß nur zu gut, wie gefährlich unsere aktuelle Situation ist. Sie kennt den Großteil der Wahrheit über ihren Vater. Und ich muss mich darauf verlassen, dass sie im zarten Alter von beinahe fünfzehn diese Last ertragen kann.

»Oh«, sagt meine Tochter. »Ging es dabei um ihn?«

Mit *ihn* ist natürlich ihr Vater gemeint. Ich schenke ihr ein schwaches, hoffentlich zuversichtliches Lächeln. »Noch nichts Neues«, erkläre ich. »Er ist wahrscheinlich weit weg von hier. Er wird gejagt. Die meisten Häftlinge, die mit ihm geflohen sind, wurden bereits geschnappt. Er wird bald wieder hinter Gittern sein.«

»Das glaubst du doch selbst nicht.«

Das tue ich auch nicht. Ich will meine Tochter nicht anlügen, also lenke ich ab. »Du musst wieder ins Bett, Schatz. Wir werden morgen früh woanders hingehen.«

»Es ist doch schon Morgen. Wohin gehen wir?«

»Irgendwo anders hin.«

»Wird das jetzt immer so sein?« Ihre Stimme ist leise, aber dringlich. »Gott, Mom, du läufst immer nur *weg*. Wir dürfen nicht zulassen, dass er uns das antut! Nicht schon wieder. Ich will nicht mehr weglaufen. Ich will *kämpfen*.«

Das will sie. Natürlich will sie das. Sie ist ein tapferes Kind, das bereits im Alter von zehn gezwungen war, die hässliche Wahrheit über ihren Dad zu akzeptieren. Nicht überraschend, dass sie in ihrem Inneren noch immer so wütend ist.

Außerdem hat sie recht.

Ich wende mich ihr zu und auch sie dreht den Kopf, um mich anzuschauen. Ich halte ihren Blick. »Wir werden kämpfen. Aber euch bringe ich morgen erst einmal an einen sicheren Ort, damit ich das tun kann, was getan werden muss – und bevor du jetzt mit mir zu streiten versuchst, ich brauche dich bei deinem Bruder, damit du ihn beschützt. Das ist deine Aufgabe, Lanny. Das ist *dein* Kampf. In Ordnung?«

»*In Ordnung?* Lädst du uns jetzt bei irgendjemand anderem ab? Nein, das ist nicht in Ordnung! Bitte sag mir, dass es nicht Grandma ist.«

»Ich dachte, du liebst deine Großmutter.«

»Das tue ich ja auch. Als Grandma. Aber nicht, um bei ihr zu wohnen. Du willst, dass wir sicher sind? Sie kann uns nicht beschützen. Sie kann niemanden beschützen.«

»Ich werde dafür sorgen, dass sie das auch nicht muss. Euer Vater hat es hauptsächlich auf mich abgesehen, mich zu finden, hat für ihn oberste Priorität.« Ich bete, dass das stimmt. Ich spiele hier mit hohem Einsatz, aber es gibt nur einen sehr begrenzten Kreis an Menschen, denen ich meine Kinder anvertrauen kann. Mein erster Instinkt rät mir, sie zu meiner Mutter zu bringen, aber ich muss auch zugeben: Meine Tochter hat recht. Meine Mom ist keine Kämpferin. Nicht wie wir. Und das hier ist eine völlig andere Gefahrenstufe.

Ich sage es ihr noch nicht, weil ich selbst noch darüber nachdenken muss, aber Javier Esparza und Kezia Claremont haben angeboten, auf meine Kinder aufzupassen, wenn ich sie brauche. Sie sind ein formidables Paar. Javier ist ein Ex-Marine und leitet einen Schießstand. Kezia ist eine erfahrene Polizistin, tough, clever und fähig.

Der einzige Nachteil ist, dass sie außerhalb von Norton und ziemlich nahe am Stillhouse Lake wohnen. Dieser wunderschöne, abgelegene Ort war für mich anfangs eine Zuflucht, hat sich letztendlich allerdings als Falle herausgestellt. Im Augenblick weiß ich nicht, ob ich mich dort jemals wieder sicher fühlen kann. Wir können unter Garantie nicht zurück in unser Haus am See, dort wären wir ein viel zu einfaches Ziel.

Javiers Haus liegt zumindest nicht am See. Es handelt sich um eine abgelegene, gut gesicherte Hütte, und intuitiv glaube ich, dass Melvin und auch Absalom überall suchen würden, nur nicht an dem Ort, von dem wir gerade geflohen sind.

»Lässt du uns bei Sam?«, fragt Lanny.

»Nein, denn Sam kommt mit mir«, erkläre ich. Ich habe ihn zwar noch nicht gefragt, aber ich weiß, dass er es tun wird. Er will Melvin Royal ebenso dringend finden wie ich, aus einem ebenso persönlichen Grund. »Sam und ich werden euren Vater aufspüren und ihn aufhalten, bevor er noch jemandem wehtun kann. Bevor er überhaupt daran denken kann, dir und deinem Bruder wehzutun.« Ich gebe ihr Gelegenheit, darüber nachzudenken, bevor ich weiterrede. »Ich brauche deine Hilfe, Lanny. Das ist unsere beste Option, abgesehen davon, weiterhin wegzulaufen und uns zu verstecken. Ich will das genauso wenig wie du. Bitte glaub mir.«

Sie sieht weg und zuckt mit gespielter Gleichgültigkeit die Schultern. »Klar. Wie auch immer. Du zwingst uns ja doch dazu.« Ständig auf der Flucht zu sein, war zu jener Zeit das einzig Richtige. Aber ich verstehe, wie unglaublich schwer es für meine Kinder gewesen ist, unter ständiger Überwachung zu leben.

»Es tut mir so leid, Schatz.«

»Ich weiß«, sagt sie schließlich. Nach dieser Äußerung umarmt sie mich kurz und unerwartet und geht zurück ins Motelzimmer.

Ich bleibe noch eine Weile draußen in der Kälte, denke nach, dann wähle ich Sam Cades Handynummer und sage nur: »Ich bin draußen.«

Er braucht kaum eine Minute, um auf den engen Gang im zweiten Stock neben mich zu treten; sein Zimmer befindet sich direkt neben unserem. Genau wie ich ist er vollständig angezogen. Kampfbereit. Er lehnt sich dort, wo Lanny stand, ans Geländer. »Ich schätze, das ist keine Verabredung zum Sex.«

»Witzig«, sage ich tonlos und werfe ihm einen Blick von der Seite zu. Wir sind kein Paar. Es ist nicht so, dass wir uns nicht auf gewisse Weise nahestehen; ich glaube sogar, dass wir irgendwann noch dahin kommen, aber keiner von uns scheint es damit besonders eilig zu haben. Gott weiß, wir haben beide unser Päckchen zu tragen. Ex-Frau eines Serienkillers, ständig bedroht von Melvins Groupies, seinen Verbündeten, der wilden Meute an Internet-Selbstjustizlern.

Und Sam? Sam ist der Bruder eines der Opfer meines Ex-Manns. Von Melvins letztem Opfer. Noch immer sehe ich die Leiche dieser armen jungen Frau, aufgehängt an einer Drahtschlinge. Gefoltert und ermordet zu purem sadistischem Vergnügen.

Das mit uns ist kompliziert. Als ich Sam das erste Mal begegnet bin, habe ich geglaubt, er sei ein freundlicher Fremder, ganz ohne Verbindung zu meinem alten Leben. Als ich herausfinden musste, dass er mich absichtlich verfolgt und mir nachgespürt hatte, in der Hoffnung, Beweise dafür zu finden, dass

ich an den Verbrechen meines Mannes beteiligt gewesen war …
hätte das beinahe alles kaputt gemacht.

Er weiß jetzt, dass ich nicht schuldig bin und es auch nie war, aber zwischen uns sind tiefe Risse verblieben, von denen ich weder weiß, wie ich sie kitten soll, noch, ob ich es überhaupt tun sollte. Sam mag mich. Ich mag Sam. In einem anderen Leben, ohne den verseuchten Schatten von Melvin Royal zwischen uns, hätten wir möglicherweise glücklich miteinander werden können.

Für den Augenblick jedoch beschränkt sich meine Perspektive darauf, zu überleben und das Überleben meiner Kinder zu sichern. Sam ist lediglich ein Mittel zum Zweck.

Was er dankbarerweise völlig versteht. Ich bin mir sicher, dass er es andersherum ebenso sieht.

»Was ist los?«, fragt er und ich hole das Handy hervor, öffne die Nachricht und zeige sie ihm. »Verflucht. Aber Graham ist doch tot, oder?« Ich höre die gleiche Verwirrung wie meine in seiner Stimme, aber er erholt sich schneller davon als ich. »Sie haben jemand anderen auf dich angesetzt?«

»Vielleicht mehr als einen«, erkläre ich ihm. »Prester sagt, Absalom könnte eine Art von Hackerzusammenschluss sein. Wer weiß, wie viele Leute die in ihrem Netzwerk haben. Wir müssen jetzt noch vorsichtiger sein. Ich werfe dieses Handy weg und kaufe ein neues. Wir benutzen Bargeld, halten uns so gut wie möglich von Kameras fern.«

»Gwen, ich kann das nicht mehr. Verstecken ist nicht …«

»Wir verstecken uns nicht«, unterbreche ich ihn. »Wir gehen auf die Jagd.«

Er richtet sich auf und dreht sich zu mir um. Sam ist kein breitschultriger oder großer Mann. Er verfügt über eine geschmeidige Kraft, und ich weiß, dass er sich in einem Kampf behaupten kann. Vor allem – und das ist mir im Augenblick das Wichtigste – weiß ich, dass ich ihm vertrauen kann. Er ist keiner von Melvins Lakaien und wird es auch niemals sein. Das Gleiche kann ich nicht mehr von vielen Leuten behaupten.

»Endlich«, stößt er aus. »Und die Kinder?«

»Ich ruf Javier an. Er hat schon mal angeboten, sie aufzunehmen, und wir können ihm vertrauen.«

Sam nickt bereits. »Es ist ein Risiko, sie zurückzulassen«, sagt er, »aber kein so großes wie der Versuch, sie zu beschützen, während wir hinter Melvin her sind. Klingt richtig.« Er hält kurz inne. »Bist du dir sicher?« Er fragt es beinahe sanft. »Wir könnten die Sache den Cops überlassen. Dem FBI. Vermutlich sollten wir das auch.«

»Die kennen Melvin nicht. Und sie verstehen Absalom nicht. Wenn es sich um einen Zusammenschluss handelt, könnten die Melvin ewig verstecken und uns gleichzeitig für ihn aufspüren. Wir können es uns nicht leisten, das Ganze auszusitzen, Sam. Verstecken funktioniert nicht.« Ich nehme einen tiefen Atemzug kalte Luft und stoße sie als erwärmten Nebel wieder aus. »Und mal davon abgesehen: Ich will ihn. Du nicht?«

»Du weißt, dass ich es auch will.« Er mustert mich distanziert. Als würde er einen Kriegskameraden abschätzen. »Bist du sicher, dass du nicht noch etwas Ruhe brauchst?«

Ich stoße ein bitteres Lachen aus. »Ich ruhe mich aus, wenn ich tot bin. Wenn wir uns Melvin schnappen wollen, bevor es die Cops tun, müssen wir härter als er sein und schneller und besser. Und wir werden Hilfe brauchen. Informationen. Du hast mal gesagt, du hast einen Freund, der uns eventuell unterstützen könnte?«

Er nickt. Seine Kiefer sind fest aufeinandergepresst und in seinen Augen liegt ein Glitzern. Normalerweise kann ich Sam nur schwer einschätzen, aber in diesem Augenblick sehe ich all seine Wut und seinen Kummer. Melvin ist da draußen, frei, weitere Frauen wie Sams Schwester zu jagen und zu ermorden. Und Melvin wird wieder morden. Wenn ich etwas über meinen

Ex-Mann weiß, dann, dass er sich mit einem mörderischen Finale und einem großen Knall von dieser Welt verabschieden will.

Das FBI ist hinter ihm her. Ebenso die Polizei von allen an Kansas angrenzenden Bundesstaaten. Aber es ist unwahrscheinlich, dass sie ihn im Mittleren Westen aufspüren werden, denn ich bin mir sicher, dass sich Melvin als Allererstes in Richtung Südosten aufgemacht hat – zu uns.

Absalom hat uns hier bereits gefunden, und das bedeutet, dass sich Melvin nicht auf der anderen Seite des Landes befindet oder über die Grenze in ein Land geflohen ist, mit dem es keinen Auslieferungsvertrag gibt. Er mag vielleicht noch nicht hier sein, aber er ist unterwegs zu uns. Das spüre ich im Wind.

»Wir fahren um sieben Uhr los«, verkünde ich. »Ich will, dass sich die Kinder noch etwas ausruhen können. In Ordnung?« Ich schaue auf mein Handy. »Ich ruf Kezia und Javier an, um alles vorzubereiten.«

Mit einer schnellen Handbewegung greift sich Sam mein Handy und steckt es in seine Tasche. »Wenn Absalom diese Nummer hat, kannst du es nicht verwenden, um das Versteck für die Kinder vorzubereiten«, erklärt er, und sofort fühle ich mich dumm, weil ich nicht selbst daran gedacht habe. Ich muss erschöpfter sein, als ich dachte. »Ich lösche die Anrufe und Kontakte und lasse es so liegen, dass es jemand klauen kann. Es ist besser, wenn es aktiviert bleibt und Absalom eine Weile auf eine falsche Fährte führt.« Er nickt in Richtung eines erleuchteten Minimarkts auf der anderen Straßenseite. »Ich kaufe gleich noch ein neues Handy. Damit rufen wir Javier an und werfen es anschließend sofort weg. Danach kaufen wir keine Handys mehr in dieser Gegend; hier wird Absalom die Käufe zuerst prüfen.«

Er hat mit allem recht. Ich muss jetzt wie eine Jägerin denken, darf dabei jedoch auch nicht vergessen, dass ich gleichzeitig

18

die Beute bin. Melvin hat mich bereits früher verwundbar gemacht, indem er mich gelockt und manipuliert hat, damit ich dort landete, wo er mich haben wollte. Jetzt müssen wir das Gleiche mit ihm machen.

Jahrelang war ich in der schrecklichen Scharade einer Ehe gefangen – in einem Leben, in dem Melvin Royal jeden Aspekt meiner Realität kontrolliert hat, was ich weder erkannt noch gefürchtet habe. Gina Royal, mein altes Ich, mein verletzliches Ich … sie und die Kinder waren Melvins Tarnung für sein grausames und geheimes zweites Leben. Für mich hat alles so *normal* gewirkt. Aber das war es nie, und jetzt, wo ich Gina Royal hinter mir gelassen habe, sehe ich das mit völliger Klarheit.

Ich bin längst nicht mehr Gina. Gina war zögerlich und furchtsam und schwach. Gina hätte Angst gehabt, dass Melvin sie suchen würde.

Gwen Proctor ist auf ihn vorbereitet.

In meinem Herzen weiß ich, dass es letztendlich auf uns beide hinauslaufen wird. Mr und Mrs Royal. Es kann nur so enden.

KAPITEL 2

LANNY

Mein kleiner Bruder Connor ist zu still. Er hat den ganzen Tag kaum ein Wort gesprochen, und er hält den Kopf gesenkt. Er hat sich wieder hinter diese Mauer verzogen, die er errichtet hat, und ich möchte sie eintreten, ihn hervorzerren und dazu bringen, zu schreien, gegen die Mauer zu treten oder sonst irgendetwas zu tun.

Aber ich kann keine zwei Worte mit ihm wechseln, ohne dass Moms Problemantenne anschlägt ... zumindest nicht, bis sich die Tür hinter ihr schließt und sie draußen auf dem Gang des Motels steht. Ich kenne meine Mutter. Die meiste Zeit liebe ich sie. Aber manchmal ist sie keine Hilfe. Sie weiß nicht mehr, wie sie ihren Schutzwall runterfahren kann.

Connor ist wach. Er ist gut darin, so zu tun, als würde er schlafen, aber ich kenne die Anzeichen; in den zwei Jahren, in denen Mom weg war – im Gefängnis und vor Gericht, beschuldigt, die Komplizin meines Dads zu sein –, haben wir uns ein Zimmer geteilt. Und das, obwohl ich zehn und er sieben war und wir eigentlich zu alt waren, um uns ein Zimmer zu teilen. Aber Grandma hatte einfach nicht mehr Platz. Wir mussten uns gegenseitig unterstützen, aufeinander aufpassen. Ich habe gelernt, zu erkennen, wann er wirklich schläft und wann er nur so tut. Er hat nie viel geweint, nicht so viel wie ich. Heutzutage weint er überhaupt nicht mehr.

Ich wünschte, er würde es tun.

»Hey«, sage ich. Ich spreche leise, aber nicht zu leise. »Ich weiß, dass du nur so tust, Loser.« Er antwortet nicht. Bewegt sich nicht. Seine Atmung ist regelmäßig. »Jo, Schiggy. Spiel keine Spielchen mit mir.«

Schließlich seufzt Connor. »Was ist denn?« Er klingt völlig wach. Er klingt nicht mal genervt. »Schlaf weiter. Du bist unausstehlich, wenn du nicht deinen Nichtschönheitsschlaf bekommst.«

»Halt die Klappe.«

»Hey, du wolltest doch reden. Ist doch nicht meine Schuld, wenn dir nicht gefällt, was ich sage.« Er klingt normal.

Er ist nicht normal.

Ich lasse mich aufs Bett fallen. Das Bett riecht nach Ramschladen, nach altem Schweiß und Käsefüßen. Dieses ganze Zimmer riecht nach Ramschladen. Ich hasse es. Ich will nach Hause … nach Hause in das Haus, das Mom und Connor und ich so schön hergerichtet haben. Das mit meinem eigenen Schlafzimmer und einer Wand, an die ich lila Blumen mit Stängeln gemalt habe. Das mit Connors Zombiebunker.

Unser Haus steht direkt am Stillhouse Lake. Für mich repräsentiert es etwas, von dem ich glaubte, dass wir es nie wieder haben würden: Sicherheit. Meine Erinnerungen an die Zeit nach dem Tag, an dem wir unser erstes Heim verlassen mussten – das in Wichita –, waren jahrelang eine verschwommene Mischung aus einfachen Zimmern und grauen Städten. Wir sind nie lange genug irgendwo geblieben, dass es sich wie ein Zuhause anfühlen konnte.

Stillhouse Lake war anders. Es fühlte sich wie von Dauer an, als würde das Leben für uns wirklich neu beginnen. Ich hatte Freunde. Gute Freunde.

Ich hatte Dahlia Brown, die erst die Art von Mädchen war, die ich hasste, und schließlich meine beste Freundin auf der ganzen weiten Welt wurde. Es hat wehgetan, sie dort zurückzulassen wie ein ausgedientes, weggeworfenes Spielzeug. Sie hat das nicht verdient. Ich verdiene das auch nicht. Ich war außerdem mit einem Jungen zusammen, muss allerdings fast etwas erschrocken zugeben, dass ich ihn nicht vermisse. Ich habe überhaupt nicht mehr an ihn gedacht.

Nur an Dahlia.

Wir haben unser Haus, wie es war, zurückgelassen, und ich frage mich, ob es mittlerweile völlig zerstört ist. Vermutlich. Die Nachricht darüber, wer wir sind, wer unser Dad ist, hatte sich inmitten des Irrsinns mit Officer Graham verbreitet, und ich erinnere mich noch, was mit unseren früheren Häusern passiert ist, wenn die Leute es herausfanden. Sprühfarbe an den Wänden. Tote Tiere auf der Türschwelle. Zerbrochene Fenster und verwüstete Autos.

Menschen können richtig scheiße sein.

Ich kann nicht anders, als mir vorzustellen, wie unser Haus am Stillhouse Lake jetzt wohl aussieht, wenn die Leute ihre Wut an ihm statt an uns ausgelassen haben. Dabei zieht sich mir der Brustkorb zusammen und mein Magen verkrampft sich. Ich rolle mich zur Seite und schlage wütend gegen das billige Kopfkissen, um es in Form zu bringen. »Was glaubst du, von wem die Nachricht war?«

»Dad«, sagt er. Mir entgeht nicht der leichte Wechsel in seinem Tonfall, der winzige Ruck, doch ich weiß nicht, wie ich ihn deuten soll. Wut? Furcht? Sehnsucht? Vermutlich alles zusammen. Ich weiß etwas, das meine Mom vermutlich nicht weiß: dass Connor nicht wirklich, wahrhaftig versteht, warum Dad ein

Monster ist. Ich meine, klar, er versteht es, aber er war sieben, als unser Leben auf den Kopf gestellt wurde. Er erinnert sich an einen Vater, der manchmal toll war, und das vermisst er. Ich war älter. Und ich bin ein Mädchen. Ich sehe die Dinge anders. »Schätze, jetzt wird sie hinter ihm her sein.« Bei dieser Aussage höre ich eine andere Betonung heraus. Eine, die ich erkenne.

Also hake ich nach. »Das macht dich wütend, oder?«

»Dich etwa nicht? Sie wird uns irgendwohin verfrachten«, sagt er. Diesmal ist der kalte, flache Tonfall nicht mehr zu verkennen. »Vermutlich zu Grandma.«

»Du bist doch gern bei Grandma«, werfe ich ein. Ich versuche, es positiv zu sehen. »Sie macht uns Kekse und diese Popcornbälle, die du so magst. Ist ja nicht unbedingt Folter.« Ich bin in derselben Sekunde entsetzt, als dieses Wort meine Lippen verlässt, aber es ist zu spät. Wut auf mich selbst durchzuckt mich, wie ein gleißendes rotes Blitzen, das meine Nerven in Brand setzt, als hätten sie sich in Zündschnüre von Feuerwerkskörpern verwandelt. Im nächsten Augenblick befinde ich mich wieder in einer Hütte hoch oben in den Bergen und werde in einen Keller gezerrt. Zusammen mit meinem Bruder in eine winzige Zelle gesperrt, die nicht größer ist als ein Sarg.

Ich weiß, dass Mom sich fragt, was uns in diesem Keller widerfahren ist. Connor und ich haben nicht darüber geredet, und ich weiß auch nicht, wann oder ob wir es tun werden. Früher oder später wird sie versuchen, uns dazu zu bringen.

Ich will einfach nur in der Lage sein, meine Augen zu schließen und nicht diese Winde und die Drahtschlinge zu sehen, die davon herunterbaumelte, und diese Messer und Hämmer und Sägen, die an der Werkzeugtafel an der Wand gehangen haben. Dieser Raum vor der Zelle sah genauso aus wie die Garagenwerkstatt meines Dads – zumindest wie die Bilder, die ich davon gesehen habe. Ich weiß, was dort passiert ist. Ich weiß, was uns in Lancel Grahams Verliesnachbau hätte passieren können.

Aber vor allem wünschte ich, ich könnte diesen verdammten *Teppich* vergessen. Irgendwie ist es Graham gelungen, eine exakte Kopie von Dads Teppich zu finden. Na ja, eigentlich war es *mein* Teppich, denn er gehört zu einer meiner ersten Erinnerungen: ein weicher spiralgeflochtener Teppich in Pastellgrün und -blau. Ich habe diesen Teppich geliebt. Ich hatte mich immer mit dem Gesicht daraufgelegt und bin dann damit auf dem Boden herumgerutscht, und Mom und Dad haben gelacht, dann hat Mom mich hochgehoben und den Teppich zurück an seinen Platz vor der Tür geschoben. Ich habe diesen dussligen Teppich wirklich geliebt.

Eines Tages, als ich ungefähr fünf war, ist der Teppich von seinem Platz im Flur verschwunden und Dad hat einen neuen hingelegt. Der war in Ordnung. Er war auf der Unterseite rutschfest, damit niemand darauf herumrutschen konnte. Er hat uns erzählt, er habe den anderen weggeworfen.

Aber an dem Tag, an dem unser Leben endete, an dem Tag, an dem Dad zum Monster wurde, lag dieser Teppich, *mein* Teppich, auf dem Boden der Garage, direkt unter der Winde und der Schlinge und dem baumelnden Körper einer Frauenleiche. Er hatte ein Stück meines Lebens genommen und es in etwas Schreckliches verwandelt.

In Lancel Grahams Horrorkeller einen Teppich zu sehen, der genauso aussah, hat etwas in mir zerbrochen. Wenn ich nachts die Augen schließe, sehe ich ihn. Meinen Teppich, ein wahr gewordener Albtraum.

Ich frage mich, was Connor sieht. Vielleicht schläft er deshalb nicht. Wenn man schläft, gibt man die Kontrolle über seine Erinnerungen auf.

Connor hat auf meinen Ausrutscher mit der Folter nicht reagiert, also taste ich mich weiter vor. »Du willst wirklich mit Mom mit, wenn sie auf die Jagd nach Dad geht?«

»Sie tut so, als könnten wir nicht auf uns selbst aufpassen«, beschwert er sich. »Aber das können wir.«

Ich denke zwar auch, dass *ich* das kann, aber ich bin auch alt genug, um mich der grausamen Wahrheit über unseren Dad zu stellen. Ich weiß, wozu er fähig ist. Ich möchte nicht gegen ihn kämpfen müssen. Allein die Vorstellung tut mir weh und macht mir entsetzliche Angst. Aber ich will auch nicht mit Connor allein sein und dafür verantwortlich, uns beide zu beschützen. Ich sehne mich schon fast nach Grandma, auch wenn ihre Kekse ziemlich furchtbar sind und ihre Popcornbälle zu klebrig. Sogar wenn sie uns wie Kleinkinder behandelt.

Ich schiebe die Schuld auf Mom. »Mom lässt auf keinen Fall zu, dass wir gegen ihn kämpfen. Das ist dir doch klar.«

»Also werden wir zu Grandma geschickt. Als ob Dad *das* nicht erraten würde.«

Ich zucke mit den Schultern, obwohl ich weiß, dass er mich im Dunkeln nicht sehen kann. »Grandma ist umgezogen und hat auch ihren Namen geändert. Außerdem ist es nur für eine Weile. Ist doch wie Urlaub.«

Es ist irgendwie unheimlich, dass Connor sich nicht bewegt, sich kaum rührt. Ich höre aus seiner Richtung fast nie ein Rascheln dieser steifen Motelbettlaken. Nur eine Stimme im Dunkeln. »Klar«, sagt er. »Wie Urlaub. Und was ist, wenn Mom nicht mehr zurückkommt? Was ist, wenn *er* zurückkommt? Hast du dir darüber schon Gedanken gemacht?«

Ich öffne den Mund, um ihm voller Zuversicht zu sagen, dass das niemals passieren wird, aber ich kann nicht. Ich kann es nicht aussprechen, weil ich alt genug bin, um zu wissen, dass Mom nicht unsterblich oder allmächtig ist und dass das Gute nicht immer siegt. Und ich weiß – und auch Connor weiß das –, dass unser Dad unglaublich gefährlich ist.

Also antworte ich schließlich: »Wenn er uns findet, hauen wir ab. Oder halten ihn auf, so gut wir können.«

»Versprochen?« Plötzlich klingt er seinem Alter entsprechend. Gerade einmal elf Jahre alt. Zu jung, um mit dieser

Situation umzugehen. Manchmal vergesse ich, wie klein er noch ist. Ich bin schon fast fünfzehn. Das ist ein großer Unterschied. Außerdem haben wir meinen kleinen Bruder sowieso immer wie ein kleines Kind behandelt.

»Ja, Doofkopf, ich versprech's dir. Wir schaffen das.«

Er atmet tief und langsam aus, sodass es beinahe wie ein Seufzen klingt. »Na gut«, sagt er. »Du und ich also. Zusammen.«

»Für immer«, bekräftige ich.

Weiter sagt er nichts. Ich höre Mom draußen leise mit jemandem sprechen; ich vermute, dass es Sam Cade ist. Ich lausche auf das leise Wispern ihrer Stimmen, und nach einer Weile höre ich, dass Connors Atmung tiefer und langsamer ist, und denke, dass er endlich richtig schläft.

Was bedeutet, dass ich auch schlafen kann.

* * *

Mom überrascht uns zu einer unchristlich frühen Uhrzeit mit Donuts und Milchtüten; sie und Sam sind bereits wach und angezogen und trinken Kaffee. Ich will auch welchen. Das wird abgelehnt. Connor ist das egal. Er trinkt seine und meine Milch, als ich sie ihm gebe, während Mom nicht hinsieht.

Sie überrascht uns damit, dass sie uns *nicht* die Küste hoch zu Grandma schickt. Stattdessen schickt sie uns zurück nach Norton. Nicht nach Hause, aber nah dran. Und ich bin tatsächlich etwas erleichtert und gleichzeitig nervös. *Fast* zu Hause zu sein erscheint mir auf viele Arten gefährlich … nicht unbedingt, weil Dad uns finden könnte, sondern weil mir sofort klar ist, dass ich nicht wirklich nach Hause kann, in unser altes Haus. In mein Zimmer. So nah dran und trotzdem nicht zu Hause? Das ist irgendwie noch schlimmer. Und das Schlimmste: Dahlia. Ich darf nicht mit ihr sprechen. Darf ihr nicht schreiben. Darf

26

sie nicht mal wissen lassen, dass ich dort bin. Das ist doch die Definition von Scheiße.

Aber das sage ich Mom nicht.

Connor lebt ein klein wenig auf, als ihm klar wird, dass er die nächsten Wochen nicht bei Grandma verbringen muss, sondern bei Javier Esparza, der ein ziemlich cooler Typ ist. Er hat so eine Präsenz, die sich immer stark und beruhigend anfühlt, und ich bezweifle nicht, dass er uns beschützen kann. Connor braucht einen Mann, zu dem er eine Bindung entwickeln kann. Er und Sam Cade waren schon nah dran, aber ich weiß, dass Sam seine eigenen Schlachten schlägt. Er wird mit meiner Mom gehen, daran besteht kein Zweifel.

Wir werden also in Mr Esparzas Hütte wohnen, die er manchmal mit der Polizistin Kezia Claremont aus Norton teilt. Die ist auch ein cooler Typ. Und natürlich schlafen die beiden miteinander, was ich vermutlich eigentlich nicht wissen sollte. Aber ich habe echt nichts gegen Kezia. Außerdem bedeutet das, dass wir mit doppelter Feuerkraft beschützt werden. Ich weiß, dass Mom uns aus diesem Grund hinbringt, aber ich freue mich trotzdem auch für Connor. Ich hoffe, dass er mit Mr Esparza redet und sein Schweigen endlich bricht.

Das Packen stellt kein großes Problem dar. Wir sind schon so lange auf der Flucht, dass Connor und ich Profis darin sind, unser Zeug in die Taschen zu stopfen und innerhalb von Sekunden aufbruchbereit zu sein. Connor muss nicht einmal das machen. Er hat schon vorhin gepackt, als ich noch geschlafen habe. Wir führen eine heimliche Punkteliste über solche Dinge, und er deutet schweigend auf seine Tasche, um anzuzeigen, dass er gewonnen hat. Mal wieder. Er hat seine Nase bereits in einem Buch vergraben, womit er jegliche Gesprächsversuche abblocken kann. Außerdem liebt er Bücher.

Ich wünschte, das hätten wir gemeinsam. Wieder einmal nehme ich mir hoch und heilig vor, mir mal ein paar von ihm auszuborgen.

Nur eine halbe Stunde, nachdem Mom die Donuts abgestellt hat, sitzen wir bereits im Auto und bahnen uns einen Weg durch den Verkehr auf dem nebligen Highway.

Ich döse hauptsächlich vor mich hin und sperre die nicht vorhandenen Gespräche mit meinen Kopfhörern aus. Mom und Sam sind sehr still. Connor blättert die Seiten um. Ich beschäftige mich mit dem Erstellen einer neuen Playlist: SONGS MIT ORDENTLICH WUMMS. Die Fahrt ist langweilig, und der pochende Rhythmus der Musik weckt in mir den Wunsch, joggen zu gehen. Vielleicht lässt Mr Esparza mich, wenn wir in seiner Hütte sind, obwohl ich das irgendwie bezweifle. Wir stehen wieder mal unter Hausarrest, verstecken uns vor all den Schreckgespenstern in den Schatten – nicht nur vor der echten Welt, bestehend aus Dad und seinen Freunden, sondern auch all den aufgestachelten Internettrollen. Es braucht nur ein Foto und schon wird mich irgendjemand wieder überall auf Reddit und 4chan posten. Und dann wird es sehr schnell wirklich ungemütlich.

Joggen kann ich mir also vermutlich abschminken.

Wir fahren ein paar Stunden und halten dann an einem großen Einkaufscenter, in dem Sam vier neue Prepaidhandys kauft. Kurz freue ich mich, als ich feststelle, dass er echte Smartphones kaufen musste, auch wenn die ziemlich klobig sind. Es gab keine Klapphandys. Die hier sind schwarz, nichts Besonderes. Wir packen sie im Wagen aus und speichern gegenseitig unsere Nummern. Daran sind wir mittlerweile alle gewöhnt. Mom hat für mich und Connor immer verschiedene Farben gekauft, damit wir sie nicht verwechseln, aber Sam hat nicht daran gedacht; alle vier Handys sehen gleich aus. Mom konfisziert das Handy von mir und Connor und zieht ihr Momding durch, indem sie sämtliche Internetfunktionen sperrt und so viel wie möglich deaktiviert. Ganz normaler Alltag. Sie will nicht, dass wir all die hässlichen Sachen über Dad und uns sehen, die da draußen rumschwirren.

Ich schiebe das Handy in meine Tasche, stecke meine Kopfhörer in den iPod und drehe die Musik auf. Ich jamme gerade zu Florence + The Machine, als mir auffällt, dass Sam den Wagen nicht gestartet hat. Er hat ein Stück Papier herausgeholt und gibt eine Telefonnummer in sein Handy ein, um jemanden anzurufen.

Ich ziehe die Stöpsel aus dem Ohr und pausiere die Musik, um zu lauschen.

»Ja, hallo, ist Agent Lustig zu sprechen?« Sam hört ein paar Sekunden zu. »Okay. Kann ich ihm eine Nachricht hinterlassen? Bitten Sie ihn, Sam Cade anzurufen. Er kennt mich. Das ist meine Nummer …« Er liest die Nummer von der Verpackung vor. »Bitten Sie ihn, mich so bald wie möglich zurückzurufen. Er weiß, worum es geht. Vielen Dank.«

Er legt auf und startet den Motor. Als wir auf die Straße einbiegen und weiterfahren, wird mir klar, dass er nicht vorhat, uns einzuweihen. Also hake ich nach. »Wer ist Agent Lustig?«

»Ein Freund von mir«, erklärt Sam. Er ist ehrlich zu uns, oder zumindest so ehrlich, wie er glaubt sein zu können. Das mag ich an ihm.

»Warum sprichst du mit dem FBI? Er ist doch vom FBI, oder?«

»Weil die euren Dad verfolgen«, sagt er. »Und außerdem müssen wir etwas über Absalom erfahren, und ich hoffe, dass das FBI ein paar detailliertere Informationen hat.«

Ich weiß von Absalom, daher runzle ich die Stirn. »Warum?«

»Weil Absalom möglicherweise noch jemand anderen außer Graham hinter uns herschicken kann«, sagt er nach einem Blick zu Mom, um sich zu versichern, dass es in Ordnung geht, mir davon zu erzählen. »Und es könnte sein, dass sie uns bereits aufgespürt haben. Weshalb wir jetzt neue Handys benutzen.«

Endlich sagt auch Mom etwas. »Absalom könnte eine Gruppe sein, nicht nur eine Person. Falls ja, helfen deren Mitglieder eurem Dad möglicherweise, sich zu verstecken, und arbeiten gleichzeitig daran, uns für ihn zu finden.«

»Wenn wir in Gefahr sind, warum bringt ihr uns dann zurück nach Norton? Warum können wir nicht bei euch bleiben?«, fragt Connor. Er lässt das Buch sinken, hält aber den Finger zwischen den Seiten.

»Ist das ernst gemeint?« Mom versucht, belustigt zu klingen, aber sie klingt nur grimmig. »Du weißt, dass ich euch niemals willentlich in Gefahr bringen werde. Meine Aufgabe ist es, euch davon fernzuhalten. Außerdem war das alles schon schwer genug für euch. Ihr braucht einen sicheren Ort und ihr braucht Ruhe.«

Und du nicht?, denke ich, spreche es aber nicht aus, was ungewöhnlich für mich ist. Stattdessen sage ich: »Ihr müsst nicht gehen, das wisst ihr doch auch, oder? Die Cops sind hinter ihm her. Das FBI ebenfalls. Warum könnt ihr nicht einfach bei uns bleiben?«

Mom lässt sich Zeit mit der Antwort. Ich frage mich, ob sie es selbst versteht.

»Schatz, ich kenne euren Vater«, sagt Mom dann. »Wenn ich ungeschützt bin, begeht er vielleicht eine Dummheit und verlässt seine Deckung, um hinter mir herzukommen. Und das bedeutet, dass er schneller erwischt wird und weniger Leute verletzt werden. Dieses Risiko kann ich nicht eingehen, wenn ihr bei mir seid. Versteht ihr das?«

Wieder sagt Sam nichts. Ich beobachte seine Hände am Lenkrad. Er ist ziemlich gut darin, das zu verbergen, was er denkt und fühlt, aber auch nicht *so* gut, denn ich sehe das leichte Erbleichen seiner Fingerknöchel, als er das Lenkrad fester umklammert.

»Ja«, erwidere ich sanft. »Ich verstehe. Du bist der Köder.« Ich spiele mit meinem iPod herum, stecke die Kopfhörer aber noch nicht wieder in die Ohren. »Wirst du ihn umbringen?« Ich weiß nicht, welche Antwort ich hören möchte.

»Nein, Schatz«, antwortet Mom. Aber ihre Stimme klingt nicht überzeugend. Ich weiß, dass Sam Dad eine Kugel in den Kopf jagen will. Vielleicht mehr als eine. Und das verstehe ich. Ich verstehe, dass Dad ein Monster ist, das zur Strecke gebracht werden muss.

Aber für mich ist Dad auch eine Erinnerung. Eine starke, warme Figur, die mich ins Bett bringt und mir einen Kuss auf die Stirn gibt. Ein lachender Mann, der mich in der Sonne herumwirbelt. Ein Vater, der meinen verletzten Finger küsst und dafür sorgt, dass er wieder heil wird. Ein riesiger Schatten, der mich von diesem weichen geflochtenen Teppich hebt und mich in seine warmen, beschützenden Arme nimmt.

Ich schaue weg, aus dem Fenster, und diskutiere nicht. Wenn ich an meinen Vater denke, sowohl an das Monster als auch den Mann, habe ich das Gefühl, keine Luft mehr zu bekommen, und mir wird übel. Ich weiß einfach nicht, wie ich mich fühlen soll. Nein, das stimmt nicht: Ich weiß, dass ich ihn hassen sollte. Mom tut es. Sam tut es. Alle tun es, und sie haben recht.

Aber er ist mein Dad.

Connor und ich sprechen nicht darüber – niemals –, aber ich weiß, dass es ihm ebenso ergeht ... wie auch ihn die vergebliche Mühe, diese beiden so unterschiedlichen Aspekte zu vereinen, innerlich zerreißt. Ich denke wieder an diesen alten bunten Teppich, ein Stück Heimat in einer Monsterhöhle. Ich kann nicht entscheiden, ob er wirklich versucht hat, *Dad* zu sein, oder ob es immer nur das Monster gegeben hat und *Dad* nur eine Maske war, die er getragen hat, um uns zu verspotten.

Vielleicht trifft beides zu. Oder nichts davon. Die Gedanken strengen mich an. Ich schalte wieder die Musik ein und versuche, alles andere auszublenden.

Ich schlafe ein Weilchen. Als ich aufwache, sind wir nicht mehr weit von unserem Ziel entfernt. Sam lenkt den Wagen von der Autobahn auf kleinere Bundesstraßen, und wir fahren durch ein Dutzend kleiner Städte, bevor der Abzweig nach Norton und Stillhouse Lake kommt. Mit einem tief sitzenden Schmerz im Magen sehe ich zu, wie das durchlöcherte alte Schild an uns vorbeigleitet. Ich will aus dem Wagen springen und die Straße hinunterlaufen, direkt nach Hause, will mich auf mein Bett werfen und mir die Decke über den Kopf ziehen.

Wir meiden das Zentrum von Norton und nehmen stattdessen eine Nebenstraße, die tiefer in den Wald führt. Sie besteht hauptsächlich aus Schlamm und Wagenspuren und ist sehr holprig; selbst Connor gelingt es bei dem Geruckel nicht mehr weiterzulesen. Mit einem frustrierten Seufzen steckt er ein Lesezeichen in sein Buch. Wir fahren ungefähr einen Kilometer, folgen einer breiten Kurve und kommen vor einer alten, gut gewarteten kleinen Hütte zum Stehen, die von hohen Eisenzäunen umgeben ist.

Auf der Veranda sitzt Javier Esparza. Er ist mindestens zwölf Jahre älter als ich, wenn nicht mehr; er trägt ein kakigrünes T-Shirt und eine dunkle Jeans und sieht mehr nach Soldat aus als viele andere Leute in Uniform. Als er aufsteht, sehe ich, dass eine Schrotflinte in Reichweite liegt. Zusätzlich steckt im Holster an seinem Gürtel eine halb automatische Handwaffe – offensichtlicher als bei Mom, die ihre im Augenblick in einem Schulterholster verborgen unter ihrer Lederjacke trägt. Und dann ist da noch der riesige Hund – ein Rottweiler –, der hechelnd zu seinen Füßen liegt.

Als Mr Esparza aufsteht, tut es der Hund ebenfalls, die Muskeln angespannt, seine Aufmerksamkeit ganz auf uns gerichtet.

Mom steigt als Erste aus dem Wagen, und ich sehe, wie sich Mr Esparza leicht entspannt. Er sieht zum Hund hinunter und sagt etwas auf Spanisch, woraufhin sich der Hund wieder hinlegt. Friedlich, aber noch immer aufmerksam. »Hey, Gwen«, begrüßt er meine Mutter, während er vortritt, um das Tor zu öffnen. »Irgendwelche Probleme gehabt?«

»Nein«, sagt sie.

»Niemand ist euch gefolgt?«

»Nein«, antwortet Sam, der gerade auf der Fahrerseite aussteigt. »Weder vor noch hinter uns. Und keine Drohnen.«

Mit gehobenen Augenbrauen sehe ich über den Kofferraum des Wagens hinweg zu meinem Bruder, als wir aussteigen, und forme das Wort *Drohnen?* mit den Lippen. »Sind wir jetzt etwa in einem dämlichen Agentenfilm?«, frage ich dann laut.

»Nein«, sagt Connor ohne auch nur den Anflug eines Lächelns. »Das ist ein Horrorfilm.«

Ich schlucke meine patzige Erwiderung hinunter und hole meine Tasche aus dem Kofferraum. Connor nimmt seine. Die offene Klappe des Kofferraums verbirgt uns kurz vor den Erwachsenen, also frage ich schnell: »Geht's dir gut? Wirklich?«

Für eine Sekunde erstarrt mein Bruder, als würde das Fernsehbild einfrieren, dann sieht er zu mir herüber. Seine Augen sind klar. Er wirkt nicht aufgebracht. Tatsächlich ist ihm überhaupt nichts anzusehen. »Nein«, sagt er. »Und dir auch nicht, also hör auf, so zu tun, als hättest du hier das Kommando.«

»Ich *habe* das Kommando«, erwidere ich leichtfertig, aber er hat mich mit seiner Bemerkung getroffen. Ich ignoriere ihn, weil es das Beste ist, was ich im Augenblick tun kann, und stelle mich neben Mom. Ich behalte den Hund im Auge, der mich beäugt. Hunde können Angst riechen. Ich habe riesige Angst vor großen, lauten, wütenden Hunden, seit mich einer angesprungen hat, als ich vier Jahre alt war.

Ich beschließe, ihn niederzustarren.

Connor tritt zu mir und knufft mich in den Rücken. Hart. Ich zucke zusammen und werfe ihm über die Schulter hinweg einen bösen Blick zu. Er meint nur: »Hunde mögen so was nicht. Hör auf, ihn so anzustarren.«

»Bist du hier jetzt etwa der Hundeflüsterer?«

»Hört auf, ihr zwei«, sagt unsere Mom, und ich ramme meinen Ellbogen nach hinten – stumm –, um Connor klarzumachen, dass er mich in Ruhe lassen soll. Er weicht mit der geborenen Leichtigkeit des nervigen kleinen Bruders aus. »Javier, vielen Dank, dass du das für mich tust. Ich kann dir gar nicht sagen, was mir das bedeutet. Im Augenblick gibt es auf der Welt nur drei Menschen, denen ich meine Kinder anvertrauen würde, und du und Kez stehen auf der Liste.«

Ich komme noch immer nicht darüber hinweg, dass sie ihn einfach so Javier nennt. Ihm so nahe zu stehen (obwohl das nicht einmal besonders nahe ist), kann ich mir einfach nicht vorstellen. Aber im Stillen sage ich es vor mich hin, um es auszuprobieren. *Javier*. Sam ist alt genug, um mein Dad zu sein, und er, na ja, er ist Sam. Mr Esparza ist … anders. Er ist cool. Er ist die Art Mann, in die ich verknallt sein sollte, und vielleicht war ich das auch zu Anfang mal ganz kurz … aber jetzt nicht mehr. Das macht es auch einfacher, wo wir doch bei ihm wohnen werden.

Ich mag es nicht, mich so verwirrt zu fühlen, also tue ich das, was mir am leichtesten fällt. Ich starre Javier Esparza grimmig an, als könnte ich nicht glauben, dass er mir vor die Nase gesetzt wird, lasse mir die Haare ins Gesicht fallen, sodass sie die Hälfte davon verstecken, und stöhne, als müsste ich in meiner Tasche eine Million Ziegelsteine herumschleppen. »Bekommen wir unsere eigenen Zimmer? Oder müssen wir mit den Hühnern im

Stall schlafen oder so was?« Wenn ich mich unwohl fühle, gehe ich zum Angriff über. Das lässt die meisten Leute einen Schritt zurücktreten und verschafft mir die Zeit, um mich zurechtzufinden. Diesmal warte ich gar nicht erst ab. Ich laufe einfach direkt auf die Veranda zu, als mir plötzlich der Hund wieder einfällt.

Der Hund, der wie ein Flummi vom Holzboden aufspringt und mich mit diesen großen, gruseligen Augen fixiert. Ich spüre sein sehr leises Knurren mehr, als dass ich es höre. Ich halte inne, und mir ist plötzlich sehr bewusst, wie ungeschützt ich bin. *Du dumme, dumme Kuh.*

Mr Esparza hat sich keinen Schritt bewegt, aber jetzt streckt er langsam eine Hand in Richtung Hund aus, und das Knurren hört auf. Der Rottweiler leckt sich die Schnauze und setzt sich wieder hin, höflich und keuchend. Aber darauf falle ich nicht herein, nicht für eine Sekunde. »Vielleicht sollte ich dich Boot erst mal vorstellen. Hey, Boot. Schön brav.«

Boot bellt. Es kommt tief aus seinem Brustkorb und löst in mir den Wunsch aus wegzulaufen. Aber ich tue es nicht. Mit Mühe und Not. Boot, dieses Paket aus Fell und Muskeln, richtet sich auf, läuft die Treppe herunter und umkreist mich. Ich bleibe still stehen, unsicher, was ich tun soll. Endlich bleibt Boot vor mir stehen und macht Sitz.

»Äh …«, sage ich. Eine geniale Erwiderung. Aber mir fällt einfach nichts anderes ein. Mein Mund ist trocken. Ich habe Angst, den Hund auch nur anzusehen. »Hallo?«

Langsam, ganz langsam, lasse ich meine Tasche auf den Boden sinken. Boot rührt sich nicht. Er starrt mich an, während ich ihm meine Hand entgegenstrecke, dann dreht er sich um und schaut Mr Esparza an, als wollte er sagen: *Meint sie diesen Scheiß ernst?* Er beschnüffelt meine Finger und leckt uninteressiert kurz darüber. Er schnaubt, als würde ihm mein Duschgel nicht passen oder so was in der Art, dann wendet er sich von mir ab, lässt sich im Schatten nieder und platziert das

Kinn auf den Pfoten. Er wirkt enttäuscht. Ich schätze, er hatte sich darauf gefreut, den Tag mit einem netten Kampf zu starten.

Boot und ich haben eine Menge gemeinsam.

Ich halte den Kopf gesenkt und schaue Mr Esparza nicht an. »Kann ich jetzt reingehen?«

»Klar«, sagt er. Er klingt ruhig und einen Hauch amüsiert. Ich behalte Boot im Blick, während ich meine Tasche wieder aufhebe und langsam in Richtung Treppe gehe.

»Braver Hund«, sage ich zu Boot. Er sieht weg, zuckt aber immerhin kurz mit dem Schwanz. Dann bin ich die Treppe hoch. Auf der Veranda steht ein wettergegerbter alter Stuhl, und in der Ecke neben der Tür lehnt eine Schrotflinte. Mich überkommt das beinahe verrückte Verlangen, sie zu berühren, aber Mom würde durchdrehen, also öffne ich einfach nur die Eingangstür und betrete die Hütte.

»Na super«, sage ich genervt, während ich mich umsehe. Das Haus ist nicht groß. Aber es ist wohl in Ordnung; im Kamin brennt ein Feuer, das Wärme spendet, und das Sofa sieht groß und gemütlich aus. Die Stühle ebenso. Ein kleiner Esstisch neben einer ebenfalls kleinen Küche, alles sauber und ordentlich.

Vom Hauptraum gehen drei Türen ab: Badezimmer (o Gott, nur eins) und zwei kleine Schlafzimmer. Ich werfe meine Tasche auf das erste Bett, das ich sehe, und lasse mich mit dem Gesicht voran darauf fallen. Atme tief durch.

Es riecht nach Kiefern und frischer Bettwäsche. Ich umklammere das Kissen, als würde mein Leben davon abhängen. Was auch stimmt.

»He«, sagt Connor, der im Zimmereingang steht. »Wo soll ich schlafen?«

»Ist mir doch egal«, murmele ich in das Kissen. »Ich erhebe Anspruch auf dieses Land für Atlanta.«

»Sei doch nicht so eine Z...«

»Wenn du das Wort aussprichst, das ich denke, trete ich dir in den Hintern, Connor.«

»Fiese Tante«, sagt er stattdessen, was so kindlich klingt, dass ich lachen muss, vor allem, weil er es mit so viel Würde sagt. »Ich muss auch *irgendwo* schlafen.«

»Du bekommst das andere Zimmer«, sagt Mr Esparza hinter ihm, und ein kurzer Blick zeigt mir, dass er lächelt. »Das größere Zimmer, da sich Lanny ja bereits dieses hier ausgesucht hat.«

»Hey!« Ich springe schnell auf, aber ich bin zu spät; Connor rast bereits in das andere Zimmer. Ich funkle Mr Esparza durch meinen Vorhang aus schwarzen Haaren böse an. »Das ist nicht fair!« Er zuckt mit den Schultern. »Moment mal … Wo schlafen *Sie* denn dann?«

»Auf der Couch«, erklärt er. »Das ist schon okay. Ich bin Schlimmeres gewohnt und sie lässt sich zu einem vernünftigen Bett ausklappen.«

Er denkt wie Mom, die immer das Zimmer nimmt, das am nächsten zur Tür liegt … um sich zwischen uns und alles zu stellen, was kommen könnte.

»Ich hoffe, Sie schnarchen nicht«, schieße ich zurück.

»O doch, das tue ich«, sagt er. »Wie ein Bär. Ich hoffe, du hast Ohrstöpsel.«

Ich glaube, dass er Witze macht. Vielleicht. Ich will nicht nachfragen, falls es doch nicht so ist. Ich lasse mich einfach zurück auf das Bett fallen, als hätte man mich niedergestreckt, und starre die Decke an. Ziemlich öde. Das Zimmer ist … so na ja, aber es ist sauber und riecht gut. Ich habe ein paar persönliche Dinge in der Tasche. Connor hat eine ganze Menge Bücher. Vielleicht kann ich mir ein paar stibitzen.

Mr Esparza wendet sich ab und ich sehe Mom zusammen mit Sam Cade das Wohnzimmer betreten. »Javi, bist du sicher, dass das in Ordnung ist?« Sie klingt plötzlich unsicher.

Was untypisch für Mom ist. »Ich weiß, dass das ein unmöglicher Gefallen ist, um den ich dich hier bitte. Ich bringe dich in Gefahr und mache dir auch noch Umstände …«

»Das ist okay«, antwortet Mr Esparza. »Es ist nett, für eine Weile Gäste zu haben. Hör mal, dieses Haus mag aussehen wie eine einfache Hütte, aber es ist gut befestigt. Ich habe Alarmvorrichtungen und Beleuchtung. Ich habe Boot und Waffen und Training. Sie sind in Sicherheit. Dafür sorge ich.« Er hält kurz inne, und ich sehe den Blick, den er Sam zuwirft. Ich bin mir nicht sicher, was er zu bedeuten hat. »Es ist eine dumme Idee, deinen Ex zu jagen, Gwen.«

»Ja, ist es«, bestätigt Mom. »Aber ich habe Jahre damit zugebracht, mich zu verstecken, und sieh doch, wohin es geführt hat. Er hat mich manipuliert. Er hat mich direkt dorthin geführt, wo er mich haben wollte. Aber jetzt ist er auf der Flucht und wird gejagt, und ich lasse nicht zu, dass er meinen Kindern noch einmal zu nahe kommt.«

Es ist das erste Mal, dass ich Mom das so direkt aussprechen höre. Ich meine, ich weiß, dass ihr das im Kopf herumgeht; sie muss sich zwischen uns und ihn stellen. Das verstehe ich. Ich mache mir nur Sorgen, was passieren könnte.

Mom kommt in mein Zimmer und setzt sich auf das Bett neben mir. Ich will das Abschiedsgespräch nicht führen, fange also stattdessen mit dem Auspacken an.

»Du packst immer als Erstes aus, wohin wir auch kommen«, sagt Mom, und ich zögere, während ich ein Shirt zusammenlege. »Ist dir das schon aufgefallen?«

»Kann sein«, sage ich desinteressiert. Ich öffne die Kommodenschublade. Sie ist leer, mit Zedernholz ausgekleidet, dessen Geruch in einer warmen Wolke zu mir aufsteigt. Ich werde wie ein Baum riechen. Super. Ich stopfe meinen Stapel Unterwäsche und Socken hinein und lege die Shirts dann in die zweite Schublade.

»Connor macht das nie«, sagt Mom. »Er lässt alles in seiner Tasche.«

»Ja, na ja, er ist immer bereit zur Flucht. Ich bevorzuge es, das Gefühl zu haben, dass dem nicht so ist.« Obwohl es so ist. Obwohl ich genau weiß, wo sich alles befindet, was ich besitze, damit ich meine Tasche im Notfall in weniger als einer Minute fertig packen kann.

Ich hole die übrigen Shirts aus der Tasche, lege sie noch mal ordentlich zusammen und verstaue sie.

»Ich dachte, die hättest du alle schon aussortiert«, sagt sie und meint damit das vergilbte Strawberry-Shortcake-Shirt, das ich gerade wegpacke. Ich gebe zu, es sieht in meiner Schublade, die voll ist mit Sachen in dunklen Farben wie Schwarz, Bordeauxrot und Dunkelblau, seltsam aus. Ich bin kein Strawberry-Shortcake-Mädchen mehr. Ich trage eine lockere Cargohose mit Reißverschluss und Ringen, ein großes Bowlingshirt, schwarz, mit einer riesigen gestickten Todesmaske auf der Rückseite. Meine Haare sind mitternachtsschwarz gefärbt und ich trage sie lang und glatt. Ich habe heute keinen Eyeliner aufgelegt. Er fehlt mir.

»Ja, na ja, das Shirt fühlt sich einfach gut an«, erkläre ich und schließe dann die Schublade, um das Mädchen wegzusperren, das ich mal war. »Na also. Zu Hause ist es doch am schönsten. Für wie lange lädst du uns hier ab?«

Ich klinge bissig, aber sie zuckt nicht zusammen. »Das weiß ich nicht. Ich weiß, wie schwer das ist, aber du darfst keinen Kontakt zu deinen Freunden in Norton aufnehmen. In Ordnung?«

Ja, klar, als würde noch irgendwer von meinen Freunden mit mir reden wollen. Ich bin nicht mehr nur der Sonderling. Ich gehöre dank Sippenhaft zu den Bösen. Und außerdem sind sowieso alle in der Schule. »Was wird mit dem Unterricht?«

»Tut mir leid«, sagt Mom. »Ich weiß, wie weh das tut. Aber es ist nur vorübergehend. Javier und Kezia werden dafür sorgen, dass ihr unterrichtet werdet, während ich weg bin. Ich hoffe, es ist nur für eine Woche, höchstens zwei vielleicht. Aber du musst …«

»Verantwortung zeigen, dich um Connor kümmern, ja, ja, ich weiß schon.« Ich verdrehe die Augen, weil wir ganz klar bei diesem Teil des Gesprächs angekommen sind. »Hey, vielleicht können wir ja unser eigenes Essen jagen gehen. Das wäre doch ein Spaß. Eichhörnchensuppe. Lecker.«

Ich krame in der Tasche. Ganz oben liegt ein Bild von uns dreien, wie wir lachend vor dem Haus am Stillhouse Lake stehen. Sam hat es gemacht. Das war ein schöner Tag. Ich stelle es auf die Kommode und stehe einfach nur da, spiele damit herum, probiere verschiedene Winkel aus. Mom hat den Köder nicht geschluckt. Ich bin nicht überrascht. Schließlich sage ich: »Du hast gesagt, du würdest Dad nicht erschießen.«

»Ich plane es zumindest nicht«, sagt sie, was unter diesen Umständen ziemlich ehrlich ist.

»Ich wünschte, du würdest es tun«, sage ich. »Ich wünschte, er wäre bereits tot. Sie hätten ihn schon in Kansas töten sollen. Darum nennt man es doch Todesstrafe, oder nicht?« Ich versuche mit aller Macht, meine Stimme ruhig zu halten und meine Schultern gerade. »Er wird wieder jemanden ermorden, oder? Und vielleicht auch uns, wenn er kann.«

»Das wird nicht passieren.« Mom sagt es sanft. Ich merke, dass sie mich in die Arme nehmen will, aber sie ist mittlerweile eine Expertin in Lanny-Körpersprache und hält eine Armlänge Abstand. Ich will keine Umarmung. Ich will einen Kampf. Aber den wird sie mir nicht geben, was einfach Mist ist. »Er wird geschnappt werden und zurück ins Gefängnis kommen. Und wenn es Zeit ist, vollstreckt der Bundesstaat seine Strafe. So ist es richtig. Ansonsten ist es nur Rache.«

»Was ist falsch an Rache? Hast du nicht die Bilder der Leichen gesehen? Wenn ich in dieser Schlinge gehangen hätte, würdest du dann keine Rache wollen, Mom?«

Sie erstarrt. Macht ... einfach dicht. Ich denke, sie möchte nicht, dass ich sehe, wie sehr sie sich nach Rache sehnt. Dann blinzelt sie. »Hat Connor diese Bilder auch gesehen?«

»Was? Nein! Natürlich nicht, ich bin doch nicht blöd. Ich würde sie ihm niemals zeigen, und darum geht es auch nicht, Mom. Der Punkt ist, Dad verdient es nicht zu leben, oder?«

»Ich bin zu emotional, was ihn angeht. Du ebenfalls. Deshalb sollten nicht wir entscheiden, was mit ihm passiert.« Sie redet zwar vernünftig, aber ich erkenne, dass sie so nicht empfindet. Sie will ihn tot, und zwar so unbedingt, dass sie innerlich zittert. Aber sie bemüht sich, mich nicht auf diese Weise zu erziehen. Ich glaube, das ist eine gute Sache.

Ich drehe meine Tasche auf den Kopf und jede Menge Kram fällt auf das Bett. Hauptsächlich Make-up. Ein Scrapbook mit einem pompösen, vermutlich supereinfach zu öffnenden Schloss, von dem Connor behauptet, dass er es mit einer Büroklammer knacken könnte. Ein Tagebuch, ebenfalls verschlossen. Ich schreibe gern mit der Hand auf Papier. Ich bilde mir ein, dass das überlebt, während das Zeug im Internet nur aus Pixeln besteht, die innerhalb von einer Sekunde verschwinden können. Verschwinden, als hätten sie niemals existiert.

»Lanny. Meine Aufgabe ist es, mich zwischen euch und euren Dad zu stellen. Und deshalb muss ich gehen. Verstehst du das?«

Ich spiele mit einem Lippenstift herum – Crimson Shadow – und lege ihn auf der Kommode ab. »Und ich bin diejenige, die zwischen ihm und Connor steht«, erkläre ich. »Ich verstehe das. Ich hasse es nur einfach. Ich hasse es, dass, egal, was wir tun, wie sehr wir uns auch bemühen, es immer nur um ihn geht.«

Diesmal legt Mom die Arme um mich und drückt mich an sich. Fest. »Nein. Es geht darum, ihn endlich bedeutungslos zu machen. Wir gehören nicht ihm. Wir gehören nur uns.«

Ich drücke sie auch, aber nur kurz und das war's. Ich lasse mich auf das Bett fallen und lege mir die Kopfhörer um den Hals. »Und wann bekomme ich meinen Laptop wieder, Frau Gefängniswärterin?«

»Wenn das vorbei ist.«

»Ich weiß, was ich nicht tun darf. Du könntest sogar die Jugendschutzeinstellungen aktivieren.«

Sie lächelt. »Und du bist ein cleveres Mädchen, das sie zwei Sekunden nach meinem Abschied geknackt hätte, also nein. Tut mir leid, aber erst, wenn das hier alles vorbei ist.«

Ich werfe ihr *den Blick* zu. Er prallt wirkungslos von ihr ab.

»Ich ruf heute Abend an«, versichert sie, und ich zucke mit den Schultern, als wäre es auch keine große Sache, wenn sie es nicht täte. Aber das wäre es. Das wissen wir beide.

Nachdem ich mein Make-up zu meiner Zufriedenheit aufgereiht habe, bemerke ich, dass Mom in den Wohnzimmerbereich übergewechselt ist und sich am Küchentisch niedergelassen hat. Connor sitzt ihr gegenüber. Javier hat ein Glas Wasser vor meinen Bruder gestellt, aber er ignoriert es. Seine gesamte Aufmerksamkeit ist auf das Buch gerichtet, das er liest. Mom nimmt sein Glas und nippt daran, aber auch das ignoriert er. »Scheint eine spannende Geschichte zu sein«, sagt sie. Ich mache es mir in einem der Sessel in Fensternähe bequem. Ich hatte recht. Er ist gemütlich. Ich lege ein Bein über eine Lehne und schaue mir die Show an, die daraus besteht, dass Mom sanft versucht, hinter Connors errichtete Fassade zu kommen, und Connor so tut, als wäre sie gar nicht da.

Schließlich gibt er zumindest ein bisschen nach. »Ist es.« Sorgfältig legt er ein ramponiertes Lesezeichen zwischen die Seiten, schließt das Buch und legt es auf dem Tisch ab. »Mom.

Wirst du zurückkommen?« Ich sehe seine Augen. Was ich darin sehe, bereitet mir Sorgen. Ich weiß einfach nicht mehr, was mein Bruder wirklich denkt. Seit uns Lancel Graham entführt hat, fühlt er sich nicht mehr sicher; so viel weiß ich. Er hatte sein ganzes Vertrauen dareingesetzt, dass Mom uns komplett beschützt und die Welt von uns fernhält. Für ihn hat ihr Versagen epische Ausmaße. Dabei war es nicht ihre Schuld und sie ist gekommen, um uns zu retten, wie ich es immer gewusst habe.

Aber ich weiß nicht, wie ich meinen Bruder wieder in Ordnung bringen kann.

Mom sagt natürlich all die korrekten Dinge, und sie umarmt ihn. Er entzieht sich ihr schnell wieder, wie er es immer tut … Connor hat es nicht so mit dem Umarmen, besonders wenn andere Leute in der Nähe sind. Aber da steckt noch mehr dahinter.

Mom gibt mir einen Kuss auf die Stirn, und ich umarme sie, diesmal richtig, sage aber nichts. Sam, der ruhig an der Tür gelehnt hat, kommt zu mir herüber. »Hey. Kümmere dich um deinen Bruder, okay?« Sam ist ein guter Mann. Ich war lange, sehr, sehr lange misstrauisch, aber ich habe gesehen, was er alles für uns getan hat, einschließlich für uns gekämpft, als unser Leben auf dem Spiel stand. Ich glaube ihm, wenn er sagt, dass wir ihm etwas bedeuten.

Ich glaube auch, dass es schwer für ihn ist, weil unser Arschloch von Dad seine unschuldige Schwester ermordet hat. Wenn er uns ansieht, kann er gar nicht anders, als einen Teil von Melvin Royal in mir und Connor zu sehen. Manchmal betrachte ich mich stundenlang im Spiegel und suche nach Kleinigkeiten, in denen ich Dad ähnlich sehe. Meine Haare sind eher wie die von Mom. Aber ich glaube, meine Nasenform habe ich eher von Dad. Und mein Kinn. Ich habe schon nachgeschaut, wie alt ich für plastische Chirurgie sein muss, um jede Spur davon zu beseitigen.

Connor sieht manchmal genauso aus wie unser Vater auf Bildern, auf denen er noch ein Kind ist. Ich weiß, dass das meinem Bruder ziemlich zusetzt. Ich weiß, dass er viel Zeit damit verbringt, sich darüber Gedanken zu machen, ob er … böse wird.

Mom muss ihm psychologische Hilfe besorgen. Und zwar schon bald. Wenn sie es unterlässt, werde ich es tun.

»Ich kümmere mich um ihn«, verspreche ich Sam und zucke dann noch mal mit den Schultern, als wäre das keine große Sache. Aber Sam versteht mich.

»Und pass auch auf dich auf, du toughe Puppe.«

»Wen nennst du hier Puppe?«, protestiere ich grinsend. Wir umarmen uns nicht. Wir machen den Faustcheck und dann wiederholt er das bei Connor.

Und schon sind Mom und er weg, raus aus der Tür, und wir gehen mit Javier Esparza und Hund Boot auf die Veranda, um ihnen hinterherzuwinken. Na gut, Boot winkt nicht. Er sieht immer noch unzufrieden darüber aus, dass er nicht mein Gesicht anknabbern durfte. Ich tätschle ihm kurz den Kopf. Er schnaubt wieder, dreht sich dann aber zu Connor um. Der lässt sich ohne das geringste Anzeichen von Angst neben dem Hund nieder und kratzt ihn hinter den Ohren. Boot schließt die Augen und lehnt sich gegen ihn.

Jungs, denke ich und verdrehe die Augen.

Ich sehe zu, wie Mom und Sam in den Wagen steigen. Sehe zu, wie sie wegfahren. Meine Augen sind klar und trocken, und darauf bin ich stolz.

Mr Esparza sagt, er werde zum Mittagessen Chilidogs machen. Er beauftragt Connor damit, Zwiebeln zu schneiden.

Ich gehe in mein Zimmer, schließe die Tür und heule in mein Kissen, weil ich so viel Angst wie noch nie zuvor in meinem Leben habe, dass ich meine Mutter nie wiedersehen werde.

Und dass Dad uns finden wird.

KAPITEL 3

SAM

Wir sind bereits eine Stunde wieder auf der Straße, und Gwen ist viel zu still. Ich spüre den Schmerz in der Luft um sie herum vibrieren.

»Alles okay?« Es ist nicht die passendste Frage, aber ich muss es versuchen. Der leere Blick, mit dem sie aus dem Fenster auf die vorbeiziehenden Bäume starrt, hat etwas Gequältes, als würde sie versuchen, sich selbst zu hypnotisieren, um so etwas wie Frieden zu finden.

»Ich habe gerade meine Kinder zurückgelassen«, sagt sie. Ihre Stimme klingt seltsam. Ich werfe ihr einen kurzen Blick zu, aber die Straße ist schmal und kurvig, und ich muss mich darauf konzentrieren, den SUV auf der Spur zu halten. »Zurückgelassen ... bei Fremden.«

»Javier und Kez sind keine Fremden«, widerspreche ich. »Komm schon. Du weißt, dass sie gute Menschen sind. Sie werden tun, was sie können, um die Kinder zu beschützen.«

»Ich hätte bei ihnen bleiben sollen.« Ich spüre das Verlangen in ihr, mich zu bitten umzukehren. »Ich will einfach nur meine Kinder in die Arme nehmen und sie nie wieder aus den Augen lassen. Ich habe furchtbare Angst ...« Kurz versagt ihr die

Stimme, doch dann spricht sie wieder kräftiger. »Was, wenn ich niemals wieder zu ihnen zurückkehren kann? Was, wenn sie mir genommen werden, während ich fort bin?«

Sie klingt so außer Fassung, dass ich den SUV auf den Seitenstreifen in den Schatten der Bäume lenke und anhalte. »Willst du zurück?« Ich mache den Motor aus und drehe mich zu ihr. Ich urteile nicht, ich mache mir nur Sorgen. Wenn das hier funktionieren soll, muss ich sichergehen, dass sie dazu imstande ist. Ich werde es ihr nicht vorwerfen, falls sie es nicht ist, aber in meinem Innersten weiß ich, dass ich gehen muss, ob mit ihr oder ohne sie. Melvin Royal ist da draußen und er hat es auf Gwen und die Kinder abgesehen. Anfangs ging es mir nur um Rache, darum, Gerechtigkeit für meine Schwester Callie zu bekommen, aber jetzt ist es noch mehr.

»Natürlich will ich zurück«, sagt Gwen, dann atmet sie tief durch. »Aber das kann ich nicht, oder? Wenn ich jetzt nicht für meine Kinder kämpfe und sie beschütze, wie soll ich ihnen jemals wieder in die Augen sehen? Er ist auf der Suche nach ihnen. Und ich muss verhindern, dass er sie findet.«

Gwen besteht nur aus Schmerzen, zusammengehalten durch stahlharte Kontrolle. Wenn man sie ansieht, zweifelt man nicht daran, dass sie das meint, was sie sagt. Und ich tue es auch nicht, nicht in Bezug auf Melvin Royal. Sie wird sich ihm entgegenstellen. Und sie wird nicht weglaufen.

»Wir werden ihn töten«, sage ich. Es klingt nicht dramatisch, und es ist auch keine Frage. »Wir verstehen uns doch, oder? Wir sind nicht hier, um ihn zu finden, die Cops zu rufen und ihn wieder ins Gefängnis zu stecken. Solange er lebt, wird dieser Mann versuchen, dir auf jede mögliche Art zu schaden. Und ich lasse nicht zu, dass er weiterhin dazu in der Lage ist.«

Ich wollte nicht so viel verraten, aber jetzt ist es ausgesprochen. Falls ich Liebe für diese Frau empfinde, ist es eine harsche

Form der Liebe, gefährlich für uns beide, bis der Geist von Melvin Royal endlich nicht mehr spukt.

»Ja«, stimmt Gwen zu. »Wir werden ihn töten. Nur so kann ich sicherstellen, dass die Kinder sicher sind.«

Ich nicke langsam und lächle sie dann an. Ihr erwiderndes Lächeln ist eine Mischung aus Trauer und Schuld und Bedauern. »Ich muss zugeben, ich hätte nie geglaubt, mal darüber zu reden, zum Mörder zu werden. Schon seltsam, was man alles über sich selbst herausfindet, wenn man zum Äußersten getrieben wird.«

Gwen legt mir eine Hand auf den Arm, und ich spüre sie durch die Kleidung, so heiß wie ein Brandeisen. Ich lasse das Lenkrad los und lege meine Hand auf ihre. Wir schlingen unsere Finger ineinander. Für einen langen Augenblick sagen wir nichts. Die Friedlichkeit der wilden Landstraße, die Bäume, das ferne Zwitschern der Vögel, das alles ist so weit weg von der Dunkelheit in unserem Inneren, dass es sich anfühlt wie eine weit entfernte Welt.

Das Klingeln eines Handys zerreißt die Stille, und beide tasten wir nach unserer Tasche. »Meins«, sage ich, und da ich die Nummer auf dem Bildschirm erkenne, gehe ich ran. »Hey, Mike. Wie geht's?«

»Was zum Teufel glaubst du denn, Sammy? Dass ich nur anrufe, um dumm rumzuquatschen? Hier geht's ums Geschäft, Kleiner. Ich hab ein paar Spuren zu möglichen Absalom-Mitgliedern. Willst du eine übernehmen?«

»Klar«, sage ich. »Ich nehme an, dass das nicht offiziell ist.«

»Offiziell hab ich nicht genug, um diese Hurensöhne auch nur nach der Uhrzeit zu fragen, also denk, was du willst. Bist du an dem Tipp interessiert oder nicht?«

Ich habe weder Stift noch Papier, also mache ich eine Schreibgeste in der Luft, und Gwen versteht, was ich will; sie fördert einen Stift zutage und den Mietvertrag für den SUV.

Ich höre mir die zwei Optionen an, die Mike Lustig vorliest, und treffe sofort eine Wahl. Ich schreibe sie auf. »Alles klar. Wir nehmen die Adresse, die uns am nächsten ist, in Markerville.«

»Sei vorsichtig, ja?«

»Ja«, versichere ich ihm. »Du auch.«

Mike legt auf, ohne sich zu verabschieden, was einfach so seine Art ist. Ich reiche Gwen die Notiz.

»Arden Miller, Markerville, Tennessee«, liest sie ab. »Mann oder Frau?«

»Keine Ahnung.«

»Und wo liegt Markerville, abgesehen von Tennessee?«

Durch einen Namen und eine Ortsangabe fühlt sich das Ganze endlich echt an. Bringt Schwung in die Sache. Ich grinse breit und lege den Gang ein. »Auch keine Ahnung. Erster Halt: Karte kaufen.« Für die meisten Leute heutzutage würde das seltsam klingen, aber wir können es uns nicht erlauben, das Internet zu benutzen. Nicht, wenn Absalom alles überwacht.

Je länger wir unter dem Radar bleiben können, desto besser.

* * *

Auf der Karte, die wir kaufen, ist kein Markerville verzeichnet. Schließlich frage ich einen alten Mann in einem Schaukelstuhl vor dem Laden, der wirklich tiefste Provinz ist. Er blinzelt mich aus blassgoldenen Augen an, die früher vermutlich mal dunkelbraun waren, und schüttelt den Kopf. »Niemand hat was in Markerville zu schaffen«, sagt er. »Den Ort gibt's längst nicht mehr. Sogar die Post hat in den Sechzigern geschlossen. Sind nur noch Ruinen übrig.«

Das klingt nicht vielversprechend, aber ich lasse mir trotzdem den Weg dorthin erklären. Der Ort ist ein gutes Stück entfernt, mindestens ein paar Autostunden, und es wird bereits dunkel, als wir die Außenbezirke von Nashville erreichen.

»Willst du weiterfahren, im Wagen schlafen oder ein Zimmer mieten?« Ich bemühe mich, es so auszudrücken, dass nichts in der Frage auf eine Anmache anspielt, denn Gott weiß, das hier ist weder die Zeit noch der Ort für so etwas. »Zwei Zimmer, meine ich.«

Gwen denkt praktisch. »Ein Zimmer mit zwei Betten reicht aus«, meint sie. »Irgendetwas Billiges. Es bringt nichts, wenn wir müde in Markerville ankommen und dann bis Sonnenaufgang warten müssen, oder?«

»Du hast recht«, stimme ich zu. »Billig. Verstanden.«

Eine halbe Stunde später entdecke ich ein Drive-in-Motel mit dem Namen *French Inn*, das seine besten Zeiten vermutlich in den Fünfzigern hatte. Es handelt sich um einen einfachen u-förmigen Ziegelbau, leicht erhöht am Hang gelegen und mit dem Charme einer Leichenhalle. Auf dem Parkplatz stehen zwei Autos und es gibt insgesamt zwanzig Zimmer, allesamt im Erdgeschoss.

Ich sehe sie mit hochgezogenen Augenbrauen an. »Norman Bates hat angerufen, er will seinen Duschvorhang zurück.«

Gwen lacht, und es klingt nach einem echten Lachen. Warm. »Sieht doch reizend aus.«

»Dann wird es also die Bettwanzenzentrale«, sage ich und schlage das Lenkrad ein. Wir holpern auf den Parkplatz, der ebenso mies gepflastert ist, wie die Zimmertüren gestrichen sind, und parken auf einem der vielen freien Stellplätze. »Warte du hier. Falls es da eine Kamera gibt, will ich nicht, dass du darauf zu sehen bist.« Gwen ist leichter zu erkennen als ich, und wenn wir Glück haben, ist Absalom noch nicht so weit, überall nach Aufnahmen von meinem Gesicht zu suchen. Ich setze mir eine Florida-Marlins-Baseballkappe auf, die ich im letzten Laden gekauft habe, ziehe sie mir tief ins Gesicht und betrete die Rezeption. Bevor ich die Tür schließe, sehe ich noch einmal direkt zu ihr zurück. »Türen verschlossen halten.«

»Immer.«

Sie ist bewaffnet und eine gute Schützin, von daher mache ich mir keine großen Sorgen darüber, sie hier draußen allein zu lassen. Gwen Proctor wird nicht zurückweichen. Nicht ohne einen Aufstand. Und falls irgendein zufälliger Täter es auf sie abgesehen hat, wird der sein blaues Wunder erleben.

Die Rezeption des Motels ist so unbeeindruckend, wie zu erwarten war, und ich mustere den lustlos wirkenden Mann hinter dem Tresen; er hat die toten Augen von jemandem, der schon alles gesehen und das meiste davon vertuscht hat. Ich nehme den mit einer Kunststoffhülle markierten fettigen Schlüssel, reiche ihm das Bargeld und bin in zwei Minuten wieder draußen.

Wir lassen den Wagen dort, wo wir ihn geparkt haben, da er in der Nähe eines Flutlichts steht, und nehmen alles von Wert mit. Wir haben das dritte Zimmer. Beim Aufschließen der Tür entweicht der vertraute Geruch von Desinfektionsmittel und Verzweiflung. Niederschmetternd. Als ich das Licht anknipse, huschen zumindest keine Kakerlaken in die Schatten, und alles wirkt recht sauber, auch wenn ich mich nicht darum reißen würde, mit einem Schwarzlicht die Oberflächen abzusuchen.

Weniger vertrauenerweckend ist die Möblierung, die aussieht, als käme sie vom schlimmsten Flohmarkt der Welt. Und dann sind da noch die Wasserflecken auf der durchhängenden Decke. Wie gewünscht gibt es zwei Betten. Ich bedeute Gwen, das dem Badezimmer am nächsten stehende zu nehmen, und zwar nur aus dem Grund, weil es weiter von der Tür entfernt ist. Ich sehe zu, wie sie die farblose Bettdecke anhebt, die bis zum Teppich hinunterhängt, und sich vorbeugt, um unter das Bett zu schauen. Sie holt eine Taschenlampe aus ihren Sachen und sieht noch einmal nach.

»Wonach genau suchst du eigentlich?«, frage ich sie.

50

»Nach unheimlichen Typen«, antwortet sie. »Leichen. Einem Vorrat an Metamphetaminen. Wer weiß?«

Plötzlich klingt eine Überprüfung nach einer verdammt guten Idee, also borge ich mir die Taschenlampe. Während ich auf den Knien bin, ein mumifiziertes Kondom und mindestens drei Bierflaschen anstarre und meine Entscheidungen im Leben bereue, nutze ich die Deckung, um zu fragen: »Abend- oder Morgenschicht im Bad? Denn ich schätze, die haben hier nur genug heißes Wasser für eine Kaffeemaschine und eine zweiminütige Dusche alle paar Stunden.«

»Ich nehme den Abend«, sagt Gwen. »Musst du erst noch mal rein?«

Ich richte mich auf und schüttle den Kopf, und Gwen vermeidet es, mich direkt anzusehen. Sie nimmt ihre Tasche mit ins Bad, und ich höre, wie sie die Tür hinter sich verschließt.

Ich kann hier entweder rumsitzen und ihr dabei zuhören, wie sie sich auszieht, oder etwas Nützliches tun.

Ich entscheide mich dafür, uns etwas zu essen zu besorgen.

Als ich zurückkomme, ist Gwen fertig mit Duschen. Der Geruch nach Verzweiflung im Zimmer wird jetzt von einem warmen, fruchtigen Duft überlagert, und mit Ausnahme der Schuhe ist sie wieder vollständig angekleidet. Richtig so. Hier verletzlich zu schlafen, ist kein Plan, den ich empfehlen würde. Ich reiche ihr eine Tüte mit einem Burger und Pommes, dazu eine Limodose, und wir setzen uns auf den Betten gegenüber und essen eine Weile schweigend.

»Ich wollte längst fragen«, unterbricht sie die Stille. »War das dein FBI-Freund am Telefon? Mike?«

Ich nicke, ohne zu antworten. Die Hamburger sind ein Verbrechen am Rindfleisch, aber ich esse trotzdem bis auf den letzten Krümel auf. Ich brauche die Energie.

»Und warum genau hilft uns ein FBI-Agent …?«

»Weil ich ihm hin und wieder einen Gefallen tue. Und im Augenblick schuldet er mir mindestens drei. Außerdem hat er zu wenige Leute, um Spuren zu verfolgen, und er glaubt, dass ich vermutlich zuverlässiger bin als die Bundespolizisten.«

»Nur vermutlich?«

Ich zucke mit den Schultern. »Mike ist niemand, der irgendjemandem völlig vertraut. Er war nicht sonderlich detailliert, was den Tipp angeht. Das, was du gesehen hast, ist genau das, was er mir gegeben hat. Arden Miller, Markerville. Er hatte keine Adresse und meinte, wir würden auch keine brauchen. Wenn das tatsächlich eine Geisterstadt ist, hat er damit wohl recht.«

»Und welchen Zusammenhang gibt es zwischen Arden und Melvin?«

»Lustig leitet eine Taskforce, die gegen gefährliche Internetgruppierungen ermittelt. Er hat Absalom auf dem Radar, und anscheinend steht Arden in irgendeiner Verbindung mit denen.«

»Also haben wir es mit einem Einsiedler zu tun? Einem Überlebenskünstler? Oder was?«

»Keine Ahnung«, gebe ich zu. »Aber wir sollten wirklich verdammt vorsichtig sein.«

»Ja, was das angeht: Bevor wir direkt in die Stadt reinfahren, sollten wir uns die Zeit nehmen, ein paar Nachforschungen zu Arden Miller anzustellen, und zusehen, ob wir für diesen Ort einen vernünftigen Aktionsplan aushecken können. Wir könnten morgen früh in die Bibliothek. Ich übernehme die Internetsuche, du die Bücher ...?«

»Klingt nach einem Plan«, sage ich. Mittlerweile haben wir die Burger hinuntergeschlungen, beide in einem Tempo, das deutlich macht, wie sehr wir vermeiden wollten, sie zu schmecken. Ich bringe die Verpackung zum Mülleimer, und da ich gerade schon stehe, betrachte ich die Tür etwas genauer. Es gibt ein nicht sonderlich stabiles Kettenschloss, das eindeutig bereits mehrere Male herausgerissen worden ist, und weder die Tür noch der Rahmen sehen stabil genug aus, um einer steifen Brise zu widerstehen, geschweige denn einem ordentlichen Tritt.

»Wie sieht's im Bad aus?«, frage ich Gwen. »In Bezug auf die Sicherheit?«

»Es ist ein Fenster drin, aber das ist klein und vergittert. Kein Notausgang.«

»Dann lass uns lieber keinen Brand verursachen.« Ich ziehe einen kackbraun gepolsterten Stuhl durch das Zimmer und klemme ihn unter den Türgriff. Mag nicht sonderlich viel helfen, aber besser als nichts.

»Wann willst du morgen früh aufstehen?«, fragt mich Gwen. Ihre Stimme klingt leicht angespannt. Das sind die Nerven. Die Frage ist völlig normal, aber es klingt wie etwas, das man einen Ehepartner oder Liebhaber fragen würde, und wir beide spüren die Implikation dahinter zwischen uns hängen. Ich gehe zu meinem Bett, nehme das Ansteckholster von meiner Jeans hinten und lege es auf den Nachttisch. Gwens Schulterholster hängt bereits über dem Bettpfosten und wirkt wie ein besonders ausgefallenes Teil für Bondagespielchen.

Völlig falscher Gedankengang, ermahne ich mich. Ich beuge mich vor und schnüre meine Stiefel auf.

»Sieben reicht aus«, sage ich. »Oder wann auch immer die Werwölfe angreifen.«

»Ich glaube, wir befinden uns eher im Zombieterritorium«, erwidert sie trocken. Sie sitzt mit verschränkten Beinen auf der Bettdecke, aber jetzt steht sie auf, schlägt die Decken zurück, prüft die Matratze auf Wanzen und legt sich dann hin. »Okay, na dann, gute Nacht.« Es klingt seltsam. Fühlt sich auch so an.

Mein zweiter Stiefel fällt zu Boden. Ich schiebe beide unter den Nachttisch, in Griffweite, falls ich sie brauche, und lehne mich gegen die Kissen. Die Matratze ist klumpig und durchgelegen. Passt zu meiner Stimmung. »Gute Nacht, Gwen.« Das klingt lächerlich.

Wir sind beide eine Weile still. Das Lachen baut sich tief in meinem Inneren auf, so lächerlich und sprudelnd wie geschüttelter Champagner, und als ich nicht mehr anders kann, lasse ich es raus.

Gwen lacht ebenfalls. Es fühlt sich gut an, befreiend, und danach wirkt sogar der eintönige Raum heller. »Tut mir leid«, bringe ich schließlich heraus. »Aber diese verdammte Höflichkeit. Verflucht, wir sind doch erwachsen, oder? Warum ist das hier so …«

»Gute Frage«, sagt sie und rollt sich auf die Seite, um mich anzusehen. Das bringt mein Gelächter zum Verstummen. »Warum ist es das?«

»Du weißt, warum«, sage ich.

»Nur einmal hätte ich gern, dass du es aussprichst.«

»Weil tote Menschen zwischen uns stehen«, sage ich, und sofort ist die Helligkeit fort. Tatsächlich fühlt es sich so an, als wäre hier mit uns ein Geist im Zimmer. Ich erschaudere und bekomme eine Gänsehaut. »Meine Schwester beispielsweise.«

Sie schreckt nicht davor zurück. »Und all die Frauen, denen ich hätte helfen müssen. Sogar Melvins Halbbruder – er hat Selbstmord begangen, hast du das gewusst? All die Verachtung, die ihm in seiner Kleinstadt entgegengeschlagen ist, und die Internettrolle, er konnte das einfach nicht mehr ertragen.« Sie schluckt, und ich wünschte, ich hätte nicht damit angefangen. »In seinem letzten Beitrag im Internet stand, dass es meine Schuld sei: Wenn ich als Ehefrau gut genug gewesen wäre, hätte Melvin nicht …«

»Das ist völliger Bullshit«, unterbreche ich sie. Ich klinge wütend, was gar nicht meine Absicht ist. »Es ist nie deine Schuld gewesen. Dir die Schuld in die Schuhe zu schieben, war herzlos.« Ich lasse eine Sekunde verstreichen. Dann noch eine, weil ich kurz davor stehe, etwas zuzugeben, das ich niemals zugeben wollte. Ich entscheide mich für den Sprung. »Ich habe Melvins Bruder aufgespürt. Genau wie dich. Ich wusste, wo er gewohnt hat. Ich wusste, wo ihr alle gewohnt habt.«

Gwen erstarrt, und ich sehe, wie sie zögert. Sie will nicht wirklich fragen, aber wie immer stellt sie sich der Sache. »Hast du ihm Hassbriefe geschickt, Sam?«

Ich starre den unregelmäßigen rostigen Wasserfleck an der Decke an. Er hat die Form von Australien. Mein Zögern dauert zu lange, bis ich endlich den Mut aufbringe zu antworten. »Ja, habe ich. Ich habe dir auch welche geschickt. Das schien damals so leicht zu sein. Es fühlte sich nach Gerechtigkeit an. Aber es hat dich nur ganz langsam zerstört, einen Umschlag nach dem anderen. Und das tut mir leid, mein Gott, Gwen, so leid.«

Meine Stimme klingt schmerzhaft rau bei diesem letzten Wort, und ich weiß, dass sie das hören kann. Und ich weiß, dass es so echt ist wie das Lachen, mit dem das hier begonnen hat.

Aus dem Augenwinkel sehe ich Gwen aufstehen. Sie setzt sich auf meinen Bettrand und nimmt meine Hand. In einem Hollywoodfilm würde jetzt Musik erklingen, wir würden uns küssen, und plötzlich würde die Leidenschaft explodieren, und es gäbe eine Softpornomontage, mit golden leuchtender Haut, gefilmt aus seltsamen Winkeln.

Aber das hier ist echt, und es tut weh, und stattdessen erzähle ich ihr halb flüsternd von dem Hass, den ich empfunden habe. Es ist, als würde ich eine infizierte Wunde aufschneiden. Ich erzähle ihr, wie ich davon besessen war, blutige Rache zu üben. Es ist nicht romantisch. Es ist abstoßend. Aber genau wie bei dem Lachen liegt am Ende ein seltsam sauberes Gefühl in der Luft.

Zum Schluss drückt sie meine Hand. »Du hast die ganze Zeit *ihn* gehasst. Nicht mich. Zumindest haben wir jetzt beide unser Ziel klar vor Augen.«

Es liegt eine seltene Anmut in dem, was sie gerade getan hat. Es ist Vergebung und Mitleid und Verständnis, und ohne überhaupt nachzudenken, führe ich ihre Hand an meinen Mund und küsse sanft ihre Finger. Ich könnte jeden Zentimeter von ihr aus dem Gedächtnis heraus zeichnen. Die Form ihrer Hand brennt sich in meine.

Ich lasse sie los. Ich sage nichts. Ich kann nicht.

Gwen wartet ein paar Sekunden, und als ich mich nicht bewege, geht sie zurück zu ihrem Bett. Ich höre die Decke rascheln. Die Dunkelheit übernimmt den Raum, als sie das Licht ausschaltet.

Ich schlafe schlecht. Meine Träume sind erfüllt von einer Figur, die vom Dach eines sechsstöckigen Gebäudes in Topeka springt. Ich habe die Zeitungsartikel über den Selbstmord gelesen. Melvins Bruder ist in einem brandneuen Anzug zur Arbeit gegangen. Danach ist er aufs Dach gestiegen und hat sich Krawatte und Schuhe ausgezogen. Er ließ sie ordentlich oben liegen, zusammen mit seiner Uhr, seinem Portemonnaie und einem Brief an seinen Chef, in dem er sich für das Chaos entschuldigt. Schließlich ist er an einem wolkenlosen Junitag vor zwei Jahren vom Dach gesprungen.

Doch wenn ich in meinen Träumen das Gesicht des fallenden Mannes sehe, ist es nicht das von Melvins Bruder.

Sondern meins.

KAPITEL 4

GWEN

Nach einem ganzen Tag, an dem wir in der Stadtbibliothek die Regale und das Internet durchforstet haben – und unverschämte Preise für die Ausdrucke bezahlen mussten –, haben wir einen Ordner zusammengestellt, der bemerkenswert schmal ausgefallen ist. Mehr Informationen konnten wir über Markerville und Arden Miller einfach nicht finden. Wir haben vierzehn Arden Millers ausgemacht, aber nur zwei in Tennessee, und einer davon befindet sich in einem Pflegeheim – wohl kaum derjenige, nach dem wir suchen. Bei dem Arden Miller, der übrig ist, handelt es sich um eine Frau: rothaarig, dreiunddreißig Jahre alt und für eine Frau ihres Alters seltsam wenig in den sozialen Medien unterwegs. Wir haben ein paar Fotos gefunden, auf denen sie markiert wurde, aber nicht viele, und auf keinem ist sie deutlich erkennbar. Auf dem besten trägt sie einen großen Sonnenhut und eine riesige Sonnenbrille und ist leicht abgewandt, wobei sie ihren Hut im Wind festhält.

Ich habe keine Ahnung, warum wir nach ihr suchen oder warum in Gottes Namen sie mitten im Nirgendwo in einer seit vierzig Jahren verlassenen Stadt leben sollte.

Oder, was das angeht, warum Mike Lustig will, dass wir nach ihr suchen, außer, dass irgendeine Verbindung zu meinem Ex-Mann besteht.

Erneut verbringen wir die Nacht im Motel zur Hölle, und ich bin überaus dankbar, dass sich die Anspannung zwischen uns gelöst hat; es fühlt sich jetzt alles reiner an. Einfacher. Und als ich einschlafe, fühle ich mich zum ersten Mal seit langer Zeit sicher. Das ist ein ziemlicher Erfolg, besonders, da sich das *French Inn* anfühlt, als wäre es im Laufe der Jahre stummer Zeuge Hunderter Verbrechen gewesen.

Am nächsten Tag führt uns die Fahrt nach Markerville in entlegene Waldgebiete, in denen man mühelos glauben könnte, der letzte Mensch auf Erden zu sein – wären da nicht die allgegenwärtigen Kondensstreifen der Flugzeuge, die weit über uns durch die Atmosphäre ziehen. Unsere Route führt uns auf immer enger und unwirtlicher wirkenden Wegen Berge hinauf, die rau und unnachgiebig für Wanderer und SUVs gleichermaßen sind.

Ich habe die Entfernungen grob im Kopf überschlagen und warne Sam, als wir relativ nahe herangekommen sind; wir parken den Wagen abseits eines kleinen Sandwegs hinter Bäumen. Von der Straße aus ist die Stelle kaum zu sehen. Wir nehmen einen Wanderweg nach oben in die Richtung, in der Markerville einst gelegen hat. Den Aufzeichnungen zufolge hat die Stadt nie wirklich einen Boom erlebt; als die Bahn nicht mehr bis dorthin fuhr, gingen die wenigen Geschäfte pleite, die sich dort angesiedelt hatten, und die meisten Bewohner zogen fort oder starben, während sie sich an ihre baufälligen Häuser klammerten. Die letzten Überbleibsel waren die Post, kombiniert mit einem Gemischtwarenladen, und ein Antiquitätengeschäft, das offensichtlich mit unverschlossener Tür und dem Schild **NEHMT, WAS IHR WOLLT** im Schaufenster verlassen wurde. Wir haben einen kurzen Artikel gefunden, in dem die Stadt mit der selbstgefälligen Art betrauert wurde, die Städter gegenüber dem Kummer der Landbevölkerung an den Tag legen, und dann … nichts mehr.

Wir erwarten nicht, viel vorzufinden, und als wir die Bäume hinter uns lassen und im Licht der Nachmittagssonne in das kleine Tal hinabschauen, in dem die Stadt einst gestanden hat, wirkt sie wie ein Filmset. Die vier Gebäude der Hauptstraße stehen noch, vermutlich, weil sie aus Ziegeln errichtet sind, aber die meisten anderen – hölzernen – Gebäude befinden sich in verschiedenen Stadien der Auflösung; windschief, verwittert, einstürzend oder Ruine. Zusammenbruch in Zeitlupe. Wir hocken uns hin und beobachten das Ganze eine Weile, doch außer Vögeln und zweimal einer geschmeidigen Katze bewegt sich nichts. Eine Tür, die nur noch an einem Scharnier hängt, knarzt im Wind.

»Falls sie wirklich hier ist«, überlege ich laut, »muss sie in einem der Ziegelgebäude sein. Richtig?«

»Richtig«, stimmt Sam mir zu und steht auf. »Lass uns eine Vereinbarung treffen: Wir schießen nur, falls jemand auf uns schießt. Okay?«

»Machen wir eine Ausnahme, was Messer angeht? Knüppel?«

»Klar. Aber dann nicht, um zu töten. Wir müssen Arden befragen, tot nützt sie uns nichts.«

Das verschafft uns einen klaren Nachteil, aber das weiß er auch.

Während wir den Hügel hinuntersteigen, sehe ich Glas hinter ein paar schief stehenden Brettern aufblitzen und halte Sam an, um darauf zu zeigen. Es ist ein Auto. Und kein Relikt aus der alten Zeit, das hier zurückgelassen wurde; es sieht aus wie ein kraftstoffeffizienter Mittelklassewagen, nicht älter als fünf Jahre. Ich hatte Glück, ihn überhaupt zu entdecken. Jemand hat sich große Mühe gegeben, ihn zu verstecken. Soweit ich das erkennen kann, wirkt er auch nicht vernachlässigt. Eher so, als wäre er erst vor Kurzem dort geparkt worden.

Wir schleichen um das Fahrzeug herum, um es uns genauer anzusehen. Die Motorhaube ist kühl, als ich vorsichtig eine Hand auf sie lege. Ich achte darauf, keine Alarmsensoren auszulösen … und überlege es mir dann anders. Ich wechsle einen Blick mit Sam und wieder einmal sind wir uns völlig einig.

»Tu es«, sagt er fest.

Entschieden betätige ich den Türgriff – verschlossen –, und die Stille wird von einer schrillen und durchdringenden Sirene durchbrochen, die schmerzhaft in meinen Ohren nachhallt. Sam und ich ziehen uns in den Schatten zurück und warten; es dauert nicht lange, bis eine schlanke rothaarige Frau aus der Öffnung eines der Ziegelgebäude gelaufen kommt, ein paar Bretter beiseiteräumt und stirnrunzelnd den Wagen betrachtet. Die abwechselnd blinkenden Warnleuchten und Scheinwerfer tauchen ihr Gesicht erst in weißes, dann in goldenes Licht, und sie kramt die Schlüssel aus ihrer Manteltasche und schaltet den Alarm aus.

In die Stille hinein sage ich: »Arden Miller?«

Sie tritt so schnell den Rückzug an, dass sie beinahe hinstürzt, aber Sam ist bereits hinter ihr, um ihr den Weg abzuschneiden. Sie prallt gegen ihn und flüchtet sofort in den Wagen. Ich sehe die Angst in ihrem Gesicht. »Lassen Sie mich zufrieden!«, schreit sie, drückt aufs Gaspedal und fährt auf mich zu, in der Hoffnung, einfach durchzubrechen.

Ganz ruhig ziehe ich meine Waffe und richte sie auf sie, und sie stoppt in einer Wolke aus Zweigen und Blättern und Kieselsteinen. Ihre Hände schießen nach oben, als würden sie an Strippen hängen.

»Töten Sie mich nicht«, jammert sie und bricht in Tränen aus. »O Gott, bitte, töten Sie mich nicht, ich kann Sie bezahlen, ich kann Ihnen Geld geben, ich tue alles …«

»Entspannen Sie sich«, sage ich. In meiner Stimme liegt ein Befehlston, und mir ist klar, dass das kontraproduktiv ist. Ich bemühe mich um einen sanfteren Tonfall. »Miss Miller, niemand wird Ihnen wehtun. Atmen Sie tief durch. Entspannen Sie sich. Ich heiße Gwen. Und das ist Sam. Okay? Entspannen Sie sich.«

Die dritte Aufforderung scheint endlich zu ihr durchzudringen. Keuchend atmet sie ein und aus und nickt dann. Sie ähnelt ihrem Foto nicht sonderlich. Die Haare sind noch rot, allerdings zu einem kurzen, frechen Bob geschnitten, und sie trägt eine dicke Brille, die ihre blauen Augen größer wirken lässt. Allen Konventionen nach ist sie eine hübsche Frau, aber irgendetwas an ihr …

Ich brauche einen Augenblick, um es zu erkennen. Arden Miller hat ihr Leben nicht als biologische Frau begonnen, aber ihre Umwandlung ist beinahe perfekt. Sie bewegt sich richtig, verlagert das Gewicht an den richtigen Stellen. Falls bei ihr plastische Chirurgie vorgenommen wurde, ist sie makellos gelungen. Sie sieht weiblicher aus als ich und verhält sich auch so.

»Haben die Sie geschickt?«, fragt sie und blickt mit tränenüberströmtem Gesicht von mir zu Sam und wieder zu mir zurück. »Ich hab sie nicht! Ich schwöre, ich hab sie nicht, bitte tun Sie mir nicht weh, ich sag Ihnen alles!«

»Was haben Sie nicht?«, fragt Sam und sie zuckt zusammen. Ich bedeute ihm mit der Hand, sich zurückzuziehen, und das tut er. Ich stecke meine Waffe zurück in das Holster.

»Ich sag Ihnen was, Arden, setzen wir uns doch einfach hin. Gibt es hier einen Ort, an dem Sie sich wohler fühlen würden?«

Sie schnieft und tupft sich die Augen mit der Sorgfalt von jemandem, der es gewohnt ist, sein Mascara nicht zu verschmieren. »Drinnen. Auch wenn es nichts Besonderes ist. Ich komme zum Arbeiten her.«

»Okay«, sage ich. »Gehen wir rein.«

* * *

Wie sich herausstellt, ist Ardens *Arbeit* atemberaubend. Ich habe nicht viel Ahnung von Kunst, aber selbst ich erkenne, dass das, was sie hier mit Farbe und Leinwand kreiert, einfach phänomenal ist – sie dokumentiert die Zerstörung, den Zusammenbruch, die Schönheit. Sie hat Markerville als Vorlage genommen und es imposant anstelle von morbide wirken lassen. Sechs Leinwände lehnen an den Wänden, um zu trocknen. Sie arbeitet in dem alten Post-Gemischtwaren-Laden, der entgegen allen Erwartungen noch eine Frontscheibe hat, durch die aus dem Osten die Sonne hereinfällt. Im Augenblick brennen Laternen, und sie hat ein altes Sofa gefunden, das halbwegs sauber ist. Ich vermute, sie übernachtet hier auch manchmal; ich sehe einen zusammengerollten Schlafsack und eine ordentliche Campingausrüstung. Arden benutzt auch den alten Rollschreibtisch – vermutlich ein Sammlerstück –, der an der weiter entfernten nördlichen Wand steht und auf dem ein Laptop liegt. Hier draußen gibt es kein LAN oder WLAN, also verwendet sie vermutlich ein Prepaidhandy für die Internetverbindung und einen Anonymizer, um verschlüsselt online zu gehen. So würde ich es jedenfalls machen.

Hier drinnen fühlt sich Arden sichtlich besser. Der Anblick ihrer Gemälde und ihr Zimmer geben ihr Sicherheit und Stärke. Sie führt uns zur Couch, und sie und ich setzen uns hin, während Sam die Gemälde studiert. Arden wirft ihm ab und zu einen Blick zu, konzentriert sich aber auf mich.

»Was wollen Sie?«, fragt sie mich angespannt. »Haben die Sie geschickt?«

»Niemand hat uns geschickt«, sage ich, was nicht ganz stimmt, aber nah genug an der Wahrheit ist. »Wir dachten nur, Sie könnten uns vielleicht helfen, Arden.«

Sie setzt sich etwas aufrechter hin und ich sehe Misstrauen in ihren Augen aufblitzen. »Wobei?«

»Absalom.« Ich lasse das Wort einfach so im Raum stehen und sehe die nackte Panik in ihr aufblitzen. Sie hält ganz still, als würde sie sonst zerbrechen. Ich greife nach Strohhalmen. »Die sind auch hinter mir her gewesen. Und ihm. Wir müssen herausfinden, wie wir sie aufhalten können.«

Keuchend atmet sie aus und verschränkt die Arme vor der Brust. Ablehnend, aber nicht mir gegenüber. »Ich bewege mich hauptsächlich außerhalb des Rasters«, sagt sie. »Damit sie mich nicht finden können. Das sollten Sie auch tun.«

»Das versuche ich«, erkläre ich und vertraue noch einmal meinem Instinkt. »Wann sind Sie aus der Gruppe ausgestiegen?«

Diesmal zögert sie kaum. Ich spüre, dass sie die Geschichte schon lange jemandem erzählen will und sich nach menschlichem Kontakt sehnt. Nach Freundschaft, selbst wenn sie nur temporär ist. »Vor ungefähr einem Jahr«, gibt sie zu. »Ich bin nie Teil des inneren Kreises gewesen, wissen Sie? Anfangs war es nur ein Spiel. Pädos trollen. Leute verhöhnen, die es verdient hatten. Oder von denen wir zumindest dachten, dass sie es verdient hatten. Und wir wurden auch dafür bezahlt, das zu tun.«

Diesmal bin ich es, die sich erstaunt zurücklehnt, weil das etwas ist, das ich überhaupt nicht in Betracht gezogen hatte. »Bezahlt? Von wem?«

Arden lacht. Es klingt wie das Rascheln von Blättern in einem trockenen, toten Wald. »Als wüsste ich das. Aber es war eine ordentliche Summe. Und es war in Ordnung, bis … bis ich herausgefunden habe, warum wir das getan haben. Nicht, dass sie das dem Fußvolk wie mir auf die Nase gebunden hätten, aber einer der Eingeweihten hat einen Fehler gemacht und es erwähnt.«

Ich schlucke. Aus irgendeinem Grund habe ich das dringende Bedürfnis, etwas zu trinken, als wäre ich durch eine Wüste gekrochen. Ich befinde mich hier in fremdem Territorium. »Das verstehe ich nicht.«

»Hören Sie, wir haben es natürlich vor allem aus Schadenfreude gemacht; wir waren auch gut darin, weshalb man uns für die Spezialprojekte rekrutiert hat. Ich dachte, es sei eine Art von Kreuzzug, verstehen Sie? Etwas Reines. Aber sie haben uns hinter Menschen hergeschickt, wenn die ihr Schutzgeld nicht mehr bezahlt haben. Sie haben uns losgeschickt, um sie zu bestrafen und dazu zu bringen, die Bank wieder zu öffnen«, sagt sie. »Wir waren einfach virtuelle Schläger. Wenn die Leute auf stur schalten, werden die Bluthunde wie ich von der Kette gelassen. Aber da beißt sich dann der Hund in den Schwanz.« Arden lacht wieder. Es klingt nicht glücklich. »Der Gedanke, dass jemand Geld damit macht, Menschen zu ruinieren – das ist einfach falsch.«

»Es ist also besser, sie gratis zu ruinieren?«, frage ich. Ich fühle mich leicht benommen.

Diesmal ernte ich lediglich ein bedauerndes Schulterzucken. »Wenn man etwas Falsches tut und im Internet ist, muss man solche Dinge schon erwarten, oder nicht?«

Ich mag Arden, aber das verblüfft mich. Das ist ihr Schwachpunkt, die Annahme, dass Grausamkeit im richtigen Kontext in Ordnung ist. *Etwas Falsches tut.* Jeder hat schon mal etwas Falsches getan. Selbst jetzt sieht sie noch nicht ein, welche schrecklichen Auswirkungen es haben kann, so einfachen Zugriff auf ein Opfer zu haben.

Ich muss meinen kompletten Eindruck von Absalom revidieren. Ich habe die Gruppierung als manipulative Fanatiker abgeschrieben, die es einfach aus Spaß an Chaos und Zerstörung tun, und einige von denen passen ganz sicher auch in dieses Konzept. Doch das, was Arden beschreibt … das geht darüber hinaus. Ist viel zynischer. Hat Melvin sie dafür bezahlt, auf mich loszugehen? Aber wie? Er hatte vom Gefängnis aus keinen Zugriff auf sein Geld. Vielleicht hat er ja Gefallen eingetauscht.

Es mit leidenschaftlichen, unglaublich psychopathischen Trollen zu tun zu haben, ist eine Sache. Es mit Psychopathen zu tun zu haben, deren tatsächlicher Job es ist, hinter mir her zu sein, ist vielleicht noch schlimmer.

»Arden.« Ich beuge mich vor und lege so viel Positivität und Ernsthaftigkeit in meine Stimme, wie ich kann. »Warum hat sich Absalom gegen Sie gewandt?«

Ihr Gesicht verzieht sich zu einer Grimasse. Sie deutet mit einer Hand auf ihren Körper. »Sie haben es herausgefunden«, sagt sie. »Viele von denen hassen Frauen. *Alle* hassen Transfrauen. Sie haben angefangen, Beiträge über mich zu posten. Ich habe mich gewehrt. Als sie weitergemacht haben, habe ich ein paar ihrer Zahlungsunterlagen vom Server heruntergeladen und ihnen gesagt, ich würde sie veröffentlichen, wenn sie weiter hinter mir her sind. Ich dachte, das würde sie stoppen.« Sie sieht zur Seite. »Ich hatte an dem Tag einen Freund bei mir zu Besuch. Ich bin rausgegangen, um uns chinesisches Essen zu besorgen. Als ich zurückgekommen bin, stand mein Apartment in Flammen. Das gesamte Gebäude war in die Luft gegangen. Sieben Menschen sind gestorben.«

»Und … Sie glauben nicht, dass das ein Unfall war«, sage ich. »Das tut mir sehr leid.«

Sie nickt und kämpft gegen einen weiteren Tränenausbruch an. »Für eine Weile haben sie geglaubt, sie hätten mich erwischt. Ich bin herumgezogen, habe Orte gesucht, an denen ich außerhalb ihres Radars bleiben konnte. Das einzig Gute daran ist, dass ich mit dem Malen begonnen habe, und die Galerie, bei der ich die Bilder gezeigt habe, sagt, dass ich ziemlich gut darin bin. Ich muss die hier verkaufen und dann aus dem Land verschwinden. Vielleicht wird es irgendwo anders leichter. Vielleicht in Schweden.«

»Die Unterlagen, die Sie mitgenommen haben«, sage ich, »Arden … haben Sie die noch?«

Ich bete, dass sie Ja sagt, aber sie sieht mich traurig an und schüttelt den Kopf. »Sie waren auf einem USB-Stick«, sagt sie.

»Der ist mit allem anderen in die Luft gegangen. Ich habe nichts mehr gegen sie in der Hand. Ich habe Todesangst, Gwen. Sie nicht?«

»Doch, die habe ich auch«, versichere ich ihr. »Wissen Sie wirklich nichts, das mir dabei helfen könnte, sie zu finden …?«

Sie denkt darüber nach. Zupft ein verirrtes rotes Haar von ihrer Jeans und lässt es in einem Sonnenstrahl davontreiben. Sieht zu, wie es fällt.

»Eine Sache weiß ich«, sagt sie schließlich. »Ich weiß, wo das Arschloch lebt, das die größte Wut auf mich hatte. Das war das Letzte, was ich herausgefunden habe, bevor ich zu viel Angst bekam, um es noch weiter zu treiben.«

Ich schaue Sam an. Er dreht sich zu uns um und nickt. »Würden …. Sie es uns sagen? Uns an Ihrer Stelle hinter ihm herjagen lassen?«

Arden verschränkt die Finger in ihrem Schoß und setzt sich aufrecht hin. Sie erwidert meinen Blick und ich sehe Trotz darin. Wut. Angst. Aber vor allem Entschlossenheit.

»Ich bin kein guter Mensch gewesen«, sagt sie. »Ich habe mich selbst gehasst, und ich habe geglaubt, die Welt sei grässlich und jeder würde das verdienen, was er bekommt. Ich wollte, dass jeder so leidet wie ich. Aber so bin ich jetzt nicht mehr. Und mir tun all die Leute leid, hinter denen ich online her gewesen bin. Ich wollte nie …« Sie hält inne und schüttelt den Kopf. »Ich weiß, dass das nicht viel bedeutet. Aber wenn Sie diesen Kerl erwischen, ist das vielleicht ein Schritt in die richtige Richtung. Haben Sie einen Stift?«

Ich habe Stift und Papier im Wagen gelassen, aber Arden zuckt nur mit den Schultern, geht zum Rollschreibtisch und holt die Sachen hervor. Sie schreibt etwas auf und reicht es mir dann. Ich blinzle, weil ich eine Adresse erwartet habe.

»GPS-Koordinaten«, sagt sie. »Sie führen zu einer Hütte im Nirgendwo in Georgia. Aber seien Sie vorsichtig, Gwen. Und zwar *wirklich* vorsichtig. Ich war ein schrecklicher Mensch, aber dieser Kerl ist böse. Ich bekomme schon eine Gänsehaut, wenn ich nur an ihn denke.«

»Danke«, sage ich und stecke den Zettel ein. Zögernd stehe ich auf. »Kommen Sie zurecht?«

Arden sieht zu mir auf. Ihre Augen sind klar, ihr perfekter Kiefer vorgereckt. Ich erkenne diesen Blick. Ich habe ihn selbst im Spiegel gesehen. Er kommt zustande, wenn man seine eigenen Ängste nimmt und daraus Kraft schöpft. »Noch nicht«, sagt sie. »Aber eines Tages. Ja. Da werde ich es.«

Ich reiche ihr die Hand und sie schüttelt sie. Sam kommt näher, und ich sehe, wie sich Arden etwas verspannt. Sie ist im Umgang mit Männern sehr argwöhnisch. Ich frage mich, wie viele Misshandlungen sie bereits erlitten hat. Aber er hält ihr nur ebenfalls die Hand hin und sie schüttelt sie schließlich.

»Sie sind wirklich gut«, sagt er. »Machen Sie weiter damit. Und passen Sie auf sich auf.«

Sie schenkt ihm ein leichtes, vorsichtiges Lächeln. »Das mache ich. Und Sie auch. Sie beide.«

* * *

Ich rufe die Kinder von einer Telefonzelle aus an, in der es nach verschüttetem Bier stinkt und von Schweiß und anderen Dingen nur so klebt. Connor ist zugeknöpft wie immer, und Lanny hat diese coole, distanzierte Haltung, die mir zeigt, wie sauer sie ist, dass ich nicht da bin. Ich fühle mich schrecklich. Ich finde es schrecklich, dass ich sie zurücklassen musste. *Es wird nicht lange dauern. Das könnte der Durchbruch sein, auf den wir gehofft haben.*

Vielleicht lasse ich Sam einfach allein weitermachen, denke ich, als ich auflege. Doch obwohl mich die Schuldgefühle innerlich zerreißen, weiß ich auch, dass ich es wohl nicht tun werde. *Ich* muss Melvin aufhalten.

Nur noch ein paar Tage.

Wir brauchen einen weiteren vollen Tag, um in die Nähe der GPS-Koordinaten zu gelangen, die Arden uns gegeben hat. Ich hoffe inständig, dass das nicht nur irgendwelche Ziffern sind, die sie schnell hingekritzelt hat, um uns loszuwerden … aber sie hat recht, sie führen uns ins komplette Nirgendwo in Georgia, so abgelegen, wie es nur geht. Nach einigen Diskussionen ruft Sam seinen Freund Agent Lustig an, und wir berichten ihm, was wir von Arden erfahren haben; Lustig sagt, er werde das überprüfen, sobald er das Personal dafür habe.

Weil das vielleicht nie der Fall sein wird, beschließen wir, nicht darauf zu warten.

Wir schlafen ein paar Stunden im SUV auf einer Forststraße, und als Sam mich aufweckt, ist es bereits Nacht. Es ist kühl und feucht. Unsere Windschutzscheibe ist von einer dünnen Frostschicht überzogen.

»Wir sollten weiter«, sagt Sam. »Nachsehen, ob der Kerl zu Hause ist.«

»Sag Lustig, dass wir aufbrechen«, schlage ich vor.

»Mike wird uns antworten, dass wir das bleiben lassen sollen.«

»Tja, dann soll er doch seinen Arsch hier rausbewegen und uns aufhalten.«

Sam grinst, wählt die Nummer und landet auf dem Anrufbeantworter. Er gibt Lustig einen kurzen Bericht darüber ab, wo wir sind und was wir vorhaben, dann schaltet er das Handy aus und steckt es in seine Tasche. Ich stelle meins ebenfalls stumm.

»Bereit?«, fragt er mich. Ich nicke.

Und wir gehen los.

Es ist eine beschwerliche Wanderung über einen steilen, schwierigen Abhang, und nur weil wir wissen, wohin wir müssen, bleibt es uns erspart, unser Ziel komplett zu übersehen.

Ich hocke mich hinter eine Hecke aus Unterholz, in den Schatten einer über uns aufragenden Pinie. Es ist eine kleine Hütte mit höchstens zwei Zimmern, aber sie wirkt sehr gepflegt. Vichygemusterte Vorhänge in den Fenstern, draußen ein ordentlicher Stapel Feuerholz, der darauf wartet, dem Haus Wärme und Gemütlichkeit zu schenken. Heute brennt jedoch kein Feuer. Es steigt kein Rauch aus dem Kamin.

Im Hauptzimmer geht ein Licht an. *Irgendjemand ist zu Hause.* Sam hat mich darauf eingeschworen, dass wir nur beobachten und Bericht erstatten und nur dann hineingehen, wenn wir sicher sind, dass niemand da ist; nach Ardens Warnung will keiner von uns eine gewalttätige Konfrontation mit einem Soziopathen heraufbeschwören. Also werden wir warten müssen, bis er geht ... oder müssen später noch mal herkommen. So kalt, wie mir gerade ist, bin ich für die zweite Option, denn es ist bereits stockdunkel, und der Wind bringt eine Eiseskälte mit sich, die mir die Tränen in die Augen treibt. Jeder Atemzug brennt in der Kehle. Außerdem bin ich stocksteif und will nur nach Hause und meine Kinder fest an mich drücken.

Aber ich reiße mich in den folgenden langen Stunden zusammen, als Lichter in der Hütte an- und ausgehen, als der Fernseher angeschaltet und später wieder ausgeschaltet wird. *Geh*, flehe ich die Person drinnen an, aber das passiert nicht. Ich denke darüber nach, was wir mit dieser Aktion gern erreichen würden. Eine handgeschriebene Liste der echten Namen anderer Absalom-Hacker wäre nett. Wird natürlich nie passieren. Aber ich wäre auch mit Online-Handles zufrieden, mit denen wir das FBI eventuell dazu bringen könnten, sie nachzuprüfen. Sams Freund dort könnte uns ein paar nützliche Informationen besorgen. Zumindest haben wir schon mal einen Verdächtigen für Mike Lustig aufgespürt, den er verhören könnte. Das muss doch zu etwas gut sein.

In der Hütte läuft das Radio. Irgendetwas Leises und Ruhiges. Jazz, glaube ich zu erkennen. Das mag stereotypisch sein, aber ich hätte bei einem Hacker eher Thrash Metal erwartet. Coltrane wirkt irgendwie nicht charakterkonform. Plötzlich geht die Musik aus und eine Minute später auch das Licht im vorderen Fenster. Von da, wo ich hocke, kann ich nicht seitlich auf die Hütte blicken, aber ich sehe, dass von dort Licht in einem goldenen Kreis auf den Boden leuchtet. Und ich sehe auch, als es ebenfalls ausgemacht wird.

Unser Ziel geht zu Bett. *Endlich.* Zum ersten Mal schaue ich auf mein Handy. Es ist fast zwei Uhr morgens.

Geräuschlos steht Sam auf, und ich versuche, es ihm nachzumachen. Ich bin sportlich und kräftig, aber im dunklen Wald herumzukriechen, gehört nicht zu meinen besonderen Fähigkeiten. Ich versuche einfach, nichts zu offensichtlich Dummes zu tun. Er fährt sich mit der Hand über die Kehle; er will für heute abbrechen und es morgen noch mal versuchen. Wir müssen eine Zeit abpassen, in der niemand in der Hütte ist, um jegliche Konfrontation zu vermeiden. Ich verstehe das, aber es ist so frustrierend, so nahe zu sein und doch keine Antworten zu bekommen. Irgendwelche Antworten.

Du willst doch niemanden verletzen, Gwen, ermahne ich mich selbst. Da spricht der Engel auf meiner einen Schulter. Der Teufel auf der anderen raunt mir genau das Gegenteil zu, nämlich dass ich nichts lieber will, als diesem Mann eine Waffe an den Kopf zu halten und zu erfahren zu verlangen, mit welchem Recht er es sich herausnimmt, mein Leben und das Leben meiner unschuldigen Kinder zur Hölle auf Erden zu machen. Was für ein kranker Bastard schlägt sich auf die Seite eines kaltblütigen Psychopathen, der unschuldige junge Frauen foltert und ermordet? Und lässt sich dafür auch noch bezahlen?

Ich will nicht gehen. Ich will da rein und ihn zur Rede stellen. Doch ich weiß, dass Sam recht hat und ich viel zu emotional an die ganze Sache herangehe. Ich will meinen Ex-Mann tot sehen, denn jeder Augenblick, in dem er frei in der Welt herumläuft, ist ein weiterer Augenblick, in dem er Menschen wehtut. Und es auf meine Kinder und mich abgesehen hat.

Ich zwinge mich zu einem Nicken, um Sam anzuzeigen, dass wir unsere Observierung abbrechen und morgen wiederkommen.

Aus dem Augenwinkel nehme ich verschwommen eine Bewegung wahr, und mein Kopf schnellt nach rechts, wodurch ich gerade noch rechtzeitig ein Kaninchen aus seiner Deckung huschen und über den freien Platz vor der Hütte laufen sehe. Verfolgt wird es von einer schwarzen Katze. Keins der beiden Tiere macht irgendein Geräusch. Leben und Tod spielen sich direkt vor unserer Nase ab.

Das flüchtende Kaninchen hat gerade ein Viertel des Weges über die Lichtung hinter sich gebracht, als plötzlich ein grelles Licht aufflammt, das den gesamten Halbkreis vor dem Haus beleuchtet. *Ein Bewegungsmelder.* Ich gehe wieder in die Hocke und sehe, wie Sam das Gleiche tut. Gedanklich verpasse ich mir einen Tritt dafür, die Vorrichtung übersehen zu haben, aber sie war gut versteckt, bis sie wie ein weißer Feuerball aufgeblitzt ist; sie befindet sich weit hinten unter der Dachrinne, und als ich eine Hand hebe, um mich vor dem gleißenden Licht zu schützen, meine ich zu erkennen, dass sie hinter einer Art Drahtgewebe geschützt ist.

Sie wird nicht einfach zu erreichen, zu deaktivieren oder zu täuschen sein.

Das Kaninchen verliert das Rennen über den Platz. Die Katze setzt zum Sprung an, und das Kaninchen gibt ein Geräusch von sich, das unheimlich stark einem Schrei ähnelt, als es am Genick gepackt wird. Der kleine Schrei erstirbt, als die Katze ihre Beute heftig schüttelt und ihre Kiefer schließt. Katzen sind wirklich gute, effiziente Mörder.

Nachdem sie es getötet hat, lässt die Katze das schlaffe Pelzbündel auf den Boden fallen, scharrt mit den Tatzen noch eine Weile daran herum und spaziert dann davon. Lässt das tote Tier einfach liegen.

Ich muss an meinen Ex denken.

Dreißig Sekunden, nachdem die Katze fort ist, schaltet sich der Bewegungsmelder wieder aus und ich sehe zu Sam hinüber. Er hat die Szene ebenfalls verfolgt, wirkt grimmig und schüttelt schließlich den Kopf. Er scheint die Hütte für einen sehr schlechten Ort zu halten. Sie hat eine Aura von – ich überlege, wie ich es ausdrücken soll – *Finsternis*. Ich kann mir vorstellen, dass hier schlimme Dinge geschehen. Ich spüre beinahe, wie sich die Geister um mich herum versammeln. Was hat dieser gesichtslose Mann Böses getan? Arden schien wirklich Angst vor ihm zu haben.

Zum ersten Mal frage ich mich, ob sich nur eine Person in der Hütte aufhält. Teilt besagter Mann die Vorlieben meines Ex-Manns? Hat er vielleicht jemanden in die Hütte entführt? Wenn wir jetzt gehen, muss vielleicht jemand weiterleiden?

Es gibt hier keine richtige Antwort. Rechtlich gesehen tun wir etwas Illegales; wir haben nur wenige Informationen über diesen Mann, und es gibt keinerlei Beweise, dass er irgendetwas Unrechtes gemacht hat. Wir begehen Hausfriedensbruch. Vielleicht Stalking, da wir diesen Ort stundenlang ausspioniert haben. Und wir haben noch nicht mal einen Blick auf denjenigen werfen können, dem dieses Haus gehören soll.

Irgendetwas hat die ganze Zeit in meinem Hinterkopf rumort und plötzlich wird das Flüstern zu einem Schrei. *Er hätte raussehen müssen!*

Die Sicherheitsbeleuchtung hatte sich angeschaltet. Wenn er so paranoid ist, dass sich Leute seinem Haus nähern könnten, wie es diese Ausstattung nahelegt, dann hätte er raussehen müssen.

Vielleicht war er abgelenkt oder in einem anderen Zimmer, vielleicht auf der Toilette, wie auch immer, das ergibt dennoch keinen Sinn. Die Hütte ist nicht sonderlich groß. Er hätte es trotzdem merken müssen und den Vorhang weggezogen oder die Tür geöffnet und die Beleuchtung noch einmal aktiviert, um die Umgebung zu überprüfen.

All diese Lampen, die seit Sonnenuntergang immer wieder an- und ausgegangen sind. Da gibt es ein Muster. Jetzt, wo ich es in meinen Gedanken noch einmal abspiele, erkenne ich es.

Das läuft alles über eine Zeitschaltung. Mein Gott. Es ist niemand da.

Ich könnte natürlich auf dem Holzweg sein, aber das ist mir egal. Zuzusehen, wie dieses Kaninchen stirbt, die Blutfontäne in der Luft, als die Katze es geschüttelt hat, das alles erinnert mich an die Bilder, die dieser Mann mir geschickt hat, er oder einer seiner schleimigen kleinen Freunde. Bilder, die darauf abzielen, die Opfer meines verbrecherischen Mannes zu entehren; Bilder, bei denen die Gesichter meiner Kinder digital auf Mord- und Vergewaltigungsopfer montiert wurden und die sie in erniedrigenden und schrecklichen Posen zeigen. Dieser Mann ist ein Feigling. Er versteckt sich hier draußen in der Wildnis und quält meine Familie. Und ich bin hier und werde nicht wieder gehen, ohne ihm deutlich zu machen, dass er nicht sicher ist. Nicht vor mir. Nicht mehr.

Den Bewegungsmelder ignorierend, stehe ich auf und laufe auf die Vordertür zu.

Das Licht flammt wieder auf, nachdem ich nur zwei Schritte aus meiner Deckung gekommen bin, aber ich zögere nicht. Ich höre Sam hinter mir; er hat nicht nach mir gerufen, und ich bin etwas überrascht, dass er mir gefolgt ist. Ich weiß, dass er wütend sein wird. Wir überqueren die Freifläche und

73

pressen uns zu beiden Seiten der Vordertür gegen die Wand. Nach einer gefühlten Ewigkeit geht das Licht wieder aus, und ich muss blinzeln, um die grellen Nachbilder zu vertreiben.

»Was zum Teufel machen wir hier?«, flüstert Sam.

»Reingehen!«

»Gwen, nein!«

»Doch!«

Wir haben keine Zeit für lange Streitgespräche, das weiß er auch. Er wirft mir einen wütenden und frustrierten Blick zu, doch dann dreht er sich um, stellt sich aufrecht hin und tritt mit dem Stiefel direkt am Schloss gegen die Tür. Die Tür wackelt, öffnet sich aber nicht. Er versucht es noch mal. Und noch mal.

Nichts. Die Tür ist dafür da, um schwererem Geschütz als uns zu widerstehen.

Aber die Fenster nicht.

Ich gehe herum zur Seite. Das Fenster hier ist verschlossen, aber wir sind jetzt schon so weit vorgedrungen und ich habe nicht vor zu zögern. Die Scheibe erweist sich als zerbrechlich, obwohl sie dick und doppelt ist, und sobald ich genug Glas zerbrochen habe, greife ich mit der Hand hinein, lege den Haken um und schiebe es nach oben, um hineinzuklettern.

Ich ziehe meine Waffe aus dem Holster. Sam hat seine eigene Waffe bereits im Anschlag, als er sich hinter mir durch das Fenster windet und auf die Füße rollt.

Keine Geräusche. Kein Licht. Ich sehe einen Lampenschirm und taste wild nach dem Schalter; als ich ihn finde und drücke, geht das Licht an. Vor uns sehen wir ein paar Plüschsessel, einen Webteppich, einen kleinen Tisch, auf dem die Lampe steht, ein paar Bücherregale mit verschiedensten Inhalten und eine Küche mit einem winzigen Herd und einem Kühlschrank, die aussehen, als würden sie noch aus den Fünfzigern stammen.

Es ist niemand da.

Sam ist noch immer in Bewegung. Rechts von uns befindet sich eine Tür, und er öffnet sie und hält die Waffe in das Zimmer gerichtet, während ich den Lichtschalter betätige.

In dem Zimmer steht ein Einzelbett, über das ordentlich eine waldgrüne Decke gelegt wurde. Hinter einer kleinen Trennwand befinden sich eine Dusche und die Toilette.

Und es ist wirklich niemand hier.

Sam betritt kurz das kleine Bad und kommt gleich wieder heraus. »In der Dusche ist noch etwas Feuchtigkeit. Könnte von irgendwann heute stammen.« Er wirft mir diesen *Blick* zu. »Du hattest Glück, Gwen. Er hätte hier sein können.«

»Ach, komm schon, er hat alles über eine Zeitschaltung laufen, was bedeutet, dass er nicht hier ist«, fauche ich. »Wenn wir mit Samthandschuhen vorgehen, erreichen wir gar nichts, Sam. Und das wird meinen Kindern nicht helfen.«

Sam schüttelt den Kopf, aber er widerspricht mir nicht ... er liebt meine Kinder ebenfalls, das weiß ich. Unsere Freundschaft ist seltsam, egal, welche Maßstäbe man anlegen mag; es sollte sie überhaupt nicht geben, und manchmal habe ich das Gefühl, es ist so, als würde man auf dünnem Eis über einen schrecklich dunklen Abgrund gleiten. Aber er will das, was ich auch will. Und das wird sich nicht ändern.

Jetzt, wo ich in der Hütte dieses Fremden stehe, spüre ich wieder das Gefühl der Finsternis. Der Mann führt ein verborgenes Leben. Ich weiß nicht, welchen Sittenlosigkeiten er sich hingibt, aber ich weiß, dass es etwas Schreckliches sein muss.

Es ist schwer, sich dieses normale Haus anzuschauen, die ruhige Ordnung darin, wo dieser Mann doch sein Leben der Vernichtung anderer Menschen gewidmet hat. Ich bin wütend. Vermutlich zu wütend. Ich will alles hier drin zerstören. Und was hält mich eigentlich davon ab? Die Wahrheit ist, wir begehen bereits ein Verbrechen, nur weil wir uns hier drin aufhalten.

Es ist Einbruch. Ein bisschen Vandalismus scheint da die passende Ergänzung.

»Schau dich um«, weise ich Sam an. »Es muss hier etwas geben, das wir mitnehmen können. Irgendetwas, das uns verrät, was er tut. Falls wir richtig Glück haben, gibt es auch irgendwelche Korrespondenz mit Melvin.«

Sam nickt, deutet aber gleichzeitig mit Nachdruck auf seine Uhr; falls es irgendeine Art von Alarmsystem gibt, stecken wir bereits in Schwierigkeiten. Ich bezweifle es allerdings. Jemand, der absichtlich so weit entfernt von der Zivilisation haust, verlässt sich nicht auf die Polizei. Er verlässt sich auf die Sicherheit einer Smith and Wesson. Wäre er hier, oder irgendwo in der Nähe, hätte er bereits das Feuer auf uns eröffnet. Wir sind sicher. Für den Moment.

»Dokumente«, sage ich. »Elektronische Unterlagen. Alles, das aussieht, als könnte es von Nutzen sein, okay? Zehn Minuten.«

»Fünf«, sagt er und überlässt mich dann mir selbst.

In der Ecke dieses kleinen Zimmers steht ein kleiner Schreibtisch. Wie alles andere auch ist er peinlich sauber und besteht aus poliertem Ahorn in einfachem Landhausstil. Ich öffne die Schubladen, ziehe sie heraus und schütte sie aus, um dahinter und darunter nachzusehen. Wir können unseren Einbruch sowieso nicht vertuschen. Also können wir das hier auch gleich richtig machen.

Ich finde nichts, was ich sofort als wichtig einstufen würde. Hauptsächlich Quittungen. Ausgedruckte Sachen, die nicht sonderlich erhellend sind. Ich stopfe einfach alles in meinen Rucksack.

Ich trage Handschuhe, habe also keine Fingerabdrücke hinterlassen; ich packe den Rest wieder zurück in die Schubladen und schiebe sie wieder in den Schreibtisch. Ich überprüfe den Kleiderschrank. Darin befindet sich ein riesiger Waffensafe, aber als ich ihn anstarre, fällt mir eine Schuhschachtel auf, die auf ihm steht. Ich öffne sie. Noch mehr Quittungen. Ich stopfe sie ebenfalls in meinen Rucksack. Eine flattert hinter den Safe, und als ich blind danach herumtaste, streifen meine Finger den scharfen Rand von etwas, das dort nicht hingehört.

Ich schiebe und es bewegt sich.

Magnetisch. Ich löse es vom Safe und ziehe es heraus. Es ist eine flache Schachtel mit einer Schiebeöffnung, wie die alte Schlüsselbox, die meine Oma immer in der Ersatzradmulde ihres Autos aufbewahrt hat.

In dieser hier steckt ein USB-Stick.

Ich hätte ihn nie gefunden, wäre mir nicht der Zettel hinter den Safe gefallen. Er befand sich an einem Platz, den man bei einer Suche übersehen hätte, und der Waffensafe ist zu groß und schwer, um ihn ohne größere Mühen zu bewegen.

Ich greife mir den heruntergefallenen Zettel und stecke ihn und den USB-Stick in den Rucksack.

»Hast du was?«, ruft Sam.

»Quittungen, ein paar Ausdrucke und einen USB-Stick«, antworte ich. »Kein Computer, nur ein Anschlusskabel. Den hat er vermutlich mitgenommen. Und du?«

Er taucht im Türrahmen auf. Ich kann seinen Gesichtsausdruck nicht lesen, aber irgendetwas darin veranlasst mich, von dem Kleiderschrank wegzutreten und zu ihm zu gehen. »Du solltest dir das ansehen«, sagt er schlicht. Ich weiß, dass mir das nicht gefallen wird, aber ich folge ihm in das Hauptzimmer. Alles ist an Ort und Stelle. Alles sauber und ordentlich. Ich frage mich, ob dieser Mann einen militärischen Hintergrund hat, weil wirklich jede Oberfläche glänzt. Falls es hier irgendwo Fingerabdrücke gibt, kann ich keine entdecken.

Sam öffnet einen Schrank. Er sieht aus wie eine normale Vorratskammer, gerade tief genug, um hineinzugreifen. Die acht Regalfächer darin sind vollgepackt mit Konserven und verschiedenem Allerlei. Wer immer dieses Absalom-Arschloch ist, er mag Dosenthunfisch und Fertigsuppen.

Sam legt einen Finger auf die Lippen und drückt gegen die Regale. Sie schwingen ohne das geringste Quietschen nach hinten. Dahinter befindet sich eine Treppe. Ein Bewegungslicht schaltet sich ein und enthüllt eine Wand mit einer billigen unechten Holzverkleidung. Darunter, am Ende der Treppe, lauert wie etwas Lebendiges eine Stahltür mit Vorhängeschloss. Ich fühle die Dunkelheit von dort durch die kühle Luft nach oben steigen, und einen Augenblick lang kann ich mich nicht bewegen. Es geht einfach nicht. Ich habe das Gefühl, als würde sie mich beobachten, meine Schwächen einschätzen.

Ich bin wie gelähmt von Rückblenden zur Folterkammer meines Ex-Manns, so sorgfältig verborgen in meinem eigenen Haus. Zum Keller von Lancel Grahams Waldhütte in den Hügeln über Stillhouse Lake, wo er mit liebevoller Kleinstarbeit diesen Ort des Grauens nachgebildet hatte.

Das hier fühlt sich so an, als wäre es etwas ebenso Schlimmes.

Langsam gehen wir nach unten, achten auf jeden Schritt; Sam macht sich vermutlich der Geräusche wegen Sorgen, ich jedoch nicht. Ich mache mir Sorgen wegen versteckter Fallen und Stolperdraht. Dieser Ort fühlt sich nach Tod an. Nach Drohungen und Konsequenzen.

»Stopp«, flüstere ich, als Sam die letzte Stufe nach unten nimmt. Er ist nur noch einen Meter von der Tür entfernt. Er hört auf mich und bleibt stehen, um mich anzusehen. Ich starre weiter auf das stählerne Gesicht dieses Dings und schüttle langsam den Kopf. »Das ist falsch. Tu es nicht.«

»Gwen …«

»Bitte, Sam.« Mir ist jetzt übel und ich zittere. Die Dringlichkeit verursacht mir regelrecht Schmerzen. »Wir müssen gehen. Jetzt. *Sofort.*« Ich bin kein Medium, habe keine Spur von irgendeiner Gabe oder so etwas, aber ich habe Instinkte.

Instinkte, die ich bei Melvin Royal jahrelang ignoriert hatte. Ich hätte wissen müssen, was er trieb, welche Horrorshow sich unter meinem Dach abgespielt hat. Aber das habe ich nie, zumindest nicht bewusst.

Das wird mir nie wieder passieren. Ich weiß nicht, was passiert, wenn Sam diese Tür berührt, aber ich spüre, dass etwas nicht stimmt. Das hier ist jetzt eine Aufgabe für das FBI, nicht für zwei Amateurdiebe. Dieser Ort fühlt sich klaustrophobisch an, und ich habe das Gefühl, beobachtet zu werden.

Sam akzeptiert meine Entscheidung, was ein Geschenk ist, das ich gar nicht genug zu schätzen weiß; ich denke, die meisten Männer hätten mich ignoriert und einfach weitergemacht. Als Folge davon haben wir es fast bis ans obere Ende der Treppe geschafft, als sich die Tür unten mit einem flüsternden Seufzen öffnet. Ich höre ein entferntes, kaum vernehmbares Klicken.

Sam hält inne. Ich weiß nicht, was da aus dieser Tür kommt, und ich will es gar nicht wissen. Ich greife nach Sam und mache einen Satz nach vorn – vorbei an den Regalen, raus aus dem Wandschrank – und zerre ihn dabei mit mir.

Sam ist gerade so durch die Öffnung, als uns irgendetwas anhebt und mit gewaltiger Kraft durch das Zimmer schleudert. Ich verschränke die Arme vor meinem Gesicht und ziehe meine Beine hoch, in dem instinktiven Versuch, mein Gehirn und meinen Magen zu schützen. Meinen Aufprall an der Wand spüre ich kaum. Und ich spüre definitiv nicht, wie ich auf dem Boden aufkomme, denn plötzlich bin ich einfach da, liege auf dem Holz und schaue nach oben, während eine Wolke aus orangefarbenem Licht das Zimmer flutet. Ich verstehe nicht, was das ist. Ich spüre eine Hitzewelle, und dann bewegt sich das Dach seltsamerweise weg von mir, als hätte es ein Riese abgenommen. Die Lichter, die wir eingeschaltet hatten, verlöschen wie Kerzen, und ich sehe Sterne und Bäume. Und dann steht plötzlich alles in Flammen.

KAPITEL 5

GWEN

Ich komme wieder zu Bewusstsein, muss husten. Jemand gießt mir Wasser ins Gesicht. Das Wasser ist kalt, und ich zittere, rolle zur Seite und huste eine Zeit lang hilflos. Irgendwo in mir erwacht der Verstand, meldet Schmerzen in meinem Rücken, meinem Bein, meinem Arm. Mein Gehirn ist gut darin, diese Dinge zu analysieren, und es sagt mir, dass es nichts Ernstes ist. Ich hoffe, es lügt mich nicht an. Mein Kopf tut ebenfalls weh, was mir besorgniserregender scheint. Ich habe das Gefühl, einen Aschenbecher ausgeleckt zu haben, greife blind nach der Wasserflasche, mit der mir ins Gesicht gespritzt wurde, und spüle mir damit den Mund aus. Ich spucke aus, dann trinke ich durstig. Was wohl ein Fehler ist. Das schwere Gewicht des Wassers trifft hart meinen Magen.

Ich rolle mich auf die Knie, schwanke ein wenig, finde mein Gleichgewicht wieder und stehe auf. Ich befinde mich auf der Lichtung, nahe der Baumgrenze. Sam kniet neben mir, und er sieht schlimmer aus, als ich mich fühle – er blutet aus einer Schnittwunde auf seinem Kopf, außerdem zittert er, und als er versucht aufzustehen, belastet er eine Seite stärker. Ich helfe ihm. Er stöhnt und drückt sich eine Hand gegen die Rippen.

»Wie haben wir …« Ich blicke zurück zur Hütte.

Es ist das reinste Inferno. Sprachlos betrachte ich das Chaos, und das Wissen, dass wir dort drin waren, prasselt auf mich ein. Wie hypnotisiert starre ich einfach nur hin. *Wie haben wir es da rausgeschafft?*

»Ich hab euch da rausgeholt. Was zum Teufel sollte das, Sam?«, höre ich eine fremde Stimme sagen. Sie gehört einem Mann, der etwas entfernt von uns steht und das Flammenmeer betrachtet. Er ist über eins achtzig groß, trägt einen gefütterten schwarzen Parka, um den ich ihn im Augenblick sehr beneide, und als er sich bewegt, funkelt ein goldenes Abzeichen an einer Kette um seinen Hals im Licht. *Ein Cop*, denke ich und erstarre. Aber das Abzeichen sieht anders aus. Ich kann es nicht sofort identifizieren. Meine Augen finden keinen richtigen Fokus. Er ist Afroamerikaner und seine Stimme hat diesen langsamen Südstaatenakzent, wodurch er freundlich wirkt, doch ich sehe, wie er mich mustert, wie er abwägt. Ich erkenne außerdem, dass er eine kugelsichere Weste unter dem Parka trägt, als der Wind eine heiße Böe von der brennenden Hütte herüberweht und ihn zurückschlägt.

FBI. Es steht direkt auf der Weste.

»Mike Lustig«, sagt er. »Und ihr seid zwei verdammte Idioten. Was ist hier passiert?« Der letzte Satz ist an mich gerichtet, und Sam stöhnt, während er seine Haltung ändert.

»Ist das eine allgemeine Frage oder wollen Sie etwas Spezifisches wissen?«

»Er hat gesagt, ihr würdet euch *umschauen*. Was in Dreiteufelsnamen habt ihr gemacht?«

Mein Kopf wird langsam wieder klarer. Mike Lustig. Sams FBI-Freund. Fluchen scheint bei ihm zum normalen Wortschatz zu gehören. Ich wünschte, er würde leiser sprechen, denn in meinen Ohren klingelt es und mein Kopf pocht wie eine Basstrommel.

»Da war eine Art Sprengfalle«, erkläre ich. »Unten im Keller. Wir haben die Tür nicht geöffnet, aber irgendjemand hat es getan. Wir hatten Glück, aus dem Gang rauszukommen, bevor sie hochgegangen ist.«

»Das war kein Glück«, sagt Sam. »Du hast die Falle gerochen, ich nicht.«

Mike sieht von einem zum anderen. »Und ihr wisst nicht, was in dem versteckten Raum war?«

»Nein.«

»Verdammt«, sagt er. »Er hätte da unten alles haben können. Sogar eine Gefangene.«

Ich erstarre. »Wollen Sie damit sagen, dass ... dass da unten jemand war? Jemand, den wir hätten retten können?«

Mike schaut uns einfach nur an. Schließlich rührt sich Sam. »Verdammt, Mike. Was hast du über diesen Kerl gewusst?«

Lustig ignoriert die Frage. »Ich muss dich für eine ärztliche Untersuchung in die Stadt bringen. Diese Schnittwunde muss genäht werden. Und du belastest eine Seite stärker. Gebrochene Rippen? Was ist mit Ihnen, Ms Proctor?«

»Hör auf, das Thema zu wechseln!«, ruft Sam erbost.

Mike sieht an uns vorbei zur brennenden Hütte. Mir ist klar, dass da nichts mehr zu retten ist; das Haus fällt in sich zusammen. Er seufzt. »Das wird Aufmerksamkeit erregen. Die Feuerwehr ist vermutlich schon unterwegs; die nehmen Feuer hier in den Bergen sehr ernst. Kommt mit. Ich erzähl's euch im Wagen.« Er dreht sich um und geht in Richtung der Bäume, und einen langen Augenblick stehe ich einfach nur da, versuche zu verstehen, was passiert ist, was zum Teufel hier eigentlich vorgeht. Nichts ergibt irgendeinen Sinn. Vielleicht ist das der Schock; vielleicht ist es die Tatsache, dass mein Gehirn in seinem Knochenkäfig ordentlich durchgerüttelt wurde.

Erst Sams Hand auf meiner Schulter, die mich schweigend vorwärtsdrängt, bringt mich dazu, Mike zu folgen. Doch ich schaue immer wieder zurück auf das flammende Inferno, dessen Funken hoch in den Himmel stieben.

Was war in diesem Raum? Wer zum Teufel sind diese Leute? Das sind nicht nur Hacker. Das ist auch nicht nur ein Erpresserring.

Ich bin nicht sicher, ob ich mutig genug bin, die Wahrheit zu erfahren.

* * *

Wir sitzen auf dem Rücksitz des SUV des FBI-Agenten, was gleichzeitig angenehm und bedrohlich ist; ich bin mir ziemlich sicher, dass sich diese Türen nicht durch einfaches Hebelziehen öffnen lassen. Lustig schenkt uns starken, dunklen Kaffee aus einer Thermoskanne ein, bevor er den Wagen verlässt, um ein paar Anrufe zu tätigen. Ich trinke ihn gierig, mehr der Wärme als des Geschmacks wegen. Sam sagt nicht viel. Ich auch nicht. Wir betrachten das Feuer, das durch die Bäume noch immer sichtbar ist, und die Girlande aus blinkenden roten und blauen Lichtern, die sich den Berg hoch in unsere Richtung schlängelt.

Schließlich durchbreche ich das Schweigen. »Das ist also dein Freund. Agent Lustig.«

»Ja, wir haben zusammen gedient«, erklärt Sam. »Er ist dem FBI beigetreten; ich habe verlängert.« Er starrt zum Feuer, doch dann wandert sein Blick zu Lustig, der noch immer vor dem Fahrzeug am Telefon ist. Er schreitet auf und ab, vielleicht nur, um sich warmzuhalten, aber ich habe den Eindruck, dass es auch aus Nervosität geschieht. »Er weiß etwas, das er uns nicht erzählt hat.«

»Das habe ich schon mitbekommen«, bestätige ich und zucke zusammen, als ich die Position wechsle, um einen Schmerz zu lindern, worauf sich stattdessen an anderer Stelle ein schärferer Schmerz bemerkbar macht. Ich glaube zwar, dass nichts gebrochen ist, aber eindeutig ist jede Faser meines

Körpers überlastet. »Ist dir schon mal in den Sinn gekommen, dass er dich vielleicht genauso sehr benutzt, wie du glaubst, ihn zu benutzen?«

Ich denke nicht, dass Sam mir antworten wird, aber das tut er. Ohne von Lustig wegzusehen, meint er: »Er gehört zu den Guten.«

»Seinetwegen wären wir beinahe gestorben«, protestiere ich.

»Nein«, widerspricht Sam und sieht mir jetzt direkt ins Gesicht. »*Deinetwegen* wären wir beinahe gestorben. Wir hätten draußen bleiben sollen, nicht reinstürmen. *Du* wolltest das tun.«

Er hat recht. Ich bin wütend, weil er recht hat, und ich weiß, dass das eine furchtbare Reaktion ist, also beiße ich mir auf die Lippen und schaffe es, den Streit nicht zum Eskalieren zu bringen. Ich bin müde, ich habe Schmerzen und ich habe das furchtbare Gefühl, dass wir hier etwas ausgelöst haben, das völlig außerhalb unserer Kontrolle liegt. Und was haben wir dafür bekommen? Nicht viel. Einen Rucksack voll mit Quittungen, die uns vermutlich nirgendwohin führen.

Als ich jetzt wieder spreche, klingt meine Stimme leicht zittrig. »Was, glaubst du, war da in dem Raum …?«

»Tu dir das nicht an«, unterbricht mich Sam und legt einen Arm um mich. Seine Geste ist unerwartet und sehr willkommen. Wir stinken beide grauenvoll nach Rauch, aber das ist mir egal. »Wir wissen nicht, was er da unten versteckt hat, und er hat verdammt wirkungsvoll dafür gesorgt, dass wir es nicht herausfinden.«

»Was, wenn da jemand …«

»Nein«, sagt er. »Es wird dich innerlich zerreißen, wenn du das tust. Hör auf.«

Ich spüre, dass er sich das nicht vorstellen will. Ich schon, weil ich nicht anders kann: eine junge Frau, vielleicht im Alter von Melvins typischen Opfern. Eingesperrt, vielleicht festgebunden. Zum Verbrennen zurückgelassen, falls jemand kurz davorstehen sollte, sie zu finden.

»Vielleicht war er es«, sage ich. »Vielleicht war er da unten und hat die Tür geöffnet.«

»Zumindest ein positiver Gedanke«, stimmt Sam zu, schüttelt aber den Kopf. »Ich habe in Richtung Tür geschaut, als sie sich geöffnet hat. Der Knauf hat sich nicht bewegt. Da war niemand auf der anderen Seite. Es war eher wie ... ferngesteuert.«

»Du meinst, wir haben irgendeine Art von Sensor ausgelöst?«

»Vielleicht. Aber ... vielleicht hat uns auch jemand beobachtet. Darauf gewartet, dass wir den Köder schlucken. Und als wir das nicht getan haben ...«

Damit hat er recht; in mir macht es klick. Ich hatte auf dieser Treppe das überwältigende Gefühl, beobachtet zu werden. Und ich habe mich nicht getäuscht. Jemand war hinter einer Kamera verborgen. Hat uns vermutlich dabei beobachtet, wie wir durch das ganze Haus gegangen sind. Doch erst, als wir den versteckten Kellerraum gefunden haben, ist er in Aktion getreten. »Er hat uns beobachtet«, stimme ich zu. »Und er war nicht im Haus. Er hatte eine Fernbedienung, um die Tür zu öffnen und die Explosion auszulösen. Er muss ganz in der Nähe gewesen sein.«

»Nicht unbedingt. Er könnte alles über eine App eingerichtet haben.« Sam schenkt mir ein kurzes Lächeln. »So wie du die Kameras in deinem Haus eingerichtet hast.«

Er hat recht. Ich hatte internetfähige Kameras verwendet, um mein Haus in Stillhouse Lake zu überwachen, und von überall aus darauf Zugriff. Solche Gerätschaften sind vielerorts erhältlich. »Und die Tür?«

»Mit einigen WLAN-Sicherheits-Apps kann man Türen ver- und entriegeln«, erklärt er. »Vermutlich hat er uns seit dem Augenblick unseres Einbruchs beobachtet. Nachdem wir die geheime Treppe gefunden hatten, hat er darauf gewartet, dass wir runtergehen und die Tür öffnen. Die war vermutlich mit einer Sprengfalle gesichert; vielleicht hatte er irgendeine Form von Deaktivierungssignal für die Bombe, das er benutzt hat, bevor er selbst reinging. Als wir den Köder nicht geschluckt haben ...«

»Hat *er* den Mechanismus ausgelöst«, beende ich seinen Satz. »Also könnte er überall sein. Wir haben nichts.«

»Nicht unbedingt«, sagt er und nickt in Richtung der Rucksäcke, die auf dem Boden zwischen unseren Füßen liegen. Sie sind mit Unterlagen vollgestopft. Das ist zumindest etwas. Hoffe ich. »Gwen, denk dran ...«

Was immer er mir gerade sagen wollte, wird durch Lustig unterbrochen, der die Tür aufreißt. »Okay, es läuft folgendermaßen. Hier wird gleich die Hölle losbrechen und Scheiße auf uns herabregnen. County-Sheriffs, Feuerwehr, Krankenwagen. Ich werde die Zuständigkeit der Bundesgerichtsbarkeit einfordern. Ihr zwei werdet ins Krankenhaus gebracht, aber ihr rührt euch keinen Zentimeter, bis ich dort eintreffe. Und ihr beantwortet auch keine Fragen, bis ich da bin. Verstanden?«

»Mike«, sagt Sam. »Wo zum Teufel sind wir da reingeraten?«

Der Blick, den Mike Lustig ihm zuwirft, ist zweigeteilt: Er sagt, *nicht hier*, und flackert dann kurz in meine Richtung, um anzudeuten, dass er mich nicht in die Sache einweihen will. Und warum sollte er auch? Mike weiß, wer ich bin. Wer mein Ex-Mann ist. Er traut mir vermutlich nicht über den Weg. Das ist okay. Ich vertraue ihm auch kein Stück, und die Tatsache, dass ein Abzeichen und eine Waffe trägt und dass sich diese Türen nicht von innen öffnen lassen, macht mich ganz kribbelig. Klar, er ist Sams Freund. Aber meiner ist er nicht. Mein Vertrauen muss verdient werden.

Lustig schließt die Tür wieder und sperrt damit den kalten Wind aus, der einen eisigen Hauch mit sich bringt. Er lehnt sich gegen den SUV, als der erste Helfer vor Ort – ein schwarz-weißer

SUV des County-Sheriffs – um die Kurve kommt und neben uns hält. Keine Sirenen, doch das pulsierende Lichterflackern taucht alles in Kälte, lässt alles fremdartig erscheinen, selbst Sams Gesicht. Ich ziehe am Türöffner. Er reagiert nicht. Mein Herz pocht schneller, und ich sehe mich nach etwas um, irgendetwas, das ich benutzen kann. Reiner Reflex. *Ich kann über den Sitz nach vorn rutschen und dort rauskommen*, versichere ich mir selbst. Vielleicht ist da sogar noch eine zusätzliche Waffe im Handschuhfach. Falls nicht, komme ich zumindest innerhalb von Sekunden raus, und in diesen Wäldern und im Dunkeln hätten sie verdammte Schwierigkeiten, mich aufzuspüren.

Dieser Fluchtplan ist eine rein akademische Übung. Ich exerziere sie für jede Situation durch, in der ich nicht völlig die Kontrolle habe. Das hilft. Ich habe die Schutzmechanismen *Verstecken, Angreifen, Fliehen* über die Jahre hinweg praktiziert und trainiert. Mein Leben – und das meiner Kinder – hängt davon ab.

»Also, was sagen wir?«, frage ich Sam. »Denn die Wahrheit bringt uns hier nicht weiter. Nicht in dieser Situation.«

»Wir sollten so nah dranbleiben wie möglich«, sagt er. »Wir sind auf der Suche nach Antworten hergekommen. Haben die Tür weit offen vorgefunden. Sind reingegangen, um zu sehen, ob jemand verletzt ist, haben den geheimen Raum entdeckt und sind gerade noch rechtzeitig rausgekommen.«

Das stellt uns nicht als unschuldig dar, deutet aber auch nicht darauf hin, dass wir Dynamit mitgebracht haben, um den Ort in die Luft zu jagen, also stehe ich voll dahinter. Ich nicke. *Die Tür steht sperrangelweit offen.* Ich visualisiere es gedanklich, stelle mir unsere vorsichtige Annäherung vor, das Rufen, die Suche nach jemandem, der verletzt sein könnte. Ich stelle es mir so lange vor, bis es derart real erscheint, dass es wahr sein könnte, und dann stelle ich es mir weiter vor, bis es wahr ist und der tatsächliche Ablauf nur mehr eine entfernte Möglichkeit.

Das ist die einzige Methode, um beständig und überzeugend zu lügen: Man muss es selbst glauben.

Also bringe ich mich dazu, es zu glauben. Falls die Tür allerdings nicht völlig verbrennt und sie herausfinden, dass sie verschlossen war, sind wir angeschmiert. Angesichts dieses Infernos glaube ich jedoch, dass wir auf der sicheren Seite sind.

Weitere Fahrzeuge kommen an und umringen uns: zwei Löschfahrzeuge, ein Notarztwagen, noch ein offiziell aussehender SUV, vielleicht von der Forstverwaltung. Die Feuerwehrleute tragen eine Menge Schlauch durch den Wald hin zu den Flammen, und ich höre über uns das Surren eines Leichtflugzeugs; sie überwachen, wie sich das Feuer ausbreitet.

Es dauert beinahe eine Stunde, bis das Leuchten des Feuers komplett erloschen ist, und schließlich wird die Nacht nur noch durch die nach wie vor flackernden Lichter der Notarztwagen und die brennenden Scheinwerfer erhellt. Die verschiedenen Lichtquellen tauchen alles in einen violetten Farbton, mit gelegentlichem Aufblitzen von Blau und Rot. Nach einer Weile schließe ich die Augen und bin daher überrascht, als auf einmal die Tür an meiner Seite aufgerissen wird. Ich richte mich schnell auf und finde mich einem jungen, schlanken Afroamerikaner in einer schlecht sitzenden Sanitäteruniform gegenüber. »Ma'am«, sagt er in seinem starken Georgia-Akzent. »Ich muss Sie durchchecken. Können Sie mit mir zum Notarztwagen kommen?«

»Sicher«, sage ich und steige mit einem Hauch Erleichterung aus dem SUV. Eine Flucht war also nicht erforderlich. Zumindest noch nicht. Ein weiterer Sanitäter führt Sam, und wir sitzen kurz darauf nebeneinander auf der Stufe des Rettungswagens, während man uns untersucht. Bei Sam werden eine leichte Gehirnerschütterung und ein paar angeknackste Rippen diagnostiziert; er muss ins Krankenhaus. Meine Kopfschmerzen bringen mir das gleiche Privileg ein, aber ich will auf keinen Fall unsere Taschen in Mike Lustigs SUV lassen oder unsere

Fluchtmöglichkeit in Form unseres Wagens verlieren. Während sie Sam in den Krankenwagen stecken, trage ich unsere Sachen zu unserem gemieteten Wagen, der glücklicherweise weit genug abseits steht, sodass ich ihn um die Blockade lenken kann.

Ich bin schon halb raus, als sich Mike Lustig mir in den Weg stellt. Ich muss hart auf die Bremse treten, um ihn nicht mit der Stoßstange zu erwischen. Sowie ich zum Stehen gekommen bin, tritt er zu meiner Fahrertür und tippt gegen die Scheibe. Ich fahre sie herunter. »Ich bin unterwegs ins Krankenhaus«, erkläre ich ihm. »Und ich werde dort warten.«

»In Ordnung«, sagt er. »Sie beide müssen sich einig in der Sache sein. Sind Sie bereit?« Sein Blick sagt mir, dass ich es besser sein sollte. Ich nicke. »Verlassen Sie nicht das Krankenhaus. Ich komme so bald wie möglich nach.«

Ich nicke und wende dann, um dem Krankenwagen die sich windende Bergstraße nach unten zu folgen, weg von der Asche dessen, was zu entdecken wir gehofft hatten.

* * *

Nachdem mich die Ärzte durchgecheckt haben, rufe ich als Erstes Javier an, obwohl es jetzt fünf Uhr morgens ist. Ich erzähle ihm nicht von dem Feuer oder wie knapp wir dem Tod von der Schippe gesprungen sind. Ich sage ihm nur, dass es uns gut geht. Er kann hören, dass wir in einem Krankenhaus sind, stellt dankenswerterweise jedoch nicht viele Fragen, sodass ich nicht lügen muss.

»Wie geht es den beiden?«, frage ich. Ich habe Javier aufgeweckt und fühle mich schlecht deswegen, aber seine Stimme zu hören, ist eine große Erleichterung. »Kommen sie zurecht?«

»Das weiß ich noch nicht«, sagt er völlig ehrlich. Er hält die Stimme gesenkt. Ich höre das Rascheln von Kleidung und Schritte. Ich stelle mir vor, wie er eine Jacke überzieht und auf seine Veranda tritt, denn jetzt höre ich das leichte Zischen des Windes durch den Hörer und das Knacken von Holz, als er sich auf den Stuhl setzt, der dort draußen steht. »Mein Gott, ist das heute kalt. Den Kindern geht's gut, auch wenn ich nicht behaupten kann, dass sie glücklich sind. Es setzt ihnen ziemlich zu, dass du in Gefahr bist. Lanny will unbedingt raus aus dem Haus. Connor … liest einfach nur die ganze Zeit. Ist das normal?«

»Mehr oder weniger«, bestätige ich. »Sag ihnen, dass ich sie lieb habe, ja?«

»Klar.« Er zögert ein paar Sekunden, dann gähnt er. Es ist ansteckend, und ich gähne ebenfalls und merke, wie erschöpft ich wieder mal bin. »Es geht dir nicht gut, Gwen, das höre ich doch.«

»Es geht schon.«

»Kommst du bald zurück?«

»Ich weiß es nicht«, gebe ich zu. »Ich versuche es.«

Als ich auflege, ist meine Brust wie zugeschnürt und mir ist nach Weinen zumute.

Acht lange Stunden in der Notaufnahme später sind Sams Verletzungen als angeknackste Rippen und eine leichte Gehirnerschütterung bestätigt. Ich wurde gewarnt, dass mein Kopf ungefähr einen Tag lang höllisch wehtun wird (und das tut er bereits, trotz einer großzügigen Dosis Schmerzmittel). Nachdem Sams Brustkorb verbunden ist und wir um Geld erleichtert wurden, das wir eigentlich gar nicht übrig haben, warten drei kräftige weiße Männer in Uniform im Gang auf uns. Sie sehen praktisch alle gleich aus, alle mit dem klobigen Körperbau von Männern, die ihre besten Zeiten als Linebacker in der Highschool hatten; sie alle tragen einen Igelschnitt und sind bis zum Kragen und den Manschetten sonnengebräunt. Mike Lustig lehnt etwas entfernt in seiner FBI-Montur, dem Abzeichen und der schwarzen Kleidung, mit verschränkten

Armen an der Wand. In dem besseren Licht hier sehe ich, dass er ein längliches, freundliches Gesicht hat, das vermutlich normalerweise eher zu ironischem Grinsen neigt als zu wütendem Stirnrunzeln.

Über die Georgia-Bulldoggen kann ich das nicht sagen. Sie sehen im besten Fall unbeteiligt aus, im schlechtesten offen feindselig.

»Mr Cade? Mrs Royal?«

»Ms«, korrigiere ich automatisch und stelle plötzlich fest, dass er mich bei meinem alten Namen genannt hat. »Und nicht Royal. Mein Name lautet Gwen Proctor.«

»Laut meinen Informationen ist es Gina Royal«, sagt der Sprecher der Gruppe und verzieht dabei grimmig die Lippen, was ich nicht als Lächeln missverstehe. »Sie kommen mit mir, *Miz*.«

Ich blicke zu Mike Lustig. Er zuckt mit den Schultern. »Ich hab hier nichts zu sagen«, gibt er mir zu verstehen. »Gehen Sie mit.«

Sam und ich wechseln einen kurzen Blick, und ich nicke, um ihm zu bedeuten, dass es okay ist. Ich weiß nicht, ob es okay ist, aber es hat sowieso keinen Sinn und bringt uns keine Punkte, hier im Gang einen Krieg anzuzetteln. Ich gehe mit dem Officer um die Ecke in einen ruhigen Warteraum, und er bedeutet mir, mich auf einen Ecksitz zu setzen. Dieser Platz ist am weitesten vom Ausgang entfernt. Automatisch und nur zu Übungszwecken plane ich meine möglichen Fluchtwege. Agent Lustig ist uns nicht gefolgt.

Interessanterweise entschuldigt sich der Officer sofort und schließt die Tür. Ich schaue auf die Uhr und fange an zu zählen. Ich erwarte, dass er mich mindestens eine Stunde schmoren lassen wird. Standardtechnik. Je mehr durcheinander und müde ein Verdächtiger ist, desto größer die Chance auf einen Ausrutscher.

In Georgias Regelbuch scheinen zwei Stunden das Optimum zu sein, denn es ist fast drei Stunden später, als der Officer zurückkehrt. Er quetscht sich in den Stuhl neben mir, was bedrohlich nahe ist. Ich vermute, er will mich einschüchtern. Stattdessen strapaziert er damit lediglich meine Nerven. Wenn er wirklich weiß, wer ich bin, sollte ihm doch klar sein, dass ich es bereits mit ganz anderen Stufen der Einschüchterung zu tun hatte. Er riecht nach Schweiß und Rauch, was bedeutet, dass er in der Hütte war – beziehungsweise in dem, was von ihr noch übrig ist. Auf seinem linken Ärmel hat er einen kleinen Fleck, der nach getrocknetem Blut aussieht, und jetzt, wo ich das bemerkt habe, kann ich nicht mehr wegschauen. Ist das zustande gekommen, als er jemandem geholfen hat? Oder jemanden geschlagen? Obwohl man manchmal auch eine Person schlagen muss, um einer anderen zu helfen.

»Also«, spreche ich ihn an, »Officer ...«

»Turner, Ma'am.«

»Officer Turner, ist Ihre Anrede an mich mit einem Namen, den ich nicht mehr trage, als Teil eines Machtspielchens oder nur als ein Versehen zu verstehen?«

Er lehnt sich zurück, wobei der Plastikstuhl knarrt, und betrachtet mich mit den ausdruckslosen Augen von jemandem, der schon seit Jahren im Polizeivollzugsdienst ist. Offenbar überlegt er, mit welchem Ansatz er es bei mir versuchen soll: Grobian oder Bauernjungencharme. Beides wird nicht funktionieren, aber es ist beinahe schon unterhaltsam, seine innere Debatte zu beobachten.

Er entscheidet sich für Bauernjungencharme, und als er spricht, ist seine Stimme wärmer, mit etwas mehr Akzent, und ihm gelingt sogar ein schüchternes Lächeln. »Ich muss zugeben, Ma'am, ich hatte gedacht, das würde Sie aus dem Gleichgewicht bringen. Es tut mir leid, wenn ich Sie damit verärgert habe. Ist es in Ordnung, wenn wir noch mal von vorn anfangen?«

»Sicher«, bestätige ich mit einem ebenso falschen Lächeln. »Was kann ich für Sie tun, Officer Turner?«

»Sie müssten einfach von vorn anfangen und mir erzählen, wie es dazu gekommen ist, dass Sie bei dieser Hütte waren, Ma'am. Wie Sie auf die Idee gekommen sind, dort hinzugehen, was passiert ist, das alles.«

Ich seufze. »Ich vermute, ich kann Ihnen nicht erst einen Kaffee aus den Rippen leiern, oder?«

Er fällt darauf herein, allerdings nur so weit, dass er in den Gang geht und bei jemandem meine Koffeindosis bestellt. Er lächelt breit, als er zurückkommt. Ich zwinge mich, es zu erwidern, auch wenn ich mich nicht danach fühle. »Nun denn«, sagt er und setzt sich wieder, »Sie sagten gerade?«

Ich spiele mit der Idee, zu antworten, dass ich nichts gesagt habe und stattdessen einen Anwalt wolle; ich bin mir noch nicht einmal sicher, ob ich wirklich keinen brauche. Die Beweise können auf viele verschiedene Arten gelesen werden, und weder Sam noch ich hatten eingeplant, diese Fragen beantworten zu müssen. Also sage ich: »Macht es Ihnen etwas aus, wenn ich zuerst eine Frage stelle?«

Er denkt darüber nach und nickt dann. »Nur zu.«

»Haben Sie da drin irgendwelche Leichen gefunden?«

Wieder denkt er nach, schüttelt dann langsam den Kopf. »Darf ich nicht sagen. Also, was genau hat Sie zu dieser Hütte geführt, Ms Proctor?« Er darf mich natürlich anlügen. Das ist eine altehrwürdige Tradition in Befragungen, obwohl ich noch nicht einmal über meine Rechte aufgeklärt wurde. Was ziemlich viel aussagt.

Ich halte mich an meine Geschichte, deren erster Teil wahr ist: dass wir gehofft hatten, Informationen über jemanden zu finden, der meinem Ex-Mann dabei geholfen hat, der Festnahme zu entgehen. Das bringt mir eine gehobene Augenbraue ein, aber keinen Kommentar. Es ist genau das, was Sam auch sagen wird. Immerhin haben wir bereits festgelegt, dass Wahrheit unsere beste Verteidigung ist, zumindest bis zu einem gewissen Punkt … jegliche andere Erklärung würde Misstrauen hervorrufen, besonders mit meinem bösartigen Ex im Hintergrund. Ich erzähle ihm von der offenen Tür und wie wir vorsichtig hineingegangen sind. Genau, wie ich es geprobt hatte.

»Und was haben Sie gefunden?«

»Nichts«, lüge ich, ohne zu zögern. Ich werde nichts von dem hergeben, was wir dort rausgeschafft haben. »Wir hatten keine Zeit.«

»Sie sind … einfach reingegangen?«

»Die Tür stand offen«, sage ich lahm. »Wir dachten, er wäre vielleicht verletzt oder hätte Probleme.«

»Und es ist Ihnen nicht in den Sinn gekommen, dass so ein Kerl Sie erschießen könnte, wenn Sie einfach so eindringen?«

Ich zucke mit den Schultern. Antworte nicht. Dummheit ist kein Verbrechen. Er kann uns damit nichts entlocken bis auf die Tatsache natürlich, dass sowohl Sam als auch ich bewaffnet waren. Allerdings legal. Unerlaubtes Betreten ist ein überaus dünner Anklagepunkt. Er wird sich nicht damit aufhalten, es sei denn, er glaubt, er könnte noch etwas Größeres drauflegen.

Officer Turner ändert seine Körperhaltung zu einem Reden-wir-doch-mal-ehrlich. Bei ihm heißt das, dass er sich vorbeugt, die Ellbogen auf seinen Oberschenkeln abstützt und seine großen Hände ineinander verschränkt. »Ms Proctor«, sagt er, »in diesem Augenblick durchsuchen Officer vor Ort in Tennessee Ihr Haus oben in Stillhouse Lake auf der Suche nach etwas, das Sie mit Ihrem Ex-Mann verbindet. Ihre Telefonunterlagen werden analysiert. Wir wissen, dass Sie ihn vor seinem Ausbruch besucht haben. Gibt es da etwas, das Sie sich von der Seele reden wollen, bevor die Ergebnisse ans Licht kommen? Könnte besser für Sie sein.«

Amateur. Ich habe so etwas hier jahrelang mitgemacht, mit viel besseren – und viel schlechteren – Vernehmungsbeamten als ihm. Einen Augenblick sehe ich ihn nachdenklich an und sage dann: »Ich hasse Melvin Royal. Er jagt mich, Officer Turner. Wissen Sie, wie sich das anfühlt? Glauben Sie wirklich, ich möchte ihm helfen? Wenn Sie mich vor ihn stellen und mir eine Waffe geben, werde ich nicht zögern, dem Mann eine gottverdammte Kugel in den Kopf zu jagen.«

Ich meine jedes Wort davon, mit einer Intensität, die mir selbst den Atem raubt.

Turner lehnt sich langsam zurück und legt die Hände flach an seine Oberschenkel. Er hat diese dunklen, gnadenlosen Augen, die allen Cops gemein zu sein scheinen, Augen, die alles aufnehmen, aber nichts zurückgeben. Seiner unbeholfen rustikalen Verhaltensweise zum Trotz ist er ein Hai.

Es klopft an der Tür, und Turner steht auf, um zwei instabile Becher entgegenzunehmen. Er reicht mir einen und dankbar schlinge ich meine kalten Finger darum. Der Kaffee selbst ist grauenhaft, aber zumindest ist er warm und übertüncht den beißenden Krankenhausgeruch. Dieser Ort hier stinkt nach Furcht und Verzweiflung und Langeweile, nach ungewaschenen Menschen, deren Körpergeruch in diese Sitze gedrungen ist. In der Ecke gibt es einen winzigen, traurig anmutenden Spielbereich für Kinder. Im Moment ist er ungenutzt, aber ich muss an Lanny und Connor denken, erst zehn und sieben Jahre alt, als ein Auto in Melvins Garage krachte und der Welt seine Gräueltaten enthüllte. In meinem Innersten werden sie immer in diesem Alter sein. In diesem verletzlichen Alter, als ihnen alles genommen wurde.

»Wollen Sie mir nicht erzählen, was da in dem Keller war?«, frage ich Turner und blicke ihn plötzlich direkt an. Das bringt ihn leicht aus dem Konzept. »Denn unser Freund wollte anscheinend nicht, dass es jemand zu Gesicht bekommt. Was immer es war.«

»Der Keller ist ziemlich zerstört«, verrät er mir. »Da wird für eine ganze Weile niemand runtergehen, um einen genauen Blick reinzuwerfen. Es wird Stunden dauern, bis es sicher ist. Wir könnten noch Leichen finden.«

Ich hoffe nicht. Hoffe es verzweifelt. Ich nicke und trinke dann in einem Anflug von Durst den Rest des Kaffees aus. »In Ordnung. Na gut, dann gehe ich jetzt. Danke für den Kaffee.« Er steht mit mir auf und blockiert meinen Weg. Ich starre ihn an und erlaube meinen Mundwinkeln, sich langsam nach oben zu biegen, nur ein kleines bisschen. »Es sei denn, Sie möchten mich gern verhaften …?«

Er hat nichts Konkretes, und das weiß er auch. Er versucht es mit einem Bluff. »Setzen Sie sich wieder, Ms Proctor, es gibt da noch mehr, über das wir reden müssen.«

Ich antworte nicht. Gehe einfach auf ihn zu. Im letzten Augenblick bewegt er sich zur Seite. Eine unrechtmäßige Festnahme wäre für ihn nicht von Vorteil, und er ist clever genug, um zu erkennen, dass er mich nicht einschüchtern kann. Ja, da ist diese ausgebrannte Hütte. Ja, ich war drin. Aber es gibt genügend Beweise, dass das Haus mit einer Sprengfalle versehen war, und ich hatte Glück, mit dem Leben davonzukommen. Sie haben genug verführerische Beweise zu analysieren, die nichts mit mir und meinem möglicherweise – aber nicht beweisbar – illegalen Betreten zu tun haben.

Ohne zu zögern, trete ich an ihm vorbei. Er bleibt stehen, ergreift aber noch einmal das Wort. »Wir sprechen uns noch, *Mrs Royal*.« Diese Drohung ist lediglich Trotz, und ich würdige das nicht einmal, indem ich mich zu ihm umdrehe. Ich gehe einfach weiter, und sobald ich durch den Türrahmen schreite, spüre ich, wie mir eine Last von den Schultern fällt. Ich atme tief ein, und in der Luft liegt noch der frische Geruch des Kaffees, den ich gerade ausgetrunken habe. Ich werfe den Becher in den Müll und mache mich auf die Suche nach dem Ort, an den sie Sam gebracht haben.

Er befindet sich noch mit einem anderen Officer in einer Unterredung. Ich sehe mich nach Mike Lustig um, kann ihn jedoch nirgends finden. Das gefällt mir nicht. Es gefällt mir nicht, dass er uns hier einfach zurückgelassen hat, damit wir uns alleine durchschlagen. Ich suche mir einen Sitzplatz und warte, behalte die Tür im Blick und sehe auf der Uhr zu, wie sich die Zeiger vorwärtsbewegen. Sams Gespräch dauert mindestens doppelt so lange wie meins, und es ist beinahe schon sechs, als er endlich auftaucht, ebenfalls einen Kaffeebecher in der Hand. Er wirkt nicht beunruhigt. Nach einem letzten Schluck entsorgt er den leeren Becher und tritt zu mir. »Alles okay?«, frage ich ihn.

»Nichts, womit ich nicht zurechtkommen würde«, sagt er. Hinter seinen Augen tost ein Sturm. Ich frage mich, was der Cop zu ihm gesagt hat. Es kann nichts Angenehmes gewesen sein.

»Wo ist dein Freund Mike? Hat uns ja wirklich viel gebracht.«

»Tja«, meint Sam. »Er musste zurück zum Tatort.«

»Also, was hat er dir gesagt, wenn er dir überhaupt etwas gesagt hat?«

»Dass ich nach Hause gehen soll«, berichtet Sam. »Und vergessen soll, dass das hier je passiert ist.« Ich bin mir sicher, dass er mit »nach Hause« Stillhouse Lake meint. Wo wir uns mit geladenen Waffen verbarrikadieren und darauf warten können, dass mein Mann kommt. Aber wenn ich versuche, mir das vorzustellen, sehe ich keinen Erfolg für uns. Stattdessen sehe ich Melvin wie einen bösen Geist hinter uns auftauchen. Sehe, wie er Javier und Kezia umbringt. Sehe Sam tot auf dem Boden liegen.

Ich sehe mich und meine Kinder, allein gegen die Finsternis in Gestalt ihres Vaters. Und ich bin nicht zuversichtlich, dass ich sie retten kann.

»Wir können nicht einfach aufgeben«, beharre ich. »Lass uns erst mal das ansehen, was wir gefunden haben. Wird Lustig uns erzählen, was sie im Keller da oben finden?«

»Vielleicht«, antwortet Sam, was mich nicht enthusiastischer stimmt. »Was das angeht, habe ich möglicherweise eine Brücke hinter mir abgerissen. Wir werden sehen. Nein, entschuldige dich nicht.« Ich habe bereits den Mund geöffnet, um genau das zu tun, und schließe ihn jetzt schnell wieder. »Ich würde jede Brücke abreißen, die ich je gebaut habe, um Melvin in die Finger zu bekommen. Das musst du verstehen.«

Ich frage mich, ob das auch die Brücke einschließt, die wir so vorsichtig zwischen uns errichtet haben. Ich glaube, ich verstehe Sam, zumindest die meiste Zeit über. Aber wenn es um diese Sache geht … mache ich mir vielleicht etwas vor. Vielleicht und trotz allem, was er für mich und meine Kinder getan hat, trotz der Tatsache, dass ich es mir erlaubt habe, in seiner Gegenwart offen und verletzlich zu sein, und er mir gezeigt hat, dass er das zu schätzen weiß … vielleicht würde er schlussendlich, wenn er sich zwischen mir und seiner Rache an Melvin entscheiden muss, doch einfach über mich hinwegsteigen, um meinem Ex-Mann an die Kehle zu gehen.

Nun gut. Ich würde womöglich das Gleiche tun. Vermutlich ist es das Beste, wenn wir das nicht genauer diskutieren.

Um uns herum stehen uniformierte Beamte, aber man hält uns nicht auf, als wir gehen. Unser Wagen steht noch immer auf dem Parkplatz und ist auch noch verschlossen. Sam atmet erleichtert aus, als wir auf die Hauptstraße einbiegen, und beschleunigt – innerhalb des Tempolimits – Richtung Süden. »Okay«, sagt er. »Verschwinden wir bloß von hier. Wohin geht's?«

»Einfach die nächste Stadt«, meine ich. »Bleiben wir in der Gegend, aber nicht direkt vor deren Nase. Suchen wir uns ein Motel.« Ich will schon sagen, *irgendetwas in der mittleren Preisklasse*, aber dann überlege ich noch einmal genauer. Das entspricht meiner typischen Denkweise; falls jedoch Melvin über dieses Ereignis informiert wurde, werden er und Absalom nach uns suchen. Und in dieser Gegend gibt es keine große Auswahl. Sie werden es zuerst bei den billigen und anonymen Absteigen versuchen. »Wir sollten ein Bed-and-Breakfast finden. Irgendetwas abseits vom Rummel.«

Er nickt und reicht mir einen Prospekt. »Den habe ich vom Souvenirshop im Krankenhaus«, sagt er. »Da müssten ein paar Anzeigen drinstehen.«

KAPITEL 6

CONNOR

Officer Graham hat mir gesagt: *Erzähl niemandem davon.* Und das habe ich auch nicht. Aber nicht, weil mir nicht klar ist, dass Officer Graham der Böse war – das weiß ich. Er hat uns Todesangst eingejagt. Er hat uns auch wehgetan, als er uns aus unserem Haus gezerrt hat.

Aber ich werde es nie erzählen, weil er mir etwas gegeben hat. Ich weiß, dass Mom es mir wegnehmen würde, und dazu bin ich noch nicht bereit.

Ich lasse das Handy, das Lancel Graham mir zugesteckt hat, ausgeschaltet. Ich habe versucht, es im Keller in dieser Hütte zu benutzen, wo er uns eingesperrt hat, aber da gab es keinen Empfang. Als Mom uns gefunden hat, habe ich es ausgeschaltet und den Akku rausgenommen, um zu verhindern, dass es klingelt, und auch, damit uns niemand dadurch aufspüren kann.

Ich weiß nicht genau, warum ich es nicht weggeworfen oder vergraben habe oder keiner Menschenseele erzählt habe, dass ich es habe ... außer deswegen, weil es *meins* ist.

Officer Graham hat gesagt: *Das ist von deinem Dad, und es ist nur für dich, Brady. Für niemanden sonst.*

Mein Dad hat mir etwas geschickt, und obwohl ich weiß, dass ich es loswerden sollte, kann ich es einfach nicht. Es ist das Einzige, was ich von ihm habe. Manchmal stelle ich mir vor, wie er in einem Geschäft gestanden, sich all die Handys angeschaut und eins ausgewählt hat, von dem er glaubte, dass es mir gefallen könnte. Vielleicht ist es gar nicht so abgelaufen, aber ich stelle es mir eben vor. Dass es ihm nicht völlig egal war. Dass er sich ein paar Gedanken darüber gemacht hat.

Zu meinem Glück sieht es fast genauso aus wie das billige Handy, das ich bereits besitze. Beides sind Prepaidhandys, aber ich kann sie schon durch Tasten unterscheiden – das Handy, das Mom mir gegeben hat, fühlt sich leicht rau unter meinen Fingern an, Dads hingegen so glatt wie Glas. Bei beiden funktioniert dasselbe Ladegerät. Ich sorge dafür, dass immer beide aufgeladen sind, indem ich eins unter das Bett lege und dort auflade, wenn ich das andere bei mir habe.

Aber ich schalte das von Dad nicht an. Ich lasse es einfach ausgeschaltet, mit dem Akku in meiner Tasche, jederzeit bereit.

Ich habe gerade Dads Handy aus meiner Tasche geholt – nicht, um es zu benutzen, nur, um es anzusehen –, als Lanny den Kopf durch meine Tür steckt. »Hey, warst du in meinem Zimmer?«

Ich fühle mich bereits schuldig, und in dem Augenblick, in dem ich ihre Stimme höre, habe ich den Eindruck, als wäre ein Scheinwerfer auf mich gerichtet, grellweiß und äußerst heiß. Ich lasse Dads Handy fallen und sehe zu, wie es über den Boden rutscht und gegen ihren Fuß stößt. Mein Mund wird trocken. Ich stehe Todesängste aus, dass sie sofort die Stirn runzeln und sagen wird: *Das ist doch nicht dein Handy – wo hast du das her?* Und dann wird alles aus sein, und alle werden böse sein, dass ich es nicht sofort abgegeben habe, und werden mich wieder mit diesem Blick ansehen. Dem Blick, mit dem sie sich fragen, ob ich wirklich wie er bin.

Aber Lanny schnaubt nur: »Klasse gemacht, du Tollpatsch«, und verpasst dem Handy mit dem Fuß einen leichten Schubs in meine Richtung. Ich hebe es auf und stopfe es in meine Tasche. Meine Hände zittern. Ich schiebe Moms Handy, das noch am Ladekabel hängt, mit dem Fuß in den Schatten unter meinem Bett. Sie hat es nicht gesehen, so viel steht fest. »Warst du nun in meinem Zimmer oder was?«

»Nein«, versichere ich ihr. »Wieso?«

»Meine Tür war offen.«

»Tja, ich war's aber nicht.«

Lanny verschränkt die Arme und taxiert mich mit diesem finsteren Blick, der bedeutet, dass sie mir das nicht abkauft. »Warum wirkst du dann so schuldbewusst?«

»Tu ich ja gar nicht!«, behaupte ich und weiß doch sofort, dass ich dadurch auch noch schuldig *klinge*. Ich bin kein guter Lügner.

»Hast du dir irgendetwas genommen? Denn dir sollte klar sein, dass ich nachschauen werde.«

Ich denke überhaupt nicht nach. Ich stehe einfach nur auf, schiebe sie raus und schließe die Tür. Sie lässt sich verschließen, was gut ist, weil sie sofort am Knauf dreht.

»Ich will nicht mehr mit dir reden!«, brülle ich ihr zu und lege mich aufs Bett.

Ich nehme das Handy von Dad aus der Tasche und spiele damit herum. Das Display ist dunkel.

Ich starre es lange Zeit an, bis ich schließlich erneut in meine Tasche greife und den Akku hervorhole. Ich öffne die Rückseite und stecke ihn hinein. Mein Finger schwebt über der Anschalttaste. Lanny ist weg, vermutlich, um sich bei wem auch immer zu beschweren, dass ich eine ungezogene Göre bin. Normalerweise bei Mom. Normalerweise.

Sanft drücke ich die Taste, aber nicht fest genug, um das Handy wirklich zu starten. Was wird passieren, wenn ich es tue?

Wird Dad es wissen? Wird er mich anrufen? Warum wollte er überhaupt, dass ich es bekomme?

Ich weiß, warum. Weil er das Handy aufspüren kann, wenn es angeschaltet ist. Er könnte uns finden, und Mom, und deshalb darf ich das hier nicht tun.

Aber das dauert doch, sagt ein Teil von mir, der Teil, der sich sämtliche Risiken einprägt und mir sagt, was sicher ist und was nicht. *Er kann dich nicht aufspüren, wenn du es nur anschaltest, kurz reinschaust und dann wieder den Akku rausnimmst. Das ist keine Magie.*

Das mag so stimmen. Vermutlich tut es das auch. Ich könnte einfach nachsehen, ob er mich angerufen oder mir geschrieben hat. Das wäre doch okay, oder? Ich müsste es ja nicht mal lesen. Oder den Anrufbeantworter abhören. Ich könnte einfach nur nachsehen.

Wieder streiche ich mit dem Finger über die Taste. Halte sie diesmal etwas länger gedrückt. Nicht lang genug, glaube ich, denn als ich loslasse, ist das Display noch immer dunkel.

Und dann vibriert es in meiner Hand, als wollte mich etwas stechen, und der Bildschirm leuchtet auf und ich lese ein **HALLO** in hüpfenden Buchstaben, und danach **SIGNALSUCHE LÄUFT**.

Mir stockt der Atem. Mein Herz tut weh und ich beuge mich vor, als hätte mir bereits jemand in die Magengrube geboxt, kann den Blick aber nicht vom Bildschirm wenden, als er verblasst und wieder aufleuchtet. Ich sehe viele kleine klobige Symbole, die fast schon zu winzig sind, aber ich erkenne trotzdem, dass es keine verpassten Anrufe gibt. Keine Sprachmitteilungen.

Keine Textnachrichten.

Ich wähle das Symbol **KONTAKTE**. Eine Nummer ist einprogrammiert.

Dads Nummer.

Ich sollte jetzt aufhören. Ich sollte aufhören und dieses Handy jemandem übergeben. Einem Erwachsenen, nicht Lanny, denn Lanny würde es einfach unter einem großen Stein zermalmen. Falls Mr Esparza und Ms Claremont Dads Handynummer haben, könnten sie ihn vielleicht finden, bevor er jemandem wehtut. Bevor er Mom findet oder Mom ihn.

Du bringst ihn um, wenn du das tust. Mir gefällt diese Stimme in meinem Kopf nicht. Sie ist ruhig, aber bestimmt. Und sie klingt wie ich, nur erwachsen. *Wenn sie ihn nicht in der Sekunde erschießen, in der sie ihn sehen, bringen sie ihn zurück ins Gefängnis. Zurück in die Todeszelle. Das bedeutet, ihn umzubringen. Und du wärst dafür verantwortlich.*

Es gefällt mir nicht, aber die Stimme hat recht. Ich möchte nicht darüber nachdenken müssen, dass *ich* der Grund dafür war, dass Dad umgebracht wurde, eingeschläfert wie ein kranker Hund. Denn diesmal wäre ich der Grund, wenn ich dieses Handy aus der Hand gebe.

Er hat darauf vertraut, dass ich das nicht tue. Er hat mir vertraut.

Ich habe das Handy viel zu lange angeschaltet gelassen. Schnell halte ich die Anschalttaste gedrückt, bis auf dem Bildschirm **AUF WIEDERSEHEN** angezeigt wird, ein pixeliges kleines Feuerwerk aufleuchtet und der gesamte Bildschirm schwarz wird. Mit zittrigen Händen fummele ich den Akku heraus.

Ich habe ihm keine Nachricht geschickt. Ich habe ihn nicht angerufen. Ich habe nichts falsch gemacht, aber mir ist übel und schwindlig, und ich zittere, als hätte mich die Grippe erwischt.

Als Lanny an der Tür klopft, falle ich vor Schreck fast vom Bett. Das Klopfen klingt extrem laut, dabei ist es das gar nicht, wie mir in der nächsten Sekunde bewusst wird. Sie ist nett zu mir. »Hey, Connor? Ich werde Rice-Krispies-Marshmallows machen. Die mit Erdnussbutter und Schokolade, die du am liebsten magst. Willst du mir helfen?« Kurz ist es still. »Es tut mir leid, Schiggy.«

In diesem Augenblick brauche ich verzweifelt meine Schwester. Ich will mich nicht so allein und hilflos fühlen. Also stecke ich Dads jetzt wieder inaktives Handy in die Tasche, öffne die Tür und werfe ihr ein vermutlich total dämliches Grinsen zu. Es fühlt sich falsch in meinem Gesicht an. »Okay«, sage ich und schließe die Tür hinter mir. »Aber nur, wenn ich die ersten drei Stücke bekomme.«

»Die ersten *zwei*.«

»Ich dachte, es tut dir leid?«

»Zwei bedeutet, dass es mir leidtut. Drei würde bedeuten, ich wäre dämlich.«

Es fühlt sich okay an. Hier *sollte* sich auch alles okay anfühlen; Mr Esparza sitzt draußen auf der Veranda und liest ein Buch, und Ms Claremont macht sich bereit, ein paar Stunden zur Arbeit zu gehen. Das Haus ist warm und freundlich und voller Lächeln.

Ich fühle mich, als wäre ich derjenige, der hier falsch ist, als wäre das Handy in meiner Tasche eine Bombe, die nur darauf wartet, hochzugehen und alles zu zerstören.

Ich sehe Ms Claremont an, als sie ihre Tasche nimmt. Sie schenkt mir kurz ein strahlendes Lächeln, das jedoch verblasst, als sie mich genauer mustert. Lanny holt gerade irgendwelche Sachen aus den Küchenschränken, steht also mit dem Rücken zu mir, weshalb ich gerade nicht mehr versuche, fröhlich auszusehen.

»Connor?« Ms Claremonts Stimme ist leise. »Alles in Ordnung?«

Ich könnte es tun. Ich könnte das Handy aus der Tasche holen und es ihr übergeben und ihr alles gestehen, jetzt sofort. Das ist die Gelegenheit.

Aber ich denke an den Dokumentarfilm, den ich auf YouTube gesehen habe, über einen Mann, der im Gefängnis auf einen Tisch geschnallt wurde und Gift in den Arm gespritzt bekommen hat, sodass er gestorben ist. Und ich denke an meinen Dad.

Und ich sage nur: »Mir geht's gut, Ms Claremont.«

»Kez«, berichtigt sie mich wieder einmal. Das hat sie bereits die letzten vier Male gesagt. Vielleicht meint sie es auch wirklich.

»Kez«, sage ich und zwinge mich zu einem weiteren Lächeln. »Es geht mir gut. Danke.«

»Okay, aber falls nicht, du weißt, dass du mich nur anrufen musst, klar?«

Mit den Fingerspitzen berühre ich das Handy in meiner Tasche. »Ja, weiß ich.«

KAPITEL 7

GWEN

Sams Touristenbroschüre ist Gold wert. Ich finde die perfekte Unterkunft für die nächste Nacht, und als ich auf unserer Landkarte nachschaue, sehe ich, dass sie gerade einmal dreißig Kilometer entfernt ist – weit genug weg, um vom Radar zu verschwinden, und stark auf Pärchen ausgelegt, sodass es der letzte Ort sein dürfte, an dem Melvin – oder Absalom, was das angeht – suchen würde. *Hoffnungslos romantisch*, denke ich zynisch.

Als wir dort ankommen, können wir sehen, dass diese Beschreibung absolut zutrifft. Das Haus ist reizend und ordentlich und überaus gepflegt, mit einem kleinen Parkplatz davor. Es ist zu dunkel, um mehr hinter der draußen angebrachten Beleuchtung zu sehen, aber ich stelle mir vor, dass hier morgens der Nebel aufsteigt und dem ganzen Ort ein magisches Flair verleiht. Es sieht aus wie ein typisches B & B, wie das teure Hobby für pensionierte Finanzanalysten, die ein Vermögen dafür ausgegeben haben, ein altes, aber prachtvolles Haus mitten im Nirgendwo zu renovieren. Als wir das Haus betreten, sehe ich, dass sie auf jeden Fall keine Kosten und Mühen gescheut haben:

Alles ist sauber, vornehm, voll mit gut erhaltenen Antiquitäten. Es duftet nach frischen Orangen.

Die Dame hinter dem antiken Empfangstresen sieht anders aus als erwartet. Ich schätze sie auf Mitte dreißig. Sie ist indischer Abstammung, trägt einen wirklich hübschen Sari in Königsblau mit Goldverzierungen, hat das Haar in einem ordentlichen Knoten nach hinten gebunden und begrüßt uns mit einem herzlichen Lächeln. »Hallo«, sagt sie. »Willkommen im Morningside House. Suchen Sie ein Zimmer?« Ihre Stimme hat den Hauch eines Akzents aus dem Mittleren Westen, ohne jegliche Spur des schleppenden Südstaatlertonfalls. Versteckt unter dem Lächeln liegt ein leichter Schatten, ihre Augen drücken zurückhaltende Vorsicht aus. Ich frage mich, wie schwer das Leben hier für sie tief im Land der Rednecks gewesen sein muss. Vermutlich sehr schwer.

»Ja, danke«, bestätigt Sam und tritt vor, während sie ein Registerbuch öffnet. Er schreibt Namen hinein, allerdings so gekritzelt, dass sie nicht lesbar sind. »Ein Zimmer genügt. Zwei Betten.«

Sie mustert uns kurz und überdenkt noch einmal ihre ursprüngliche Einschätzung von uns. »Ah. Nun ja. Leider verfügen sämtliche Gästezimmer über nur ein Bett. Aber ich habe eine Suite mit zwei Schlafzimmern.« Sie lässt ihre Hand über den fast leeren Parkplatz schwenken und zuckt traurig mit den Schultern. »Ich gebe Ihnen auch einen ordentlichen Rabatt.«

Sie nennt den schockierend niedrigen Preis, und wir bezahlen bar, was sie nicht sonderlich seltsam zu finden scheint. Sie fragt auch nicht nach unseren Ausweisen. Ich vermute, sie hat es satt, dass die Leute sie immer nach ihrem fragen. Aus einem Impuls heraus reiche ich ihr die Hand. Sie sieht sie überrascht an, schüttelt sie dann jedoch. »Danke, dass Sie uns hier willkommen heißen«, sage ich. »Das ist wirklich ein wunderschönes Haus.«

Sie strahlt und sieht sich in dem sorgfältig zurechtgemachten Raum um. »Ja, uns gefällt es hier sehr«, sagt sie. »Mein Mann und ich haben es vor fünf Jahren gekauft. Wir haben zwei Jahre mit der Renovierung zugebracht. Ich freue mich, dass es Ihnen gefällt.«

»Sehr sogar«, bestätige ich. »Ich heiße übrigens Cassandra.« Ich wähle den Namen rein nach Zufallsprinzip, wobei mir allerdings nicht entgeht, dass er aus einer griechischen Tragödie stammt.

»Aisha«, sagt sie. »Mein Mann Kiaan ist hinten …« Sie muss ihren Satz unterbrechen, als sich eine Tür hinter dem Empfang krachend öffnet und ein kleiner Junge herausgerannt kommt. Er bleibt abrupt stehen, als er uns erblickt. Er ist herzzerreißend niedlich, hat große dunkle Augen und ein scheues Lächeln, das er sofort in den Falten des Saris seiner Mutter versteckt.

Sie seufzt, nimmt ihn mit der natürlichen Anmut jeder Mutter auf der Welt hoch und balanciert ihn dann auf ihrer Hüfte. »Und das ist Arjun«, sagt sie. »Arjun, sag Hallo.«

Er verweigert das rigoros und mit der typischen Sturheit eines Kindes seines Alters, starrt mich und Sam jedoch mit unverhohlener Faszination an. Ich winke ihm zu und er winkt mit seiner kleinen Hand kurz zurück und versteckt dann wieder das Gesicht. Dabei lächelt er allerdings noch immer. Ich erinnere mich noch so gut an dieses Alter, dass es mir beinahe schon körperliche Schmerzen bereitet. Plötzlich spüre ich das Gewicht von Connor in meinen Armen. Den vertrauten Druck auf meinem Hüftgelenk. Rieche den leichten Karamellduft seiner Haare und Haut.

Dieselbe Tür, durch die Arjun gestürmt gekommen ist, öffnet sich erneut, und diesmal erscheint ein älteres Mädchen, ungefähr vierzehn, gertenschlank, in Jeans und einem blassrosa Shirt. Sie trägt die Haare lang und glatt, zurückgehalten von Haarnadeln mit Schmucksteinen. Neugierig sieht sie uns an und nimmt dann Arjun entgegen. »Tut mir leid, Mom«, sagt sie. »Er ist mir entwischt.« Sie wirkt eher resigniert als verärgert.

»Schon gut«, sagt Aisha. »Bitte sag deinem Vater, dass wir Gäste haben. Und pack die Scones in den Ofen.«

Sam sieht mich an, bildet das Wort *Scones* mit den Lippen und hebt die Augenbrauen. Ich muss mich zurückhalten, um nicht zu lachen. Wir haben in billigen Motels und im SUV genächtigt, und dieser prachtvolle, duftende Ort wirkt auf uns im Augenblick so, als wären wir im Himmel.

Nachdem die Tochter wieder durch die Tür verschwunden ist, führt uns Aisha über zwei Treppen mit polierten Stufen zu der zweiten Tür. Sie öffnet sie und überreicht mir und Sam gleich aussehende Schlüssel, auf deren daran baumelnden Silberetiketten MORNINGSIDE HOUSE steht. »Die Scones schicke ich nachher zu Ihnen hoch«, sagt sie uns. »Ich wünsche Ihnen noch eine gute Nacht.«

Und damit schließt sie die Tür mit einem leisen Klicken hinter sich und ist fort. Ganz automatisch verriegle ich die Tür mit dem Bolzen – er ist altmodisch und stabil – und drehe mich dann um, um mir das anzuschauen, was wir hier erworben haben.

Es ist einfach fantastisch. Im Wohnzimmer stehen zwei gemütliche Sofas, alt genug, um ins Design zu passen, aber ohne so steif zu wirken wie die Möbel, die ich sonst mit Antiquitäten assoziiere. Es gibt noch mehrere hübsche Tischchen, einen modernen Flatscreen und zwei Schreibtische (einen Rollschreibtisch und einen kleineren und flacheren), vor denen jeweils ein antiker rollbarer Sessel steht. Eine gepolsterte Bank steht neben einem großen Panoramafenster, das am Morgen sicherlich einen spektakulären Blick auf die Berge bietet. Im Augenblick jedoch macht es mir die Dunkelheit draußen nur zu bewusst, ebenso wie die Tatsache, dass wir in dem hell erleuchteten Zimmer schon fast vom Weltraum aus zu sehen sein müssen. Ich ziehe die Vorhänge zu und wende mich grinsend Sam zu. »Na?« Ich gestikuliere in Richtung Zimmer.

Er mustert die Kunstfertigkeit einer Lampe im Tiffanystil, die aus hübschen lila und grünen Glasscherben besteht, welche eine Glyzinie nachbilden. »Wir haben echt Glück«, sagt er und richtet sich dann stöhnend wieder auf. Er stellt seinen Rucksack auf einem Flügelstuhl nahe dem Kamin ab. »Das ist beeindruckend. Und außerdem gibt es Scones.«

»Ich wette, das Frühstück ist auch super.«

»Vermutlich.«

Wir sehen einander ein paar Sekunden an, dann stelle ich meinen Rucksack auf dem Schreibtisch ab. Ich hole die Unterlagen, den USB-Stick und meinen Laptop heraus. An der Wand hängt ein Schild für das Internet, auf dem auch ein Passwort steht, aber das ignoriere ich. Ich will noch nicht ins Internet. Ich schließe das Stromkabel an und spiele mit dem USB-Stick herum. Mein Laptop ist angeschaltet und bereit, aber irgendwie zögere ich noch.

Ich spüre Sams Wärme hinter mir. »Wir müssen es wissen«, sagt er. Er klingt nicht enthusiastischer, als ich mich fühle.

Ich stöpsele den USB-Stick ein und ein Fenster erscheint. Auf dem Stick befinden sich mehrere Dateien. Einige davon sind Dokumente. Andere unheimlicherweise Videodateien. Ein paar nur Audio.

Das Schlimmste immer zuerst, denke ich und klicke die erste Videodatei an.

Anfangs ist nur schwer zu erkennen, was ich mir da ansehe, doch als es mir klar wird, zucke ich unwillkürlich zurück und drehe dann den Stuhl zur Seite, um den klaren, beruhigenden Stoff der Fenstervorhänge zu mustern statt des Bildschirms. Ich höre Sam »Ah, verdammt noch mal« murmeln und sich ebenfalls wegdrehen. Die Lautstärke am Laptop ist ziemlich leise gestellt. Doch das dämpft die erschütternden, schrecklichen

Schreie nicht völlig. Ich stelle fest, dass ich zittere; mein Puls dröhnt plötzlich wie ein Vorschlaghammer in meinem Kopf, und meine Hände beben, bis ich sie so fest zusammenpresse, dass es schmerzt. Das Zimmer fühlt sich kälter an. Mit einem Mal rieche ich kalte Erde und Schimmel und diesen grauenvollen Gestank von Blut und Metall, der an jenem Tag vor all den Jahren, als Melvin Royals verborgenes Leben ans Licht gekommen ist, aus meiner zertrümmerten Garage drang.

Sam streckt den Arm aus und drückt ein paar Tasten, um die Schreie zu stoppen. Ich bin darüber so froh, dass ich beinahe laut aufgeschluchzt hätte, doch ich reiße mich zusammen. Ich atme einfach nur tief ein und aus. Und das setze ich so lange fort, bis ich mich sicher genug fühle, um mich wieder dem Computer zuwenden zu können. Sam ist ein paar Schritte weggegangen, hat den Kopf gesenkt und die Fäuste neben seinem Körper geballt. Genau wie ich durchlebt er gerade noch einmal die Vergangenheit, aber seine unterscheidet sich von meiner. Ich weiß nicht, wohin ihn seine geführt hat, aber aufgrund seiner angespannten Schultern und kurzen, schnellen Atemzüge ist es wohl ein Ort, an dem ich nicht sein möchte.

»Sie werden Leichen finden«, sagt er tonlos und ich stimme ihm zu. Ich bin froh darüber, dass wir diese Tür nicht geöffnet und gesehen haben, was sich dahinter befand. Ich bin dankbar, dass dieses Grauen nicht das Letzte war, was ich auf dieser Erde zu sehen bekomme. Sams Stimme ist rau und leise. Ich klappe den Laptop zu und stehe auf. Ich gehe zu ihm, berühre ihn aber nicht. Ich stehe einfach nur da und schaue ihn an, bis er aufsieht. In seinen Augen liegt eine Distanz, die sowohl schmerzerfüllt ist als auch dem Selbstschutz dient. »Ich kann nicht ...« Er hält inne. Erstarrt einfach. Ich weiß, dass er an den schrecklichen Foltertod seiner Schwester Callie denkt. An die Fotos, die mein Ex-Mann gemacht hat, all diese Bilder, die vor Gericht gezeigt worden waren. Er hat immer gern das fotografiert, was er *den Prozess* nannte. Auf dem ersten Foto ist sie verängstigt, am Leben, unberührt. Was auf dem letzten noch übrig ist, ist … unvorstellbar. Und auch wenn Sam nicht im Gerichtssaal war, hat er doch die Aufzeichnungen gesehen. Das Video, das am Tatort gemacht wurde.

Selbst für einen Kriegsveteranen wie ihn ist das zu viel.

»Hey«, murmele ich sanft, und diesmal berühre ich ihn. Nur ein leichtes Streichen meiner Finger über seinen Ärmel, nicht die nackte Haut. Im Augenblick brauchen wir eine Barriere zwischen uns. »Sam. Bleib hier.«

Ich sehe, wie er wieder zu sich kommt, als wäre seine Seele in seinen Körper zurückgeschnellt. Er blinzelt und richtet seinen Blick auf mich. Einen Augenblick sehe ich eine starke Emotion über ihn hinwegspülen, die ich nicht einschätzen kann. Liebe? Hass? Abscheu? Und dann ist sie wieder fort.

Sam Cade nickt und nimmt meine Hand in seine. Das kommt unerwartet, und ich verspanne mich leicht, aber er ist vorsichtig, und die Wärme seiner Haut beruhigt etwas von dem stillen, animalischen Heulen tief in mir. »Wir müssen uns den Rest jetzt nicht anschauen«, erklärt er. »Nicht im Augenblick. Okay?«

»Okay«, sage ich. Ich bin dankbar, dass er mich – oder auch sich – nicht dazu zwingt. Es gibt Tapferkeit und es gibt Bestrafung. Masochismus ist es nicht, denn keinem von uns verschafft es ein gutes Gefühl, sich diesem Dämon zu stellen. Es verursacht nur weitere Narben. Mehr Schäden. »Was ist mit den Unterlagen?«

»Ja, das wäre eine Idee«, stimmt er zu. Wir lassen einander los und teilen die zerknitterten Blätter auf, die wir aus dem Inferno gerettet haben. Sie riechen noch immer nach Rauch – und wir ebenfalls, wie ich in diesem Augenblick feststelle. Meine Haare fühlen sich an den Spitzen spröde an. Wir hatten wirklich unglaubliches Glück.

Mein Handy vibriert in meiner Tasche. Stirnrunzelnd prüfe ich die Nummer. Es ist keine, die ich kenne. Ich ignoriere es.

Eine Sekunde später vibriert Sams Handy. Wir verständigen uns mit einem Blick und dann hält er das Handy an sein Ohr. »Hallo?«

Ich bin wie erstarrt, während ich ihn beobachte und nach Hinweisen in seinem Gesichtsausdruck und seiner Körpersprache suche. Ich sehe ein leichtes Stirnrunzeln und – paradoxerweise –, wie sich seine Schultern entspannen. Dann sagt er: »Hey, Mike? Woher hast du Gwens Nummer? Ich hab dich nicht von ihrer aus angerufen.« Er stellt auf Lautsprecher um und legt das Handy auf dem polierten Holztisch zwischen uns ab.

»Was glaubst du denn?«, fragt Mike Lustig und seine tiefe Stimme lässt den kleinen Lautsprecher rumpeln. »Ihr wart am Tatort beide ohnmächtig. Ich habe mir ihre Nummer notiert, während ihr weggetreten wart. Ich bin im Übrigen nicht überrascht, dass Ms Proctor meinen Anruf einfach ignoriert hat. Ich hab gehört, sie sei eine harte Nuss.«

»Und sie kann dich hören«, sagt Sam.

»Hab ich mir schon gedacht. Wie geht's Ihnen, Ms Proctor?«

»Den Lausbubencharme können Sie sich sparen, Agent Lustig«, knirsche ich. »Ich bin nicht in Stimmung. Also, was haben Sie in der Hütte gefunden?« Ich wappne mich, so gut es geht. Sofort muss ich wieder an dieses grausige Video denken. Während ich die Frage stelle, steht Sam auf und betritt das Schlafzimmer rechts von uns, was mir seltsam erscheint. Dann wird mir jedoch klar, dass er nach einem Fenster mit Blick auf die Straße sucht, auf der wir gekommen sind. Er kehrt zurück und schüttelt den Kopf. Kein Anzeichen von Polizeiwagen.

Ich warte auf das Offensichtliche, darauf, dass Lustig uns sagt, dass sie eine Folterkammer gefunden haben, Leichen, das Grauen … Aber er sagt nur: »Nicht viel. Ein paar Aktenschränke, aus denen fast nur noch Asche geborgen werden konnte. Kameraausrüstung und solche Dinge. Ein paar altmodische Videokassetten, aber die Bänder sind geschmolzen; das Labor arbeitet daran, wir werden sehen, ob sie irgendetwas finden. Wahrscheinlich erfahren wir das erst in Monaten. Ich versuche, ihnen Feuer unterm Hintern zu machen, aber jeder Fall, an dem sie bereits arbeiten, hat Priorität, also ist es unwahrscheinlich, dass wir die Expressbehandlung bekommen.«

Ich bin so überrascht, dass ich überhaupt nicht weiß, was ich denken soll. *Aber wir haben es doch gesehen …* Ich drücke die Stummschalttaste auf Sams Handy. »Die haben weder Fesseln noch Ketten oder Winden gefunden? Dann wurde das Video nicht dort gefilmt. Nicht in diesem Keller!«

Sam steht neben mir und wiegt sich auf den Fußballen vor und zurück, als könnte er es nicht ertragen, einfach nur still dazustehen. »Verdammt noch mal«, überlegt er. »Warum hat er dann alles abgefackelt?«

»Die Aktenschränke«, erinnere ich ihn. »Vielleicht waren darin Dokumente, die ihn mit den Videos in Verbindung gebracht hätten. Oder Infos über Absalom. Wir wissen doch noch immer nicht, wie groß diese Gruppe ist, richtig?« Ich frage mich, ob Arden das weiß. Es könnte wichtig sein, noch einmal mit ihr zu reden – aber ich glaube und hoffe, dass sie bereits fort ist. Ich stelle mir vor, wie sie in Stockholm landet und frei ist. Ich hoffe, dass sie dort ist.

Ich hoffe, Absalom hat sie nicht gefunden.

Bevor Sam etwas erwidern kann, meldet sich Mike Lustig wieder. »Seid ihr noch da? Nehmt die Stummschaltung raus, denn wenn ihr ohne mich plaudert, ist das einfach nur unhöflich.«

Langsam fange ich an, Mike Lustig zu mögen. Mit äußerster Vorsicht, denn anders bin ich dazu gar nicht mehr fähig. Ich drücke die Taste, um ihn wieder in das Gespräch einzubinden.

»Tut mir leid«, sage ich. Und meine es auch fast so. »Wir stehen also wieder am Anfang? Keine weiteren Hinweise anhand der Hütte?«

»Hören Sie …« Er hält inne, dann seufzt er, und ich kann beinahe sehen, wie er den Kopf schüttelt. »Ich habe etwas riskiert in der Hoffnung, ihr beide würdet Ruhe bewahren und kein Chaos anrichten, doch das habt ihr getan. Warum zum Teufel sollte ich euch weitere Tipps geben, selbst wenn ich welche hätte? Ich mag meinen Job. Und der ist verdammt schwer zu behalten, wenn es eine offensichtliche Verbindung von euch waghalsigen Narren zu mir gibt.«

Womit er, wie mir auffällt, nicht sagt, dass er vorhat, uns rauszuhalten. Er sagt damit nur, dass wir ihn nicht mit runterziehen sollen. Was etwas völlig anderes ist. Mike Lustig ist ein verdammt guter Freund, denke ich und frage mich, ob ich wohl bei Sam nachhaken kann, wie es dazu gekommen ist, dass sich die beiden so nahestehen. Meistens stört es ihn nicht, wenn ich in seiner Vergangenheit krame … aber meistens frage ich auch gar nicht.

»Also«, führt Sam Mikes Gedanken fort, »warum zum Teufel solltest du uns weitere Tipps geben? Großartige Frage, Mann. Willst du die Antwort hören?«

»Möglicherweise.«

»Weil wir deinen Ermittlungen einen ordentlichen Schwung verpassen können. Wir haben in der Hütte einen USB-Stick gefunden. Und Quittungen. Du hast nur Asche.«

Ich reiße den Kopf herum und starre ihn an, doch es ist zu spät, um ihn noch aufzuhalten. Er hat nicht nur die Katze aus dem Sack gelassen; er hat den Sack in Brand gesteckt und die Katze ist über die Staatsgrenze entwischt. Mein Mund bildet die Worte *Was zum Teufel?*, aber er wendet den Blick nicht vom Handy ab.

»Hmmm.« Lustig zieht das Geräusch in die Länge, wodurch das Handy auf dem Tisch rattert. »Ich schätze, ihr habt ihn nicht zufällig irgendwo eingestöpselt, um euch anzuschauen, was darauf zu finden ist.«

»Möglicherweise.«

»Und ich schätze, ihr habt nichts Interessantes darauf gefunden.«

»Vielleicht schon. Hör mal, Mike, ich geb ihn dir, ganz ohne Bedingungen, aber du musst uns über alles informieren, was du weißt. Wir können diesen Bastard aufhalten, wenn wir zusammenarbeiten. Wenn du uns ausschließt ...«

»Hätte ich euch ausgeschlossen, wie ich es hätte tun sollen, dann besäße *ich* diesen verdammten USB-Stick und die Beweiskette wäre intakt!«

»Vermutlich«, mische ich mich ein und beuge mich vor. »Hätten Sie oder Ihre Leute diese Tür da unten geöffnet und sich selbst in die Luft gejagt, sämtliche Beweise wären dann nur noch Asche und es wäre nichts Nützliches dabei herausgekommen. Wir haben diesen Fehler nicht begangen, weil wir verstehen, mit wem wir es zu tun haben.«

Seine Stimme wird eine Spur härter, verliert ihren Charme. »Und Sie glauben, das tue ich nicht?«

»Haben Sie Melvin Royal kennengelernt?«, frage ich. Ich fühle, wie sich ein kalter Klumpen in meinem Magen bildet, so schwer wie Blei, nur indem ich seinen Namen ausspreche. »Mit ihm gesprochen? Ihn verhört? Sind Sie überhaupt einmal im selben Raum mit ihm gewesen?«

»Nein.«

»Ich habe jahrelang mit diesem Mann zusammengelebt. Ich habe neben ihm geschlafen. Ich habe ihn gesehen, wenn er wütend und glücklich und gestresst war. Ich weiß, wie er tickt.«

»Bei allem Respekt, Ma'am, wenn Sie gewusst hätten, wie er denkt, hätten Sie auch gewusst, was da in Ihrer eigenen verdammten Garage baumelte.«

Das ist clever, aber diese Erkenntnis hatte ich selbst schon. Ich lasse mich davon nicht beirren. »Es gibt da einen Unterschied. Ich habe dieses Wissen über ihn *jetzt* und zusätzlich das, was ich *damals* wusste. Und beides ergänzt einander. Ich bin ein Pluspunkt für Sie, Agent Lustig. Sie werden mich brauchen.« Ich nehme einen langsamen Atemzug. »Denn Melvin Royal ist nicht wie die anderen Killer, die Sie jagen. Falls er das wäre, hätten Sie ihn doch längst gefunden, oder? Sie haben auch all die anderen wieder erwischt, mit denen er geflohen ist.«

Dazu schweigt er. Ich fange Sams Blick auf. Wir haben eine Menge zu bereden, aber im Augenblick nickt er mir nur zustimmend zu.

»Hey, Mike?«, sagt Sam und hockt sich hin, sodass er sich auf Höhe meines Stuhls befindet. Genau wie ich riecht er noch immer nach Rauch und Schweiß. In diesem sauberen und angenehmen Zimmer kommt das noch viel stärker zum Tragen. »Schließ uns nicht aus. Du hättest uns doch bestimmt lieber da, wo du uns sehen kannst. Wir sind doch ein prima Köder. Oder nicht?«

»Ihr bringt mich noch ins Grab«, sagt Lustig, und ich kann hören, wie er sich bewegt. Ich höre den Wind im Lautsprecher dröhnen und die Geräusche des vorbeifahrenden Verkehrs. »Sagt mir, wo ihr seid. Ich hole den USB-Stick ab und dann reden wir.«

Sofort drücke ich auf die Stummschalttaste. »Auf keinen Fall …«

»Das habe ich doch gar nicht vor«, versichert Sam mir und deaktiviert die Stummschaltung. »Morgen, Mike. Wir treffen uns mit dir, wo immer du willst. Ruf morgen früh wieder an.«

Er legt auf, bevor Lustig antworten kann. Wir blicken beide auf das Handy und warten darauf, dass es erneut klingelt, aber das tut es nicht. Nach einer Minute steht Sam auf. Er sieht genauso müde aus, wie ich mich fühle. »Er könnte den Anruf zurückverfolgt haben«, sage ich.

»Ja, ich weiß«, gibt er zu. »Aber solange sich nicht etwas Bedeutsames ändert, wird er es nicht tun. Ich geh duschen. Falls ein SWAT-Team vor unserer Tür steht, wenn ich rauskomme, gehe ich zumindest sauber ins Gefängnis.«

Ich muss lachen. Er hat recht. Im Augenblick müssen wir Lustig vertrauen. Und jetzt, da Sam es ausgesprochen hat, klingt der Gedanke einer heißen Dusche unglaublich verlockend. Für einen schwindelerregenden Augenblick begegnen sich unsere Blicke, und ich frage mich, wie es wohl wäre, mit ihm in der Dusche zu stehen, vollkommen nackt mit einem anderen Menschen, zum ersten Mal seit … seit Melvin. Das Bild, das vor meinem geistigen Auge entsteht, kommt völlig unwillkürlich. Mir stockt der Atem und mein Herz stolpert kurz.

Dann sieht Sam weg. »Ich gehe zuerst«, sagt er.

»Ein echter Gentleman.«

»Ganz genau.« Er geht zum Schlafzimmer links, welches der Treppe am nächsten ist, und schließt die Tür hinter sich – nein, nur fast, dann öffnet er sie wieder und steckt den Kopf heraus. »Und schau dieses verfluchte Video ja nicht ohne mich an, Gwen.«

Er kennt mich einfach zu gut. Er weiß, dass ich mich dazu zwingen würde, vor allem jetzt, da wir wissen, dass es nicht im Keller aufgenommen wurde. Ich würde mich zwingen, es nach Hinweisen abzusuchen, nach irgendetwas, das mir sagt, wo es aufgenommen wurde und von wem. Vielleicht würde die Vertrautheit eine Art Puffer gegen das menschliche Leiden darin bieten.

Ich nicke, verspreche aber nichts, und er verschwindet. Ich höre die Dusche angehen. Ich öffne das Video nicht und nehme mir stattdessen ein Paar blauer Nitrilhandschuhe aus einem Päckchen, das ich in meiner Tasche immer dabeihabe. Dann greife ich mir eine Handvoll Unterlagen und gehe damit zum Kaffeetisch. Das Bewahren von Fingerabdrücken ist vermutlich sinnlos; welchen Beweiswert die Dokumente auch immer hatten, haben sie verloren, als wir sie aus der Hütte gestohlen haben. Dennoch schadet es nie, vorsichtig zu sein.

Die Unterlagen sehen aus wie aus dem normalen Alltagsleben fast jedes Menschen auf dieser Erde – Quittungen für Vorräte, eine Onlinebestellung für elektronische Spiele und Gadgets, Gas- und Stromrechnungen. Die Rechnungsadresse ist ein unauffälliger Firmenname, den das FBI nachverfolgen kann, falls das irgendwohin führt. Da es dafür keine Rechnungen gibt, schätze ich, dass der Kerl sich um Wasser und Abwasser selbst kümmert. Ein paar Kleidungsbestellungen, alle für einen Mann, in Größen, die ich mir auf einem Blatt rosa Papier vom Schreibtisch notiere, auch wenn ich mir ziemlich sicher bin, dass es schwierig, wenn nicht sogar unmöglich werden wird, den Besitzer der Hütte aufzuspüren. Eindeutig ein Job für das FBI, besonders jetzt, da er alarmiert und auf der Flucht ist. Dieser Mann, denke ich, ist ein echter Archivar: Er kauft nicht nur in großen Mengen, er heftet auch jeden einzelnen Kauf ordentlich ab. Es scheint keine Unterscheidung zwischen trivialen Dingen – wie Massenbestellungen von Toilettenpapier und Küchenrollen – und dem zu geben, was wichtig sein könnte, wie der Kauf von Stahlketten in verschiedenen Längen. Ich sortiere die einzelnen Blätter in einen Stapel für Dinge, die vermutlich unwichtig sind, und die, die eine Spur sein könnten. Das entfernte stetige Trommeln des Wassers von Sams Dusche beruhigt mich, und als er es schließlich abstellt, habe ich fast wieder meine innere Mitte gefunden.

Beim Herauskommen trägt er einen vom B & B bereit-
gelegten Bademantel und Hausschuhe, und seine sandblonden
Haare sind trocken gerubbelt, aber noch immer feucht an den
Spitzen. Er sieht aufgewärmt und zufrieden aus. »Tut mir leid«,
sagt er und deutet auf seine Kleidung. »Meine Klamotten müssen dringend gewaschen werden. Die stinken.«

»Meine auch«, sage ich. »Schätze mal, die haben hier keinen Wäscheservice …« Wir haben Ersatzkleidung in unseren
Rucksäcken, aber ich weiß nicht, wann sich für uns die nächste
Gelegenheit ergibt, unsere Sachen zu waschen. Also ruft er bei
der Rezeption an, während ich unter die Dusche gehe.

Es ist unglaublich angenehm. Ich verharre dort und lasse den
Wasserstrahl auf meinen Kopf einprasseln und die Bilder fort-
treiben, die mir von dem Video im Gedächtnis haften geblieben
sind. Ich will nachher die Kinder anrufen. Ich will hören, dass
es ihnen gut geht, auch wenn ich das doch bereits getan habe,
auch wenn ich weiß, dass sie das als verrückt abstempeln würden. Ich trete aus der Dusche, trockne mich ab und schlüpfe in
den Bademantel – so weich und flauschig – und stecke meine
Füße in die sauberen neuen Hausschuhe. Das hier fühlt sich
an wie ein Luxus, den ich nie zuvor genossen habe. Ich kann
verstehen, wie man sich an so etwas schnell gewöhnen kann.

Ich höre mein Handy summen und greife danach. Kurz
blicke ich auf die Nummer, die mir vertraut vorkommt – wieder die von Mike Lustig? –, und nehme den Anruf entgegen.
»Hallo?«

Als Antwort kommt nur Schweigen und dann statisches
Rauschen, was mich sofort alarmiert. »Mike?«

»Mike?«, fragt eine Stimme am anderen Ende und ich
erstarre. Ich kann mich nicht mehr bewegen, obwohl ich das
plötzliche Bedürfnis verspüre, das Handy wegzuwerfen, als
hätte ich eine Spinne in der Hand. »Wer ist Mike? Betrügst du
mich schon wieder, Gina? Wie enttäuschend.«

Ich schließe die Augen und öffne sie dann wieder, weil ich nicht im Dunkeln mit ihm eingesperrt sein will: Melvin Royal, Serienkiller, Ex-Mann, Vater meiner Kinder. Ich habe mich auf den Rand des Bettes gesetzt, ohne es überhaupt zu merken; meine Beine haben einfach unter mir nachgegeben. Blind starre ich die hübsche blassgelb gestrichene Wand an, den gerahmten Druck eines friedlichen Monet-Gartens, aber alles, was ich vor mir sehe, sind zerbrochene Ziegel und ein klaffendes dunkles Loch, wo einst eine Mauer stand. Die aufgebrochene Fassade der Garage, die Melvin als seine Werkstatt verwendet hat.

Der Gestank von Tod, Verwesung, Metall und Grauen.

Die Leiche, die an der Drahtschlinge einer Winde baumelte.

Auf einmal habe ich das schreckliche Gefühl, als würde Sams tote Schwester direkt hinter mir lauern. Melvin hat diesen Geist beschworen, aber ich bin diejenige, die von ihm heimgesucht wird.

Die eisige Kälte in meiner Brust verschwindet und wird ersetzt durch Hitze, Blut, Wut. Meine Hand zittert und ich umklammere das Handy fester. »Wo bist du, Melvin? Na los, sag's mir. Du hast doch keine Angst vor mir, oder?«

Instinktiv weiß ich, wie sehr er diesen Gedanken verabscheut, und richtig, sofort bekomme ich eine Antwort. Längst nicht mehr so kontrolliert wie sein erster Satz. »Vor dir?« Die Frage und das darauffolgende Lachen bergen so viel Verachtung, dass es sich wie ein Messer auf meiner Haut anfühlt. Aber meine Haut ist jetzt dicker und die Klinge dringt nicht in sie ein. »Nein, Gina. Ich habe keine Angst vor dir. Übrigens, wie ist das Wetter in Georgia?« Gina, nicht Gwen. Er wird mich immer so nennen.

»Kuschlig«, sage ich ruhig. »Wie ist es, sich wie eine in die Ecke getriebene Ratte zu verstecken?«

»Oh, aber ich verstecke mich doch nicht, mein Herz.« Sein Tonfall sinkt in einen Bereich ab, der sich falsch anfühlt. Etwas angsteinflößender. »Ich sehe hoch zu der warmen Lichtquelle, bei der du dich befindest. Wenn du alle Lichter ausschaltest, kannst du mich sehen. Zieh die Vorhänge zurück, Gina. Schau gut hin.«

Mit meiner freien Hand umklammere ich die Bettdecke mit einer Heftigkeit, die dieses hübsche Zimmer nicht verdient hat, und atme tief ein, wobei ich den schwachen Hauch von Lavendel rieche. »Den Teufel werd ich tun«, gebe ich zurück. »Du bist ein gottverdammter Lügner. Du bist nicht hier. Du hast keine Ahnung, wo ich bin.«

»Beweis es. Geh nachschauen.«

»Verpiss dich mit deinen Psychospielchen, Melvin. Du bist nicht hier. Wenn du es wärst, würdest du an die Tür klopfen.«

Ich springe auf die Füße, denn in genau diesem Augenblick ertönt ein Klopfen. Fest. Drei Schläge gegen die Haupttür.

Ich lege auf, lasse das Handy fallen und stürze zur Schlafzimmertür. »Sam! Nicht!« Ich ziehe meine Waffe aus dem Schulterholster, das über dem Stuhl hängt, und er hält im Aufschließen inne. Ich drücke mich gegen die Wand. Mein Herz pocht wie wild, und obwohl ich nicht glaube, dass Melvin das Schreckgespenst ist, das er mir einreden will, ist das Timing einfach zu unheimlich. Ich beruhige mich und nicke Sam zu. Ich bin bereit, halte die Waffe aber neben mir auf den Boden gerichtet.

Er öffnet die Tür und macht einen Schritt zurück. Ich sehe unsere nette Gastgeberin in ihrem blauen Sari lächelnd vor uns stehen. Die Waffe nach unten gerichtet zu haben, hat einen weiteren Vorteil; ich kann sie schnell in die Tasche meines Bademantels stecken, bevor sie mir den Blick zuwendet. »Bitte entschuldigen Sie, ich bin wegen Ihrer Kleidung hier …«

Ich hatte die Wäsche völlig vergessen und komme mir gerade unglaublich dumm vor. Es überfährt mich gleichzeitig heiß und kalt. Schnell hole ich meine Sachen. Sam stopft sie zu seinen und reicht ihr die raschelnde Wäschetüte. Sie nickt, lächelt noch einmal und geht. Als er gerade die Tür schließen will, dreht sie sich noch einmal um. »Oh, warten Sie, Sir«, sagt sie und tritt einen Schritt zurück. Hinter ihr steht ihre Tochter mit einem Silbertablett in den Händen. »Ihre Scones.«

»Tut mir leid, dass es so lange gedauert hat«, entschuldigt sich die Tochter. »Ich hoffe, sie schmecken Ihnen.«

Sie sehen köstlich aus, was ich auch gleich sage, und ich bedanke mich bei ihr. Nachdem Sam die Tür geschlossen und wieder zugesperrt hat, stöhne ich auf. »Tut mir leid«, sage ich. »Ich bin gerade etwas schreckhaft.« Mein Herz rast. Meine Hände zittern. Melvin hat Gift in meine Adern gepumpt. Der Anruf war wie ein Schlangenbiss.

»Ja, das merke ich«, kommentiert er und greift sich einen Scone von dem Tablett, das ich in beiden Händen halte. Das Zittern entgeht ihm nicht. »Was ist denn?«

Ich will es ihm nicht sagen, noch nicht, also stelle ich das Tablett auf dem anderen leeren Tisch ab, schüttle den Kopf und gehe zurück ins Schlafzimmer. Ich stecke meine Waffe wieder in das Holster. Ich schalte das Licht im Schlafzimmer aus. Nach einer Sekunde des Zögerns trete ich ans Fenster und schiebe den geschlossenen Vorhang zur Seite, nur so weit, dass ich raussehen kann.

In der ersten Etage unter uns befindet sich eine Veranda mit runden Holztischen und perfekt um sie herum arrangierten Stühlen. Die Sonnenschirme sind fest zusammengerollt. Hinter der Veranda erstreckt sich der Rasen über einen Hügel nach unten in das Gebüsch, und dahinter sehe ich einen Wald und weitere Hügel. Es ist wirklich hübsch.

Da unten ist niemand. Nichts regt sich.

Ich drehe mich wieder zum Bett, als das Handy meine Aufmerksamkeit verlangt. Diesmal nehme ich den Anruf an und sage nichts. Warte einfach nur. Die Stille dehnt sich aus, bis

Melvin schließlich spricht. »Du hast nachgeschaut.« Ich höre das Grinsen in seiner Stimme. Selbstgefällig. Gnadenlos.

»Ich habe keine Angst vor dir, du mörderisches Arschloch«, versichere ich ihm. »Fahr zur Hölle.«

Er legt auf. Ich spüre, dass Sam in meinem Türrahmen steht, doch er stellt keine Fragen. Ohne den Kopf zu heben, sage ich: »Das war er. Tut mir leid. Er hat es geschafft, mich aus dem Konzept zu bringen. Wird nicht wieder vorkommen.«

»Hey.« Endlich sehe ich auf. Sein Gesicht ist angespannt, aber es ist auch Mitgefühl darin zu lesen. Und Besorgnis. »Nichts davon ist deine Schuld, Gwen. Das war es nie. Denk immer daran.«

Ich nicke, fühle es aber nicht. Jahrelang war ich in der Position gewesen, dieses Monster aufzuhalten, und habe sie nicht genutzt. Es ist unmöglich, das nicht so zu empfinden. Tief in mir zu wissen, dass ich einen Teil der Schuld trage, wenn auch nur in meinem Kopf. »Er hat behauptet, er sei hier«, erkläre ich. »Draußen. Und dann hab ich das Klopfen gehört …«

»Schlechtes Timing«, sagt Sam. »Typisch für uns. Wie zum Teufel ist er an deine Nummer gekommen?«

Ich atme tief durch und schüttle den Kopf. Ich weiß es nicht, aber ich habe so meine Vermutungen. Absalom. Die Georgia-Cops wollten unsere Handynummern haben. Diese Information wurde irgendwo in einem System eingegeben, und Absalom hat sicher nach solchen Berichten gesucht. *Er weiß, dass wir in Georgia sind*, denke ich, und wieder macht mein Puls einen Satz. *Wir sollten nicht hierbleiben. Wir sollten weglaufen.*

Aber das ist die alte Gina, die mir das zuflüstert. Ich bin fertig mit Weglaufen. Ich bin auf der Jagd.

Ich erkläre Sam, dass Melvin weiß, dass wir in diesem Bundesstaat sind, weil ich das nicht vor ihm verschweigen kann, und fühle ein wenig Last von meinen Schultern fallen, als er mit den Schultern zuckt. »Das war zu erwarten. Wir haben in dieser Hütte ein ordentliches Leuchtfeuer hinterlassen. Er weiß aber nicht, dass wir hier sind. Du hast recht. Er hat nur mit dir gespielt.«

»Also, sollen wir lieber gehen?«

»Willst du denn gehen?« Stumm schüttle ich den Kopf. »Dann sollten wir uns eine Mütze Schlaf gönnen.«

Sam kommt ins Zimmer, aber nicht weit. Lehnt sich gegen den Türpfosten. Wir beide sind so vorsichtig, immer auf Distanz; wir sehen das Minenfeld aus Erinnerungen und Täuschung und einer blutigen, traurigen Vergangenheit zwischen uns.

Was allerdings nicht bedeutet, dass nicht auch der Wunsch besteht, dieses Minenfeld zu durchqueren. Ich fühle den Sog zwischen uns, langsam und stetig, eine konstante Anspannung, die wir zum Wohl unserer Sicherheit auf ein leises Summen reduzieren. Wir schlafen vielleicht am selben Ort, aber nicht miteinander. Ich weiß, dass wir auf einer gewissen Ebene beide darüber nachdenken, besonders an diesem ruhigen, hübschen Ort, beide nur in diese Bademäntel gekleidet, deren Gürtel sich so leicht lösen lassen.

Was mir den Mund trocken werden lässt und meine Zuversicht erschüttert, ist die Frage, ob diese starke Anziehung, die ich im Augenblick ihm gegenüber empfinde, eine direkte Reaktion darauf ist, Melvins Stimme gehört zu haben. Ich will Trost. Ich sehne mich nach Sicherheit. Und ich weiß, dass das Verlangen danach, sie in den Armen eines anderen Mannes zu suchen – selbst wenn es sich um Sam handelt –, gefährlich ist. Ich muss meine Sicherheit in mir selbst finden.

Sam betreibt vermutlich gerade nicht so viel Selbstanalyse, allerdings tritt er auch nicht näher. Er bleibt in sicherem Abstand.

»In den Quittungen könnte sich trotzdem noch etwas finden lassen«, sagt er schließlich. Ich glaube, das sagt er nur, um die Stille zu füllen. »Einige der Sachen, die er gekauft hat,

126

kommen mir seltsam vor. Wir haben keine schweren Ketten im Haus gesehen, oder? Sägen?«

Das sind keine allzu ungewöhnlichen Käufe für eine Waldhütte, aber dennoch hat er recht. Wir haben diese Dinge nicht gesehen, zumindest nicht in der Hütte. Ich denke, Mike Lustig hätte es erwähnt, wenn er sie in den Kellerruinen gefunden hätte. »Du glaubst, er hat sie für jemand anderen gekauft …?«

»Ich glaube, dass dies der Anfang eines langen roten Fadens sein könnte, dem wir folgen können. Du nicht?«

Ich nicke. Plötzlich fällt mir etwas wieder ein. Ich stehe auf und gehe zurück zum Rollschreibtisch. Sam folgt mir und stellt sich neben mich, während ich schnell durch die Quittungen blättere und nach der harmlosesten Sache von allen suche.

Papiertücher. Toilettenpapier. Die Mengenkäufe sind auf derselben Onlinebestellung für andere Haushaltssachen, wie Lufterfrischer und Bleiche, und zwar in Mengen, die normalerweise großen Firmen vorbehalten sind. Ich weiß nicht einmal, warum das meine Aufmerksamkeit erregt.

Ich starre die Quittung eine Sekunde lang an, nicht ganz sicher, was ich darin sehe. Vermutlich nichts. Viele Leute kaufen solche Dinge als Großeinkauf. Küchenpapier wird nicht schlecht. Warum also ist es mir aufgefallen?

»Verdammt«, fluche ich laut, als ich es endlich sehe. Ich halte Sam das Blatt vor die Nase und beobachte, wie er den gleichen Prozess durchmacht wie ich. Es dauert ungefähr genauso lang. Wir liegen einfach auf einer Wellenlänge, Sam Cade und ich.

»Die Adresse«, meint er. »Das wurde nicht zur Hütte geschickt.«

»Genau«, stimme ich zu. Und auch wenn es mir widerstrebt, sage ich doch: »Du solltest wohl lieber Mike anrufen.«

* * *

Mike Lustig taut deutlich auf, als er unsere Neuigkeiten erfährt. Er möchte die Unterlagen gefaxt haben, als Kompromiss schicken wir ihm stattdessen die Adresse. Beziehungsweise tue ich das. Sam ist damit beschäftigt, die Adresse von der Rechnung im Internet zu suchen; dabei geht er vorsichtig vor und verbirgt unsere Verbindungen mithilfe von Anonymizern, die unsere IP-Adresse tarnen. Daran muss ich ihn nicht einmal erinnern. Google Maps zeigt uns den Ort an. Es ist irgendeine beliebige Industriegegend in Atlanta. Ich hätte eher eine Postfachadresse erwartet, aber das sieht nach einer Lagerhalle aus, genauso anonym wie all die anderen, die noch dort stehen. In dem Augenblick, in dem das Kartierungsfahrzeug die Fotos gemacht hat, waren dort keine Autos zu sehen. Nur Beton und Metall, rostig und eingebeult. Auch ziemlich isoliert durch hohe Barrieren aus Unkraut, die an einem maroden Maschendrahtzaun und durch ihn hindurch gewachsen sind. Von Schrotkugeln durchlöcherte und kaum noch lesbare **ZUTRITT VERBOTEN**-Schilder.

Dieser Ort benötigt garantiert keine großen Lieferungen Toilettenpapier.

»Mein Gott«, hauche ich, während ich über seine Schulter hinweg das Bild anschaue. »Was zum Teufel ist das?« Aber ich fürchte, ich weiß es bereits. Meine Stimme wird leiser. »Glaubst du, dass sie dort …«

»Dass sie dort gefilmt haben? Ich weiß es nicht«, sagt er.

Mike ruft innerhalb von fünf Minuten zurück. Er klingt nicht glücklich. »Ich kann mit euch mitkommen, um mir diesen Ort anzuschauen, aber basierend auf dem, was ihr habt, sind die Chancen gleich null, einen Durchsuchungsbefehl zu bekommen«, erklärt er. »Besonders aufgrund der Tatsache, wie ihr an die Beweise gelangt seid. Jeder Richter, der nicht sturzbesoffen ist, wird sehen, dass nichts davon auf irgendwelchen legalen Vorgängen fußt. Ich sag euch was: Morgen bringt ihr diesen verdammten USB-Stick und die Unterlagen mit und übergebt sie mir. Wir machen einen hübschen ausgedehnten Spaziergang rund um diesen Ort, und ich setze meine Leute daran, die Eigentümerschaft ausfindig zu machen. Vielleicht schaffen wir es auf andere Weise, das dem Gericht schmackhaft zu machen.«

Er ist frustriert. Das kann ich ihm nicht verdenken. Das FBI ist überlastet, wo es sich doch gleichzeitig um Terrorismus und andere Verbrechen kümmern muss, und er braucht die Komplikationen nicht, die wir ihm verursachen. Andererseits ist ihm vermutlich auch bewusst, dass wir ihm ein riesiges Geschenk gemacht haben. Das hoffe ich zumindest.

»In Ordnung«, sagt Sam. »Wo sollen wir uns mit dir treffen?«

Lustig nennt uns eine Adresse in einem Vorort von Atlanta. Eine sechsstündige Fahrt von unserem aktuellen Standort entfernt. Wir einigen uns darauf, uns dort um zehn Uhr morgens zu treffen. Was bedeutet, dass wir noch vor Anbruch der Dämmerung aufstehen und losfahren müssen, aber das stört keinen von uns sonderlich. Ich fühle mich leichter, als Sam den Anruf beendet. Mir ist regelrecht schwindlig. *Ja. Endlich.*

Ohne nachzudenken, lege ich eine Hand auf Sams Schulter. Er legt seine Finger über meine. Seine Berührung fühlt sich so unerwartet an, so warm, dass mir jetzt erst klar ist, wie durchgefroren ich bin. *Warum nicht*, denke ich, und bei diesem Gedanken wird mir ganz schwummrig. Die Kinder sind sicher. Wir haben eine kurze Verschnaufpause an einem wunderschönen, ruhigen, sicheren Ort.

Er sieht zu mir auf und ich sehe den Funken. Ich fühle ihn.

Er lächelt ein wenig traurig. »Ich weiß«, sagt er. Es ist keine richtige Frage. Nicht einmal eine Aussage. Aber es ist ein winziger Schritt über die Grenze, der mich einlädt, es ihm gleichzutun.

Und ich will es, *so sehr*. Ich sehe Sam an und denke, wäre ich in einem anderen Leben diesem Mann begegnet, hätte ich ihn gemocht und dann geliebt, und aus uns wäre etwas Gutes geworden. Etwas Dauerhaftes.

Aber nicht in dieser Welt.

Ich beuge mich vor und küsse ihn sanft auf die Lippen. Es ist süß und sanft und schön und fühlt sich nicht nach Minen oder Fallen an. Es fühlt sich richtig an.

Und gleichzeitig auch falsch. Es fühlt sich so an, als würden die Geister schreien und mein Ex lachen – und *ich kann nicht*.

Also gehe ich. Schnell. Ich höre Sam meinen Namen sagen, aber ich schaue nicht zurück. Ich gehe ins Schlafzimmer. Ich schließe die Tür hinter mir und sperre sie zu. Sperre alles aus – Sam, mich selbst, die Erinnerung an Melvin, der nachts in unser gemeinsames Bett kam. Ich schlüpfe unter die nach Lavendel duftende Bettdecke, noch immer in meinen Bademantel eingewickelt, und leide innerlich Schmerzen; wegen all der verlorenen Dinge, der verlorenen Augenblicke, die der Preis dafür sind, damals Melvin Royal gewählt zu haben, auch wenn ich jung und naiv und jungfräulich war, als er mich bezirzte und dann heiratete. Denn für manche Fehler bezahlt man sein Leben lang. Ein Monster wie Melvin zu heiraten … das ist ein Fehler, der niemals vergessen wird.

Ich kann es mir erlauben, wieder glücklich zu werden, wenn das hier vorbei ist. Wenn es mit ihm vorbei ist. Vielleicht.

Vielleicht werde ich dann auch tot sein. Aber zumindest habe ich dann meine Schuld abbezahlt.

Als ich die Augen schließe, sehe ich Melvin unten am Hügel stehen, gerade so im Schatten der Bäume, seine Augen so leuchtend wie Silbermünzen. Lächelnd. Und ich flüstere vor mich hin: »Warte nur, du Hurensohn. Ich komme.«

Ich komme.

Kapitel 8

Sam

Warum, verdammt noch mal, habe ich sie so unter Druck gesetzt?

Ich rufe Gwens Namen, doch sie reagiert nicht. Ich will all das sagen, was mir in meinem pochenden Kopf herumgeht, Dinge wie *Ich brauche dich* und *Ich werde dir nicht wehtun*, aber Tatsache ist, auch wenn ich im Augenblick so empfinde, kann ich das für den nächsten Morgen nicht mehr garantieren. Na gut, das mit dem *Brauchen* vermutlich schon. Das fühle ich bereits seit … seit wann? Anfangs hatte ich mir ihr Gesicht nur anhand der Onlinefotos eingeprägt. Damals habe ich sie garantiert nicht gebraucht. Sie ist für mich ein leerer Pixelhaufen gewesen, etwas, auf das ich meine Wut richten konnte. Ich habe mir Tausende Bilder von ihr angeschaut und nichts als Verachtung und blinden Hass verspürt. *Diese Frau war an Callies Ermordung beteiligt.* Ich erinnere mich noch daran, das wieder und immer wieder gedacht zu haben. Ich erinnere mich daran, wie ich Gina Royal wehtun, sie für jede Wunde bezahlen lassen wollte, die meine Schwester hatte erleiden müssen.

Beinahe zwei Jahre verbrachte ich damit, sie aufzuspüren, für Informationen zu bezahlen, ihr zu folgen, bis sie sich schließlich mit den Kindern in Stillhouse Lake einrichtete und ich mich dazugesellen konnte. Mich einfügen konnte. Sie dabei beobachten konnte, wie sie ihrem Alltag nachging. Ich wurde Mitglied beim selben Schießstand, sowohl, um im Training zu bleiben als auch, um sie von Nahem zu sehen, in Situationen, in denen sie nicht so stark auf der Hut war.

Ich weiß nicht, wann ich begann, hinter die Fassade der Fotos zu sehen. Vielleicht war es das dankbare, gedankenlose Lächeln, das sie mir zuwarf, wenn ich ihr die Tür aufhielt; ich glaube, sie registrierte nicht einmal, wer ich war. Für sie war ich einfach nur ein freundlicher Fremder. Vielleicht war es ihr Anblick, wenn sie das Ziel zerfetzt hatte und ich in ihren Augen diesen Schimmer aus Trauer und Wut lesen konnte. Ich kannte das Gefühl.

Vielleicht war es, sie mit ihren Kindern zu sehen, lachend, interessiert an dem, was sie zu sagen hatten, immer in ihrer Beschützerrolle. Ich war vorsichtig. Ich beobachtete sie aus der Ferne, versuchte, sie ohne ihre Maske zu erwischen, versuchte, das Monster darunter zu sehen, diejenige, die zugelassen hatte, dass meine Schwester auf so schreckliche Weise sterben musste. Die eine Komplizin bei den unmenschlichen Verbrechen des Mannes war, den sie geheiratet hatte und bei dem sie geblieben war. Der Mann, der meine Schwester entführt, gefoltert und vergewaltigt hatte, während ich im Ausland für unser Land kämpfte.

Aber ich sah keine Frau, die ein Monster in sich verbarg. Statt Gina Royal – der ich niemals begegnet war – sah ich Gwen Proctor, eine Frau, die dieser anderen Person lediglich schwach ähnelte. Jemanden mit einer vollständig menschlichen Persönlichkeit. Die anderen mit Freundlichkeit begegnete, wenn auch mit etwas Zurückhaltung.

Zu jener Zeit wurde mir klar, dass diese Internettrolle, mit denen ich online Zeit verbracht hatte, die versucht hatten, ihre

Bewegungen aufzuspüren, alles dafür taten, sich gegenseitig darin zu überbieten, sich immer aggressiver und rachsüchtiger zu gebärden ... dass sie unrecht hatten. Unrecht damit, wer sie war. Was sie verdiente. Unrecht in Bezug auf ihre Kinder. Womit hatten sie noch unrecht gehabt? Ihrer Rolle bei den Morden?

Ich erinnere mich an den Tag, an dem sie mir die Tür geöffnet hat. Ihr Sohn war nicht in der Schule erschienen, und ich hatte ihn mit blutiger Nase am See vorgefunden. Ich hatte ihre Erleichterung gesehen, dass er sicher war, und dann dieses Aufblitzen von reiner, von Angst durchsetzter Wut, dass ich ihrem Kind etwas angetan haben könnte. Kurz darauf die Dankbarkeit, als sie erkannte, dass ich nichts weiter getan hatte, als mich wie ein verantwortungsvoller Erwachsener zu verhalten.

Ich habe mir selbst eingeredet, dass ich dort blieb, um Beweise für ihre Schuld zu sammeln, aber seit diesem Augenblick war das nicht mehr der wahre Grund.

Das Gefühl des Brauchens kam später, aber es kam langsam. Auf leisen Sohlen. Gegen meinen Willen.

Ich bin noch nicht bereit, zu sagen, dass ich sie liebe. Aber ich bin bereit, mir selbst einzugestehen, dass es mehr ist als Neugier, als reines Mögen, mehr als die Lust auf einen One-Night-Stand, die am nächsten Morgen verflogen ist.

Es gibt Augenblicke, in denen ich das Gefühl habe, als würden wir uns schon ewig kennen. Und dann, wie heute Abend, gibt es Augenblicke, in denen ich denke, sie überhaupt nicht zu kennen. Als wäre sie ein Rätsel, das ich niemals lösen werde, eingewickelt in Stacheldraht und Dornen und Rosen.

Ich denke über das nach, was sie gesagt hat. *Melvin Royal hat sie angerufen.* Woher er die Nummer hat, bleibt ein Geheimnis, aber immerhin arbeitet er noch immer mit Absalom zusammen. Vielleicht haben sie Videomaterial von mir in dem Laden gefunden, in dem ich die Prepaidhandys gekauft habe.

Vielleicht haben sie uns dann von der Autovermietung aus aufgespürt, in der wir eine falsche Ausweisnummer angegeben haben. Vielleicht haben sie die Nummer von der Polizei von Georgia. Vielleicht, vielleicht, vielleicht. Über das *Wie* zu spekulieren, bringt uns nicht weiter, die wichtige Frage ist doch eher … *warum?* Als Erstes natürlich wie immer, um sie zu quälen, und das hat funktioniert. Er hat sie beunruhigt. Aus dem Konzept gebracht.

Was bedeutet, dass wir ihm näher kommen. Melvin setzt gern Finten ein. Führt die Leute in die falsche Richtung. Schlägt an einem Ort zu und wechselt dann schnell an einen anderen. Eine klassische Taktik, ausgeführt mit den stählernen Nerven eines echten Soziopathen. Ich kann bei seinem Schachspiel nicht mithalten; ich habe noch nicht einmal das passende schauderhafte Spielbrett, auf dem er sich bewegt. Aber ich verstehe, dass es hier nicht wirklich um Gwen geht. Sie ist eine Figur, die er bewegt oder die er zumindest zu bewegen versucht, wenn es ihm passt. Sie ist kein Bauer mehr, wie zu der Zeit, als er sie geheiratet hat. Mittlerweile ist sie eine wichtigere Figur: ein Läufer, ein Turm, eine Königin.

Und ich? Ich bin ein Springer. Ich bewege mich in unvorhergesehene Richtungen. Weshalb ich, nachdem ich gehört habe, dass Gwen ihre Tür verschloss, meine Kopfhörer aus dem Rucksack hole, sie einstöpsele und das Foltervideo starte.

Diesmal zwinge ich mich dazu, es anzuschauen, ohne zu blinzeln und ohne anzuhalten. Es ist lang. Fünfzehn ganze Minuten der Folter, Erniedrigung und Qualen. Eine menschliche Figur, die, an den Händen gefesselt, von einer Kette hängt, durch zwei weitere am Boden verankert. Die Gliedmaßen gespreizt und völlig wehrlos, kann sie nichts weiter tun als bluten und schreien. Das Video ist wacklig und schlecht beleuchtet, aber ich bleibe fokussiert, sperre das Grauen aus und konzentriere mich auf die Details. *Das ist kein Mensch*, sage ich mir. *Das ist lediglich ein Echo. Eine Ansammlung von Licht und Schatten.* Ich reduziere diese leidende Person ebenso auf Pixel, wie ich Gwen einst reduziert habe. Entferne die Menschlichkeit aus der Gleichung, denn nur so kann ich mich selbst schützen und mir trotzdem dieses Horrorvideo anschauen. Ich sehe es mir wegen der kleinen Details an. Wegen des Raums. Wegen allem, was ich nutzen könnte, um möglicherweise einen Ort, das Opfer oder die Täter zu identifizieren.

Meine erste Annahme – und, da bin ich mir sicher, auch Gwens erste Annahme – ist völlig falsch. Die Person, die hier in diesem Video schreit, leidet und stirbt, ist männlich.

Und diese Folter findet nicht nur aus sadistischen Gründen statt. Es ist ein Verhör.

Ich verstehe die Fragen nicht wirklich; der Ton ist furchtbar, abgehackt und hallend, was – und das schreibe ich sofort auf – für einen großen Raum mit Metallverkleidung irgendeiner Art spricht; vielleicht die Lagerhalle, die wir bereits identifiziert haben. Auch die Antworten, die der Mann gibt, bleiben unverständlich. Sie sind zu sehr durchbrochen von Schreien, die das Mikrofon überlasten, von Keuchen und Husten und blutspuckendem Gemurmel. Ich schließe die Augen, spule das Video zurück und beginne von vorn. Lausche auf die Fragen und Antworten.

Endlich verstehe ich einen Teil.

Wie lang hast du uns verfolgt?

Monate.

Hast du wirklich geglaubt, wir würden dich nicht erwischen?

Bitte, hört auf, um Himmels willen …

Für wen arbeitest du?

Ich öffne die Augen, weil ich seine letzte Antwort endlich verstanden habe. Nur ein Wort. Ein Name.

Ich schreibe ihn auf, lehne mich zurück und starre darauf.

Dann nehme ich mein Handy und rufe Mike Lustig an. Es ist spät – beinahe schon zwei Uhr morgens –, aber ich weiß, dass er rangehen wird. Und das tut er auch, beim zweiten Klingeln, ohne eine Spur von Müdigkeit in seiner Stimme. »Du weißt schon, wie spät es ist, Kumpel?«, fragt er, aber das ist nur seine Art der Begrüßung. Ich gehe auf diese rhetorische Frage gar nicht erst ein.

»Sagt dir der Name Rivard etwas?«

Es folgt eine lange Stille, bis Mike antwortet. »Mag noch andere geben, aber der Einzige, der mir dabei spontan einfällt, ist Ballantine Rivard, Eigentümer von Rivard Luxe. Beliebtes Thema in der Klatschpresse seit – wie lange schon? Vierzig Jahren? Der Howard Hughes des Einzelhandels. Mitglied auf Lebenszeit im Klub der Superreichen, zusammen mit Buffett, Gates, Trump … Der sich schon seit Jahren in seinem Turm einsperrt.«

»Sonst niemand?«

»Kommt auf den Kontext an, aber der Name ist relativ selten.«

»Der Kontext besteht darin, dass der Mann, der in dem Video gefoltert wird, das wir aus der Hütte haben, sagt, er sei von jemandem namens Rivard angeheuert worden. Wir wissen bereits, dass sich Absalom auf Erpressungen spezialisiert hat. Jemand, der so reich ist, würde ein gutes Ziel abgeben.«

»Möglich«, stimmt Mike zu. »Du solltest allerdings verdammt noch mal absolut sicher sein, bevor wir uns diesen fetten Fisch angeln. Bist du sicher, dass du *sie* weiter in die Sache einbeziehen willst?«

»Ich bin mir sicher.« Mit *sie* meint er Gwen. Mike ist nicht von ihrer Unschuld überzeugt. Wie die meisten Menschen kann er sich einfach nicht vorstellen, dass sie nichts gemerkt haben sollte, wo doch Melvin seine Opfer in der Garage direkt auf der anderen Seite der Küchenwand gequält hat.

136

Da gehen unsere Meinungen auseinander. Wie ich jetzt weiß, wurde ich im Internet in den Strudel gesaugt. Indoktriniert von der Echokammer Gleichdenkender, die einfach glauben wollen, dass Gina Royal schuldig ist. Ich hatte es vollständig geschluckt. Ich war so sehr von meinem eigenen Hass geblendet, dass ich genauestens geplant hatte, wie ich Gina Royal umbringen würde. Kein gnädiges Ende. Sondern eins, das ihr die gleichen Schmerzen und Leiden angedeihen lassen würde, die Callie erdulden musste.

Ich musste die kalte und harte Lektion lernen, wie leicht man doch vom Weg abkommt. Sich in den Schatten der eigenen Wut und den Verirrungen anderer Menschen verrennen kann. Ich verstehe, wie Gina Royal gegenüber den Gräueltaten ihres Mannes blind gewesen sein konnte. Sie war unschuldig und naiv. Zu unschuldig, um die Bösartigkeit auf der anderen Seite dieser Wand zu erkennen.

Aber ich weiß, dass Mike das nicht verstehen würde. Noch nicht.

»Noch da, Kleiner?«, sagt Mike. Es ist seine typische Form der Anrede, dabei sind wir ungefähr im selben Alter. Auch wenn er viel älter wirkt. »Denn du hältst mich von meinem Bett fern.«

»Nicht deiner Frau?«

Er lacht. »Vivian schläft tief und fest. Nach all meinen Jahren als Agent im Außendienst könnte sie auch bei einem Bombenhagel schlafen. Hat den Nachteil, dass spontaner Spaß in der Nacht eher nicht stattfindet.« Er wird schnell wieder nüchtern. »Lass nicht zu, dass dir diese Frau zu nahe kommt, Sam. Das ist deine Schwäche.«

»Ich weiß«, gebe ich zu. »Wir sehen uns morgen früh.«

»Klar doch. Und jetzt geh schlafen.«

Er legt auf.

Ich schalte den Computer aus, ziehe den USB-Stick heraus und stecke ihn nach kurzem Nachdenken in eine

Reißverschlusstasche meines Rucksacks. Den nehme ich mit in mein Schlafzimmer und verschließe die Tür hinter mir.

Ich will nicht, dass Gwen aufsteht und das Gleiche tut, was ich gerade getan habe. Ich würde ihr das lieber ersparen, auch wenn sie mir das vielleicht übel nimmt.

Es genügt, wenn einer von uns mit diesen Bildern leben muss. Ich habe bereits alles, was wichtig ist, aus dieser Qual herausgefiltert.

Ballantine Rivard. Ein reicher, exzentrischer alter Mann, der sich vor Jahren aus der von ihm gegründeten Firma – Rivard Luxe – zurückgezogen hat und den man seither nie wieder außerhalb seiner Turmfestung gesehen hat. Ich habe jedoch keine Todesanzeigen gefunden, bevor ich Mike Lustig angerufen habe. Der Mann ist noch immer quicklebendig.

Morgen werden wir ihn aufsuchen und fragen, warum er einen Mann angeheuert hat, um Absalom zu infiltrieren.

Und was er über Melvin Royal weiß.

* * *

Gwen und ich trinken Kaffee aus warmen, schweren Tassen im Esszimmer des B & B. Es ist viel zu früh für Frühstück, doch wir schlingen den Rest der mittlerweile kalten, aber immer noch köstlichen Blaubeerscones vom letzten Abend hinunter. Die Inhaberin ist wach und gibt uns unsere sorgfältig zusammengelegte saubere Wäsche zurück, die wir in unsere Rucksäcke stecken. Wir sind weg, noch bevor der erste Sonnenstrahl am Horizont erscheint. Während *Morningside House* hinter uns verschwindet, hoffe ich, dass diese Familie zurechtkommen wird. Sie hat es verdient. Vielleicht werden wir eines Tages, wenn diese Horrorshow ein Ende gefunden hat, für einen echten Wochenendausflug hierher zurückkehren.

Die Fahrt nach Atlanta verläuft ohne Zwischenfälle, und wir befinden uns bereits innerhalb der Stadtgrenze, als Mike Lustig endlich anruft. Er gibt uns Richtungsanweisungen zu einem Coffeeshop, die hauptsächlich aus verschiedenen Wiederholungen von »Peachtree« bestehen, und als wir schließlich ankommen, ist es fast genau zehn Uhr.

Mike sitzt entspannt an einem Tisch in dem geschäftigen Laden, mit einem riesigen Coffee-to-go-Becher vor sich, während er genau wie die ungefähr zwanzig anderen Kunden auf sein Handy schaut. Im Augenblick ist er nicht als jemand vom FBI zu erkennen; er trägt eine sportliche Jacke, eine schwarze Hose und eine dunkelgoldene Krawatte. Die Jacke verdeckt seine Waffe in dem Gurt an seiner Hüfte, aber jeder Cop, ob lokal, bundesstaatlich oder vom FBI, hat die gleiche Angewohnheit, einen Raum wie mit Laserblick auf Anomalien zu überprüfen. Sein Blick fällt auf uns und er nickt mir zu.

»Hey«, begrüßt er uns. »Holt euch eure Getränke selbst. Ich hab nicht mal genug Budget für mein eigenes.«

Ich riskiere es, Gwen am Tisch bei ihm zurückzulassen, und stelle mich für Kaffee an; ich bestelle die einfachste Variante ohne Firlefanz und behalte dabei den Tisch im Auge. Soweit ich das von hier beurteilen kann, führen Mike und Gwen eine zivilisierte Unterhaltung.

Meine Beurteilung ist falsch.

Ich komme mit dem Kaffee zurück zum Tisch und stelle Gwens vor ihr ab, wobei ich das harte Schimmern in ihren Augen sehe. Ich kenne diesen Blick und die unnachgiebige Haltung ihres Kinns. Sie starren einander an, ohne etwas zu sagen, daher lasse ich mich auf einen Stuhl fallen und sage nur: »Wie ich sehe, kommen wir alle gut miteinander aus.«

»O ja«, sagt Mike in seiner lässigen Art, von der ich aus Erfahrung weiß, dass man darauf nichts geben kann. »Ms Proctor hier hat soeben detailliert ausgeführt, warum ich nicht weiß, wie man mit ihrem Ex-Mann umgehen muss. Also, reden Sie doch weiter, Ma'am, und sagen Sie mir alles, was ich darüber wissen muss, wie ich meinen gottverdammten Job auszuführen habe.«

Ich kann nicht genau sagen, ob Mike wirklich sauer ist oder nur so tut. Mike hat es zur Kunstform erhoben, sein Auftreten von dem zu trennen, was er innerlich wirklich fühlt; damals im Kriegsgebiet konnte er grinsen wie ein Hurensohn und die ganze Nacht mit den Jungs durchzechen und mir dann beim Nachhausetaumeln erzählen, dass er die gesamte Zeit über am liebsten geschrien und sich die Augäpfel herausgerissen hätte. Ich war niemals in der Lage, meine Gefühle so gut zu verbergen.

»Lassen wir das lieber«, beende ich das Thema und trinke dann zu schnell einen zu großen Schluck des kochend heißen Kaffees. Meine Zunge tut weh und wird dann gnädigerweise taub. »Hast du Informationen über dieses Lagerhaus für uns?«

»Ja«, meint er. »Und verrätst du mir, wie zum Teufel Ballantine Rivard da reinpasst?«

»Moment mal«, hakt Gwen nach. »Sie meinen *den* Ballantine Rivard?«

Mike sieht mich fragend an. »Hast du das Video dabei?«

»Ja. Aber du solltest es dir nicht unbedingt hier anschauen«, erkläre ich. Mike fragt sich, was ich ihr erzählt habe. Während der Fahrt hierher habe ich ihr gestanden, mir die Aufnahme angesehen zu haben, und wir haben die unvermeidliche Diskussion hinter uns gebracht. Sie hat klargestellt, dass sie nicht glücklich mit meiner Entscheidung ist, das für sie auf mich zu nehmen, aber sie versteht, warum ich es getan habe. »Sie weiß, dass ich es angeschaut habe.«

»Hm-hm.« Mike tippt ein paar Sekunden auf seinem Handy herum und dreht es uns dann zu. Auf dem Bildschirm ist ein Foto von einem alten weißen Mann mit dünnen Haaren und einer schwarz geränderten Brille zu sehen, hinter der wässrig braune Augen hervorblicken. Er hat das Gesicht eines Bassets, gleichzeitig ist aber auch Cleverness darin zu lesen. Vielleicht liegt es an der Konzentration seines Blicks, auf wen auch immer er außerhalb des Fotos schaut. Er trägt einen dunkelblauen Seidenanzug und eine Krawatte. Vermutlich maßgeschneidert. Obwohl er in einem motorisierten Rollstuhl sitzt, sieht er absolut stilvoll aus. »Sind Sie diesem Mann jemals persönlich begegnet?«, fragt er sie und sofort schüttelt sie den Kopf.

»Ich kenne nur seinen Namen. Ich gehe nicht unbedingt bei Rivard Luxe einkaufen.«

»Ja, wer tut das schon, abgesehen von dem einen Prozent, für die die Nobelkette Neiman Marcus ein Ramschladen ist«, sagt Mike. »Das ist ein Kaufhaus für Leute mit so viel Geld, dass sie damit den Boden auslegen und die Wände tapezieren können. Das ist das Gute, wenn man an die Überreichen verkauft: Die hören nie auf zu kaufen, egal, wie sehr alle anderen hungern. Rivard hat innerhalb von zehn Jahren aus ein paar Millionen ungefähr zehn Milliarden gemacht. Im Augenblick ist er wenigstens vierzigfacher Milliardär.«

»Und der Mann, der in diesem Video gestorben ist, hat vermutlich für ihn gearbeitet«, sage ich. »Oder zumindest hat er das behauptet. Rivard ergäbe sowohl als Erpressungsziel Sinn als auch als jemand, der über genug Ressourcen verfügt, um auf seine eigene Weise zurückzuschlagen.«

»Nun … wir glauben, die Folterknechte in diesem Video gehören zu Absalom. Oder?«

»Keine Ahnung«, meint Mike, »schließlich habe ich das verdammte Ding ja noch nicht gesehen.« Er streckt die Hand aus. Ich öffne meinen Rucksack und gebe ihm den Stick. Gwens Augen haben sich zu Schlitzen verengt, und ich sehe, wie sie den Impuls unterdrückt, mir eine beißende Bemerkung entgegenzuschleudern. Ich wette, die kommt später noch. Wir werden darüber streiten, dass ich nicht das Recht habe, sie zu beschützen, und damit liegt sie richtig. Gwen braucht meine Erlaubnis nicht, und ich brauche ihre nicht, und früher oder später wird sie mich ebenfalls beschützen. Wieder, denn das hat sie bereits, mehr als einmal.

Der USB-Stick verschwindet wie bei einem Zaubertrick mit einer schnellen, flüssigen Bewegung von Mikes Hand. *Abrakadabra*. Ich bin froh, dass ich eine Kopie gemacht und diese in den Cloudspeicher hochgeladen habe. Nur für den Fall. »Und die Unterlagen?«, fragt er. Das ist Gwens Stichwort: Sie überreicht sie ihm in einer Aktenmappe. Damit wirkt er zufrieden, geht aber alles noch einmal durch, nachdem er sich Schutzhandschuhe übergestreift hat. Die Rechnung mit der Adresse der Lagerhalle liegt ganz oben, und er nickt. »Alles klar. Lasst uns austrinken und dann los.«

Mein Kaffee ist noch zu heiß, um einen weiteren Versuch zu wagen, und Gwen hat ihren nicht einmal angerührt. Schade drum, aber ich werfe beide Becher auf dem Weg nach draußen in den Müll. Mike folgt uns. Stirnrunzelnd sehe ich ihn an. »Nimmst du nicht deinen eigenen Wagen?«

»Geht nicht«, erklärt er. »Mein Firmenwagen wird überwacht.« Ich verstehe, dass er nur ungern auf irgendwelchen routinemäßig durchgeführten GPS-Überprüfungen des FBI auftauchen möchte. Er quetscht sich auf unseren Rücksitz, was mit seinen langen Beinen nicht einfach ist. Allerdings muss er das im Flugzeug schließlich auch, denn das FBI zahlt garantiert nicht für die Businessklasse. Während ich den Motor starte, holt er sein Handy raus und schaltet es aus. »Ihr beide solltet euch auch ausschalten«, weist er uns an. »Vertraut mir.«

Ich reiche meins Gwen, und sie kümmert sich darum. Lustig gibt mir prägnante leise Richtungsangaben, während wir durch Atlanta fahren. Wir lassen das Verkehrschaos der Innenstadt hinter uns und gelangen in einen weniger wohlhabenden Teil der Stadt. Nachdem wir ein Industriegebiet passiert haben, folgen nur noch rostige, größtenteils verlassene Bauten, die aussehen, als ob der nächste stärkere Windstoß sie zum Einstürzen bringen würde. Die wenigen Menschen, die ich sehe, wirken obdachlos oder hoffnungslos. Eine Gruppe mürrischer junger Männer in Klamotten, die in Atlanta als Winterkleidung durchgehen, sitzt in einer Ecke und nimmt uns teilnahmslos zur Kenntnis, als wir vorüberfahren. Überall sind Zeichen von Gangs zu erkennen.

Als wir unser Ziel erreichen, fahre ich daran vorbei, biege um die nächste Ecke und parke dort. »Wir nehmen wohl lieber alles mit«, gebe ich zu bedenken. »Das ist hier nicht der richtige Ort, um irgendetwas in Sichtweite liegen zu lassen.«

»Guter Hinweis«, sagt Mike. »Eigentlich sollte man in dieser Gegend grundsätzlich nicht parken, ohne jemanden zurückzulassen, der auf das Fahrzeug aufpasst.«

»Melden Sie sich freiwillig?«, fragt Gwen trocken und steigt aus. Ich weiß, dass sie unter ihrer Lederjacke bewaffnet ist. Meine Waffe befindet sich in einem Gürtelholster links; ich ziehe gern im »Cross Draw«-Winkel, weil ich dadurch Zeit für eine Einschätzung der Situation gewinne, bevor die Waffe in meiner Hand liegt. Es werden viel zu viele Schüsse abgegeben, ohne dass das Gehirn Zeit zum Aufholen hatte. »Also. Wie wollen wir vorgehen?«

Ich schließe den Leihwagen ab und verabschiede mich innerlich von unserer Kaution. »Teilen wir uns auf?«

»Nein«, lehnen Mike und Gwen gleichzeitig ab. Sie wechseln einen Blick miteinander, als wären sie überrascht, einmal gleicher Meinung zu sein. »Nur die Außengrenze«, ordert Mike. »Wir fangen hinten an und arbeiten uns herum. Sehen wir irgendetwas Verdächtiges, verschwinden wir sofort und warten dann hier, bis ich ein paar Jungs herschaffen kann.«

»Und was wollen Sie denen dann erzählen?«, fragt Gwen, während wir loslaufen. Rechts von uns befindet sich ein verbarrikadierter alter Lebensmittelladen. Zwischen den Brettern sind Augenpaare sichtbar, das Haus ist also vermutlich besetzt. »Wo doch all Ihre Beweise nicht zulässig sind.«

»Ich werde sagen, wir hätten jemanden in Not gehört«, sagt Mike. »Was auch nicht sonderlich schwer zu glauben sein wird, wenn wir dieses Video finden. Das ich irgendwann da drin ablegen werde.«

»Sie glauben ernsthaft, dass das funktionieren wird?«

Er zuckt mit den Schultern. »Es bringt uns einen Schritt weiter. Im Augenblick ist das alles, was ich habe.«

Wir biegen in der Gasse rechts ab. Ich bekomme eine Gänsehaut und die Haare stehen mir leicht zu Berge. Mit den langsam verfallenden zweigeschossigen Lagerhäusern auf beiden Seiten sieht das hier nach einem Ort aus, an dem sich die Schatten sammeln. Ich möchte hier wirklich nicht erstochen werden. Mike trägt auch keine Schutzweste. Es fühlt sich so an, als wäre ein Überfall hier kaum zu vermeiden.

Das erste Lagerhaus, an dem wir rechts vorbeikommen, besteht aus Betonblöcken und sieht daher noch verhältnismäßig intakt aus, auch wenn das Wellblechdach stark durchgerostet ist. Der Maschendrahtzaun ist an zwei Stellen durchgeschnitten. Das nächste Lagerhaus sieht schlimmer aus, es ist dasjenige, weswegen wir hier sind. Dieser Maschendrahtzaun allerdings ist neu und glänzend; oben wurde noch eine zusätzliche Reihe Stacheldraht angebracht, um wirklich jeden abzuschrecken, der erwägt drüberzuklettern. Die **ZUTRITT VERBOTEN**-Schilder sind neu, leuchtend rot und völlig ohne Schusslöcher, wie ich sie noch auf den Fotos von Google Street View gesehen hatte. Ich frage mich, ob jemand hier gewesen ist, um sämtliche Schilder zu erneuern. Es sieht ganz danach aus.

»Hier!«, ruft Gwen und zieht rechts an der äußersten Zaunstange am Maschendraht. Es rasselt. Als ich neben ihr stehe, sehe ich, dass er durchgeschnitten und mit ein paar

Büroklammern notdürftig wieder befestigt wurde. Ich löse die Klammern und Gwen zieht den Maschendraht zurück. Die Lücke ist groß genug, um durchzukriechen.

Ich sehe Mike an. Er hebt die Hände. »Nicht mein Bier«, meint er. »Ihr habt das Kommando.«

Er benutzt uns. Noch immer. Aber ich verstehe, warum. Ich habe das Video gesehen. Ich habe einen leisen Verdacht, was sich hinter Mikes ruhigem Gesicht und dem andauernden Lächeln verbirgt.

Ich will mir meine verdammten Augäpfel rausreißen, hatte er gesagt und sich schwer auf mich gestützt, als wir in jener Nacht zurück zu unserem Quartier gestolpert waren. *Ich will so lange schreien, bis ich mich übergebe.*

In jener Nacht hatte er das gleiche Lächeln aufgesetzt.

Kapitel 9

Gwen

Innerhalb der Umzäunung fühlt es sich so an, als wären wir völlig allein auf der Welt, und instinktiv inspiziere ich die Umgebung, um unsere Fluchtmöglichkeiten einzuschätzen. Es sieht nicht gut aus. Nur ein Ausgang hinter uns. Ich bevorzuge mehrere Ausgänge. Falls es sein muss, kann ich diesen Zaun hochklettern und meine Jacke opfern, um etwas Schutz vor dem Stacheldraht zu haben. *Was, wenn er da drin ist ...*

Das ist er nicht, versichere ich mir fest. Allerdings, ganz ehrlich, welchen besseren Ort gäbe es als Versteck für Melvin Royal? Ein verlassenes Lagerhaus, zu dem ihm seine Anhänger Essen, Annehmlichkeiten und Opfer bringen können. Die Möglichkeit ist so unheimlich real, dass ich langsamer werde, stehen bleibe und mir einen Blick von Sam einfange. Er sieht es nicht. Er ist völlig darauf konzentriert, Hinweise zu finden.

Ich habe Angst, dass wir gleich etwas viel, viel Gefährlicheres finden werden.

In diesem Hof fühlt es sich so an, als hätte die Zombieapokalypse bereits stattgefunden. Der Himmel über uns hat sich mittlerweile zugezogen, und die Wolkendecke hängt so tief, dass man keine Flugzeuge mehr kreuzen sieht,

146

die mir zumindest beweisen würden, dass sich die Welt noch immer dreht. Ich höre nichts weiter als den Wind, der durch den Zaun zischt, und das Rascheln von Plastikmüll, der ziellos durch die Gegend treibt. Der Bereich, in dem wir gerade stehen, war mal ein Parkplatz, ist aber längst von Unkraut, Gras und Wettereinflüssen zurückerobert worden. Es ist ein Minenfeld aus vorspringenden kaputten Stücken von Asphalt, vermischt mit toten oder sterbenden Grashalmen. *Der reinste Sturzacker. Unmöglich, hier zu rennen.* Schon von hier erblicke ich das glänzende Vorhängeschloss an der Hintertür. Der Beschlag, der es hält, macht den Anschein, als ob er erst kürzlich eingebaut wurde.

»Gwen?«, fragt Sam, der zu mir zurückgekommen ist, besorgt. »Alles in Ordnung?«

Ich will das hier nicht machen, möchte ich ihm sagen. Ich möchte ihn daran erinnern, dass ich schon mit dem Keller recht hatte. Aber ich kenne den Unterschied zwischen einer echten instinktiven Warnung und unbestimmten Angstgefühlen. Also, was soll's, wenn Melvin tatsächlich hier ist? Wir sind zu zweit, beide gute Schützen, beide mit einem guten Grund, ihn tot sehen zu wollen. Es würde bedeuten, mein Albtraum könnte in wenigen Minuten vorüber sein anstatt in Tagen, Wochen oder niemals.

»Alles in Ordnung«, bestätige ich und zwinge mich zu einem Nicken. Ich bin noch immer erbost darüber, dass er sich dieses Horrorvideo allein angeschaut hat. Es hat den Beigeschmack, als wollte er mich beschützen, wie ein Mann, der Entscheidungen für mich trifft. Aber diese Unterhaltung können wir später führen. Im Augenblick geht es ums Geschäft. »Dann los. Und pass auf, wo du hintrittst.«

Vorsichtig bewegen wir uns über das Gelände. Dort, wo die Außenverkleidung aus Blech sich gelöst hatte, wurde sie wieder angenagelt; die Nagelköpfe glänzen noch und zeigen keine Spur von Verwitterung. Die Fenster weit oben sind zerbrochen, aber unerreichbar. Es gibt keine praktischen Kistenstapel oder abgelegte Leitern, mit denen wir hochklettern könnten, und selbst wenn ich auf Sams Schultern steigen würde, wäre ich noch immer mehrere Meter vom Ziel entfernt. So langsam bekomme ich den Eindruck, dass das hier Zeitverschwendung ist. Doch dann sehe ich eine Seitentür. Wie bei der Hintertür hat jemand ein neues Schloss daran befestigt, doch im Gegensatz zu der anderen Tür wurde hier die ursprüngliche Stahlhalterung nicht ausgetauscht. Die Nägel sehen alt aus. Verrostet.

Ich zeige es Sam und er nickt. Aus seinem Rucksack holt er die Art von Taschenmesser mit Werkzeug, die heutzutage an Flughäfen nicht mehr zugelassen ist. Er wählt die dickste Klinge, um damit die Nägel herauszustemmen. Es dauert nicht lange, und die gesamte Halterung, mit dem Schloss noch daran befestigt, gibt nach. Das Ganze verursacht kaum Geräusche.

Sam stoppt mich und reicht mir blaue Schutzhandschuhe. Er selbst zieht auch welche über. Clever. Wir wollen hier schließlich keine Fingerabdrücke hinterlassen. Je weniger Spuren, desto besser.

Ich öffne die Tür und trete hinein, so vorsichtig und still wie ich kann. Trotz all meiner Konzentration und Kontrolle spüre ich den Schweiß auf meiner Stirn, unter meinen Armen, auf meinem Rücken. Ich zittere vom Adrenalinschub, der sich seinen Weg durch meinen Körper bahnt. Ich habe einfach nur schreckliche Angst, dass ich gleich Melvins bleiches Gesicht aus den Schatten auftauchen sehen werde, mit den Augen so leer wie die einer Puppe, während er nach mir greift. Die Furcht ist so real, dass ich mir eine Sekunde Zeit nehmen muss, um sie gedanklich hinter eine Tür zu sperren, wo sie, ohne Schaden anzurichten, toben und wüten kann.

Er ist nicht hier.
Aber falls doch, bringe ich ihn um.

Dieses Mantra hilft.

Der Boden besteht aus aufgeworfenem grobem Beton, doch zumindest brauche ich keine Taschenlampe, um zu sehen, wohin ich trete. Das milchige Licht, das gefiltert hereinfällt, beleuchtet die Staubkörner in der Luft, bringt aber auch genug Helligkeit, um uns sehen zu lassen, dass dieser Teil des Lagerhauses aus einer großen Halle besteht. Hier und da stehen verrostete Teile herum, ein ausgemusterter Motor und ein Haufen Schutt.

»Achte auf den Boden«, flüstert Sam mir so leise zu, dass ich es kaum verstehe. »Hier holst du dir sofort eine Tetanusinfektion, wenn du nicht dagegen geimpft bist.«

Er hat recht. Wir tragen beide dicksohlige Stiefel, aber ich halte nach Nägeln, Scherben und solcherlei Dingen Ausschau. Scherben werden an solchen Orten oft von Hausbesetzern als billiges Alarmsystem verwendet, und durch Bretter gehämmerte Nägel, die nach oben zeigen, dienen der Abwehr. Ich will wirklich nicht auf eine dieser improvisierten Fallen treten.

Wir halten an und lauschen. Abgesehen von der Brise, die durch das Dach und die Fenster weht und ein Knarren verursacht, gibt es nicht viel zu hören. Keinerlei Bewegung. Aber ein Geruch liegt in der Luft. Rost. Blut. Verwesung. Er ist mir so vertraut und gleichzeitig so widerlich, dass ich leicht benommen werde.

Melvins typische Duftnote.

Vor uns befindet sich eine Türöffnung, auf die ich vorsichtig zusteuere. Ich bleibe außerhalb des Sichtfelds, falls sich jemand auf der anderen Seite befindet, und halte inne, als ich an einer Seite der gegenüberliegenden Wand etwas sehe, das wie ein Kleidungsstapel aussieht. Ich ziehe die Waffe und Sam tut es mir nach. Er bewegt sich zu meiner Flanke auf der anderen Seite der Tür und hebt drei Finger. Er zählt nach unten und dann treten wir beide leise und mit einer flüssigen Bewegung ein.

Fast wäre ich in die herunterbaumelnden Ketten hineingelaufen. Im letzten Augenblick zucke ich zurück, kann dabei nicht verhindern, dass ich keuchend ausatme, aber zumindest ist es kein Schrei. Ich sehe nach unten. Noch mehr Ketten, befestigt an glänzenden neuen Stahlringen, die in den Beton eingelassen wurden. Die Ketten über uns hängen an einem Windensystem, und ich folge einem Seil bis zu einem Befestigungspunkt an der Wand mir gegenüber.

Der Boden ist von altem Blut verkrustet, das schon vor langer Zeit zu einer rauen, flockigen schwarzen Kruste getrocknet ist. Ein paar Fliegen schwirren noch herum, aber längst nicht so viele, wie hier wären, wenn das Blut frisch wäre. Ich versuche, nichts zu fühlen, aber die Tür, hinter der ich meine Furcht eingesperrt habe, gibt unter der Anspannung langsam nach. Ich schwitze, zittere und kann nicht mehr richtig atmen. Ich stehe kurz davor, zu hyperventilieren, und ich weiß, ich muss mich unbedingt beruhigen.

Konzentrier dich, ermahne ich mich. *Sperr es weg. Denk nicht darüber nach.* Ich weiß, warum ich so durchdrehe. Das hier ähnelt zu sehr dem, was ich in der Garage meines Mannes gesehen habe, bis hin zu dem Geruch. Ich habe Flashbacks und will einfach nur hier weg.

Aber das kann ich nicht.

»Gwen«, ruft mich Sam. Diesmal gibt er sich keine Mühe, leise zu sein. Als ich mich zu ihm umdrehe, beugt er sich gerade über den Stapel von Kleidung, und ich gehe zu ihm.

Der Verwesungsgestank wird stärker, und ich weiß bereits, was ich sehen werde, bevor ich es im fahlen Licht erkennen kann.

Die Leiche befindet sich schon lange hier, lange genug, um von Aasfressern zu einer Masse von angekautem Fleisch reduziert worden zu sein. Ungefähr zur Hälfte skelettiert. Die restliche Haut an ihm – ich vermute, es ist der Mann, den wir auf dem Video gesehen haben – ist dünn und trocken wie Wachspapier. Die Maden sind längst fort. Ihre Puppenhüllen liegen wie Reiskörner überall verstreut.

»Wie lange …?« Meine Stimme ist ganz und gar nicht fest. Ich rede nicht weiter. Sam sieht zu mir auf.

»Es ist mittlerweile kalt draußen, war aber vermutlich noch warm, als er umgebracht wurde. Also vielleicht ein paar Monate.« Sam schweigt einen Augenblick mit gesenktem Kopf und steht dann auf. »Sieh dich um. Falls hier noch etwas ist …«

Ich versuche, die Leiche zu ignorieren, aber es fällt mir schwer. Ich spüre sie die ganze Zeit über, als würde sie jeden meiner Schritte aus ihren toten, leeren Augenhöhlen heraus verfolgen. Der Rest dieses Teils des Lagerhauses besteht aus einem Haufen alter Schreibtische, in denen sich nichts außer Rattenkot und einem sich wellenden uralten Stapel vergessener Rechnungen befindet, die zwanzig Jahre alt und vermutlich unwichtig sind.

Aber ganz hinten gibt es noch ein Büro, und während Sam seine Seite des Raums überprüft, gehe ich darauf zu. Dort befindet sich eine Metalltür mit einer breiten Glasfront, verstärkt durch Maschendraht; sie hat Risse, hält aber noch. Ich versuche es mit dem Türgriff.

Abgeschlossen. Aber das Schloss sieht alt aus, als würde es zur ursprünglichen Tür gehören, und nach ein paar festen Tritten springt sie auf. Eines der Scharniere unten löst sich, wodurch sich die Tür schwankend neigt und über den Boden scharrt.

Jemand hat diesen Raum benutzt. Zwar ist hier alles heruntergekommen und staubig, und Spinnen haben sich die Aktenschränke an der Rückwand als ihr Jagdrevier erkoren, doch am anderen Ende des Raums steht ein altmodischer, funktionaler Schreibtisch aus der Zeit des Zweiten Weltkriegs, der relativ sauber aussieht. Im Dreck auf dem Boden sind Spuren zu erkennen, aber keine verwertbaren Fußabdrücke.

In einer Ecke wurde Papier aufgestapelt – einfaches Kopierpapier, keine Wasserzeichen, keine Beschriftung. Ich probiere es mit einem Trick, den ich aus alten Nancy-Drew-Romanen gelernt habe. Ich nehme mir eine Handvoll des feinen Pulverstaubs, lasse ihn auf das oberste Blatt rieseln und verstreiche ihn dann vorsichtig, um zu sehen, ob irgendwelche versteckten Abdrücke sichtbar werden.

Nichts.

Ich öffne Schubladen. Dabei schrecke ich ein paar Spinnen auf, die wiederum mich erschrecken, aber achtbeinige Raubtiere sind im Augenblick das Letzte, wovor ich mich fürchte.

In der vorletzten Schublade finde ich eine Brieftasche. Sie ist abgenutzt und so gebogen, als hätte sie jemand lange in der Gesäßtasche getragen. Ich lege sie auf den Schreibtisch und öffne sie vorsichtig. Keine Spinnen springen heraus, aber ich sehe Geldscheine im hinteren Fach. Eine ganze Menge Geld, mindestens zwei- oder dreihundert. Ich zähle es nicht. Ich sehe mir den Führerschein an, der in der Plastikhülle vorn links steckt. Er wurde in Louisiana auf einen Mann namens Rodney Sauer ausgestellt. Mit dem Handy mache ich ein Foto von der Adresse auf dem Führerschein, die sich in New Orleans befindet. Hinter dem Führerschein stecken die üblichen Plastikkarten des modernen Lebens: Bank- und Kreditkarten, ein paar Treuekarten für Supermärkte und Warenhäuser.

Rechts finde ich das Bild einer fülligen, zufrieden wirkenden blonden Frau, die zwei niedliche Kinder knuddelt. Auf der Rückseite steht in krakeliger Kinderschrift *Alles Liebe für Daddy von Mommy, Kat und Benny.*

Ich schnappe nach Atem, meine Brust zieht sich zusammen. Weiß diese hübsche, glückliche Frau, dass er tot ist? Ist er einfach eines strahlenden Sommertages verschwunden? Fragen die Kinder noch immer, wann er wieder nach Hause kommt?

Ich stecke das Foto zurück und suche weiter. Ich finde einen kleinen Stapel Visitenkarten, auf denen Rodney Sauers Name steht, und etwas, das wie ein offizieller Gesetzesvollzugsstern aussieht, geprägt mit dicker schwarzer Tinte.

Er war kein Cop. Er war Privatdetektiv. Ich ziehe eine Karte heraus und stecke sie ein.

Ansonsten befindet sich nichts weiter von Nutzen in der Brieftasche. Falls Rodney so etwas wie ein Notizbuch oder ein Aufnahmegerät besaß, ist es nicht hier.

Sie haben alles hiergelassen, was für sie nicht mehr von Wert war, einschließlich Rodney selbst.

»Gwen?«, fragt Sam leise von der Tür aus. Ich nicke, stecke die Brieftasche zurück in die Schublade, schließe sie und gehe.

Wir gehen an der Leiche vorbei in die große Halle und von dort zur Seitentür hinaus in den wolkenverhangenen Nachmittag, der auf mich in diesem Augenblick hell und freundlich wirkt. Mir ist schwindlig und übel, und keuchend atme ich ein, um wieder an Kraft zu gewinnen. Mein Adrenalinspiegel ist auf hundertachtzig, und jetzt, wo ich endlich wieder draußen bin, zittere ich am ganzen Körper.

Lustig wartet am Zaun auf uns. Mir fällt auf, dass ich noch immer meine Waffe in der Hand halte, also stecke ich sie zurück ins Holster. Lustig hält den Maschendrahtzaun für uns zurück, damit wir durchklettern können, und befestigt ihn dann wieder sorgfältig mit den Büroklammern.

Wir erstatten ihm Bericht. Das Einzige, was wir hinterlassen haben, sind Stiefelabdrücke. Doch unser Weg dort hindurch ist eindeutig als neu erkennbar, nicht passend zu der Zeit, in der sich dieses Grauen abgespielt hat. Wir gehen zurück zum Wagen – der dankenswerterweise noch intakt ist, auch wenn die Schlösser geknackt wurden und jemand das Radio aus der

Konsole gerissen hat – und machen an einem Münztelefon in der Stadt halt, von dem aus ich einen Anruf tätige, um die Leiche zu melden.

»Danke«, sagt Lustig, als ich auflege. »Und jetzt rufen Sie mich an.« Er liest mir seine Nummer vor, und ich stecke noch ein paar Fünfundzwanzig-Cent-Stücke in den Apparat, um diesen Anruf zu machen. Ich hinterlasse ihm dieselbe Nachricht und sage ihm, dass es eine Verbindung zu einer laufenden FBI-Ermittlung gibt. Ich lege auf und sehe ihn fragend an. Zustimmend reckt er den Daumen nach oben. Da sein Handy noch ausgeschaltet ist, kann er nicht mit diesem Ort in Verbindung gebracht werden. Er ist jetzt dadurch abgesichert, dass er einen anonymen Hinweis erhalten hat.

Wieder im Wagen und auf dem Weg zum Coffeeshop geht es mir langsam etwas besser. Meine Haut fühlt sich wärmer an, meine Nerven weniger zerfasert. Ich weiß, dass ich von der schrecklichen Stille dieses Ortes träumen werde, von der Art, wie sie sich als friedlich getarnt hat. Aber heute Abend wird dort überall das Absperrband der Polizei hängen, Tatortermittler werden herumtrampeln, und Mike Lustig wird einen Grund finden, um das FBI in die Sache zu involvieren. Vielleicht können sie den Besitzer des Gebäudes ausfindig machen, aber ich bezweifle, dass das zu einer heißen Spur führt. Absalom gehört dieser Ort nicht. Vermutlich nutzen sie die Halle nur heimlich und es gibt nicht einmal eine Verbindung zu den echten Eigentümern. Große Unternehmen sind nicht gerade berühmt dafür, ihre abbruchreifen Gebäude zu überprüfen. Und falls doch jemand eine Kontrolle vorgenommen hat, hätte derjenige die frischen Schilder, die neuen Zäune und Schlösser gesehen und vermutet, dass sich jemand anderes im Unternehmen bereits darum gekümmert hat. Bürokratie, wie sie leibt und lebt.

Absalom lebt in dunklen Ritzen und Löchern. Genau wie Kakerlaken. Und Melvin.

»Also, was jetzt?«, frage ich, an Sam gewandt. Er sieht Mike an.

»Wir setzen ihn ab«, sagt Sam. »Und dann statten wir Ballantine Rivard einen Besuch ab.«

»Was bringt dich zu der Annahme, dass er euch empfangen wird?«, fragt Lustig.

»Wir werden ihm erzählen, was seinem Mann zugestoßen ist.«

KAPITEL 10

CONNOR

Der mit Rice-Krispies-Marshmallows geschlossene Waffen-stillstand zwischen mir und meiner Schwester hält bis zum Nachmittag an, dann versaue ich es so richtig. Zu diesem Zeitpunkt ist Lanny sowieso schon schlecht gelaunt und faucht mich bei jeder kleinsten Bewegung an, die ich mache. Sie sieht mich so grimmig an, als wäre ich persönlich dafür verantwort-lich, dass sie in dieser Hütte feststeckt und so gut wie nichts zu tun hat. Ich würde ja versuchen, sie zum Lesen zu bewegen, aber beim letzten Mal hat sie mir das Buch entgegengeschleu-dert und mich einen Nerd genannt – eine Bezeichnung, die mir normalerweise nichts ausmacht, aber bei der Art, wie sie das Wort betont hat, schon.

Sie bettelt um die Erlaubnis, das Internet zu benutzen, ja, sie fleht förmlich darum, und schließlich gibt Mr Esparza widerwillig nach, erlaubt ihr aber nur dreißig Minuten. Und er warnt sie, dass er eine Kindersicherung eingerichtet hat, genau wie Mom es verlangt hat. Darüber bin ich kaum über-rascht; Mom nimmt diese Sache extrem ernst, und das aus gutem Grund.

Ich schlendere zu ihr und beobachte sie, denn Lanny ist in einer seltsamen Stimmung, die ich nicht so recht einschätzen kann.

Sie sieht sich nur Fotos an, weiter nichts. Schulfotos von ihren Freunden, aus ihrem geheimen Cloudspeicher, von dem Mom nichts weiß. Nach ungefähr zwei Minuten des Anstarrens wird mir klar, dass auf jedem Foto dieselbe Person zu sehen ist.

Ich beuge mich über ihre Schulter. »Bist du etwa in deine beste Freundin verknallt?«

Lanny tickt völlig aus. Ihr Gesicht wird scharlachrot, sie schiebt mich gegen den Küchentresen, sie brüllt »Lass mich in Ruhe!«, nimmt dann Reißaus in ihr Schlafzimmer und schlägt die Tür so hart hinter sich zu, dass die Bilder an den Wänden wackeln.

Ich sehe mir das Foto von Dahlia Brown an. Sie ist hübsch. Das fand ich schon immer. »Die ist total in dich verknallt«, sage ich, an das Bild gewandt. Kein Wunder, dass Lanny so verrückt geworden ist. Sie will vermutlich nicht, dass es jemand weiß, und da komme ich um die Ecke.

Die Vordertür öffnet sich, Mr Esparza schaut herein und sieht mich fragend an: »Was war denn los?«

Ich zucke mit den Schultern. »Nichts.« Er weiß, dass es nicht nichts ist, aber ich schließe den Browser, klappe den Laptop zu und nehme mir mein Buch, anstatt ihm noch etwas zu erklären. Endlich zieht er die Tür wieder zu. Er reinigt draußen auf der Veranda eine Waffe, sämtliche Teile liegen ausgebreitet auf einem sauberen Tuch. Ich rieche das Öl, das er dazu benutzt, bis hierher.

Lanny hat ein Geheimnis. Das erweckt leichte Schadenfreude in mir, aber ich werde nichts verraten. So etwas tun wir nicht. Wir verraten einander nicht, es sei denn, es geht um Leben oder Tod. In diesem Fall tut es das nicht, auch wenn sie das vermutlich anders sieht. Ich habe fast schon ein schlechtes Gewissen, sie so beschämt zu haben. Und schließlich hat sie mir Rice-Krispies-Marshmallows gemacht.

Ich klappe den Laptop wieder auf, rufe die Fotos auf und drucke eins aus. Auf die Rückseite schreibe ich: *Es ist völlig okay, wenn du sie gern hast.* Ich schiebe es unter der Tür meiner Schwester durch, schalte den Computer wieder aus (denn wenn ich das nicht tue, setze ich mich vielleicht hin und suche nach Dingen, von denen ich nichts wissen sollte, wie Neuigkeiten über die Suche nach Dad) und trete nach draußen auf die Veranda. Mr Esparza arbeitet vornübergebeugt am Lauf einer Schrotflinte, doch als er mich sieht, richtet er sich gerade auf und stöhnt ein wenig. »Es wird langsam recht kalt hier draußen«, merkt er an. »Ist bei ihr alles in Ordnung?«

Ich nicke. Ich erzähle ihm nicht, dass sie eine heimliche Freundin hat. »Sie ist in ihrem Zimmer«, erkläre ich nur.

Er sieht mich lange an, und ich bemühe mich, in eine andere Richtung zu starren. »Und du? Geht's dir gut, Connor?«

Ich zucke mit den Schultern. Ich weiß nicht, was ich darauf antworten soll. Wie fühlt sich *gut gehen* denn an?

»Du weißt, dass du immer mit mir reden kannst, wenn du das möchtest.«

Ich setze mich auf die Stufen und der Hund Boot kommt und lässt sich neben mir nieder. Ich streichle seinen Kopf und er leckt sich das Maul und legt seine Schnauze auf mein Bein. Er ist schwer. Ich habe ihn noch nie wirklich wütend erlebt, aber ich kann mir vorstellen, dass er einem ziemliche Angst einjagen kann.

»Sie wissen von meinem Dad«, sage ich. Ich starre auf die Bäume hinter dem Zaun. Sie rauschen und wanken im Wind, und die Wolken über uns sehen aus wie sich bewegendes flüssiges Metall.

»Ja, ein bisschen.« Mr Esparza geht behutsam vor. Er weiß vermutlich eine Menge mehr als nur ein bisschen. »Fühlt sich nicht gut an, oder?«

»Was denn?« Ich weiß, was er meint. Aber ich will nicht, dass er das denkt.

»Daran denken zu müssen, dass dein Dad etwas Schlimmes gemacht hat.«

Ich schüttle den Kopf. Ich weiß nicht, ob ich damit nur allgemein aussagen will, dass es *sich nicht gut anfühlt*, oder irgendetwas anderes ablehne. Ich weiß nicht mehr, was ich fühle. »Mom spricht nicht darüber.«

»Möchtest du darüber sprechen?«

»Nein.«

Mr Esparza nickt und widmet sich wieder seiner Waffe. Diese Arbeit ist mir vertraut. Mom tut das auch immer, ich habe ihr zugeschaut, wie sie die Waffen vorsichtig auseinandernimmt, reinigt und ölt und dann wieder zusammensteckt. Er ist noch exakter dabei als Mom. Alles liegt akkurat aufgereiht auf dem Tuch. »Macht es dir was aus, wenn ich darüber spreche?«

Ich zucke wieder mit den Schultern. Man kann Erwachsene sowieso nicht von dem abhalten, was sie tun wollen. Und außerdem bin ich neugierig.

»Ich weiß, was er getan hat. Das stand in der Zeitung, online, kam in den Nachrichten. Es ist nicht so, dass ich die Schlagzeilen verfolgt habe, aber man konnte der Sache nicht entgehen. Alle haben gesagt, dass er ein Monster sein muss, um solche Dinge zu tun. Hast du die Leute das sagen gehört?«

Diesmal nicke ich. Das habe ich gehört. Sehr oft.

»Er ist kein Monster«, sagt Mr Esparza. »Er trägt ein Monster in sich.«

»Wo liegt da der Unterschied?«

»Es ist völlig in Ordnung, auch weiterhin als Person von ihm zu denken, wenn du das möchtest. Vergiss nur einfach nicht: Er hat dieses Monster in sich.«

»Als wäre er besessen«, sage ich. »Wie in einem Horrorfilm.« Nicht, dass Mom uns Horrorfilme anschauen lassen würde. Aber manchmal schaue ich sie mit meinen Freunden, ohne dass sie davon weiß.

»Nicht ganz. Besessene Menschen können das, was sie tun, nicht verhindern. Dein Dad hat eine Entscheidung getroffen.« Mr Esparza zögert, und ich sehe, dass er versucht, seine Worte mit Bedacht zu wählen. »Du weißt, dass ich ein Marine war, oder? Ein Soldat?«

»Ja.«

»Ich habe Leute gesehen, die diese Entscheidung getroffen haben. Vielleicht lieben sie ihre Familien. Ihre Haustiere. Aber das hält sie nicht davon ab, zu Monstern zu werden, wenn sie die Chance dazu bekommen. Menschen sind kompliziert. Es wäre einfach, deinen Dad ein Monster zu nennen, denn dann ist es auch einfacher, darüber zu reden, ihn zu töten, denn schließlich töten wir Monster, stimmt's? Aber für dich war er nicht immer ein Monster. Das verstehe ich. Und es sollte nicht einfach sein, jemanden zu töten. Niemals.«

Endlich sehe ich ihn an. »Sie haben aber auch Menschen getötet.«

Mr Esparzas Hände sind ruhig, während er ein weiteres Waffenteil in die Hand nimmt und es reinigt, aber er sieht mich dabei an. Ich ertrage das nur eine Sekunde und schaue stattdessen auf seine Hände. »Ja«, sagt er. »*Es verdad.* Weißt du, was das bedeutet?«

»Es ist wahr.«

»Richtig. Ich habe Menschen getötet. Und ich würde wieder töten, wenn ich es muss, um andere zu beschützen. Aber diese Fähigkeit geht mit einer Verantwortung einher, und die darf ich nicht auf die leichte Schulter nehmen.«

»Aber für meinen Dad ist das nicht so.«

»Nein«, stimmt er zu. »Ist es nicht. Für ihn ist es ein Spaß. Es gefällt ihm. Und deshalb ist deine Mom wegen euch so vorsichtig. Verstehst du das?«

»Aber er würde mich nicht töten.«

Mr Esparza kommentiert das nicht. Er lässt mich darüber nachdenken. Alles, was er gesagt hat, ergibt Sinn. Ich weiß, dass er recht hat. Aber gleichzeitig ist es nicht das, was ich fühle. Ich habe das Gefühl, als wäre ich Dad … wichtig.

»Was glauben Sie, wie lange wir hier bleiben müssen?«, frage ich. Das bringt seine flüssigen, geübten Bewegungen für eine Sekunde ins Stocken. Er ist jetzt fertig mit dem Reinigen. Er beginnt, die Waffe wieder zusammenzusetzen.

»Ich weiß es nicht.« Zumindest ist er ehrlich. »Aber wie lange es auch dauert, du bist hier sicher. Das verspreche ich.«

»Wer kann besser schießen, Sie oder Ms Claremont?«

»Ich. Das ist mein Job. Ihrer ist es, Verbrechen aufzuklären. Aber sie ist ziemlich gut.«

»Bringen Sie uns das Schießen bei? Mir und Lanny?«

»Wenn eure Mom einverstanden ist«, sagt er. »Und wenn ihr es lernen wollt.«

Ich nicke und denke ein paar Sekunden lang nach. Dann stehe ich auf und schiebe Boots Kopf von meinem Bein. »Kann ich im Hof herumlaufen? Ich will nicht die ganze Zeit nur drinnen sein.«

»Klar, aber verlass das Grundstück nicht ohne mich, okay?«

Ich nicke. »Lanny und ich brauchen eine Beschäftigung, die nicht nur …«

»Aus drinnen herumsitzen besteht? Ja, das ist mir klar«, sagt Mr Esparza. Als er seufzt, bildet sein Atem eine Nebelwolke.

»Ich arbeite schon daran. Vielleicht können wir campen, angeln, solche Sachen. Was denkst du?«

Ich denke, dass sich das nach Kälte und Einsamkeit anhört, aber er gibt sich Mühe, also nicke ich. »Vielleicht können wir irgendwann mal in eine andere Stadt fahren und ins Kino gehen? Zum Beispiel in Knoxville?«

»Vielleicht«, sagt er. »Hey, wenn du hier draußen bleiben willst, zieh deinen Mantel an. Und auch Handschuhe. Ich will nicht, dass du dich erkältest.«

»So erkältet man sich aber gar nicht«, erkläre ich ihm ernst. »Man muss sich einen Virus einfangen.«

Er lacht. »Weiß ich doch. Trotzdem ist es ein guter Ratschlag.«

Ich gehe wieder rein, ziehe meinen Mantel und die Handschuhe über, und als ich rauskomme, ist Mr Esparza mit dem Zusammensetzen der Schrotflinte fertig und geht rein, um sich aufzuwärmen. Boot scheint die Kälte nichts auszumachen, aber immerhin hat der ja auch sein Fell. Fröhlich hopst er von der Veranda herunter und rennt mit mir herum. Wir spielen eine Weile Fangen und dann setze ich mich auf eine hervorstehende Wurzel eines Baumes. Und zwar auf der Seite des Hauses, auf der es die wenigsten Fenster gibt. Boot schreitet auf und ab und beobachtet mich. Ich denke, andere Leute finden ihn unheimlich – Lanny auch –, aber für mich strahlt er etwas Beruhigendes aus. Er sieht mich nicht so an, als wäre ich eine Bombe, die jederzeit hochgehen könnte, oder wie jemand, der kurz davorsteht, wie eine Seifenblase zu platzen. Er findet mich normal.

Es fühlt sich gut an, ein bisschen Privatsphäre zu haben. Niemand hier, der mich ansieht und dabei abwägt, wie ich mich *fühle*. Sie wollen mir alle nur helfen, das ist mir klar. Aber das will ich nicht. Nicht im Augenblick.

162

Ich bin weit genug vom Haus entfernt, dass mich bei den geschlossenen Fenstern niemand hören kann. Und mit dem Baum im Rücken kann mich auch niemand anstarren. Boot lässt sich neben mir fallen und legt wieder den Kopf auf meine Beine. Ich streichle ihn ein paar Minuten.

Schließlich hole ich das Handy und den Akku aus meiner Tasche. Ich drehe beides in meinen Fingern, spiele damit herum. Ich weiß, dass das hier etwas Böses ist. Etwas wirklich Böses.

Aber ich bin doch sowieso zur Hälfte böse, oder? Mein Dad macht eine Hälfte von mir aus. Und er trägt ein Monster in sich.

Dieses Telefon, mit dem ich eine direkte Verbindung zu Dad habe, ist ein bisschen so, als würde man mit Streichhölzern spielen. Es ist gleichzeitig aufregend und angsteinflößend, aber sobald man einmal angefangen hat, kann man nicht mehr aufhören.

Bis man sich verbrennt.

Ich habe darüber nachgedacht, was passieren würde, wenn ich ihn anrufe. Ich habe mir vorgestellt, was er sagen würde. Wie seine Stimme klingt. Wie überrascht und erfreut er sein wird, dass ich das Handy behalten habe. *Hallo, mein Junge*, wird er sagen. *Ich hab gewusst, dass du das schaffst.*

Ich erinnere mich noch, wie er das zu mir gesagt hat – *ich hab gewusst, dass du das schaffst* –, als er mir im Freibad das Schwimmen beigebracht hat. Ich hatte Todesangst, aber er ist bei mir geblieben. Hat mich gehalten, während ich im Wasser um mich schlug, bis ich mich selbst oben halten konnte. Er hat mir beigebracht, wie man auf dem Rücken treibt.

Außerdem hat er mich zum Schwimmen zu einem der Seen mitgenommen, von denen später berichtet wurde, dass er dort die Toten abgelegt hat. Ich weiß, das sollte mich stören, aber ich erinnere mich, wie schön dieser Tag war, wie viel Spaß es ihm gemacht hat, mit mir Boot zu fahren, wie wir uns mit Rolle rückwärts in das kalte, trübe Wasser fallen ließen und einander rund um das Boot gejagt haben. Er hat mich gewinnen lassen. Er hat mich immer gewinnen lassen.

Der Grund, weshalb ich mich an all das so klar erinnere, ist der, dass er mir eigentlich fast nie seine Aufmerksamkeit schenkte. Aber wenn er es tat, wenn er wirklich *Dad* war, waren das die strahlendsten und schönsten Tage meines Lebens.

Erst jetzt fällt mir auf, dass Mom und Lanny niemals beim Schwimmen dabei waren. Es waren immer nur er und ich. Mir ist nie in den Sinn gekommen, nach dem Grund dafür zu fragen.

Tu es nicht, ermahne ich mich wieder einmal selbst. Das denke ich schon die ganze Zeit. *Gib das Handy Mr Esparza. Oder Ms Claremont. Es könnte dabei helfen, Dad zu schnappen und wieder ins Gefängnis zu stecken.*

Aber wenn ich das tue, bedeutet es, dass Dad seinem Tod einen Schritt näher ist.

Ich sehe Boot an. »Hast du Hunger?« Es ist eigentlich nur ein Witz, andererseits aber auch nicht. »Hilfst du mir hiermit?« Wenn der Hund das Handy fressen würde, wäre es wenigstens nicht meine Schuld. Nichts davon.

Er leckt sich die Lefzen und legt den Kopf wieder an meinen Oberschenkel. Kein Interesse.

Ich schiebe die Rückseite des Handys auf und lege den Akku ein. Ich schalte es an, betrachte das tanzende **HALLO** und warte, bis der Bildschirm aufleuchtet. *Du hast nicht viel Zeit*, ermahne ich mich. *Finde heraus, was du tun willst, und dann tu es.*

Ich will ihn nicht anrufen. Ich bin noch nicht dazu bereit, ihn anzurufen. Das wäre zu viel.

Also fange ich stattdessen damit an, eine SMS zu tippen.

Hi Dad, du fehlst mir

Ich starre den Text lange an. Ich spüre, wie Boots Speichel meine Hose durchweicht. Es wird immer kälter. Bei jedem Ausatmen sehe ich meinen Atem. Ich fange an zu zählen, ein Atemzug für jeden Buchstaben, den ich eben getippt habe.

Dann beginne ich, die Nachricht wieder zu löschen.

Hi Dad, du fehlst

Hi Dad, du

Hi Dad

Ich stoppe. Ich sollte das Handy ausschalten, den Akku rausnehmen und beides wegwerfen, irgendwo in den Wald, wo es nass werden und kaputtgehen wird und es so sein würde, als hätte ich es niemals besessen.

Ich kann das nicht tun. Ich darf das nicht tun. Es ist böse. Es ist gefährlich.

Aber es ist wie dieser Drang, die Streichhölzer anzuzünden. Diesmal wird Lanny nicht reinkommen und mich anbrüllen, damit aufzuhören, bevor ich das Haus abfackele.

Hier ist niemand außer Boot, der mit seinen traurigen Augen zu mir aufsieht.

Ich drücke auf **Senden**.

In dem Augenblick, in dem ich das tue, weiß ich, dass es falsch ist, und wünsche mir, ich könnte es zurücknehmen. Mir ist übel und ich umklammere das Handy so fest, dass ich glaube, es könnte zerbrechen. *Schalt es aus. Du musst es ausschalten.* Boot sieht mich an, als würde er erkennen, wie aufgebracht ich bin; er setzt sich aufrecht hin, um mir über das Gesicht zu lecken. Ich kann es kaum spüren, aber ich lege die Arme um ihn und drücke ihn ganz fest.

Er winselt ein wenig und zappelt in meiner Umklammerung. *Ich werde es ausschalten und wegwerfen,* verspreche ich, obwohl mir nicht klar ist, wem ich dieses Versprechen gebe. Mir? Lanny? Mom? Ich schiebe die Abdeckung auf. Greife nach dem Akku.

Und dann ist es zu spät, denn das Handy vibriert in meiner Hand.

Ich lasse Boot los, öffne das Handy und starre die Worte auf dem Bildschirm an.

Hallo, mein Sohn

Ich sollte es wegwerfen. Das ist mir klar. Ich bin nicht verrückt.

Aber allein durch das Anschauen des Bildschirms kann ich seine Stimme hören. Ich spüre es, wie er mich an den guten Tagen umarmt hat, an den Tagen, an denen alles in Ordnung war. Ich denke nicht an die anderen Tage, die es viel häufiger gab, an denen Dad wie ein Geist durch das Haus gewandelt ist und uns angeschaut hat, als wären wir Fremde. Manchmal hat er tagelang nicht mit uns geredet. Manchmal war er überhaupt nicht da. Mom hat immer gesagt, er sei arbeiten, aber ich konnte spüren, wie besorgt sie war, weil er nicht nach Hause kam.

Diese Nachricht fühlt sich so an, als käme sie vom guten Dad. Ich bin wieder zu Hause und ich habe keine Angst mehr und alles ist endlich … sicher.

Nur dieses eine Mal, denke ich. *Morgen werfe ich das Handy weg.*

Und so fängt es an.

KAPITEL 11

GWEN

Nach Verlassen des Lagerhauses kehren wir zum Coffeeshop zurück. Wir holen uns eine dringend benötigte Portion Koffein und ich frage die Dame am Tresen nach einem Telefonbuch. Sie wirft mir einen ungläubigen Blick zu und fördert schließlich ein stockfleckiges Exemplar aus dem hintersten Winkel eines Regals zutage, das mindestens zehn Jahre alt sein muss. Ich erkläre ihr nicht, warum ich so technikfeindlich bin, und dankenswerterweise fragt sie auch nicht.

Im Verzeichnis stehen Telefonnummer und Adresse von Rivard Luxe.

Ich arbeite mich durch sechs Menüoptionen, in denen man sich jeweils für eine Nummer entscheiden muss, bis ich zu der kühlen und desinteressiert wirkenden Stimme einer Mitarbeiterin durchdringe, die mich ruhig darüber aufklärt, dass Mr Rivard keine Anrufe entgegennimmt. Das hatte ich erwartet. »Bitte schicken Sie ihm eine Nachricht und fragen Sie ihn, ob er einen Ermittler vermisst, den er vor ein paar Monaten angeheuert hat. Falls ja, habe ich seinen Mann gefunden. Er ist tot.«

Es entsteht eine kleine Pause, in der die Mitarbeiterin meine Worte verdaut, und als sie antwortet, klingt sie nicht mehr ganz so entspannt. »Entschuldigung, haben Sie *tot* gesagt?«

»Das habe ich. Hier ist meine Handynummer.« Ich lese sie ihr vor. Nach dieser Sache werde ich ein neues Handy brauchen, aber das ist ein akzeptabler Kompromiss, da ich das sowieso vorhatte. »Sagen Sie ihm, er hat eine Stunde, um mich zurückzurufen. Danach werde ich nicht mehr reagieren.«

»Ich verstehe. Und ... wie lautet Ihr Name?«

»Miss Smith«, sage ich. »Eine Stunde. Verstanden?«

»Ja, Miss Smith. Ich sorge dafür, dass er die Nachricht sofort bekommt.«

Sie klingt aufgewühlt genug, dass ich ihr glaube. Ich lege auf und sehe Sam mit hochgezogenen Augenbrauen an. Er nickt. Uns ist klar, dass Rivard verschiedenste Dinge tun könnte, beispielsweise die Polizei von Atlanta informieren. Wir sind bereit, das Handy in derselben Sekunde im Müll verschwinden zu lassen, in der wir einen Streifenwagen sehen, vorsorglich lösche ich noch die wenigen eingespeicherten Kontakte und leere die Listen. Wir beobachten das Kommen und Gehen der Kunden. Niemand schenkt uns irgendwelche Aufmerksamkeit. Die meistdiskutierten Themen sind wie in so vielen Coffeeshops Hausaufgaben, Literatur, Politik und Religion. Und manchmal alles gleichzeitig.

Zehn Minuten später klingelt mein Handy. »Bitte verbinden Sie mich mit Miss Smith.«

»Ich bin Miss Smith«, erwidere ich. »Wer spricht da?«

»Ballantine Rivard.« Er hat einen Südstaatendialekt, aber nicht aus Georgia. Diese schleppende, gedehnte Sprechweise ist unverwechselbar Louisiana.

»Und woher weiß ich, dass Sie das sind, Sir?«

»Das können Sie nicht wissen«, sagt er und klingt dabei amüsiert. »Aber da Sie mit mir in Kontakt getreten sind, denke ich, dass Sie das wohl riskieren müssen.«

Er hat recht. Ich kann nicht beweisen, dass ich mit dem richtigen Mann spreche, aber welche Wahl habe ich schon? »Ich möchte mit Ihnen über den Mann sprechen, den Sie angeheuert haben. Derjenige, der vermisst wird.«

»Der tote Mann, Ihrem Gespräch mit Mrs Yarrow zufolge?«

»Ja«, bestätige ich. »Er ist tot. Ich kann Ihnen sagen, was ich weiß, wenn Sie sich mit uns treffen.«

»Wenn Sie irgendetwas über mich wüssten, dann wäre Ihnen auch bekannt, dass ich mich mit niemandem treffe.« Er klingt noch immer höflich, aber seine Stimme ist jetzt fester. Ich spüre, dass ich ihn verliere. »Bitte wenden Sie sich mit Ihrer Story an die Polizei, Miss Smith. Ich habe kein Geld für was immer Sie …«

»Ich will kein Geld«, unterbreche ich ihn. Ich beschließe, das Risiko einzugehen. »Ich suche nach Absalom. Und ich glaube, Sie ebenfalls.«

Eine statische Spannung liegt in der Leitung, die eine gefühlte Ewigkeit anhält. »Sie haben meine Aufmerksamkeit. Reden Sie.«

»Nicht über das Telefon«, sage ich. »Wir kommen zu Ihnen.«

Sam, dessen Kaffee völlig vergessen erkaltet, beobachtet mich eindringlich. Er ist ebenso überrascht wie ich, dass mich der große Ballantine Rivard überhaupt zurückgerufen hat und dass er noch immer im Gespräch mit mir ist.

»Sie werden gründlich durchsucht«, sagt Rivard. »Und Sie sollten lieber nicht meine Zeit verschwenden, ansonsten verspreche ich Ihnen, dass ich Sie ohne zu zögern verhaften lasse. Haben Sie das verstanden?«

»Ja.«

»Dann kommen Sie zum Luxe-Gebäude im Zentrum von Atlanta. Ich schätze, Sie sind in der Stadt?«

»Ja.«

»Und wie lauten Ihre echten Namen? Die auf Ihrem Ausweis stehen, den Sie meinen Leuten zeigen werden?«

Das gefällt mir zwar nicht, aber er hat recht; ich werde meinen Ausweis vorzeigen müssen. »Gwen Proctor«, sage ich. »Und Sam Cade.« Mir ist klar, dass er Mitarbeiter hat, die uns innerhalb von Sekunden googeln und ihm einen Bericht aus sämtlichen Artikeln zusammenstellen werden, die je über Gwen Proctor und Gina Royal geschrieben wurden. Die Akte wird recht dick sein. Sams hingegen viel dünner.

Falls ihm der Name etwas sagt, zeigt er es zumindest nicht. »Sie lassen alles bei der Security zurück. Handys, Tablets, Computer, Notizen, Papiere, Kleidung. Wir geben Ihnen etwas, das Sie vorübergehend anziehen können. Falls Sie diesen Bedingungen nicht zustimmen, brauchen Sie gar nicht erst zu kommen, Ms Proctor. Falls doch, sehe ich Sie pünktlich halb zwei.«

Das lässt uns nicht viel Zeit. Lustig ist nicht mehr hier, er ist losgezogen, um zu tun, was er tun muss. Er hat nicht gefragt, was wir den Rest des Tages vorhaben. Das war vielleicht sein Fehler.

Ich verabschiede mich, beende die Verbindung und lege das Handy dann auf dem Tisch zwischen uns ab.

»Du hast uns eine Einladung in den Elfenbeinturm besorgt«, sagt Sam. »Mein Gott.«

»Wohin?«

»So nennt man das Luxe-Gebäude«, erklärt er mir. »Rivard lebt jetzt bereits seit zwanzig Jahren da oben in der Spitze. Und hat es schon eine Weile nicht mehr verlassen, besonders seit dem Tod seines Sohns.«

»Wie ist sein Sohn gestorben?«

170

»Selbstmord«, sagt Sam. »Hat Rivard das Herz gebrochen, zumindest der Klatschpresse zufolge.«

»Oh, und du liest solche Klatschzeitungen?«

»Was Klatsch und Tratsch über Promis angeht, kann ich dem Drang manchmal nicht widerstehen.«

»Jeder, wie er mag«, meine ich, und zum ersten Mal spüre ich ein echtes Lächeln aufkeimen. »Dann bist du der Rivard-Experte hier. Was, glaubst du, wird den Mann beeindrucken?«

Sam trinkt einen Schluck Kaffee. »Ehrlichkeit«, sagt er. »Und ich glaube, das hast du bereits drauf.«

»Schön, dass du so denkst. Sie werden uns einer Leibesvisitation unterziehen«, verkünde ich. Er verschluckt sich an seinem Kaffee. »Hey, ich bin nur ehrlich«, setze ich grinsend hinterher.

* * *

Es ist nicht ganz so wie eine Durchsuchung im Gefängnis – damit habe ich ja genügend Erfahrung –, aber Rivards Leute nehmen ihre Arbeit eindeutig ernst. Unsere Handys werden uns weggenommen. Auch die Rucksäcke einschließlich meines Laptops. Wir werden aufgefordert, uns bis auf die Unterwäsche auszuziehen, werden abgetastet und dürfen dann dunkelblaue Trainingsanzüge aus Velours in genau den richtigen Größen anziehen, auf denen RIVARD LUXE mit Goldfaden auf einem Wappen vorn drauf aufgestickt ist. Nicht unbedingt die formellste Kleidung, aber ich möchte wetten, dass sie exorbitant teuer sind. Dazu passende Pantoffeln, die so bequem sind, dass man wie auf Wolken geht.

Wir fahren in einem Privataufzug nach oben, der aussieht, als würde er noch aus der Hochzeit des Gilded Age stammen, und ein wahres Kunstwerk ist. Ein Security-Mitarbeiter begleitet uns und reicht uns Ausweise an einem schwarzen Band. »Die müssen Sie die ganze Zeit tragen«, weist er uns an. »Bleiben Sie in den ausgewiesenen Bereichen. Wenn Sie die verlassen, geben die Ausweise einen Alarm.«

»Und woher wissen wir, wo diese ausgewiesenen Bereiche sind …?«

»Halten Sie sich einfach daran, dass Sie immer fragen sollten, bevor Sie irgendwohin gehen«, meint er lediglich. Er macht den Eindruck, als wäre er früher beim Militär gewesen und hätte dort einen hohen Rang innegehabt, denn er ist es eindeutig gewohnt, das Kommando zu haben. Ich blicke zu Sam, der mit dem Reißverschluss an seinem Trainingsanzug herumspielt. Das hier ist absolut nicht seine Art von Outfit. Er fängt meinen Blick auf und zuckt mit den Schultern.

»Ich fühle mich wie ein russischer Mafioso«, sagt er.

»Falsche Schuhe«, meint Mr Security und ich muss lachen. Anschließend frage ich mich allerdings, wie viele von der Sorte er bereits hier hochgelotst hat.

Wir kommen in einer großen, runden Empfangshalle an. Ein Teil der Wand besteht aus einem mehrfarbigen Glasfenster, einem Mix aus Moderne und Deko, das einen Mann zeigt, der nach der Sonne greift. Es ist ein faszinierendes Kunstwerk und riesengroß. Und vermutlich mehrere Millionen Dollar wert. Oder zehn- bis zwanzigtausend dieser Trainingsanzüge, die wir tragen. Ich habe keine Ahnung, wie Rivard Geld zählt.

Der Security-Mitarbeiter führt uns durch einen großen Eingang mit Flügeltür in einen weiteren Raum, der vermutlich nur für Umstände wie diesen dient: Treffen mit Fremden. Er ist dafür gemacht, die Leute zu beeindrucken. Hier steht kein Schreibtisch, aber man hat einen weiten Ausblick auf die Stadt, der heute durch niedrig hängende, fedrige Wolken verschleiert ist. Drei große Sofas sind in einem Dreieck um einen Tisch angeordnet. Der Sicherheitsmann postiert sich in der Nähe der Wand und verschränkt die Hände vor dem Körper. Er sieht aus, als könnte er die nächsten zehntausend Jahre so dastehen. Sam und ich warten, nicht sicher, wo oder ob wir uns hinsetzen sollen.

Ballantine Rivard kommt pünktlich hereingefahren. Sein Rollstuhl ist ein Wunder an Ästhetik und bewegt sich fast lautlos, abgesehen von dem leichten Geräusch der Reifen auf dem dicken Teppich. In natura sieht Rivard jünger aus als auf den Fotos und er hat die Brille mit schwarzem Rand gegen eine mit leichter Blaufärbung ausgetauscht. Rahmenlos. Damit sieht er aus, als würde er gleich zum Formel-1-Rennen gehen.

Ironischerweise – oder auch nicht – trägt er den exakt gleichen Trainingsanzug wie wir.

»Setzen Sie sich, setzen Sie sich«, sagt er und schenkt uns ein neutrales Lächeln. »Gwen Proctor. Samuel Cade. Lassen wir doch diese Förmlichkeiten.« Sein Süßholzraspeln kann mich nicht täuschen. Dieser Mann ist nicht aufgrund von Charme an die Spitze dieses Turms gelangt.

Sam und ich lassen uns auf das Sofa sinken, das sich brandneu anfühlt. Vermutlich kommen nicht viele Leute her, um hier zu sitzen. Wir sind eine seltene Ausnahme, hier überhaupt herkommen zu dürfen.

»Darf ich Ihnen etwas zu trinken anbieten?« Er sieht nicht hinter sich, aber wie aufs Stichwort erscheint ein makellos gekleideter Mann in einem maßgeschneiderten blauen Anzug, der ein Silbertablett trägt, beladen mit verschiedenen Getränken. Alle davon sind alkoholisch und überschreiten das Budget meiner wildesten Träume.

»Ein Scotch wäre nett«, sagt Sam, und ich nicke. Rivard will gastfreundlich sein, also trinken wir aus Höflichkeit.

Der Scotch ist natürlich himmlisch. Ich versuche dennoch, nur kleine Schlucke zu nehmen.

»Nun denn«, beginnt Rivard, während er sein eigenes Glas entgegennimmt, dessen Inhalt der Mann im Anzug aus drei verschiedenen Likören zusammengemixt hat. »Sie haben also Neuigkeiten über diesen Ermittler.«

»Ich erzähle Ihnen, was wir wissen, aber dazu müssen wir allein sein.«

Rivard mustert mich durch seine blau gefärbten Brillengläser. »Mr Chivari. Mr Dougherty. Bitte lassen Sie uns allein.«

Der Mann im blauen Anzug gehorcht, ohne zu zögern oder Fragen zu stellen, der Security-Mitarbeiter hingegen zögert. »Sir, möchten Sie nicht lieber, dass ich bleibe …?«

»Raus, Mr Dougherty. Sie können direkt hinter der Tür warten. Ich schaffe das schon.« Rivards Kiefer ist jetzt etwas angespannt, und die sonst bleiche Haut seines Halses rötet sich leicht, auch wenn seine Stimme leise und ruhig bleibt. Dougherty wirft uns einen unzufriedenen letzten Blick zu und schließt dann die Tür hinter sich. »In Ordnung. Jetzt sind wir unter uns. Und ich kann Ihnen geradeheraus antworten. Also. Sagen Sie mir, wie Sie auf diesen Mann gestoßen sind.«

»Sie meinen Mr Sauer?«

Seine Augen flackern leicht, aber ich weiß nicht, was das zu bedeuten hat. »Ja. Wo haben Sie ihn gefunden?«

»In einem verlassenen Lagerhaus«, verkünde ich. Ich würde auch Sam die Führung überlassen, aber er hält sich zurück, beobachtet. Nimmt alles in sich auf. »Warum haben Sie ihn angeheuert?«

»Sie haben den Namen Absalom erwähnt«, kontert Rivard. »Erklären Sie mir doch bitte, woher Sie diesen Namen kennen.«

Ich zwinge mich zu einem Lächeln. »Sicher. Aber sagen Sie mir doch zuerst, woher *Sie* ihn kennen.«

»Ich hatte ein paar … Probleme. Ich möchte das nicht unbedingt genauer ausführen.«

»Hatte das etwas mit Ihrem Sohn zu tun?«, fragt Sam, und ich lehne mich zurück, um ihm das Gespräch zu überlassen.

Ein paar Sekunden lang glaube ich, dass wir den alten Mann verloren haben, dass er seine Männer rufen wird, um uns hinauszubegleiten … doch Rivard seufzt und blickt in die Ferne, hinaus auf die ruhige Skyline von Atlanta. »Ja. Es hatte mit meinem Sohn zu tun«, sagt er. In seiner Stimme schwingt Trauer mit und auch Frust. »Sogar sehr viel. Er hat vor ein paar Monaten Selbstmord begangen, wissen Sie? Meine Schuld. Es ist nicht leicht, reiche Kinder großzuziehen, sodass sie trotzdem ein Gespür für richtig und falsch haben. Ich hätte das besser hinbekommen müssen, aber diese Sünde lastet auf mir, nicht auf ihm. Er hatte jahrelang Drogenprobleme, was Sie sicherlich wissen; die Klatschpresse hat sich mit Entzücken darauf gestürzt. Er war immer wieder in Entzugskliniken … ähnlich wie Sie, Mr Cade. Sie haben doch auch ein paar Krankenhausaufenthalte hinter sich, nicht wahr?«

Sam macht dicht. Ich habe diese Veränderung schon erlebt, aber sie ist dennoch alarmierend – als würde sich sein Körper in Glas verwandeln und nur seine Augen noch lebendig sein. Dann bricht die Hülle und er spricht. »Ich wurde nach meinem Einsatz in Afghanistan eingeliefert.«

»Das ist keine Schande, mein Junge. Viele gute Männer kommen beschädigt aus dem Krieg zurück.«

Sam lässt sich Rivards zuckersüße Herablassung nicht gefallen. Seine Augen sind jetzt flach und kalt. »Ich wurde wegen schwerer Depressionen behandelt, und da Sie das nur erwähnen, um zu demonstrieren, dass Sie unsere Vergangenheit durchleuchtet haben, warum gehen Sie nicht gleich zum Hauptgericht über und reden über Melvin Royal?«

Ich bin froh, dass er zum Konter übergegangen ist. Ihn den Namen meines Ex-Manns aussprechen zu hören, ist ein Schock, aber ein anregender. Jetzt kontrollieren wir das Tempo. Und so, wie sich Rivards Lippen leicht anspannen, gefällt ihm das nicht sonderlich.

»In Ordnung«, lenkt er ein. »Reden wir über den unsichtbaren Serienkiller im Raum. Melvin Royal ist entkommen, alle rennen kopflos herum, und doch verstecken Sie sich nicht, *Gina*. Wenn jemand einen Grund dafür hätte, würde man meinen, dass Sie es sind … es sei denn, Sie haben einen guten Grund, keine Angst vor ihm haben zu müssen. Was mich glauben lässt, dass Sie daher auch Absalom kennen.«

»Ficken Sie sich ins Knie«, sage ich, und dieser grobe Ausbruch lässt ihn zusammenzucken. »Sie glauben, ich arbeite mit meinem Ex zusammen? Ganz im Ernst, *ficken Sie sich*.« Ich stehe auf, setze mein Glas mit einem dumpfen Schlag ab und gehe Richtung Tür. Rivard bewegt seinen Rollstuhl so, dass er mir den Weg abschneidet, und ich bin *noch* nicht wütend genug, einen reichen alten Mann im Rollstuhl zu schlagen. »Aus dem Weg.«

»Ich wollte nur Ihre Reaktion sehen«, erklärt er mir ruhig. »Ich entschuldige mich, wenn Sie das beleidigt hat.«

Ich starre ihm direkt in die Augen. »*Wenn mich das beleidigt hat?* Scheiß auf Sie und Ihre Elfenbeinturm-Machtspielchen. Dieser kranke Bastard ist auf der Jagd nach mir. Nach meinen Kindern. Sie können mir entweder helfen oder mir aus dem Weg gehen. Ist das direkt genug für Sie?«

Hinter mir steht jetzt auch Sam auf. Ich höre, wie sein Glas auf dem Tisch aufkommt. »Wir brauchen Sie nicht«, sagt er zu Rivard. »Fahren Sie zur Hölle.«

Nicht ganz wie *Ficken Sie sich*, aber immerhin. Er denkt vermutlich an Mike Lustig und daran, die Verbindung nicht völlig zu kappen, aber ich habe keine Geduld mehr. Ich glühe vor Zorn. *Melvins kleine Helferin* hatte ihren Tag vor Gericht, und ich will verdammt sein, wenn ich noch einmal zulasse, dass mir das jemand ins Gesicht sagt.

Rivard blinzelt als Erster. »In Ordnung«, sagt er und rollt mir aus dem Weg. »Sie können gehen, wenn Sie möchten, ich werde Sie nicht aufhalten. Aber ich entschuldige mich, Ms Proctor. Das war unhöflich. Allerdings musste ich sichergehen, dass Sie nicht … einer von ihnen sind.«

»Sie meinen Absalom«, sage ich, und er nickt. »Sie waren also tatsächlich hinter Absalom her? Das hat Sauer untersucht?«

»Ja.« Er atmet tief durch. »Mein Sohn litt am Wohlstandssyndrom, wie man es heutzutage nennt. Ich würde ihn einfach verwöhnt nennen. Das brachte Drogen- und Alkoholsucht mit sich, was zu allen möglichen Problemen führte. Alles so ermüdend vorhersehbar. Das reinste Klischee.« Er winkt ab. »Absalom hat ihn ins Visier genommen. Sie waren unglaublich grausam darin, ihn online zu foltern. Ganz ohne Grund. Einfach, weil er ein leichtes Opfer war. Zu ihrem Vergnügen, denke ich.«

»Wie haben sie ihn attackiert?«, frage ich, obwohl ich glaube, es bereits zu wissen. Er trinkt noch einen Schluck und stellt sein Glas dann auf dem Tisch neben unserem ab. Ich vermute, das zeigt, dass er seinen letzten Schutzwall aufgibt.

»Es hat mit Online-Beiträgen angefangen. Wie nennt man die im Internet? Memes. Eines Tages ist er aufgewacht und hat festgestellt, dass er die Zielscheibe von Tausenden von Witzen war. Ich kann mir nur vorstellen, wie ihn das zermürbt hat; er hat mir nie davon erzählt. Er hat versucht, sich selbst darum zu kümmern, und das hat das Feuer nur noch weiter angefacht. Sie waren wie eine Meute wilder Hunde hinter ihm her. Haben seine persönlichen Details online gestellt. Gestohlene Therapieberichte öffentlich gemacht. Jeden Tag sind sie einen Schritt weiter gegangen. Mein Sohn hatte eine dreijährige Tochter. Erst haben sie behauptet, er habe sie belästigt, dann Unterlagen gefälscht, die es beweisen sollten. Bilder. Sie haben diese … schrecklichen Videos … veröffentlicht, von …« Rivards Stimme bricht, und zum ersten Mal habe ich Mitleid mit ihm. Ich kenne diese Geschichte. Ich habe sie gelebt.

Er räuspert sich. »Das Schlimmste war, dass die Leute es geglaubt haben. Webseiten sind entstanden, auf denen er gejagt wurde. Die Polizei hat zu den Missbrauchsanschuldigungen ermittelt. Natürlich steckte nichts dahinter, und der Fall wurde verworfen, aber das hat den Kreuzzug nicht gestoppt. Es gab die reinste Lawine an bösen Briefen. Faxe. Anrufe. Er konnte ... er konnte einfach nicht entkommen. Und nach einer Weile hat er es wohl nicht einmal mehr versucht.« Rivard richtet seine wässrigen Augen auf mich. »Sie verstehen das. Ich weiß, dass Sie das tun, bei dem, was Ihnen angetan worden ist.«

Ich nicke langsam. Seit dem Tag, an dem Melvins Folterkammer zum Vorschein kam, waren meine Kinder und ich Ziele. Man versteht erst, wie verletzlich man in diesem Zeitalter der sozialen Medien ist, bis etwas gegen einen in Gang kommt, und dann ... dann ist es zu spät. Man kann Facebook, Twitter, Instagram löschen; die eigene Telefonnummer und E-Mail-Adresse ändern. Umziehen. Aber für leidenschaftliche Peiniger ist das kein Hindernis. Sondern eine Herausforderung. Sie haben Spaß daran zuzuschlagen. Es ist ihnen dabei nicht einmal sonderlich wichtig, ob der Schlag sitzt. Es entsteht eher ein Wettbewerb, wer das schockierendste und erniedrigendste Material posten kann. Der Ansturm kommt von nirgendwo und überall, und dieser Hass ... er ist wie Gift, das vom Bildschirm langsam in dein Gehirn eindringt.

Es erfordert nicht allzu viel von Absaloms Nachstellungen, um dir das Gleichgewicht, die eigene Zuversicht, das Vertrauen in deine Mitmenschen zu nehmen. Wenn deine Feinde gesichtslos sind, sind sie überall. Paranoia wird deine neue Realität. In jedem Augenblick, selbst jetzt, könnte ich mich einloggen und sofort wäre ein Strahl des Hasses direkt auf mich und meine Kinder gerichtet. Ich kann in Echtzeit dabei zuschauen. Es ist wie ein sich selbst antreibender Motor der Wut.

Daher kann ich die Hoffnungslosigkeit gut nachempfinden, die Ballantine Rivards Sohn gefühlt haben muss. Auch bei mir gab es Tage, an denen es sich so anfühlte, als wäre das Beenden meines Lebens der einzige Weg aus der Falle. Ich habe überlebt, wenn auch nur knapp. Er nicht. Es ist weder fair noch richtig, aber es ist schrecklich menschlich, diese Art, wie wir uns gegenseitig zerfleischen.

»Es tut mir sehr leid, was er durchgemacht hat«, sage ich zu Rivard. Ich lasse eine Sekunde verstreichen, bevor ich zum Thema zurückkehre. »Wie hat er sich umgebracht?«

Rivards Blick wird leer. »Er ist von diesem Turm gesprungen. Er hatte hier ein Apartment. Das Glas war dick, er muss sich sehr angestrengt haben, um es zu zerbrechen. Ich glaube, er hat eine Marmorbüste verwendet. Dann ist er gesprungen. Achtundzwanzig Stockwerke.«

Ich lasse einen Augenblick respektvollen Schweigens folgen, bevor ich fortfahre. »Und nachdem er gestorben ist … haben Sie diesen Ermittler angeheuert, um die Leute aufzuspüren, die ihm so zugesetzt haben?«

»Nein. Ich habe Mr Sauer schon viel früher angeheuert, um zu ermitteln, wer ihn da an den Rand des Wahnsinns trieb. Aber Mr Sauer ist kurz vor dem Tod meines Sohns verschwunden.« Rastlos trommelt er mit seinen Fingern auf den Lehnen seines Stuhls. Er umklammert sie so fest, dass ich die Fingerknöchel beinahe knacken hören kann.

Jetzt kommen wir zum Kern der Sache. »Hat er Ihnen regelmäßig Bericht erstattet? Informationen übergeben?«

»Ein paar«, sagt er. »Nicht so viel, wie ich gehofft hatte. Er hätte am Tag seines Verschwindens mit mehr Details zu mir kommen sollen. Und jetzt wird es Zeit, dass Sie mir erklären, wie genau Sie meinen vermissten Mann gefunden haben.«

Was wir auch tun. Wir halten Lustig aus der Sache heraus, erzählen ihm aber von dem Video, das wir gefunden haben – allerdings nicht, wo wir es gefunden haben. Mike Lustig hat den USB-Stick, doch Sam hatte die Weitsicht, das Video in die Cloud hochzuladen, und bietet Rivard an, es ihm vorzuspielen. Rivard besorgt einen Laptop und Sam gibt ihm den Link. Ich schaue nicht hin. Ich bemühe mich, nicht hinzuhören, höre aber, wie Sauer den Namen *Rivard* preisgibt.

Rivard hält das Video an. Wir alle schweigen einen Augenblick, dann spricht Sam. »Erkennen Sie jemanden? Irgendwelche Stimmen?«

»Nein«, sagt Rivard. Er klingt niedergeschlagen und gedankenversunken. »Und dort haben Sie seine Leiche gefunden?«

»Ja.«

»Haben Sie noch etwas gefunden? Irgendwelche Hinweise?«

»Nur seine Brieftasche. Das dürfte jetzt alles bei der Polizei sein.« Ich ziehe in Erwägung, das FBI zu erwähnen, lasse es dann aber doch.

»Wären Sie bereit, uns das zu geben, was Sie über Absalom wissen?«, fragt Sam. Mein Impuls wäre gewesen, es einzufordern, aber Sam hat recht. Rivards Anspruchsdenken reagiert besser auf etwas, das er als Höflichkeit erachtet. Was auch immer funktioniert. Mein Ego spielt hier keine Rolle. »Mr Rivard, ich weiß, Sie können Hunderte Ermittler anheuern, um der Sache nachzugehen, aber wir sind hier. Wir stecken in der Sache drin. Und wir machen weiter, mit Ihnen oder ohne Sie, also könnten Sie sich ebenso gut mit uns zusammentun, meinen Sie nicht?«

»Sie schlagen eine Allianz vor.« Er blickt mich an, dann wieder Sam. »Ihnen ist klar, dass ich eine Person der Öffentlichkeit bin. Ich müsste Sie bitten, meine Beteiligung an der Sache unerwähnt zu lassen. Ich könnte Ihnen allerdings Ressourcen zur Verfügung stellen. Und Sie informieren mich über das, was Sie entdecken?«

»Ja«, verspricht Sam. »Bei jedem Schritt.« Er klingt absolut glaubhaft. Allerdings hat er mich auch eine ganze Weile erfolgreich angelogen. Er ist gut, was Täuschung angeht, wenn es darauf ankommt.

Rivard scheint es unbesehen zu glauben. »In Ordnung. Er hat mir ein paar Namen geben können. Die meisten, die Absalom zu rekrutieren scheint, sind einfach nur Jugendliche, fünfzehn und sechzehn Jahre alt. Soziopathen, ja, aber zu jung, um rechtlich zur Verantwortung gezogen zu werden, und Anhänger, definitiv keine Anführer. Von den Erwachsenen, die Mr Sauer aufspüren konnte, waren zwei bereits tot, als er ihren Aufenthaltsort ausfindig gemacht hatte.« Rivard atmet tief ein. »Er hat mir diese Informationen am Morgen seines Verschwindens per Telefon mitgeteilt, aber ich hatte auf mehr gehofft. Er sagte, er werde sich wieder melden. Aber das hat er nicht.«

Ich versuche, meine Stimme sanfter klingen zu lassen. Weicher. Femininer, denn das scheint Rivard zu bevorzugen. »Würden Sie uns den letzten Namen geben, den Mr Sauer Ihnen genannt hat?«, frage ich vorsichtig. Leise. Ich schaue ihn nicht direkt an, um ihn nicht wieder zu provozieren.

Rivard überlegt. Das tut er für lange Zeit. Es klopft – sehr leise – an der Tür, und sie öffnet sich nur so weit, dass der Mann im blauen Anzug den Kopf hereinstecken kann. »Sir«, sagt er. »Es ist bald Zeit für Ihre Behandlung.«

»Da haben Sie recht«, sagt Rivard. »Einen Augenblick noch, Mr Chivari.«

Chivari wartet neben der Tür. Rivard arbeitet einen Augenblick schweigend am Laptop. Während er auf die Tasten drückt, sagt er beinahe abwesend: »Der letzte Name, den Mr Sauer mir gegeben hat, war Carl David Suffolk. Er lebt in Wichita, Kansas. Ihre alte Heimat, wenn ich mich recht entsinne, Ms Proctor. Ich überlasse es Ihnen, ihn aufzuspüren. Ah. Hier. Es gibt noch eine Sache, von der ich glaube, dass Sie sie sehen sollten.«

Er dreht den Computerbildschirm in unsere Richtung. Ich blicke in sein Gesicht, dann auf den Bildschirm, und Sam beugt sich vor. Ich erwarte, irgendetwas über Carl David Suffolk zu sehen, stattdessen verpasst es mir einen Schlag in die Magengrube, den ich nicht habe kommen sehen.

Ich erkenne das Haus in dem Video. Es ist … es ist meins. Es dauert nur einen Augenblick, bevor dieses unheimliche Gefühl der Vertrautheit aufkommt, und ich habe das Gefühl, schwerelos zu werden. Für einen Augenblick denke ich: *Jemand muss unsere Garage repariert haben*, aber das ist Unsinn; die Garage wurde nach dem Unfall, bei dem die Ziegelmauer aufgebrochen wurde und die Geheimnisse meines Mannes ans Licht kamen, nicht wieder repariert. Stattdessen wurde das gesamte Haus abgerissen. Dort befindet sich jetzt ein Park. Ich war sogar schon da.

Aber dieses Video ist von unserem alten Haus, von vorher. Es wurde aufgenommen, bevor die Welt wusste, wer wir waren, was Melvin war.

Ich weiß nicht, was ich mir hier anschaue, und werfe Rivard einen kurzen Blick zu.

»Noch einen Moment«, sagt er.

Das Video ist etwas grobkörnig, aber klar zu erkennen. Es ist Nacht und die Sicherheitsbeleuchtung, die rund um das Dach unseres Hauses angebracht war – auf Melvins Drängen –, ist aus. Ich erinnere mich, dass sie bewegungsgesteuert war. Direkt am Straßenrand steht eine Straßenlaterne, die Licht auf eine Seite des Hauses und das nebenan wirft. Ich weiß noch, wie viel Mühe ich damit hatte, Vorhänge zu finden, die dunkel genug waren und Melvin gefielen, weil er es immer gehasst hat, in einem Zimmer zu schlafen, das nicht völlig dunkel ist, und …

Ich sehe einen SUV in das Videobild einfahren. Seine Scheinwerfer erlöschen und leise fährt er in unsere Hauseinfahrt.

Das ist unser alter Minivan. Ich erinnere mich noch viel zu gut daran, in diesem Fahrzeug zu sein, es zu fahren, an dem Tag, an dem alles den Bach runterging. Erneut durchfährt mich dieses Gefühl, dass die Welt kippt. Ich weiß nicht, warum Rivard mir das Video zeigt, aber ich habe Angst.

Der Minivan aktiviert die Bewegungsleuchte auf der Rückseite des Hauses. Wer auch immer das hier filmt, bewegt sich ruckartig und bekommt die Einfahrt aufs Bild, während das Fahrzeug in den Carport einfährt. Unter dem Dach ist es dunkel. Die Bremslichter leuchten kurz auf und gehen dann aus. Als sich die Tür öffnet, zoomt das Video heran und springt wild herum, bevor es sich auf die Person fixiert, die auf der Fahrerseite aussteigt.

Es ist Melvin. Jünger als das letzte Mal, da ich ihn gesehen habe. Gespenstisch *präsent*. Er blickt sich um, und während er das tut, denke ich: *Er sieht so normal aus. Wie ein normaler Mann in kariertem Hemd und Dad-Jeans. Nur ein normales Monster.*

Dann erkenne ich, dass jemand auf der anderen Seite des Trucks aussteigt. Und dieser jemand bin ich.

Nein. Es ist Gina Royal.

Sie sieht anders aus als ich. Ihre Haare sind länger, gelockt und frisiert. Sie trägt ein Kleid *(er wollte immer gern, dass ich Kleider trage)*, das in dem trüben Licht blassblau aussieht. Absatzschuhe. Ich erinnere mich nicht an das Kleid, aber mir ist übel, als ich Gina anschaue, den Menschen, der ich einmal war. Ihr Kopf ist gesenkt. Ihre Schultern sind leicht nach vorn gebeugt. Ich habe mich niemals als unterdrückte Frau gesehen; mir ist nie aufgefallen, wie er mich kontrolliert, gepiesackt hat, mein Leben manipulierte. Aber jetzt, als ich die Frau sehe, die ich einst war, wird es mir klar. Es ist, als würde man einen Geist sehen.

Melvin öffnet die hintere Tür des Vans und sagt etwas. Gina geht nach hinten und mich überkommt das seltsame Gefühl von absoluter Unwirklichkeit.

Was sehe ich da? Ich erinnere mich nicht daran. An nichts davon.

Melvin greift hinein und zieht etwas heraus.

Es ist eine Frau. Eine schlaffe, bewusstlose Frau. Ihre langen Haare schwanken vor und zurück, als er sie unter den Armen greift und Gina Royal ihre Füße nimmt. Die junge Frau trägt ein graues Top, blaue Shorts und Laufschuhe. Gina umgreift ihre Fußknöchel. Beinahe lässt sie sie fallen, während sie damit kämpft, die Tür des Minivans zu schließen.

Ich bin wie betäubt. Stumm. Erschüttert von dem Gefühl kompletter *Verkehrtheit*.

Denn ich habe das nicht getan.

Das ist niemals passiert.

Und doch erkenne ich das Haus wieder. Das Fahrzeug. Melvin. Mich selbst. Die Bewegungslichter, die sich einschalten, als ich Melvin Royal dabei helfe, ein Opfer in unser Haus zu tragen.

Die Betäubung fällt von mir ab, als das Licht vollständig auf das Gesicht der Frau fällt, die mein Nicht-Ich hineinzutragen hilft. Ich höre Sams Stöhnen, ein tiefes, kehliges Geräusch, als hätte es jemand aus seinem Innersten herausgezerrt. Es ist seine Schwester. Callie.

Das stimmt nicht, denke ich. Mein Kopf fühlt sich seltsam schwerelos an, und die Welt steht kopf; alles ist falsch. Das bin ich nicht. *Das* war ich nie.

Das Video wird schwarz.

Rivard schließt den Laptop und reicht ihn seinem Assistenten mit einem ruhigen Dankesnicken.

Ich möchte schreien. Den Bastard erwürgen. Mich übergeben. Stattdessen sitze ich einfach nur wie erstarrt da und warte darauf, dass die Welt wieder einen Sinn ergibt. *Könnte ich etwa doch?* Nein. Nein, daran würde ich mich erinnern. Ich würde es wissen. Ich erinnere mich nicht daran.

Ich bin nicht Melvins kleine Helferin.

Schließlich lecke ich mir über die trockenen Lippen. »Das bin ich nicht.« Meine Stimme klingt leise und schwach und überhaupt nicht wie meine eigene. »Das bin nicht ich.« Mir ist kalt und ich fühle mich allein. Ich habe das Gefühl, als würden mich die Tiefen der Erde verschlingen.

»Das war meine Schwester«, sagt Sam. »Das war Callie …« Im Gegensatz zu mir klingt Sam nicht kalt. Er klingt heiß, kochend, kaum unter Kontrolle. Ich spüre das Sofa wackeln, als er aufspringt und wegläuft. Ich drehe mich nicht um, denn ich kann nicht. Ich kann mir jetzt nicht das Grauen und den Abscheu in seinem Gesicht anschauen. Rivards bleiche Augen folgen ihm. »Ist das echt?«

»Nein«, beharre ich. »Das kann nicht sein. Ich habe das nicht getan. Sam, ich …«

»*Ist das echt?*« Es ist ein Schrei, rau und grauenvoll, und er ist nicht gegen mich gerichtet, aber dennoch zucke ich zusammen. Er spricht mit Rivard. Wenn ich mich nur ein klein wenig umdrehe, kann ich Sams Gesicht sehen. Aber ich kann nicht hinsehen. Ich sehe nicht hin.

»Nein, das glaube ich nicht«, sagt Rivard ruhig. »Ich glaube, das ist der Gipfel ihrer Fähigkeit, Beweise zu fälschen. Dennoch sollten Sie wissen, dass dieses Werk kunstvoller Fälschung im Dark Web herumschwirrt. Bisher haben es noch nicht sonderlich viele Leute gesehen, und noch weniger Leute verstehen, was es impliziert.« Er aktiviert die Steuerung seines teuren Rollstuhls und die Flügeltür hinter ihm öffnet sich. Chivari hält eine Seite auf. Der Sicherheitsmann Dougherty die andere. Ich sitze nur da und schaue zu, unsicher, was ich jetzt tun soll, während Rivard seinen Stuhl in einem Halbkreis dreht. Er hält an und dreht ihn langsam zurück, um mir in die Augen zu sehen. »Mr Sauer hat entdeckt, dass eine von Absaloms Haupteinnahmequellen die Produktion und der Verkauf von gefälschten Beweisen ist ... so wie das gefälschte Video der Kindesbelästigung, das sie gegen meinen Sohn verwendet haben. Als Sie heute angerufen haben, habe ich dieses Meisterwerk der Spezialeffekte von ihnen gekauft.«

»Sie ... Sie haben es gekauft.« Ich weiß nicht, was hier gerade passiert. Mir ist übel und kalt. »Warum haben Sie das getan?«

»Vielleicht sollte ich klarstellen, dass ich eine Kopie gekauft habe. Weil ich es als vorteilhaft erachte, etwas gegen Leute in der Hand zu haben, die ich nicht kenne. Und ich kenne Sie nicht, Ms Proctor. Oder Sie, Mr Cade. Ich bin mir sicher, dass Absalom dieses Video kreiert hat, um Sie zu diskreditieren, falls Sie jemals gegen die Organisation vorgehen sollten. Ich kann sie aufhalten, indem ich anbiete, es komplett zu kaufen und vom Markt zu entfernen; der Preis ist enorm, aber wenn Sie mit mir zusammenarbeiten, werde ich ihn bezahlen und für Ihre Sicherheit sorgen. Im Gegenzug kommt hier meine Bedingung: Gehen Sie zu Carl David Suffolk und sagen Sie ihm, dass ich mit ihm sprechen will. Sagen Sie ihm, dass ich bereit bin, ihm dafür eine Menge Geld zu bieten. Ich werde Ihnen eine versiegelte Nachricht bezüglich seiner Bezahlung mitgeben, von der ich glaube, dass sie ihn davon überzeugen wird, mit Ihnen zu mir zu kommen.«

»Warum? Was werden Sie mit ihm machen?«

»Was kümmert Sie das, wenn es Sie zum Rest von Absalom und zu Ihrem Ex-Mann führt?«, fragt er im Gegenzug. »Ich kann verstehen, wenn Sie einen Augenblick darüber nachdenken möchten. Mr Dougherty bringt Sie wieder nach unten, wenn Sie bereit sind. Auf Wiedersehen, Ms Proctor, Mr Cade.«

Ich will nicht, dass er geht. Ich will nicht, dass sich diese Türen schließen. Ich will hier nicht allein bleiben, in der Stille, mit Sam.

Das Minenfeld, über das wir uns die Hand gereicht hatten, das wir noch nicht überquert haben, hat sich soeben zu einem meilenweiten Korridor voller tödlicher Fallen ausgedehnt, und im Augenblick fürchte ich mich sogar davor, ihn anzusehen. Ich lehne mich gegen die Sofalehne und warte, dass er etwas sagt. Das tut er nicht. Die Stille ist unerträglich.

Schließlich versuche ich es. »Sam, ich …«

»Wir sollten gehen.« Die Worte sind wie eine Eisenfaust, die mir in den Magen gerammt wird und mir den Atem raubt. »Wir sollten Suffolk finden. Falls irgendjemand jemals dieses Video zu Gesicht bekommt, bist du geliefert.«

Ich will ihm sagen, dass ich es nicht getan habe, dass ich niemals eins von Melvins Opfern gesehen habe, dass ich niemals geholfen habe, niemals. Aber es klingt schwach, und noch schlimmer, es klingt wie eine Lüge. Selbst mein eigenes Selbstvertrauen wurde durch das erschüttert, was ich auf dem Bildschirm gesehen habe. Die Realität um mich herum wurde verzerrt. Und jetzt weiß ich nicht mehr, was echt ist und was falsch.

Sam geht an mir vorbei zur Tür. Er sieht mich nicht an.

Ich folge ihm.

Kapitel 12

Sam

Ich kann sie nicht ansehen. Gwen. Gina. *Sie*. Nach all dem Grauen, das wir gemeinsam erlebt haben, dachte ich, ich würde sie kennen. Ich dachte, sie sei … jemand, dem ich vertrauen könnte.

Und jetzt ist es bereits schwer zu ertragen, mit ihr im selben Auto zu sitzen. Ich möchte schreien und den Schleudersitz betätigen und hier verschwinden, denn das alles ist toxisch und falsch. Der Anblick von Callies Gesicht hat meine Welt zerstört. Ich habe sie das letzte Mal bei einem Skype-Anruf gesehen. Ich war in Afghanistan, stand kurz vor einem Lufteinsatz. Sie ist wegen etwas Alltäglichem aufgeregt gewesen – jetzt fällt es mir wieder ein, es war ein neuer Job, den sie gerade bekommen hatte. Eine Stelle, die sie niemals antreten konnte. Ich hatte meine Schwester nicht gekannt, viele Jahre nicht; wir waren, als unsere Eltern starben, getrennt und einzeln adoptiert worden. Ich hatte sie nicht einmal gesehen, bis ich in den Einsatz geschickt wurde. Und im wahren Leben habe ich sie niemals sehen können. Nur auf Videobildschirmen.

Das war ein weiteres weit entferntes Bild von ihr, ein Licht von einem bereits verloschenen Stern. Plötzlich erinnere ich

188

mich, wie sich ihre Lippen kräuselten, wenn sie lächelte, und wie ihre Augen strahlten, wenn sie lachte, und dass sie eine Katze namens Frodo hatte. Und ich möchte diese Frau umbringen, die hier so schweigend neben mir sitzt. Die ich überhaupt nicht kenne.

Wir tragen wieder unsere normale Kleidung, die Sportanzüge von Rivard Luxe haben wir in Umkleideräumen gelassen. Wir haben unsere Rucksäcke, unsere Waffen, unsere Handys. Wir sollten wieder im Normalmodus sein. Aber das sind wir ganz und gar nicht.

Ich leide Schmerzen, bin erschöpft und innerlich verwundet. Wir haben unseren Mietwagen zurückgelassen – Rivards Sicherheitschef hat uns garantiert, dass man ihn für uns zurückbringen und die Schadensgebühr begleichen werde – und sind jetzt in einem Stadtauto der Rivard-Marke unterwegs zum Flughafen. Nicht zu dem großen von Hartsfield, sondern zu einem kleineren, exklusiveren: DeKalb-Peachtree. Auf diesem Flugplatz stellen die Reichen von Atlanta ihre Jets und Hubschrauber ab. Für einen Augenblick vermisse ich das Fliegen, das Gefühl der Freiheit dort oben im blauen Himmel. Als Passagier in der Kabine eingesperrt zu sein, ist einfach nicht das Gleiche.

Ich könnte gehen, denke ich. Der Gedanke ist völlig klar, ich kann ihn fast berühren. *Ich könnte bei der nächsten roten Ampel aussteigen, ein Taxi rufen, einen Flug buchen und irgendwohin fliegen. Ich schulde ihr nichts. Rivard kann mir nichts anhaben.* Der Anblick der ohnmächtigen Callie, das Wissen, was ihr in den darauffolgenden Stunden oder Tagen passiert ist … es hat etwas in mir zerbrochen. Ich dachte, ich wäre stärker. Ich habe mich geirrt.

Das Einzige, was mich an der nächsten roten Ampel zögern lässt, ist die Tatsache, dass ich nicht nur Gwen im Stich lassen würde. Da sind auch noch ihre Kinder – unschuldige Kinder, die nichts falsch gemacht haben. Die einen Mörder als Vater haben und es nicht verdienen, von den Wölfen zerrissen zu werden, die es auf sie abgesehen haben. Wenn dieses Video rauskommt, wird Gwen nicht mehr sicher sein, niemals und nirgendwo. Und den Kindern wird es nicht anders ergehen. Ich denke an Connor, den ruhigen, introvertierten Jungen, der in unseren gemeinsamen Stunden des Annagelns von Dachplatten auf dem Haus in Stillhouse Lake sein Schneckenhaus langsam verlassen hatte; ich denke an Lanny, ein cleveres, stures Mädchen, das ihre Wunden ebenfalls unter einem Panzer versteckt. Tapfere Kinder. Gute Kinder.

Du bist nicht ihr Erlöser, sage ich mir selbst. *Du schuldest ihnen nichts.* Und das stimmt. Ich will mich nur wieder vollständig fühlen. Ich dachte anfangs, Rache könnte das bewerkstelligen. Dann dachte ich, ich würde so etwas wie Frieden auch ohne diesen blutigen Preis finden.

Jetzt weiß ich es nicht mehr. Ich weiß nicht mehr, ob ich mich jemals wieder vollständig fühlen werde.

Ich habe nicht auf unsere Fahrt geachtet, werde aber aus meinen dunklen Gedanken geholt, als das Auto vor einer Schranke langsamer wird. Wir befinden uns am Flugplatz, und gleich darauf haben wir die Sperre passiert und sind auf dem Flugfeld. Ich kenne so kleine Plätze wie diesen; als ich noch ein Teenager war, habe ich auf einem herumgelungert, bei den Reparaturen und der Wartung geholfen, nur damit ich mich in der Nähe der Flugzeuge aufhalten konnte. Sobald ich dann alt genug war, habe ich Triebwerke gebaut. Fliegen gelernt. Dieser Ort hier weckt unerwarteterweise Heimatgefühle in mir.

Es ist ein kleines bisschen gesunder Verstand, genau in dem Augenblick, als ich ihn brauche.

Endlich riskiere ich es, Gwen einen Blick zuzuwerfen. Ihr Gesicht ist bleich und glatt wie Marmor, aber es trifft mich, Tränenspuren auf ihrer Wange zu sehen. Feuchte Flecken auf ihrem Kragen. Sie hat still geweint, was ein seltenes Zeichen von Schwäche bei ihr ist. Falls sie spürt, dass ich sie ansehe, zeigt sie es nicht. Sie starrt weiter geradeaus und blickt – zumindest ihrem Gesichtsausdruck nach – ihren eigenen Albträumen entgegen.

In diesem Augenblick sieht sie mehr nach Gina Royal aus, als ich es jemals zuvor erlebt habe. All die Sicherheit und hart erkämpfte Zuversicht von Gwen ist dahin.

Das Auto hält an einem privaten Hangar und ich steige aus. Nehme einen tiefen Atemzug von der Luft, die vom scharfen Geruch nach Treibstoff und Öl erfüllt ist. Wieder habe ich dieses dringende Bedürfnis, mich einfach umzudrehen und zu gehen, meine lang gehegte Wut in der kühlen Luft vergehen zu lassen und einfach von vorn anzufangen. Dieses Video hat alles infrage gestellt. Alles, was ich je dachte, über Gwen zu wissen und über mich selbst.

Aber als ich höre, wie sich ihre Tür öffnet, und mich zu ihr umdrehe, wird mir klar, dass Gwen die gleiche Krise hat, nur dass sie bei ihr noch viel tiefer gehen muss. Bis auf die Knochen. Sie sieht aus, als hätte sie in die Hölle geblickt und die Hölle hätte zurückgestarrt.

»Du solltest gehen«, sagt sie. »Du kannst mir nicht vertrauen, Sam. Das kann ich dir nicht vorwerfen. Ich wüsste auch nicht, was ich denken soll.«

Ich frage sie geradeheraus: »Hast du mich angelogen? Hast du ihm geholfen?«

Sie schüttelt bereits heftig den Kopf, bevor ich meine Frage zu Ende gestellt habe. »Nein. Nein! Ich weiß nicht, was das war, aber … nein!« Ihre Stimme klingt unstet, doch leidenschaftlich. Sie atmet tief durch und wischt sich mit einer wütenden Geste die Tränen von ihren Wangen. »Ich werde Suffolk finden. Kommst du oder nicht?«

Ich blicke zu dem schnittigen Privatflugzeug, das auf uns wartet, mit einem Piloten in Uniform daneben.

»Fürs Erste.«

* * *

Ich bin nicht überrascht zu sehen, dass das Innere der G-7 hochmodern und maßgeschneidert ist – Ledersitze, polierte Holztische und Kunstwerke im Original an den Wänden. Rivard hat sein Unternehmen nicht umsonst *Rivard Luxe* genannt; ganz eindeutig ist Komfort ihm sehr wichtig. Im Flugzeug ist Platz für maximal zwölf Passagiere; es gibt sechs Liegesessel und zwei Sofas, die einander gegenüberstehen und auf denen bequem Platz für sechs weitere Personen wäre. Der Pilot verschwindet, nachdem er uns die Flugzeit genannt hat; ein weiterer Mann in Uniform vom Hangar scannt unsere Ausweise, für den Notfall, und wünscht uns einen guten Flug. Dann kommt eine Stewardess an Bord, bei der ich beinahe überzeugt bin, dass sie ein berühmtes Laufstegmodel ist, und zeigt uns die Speisekarte. Wir haben die Wahl zwischen Steaks von Bone's oder einem Essen von Cakes & Ale mit Nachtisch von Alon's Bakery. Ich bin nicht aus Atlanta, aber ich war nahe genug an dieser Stadt stationiert, um die Namen der großen Restaurantketten zu kennen.

Ich bestelle das Steak. Gwen schüttelt nur den Kopf. Ich halte die Stewardess auf, bevor sie gehen kann. »Bringen Sie ihr auch etwas; sie muss essen.« Ich rede mir ein, dass ich mich nicht um sie sorge. Sondern dass es mir nichts bringt, wenn sie zusammenbricht. Wir funktionieren momentan beide nur dank Adrenalin und Wut und Schock – um fair zu sein: bei mir ist es vor allem Wut –, und das ist kein guter Ausgangspunkt, um sich in eine vermutlich gefährliche Situation zu begeben. Ich glaube keine Sekunde lang, dass Rivard uns gewählt hat, weil wir praktisch sind. Er könnte – und hat es vielleicht auch getan – andere anheuern, um diesen Job zu erledigen.

Er nimmt uns, weil wir entbehrlich sind. Die Kosten für das beste Flugzeugessen aller Zeiten und den Treibstoff, um uns ans Ziel zu bringen, sind für ihn nicht mehr als für uns der Preis für einen Kaffee.

Mein Handy klingelt. Ich zucke so heftig zusammen, dass ich mir einen Muskel zerre. Ich bin viel zu angespannt. Und es gefällt mir gar nicht, dass Gwen das gesehen hat.

Ich gehe ran. »Ja?«

»Ich dachte nur, ihr wollt vielleicht wissen, dass in Texas mögliche Sichtungen von Melvin Royal gemeldet wurden.« Am anderen Ende der Leitung ist Mike Lustig. »Seid ihr noch in Atlanta?«

»Kurz vor dem Abflug«, erwidere ich, was immerhin der Wahrheit entspricht. »Was denkst du, sind die Berichte glaubwürdig?«

»Mann, du weißt ja wohl, dass nichts glaubwürdig ist, bis wir Überwachungsfotos, Fingerabdrücke oder DNS haben«, gibt er zurück. »Das Problem ist, dass wir eine Leiche in Texas haben, die ein ähnliches Täterprofil aufweist. Und rein geografisch passt es zu den Meldungen. Er könnte es sein.«

Ich sehe Gwen an. Den Impuls kann ich nicht unterdrücken. Sie weiß, dass ich mit Mike spreche, aber nicht, worüber. Gestern noch hätte sie mich vermutlich gefragt.

Doch heute, noch mit dem Schatten dessen, was gerade vorgefallen ist, zwischen uns, sagt sie nichts und wendet den Blick ab.

»He, Sam, bist du noch dran? Gibt es Grund zur Annahme, dass er Unterstützung in Texas hat? Speziell Osttexas, nahe der Grenze zu Louisiana?«

»Keine Ahnung.«

»Kannst du sie dann vielleicht fragen?«

»Im Augenblick nicht«, erwidere ich. »Ist die Spur frisch?«

»Frisch genug. Das Mädchen wurde vor sechs Tagen entführt. Die Leiche wurde in einem Bayou abgelegt und nur gefunden, weil ein Alligator das Bein abgetrennt hat, mit dem sie an einen Block gekettet war. Hat den Jägern, die sie entdeckt haben, einen ordentlichen Schreck eingejagt. Zuletzt lebendig gesehen wurde sie in einem Shoppingcenter. Ihr Ex hat doch gern Frauen von solchen Orten entführt, oder?«

Callie ist vom Parkplatz eines Shoppingcenters entführt worden. Ich sage nichts. Mike kennt Melvin Royals Arbeitsweise ebenso gut wie ich.

»Dieses Opfer hatte Male von einer Betäubungswaffe«, fährt Mike fort. »Genau wie die meisten seiner Opfer. Passt also. Allerdings ist Texas ziemlich weit weg von den Orten, von denen wir andere Berichte haben. Fühlt sich für mich nach einem Köder an. Nicht, dass wir der Sache nicht nachgehen würden. Das tun wir natürlich.« Er schweigt einen Augenblick, wartet darauf, dass ich etwas sage. Doch das tue ich nicht. »Du klingst seltsam. Ist alles okay?«

»Klar«, sage ich. »Ich denke nur nach. Hast du mit Ballantine Rivard gesprochen?«

»Ich habe angerufen. Er ist ›nicht verfügbar‹. Schätze, da bräuchte ich schon einen Durchsuchungsbeschluss, damit sich die Tore für mich öffnen.«

»Glaub bloß nicht, dass du viel finden würdest, selbst wenn du dir Zutritt verschaffen könntest«, meine ich.

»Vermutlich nicht, aber ich habe die ganze Zeit mit reichen soziopathischen Arschlöchern zu tun. Ich hab ihn überprüft: die üblichen Gerichtsverfahren wegen Unterbezahlung, unrechtmäßiger Kündigung, Vertragsverletzungen, solche Sachen. Ich glaube kaum, dass sonst jemand, der ein solch großes Unternehmen leitet, eine weißere Weste hat. Sein Sohn war allerdings ein anderes Kaliber.«

»Ja, ich weiß.« Ich bin abgelenkt von der Stewardess, die mit einem Wägelchen wieder aufgetaucht ist. Es ist randvoll mit lächerlich hochpreisigem Alkohol. »Hör mal, ich muss los. Pass auf dich auf, Mike.«

»Du auch«, sagt er. »Du machst doch nicht gerade etwas Dummes, oder?«

»Vermutlich schon«, sage ich und lege auf.

Ich bestelle noch einen Scotch.

Gwen bleibt bei Wasser. Ohne Eis. Ich vermute, der Geschmack von Scotch ist für sie jetzt mit der Erinnerung an dieses Video verknüpft. Jetzt, wo ich daran denke, schmecke ich plötzlich auch eine säuerliche Note. Ich kippe den Scotch in einem Zug runter und gebe das Glas zurück.

Die Stewardess lächelt mich ohne jede Wärme an und greift unter das Wägelchen, um einen versiegelten Umschlag hervorzuholen. Sie reicht ihn mir. »Von Mr Rivard«, sagt sie. »Mit besten Grüßen.«

Sie fährt den Wagen wieder weg. Ich schaue zu Gwen. Sie trinkt einen Schluck Wasser und sagt: »Ich glaube, er mag dich lieber.«

In dem Umschlag befindet sich ein Ordner. Er ist voller Kopien und ich schaue mir jede Seite an. Carl David Suffolks in Kansas ausgestellter Führerschein, in Farbe, schmeichelt ihm nicht sonderlich: Es handelt sich um einen aufgedunsenen, bleichen Mann mit Geheimratsecken und einem Spitzbart, unter dem er vermutlich sein fliehendes Kinn versteckt. Unter der Führerschein-Abbildung stehen Informationen zu seiner Person: Single, keine Kinder. Sein Kontostand, der nicht übel ist, aber auch nicht beeindruckend.

Die nächste Seite zeigt eine Kopie seines Mitarbeiterausweises, auf dem er sogar noch weniger einnehmend aussieht. Er arbeitet bei Imaging Solutions – einem Copyshop, Druckerladen, so etwas in der Art. Der Rest der Akte besteht aus einer Liste von Telefonnummern, die er regelmäßig anruft und anschreibt. Bei den meisten Kontakten wurden Namen und Adressen ergänzt. Bei einigen Nummern nicht, was bedeutet, dass es sich hier um Prepaidhandys handelt. Rivard hat auch eine Liste von Benutzernamen beigefügt, die Suffolk verwendet, ebenso die spezifischen Seiten, für die sie gelten. Die meisten sind harmlos.

Doch bei ein paar stellen sich mir die Haare zu Berge. Suffolk geht auf Chatseiten, auf denen vorwiegend Kinder und Teenager unterwegs sind. Was in seinem Alter und als kinderloser Mann ein eindeutiges Alarmsignal ist.

Ganz am Ende der Akte gibt es noch eine handschriftliche Notiz. Sie lautet:

> *In diesem Umschlag befindet sich eine versiegelte Nachricht. Ich vertraue darauf, dass Sie sie Mr Suffolk übergeben. Sie beinhaltet die Details zu einer Zahlung, die ich ihm aushändigen werde, wenn er sich einverstanden erklärt, mit Ihnen zu kommen. Falls er nicht zustimmt, sollten Sie wohl tun, was Sie tun müssen.*
>
> *Wie vereinbart habe ich das Angebot gemacht, das Video aus dem Dark Web zu kaufen und komplett zu entfernen. Allerdings gibt es da eine Komplikation. Wie es scheint, wurde das Video bereits an einen nicht zurückverfolgbaren anderen Käufer geliefert, und darüber habe ich keine Kontrolle.*
>
> *Möglicherweise können wir nicht verhindern, dass das Video ans Licht kommt.*

Das gefällt mir nicht. Instinktiv habe ich das Gefühl, dass Rivard mit uns spielt, auch wenn ich keine Ahnung habe, wie oder warum. Reiche Menschen sehen Leute wie uns nicht als Menschen an; wir sind die Schachfiguren, die sie beliebig bewegen, Hebel, die sie in Bewegung setzen, um das zu bekommen, was sie wollen.

Hinten im Ordner befindet sich ein teuer aussehender versiegelter Umschlag mit Suffolks Namen darauf. Ich denke ernsthaft darüber nach, ihn zu öffnen, tue es aber nicht. Noch nicht.

Wir brauchen einen Reserveplan. Also schreibe ich Mike Lustig: Ich bitte dich ja nur ungern um einen weiteren Gefallen, aber wie hoch stehen die Chancen, dass du mir etwas Rückendeckung geben kannst?

Mikes Antwort lautet: Ziemlich hoch, aber deine Schulden häufen sich an, Mann. Ich hasse Wichita.

Wie zum Teufel … Ich starre die Worte an und schreibe dann lediglich »???« zurück.

Hast du echt gedacht, ich wüsste nicht, wo ihr seid, Sam? Ich bitte dich. Ich hatte euch die ganze Zeit im Blick. Wie ist dieser Rivard-Jet? Bequem? Ich hoffe es für euch. Ich musste einen verfluchten Economy-Mittelplatz buchen. Der Flug geht in einer halben Stunde.

Ich weiß nicht, ob ich wütend sein soll, dass er uns hinterherspioniert hat, oder erleichtert, dass er uns nicht abgeschrieben hat. Im Augenblick vermutlich eher Letzteres. Wo treffen wir dich?

Tut ihr nicht, erwidert Lustig. Danach bekomme ich überhaupt keine Antwort mehr.

Innerhalb von zehn Minuten sind wir in der Luft und schweben sanft dahin. Der Himmel vor den ovalen Fenstern ist ein frisch gewaschenes Blau, die Wolken befinden sich tief unter uns.

Ich berichte Gwen nicht, was in Rivards Brief steht, und ich erzähle ihr auch nicht von Mike Lustig. Ich lasse sie diesen kurzen Frieden genießen, das teure Steak, das noble Dessert. Denn ich weiß, sobald wir landen, ist es vorbei mit dem Frieden.

Und der Krieg endet vielleicht nie.

Kapitel 13

Lanny

Als ich um Zugang zum Internet gebeten habe, wollte ich wirklich nur in den Social-Media-Kanälen surfen, nachschauen, wie es allen geht. Ich wollte auch nichts posten oder so, einfach nur stöbern. Weil mir langweilig war.

Und dann habe ich Dahlias Foto gesehen und plötzlich ist etwas in mir zerbrochen. Ich habe sie so sehr vermisst, dass es wehtut. Ich wollte sie anrufen. Ich wollte ihre Stimme hören und ihr erzählen, was passiert ist, und ich wollte … wollte, während ich ihr Bild anstarrte, alles Mögliche, wilde Dinge, die mir durch den Kopf gingen und bei denen mir unangenehm warm wurde. Ich hatte mich so auch schon gefühlt, bevor in unserem alten Haus alles aus dem Ruder lief. Ich hatte versucht, herauszufinden, was das bedeutet und was ich deswegen unternehmen sollte. Und ich glaube, jetzt weiß ich es. Aber ich kann nichts tun.

Ich bin so *nahe*. Und doch gleichzeitig so fern.

Connor, der sich über mich lustig macht, ist der Tropfen, der das Fass zum Überlaufen bringt, und als ich auf ihn losgehe, meine ich es todernst. Ich renne in mein Zimmer und heule bestimmt fünfzehn Minuten in mein Kissen. Danach fühle ich mich zwar immer noch mies und allein, bin aber gleichzeitig einfach nur noch erschöpft. Ich rolle mich zusammen, umklammere mein feuchtes Kissen und starre in die Ferne. Vor dem Fenster zieht der kalte Nachmittag vorbei, und auch hier drin ist es ziemlich kühl. Ich schalte das Heizgerät an, ziehe mir dicke Socken über und krieche unter die Bettdecke. Ich habe Unterleibsschmerzen. Ich sehe auf meinen Kalender, aber meine Periode ist erst in einer Woche fällig. Für diesmal hab ich noch genug Tampons, aber ich werde Kezia bitten müssen, mir noch welche zu besorgen. Javier kann ich nicht fragen. O Gott, niemals. Nummer fünfzehn Millionen der Dinge, mit denen sich mein Bruder nicht herumschlagen muss.

Eine Stunde später stehe ich auf, schlurfe durch den Raum und hebe einen Zettel auf, der unter der Tür hindurchgeschoben wurde. Ich weiß, dass er von Connor ist. Seine krakelige Schrift bringt mich leicht zum Lächeln.

Dahlias Bild bringt mich beinahe wieder zum Heulen, aber ich lege es auf meinen Nachttisch, so, dass ich es vom Bett aus anschauen kann. Vielleicht finde ich ja einen Rahmen dafür.

Die Verlockungen der Rice-Krispies-Marshmallows bringen mich schließlich dazu, die Tür aufzuschließen und in die Küche zu gehen. Javier sieht von seinem Arbeitsplatz am Computer zu mir hoch. Ich erkenne, dass er darüber nachdenkt, was er sagen könnte, aber ich will mit niemandem reden. Ich schnappe mir den Snack und gehe zurück in Richtung Zimmer. Aber nicht schnell genug.

»He«, fängt er an, »dein Bruder will mehr Beschäftigung haben. Was hältst du davon, auf dem Schießstand schießen zu lernen?«

Beinahe entfällt mir, dass ich mich schlecht fühle. »Ernsthaft?«

»Ja.«

»Mom hat uns nie mitgenommen.«

»Ich kläre das noch mit ihr. Aber wärst du interessiert, wenn sie zustimmt?«

»Zum Teufel, aber so was von!« Bei dem Gedanken fühle ich mich gleich zehntausend Mal besser. Als hätte ich die Kontrolle. »Wann?«

»Sobald ich ihr Okay habe. Aber zügle deine Ungeduld, du Revolverheldin, denn selbst wenn sie Ja sagt, werdet ihr eine ganze Weile auf nichts schießen. Ich sag dir was: Wir gehen zum Schießstand, nachdem er geschlossen hat, und du suchst dir eine Waffe aus. Ich geb dir drei zur Auswahl. Dann lernst du, wie man sie auseinandernimmt, reinigt und wieder zusammensetzt.«

»Was, das ist alles? Das kann ich doch längst!« Ich habe meiner Mom Hunderte Male bei der Reinigung zugesehen. Er antwortet nicht. Ich knabbere an meiner Süßigkeit. »Ach, kommen Sie schon. Echt jetzt?«

»Mehr gibt es für den Anfang nicht. Aussuchen, zerlegen, reinigen, zusammensetzen. Okay?«

»Aber ich will Zielübungen machen!«

»Das ist mir schon klar.«

»Warum geht das nicht?«

»Weil das bei mir so läuft. Wenn dir das nicht passt, lassen wir es ganz bleiben.«

Er ist genauso schlimm wie meine Mom. Kurz denke ich ernsthaft daran, ihm das auch so zu sagen. Aber ich lasse es bleiben, denn das würde nur dazu führen, dass ich hier weiterhin bei einer Runde Monopoly rumsitze.

»Na schön«, sage ich in einem Tonfall, der deutlich macht, dass es das nicht ist. »Bitte. Wenn's denn sein muss.«

»Sehr gut.« Javier klappt den Laptop zu. »Das ist kein Spiel, Lanny. Das verstehst du doch, oder? Eine Waffe bedeutet Verantwortung. In der Sekunde, in der du eine in die Hand nimmst, hast du die Macht über Leben und Tod, und das sollte man nicht so leichtnehmen.«

»Das weiß ich!« Sein Blick verrät mir, dass er das nicht glaubt. Ich versuche, ruhig und erwachsen auszusehen, weil mir klar ist, dass er das erwartet. »Okay. Ich werde mir eine Waffe aussuchen. Ich werde lernen, das zu tun, was Sie wollen. Und kann ich dann schießen?«

»Wenn deine Mom zustimmt, kannst du das«, bestätigt er. »Aber nicht mehr heute Abend. Immer ein Schritt nach dem anderen.«

Er trägt im Augenblick eine Waffe an der Hüfte. Sie sieht so aus wie die, die auch Mom hat, also vermutlich eine 9-mm-Halbautomatik. Mom ist extrem vorsichtig mit ihren Waffen, doch ab und zu konnte ich schon mal eine in die Hand nehmen und ihr Gewicht spüren. Er hat recht. Etwas verändert sich, wenn man eine Waffe in der Hand hält. Natürlich fühlt es sich aufregend und beruhigend an. Aber gleichzeitig ist da auch noch etwas anderes. Ich war nie ganz in der Lage zu sagen, was genau. Vielleicht werde ich das wissen, wenn er mich endlich schießen lässt.

Es ist ein Anfang, sage ich mir selbst. *Hör mit dem Drängeln auf.*

Ich bin kein geduldiger Mensch. Das habe ich wohl von Mom.

Ich senke die Stimme. »Haben Sie in den letzten Tagen mit Mom gesprochen?«

»Ja, kurz mal. Sie musste wieder los, bevor ich das Telefon an dich weiterreichen konnte. Es geht ihr gut.«

»Hat Mom irgendetwas gesagt über … ihn?« Beinahe hätte ich *Dad* gesagt, aber ich weiß, dass ich ihn nicht so nennen sollte. Nicht laut. Wir alle wissen, von wem ich spreche.

Javier schüttelt den Kopf. »Noch nichts«, sagt er. »Es gibt keinen Grund anzunehmen, dass er hier irgendwo in der

Gegend ist, aber lass uns erst einmal so weitermachen wie bisher. Bleibt so viel wie möglich im Haus. Bleibt offline. Je länger wir euren Aufenthaltsort geheim halten können, desto besser und sicherer für uns alle.«

»Sie könnten mich wenigstens mit meinen Freunden reden lassen«, beschwere ich mich. Und damit meine ich eigentlich nur Dahlia. »Die werden uns nicht auffliegen lassen.« *Sie* wird mich nicht auffliegen lassen.

»Und eure Freunde erzählen dann anderen Freunden von euch, und bald schon weiß jeder in Norton, dass ihr wieder hier seid. Glaubst du nicht, dass deine Mom das dankbarste Thema für Klatsch und Tratsch ist, das hier je aufgekommen ist? Niemand wird sich die Gelegenheit entgehen lassen, darüber zu reden.«

Er hat natürlich recht. Das mit den *Freunden* ist auch nur halbherzig gemeint. Javier nimmt seinen Job ernst. Kez ebenso – die gerade bei ihrer echten Arbeit als Cop ist und bei irgendeinem Einbruch auf der anderen Seeseite ermittelt. Ich hoffe, es geht nicht um unser Haus. Ich mache mir Sorgen … wegen der Kinder aus der Schule, die vielleicht einbrechen, unser Haus verwüsten, Selfies in meinem Zimmer machen könnten, auf denen sie mit meinem Kopfkissen poppen, meine Sachen durchgehen. Nicht dass ich nach all unseren Jahren auf der Flucht viele persönliche Sachen hätte. Trotzdem tut es weh, sich vorzustellen, dass das bisschen Privatsphäre, was ich jemals hatte, auch verletzt wird.

Aber vielleicht geht es gar nicht um unser Haus. Vielleicht wurde endlich der monströse Flachbildfernseher der Johansens geklaut. Oder ihr Mercedes-SUV.

Vielleicht ist jemand in Lancel Grahams altes Haus eingebrochen. Wir mögen ja in Sippenhaft genommen worden sein, aber Graham hat *wirklich* Leute umgebracht. Falls Grahams Haus verwüstet wurde, tut mir das nicht nur nicht leid, ich befürworte es sogar. Er war ein kranker und böser Mensch, und wenn Mom, Kez und Sam nicht rechtzeitig gekommen wären … wer weiß, was dann passiert wäre. Nein. Ich weiß es. Genau das, was seinen anderen beiden Opfern passiert ist und all den Mädchen, die mein Dad umgebracht hat.

Ich versuche, nicht daran zu denken.

Connor kommt rein. Er war eine ganze Weile draußen, denn er trägt einen Mantel und Handschuhe. Er zieht beides aus, lässt sich auf die Couch fallen und steckt die Nase sofort wieder in ein Buch. Kurz blickt er mich an, sagt aber nichts. Vielleicht denkt er immer noch, dass wir nicht miteinander reden.

Vielleicht tun wir das auch nicht.

»Um welche Uhrzeit gehen wir?«, frage ich Javier, da das zumindest eine Ablenkung ist.

»Ich hab doch gesagt, dass wir das erst mit eurer Mom klären.«

»Sie haben auch gesagt, dass ich nicht schießen darf. Also gibt es noch gar nichts zu fragen.«

Er wirft mir einen Blick zu. »Ich rufe sie an. Falls ich sie nicht erwische, hinterlasse ich ihr eine Nachricht.«

»Gehen? Wohin?«, fragt Connor. Ich ignoriere ihn.

»Zum Schießstand. Er macht um acht zu«, sagt Javier. »Ich gehe hin, wenn er schließt, erledige die anfallenden Arbeiten und stelle sicher, dass alle raus sind. Dann komm ich dich abholen, Lanny. Kez kann hier bei dir bleiben, Connor.«

»Was, ihr geht zum Schießstand? Warum kann ich nicht wenigstens mitkommen?«, fragt mein Bruder, wie ich es geahnt habe.

»Weil du noch ein Kind bist«, erwidere ich. »Also, nein. Du kannst nicht mit.«

Aber Javier sieht ihn an und fragt: »Willst du denn?«

Connor zuckt mit den Schultern. Er liest weiter.

»Ist das ein Ja?«

»Klar«, sagt er. Aber ich sehe, wie sich die Haut rund um seinen Kiefer und seine Ohren rötet. Vielleicht kein richtiges Erröten, aber nah dran. Es liegt nicht in der Natur meines Bruders, so etwas zu zeigen, aber er ist genauso aufgeregt wie ich, hier rauszukommen. Vielleicht sogar, was die Waffen angeht, auch wenn er mir immer gesagt hat, dass er sie nicht mag.

Ich schaue auf die Uhr und stöhne. Wir müssen noch einige Stunden totschlagen. Ich schaue die Spiele durch, stecke schließlich *Assassin's Creed* in die Konsole und verpasse meinem Bruder einen Hüftstoß, damit er mir Platz macht. Er steht auf, geht in sein Zimmer und schließt die Tür. Na schön. Auch gut. Obwohl ich eigentlich erwartet hatte, dass er mitspielen will. Er mag dieses Spiel. Deshalb hatte ich es ausgesucht.

»Doofkopf«, murmele ich und starte das Spiel im Einzelspielermodus. Dann drücke ich auf Pause, stehe auf und öffne, ohne anzuklopfen, seine Zimmertür, weil ich weiß, dass ihn das ärgern wird.

Er hat mir den Rücken zugewandt, und eine Sekunde lang glaube ich, ihn bei etwas zu Persönlichem zu stören, aber dann wird mir klar, dass er am Handy ist. »Rufst du Mom an?«, frage ich.

»Nein.« In seinen Augen liegt ein Blick, der mich überrascht.

»Wen hast du dann angerufen?«

»Niemanden«, antwortet er.

»Denn wenn du Mom anrufst …«

»Ich rufe niemanden an!«

»Dann …«

Er geht in die Luft. Ich bin etwas fassungslos, denn ich weiß zwar, dass Connor ein Hitzkopf ist, aber normalerweise dauert es wirklich lange, bis er explodiert. Diesmal kommt es aus dem Nichts. Er schreit regelrecht. »Verschwinde einfach, okay? Hör auf, so zu tun, als wärst du Mom, darin bist du nicht gut!«

Ich gehe rückwärts aus dem Zimmer und er springt vor und schlägt mir die Tür vor der Nase zu. Ich muss zurückspringen, sonst hätte er mich tatsächlich erwischt. »Meine Güte!«, schreie ich zurück und schlage mit der Faustseite gegen die Tür. »Kein Grund, so einen Anfall zu bekommen, du Gör!«

Er reagiert nicht. Habe ich auch nicht erwartet. Ich schaue die Tür ein paar Sekunden lang böse an und wende mich dann ab. Javier sieht mich an. »Was ist?«, fauche ich.

»Fändest du es in Ordnung, wenn er einfach so in dein Zimmer gestürmt käme, obwohl die Tür zu ist?«, fragt er.

»Verdammt, nein.«

»Dann mach es auch nicht bei ihm. Ich weiß, dass dir deine Mom bessere Manieren beigebracht hat.«

Wenn er auch nur ein kleines bisschen weniger nett gewesen wäre, hätte ich ihn glatt aufgefordert, die Klappe zu halten, aber ich verkneife es mir. Ich lasse mich wieder auf die Couch fallen, nehme den Controller und spiele. Ich bin nicht so gut wie mein Bruder, aber ich bin auch nicht scheiße. Eine Weile lang lasse ich mich in die Spielwelt hineinziehen und bin dankbar dafür, dankbar, alles hinter mir zu lassen und zu spüren, wie die Wände um mich herum verblassen.

Aber alles kommt zurück, als plötzlich Javier dasteht und den Fernseher ausschaltet. »Hey!«, protestiere ich, weil ich mitten in einem Sprung war und jetzt ein Leben verlieren werde, doch er hält einen Finger vor den Mund. Seine dunklen Augen sind angespannt. Sofort verstumme ich.

Ich höre etwas. Reifen auf Kies. Javier tritt ans Fenster und rafft den Vorhang ein wenig. Ich erkenne nicht, ob alles gut ist oder nicht, und dann nimmt er die Waffe aus seinem Holster. »Hol deinen Bruder und bleib außer Sicht. Keinen Mucks. Los jetzt.«

»Was ist denn?« Ich flüstere nur. Mein Herz hämmert und mir wird heiß. Und dann kalt. »Ist *er* es?«

»Glaube ich nicht«, sagt er. »Aber trotzdem müsst ihr euch verstecken. Geh.«

Ich sehe mich um. Wir haben hier nichts liegen gelassen, das uns verraten würde. Ich haste zu Connors Zimmer und klopfe leise, bevor ich die Tür öffne. »Connor, komm, wir müssen …«

Ich beende den Satz nicht, denn obwohl sein Buch aufgeschlagen und auf dem Kopf auf seinem Bett liegt, ist er selbst nicht hier. Ich beuge mich vor und schaue unter das Bett. Nichts. Ich sehe im engen Wandschrank nach.

Da spüre ich einen leichten Luftzug im Nacken. Ich drehe mich um und sehe, dass das Fenster neben dem Bett offen steht. Die Vorhänge bewegen sich schwach im Wind.

Verdammte Scheiße, das ist doch nicht dein Ernst.

Mir bleibt keine Zeit, Javier Bescheid zu geben, denn ich höre Boots tiefkehliges Bellen draußen. Ich schiebe den Vorhang zurück und sehe hinaus, aber mein Bruder ist nirgendwo zu sehen. Unter dem Fenster steht eine kleine Holzkiste, perfekt, um leise rauszusteigen. *Wo zum Teufel bist du?* Die alte Scheune ist das Einzige in Sichtweite, und ich zögere nur eine Sekunde. Dann steige ich mit einem Bein durch das Fenster, ducke mich und trete auf die Kiste. Sie knirscht leicht, aber sie hält. Ich schließe das Fenster hinter mir. Boots kehliges Knurren und sein Gebell überdecken die Geräusche, die ich mache, und jetzt höre ich, wie Javier ihn zur Veranda zurückpfeift. Ich trete von der Kiste und laufe, so leise ich kann, über die Freifläche auf die Scheune zu.

Auch dort kein Connor.

Die Scheune ist voll von Werkzeug und dem üblichen Gerümpel, das sich in ländlichen Gegenden ansammelt – vor allem alte Sachen –, und falls es hier jemals einen Heuboden gab, existiert der längst nicht mehr. Hier drin kann man sich nirgendwo verstecken.

Es ist zu spät, zu versuchen, wieder ins Haus zu kommen, also trete ich in den Schatten und versuche, nicht an die Spinnen zu denken, die hier leben. Oder Schlangen, die einen warmen Ort zum Einrollen suchen. Ich hocke mich hin und lausche. Ich habe keine Waffe, aber ich greife mir eine Heugabel und umklammere sie fest mit beiden Händen. Wenn ich kämpfen muss, werde ich das tun. Ich lausche auf den Knall eines Schusses oder Kampfgeräusche. Ich höre nur männliche Stimmen. Sie klingen entspannt, denke ich. Das geht eine Weile, dann endlich höre ich, wie ein Motor gestartet wird, und das Knirschen von Reifen, als der Wagen wendet und wegfährt. Ich warte, bis ich ihn nicht mehr hören kann, dann stehe ich auf und stütze mich an der Heugabel ab, da meine Knie zittern.

Ich verlasse die Scheune und sehe mich um, aber nirgends ein Zeichen von meinem Bruder. Ich klettere zurück durch das Fenster und schaue durch die Tür. Javier verriegelt gerade die Vordertür. Boot ist drinnen, nicht mehr an der Kette, und er kommt herbeigelaufen und schaut zu mir hoch.

»Wer war das?«, frage ich Javier. Mein Mund ist trocken und das Schlucken tut weh.

»Detective Prester«, sagt er. »Er meinte, er wolle nur mal nach mir sehen, weil ich meine Stunden auf dem Schießstand so verringert habe. Er riecht Lunte, aber ...«

Hastig unterbreche ich ihn. »Connor ist weg!«

»Was meinst du mit weg?«

»Er ist nicht in seinem Zimmer. Und draußen ist er auch nirgendwo. Ich hab nachgesehen.«

»Was ist mit den Schränken? Der Scheune?«

»Er ist nicht in ...«

»Lanny, sieh in den Schränken nach!«

Ich öffne meine Zimmertür und suche an allen Orten, an denen sich mein Bruder verstecken könnte, aber nichts. Ich komme gerade rechtzeitig wieder aus meinem Zimmer, um zu sehen, wie Javier eine Matte zurückzieht, die einen Teil des Küchenbodens bedeckt und auf der wir jeden Tag stehen, um Geschirr abzuwaschen. Darunter befindet sich ein Ringeinsatz im Holz. Ich blinzele, denn ich hatte keine Ahnung, dass es so etwas hier gibt. Er hat es nicht erwähnt. Ich denke, das hat er sich für Notfälle aufgespart.

Als er die Falltür anhebt, sehe ich eine Reihe von Holzstufen nach unten ins Dunkel führen und eine Lampe mit einer Zugschnur. Javier zieht daran und geht nach unten. Boot scharrt am Rand der Öffnung und bellt, folgt ihm jedoch nicht. Javier ist nur kurz fort, dann schaltet er das Licht wieder aus und schließt die Falltür hinter sich. Er legt die Matte wieder darüber. »Da unten ist er nicht. Hat er irgendetwas zu dir gesagt? Irgendetwas darüber, wohin er gehen würde?«

»Nein«, sage ich. »Ich meine, er geht manchmal in den Garten, aber …«

Er ist fort, bevor ich noch etwas sagen kann, und mit einem kratzenden Geräusch seiner Klauen über den Holzboden folgt ihm Boot. Mir ist mittlerweile übel. Ich fühle mich leicht zittrig. Noch einmal sehe ich im Zimmer meines Bruders nach. In meinem Zimmer. Ich schaue einfach überall nach.

Er ist nicht hier.

Und als Javier zurückkommt und dabei grimmig dreinschaut, ist mir klar, dass das Schlimmste passiert ist, was passieren konnte.

Mein Bruder wird vermisst.

Beruhige dich, ermahne ich mich. *Er ist doch nur weg, um zu schmollen. Er ist wütend auf mich. Er ist weg, um mich zu bestrafen.*

Aber würde er das wirklich tun? Er kennt die Regeln, und er weiß, dass Dad irgendwo da draußen ist. Er weiß, dass Mom zu weit weg ist, als dass wir sie finden könnten, warum sollte er also versuchen, zu ihr zu gelangen? Vermutlich ist er einfach nur wütend und dumm. Vielleicht ist er unterwegs nach Norton. Ich habe keine Ahnung.

Ich darf Mom auf keinen Fall erzählen, dass ich ihn verloren habe. Wenn ich ihn finde, werde ich ihn in die Arme nehmen, und dann werde ich ihn so hart knuffen, dass er es niemals vergisst. Und dann werde ich ihn noch mal umarmen. Ich will Javier sagen: *Bitte erzählen Sie Mom nichts davon*, aber das kann ich nicht. Er fühlt sich auch verantwortlich.

Ich gehe raus auf die Veranda. Dort liegt aufgerollt Boots Kette. Ich stelle mich daneben und sehe mich um. Mittlerweile hat Javier das komplette Haus umrundet, Boot an seiner Seite. Er schaut über den Zaun in den Wald rings um uns, und ich weiß, was er denkt: *Wo lang?* Ich habe keine Ahnung.

»Kann Boot ihn finden?«, frage ich.

»Vielleicht. Er hat schon früher Beute aufgespürt. Vielleicht kann er Connors Fährte aufnehmen.«

Ich gehe an Connors Schrank und hole ein besonders müffelndes T-Shirt von seinem Wäschestapel. Ich reiche es Javier, der es Boot hinhält. Der Hund schnüffelt enthusiastisch daran und schaut uns dann an, als hätte er keine Ahnung, was wir von ihm wollen. Ich hocke mich hin. »Such.«

Ich spreche keine Hundesprache, daher leckt sich Boot lediglich die Lefzen und neigt den Kopf in meine Richtung. Ich nehme das T-Shirt und drücke es ihm erneut ins Gesicht. Er watschelt rückwärts und knurrt mich warnend an. »Bitte«, flehe ich ihn an. »Bitte.«

Er setzt sich hin und niest. Javier flucht leise auf Spanisch – vermutlich glaubt er, ich wüsste nicht, was er da sagt –, aber dann streichelt er den Hund und sagt: »Tut mir leid, Junge, ist nicht deine Schuld.«

Boot blickt noch immer verwirrt drein, doch plötzlich stellt er die Ohren auf. Als hätte er auf einmal seine Meinung geändert. Er macht einen Schritt zurück, bellt einmal und springt dann mit einem kraftvollen Satz über den Zaun. Javier bleibt der Mund offen stehen.

»Wussten Sie, dass er einfach so über den Zaun kommt?«, frage ich.

»Nein. Verdammt.«

Javier öffnet das Tor und geht zur Kieseinfahrt, in der Boot geschäftig herumschnüffelt, mit der Nase Steine beiseiteschiebt und Staub aufwedelt. Er umkreist die gesamte Einfahrt und rennt dann in einem Affenzahn die Straße runter. Javier rennt hinter ihm her, und ich folge den beiden, hole auf und halte dann sogar Schritt. Im Stillen danke ich meiner Mom dafür, dass sie mich immer zum Joggen rund um den Stillhouse Lake geschleppt hat. Auf dem Kies lässt es sich nicht wirklich einfach laufen, aber wir werden trotzdem erst langsamer, als Boot es auch wird, ungefähr auf der Hälfte der Strecke zwischen Hütte und Hauptstraße. Hier geht der Kies in überwiegend trockenen Lehmboden über. Boot dreht eine Acht, schnüffelt, kommt dann zurück an einen Platz und macht Sitz. Dabei sieht er uns leicht mitleidig an. *Dumme Menschen.*

Ich bin diejenige, die die Fußabdrücke neben der Lehmspur direkt an den Bäumen entlang entdeckt. Ich erkenne das Profil. Es sind Keds, die Marke, die Connor trägt.

Ich laufe los in den Wald und höre Javier kaum, der mir »Lanny, warte« hinterherbrüllt, denn ich habe Angst. Angst, dass er weg ist oder, schlimmer, dass meinem Bruder etwas passiert ist und dass er hierhin gelaufen und zusammengebrochen ist, oder …

Als Erstes sehe ich Connors Gesicht. Er blickt zurück in Richtung Hütte. Das Licht der Nachmittagssonne, das durch die Bäume dringt, fällt direkt auf ihn. Er sieht traurig und nachdenklich und vielleicht ein klein bisschen schuldig aus. Er steht einfach nur da.

Dann dreht er sich zu mir um und sieht mich an. »Lanny …«

Ich höre ihm gar nicht zu. Ich komme vor ihm zum Stehen, ergreife ihn bei den Schultern und schüttle ihn, als wollte ich die Dummheit aus ihm herausschütteln. Erst dann bemerke ich, dass Connor weint. *Er weint.*

Ich höre auf, ihn zu schütteln, und nehme ihn in die Arme. Obwohl ich schon immer größer war als er, hat er sich noch nie so klein und zerbrechlich angefühlt.

Er sinkt zu Boden, und ich tue es ihm nach, und dann knien wir beide einfach da und halten uns aneinander fest. Wir wiegen vor und zurück, ohne ein Wort zu sagen. Ich weiß nicht, ob einer von uns wirklich reden könnte. Irgendetwas stimmt ganz und gar nicht, doch ich weiß nicht, was. Und ich habe Angst, es zu erfahren.

Connor hält mir sein Handy hin. Seine Hände zittern. Mom achtet immer darauf, die Internetfunktion zu deaktivieren und die Kindersicherung einzustellen, bevor sie uns die Handys gibt, aber ich bin nicht allzu überrascht, dass er das umgehen konnte – und das muss er getan haben, denn auf dem Bildschirm wird ein Video abgespielt. Gerade, als ich das Gerät entgegennehme, endet es. »Was ist das?« Ich höre Javier hinter mir ankommen, und dann ist Boot da, der jault und sich unter Connors Arm quetscht, um meinem Bruder das Gesicht abzulecken. Ich schlucke und lehne mich zurück. Connor umarmt nun stattdessen den Hund, als bräuchte er etwas, woran er sich festhalten kann. »Connor? Soll ich mir das anschauen?«

Schweigend nickt er. Ich drücke auf Abspielen.

Und was ich mir da ansehe, verändert meine ganze Welt. Für immer.

KAPITEL 14

GWEN

Als wir in Wichita landen, ist es später Nachmittag und die Sonne geht bereits unter. Es ist kalt, ein Hauch von Schnee liegt in der Luft, auch wenn der Himmel bisher noch klar ist. Ich erinnere mich an diese Art Wetter: Es bedeutete, man sollte sich einen guten Holzvorrat für den Kamin zulegen und Salz für die Treppe und sicherstellen, dass die Winterreifen aufgezogen sind. Beim Verlassen des Rivard-Luxe-Jets habe ich das Gefühl zu halluzinieren, als würde ich das falsche Jahrzehnt meines Lebens betreten. Der Geruch dieses Ortes macht mich ganz benommen.

Mein Handy summt. Ich hatte es während des Fluges ausgeschaltet und es hat sich gerade mit dem neuen Roamingnetz verbunden. Ich schaue auf den Bildschirm und sehe eine Nachricht, in der 911 steht.

Sie ist von Lanny.

Außerdem habe ich eine Sprachnachricht von Javier, aber die höre ich mir gar nicht erst an. Ich halte direkt auf der Rollbahn an, nur zwei Schritte vom Flugzeug entfernt, und wähle die Nummer meiner Tochter. Mir ist übel, und fälschlicherweise überkommt mich Erleichterung, als ich sie antworten höre. »Hallo?«

»Schatz, was ist denn?«, frage ich. Keine Erwiderung. »Bist du noch da? Liebes? Hallo?«

»Du Schlampe«, sagt sie und legt auf. Einfach so. Erst glaube ich, die Leitung wurde getrennt, dann denke ich Schlimmeres. Sie klang nicht wie sie selbst. Sie klang kalt. Wütend. *Anders*. Und so hat sie mich noch nie genannt. Niemals.

Sam kommt die Treppe herunter und verlangsamt seinen Schritt, als er meinen Gesichtsausdruck bemerkt. Wir stehen uns zwar nicht mehr so nahe wie vor dem Augenblick, als wir diesen Fahrstuhl im Elfenbeinturm betreten haben, aber trotzdem wirkt er besorgt. »Was ist denn?«, fragt er. »Sind es die Kinder?«

Ich wähle noch mal. Lanny nimmt ab, sagt aber nichts. Ich höre Geräusche, als würde das Handy weitergereicht, und dann Javiers Stimme. »Gwen?«

»Oh, Gott sei Dank. Ist bei euch alles in Ordnung? Ich habe eine Nachricht bekommen und Lanny …«

»Ja, hör mal. Du musst herkommen.« Javier klingt auch nicht wie er selbst. Mir kommt der grauenhafte Gedanke, dass man ihm eine Waffe an den Kopf hält, dass sie alle gefangen genommen wurden, dass Melvin Royal sich vorbeugt und bei allem zuhört, was wir sagen. Ist das möglich? *Ja.* Absolut und grauenvoll möglich.

»Javier, wenn du gerade zu etwas genötigt wirst, sag einfach einmal meinen Namen.«

»Werde ich nicht«, sagt er. Es klingt abgehackt und wütend, aber nicht verunsichert. »Deine Kinder brauchen Antworten. Ich brauche Antworten. In Ordnung? Wann kannst du hier sein?«

»Ich verstehe das nicht. Was ist denn passiert? Gott, bitte sag mir, geht es allen gut?«

»Ja«, antwortet er knapp. Ich weiß nicht, ob ich ihm glauben soll oder nicht. »Komm zurück.«

»Ich ….« Ich habe keine Ahnung, was da los ist. »Werde ich. Morgen Mittag. Ich bin gerade nicht in der Nähe, das wird etwas dauern.« Ich frage mich, ob es Rivard etwas ausmachen würde, wenn ich sein Flugzeug auf dem Rückweg einen Umweg fliegen lasse.

»Okay«, sagt er. Er klingt definitiv anders als der Mann, in dessen Obhut ich meine Kinder zurückgelassen habe. Als wäre etwas passiert, das seine Meinung von allem geändert hat.

»Morgen«, verspreche ich, und er legt auf, ohne sich zu verabschieden. Sam steht mittlerweile stirnrunzelnd neben mir. Ich sehe zu ihm auf, während ich das Handy wegstecke. »Irgendetwas stimmt da nicht. Ich muss morgen zurück zu Javier.«

»Geht's den Kindern gut?«

»Ich … hoffe es. Ich glaube nicht, dass sie gezwungen wurden, anzurufen, nichts Derartiges.« Ich denke ernsthaft darüber nach, Connor anzurufen, um zu sehen, ob er vielleicht bereit ist, mit mir zu sprechen, aber das tue ich nicht. Mein Instinkt sagt mir, dass das keine gute Idee wäre. *Erledige einfach das hier und dann kannst du zurück zu ihnen. Denk nicht zu viel darüber nach.*

Die Flugzeugcrew hat uns mit höflichem Lächeln verabschiedet, aber sie verschwenden keine Zeit. Noch während wir miteinander sprechen, wird die Gangway hinter uns hochgezogen, die Luke geschlossen und jetzt rollt das Flugzeug in Richtung eines Hangars. Sam und ich begeben uns zu dem kleinen Terminal. Wir gehen direkt durch und wieder verspüre ich ein starkes Déjà-vu-Gefühl. Ich erinnere mich, wie ich hier war, um meine Mutter für einen Besuch bei ihren Enkeln abzuholen, als sie noch klein waren. Das war, noch bevor sich alles veränderte und mein Leben ein surrealer, niemals enden wollender Albtraum wurde.

Der Teppichboden im Terminal ist noch immer derselbe.

Es gibt einen Taxistand – zumindest mehr oder weniger, wenn man ein Taxi als Taxistand bezeichnen möchte –, und Sam tritt an die Autoscheibe und gibt Richtungsanweisungen, die ich nicht höre. Ich steige mit ihm hinten in den Wagen, der abrupt beschleunigt. Der Taxifahrer ist nicht von der gesprächigen Sorte. Dafür bin ich dankbar.

Sam reicht mir die Akte, die er an Bord aus der Mappe genommen hat. Ich hatte zu dem Zeitpunkt nicht gefragt, was sich darin befindet, weil ich ihn nicht unter Druck setzen wollte. Das will ich noch immer nicht, aber ich muss es fragen.

»Zuerst zu ihm nach Hause oder ins Büro?«, frage ich. Es ist kurz vor siebzehn Uhr; abhängig von seinen Arbeitszeiten könnte Suffolk an beiden Orten sein – oder gerade unterwegs.

»Wir versuchen es zuerst in seinem Büro. Ich überrasche Leute am liebsten dort. Es ist weniger wahrscheinlich, dass sie versuchen, einen vor den Augen ihres Chefs umzubringen.« Sams trockener Humor klingt forciert. Ich habe das Gefühl, als würde ich mich im freien Fall befinden. Ich versuche, nicht aus dem Fenster zu blicken, da alles, woran wir vorbeifahren, mit einer Erinnerung an mein altes Leben verknüpft ist. Der Park, in den ich mit den Kindern gegangen bin. Der Laden, in dem ich mein Lieblingskleid gekauft habe.

Das Restaurant, in das mich Melvin zu unserem letzten Jahrestag ausgeführt hat.

Mein Mund ist trocken, und meine Kehle macht Klickgeräusche, als ich zu schlucken versuche. Jetzt wünschte ich, ich hätte im Flugzeug mehr Wasser getrunken. Sam und ich haben nicht darüber gesprochen, aber es ist nicht allzu wahrscheinlich, dass dieser Suffolk uns einen Kampf liefern wird; er scheint nicht der Typ dafür zu sein. Ich will einfach nur das tun, was immer Rivard will, und verhindern, dass jemals jemand dieses Video zu Gesicht bekommt; ich weiß nicht, ob ich darauf vertrauen kann, dass Rivard sein Versprechen hält und verhindert, dass es sich weiter verbreitet, aber das ist meine einzige Option. Es spielt keine Rolle, dass es gefälscht ist. Wichtig ist nur, dass es sich echt anfühlt, selbst für mich. Als hätte ich eine Erinnerung unterdrückt. Man sagt immer, *Kameras lügen nicht*, aber das können sie doch.

Und wenn sie es dann tun, glaubt ihnen jeder.

Es ist nur eine kurze Fahrt zu der Adresse, die Sam dem Taxifahrer gegeben hat, und wir halten in einem geschäftig wirkenden Industriegebiet. Es gibt mehrstöckige Bürogebäude, aber Imaging Solutions scheint ein eher kleinerer Betrieb in einem Einkaufszentrum zu sein. Ich bezahle den Taxifahrer mit meinem schwindenden Geldvorrat und folge Sam zum Laden.

Drinnen riecht es scharf nach Chemikalien und Ozon. Auf dem Boden liegt ein einfacher Industrieteppich ohne Polsterung darunter; es gibt eine Theke in Holzoptik, eine Kasse, ein paar farbenfrohe Poster über verschiedene Dienstleistungen für Schilder und Drucke. Ich höre das Rumpeln und Rattern von Maschinen hinter einer Wand; links befindet sich ein Durchgang, der in den Arbeitsbereich führt. In der Wand sind ein paar Glasblöcke eingebaut, durch deren wässrige Verzerrung ich einige Leute sehe.

Das Betreten des Ladens hat eine Türglocke klingeln lassen, und aus dem hinteren Bereich tritt ein junger Mann, der sich die Hände abwischt. Er trägt ein kurzärmliges weißes Shirt und eine schwarze Krawatte, und selbst seine Frisur wirkt konventionell und so, als käme sie direkt aus den Fünfzigern. »Hallo«, sagt er. »Wie kann ich Ihnen behilflich sein?«

»Wir suchen nach Carl David Suffolk«, erklärt Sam.

Der junge Mann lächelt. »Na gut, aber er arbeitet gerade und wir gestatten keine Besucher im Arbeitsbereich …«

»Ich bin kein Besucher«, unterbreche ich ihn. »Ich bin seine Schwester. Es handelt sich um einen familiären Notfall.«

»Oh. Oh, na gut. Okay. Ich werde ihn für Sie herholen …«

»Ich komme mit«, sagt Sam. Als sich der Manager abwendet, flüstert er mir zu: »Geh du zur Hintertür, falls er abhauen will.«

»Ich hoffe, es ist alles in Ordnung«, sagt der Manager. »Mr …?«

»Suffolk«, lügt Sam, ohne zu zögern. »Ich bin sein Bruder. Und Sie sind …?«

»David Roberts. Assistent der Geschäftsleitung.«

»Sehr schön. Vielen Dank, Mr Roberts.«

Roberts klappt den Durchlass des Tresens um und Sam geht mit ihm um die Ecke. In dem Augenblick, in dem sie außer Sichtweite sind, renne ich aus dem Laden, durch das Einkaufszentrum und dann durch die rückwärtige Gasse. Hier stehen überall Müllcontainer und Laderampen. Im Laufen zähle ich die Läden ab. Zum Glück stehen an den meisten Hintertüren auch die Namen der Geschäfte. Als ich Imaging Solutions erreiche, werde ich langsamer. Im Augenblick befinden sich keine Lastwagen an der Laderampe.

Das Rolltor der Garage ist geschlossen, ebenso die stabile Metalltür daneben, doch gerade, als ich die Treppe erreicht habe, wird die Tür mit einem Knall aufgestoßen und ein stämmiger Mann in den Vierzigern kommt herausgestürmt. Genau wie Roberts trägt er ein kurzärmliges weißes Shirt und eine schwarze Krawatte; im Gegensatz zu seinem Chef ist er jedoch nicht so sorgsam damit umgegangen. Um seine Taille sind schwarze Tonerflecken zu sehen. Er wirkt bleich und panisch, und seine Augen werden groß, als er mich dastehen und seinen Weg blockieren sieht. Er dreht sich um, doch es ist zu spät. Sam kommt bereits hinter ihm durch die Tür. Er schließt sie hinter sich. »Carl, seien Sie vernünftig und …«

Ich habe nicht einmal Zeit für einen Warnruf, obwohl ich es kommen sehe; Carl stürzt sich auf ihn. Sam weicht mit spielerischer Leichtigkeit aus und Carl stolpert an ihm vorbei und schwankt.

Und fällt mit einem panischen Aufjaulen von der Rampe.

Er landet auf dem Rücken. Der Aufprall macht ihn benommen; er liegt noch immer so da, als wir ihn erreichen. Er scheint sich nicht verletzt zu haben, und als Sam ihm die Hand hinstreckt, ergreift er sie. »Irgendwas gebrochen?«, fragt Sam. »Wie geht's Ihrem Kopf?«

»Gut«, sagt Carl. »Mir geht's gut. Ich bin …« Der Schockmoment ist vorüber und ihm wird seine aktuelle Situation klar. Er stolpert rückwärts, humpelt allerdings. Sam und ich sehen einander an, als Suffolk stolpernd im Schneckentempo zu fliehen versucht.

»Hey, Carl? Vielleicht sollten Sie einfach aufgeben. Zwingen Sie mich nicht dazu, Ihnen die Kniescheibe zu zerschießen«, mahne ich.

Suffolk dreht sich um. Sein Gesicht ist aschfahl. Zum ersten Mal sieht er uns nacheinander genauer an. Während er mich musterte, verändert sich sein Gesichtsausdruck. Er wird bösartig, als wäre ein Dämon an die Oberfläche gekommen und hätte seine Haut verändert. Seine Stirn rötet sich. Er senkt das Kinn und in seinen Augen liegt eine kalte Freude, bei der ich am liebsten einen Schritt zurücktreten würde. Was ich nicht tue.

»Du«, knurrt er leise. »Du bist seine *Schlampe*.«

Und dann stürzt er sich auf mich, und da ich keinen Schritt zurückgewichen bin, erreicht er mich mit Leichtigkeit. Ich nehme an, dass er mich zu Boden werfen will, und bin darauf vorbereitet.

Worauf ich nicht vorbereitet bin, ist dieser schnörkellose Mordversuch.

Er legt mir die Hände um den Hals und drückt, ohne zu zögern, so fest zu, wie er kann. Das hier ist kein Spiel, und es ist auch kein Versuch. Er hat vor, mich umzubringen. Mein rationaler Verstand zerfasert in einem grellen Sturm der Panik. Ich spüre, wie er mich dank seiner Kraft vom Boden hebt, und der Schmerz, die erstickende Panik meiner Lunge, die nach Luft verlangt, nimmt mir jede Möglichkeit eines sinnvollen Gedankens.

Ich höre ein Flüstern in meinem Ohr. So klar, als würde er direkt neben mir stehen. *Und so stirbst du, Gina.* Melvins Stimme. Das Ganze scheint bereits ewig zu dauern. Ich versuche zu kämpfen, zu zappeln, versuche, meine Halsmuskeln steifzuhalten, doch ich weiß, dass das meinen Todeskampf nur verlängert.

Wieder vernehme ich Melvins Stimme. *Jemanden zu erwürgen, dauert lange. Mindestens drei oder vier Minuten. Vielleicht länger.*

Es mag wie eine Ewigkeit wirken, aber mir wird klar, dass es nur Sekunden sind; ich sehe Sam Suffolk einen Hieb verpassen, einen ordentlichen Schlag in die Nieren. Suffolk registriert ihn nicht einmal. Seine Wut ist zu seinem Panzer geworden.

Erschieß ihn, will ich Sam anschreien. *Um Himmels willen ...*

Mit den Füßen scharre ich über eine harte Oberfläche. Meine wedelnden Finger ertasten etwas Weiches. Ich dachte, ich würde auf seine Augen abzielen, aber das sind nicht seine Augen; es ist eine Lippe und ich vergrabe meine Fingernägel in sie und ziehe und drehe, so fest ich nur kann. Ich höre ein Brüllen so laut wie Donner ... doch seine Hände lassen nicht locker.

Es wird dunkler. Ich höre Gewebe knirschen. Ich höre, wie mein Körper langsam bricht.

Und dann, ganz plötzlich, falle ich. Meine zappelnden Füße kommen auf dem Boden auf, doch meine Knie sind weich und geben nach. Noch im Fallen mache ich einen süßen, brennenden Atemzug.

Sam fängt mich auf.

Ich falle gegen seine Brust, und er hält mich mit seinen Armen aufrecht, bis meine Knie wieder stabil sind. Für den Augenblick kann ich nur einatmen und wieder ausatmen, auch wenn es wehtut. Sobald das Bedürfnis meines Körpers nach Sauerstoff befriedigt ist, nehme ich meine Umgebung wieder wahr.

Carl Suffolk liegt aus einer Kopfwunde blutend auf dem Boden. Neben ihm liegt ein Rohr. Sam hat ihn so fest geschlagen, dass er schließlich durch seinen Wutpanzer gedrungen ist.

»Gwen?«, fragt Sam mich. »Kannst du atmen?« Er klingt angsterfüllt. Mir gelingt ein Nicken, auch wenn ich mir sicher bin, dass die Quetschungen um meine Kehle in ein paar Tagen grün und blau aussehen werden. Ich schlucke. Es fühlt sich nichts kaputt an. Wäre es Suffolk gelungen, meinen Kehlkopf zu zerquetschen, mein Zungenbein zu zerbrechen, hätte mir niemand mehr helfen können. Ich glaube, er stand kurz davor.

Das Rolltor des Ladens ist geöffnet, und eine Ansammlung von Angestellten in weißem Shirt – sowohl Männer als auch Frauen – starren uns von der Laderampe aus an. Roberts schiebt sich mit einem Handy in der Hand durch die Menge. »Ja, jetzt sofort!«, sagt er. »Ich brauche hier sofort die Polizei. Einer meiner Angestellten wird angegriffen ...«

»Äh, Sir, so ist das aber nicht gewesen«, protestiert einer seiner Angestellten. »*Er* hat *sie* angegriffen!«

»Ich hab ja schon immer gesagt, dass er nicht ganz richtig im Kopf ist«, meint einer der anderen, und weitere Leute nicken. »Grusliges Arschloch.«

»Schon gut, schon gut, alle mal wieder ruhig hier!«, fordert Roberts. Sein Gesicht ist gerötet. Er ist eindeutig von der Situation überfordert. »Lassen wir das die Polizei regeln ...«

»Geht wieder rein, Leute!«, ruft eine tiefe, fröhliche Stimme, und ich sehe ausgerechnet Mike Lustig weiter hinten durch die Gasse auf uns zu laufen. Er trägt Schutzweste und Windjacke mit FBI-Logo, und seine Marke ist deutlich zu sehen; sie blitzt wie echtes Gold in der niedrig stehenden Sonne. Hinter ihm kommen zwei weitere Agenten mit versteinertem Blick. Sie alle tragen Sonnenbrillen gegen das Gleißen der untergehenden Sonne. »Gehen Sie rein und rollen Sie das Tor wieder runter. Danke für Ihre Kooperation. Niemand geht. Ich habe auch vorn Agenten postiert. Bleiben Sie einfach ruhig.«

Er klingt so unglaublich selbstsicher, dass Roberts ohne großen Protest seine Leute wieder hineinscheucht und das Tor herunterzieht. Ich sehe, wie er neugierig und mit dem Handy noch in der Hand durch das Fenster schaut. Vermutlich hat er wieder die Polizei in der Leitung.

»Mann, den hast du aber ordentlich erwischt.« Mike hockt sich neben Suffolk. Der stöhnt und kommt langsam wieder zu Bewusstsein. »Wir müssen ihn untersuchen lassen, bevor wir weitere Schritte unternehmen.«

»Verpass ihm aber zuerst Handschellen«, meint Sam. »Vertrau mir.«

»Diesem Kerl?«

»Er hat Gwen fast erwürgt«, erklärt Sam. »Darum das Rohr.«

Mike sieht zu mir auf und erstarrt einen Augenblick. Dann nickt er. »Okay«, sagt er. »Dann also Handschellen. Die nächstgelegene Notaufnahme und dann die nächstgelegene Außenstelle. Niemand sagt etwas, bis wir uns offiziell äußern. Gentlemen, holen Sie alles da raus, was er angefasst hat. Computer, Drucker, Schreibtisch, einfach alles. Ich will das alles haben. Falls der Manager Schwierigkeiten macht, rufen Sie mich.«

Ich blicke Sam panisch an und stoße ein raues Flüstern aus. »Aber Rivard wollte doch ...«

»Ich weiß«, sagt er. »Ich habe Suffolk Rivards Nachricht übergeben. Er hat sie geöffnet und ist losgerannt. Da können wir nichts weiter tun.«

»Hast du den Umschlag noch? Was steht in der Nachricht?«

Sam holt ihn aus seiner Tasche. Er wurde aufgerissen.

Es befindet sich nichts darin.

* * *

Dank eines Bundesagenten als Begleitung überspringen wir die Warteliste in der Notaufnahme und werden sofort von einem Arzt betreut, der mir attestiert, dass ich intakt bin; abgesehen von den Schmerzen, den geschwollenen Stimmbändern, den Schürfwunden und einem Hals, der noch in den nächsten Wochen so aussehen wird, als hätte ich ein Erhängen überlebt. Er ist der Meinung, dass ich froh sein kann, noch am Leben zu sein. Bin ich auch.

Röntgen und ein Kopf-CT ergeben, dass Suffolk eine leichte Gehirnerschütterung hat, entweder aufgrund seines ersten Sturzes zu Boden oder weil Sam ihm ordentlich eins auf den Kopf verpasst hat. Auf jeden Fall wird er genau wie ich entlassen. Eine halbe Stunde später befinden wir uns in einem schlichten Befragungsraum in der FBI-Außenstelle in Wichita. Die alten Zeiten mit einseitig verspiegelten Gläsern sind passé. Heutzutage ist es günstiger, mehrere Kameras im Raum zu befestigen, die jeden Winkel des Gesprächs aufzeichnen.

Ich darf nicht mit am Tisch sitzen. Unsere Abzeichen, die uns als Besucher ausweisen, verschaffen uns einen Platz im Überwachungsraum mit einem FBI-Mitarbeiter, der uns mitverfolgen lässt, wie sich Lustig mit Carl Suffolk befasst. Eine gute halbe Stunde lang betreibt Lustig nur Small Talk, um

Suffolk einzulullen, dann sieht er hoch zur Kamera. »Würden Sie bitte jetzt das Video für Mr Suffolk abspielen, über das wir gesprochen haben?«

Der Techniker im Überwachungsraum, der nur lang genug aufgeblickt hatte, um unsere Besucherabzeichen zu prüfen, drückt ein paar Knöpfe. Ein Flachbildfernseher im Befragungsraum spielt etwas ab, das ich nicht erkennen kann. Allerdings läuft es hier im Studio auf einem separaten Bildschirm. Ich habe das, was dort gezeigt wird, noch nie gesehen, aber sofort ist klar, dass es … grauenvoll ist. Und vertraut.

Es handelt sich um ein in Melvins Garage aufgenommenes Video, aus der Zeit, bevor die Wand durchbrochen wurde. Bevor seine Geheimnisse ans Licht kamen. Ich erkenne alles, bis hin zu dem ovalen Flechtteppich auf dem Boden.

Auf dem Teppich steht eine Frau mit gefesselten Händen und einer Metallschlinge um den Hals. Für eine Schocksekunde danke ich Gott, dass es diesmal nicht Sams Schwester ist. Ich denke, wäre sie es gewesen, hätte ihn das endgültig gebrochen.

Lustig pausiert das Video bei einer Nahaufnahme des Gesichts der jungen Frau. Sie ist eine hübsche Blondine mit großen, flehenden, angsterfüllten Augen. Ich erkenne sie wieder. Sie war das vierte Opfer meines Mannes. Anita Jo Marcher.

»Ab und zu stolpern unsere Teams auf wirklich miesen Kram«, sagt Lustig zu Suffolk. »Wir alle wissen über die Kinderpornos Bescheid – und ja, Mr Suffolk, wir haben Ihre Handys, Tablets und Computer, von der Arbeit und Ihrem Zuhause. Alles mit Ihren digitalen Fingerabdrücken darauf wird untersucht. Dieser Zug ist abgefahren. Klar?«

Suffolk sagt nichts, nickt jedoch. Er sieht jetzt wieder bleich, verloren und völlig hilflos aus. Ich würde Mitleid mit ihm empfinden, wenn ich nicht den Dämon erlebt hätte, der in ihm steckt. Wenn ich nicht noch immer seine Finger um meinen Hals spüren würde.

»Also, sagen Sie mir doch, wo *dieses* Video herkommt«, sagt Lustig. »Scheint mir nicht Ihrem üblichen perversen Geschmack zu entsprechen.«

»Ich weiß nicht«, murmelt Suffolk. Aber ich bemerke, wie er sein Kinn senkt und seine Augen einen harten, dunklen Glanz annehmen.

»Natürlich nicht. Übrigens waren Ihre Arbeitscomputer sauber, aber interessanterweise haben wir dieses Video auf einem USB-Stick in Ihrer Schreibtischschublade bei der Arbeit gefunden. Schauen Sie sich das manchmal am Computer an, wenn Sie während der Nachtschicht allein sind? Haben Sie es immer für langweilige Momente zur Hand, Carl?«

Suffolks Kinn bewegt sich jetzt auf und ab, als würde er hinter den geschlossenen Lippen wieder und wieder eine Kaubewegung üben. Er blinzelt nicht. Antwortet nicht.

»Vielleicht haben Sie das nicht richtig durchdacht, aber Sie wandern heute entweder aufgrund einer Anklage wegen Besitzes und Vertriebs von Kinderpornografie in den Knast, oder Sie spielen jetzt das ›Machen wir einen Deal‹-Spiel, als würde Ihr verdammtes Leben davon abhängen. Letzte Chance, mein Bester. Wer hat Ihnen dieses Video gegeben?«

Plötzlich sieht Suffolk weg. Hoch zur Kamera. »Schaut sie zu?«

»Wer?«

»*Sie.*«

Lustig sagt nichts. Suffolk starrt die Kamera an, und es fühlt sich so an, als würde ich direkt mit im Raum stehen, nur wenige Zentimeter von ihm entfernt.

»Du verdammte Schlampe«, sagt er. »Er hätte dich auch umbringen sollen. Ich hoffe, das zieht er jetzt durch. Ich hoffe, er filmt dabei jede Sekunde davon, denn wenn er das tut, werde ich dafür bezahlen, mir das anzuschauen. Hast du mich gehört? Ich bezahle fürs Zuschauen!« Seine Stimme geht in ein Schreien über. Ich habe keine Ahnung, warum er mich so sehr hasst, aber ich spüre den Hass, als wäre er Säure, die meine Haut verbrennt.

Mike Lustig rührt sich nicht. Runzelt nicht einmal die Stirn. Seine Körpersprache bleibt auch weiterhin locker, offen, entspannt. Ich weiß nicht, wie er das macht. Nachdem Suffolk sein Geschrei beendet hat, dehnt sich die Stille für einen langen Augenblick aus. Schließlich spricht Lustig wieder. »Sagen Sie mir Bescheid, wenn Sie mit Ihrem Ausbruch fertig sind. Ich kann warten. Denn wissen Sie was? Wer auch immer noch darin involviert ist, hier sitzen nur Sie. Niemand außer Ihnen wird seine Zeit absitzen, es sei denn, Sie fangen langsam an, ein paar Fragen zu beantworten. Also. Woher haben Sie das Video?«

Suffolk ist jetzt wieder still. Starrt auf den Tisch. Der Dämon ist wieder in seiner Höhle verschwunden, irgendwo tief in ihm. Er zappelt, wirkt, als wäre ihm unbehaglich zumute, murmelt schließlich jedoch ein Wort. »Absalom.«

»Hm-hm«, sagt Lustig. »Und?«

»Absalom hat mir das Video verkauft. Ich hab denen Sachen verkauft, die haben mir Sachen verkauft. Sie wissen schon. Eine Transaktion.«

»Wie?«

Suffolk zuckt mit einer Schulter, wie ein störrisches Kind. »Ich hab mit Bitcoins bezahlt. Dann hab ich einen Link bekommen.«

»Sie gehören also nicht zu Absalom. Sie sind nur ein Kunde.«

»Und Lieferant.« Plötzlich schenkt er Lustig ein unheimliches Grinsen. »Das bringt mir Rabatt.«

»Was liefern Sie denn so?«

»Sie wissen schon.« Wieder zuckt er mit den Schultern. »Retuschierte Fotos. Bearbeitete Videos. Sachen auf Bestellung.«

»Darüber reden wir noch genauer, aber machen wir erst mal weiter. Wen bei Absalom kennen Sie?« Erneutes Schulterzucken.

Keine Antwort. »Was sagt Ihnen der Name Merritt Van Der Wal? Kennen Sie ihn?«

»Nö.«

»Napier Jenkins?« Ich habe diese Namen noch nie zuvor gehört und kann nur vermuten, dass er sie erfindet … oder er hat bereits ohne uns weitere Absalom-Mitglieder aufgedeckt. Das ist gut möglich.

»Nein.«

»Was ist mit Lancel Graham?«

Sein Zögern verrät Suffolk. Diesen Namen hat er nicht erwartet, und natürlich kennt er ihn. Wir alle kennen ihn. Ich selbst zucke bei diesem Namen zusammen, bleibe aber weiter auf Suffolk konzentriert. »Den kenn ich auch nicht.«

Das sollte er aber. Bei diesem Namen sollte es bei ihm ganz klar klingeln.

»Carl, Sie enttäuschen mich. Ich weiß, dass Sie Lancel Graham kennen, denn Sie haben dieses verfluchte Video nicht mit Bitcoins von Absalom gekauft. Sie haben es direkt von Lancel Graham, direkt von seiner Festplatte kopiert. Ihnen ist doch wohl klar, dass wir diesen digitalen Fußabdruck zurückverfolgen können, oder? Sie sind doch nicht dumm. Und damit kommen Sie jetzt in den Genuss einer Anklage wegen krimineller Verschwörung sowie Besitz und Verbreitung von Kinderpornografie, und zusätzlich erleben Sie das Rechtssystem von Kansas wegen Verschwörung zum Mord.«

»Ich hab niemanden ermordet!«

»Spielen Sie das andere ab«, sagt Mike in Richtung Kamera. Der Techniker im Raum mit mir drückt ein paar Knöpfe und ein weiteres Video wird abgespielt. Die gleiche Kulisse, aber doch etwas anders, aufgrund der Proportionen des Raums, in dem sie aufgestellt ist. Mir wird klar, dass dieses Video im Keller der Hütte am Stillhouse Lake gefilmt wurde. Lancel Grahams

Hütte. Es ist sein Nachbau von Melvins Folterkammer … und auch in diesem Video ist ein Mädchen zu sehen.

Das Mädchen mit dem Schmetterlingstattoo, das erste, das Graham ermordet und im See abgelegt hatte, um mich in das Verbrechen hineinzuziehen. Mir stockt der Atem, weil ich mich aus Norton noch gut an sie erinnere. Sie saß mir und Lanny im Restaurant gegenüber, als wir Kuchen gegessen haben. Sie war ein normales, lächelndes nettes Mädchen gewesen.

Auf diesem Video sehe ich ihre schrecklichen letzten Minuten auf dieser Erde.

Der Techniker stoppt das Video, sobald es seinen Eindruck hinterlassen konnte, und ich merke, dass ich zittere. Ich wende den Kopf ab, damit ich mir nicht das Stoppbild ihres Gesichts anschauen muss.

Mike spricht weiter in seiner ruhigen Stimme. »In diesem Video ermordet Lancel Graham sein erstes Opfer. Und der Zeitstempel verrät mir, dass Sie das auf demselben USB-Stick hatten, bevor die zweite junge Frau umgebracht wurde. Also, ja. Verschwörung zum Mord, Carl. Ich glaube kaum, dass Sie in diesem Leben noch mal einen Computerbildschirm zu Gesicht bekommen. Es sei denn, Sie reden jetzt mit mir.«

Suffolk zittert, das kann ich sehen. Er ist ein Sadist und ein Feigling, und er weiß verdammt gut, dass er wegen all dieser Punkte und möglicherweise noch weiterer angeklagt werden könnte.

Außerdem ist er gefährlich. Wie er auf mich losgegangen ist, mich ohne zu zögern gewürgt hat, verrät mir, dass er nicht zum ersten Mal versucht hat, jemanden umzubringen. Vielleicht war es sogar das erste Mal, dass es fehlgeschlagen ist.

»Ich weiß nichts über Absalom«, sagt Suffolk schließlich. Lustig seufzt und schiebt seinen Stuhl zurück. »Allenfalls ein paar Namen, mehr nicht! Nur ein paar Namen. Benutzernamen, nicht mal die echten. Sie wissen schon. Graham hat nur ein paar Geschäfte nebenbei mit mir gemacht, mehr nicht. Er und ich hatten … gemeinsame Interessen. Wir haben Videos ausgetauscht. Ich wusste nicht, dass er derjenige war, der diese Mädchen umgebracht hat! Ich dachte, er hätte die Videos von jemand anderem.«

»Aber sicher doch. Fangen wir mit den Benutzernamen an«, sagt Lustig und schiebt ihm einen Notizblock und einen Filzmarker hin. »Und ergänzen Sie noch alles, was Ihnen einfällt, das Ihren Arsch vor fünfundzwanzig Jahren bis lebenslänglich in einem Staatsgefängnis bewahren könnte. Denn ich kann mit ziemlicher Sicherheit vorhersagen, wie angenehm der Aufenthalt dort für Sie werden wird. Ich schätze, Sie selbst auch.«

Es dauert eine halbe Stunde, bis Lustig, abgesehen von den Fotos und Videos, die Suffolk auf Absaloms Marktplatz zur Verfügung gestellt hat, ein genaues Bild von den Dingen hat, die dieser gesammelt hat. Suffolk war Fan einer ganz spezifischen Art des Horrors: explizite Videos von Folter und Mord. Snuff-Filme. Die offizielle FBI-Linie lautet, dass sie nicht existieren, aber es überrascht mich kaum, dass sie es doch tun und dass es im Dark Web einen Markt für sie gibt.

Dennoch ist es eine böse Überraschung, dass Absalom damit handelt – ebenso wie mit Kinderpornos. Und dieses »Nebengeschäft« mit Erpressung und Internetschikane ist genau das: ein Hobby – allerdings eines, das ihnen auch dabei hilft, potenzielle Kunden anzulocken und aufzuspüren. Psychopathen, die andere Psychopathen finden und dann auf ihre Bedürfnisse eingehen. Dieses Böse bekommt immer weitere Schichten und Ebenen, und sein Kern besteht aus nichts anderem als herz- und seelenloser Gier.

Laut Suffolk war Melvin Royal ein Goldlevel-Lieferant. Als er noch aktiv war, hat er seine Verbrechen gefilmt, und Absalom hat einen Absatzmarkt dafür gefunden. Es widert mich an, aber ich bin nicht überrascht. Bei der Verhandlung wurden nur die gefundenen Fotos vorgebracht, aber in der Garage hatte auch eine Videokamera gestanden. Es waren aber keine Kassetten oder digitalen Aufnahmen gefunden worden.

Was mir wirklich Angst einjagt: Sollten Melvins echte Videos jetzt noch auftauchen, würde das gefälschte, das mich mit seinen Verbrechen verknüpft, nur noch glaubwürdiger erscheinen. Mit Sicherheit käme es zu einer offiziellen Ermittlung – vielleicht sogar geleitet von Mike –, und ich würde schließlich entlastet werden.

Aber wie ich bereits weiß, bedeutet es den meisten Menschen nichts, wenn man freigesprochen wird … und noch weniger, wenn sie etwas haben, was sie vom Gegenteil überzeugt.

»Ja, Melvin Royal hat seinen Kram direkt an Absalom verkauft«, erklärt Suffolk Mike. »Sie haben für jedes neue Video ein Pay-per-View-Event veranstaltet und dann die Downloads verkauft. Tausende davon. Wenn es so abläuft wie mein Deal mit ihnen, haben sie ihm das Geld auf ein Bitcoin-Konto überwiesen, auf das er von überall Zugriff hat. Aber da bin ich mir nicht sicher. Ich hab's Ihnen ja schon gesagt. Ich stehe nur am Rand. Bin nur Kunde.«

Ein Kunde, der die Ermordung und Folterung unschuldiger Opfer sammelt. Ich will mich übergeben, als ich an seine Hände um meinen Hals denke.

Mike beendet seine Notizen. »Sonst noch was?«

Auf dem Bildschirm lehnt sich Suffolk in seinem Stuhl zurück. »Noch eine Sache«, sagt er. Dann sieht er zur Kamera hoch und lächelt. Lächelt einfach nur. Es ist unheimlich, und mir läuft ein Schauer über den Rücken, besonders, als er dann tatsächlich auch noch in die Kamera zwinkert. »Schauen Sie sich unbedingt die vollständige Aufnahme dieses ersten Videos an, das Sie mir gezeigt haben. Das von Royal. Am Ende gibt's da einen hübschen Bonus für Sie.«

Lustig steht auf und schiebt seinen Stuhl unter den Tisch.

»Oh, das werde ich«, sagt er. »Aber falls Sie glauben, Sie bekommen hier noch einen letzten Kick, indem Sie sich das mit mir zusammen anschauen, träumen Sie weiter. Gewöhnen Sie sich lieber daran, Zeit allein in einem abgeschlossenen Raum zu verbringen. Nennen wir es doch eine kleine Vorschau auf den Rest Ihres Lebens.«

Kurz darauf ist er schon im Beobachtungsraum, nickt uns zu und geht direkt zum Techniker. »Raj? Haben Sie Platz für mich?«

»Sie können von hinten zusehen, ich lade es gerade«, sagt der Techniker. Er sieht auf, an uns vorbei, und blickt Lustig besorgt an. »Wollen Sie sich das wirklich anschauen?«

»Wär doch Pflichtverletzung, wenn ich es nicht täte. Haben Sie schon das ganze Video gesehen?«

Der Techniker blickt zur Seite. »Ich bin noch nicht durch.«

»Ist hart, ich weiß«, sagt Lustig fast schon sanft. »Ich mach das schon. Und setze beim Anschauen die Zeitcodes.«

Raj sieht unglaublich erleichtert aus – mir wird klar, dass das Teil seines Aufgabenbereichs sein muss. Gräueltat über Gräueltat anschauen, die auf Pixel, Licht, Schatten und Geräusche reduziert wurde. »Ich spule bis dahin, wo ich gekommen bin. Die Kopfhörer liegen neben dem Monitor, Sir. Danke.«

Sam ergreift Lustig am Arm, als er zu uns kommt. »Hey. Willst du sein Spiel wirklich mitspielen …?«

»Das muss ich«, erwidert Lustig. »Glaub mir, ich würde sonst den Teufel tun. Wartet hier.«

Wir warten. Ab und zu sehe ich zu Lustig hinüber. Es dauert lange und im Raum bewegt sich nichts. Nur das Knirschen unserer Stühle und das Geräusch von Lustigs Stift auf dem Papier sind zu hören und nach einer halben Stunde das plötzliche scharfe Geräusch von Lustigs Stuhl, der von dem kleinen grauen Schreibtisch zurückgeschoben wird. Ich sehe auf. Sam ebenfalls. Lustig ist aufgestanden, die Kopfhörer noch immer aufgesetzt. Für diesen Augenblick zeigt sein Gesichtsausdruck völlige Überraschung. Er hatte sich doch sicherlich gegen das Grauen, die Qualen, die Brutalität gewappnet. Was hat ihn also so aus dem Konzept gebracht, dass er aufgesprungen ist?

Lustig drückt eine Taste auf dem Computer, reißt sich die Kopfhörer ab und kommt herbeigelaufen. Zu mir. Er ergreift meinen Arm und zieht mich zurück, wobei sich seine Finger schmerzhaft in meine Haut graben. Als ich versuche, mich zu widersetzen, werde ich gezerrt. Meine sämtlichen Instinkte sind in Alarmbereitschaft, und ich muss dem Drang widerstehen, ihn schnell, fest und mit ganzer Kraft zu schlagen. Ich lasse mich von niemandem so behandeln.

Aber er ist ein FBI-Agent, und ich weiß, dass Widerstand das Ganze nur noch schlimmer macht.

»Hey!«, ruft Sam, doch Lustig ignoriert ihn. Sam folgt uns, während ich zum Computer geschleift werde. »Mike, was zum Teufel machst du da? Du …«

Er verstummt, als wir beide die Szene auf dem Bildschirm sehen.

Heiße Nadelstiche und das Gefühl der Surrealität spülen über mich hinweg. Wieder ist mir schwindlig, und plötzlich bin ich froh darüber, dass Lustigs harter Griff mich an Ort und Stelle hält, denn auf dem Bildschirm, in der Zeit erstarrt, ist das blutende, schreiende Opfer zu sehen. Vor ihr greift Melvin nach einem brutal aussehenden Messer.

Jemand reicht ihm die Klinge.

Dieser Jemand bin *ich*. Ich sehe mein Profil. Ich stehe direkt vor der Kamera, neben einer Wand voller Messer und Hämmer. Melvins Gerätschaften.

Und ich *lächle*.

»Ich würde Sie ja sofort verhaften«, beginnt Lustig, »allerdings habe ich hier keine Zuständigkeit, und Kansas hat Sie ja bereits freigesprochen. Und jetzt setzen Sie sich hin und erzählen mir alles, was Sie über Melvin Royal wissen. *Sofort.*«

Ich bin taub. Einfach nur … leer. Ich setze mich hin, starre dabei noch immer den Bildschirm an. Starre mein Gesicht an – Gina Royals Gesicht. Reden tut weh, doch ich zwinge die Worte dennoch heraus. »Das ist eine Fälschung«, erkläre ich ihm. »Ich war nicht dort. *Ich bin niemals dort gewesen.* Absalom hat …«

»Hören Sie mit diesem Bullshit auf«, unterbricht Lustig mich grob und rollt meinen Stuhl herum, stützt sich auf die Lehnen und bringt sein Gesicht nah an meins. »*Sie waren da.* Das alles hier, wie Sie immer so tun, als wären Sie das arme Opfer? Ich hatte die ganze Zeit meine Zweifel, und glauben Sie mir, ich lasse mich nicht mehr zum Narren halten. Sie sagen mir jetzt, was Sie wissen!«

»Das bin ich nicht!«, schreie ich ihm ins Gesicht, aus reiner Panik und Verzweiflung – es ist ein rauer, gebrochener Schrei, und er tut weh. Gott, tut das weh. »Ich weiß nichts! Ich habe *keinen* Anteil daran!«

Er verpasst meinem Stuhl einen Stoß, sodass er rückwärts rollt und mit solcher Wucht gegen die Wand prallt, dass ich beinahe zu Boden geschleudert werde. Ich stehe auf, bereit zu kämpfen, aber Lustig kommt nicht näher. Er starrt mich an, dann dreht er sich um und geht. Raj sieht uns mit vor Verblüffung halb geöffnetem Mund an.

Sam hat sich ebenfalls nicht bewegt. Er wirkt ruhig und leer, bis zu dem Augenblick, in dem er den Monitor nimmt und ihn gegen die Wand schmeißt. Er zerspringt in Funken von kaputtem Plastik. Raj springt protestierend auf.

»Sam!«, entfährt es mir, und ich wünschte, ich hätte nichts gesagt, denn der Blick, den er mir zuwirft, erschüttert mich bis in die Knochen. Er zerstört mich. Ich frage mich, ob er vorhat, das zu Ende zu bringen, was Suffolk begonnen hat.

Lustig bleibt in der Bürotür stehen und weist Raj an: »Lassen Sie sie nicht aus diesem Raum, bis ich zurück bin. Verstanden?« Er stürmt davon. Raj nickt und reißt sich zusammen. Er blockiert den Weg.

Ich fühle mich gefangen. Gejagt. Meine Kehle brennt wie Feuer, und als ich schlucke, schmecke ich Blut.

Auch Sam geht zur Tür. Ich will ihm hinterherrufen, aber jetzt habe ich Angst, es zu tun. Raj bleibt vor ihm stehen. Mit einer Stimme, die ich nicht mehr wiedererkenne, sagt Sam: »Er hat gesagt, *sie* muss bleiben. Nicht ich.«

Zögerlich macht Raj ihm Platz und dann ist Sam fort. Ich bin allein mit dem Techniker und dem kaputten Monitor. Im Raum riecht es nach Ozon. Raj meidet Blickkontakt. Ich sehe, dass er nervös ist; in seiner Kehle arbeitet es, und er verfolgt meine Bewegungen aus dem Augenwinkel heraus, falls ich einen Angriff planen sollte. Aber das tue ich nicht. Ich stehe einfach nur wie betäubt da. Ich weiß nicht, was ich sonst tun kann.

Mike Lustig öffnet die Tür. Er sieht grimmig und wütend drein. Dankbar lässt sich Raj wieder in seinen Stuhl fallen. »Sie können gehen, Gina«, sagt er. Er spuckt mir die Worte regelrecht entgegen. Für ihn bin ich nicht mehr Gwen Proctor. »Aber machen Sie es sich nicht zu gemütlich. Sie werden die Freiheit nicht lange genießen können. Und jetzt verpissen Sie sich aus meinem Gebäude, bevor ich noch etwas tue, das ich später bereue.«

Neben ihm steht ein weiterer Agent mit verschlossenem Gesicht, der wohl meine Eskorte hinaus aus dem Gebäude darstellt. Alles fühlt sich unecht an. Ich frage mich, was sie wohl tun würden, wenn ich jetzt die Kontrolle verlöre und zu schreien begänne. Vermutlich würden sie mich trotzdem rauszerren. Ich treffe keine bewusste Entscheidung zu gehen; ich tue es einfach. Kurz darauf habe ich die Dunkelheit des Überwachungsraums hinter mir gelassen und befinde mich in einem Gang. Der Agent hält mich am Arm – fest, aber nicht rücksichtslos.

Er eskortiert mich hinaus, nimmt mir das Besucherabzeichen ab und bringt mich zur Lobby, wo ihm die FBI-Rezeptionistin die Identifikation abnimmt. Dann sehen mich beide erwartungsvoll an.

Ich weiß nicht, wohin ich gehen soll. Was ich jetzt tun soll.

Schließlich wird mir klar, dass man von mir erwartet zu verschwinden, also verlasse ich das Gebäude durch die Vordertür, die sich automatisch hinter mir schließt. Es ist dunkel, die Sonne ist längst untergegangen, und der Wind ist kalt. Verwirrt stehe ich da mit dem Gefühl, aus Zeit und Raum gefallen zu sein. Das hier ist Wichita. Ich bin auf diesen Straßen gefahren. War im Einkaufszentrum, das in der Ferne sichtbar ist. Habe an der Tankstelle an der Ecke getankt.

Ich sollte nicht hier sein.

Die Ungeheuerlichkeit all dessen, was gerade vorgefallen ist, überwältigt mich. Ich stolpere zu einem der breiten Betonblöcke, die zum Schutz der ebenerdigen Lobby des Gebäudes aufgestellt sind. Er ist nicht niedrig genug, als dass ich mich darauf setzen könnte, stattdessen lehne ich mich zitternd dagegen, hole keuchend Luft. Die Vergangenheit bricht jetzt über mich herein, in Gerüchen und Farben und Geschmäckern und Grauen. Kann es denn sein, *ist es irgendwie möglich*, dass ich Anteil an dem hatte, was Melvin tat? Dass ich vor dem Tag, als alles auseinanderbrach, in dieser Garage war? Dass ich ihm geholfen und *das alles* vergessen habe?

Bin ich verrückt?

Ich weiß nicht, wie viel Zeit vergeht. Minuten, doch sie fühlen sich wie Stunden an. Dann höre ich das Scharren von Schritten. Jemand kommt auf mich zu. Für einen Augenblick glaube ich, dass es Melvin ist, und ich denke: *So endet es also.*

234

Doch dann kommt die Person an einer Straßenlaterne vorbei und ich erkenne Sams Gesicht. Er kommt nicht näher, aber er ist hier. Sein Blick ist auf die Büros hinter mir gerichtet.

»Steh auf«, weist er mich an. »Ich habe mit Rivard gesprochen. Das Flugzeug wartet. Es bringt uns nach Knoxville. Ich fahre dich zurück zu Javier.«

»Und dann?«, frage ich. Es ist nur ein raues Flüstern.

Er antwortet nicht. Und er wartet nicht auf mich. Ich muss ihm irgendwie hinterherstolpern, völlig verloren, und doch bin ich dankbar, einen Weg aus diesem Albtraum zu haben.

Ich werde nie wieder an diesen Ort zurückkehren.

So wie ich die Worte flüstere, wird mir klar, dass sie eher ein Gebet sind.

KAPITEL 15

LANNY

Als wir draußen den Kies knirschen hören, umklammere ich die Hand meines Bruders fester. Ich habe sie die ganze letzte Stunde nicht losgelassen und er meine auch nicht; wir sind wieder zurück in unsere Zeit als kleine Kinder gefallen, als Mom und Dad fort waren – beide am selben Tag verhaftet. Noch immer erinnere ich mich daran lebhafter als an alles andere: mein Bruder und ich auf dem Rücksitz eines Polizeiwagens. Es fühlte sich an, wie in einem Käfig zu sitzen, und es roch nach Schweiß und Füßen, und wir haben uns die ganze Zeit über an den Händen gehalten. Wir haben nicht gesprochen. Ich glaube, keiner von uns wusste, was es zu sagen gab. Ich erinnere mich, dass ich nicht unbedingt Angst hatte, sondern einfach nur benommen war. Ich erwartete ständig, dass gleich alles vorbei wäre, dass Mom uns abholen kommen würde, wir Eiscreme bekommen und dann nach Hause fahren würden. Brady – jetzt Connor – war derjenige gewesen, der geweint hatte. Ich weiß noch, dass ich genervt von ihm war, weil er sich wie ein Baby anstellte. Ich sagte mir die ganze Zeit, es sei nichts. Und dass wir bald wieder zu Hause sein würden.

Aber wir hatten kein Zuhause mehr.

Es war Brady gewesen, nicht ich, der bei unserer Ankunft auf der Polizeiwache endlose ängstliche Fragen gestellt hatte. *Wo ist meine Mom? Wann können wir sie sehen? Können wir nach Hause? Wo ist mein Dad?* Mir, in all meiner Weisheit als älteres Kind, war klar gewesen, dass die Polizeibeamten keine dieser Fragen beantworten würden. Ich sagte mir, dass das keine Rolle spiele, schließlich sei das alles ein großer, dummer Fehler.

Die Polizisten gaben uns Getränke und Snacks und steckten uns in einen Raum mit ein paar Spielsachen und Spielen, die kaputt oder für kleinere Kinder waren. Ich erinnere mich, dass ich an dem Tag ein Buch zu lesen angefangen hatte, das ich allerdings nie zu Ende gelesen habe. Brady – *nein, hör auf, an ihn als Brady zu denken, sein Name ist jetzt Connor, Connor* – holte das Buch aus dem Müll, als ich es wegwarf; ich erinnere mich nicht einmal mehr an den Titel. Ich glaube, es war tatsächlich das erste Buch, das er las. Er begann an dem Tag mit dem Lesen, als unsere Welt in Flammen aufging.

Ich weiß genau, dass ich es nicht ertragen könnte, dieses Buch jemals zu Ende zu lesen. Vielleicht kann ich mich deshalb nicht daran erinnern, wie es heißt, oder überhaupt, worum es darin geht.

Grandma kam zu uns, nachdem sie über Nacht hergeflogen war, und nahm uns mit in ihr Haus. Sie war diejenige, die uns erklären musste, dass Dad ein Mörder und Mom dafür verhaftet worden war, ihm geholfen zu haben. *Eure Mom hat nichts Falsches gemacht*, hat sie uns wieder und wieder erzählt, und damals schien es wahr zu sein. Sie entließen sie aus dem Gefängnis. Sie war für unschuldig erklärt worden, und als sie zurückkam, war ich so froh, so unglaublich froh, dass ich endlich weinte.

Jetzt ist alles in mir zerbrochen und ich kann nicht weinen. Ich fühle nichts als pure, zerstörerische Wut.

Sie hat uns angelogen. Die ganze Zeit. Sie ist eine verdammte Lügnerin.

Ich blicke auf, als Javier, der mit einer Tasse Kaffee in der Hand am Fenster steht, spricht. »Sie ist da.« Er sieht Kezia an, die in der Küche steht. Sie trägt ihre Berufskleidung, also Jacke, Hose, Waffe und Dienstmarke. Dadurch erinnere ich mich wieder, dass sie Detective ist, genau wie ihr Boss Prester. Gut. Vielleicht kann sie Mom verhaften und sie gleich wieder wegsperren, diesmal für immer. »Sam ist bei ihr.«

»Halt dich zurück«, ermahnt Kezia ihn. »Hören wir uns Gwens Version an.«

Ich sehe Connor an. Ich halte seine Hand, sie liegt still und schlaff in meiner. Ich frage mich, ob er das überhaupt gehört hat, doch dann entzieht er mir seine Hand, schiebt ein Lesezeichen in das Buch, das er bis eben gelesen hat, und legt es beiseite. Als er aufsteht, tue ich es ihm nach.

Boot stößt ein leises und bedrohliches Bellen aus, das mir ein Gefühl der Sicherheit vermittelt. Meine Hände sind kalt. Ich stecke sie in die Hosentaschen. Alles scheint mir jetzt sehr klar, und gleichzeitig ist alles kaputt. Ich weiß, dass ich ihr nicht vertrauen kann. Ich kann nie wieder *irgendjemandem* vertrauen, denn *ich habe ihr geglaubt*, und meine Mutter hat uns angelogen.

Ich will einfach nur, dass das alles vorbei ist. Gleichzeitig spüre ich, wie ein Teil von mir weinen, etwas schlagen, weglaufen, zusammenfallen und sich zu einer Kugel einrollen will. Es fühlt sich so an, als wäre ich in tausend Stücke zerbrochen, und ich weiß nicht, wie ich sie jemals wieder zusammensetzen soll.

Connor wirkt ruhig. Viel, viel zu ruhig.

Javier tritt nach draußen und Boot wird still. Es findet ein leises Gespräch statt, dann öffnet sich die Tür. Es ist Mom.

Mein erster Gedanke ist: *Sie sieht müde aus.* Mein zweiter: *Warum trägt sie solch einen Schal? Sie mag Schals nicht.* Ich habe ihr mal einen gekauft. Sie hat so getan, als würde sie sich

238

darüber freuen, hat ihn aber nur einmal getragen. Der hier hat ein tristes Grau. Sie hat ihn sich fest um den Hals gewickelt.

Vielleicht ist sie krank. Ist mir egal. Ich hoffe, sie stirbt. Ich hoffe, sie fällt im nächsten Augenblick vornüber und stirbt, sodass ich über sie hinwegtreten und gehen kann.

Sie eilt auf uns zu, um uns zu umarmen, doch ihre Erleichterung verwandelt sich in verwirrte Kränkung, als Connor und ich gleichzeitig einen Schritt vor ihr zurückweichen. Sie wird langsamer und bleibt dann stehen. »Schätzchen? Was ist denn?« Sie spricht zuerst Connor an. Ihre Stimme klingt irgendwie falsch. Kratzig, tief, schwach. Vielleicht ist sie wirklich krank. Ich möchte ihr einen Schlag gegen die Kehle verpassen. Der Gedanke wirkt so real, dass ich rot sehe und am ganzen Körper zittere. *Wag es nicht, ihn anzurühren.*

Connor sagt nichts. Er hat nicht mehr viel gesprochen, seit wir ihn gefunden haben. Mom sieht mich an. In ihren Augen stehen Tränen, *falsche* Tränen von einer *falschen* Mom. Ich hasse sie so sehr, dass ich mich am liebsten übergeben würde.

»Lanny? Was ist denn los?«

Und einfach so schreie ich los. Es bricht in einem unkontrollierbaren hohen Kreischen aus mir heraus. *»Fick dich!«*

Javier tritt zwischen uns, was gut ist, denn ich gehe auf sie los und er hält mich zurück. Er versucht, etwas zu sagen, aber ich kann ihn nicht hören. Seltsamerweise höre ich, was Kezia sagt, laut und deutlich. *So viel zur Zurückhaltung.* Sie steht noch immer da, wo sie vorher war, aber sie hält sich bereit. Sie beobachtet Connor.

Ich muss mich um meinen Bruder kümmern, daher höre ich auf zu schreien, drehe mich weg und reiße mich wieder zusammen. Ich lege die Arme um Connor, doch der scheint das nicht einmal zu bemerken.

Er starrt Mom an, als hätte er sie noch nie in seinem Leben gesehen.

Mom versucht zu sprechen. Ihre Stimme klingt flüsternd und rau. »Oh, Schatz, mein Gott, was ist denn los, was habe ich falsch gemacht ...«

»Keine Ahnung, *Gina*, was glaubst du denn, was du falsch gemacht hast? Uns unser Leben lang *angelogen*?« Meine Stimme ist jetzt wieder normal, aber laut, und ich möchte sie stoßen, sie geradewegs aus unserem Leben wegdrücken. Ich will meinen Bruder beschützen, weil ich weiß, dass ihm das hier auf eine solche Weise schadet, die ich nie wieder rückgängig machen kann. Es ist meine Aufgabe, ihn zu beschützen, und ich habe ihn nicht beschützt. Das konnte ich nicht.

Weil *sie* ihm das angetan hat. Uns.

Mom weint. Die Tränen strömen ihr übers Gesicht und sie streckt ihre Arme nach uns aus. Wir weichen weiter zurück. Javier steht immer noch zwischen uns. »Setz dich, Gwen«, sagt er.

»Ihr Name ist nicht Gwen«, erkläre ich. »Sondern *Gina*. Gina Royal. Das ist sie immer gewesen.«

»Ich weiß nicht, was hier los ist«, sagt Mom. Aber irgendetwas ist da in ihren Augen – eine Art blinder, eingesperrter Panik –, das mich glauben lässt, dass sie es bereits weiß. Ich bin daran gewöhnt, meine Mutter als allmächtig, stark, beinahe schon übermenschlich zu sehen; ich habe gesehen, wie sie sich in einen Kampf stürzte, selbst wenn sie wusste, dass sie nicht gewinnen konnte. *Für uns*, flüstert ein Teil von mir, den ich schnell wieder zum Schweigen bringe.

Ich weiß, dass sie keine Superheldin ist. Sie ist ein Mensch, genau wie ich. Wie Connor. Wie alle anderen. Es fühlt sich so an, als hätte ich etwas Wichtiges gelernt, und auch etwas Trauriges. Letztendlich ist sie auch nur eine weitere Person.

Und sie ist böse. Sie ist genau wie Dad. Nein, sie ist schlimmer als Dad, denn er hat uns nicht etwas vorgemacht und uns glauben lassen, dass oben unten und falsch richtig ist. Dad hat uns nie glauben lassen, er sei unschuldig.

Sie schon. Und das ist so viel schlimmer, dass ich niemals aufhören werde, sie dafür zu hassen.

»Setz dich«, sagt Javier erneut zu ihr. Er klingt so, als hätte er genug. Mom blickt Sam an, der sie keines Blickes würdigt, und lässt sich in einen Sessel sinken. Javier kommt mit seinem Tablet zu ihr, tippt es an und reicht es ihr. »Erklär uns das.«

Mom wird so bleich im Gesicht, dass ich glaube, sie würde gleich ohnmächtig werden, aber das wird sie nicht. Sie starrt auf das Tablet. Ich denke allerdings nicht, dass sie hinschaut, nicht wirklich. Und als das Video vorbei ist, reicht sie es Javier zurück und lässt den Kopf in die Hände sinken. Einen Augenblick lang glaube ich, dass sie weint, doch als sie sich wieder gerade hinsetzt, sind ihre Augen trocken und beinahe schon dumpf. »Das bin ich nicht«, sagt sie. Ihre Stimme klingt nach gebrochenem Metall, rau und scharfkantig. »Das ist eine Fälschung. Absalom ist dafür verantwortlich.«

»Niemals«, widerspricht Javier. »Das ist zu gut, als dass es irgendein Nerd tun könnte. Ich sehe *dich*. Wie du *ihm* hilfst.«

»Es ist eine *Fälschung*! Wenn es echt ist, warum wurde es dann nicht bei *meiner* Verhandlung gezeigt? Bitte, Javi, bitte! Ich weiß, dass es schlimm aussieht, glaub mir. Es bereitet mir Übelkeit und es macht mich wütend. Aber *das bin nicht ich*. Das ist niemals passiert!«

»Halt einfach die Klappe«, sage ich zu ihr. »Der Beweis ist doch genau da. Er starrt dir ins Gesicht. *Du warst das*.«

»Lanny, Schatz ...«

»Nicht«, sage ich scharf. Ich möchte, dass sie geht. Ich kann es nicht ertragen, sie anzusehen. Ihr Anblick bereitet mir Übelkeit. »Sei still. Ich hab deinen Scheiß so satt.«

Jetzt weint sie wieder. Gut. Ich bin froh, dass ihr das wehtut. Sie hat keine Ahnung, wie sehr es mir wehtut.

»Woher habt ihr das?«, flüstert sie.

Zum ersten Mal hebt Connor den Kopf. »Ich habe es gefunden.« Er klingt nicht wütend. Nur leer. Das macht mir Angst, denn mein Bruder ist nicht so wütend, wie ich ihn haben möchte, zumindest nicht, dass ich es erkennen könnte. Es ist fast so, als hätte er erwartet, dass uns die Welt im Stich lässt.

»Wo hast du ...?«

»Das spielt doch keine Rolle, oder?«, unterbreche ich sie. »Er hat es eben gefunden. Und es beweist, dass du eine Lügnerin bist.«

»Es beweist, dass es Leute gibt, die wollen, dass ihr das von mir glaubt«, sagt sie. »Bitte, Lanny ...«

»Red nicht mit mir!«

Stille. Wir alle schauen sie an, mit Ausnahme von Sam; er ist damit beschäftigt, sich eine Tasse Kaffee einzuschenken, versucht so zu tun, als wäre alles normal, aber ich sehe, wie steif sein Rücken ist. Sein Gesichtsausdruck ist so leer, dass er wie eine Halloweenmaske wirkt. Ist er es auch? Ist er ein Lügner? Er hat uns zu Beginn angelogen. Vielleicht sollten wir ihm auch nicht trauen. Oder Javier. Oder Kezia.

Vielleicht können wir niemandem auf der Welt mehr trauen außer einander.

Mom richtet das Wort an Javier und Kezia. »Woher hat er das? Woher?«

»Ich habe es gefunden«, sagt Connor wieder. Er sieht niemanden an.

Kezia beobachtet ihn, als wollte sie gleich zu ihm gehen, ihn hochheben und umarmen. Ich glaube, das würde sie auch tun, wenn die Situation nicht zu angespannt dafür wäre. »Ich habe sein Handy überprüft«, erklärt sie. »Er hat die Kindersicherung gehackt. Cleverer Junge. Leider hat ihn dies zu diesem Punkt geführt. Und uns.« Sie starrt jetzt Mom an. »Und du hilfst dir selbst nicht, indem du dich darauf konzentrierst, woher er es hat. Die Frage ist, was verschweigst du uns?«

»Das FBI weiß von dem Video«, sagt Mom. »Sie analysieren es. Sie werden beweisen, dass es eine Fälschung ist, weil es das auch ist.«

Jetzt spricht Sam, mit einer Stimme, die so kalt ist, dass ich sie sogar durch all meine Wut hindurch spüre. »Es gibt mehr als ein Video. Es gibt noch ein zweites, das zeigt, wie Gwen ihm in der Garage hilft.«

»*Das bin nicht ich!*«, schreit ihn Mom regelrecht an.

Er zuckt lediglich mit den Schultern. »Okay. Dann eben *Gina.*«

»Nein, Sam, das war ich nicht, ich habe niemals …«

Sam dreht sich zu ihr und stellt die Kaffeetasse krachend auf der Küchentheke ab. »Gott verdammt noch mal, du wurdest von Mord- und Mittäterschaft freigesprochen, also hör einfach auf zu lügen! Warum zum Teufel sollte Absalom diese Videos fälschen? Das auf Suffolks USB-Stick war schon ein komplettes Jahr darauf!«

Mom holt schmerzerfüllt Luft. »Und Absalom attackiert mich und meine Kinder bereits seit vier Jahren. Mit Fotomontagen. Belästigung. Morddrohungen. Selbstjustiz. Sie haben mir das Leben zur Hölle gemacht, das weißt du doch! Warum glaubst du, dass es diesmal anders ist? Warum kannst du mir nicht glauben, Sam?«

»Weil ich sehe, was vor mir ist«, sagt er. »Im Gegensatz zu deiner Jury.« Dann wendet sich Sam an mich. An Connor. Sein Tonfall wird sanfter. »Ihr zwei, es tut mir leid. Wirklich. Das ist nicht eure Schuld, kein bisschen. Ich wünschte, ich könnte euch helfen. Aber das hier …« Er schüttelt den Kopf. »Das ist einfach … zu viel.«

»Sam!« Mom springt auf, als er zur Vordertür geht. »Sam, bitte, tu das nicht!«

»Lass ihn in Ruhe«, sage ich ihr. »Du hast ihm genug wehgetan.«

Ich weiß nicht, ob sie mich überhaupt hört, aber sie versucht nicht weiter, mit ihm zu reden. Sie sieht zu, wie Sam geht. Die Tür schließt sich hinter ihm.

Sie wirkt jetzt hilflos und verloren und ängstlich. »Das kannst du doch nicht wirklich glauben. Ich verstehe, warum Sam es tut. Aber nicht du, Lanny, du kennst mich besser. Du weißt, wer ich bin.«

Sie streckt die Arme nach mir aus, aber ich gehe nicht zu ihr. Ich trete zurück.

»Ich will dich niemals wiedersehen. Du bist nicht meine Mutter. Ich habe keine Mutter.« Ich meine es. Ich meine jedes Wort, und ich höre, wie die Wut meine Stimme zittern lässt. Ich möchte sie so unbedingt schlagen, dass sich allein durch das Nachdenken darüber meine Hand heiß anfühlt. Ich möchte sie bestrafen. Ich möchte, dass sie sich genauso fühlt wie ich. Geschlagen und zerstört.

Und ich glaube, das tut sie jetzt auch, denn der Schock und das Entsetzen in ihrem Gesicht genügen mir beinahe. Beinahe.

»Ich habe eurem Vater niemals geholfen!«

Es kommt als unterdrückter Schrei heraus, aber ich glaube ihr nicht. Ich glaube nicht einmal, dass sie sich selbst glaubt.

Connor mischt sich ein. »Doch, das hast du. Wir haben es gesehen. Hör auf zu sagen, dass du es nicht getan hast. Wir werden dir nie wieder glauben.« Das war's. Das war alles. Es ist die längste Aussage von ihm, seit er das Video gesehen hat.

Es trifft Mom schwer. Sie keucht, als hätte man ihr einen Schlag in die Magengrube verpasst. Sie sieht Javier an. Und Kezia. Niemand hat ihr noch etwas zu sagen. Ich sehe, wie etwas in ihr zerbricht. Sie setzt sich wieder hin. Meine Mutter sieht so aus, als wollte sie sterben.

Es tut mir weh, das zu sehen. Aber das ist mein schwacher Teil, der, der noch immer dumm ist und glauben möchte, dass alles wieder gut wird. Was niemals der Fall sein wird. Es war auch von Anfang an niemals gut. Vielleicht war das ja das letzte Mal, dass ich blödsinnigen Bullshit geglaubt habe.

»Was soll ich eurer Meinung nach tun?«, fragt Mom schließlich. Sie klingt jetzt besiegt. Sie hat aufgegeben. Ich warte darauf, dass ich mich deswegen gut fühle, denn das sollte ich, doch ich fühle mich nur leer. Die Wut, die mich angetrieben hat, rinnt aus mir heraus. Übrig bleiben nur Schweigen und das Gefühl des Untergangs. Noch nie in meinem ganzen Leben habe ich mich so einsam gefühlt.

»Du musst gehen, Gwen«, sagt Javier. »Komm erst wieder, wenn das Ganze vorbei ist und du echte Beweise für das hast, was du behauptest. Du solltest dich jetzt nicht in der Nähe deiner Kinder aufhalten. Das ist nicht gesund.« Irgendwie überrascht mich das. Ich hätte nicht gedacht, dass er auf unserer Seite sein würde. Oder Kezia. Aber sie halten zu uns, gegen Mom.

Das hilft.

Mom kann es auch nicht glauben. »Javi …«

»Wenn du beweisen kannst, was du sagst, dass Absalom dahintersteckt, dann können wir reden«, sagt Kezia. »Ich werde die Erste sein, die ihren Fehler zugibt. Aber im Augenblick wäre ich dumm, nicht zu glauben, was ich mit eigenen Augen sehe. Und ich sehe, wie du Melvin Royal dabei hilfst, ein armes Mädchen reinzutragen, damit es aufgeschlitzt werden kann. Wenn das wahr ist, wenn auch nur ein Teil davon wahr ist, verdienst du es nicht, deine Kinder je wiederzusehen.«

Mom legt sich eine Hand auf den Mund, als könnte sie gleich schreien oder sich übergeben. Der Ausdruck auf ihrem Gesicht – Schock, Panik, ich weiß es nicht. Doch sie leidet Schmerzen. *Ist mir egal,* sage ich mir. *Gut. Ich hoffe, es tut richtig weh.*

»Wenn ich wirklich das bin, was auf dem Video gezeigt wird, warum bin ich dann unterwegs, um ihn zu jagen?«, fragt Mom. Ihre Stimme zittert heftig, als würde sie gleich brechen. »Wie ergibt das denn irgendeinen Sinn?«

»Es ergibt Sinn, wenn du versuchst, zu ihm zurückzukommen, damit ihr wieder vereint seid«, erwidert Kezia und das lässt meine Mom innehalten. Und es verursacht mir Übelkeit, denn vielleicht ist das wahr. Vielleicht haben Mom und Dad immer zusammengearbeitet. Vielleicht ist diese kranke Sache zwischen ihnen noch immer vorhanden.

»Tue ich nicht«, sagt Mom. Es klingt schwach. Es klingt nach einer Lüge, und erneut beginne ich, sie abgrundtief zu hassen.

»Ja, das sagst du. Vielleicht war all dieses Unschuldiges-Opfer-Getue von Anfang an eine Lüge, und Absalom hatte die ganze Zeit recht. Ein weiterer Grund, diese Kinder von alldem fernzuhalten.«

Plötzlich flammt eine Erinnerung auf, die die Wut in mir zum Abebben bringt. Mom, die die Treppe in Lancel Grahams Keller herunterkommt. Das Entsetzen in ihrem Gesicht, als ihr klar wurde, was sie da vor sich sah.

Die Freude, als sie mich und Connor unverletzt vorfand.

Das ergibt keinen Sinn im Zusammenhang mit all den anderen Dingen. Und es ist der ehrlichste Moment, von dem ich weiß, der Augenblick, in dem ich sah, wirklich sah, wie sehr sie uns beide liebt. Mom ist uns retten gekommen. Sie ist an diesen dunklen Ort gekommen, als ich glaubte, wir würden allein sterben. Sie hat geblutet und war verletzt, und doch hat sie sich zu uns vorgekämpft, um uns zu retten.

Das ist doch nichts, was eine Lügnerin und Mörderin tun würde. Oder?

Vielleicht liebt sie uns, denke ich. Und dann: *Aber vielleicht liebt sie Dad mehr*. Das ist ein schrecklicher Gedanke, bei dem mir flau im Magen wird. Ich lege einen Arm um Connor. Ich darf kein Risiko eingehen. Ich muss ihn beschützen. Und das bedeutet, dass Mom wegmuss.

Plötzlich bin ich so müde. Ich will mich einfach nur in meinem Bett zusammenrollen und weinen.

Moms Schal verrutscht, sodass ein ganzer Regenbogen an schillernden Flecken zu sehen ist – dunkelrote Blutergüsse, die durch geplatzte Äderchen miteinander verbunden sind. Irgendjemand hat ihr wehgetan. Einen Augenblick lang habe ich Angst, mache mir Sorgen um sie, und ich muss mich zwingen, das nicht mehr zu fühlen. Denn sie ist eine Lügnerin und hat es vermutlich verdient.

Mein Kopf tut weh. Ich finde das hier so schrecklich – das alles. Also sage ich nur: »Geh einfach, Mom. Wir wollen dich nicht.« Dabei wollte ich sagen, *Wir wollen dich nicht hier*, aber es ist das herausgekommen, was ich wirklich fühle. *Wir wollen dich nicht.*

Es ist das Schlimmste, was ich ihr sagen konnte, das weiß ich. Tue ich wirklich.

Mom atmet scharf ein, legt sich eine Hand auf den Magen, als hätte ich dort auf sie eingestochen. Ihre Lippen bilden meinen Namen, aber sie spricht ihn nicht laut aus. Vielleicht kann sie es nicht.

»Lanny hat recht. Geh. Und komm erst wieder, wenn das hier vorbei ist«, sagt Kezia.

»Ich schwöre, ich werde diese Kinder beschützen, als wären sie meine eigenen«, ergänzt Javier. »Ich werde sie vor jeder Art von Bedrohung schützen, und im Augenblick schließt das dich mit ein. Verstanden?«

Moms Augen füllen sich mit Tränen, aber sie weint nicht. Sie sagt nur: »Mehr will ich gar nicht.«

Und dann sieht sie uns an. Ich erkenne, dass sie zu uns kommen, uns umarmen und weinen will. Ich spüre dieses Bedürfnis wie Donner in der Luft um sie herum.

Ich spüre, wie auch mein Körper danach verlangt, denn Körper sind dumm; sie wollen nur geliebt werden. Aber ich bin besser als das. Ich bin stärker. Mom hat mir beigebracht, stärker zu sein, und das bin ich. Egal, wie weh es auch tun mag, ich starre sie einfach nur an und zwinge sie zu gehen.

Und Mom geht.

Sie geht.

Ich warte darauf, dass sie zurückblickt, doch das tut sie nicht. Die Tür schließt sich hinter ihr. Obwohl ich wollte, dass sie geht, danach verlangt habe, fühlt sich die Tatsache, dass sie es tatsächlich getan hat, erneut wie ein Verrat uns gegenüber an. Mein Magen tut weh. Meine Brust ist wie zugeschnürt. Nichts ist mehr gut, nichts auf der ganzen weiten Welt.

Ich halte Connor auch weiterhin im Arm, drücke ihn an mich. Normalerweise entzieht er sich mir, wenn ich das tue, doch diesmal nicht. Meine Umarmung zeigt ihm: *Ich bin da, ich halte zu dir, ich lasse dich nicht los.*

Sie sagt: *Ich bin nicht so wie sie.*

Wir sind alle eine ganze Weile lang still. Ich schätze, Sam hat draußen gewartet, denn wir hören, wie der Motor gestartet wird und der Kies knirscht. Als das Auto fort ist, stößt Kezia einen tiefen Seufzer aus. »Verdammt. Tut mir leid. Das war hart. Geht's euch gut?«

Ich nicke. Connor reagiert überhaupt nicht. Er starrt nur zu Boden, trägt diese Maske, die er immer aufsetzt, wenn er einfach zu überwältigt ist, um irgendetwas zu fühlen. Ich weiß nicht, was diese Situation ihm antun wird, aber es kann nichts Gutes sein. Kezia dreht sich zu Javier um, und obwohl sie leise spricht, höre ich es doch. »Ich kann jetzt nicht gehen. Ich rufe Prester an.«

»Du kannst das nicht länger vor ihm verbergen«, meint er. »Kez, er war schon mal hier, um herauszufinden, warum du und ich so oft freinehmen. Er macht sich entweder Sorgen um dich, oder er hat Verdacht geschöpft. Keins von beiden ist gut. Du bist noch nicht lange genug Detective, um einen Freifahrtschein zu bekommen. Geh zur Arbeit.«

Sie blickt ihn für einen Augenblick an und schüttelt den Kopf. »Nein, ich habe da eine bessere Idee.«

»Kez. *Querida.*«

»Ich meine es ernst.«

Javier schüttelt den Kopf, sagt aber nicht Nein, als sie ihr Handy aus der Tasche holt und eine Nummer wählt. Wie betäubt schaue ich ihr zu, während sie auf und ab läuft. Meine Wut ist jetzt verpufft. Als hätte ich sie bei Mom gelassen. Übrig ist nur ein kalter, leerer Ort, wo eigentlich meine Eingeweide sind. Ich lasse mich auf die Couch sinken und ziehe die Strickdecke von der Rückenlehne, um sie mir um die Schultern zu wickeln, denn mittlerweile zittere ich.

Kezia spricht ins Telefon. »Prester? Ich muss Ihnen etwas erzählen. Am besten kommen Sie zu Javiers Haus, um sich das anzuhören.«

* * *

Detective Prester ist ein alter Mann, so alt, dass es mich überrascht, dass er noch nicht in Rente ist, aber er ist trotzdem noch schlau. Das sieht man in dem Augenblick, in dem er einen ansieht.

Mit einem langen Blick nimmt er alles in sich auf, einschließlich uns zwei auf der Couch. Diesmal wurden wir nicht angewiesen, uns zu verstecken. Ich bin mir auch nicht sicher, ob wir es getan hätten. »Verdammt noch mal«, sagt er und schließt die Tür hinter sich. »Ich denke, das beantwortet meine Frage nach den Kindern. Wo ist Gwen?«

»Nicht hier«, sagt Kezia. »Setzen Sie sich doch.«

Prester setzt sich an den Küchentisch. Javier hat Kaffee gemacht, er gießt drei Tassen ein und setzt sich auf den dritten Stuhl. Prester nippt an seinem Kaffee, schaut jedoch immer wieder zu uns beiden herüber. Ich frage mich, was er sieht. *Kleine Waisenkinder*, denke ich, und ich hasse diesen Gedanken. Aber es stimmt. Wir sind jetzt allein. Mom kommt nicht zurück, und selbst wenn sie es täte, würde ich nicht mit ihr gehen. Ich kann mich um mich selbst kümmern, aber was ist mit Connor? Er ist noch nicht alt genug. Er braucht Hilfe. Ich bin clever genug, um zu wissen, dass sie mich nicht als seinen Mom-Ersatz einspringen lassen würden.

Wir brauchen Hilfe.

Zum ersten Mal trifft mich die enorme Tragweite dessen, was geschehen ist. Ich spüre die Tränen in meiner Kehle und meinen Augen. Ich blicke zu Connor. Er starrt wieder in sein Buch, hat jedoch seit Minuten keine Seite umgeblättert. Er liest nicht. Er versteckt sich. Darin ist er gut.

Ich beneide ihn darum, denn ich weiß nicht, was ich tun soll.

»Gwen und Sam ...«, beginnt Kezia, doch Prester hält eine Hand hoch. Sie zittert ein wenig.

»Nein, Claremont. Ich bin lange genug im Geschäft. Ich glaube, dieses kleine Rätsel kann ich selbst lösen. Gwen und Sam sind unterwegs, um ihre eigenen Ermittlungen anzustellen. Sie haben sich gedacht, die Kinder seien hier bei Ihnen sicherer. – Wie mache ich mich bisher?«

»Sie sind auf der richtigen Fährte.«

»Und angesichts dessen, was ich in Ihrer aller Gesichter ablese, ist irgendetwas ziemlich schiefgelaufen«, sagt er. »Verdammt schief. Werden sie vermisst?«

»Nein«, sagt Javier. »Aber es wird immer komplizierter. Ich wollte nicht, dass Sie denken, Kezia sei kein guter Cop oder dass wir Familienprobleme hätten oder so etwas. Das ist es nicht.«

»Sieht mir aber schon nach Familienproblemen aus«, sagt Prester. »Nur nicht Ihre eigenen.«

Anstelle einer Antwort schaltet Javier sein Tablet an und reicht es Prester. Der schaut sich das Video an. Ich kann nicht sagen, ob es bei ihm etwas auslöst oder nicht. Er nickt einfach nur und gibt es zurück. »Glauben Sie das?«

Die Frage hängt ein paar lange Sekunden in der Luft, bis Kezia schließlich antwortet. »Ich will es nicht glauben. Es scheint wirklich verdammt praktisch, dass es dieses Video gibt und es irgendwie niemand vor ihrem Prozess den Cops gesteckt hat. Warum hätten sie es zurückhalten sollen?«

»Das machen Menschen manchmal«, meint Prester. »Die Antwort ist immer gleich. Geld oder Macht. Falls es echt ist, hat jemand auf einen Zahltag gehofft. Falls nicht, geht es um Macht. Und das hängt ganz davon ab, wer von der Sache profitiert.«

Ich denke darüber nach. Was hat das zu bedeuten? Wer könnte von etwas so Schrecklichem profitieren? Was hat es Gutes bewirkt?

Das wird mir erst klar, als Javier spricht. »Jetzt, wo das draußen ist, ist Gwen in der Defensive. Es bringt die Leute dazu, nach ihr zu suchen, und sie kann nicht weiter nach ihrem Ex suchen, sondern muss sich selbst schützen.«

Dad. Dad profitiert davon. Mein Kopf tut weh. Es ergibt keinen Sinn und gleichzeitig doch. Ich kann nur einfach nicht glauben, dass jemand so etwas *absichtlich* tun würde.

»Absalom profitiert davon auch«, meint Kezia. »Oder?«

»Ja, denn sie muss auch denen auf der Spur gewesen sein«, stimmt Prester zu. »Ich sage nicht, dass es nicht echt sein könnte, aber es ist, wie Sie gesagt haben, Kez. Das scheint mir zu praktisch. Und Sie sollten sich selbst fragen: Wer zum Teufel ist da im Busch herumgekrochen, um das zu filmen? Jemand hat gesehen, wie sie ein bewusstloses Mädchen reingetragen haben, und hat nicht die Polizei gerufen? Würde das auf meinem Schreibtisch landen, würde ich als Erstes fragen, woher es gekommen ist und warum.«

Jetzt ist mir langsam wirklich schlecht. Bei ihm klingt das wie eine Geschichte aus einem Film. Aber das ist es nicht. Überhaupt nicht. Bei ihm klingt es so, als wäre sie unschuldig.

Das kann nicht sein. Ich habe sie schließlich weggeschickt.

»Ich bin mit Connor bereits durchgegangen, wie er es gefunden hat«, sagt Kezia. »Ich kann es Ihnen zeigen. Anscheinend war er auf dem Message Board, auf dem über die Verbrechen seines Dads gesprochen wird. Dort war ein Link. Er wurde mittlerweile heruntergenommen, aber von dort hat er das Video.«

»Sie glauben ihr also, dass es gefälscht ist?«, fragt Javier. »Es sieht so *echt* aus.«

»Waren Sie in letzter Zeit mal im Kino? Leute mit einem PC und ein paar Fähigkeiten können heutzutage unmögliche Dinge verdammt echt aussehen lassen. Es bedarf einer forensischen Analyse, um herauszufinden, was echt ist und was nicht. Ich glaube, das hat alle an einem emotionalen Punkt getroffen, nicht an einem logischen.«

»Sie glauben es also nicht«, folgert Kezia.

»Ich sage, dass ich offen für alles bleibe, bis der Techniker mir etwas anderes sagt, ob in die eine Richtung oder die andere.« Prester trinkt noch etwas Kaffee und sieht dann zu mir und Connor. »Sind Sie sicher, dass die Kinder hier am besten aufgehoben sind?«

»Nein«, meint Javier. »Aber wohl immer noch besser als auf irgendeinem Roadtrip auf der Suche nach Ärger. Falls Gwen erfolgreich ist, will ja wohl keiner von uns, dass sie ins Kreuzfeuer geraten.«

252

Prester nickt zustimmend. »Ich weiß es zu schätzen, dass Sie mich eingeweiht haben. Ich werde Stillschweigen darüber bewahren.« Er richtet sich an Kezia. »Was mich angeht, können Sie den Großteil der Zeit im Außeneinsatz sein. Wenn Außeneinsatz bedeutet, dass Sie hier sind, um auf sie aufzupassen, geht das für mich in Ordnung. Falls es irgendetwas zu ermitteln gibt, rufe ich Sie an. Und halten Sie sich ansonsten bedeckt. Ich will nicht, dass noch jemand hinter ihnen her ist. Würde sich schlecht in meiner Historie machen.«

Er bringt seine Tasse zur Spüle und macht sie sauber. Dann schüttelt er Javier und Kezia die Hand und geht. Uns hat er die ganze Zeit über nicht direkt angesprochen.

Als sich die Tür hinter dem Detective schließt, sehen Kezia und Javier einander mehrere Sekunden lang an, dann setzt sich Kezia in den Sessel uns gegenüber. »Geht's euch gut?«, fragt sie.

Ich möchte lachen. Ernsthaft. Uns geht es nicht gut. Wie könnte es uns gut gehen? Ich zittere am ganzen Körper.

»Alles okay«, sage ich. Sie kennt mich nicht gut genug, um zu wissen, dass ich lüge, wenn ich mein Kinn sinken und mir die Haare ins Gesicht fallen lasse. »Was wollen Sie denn von uns hören? Sie hat uns im Stich gelassen. Sie hat uns alle im Stich gelassen. Sie sollte zusammen mit Dad im Gefängnis sitzen.«

Kezia fühlt sich nicht wohl in ihrer Haut. Genau wie Javier ist sie gut darin, Menschen zu beschützen, aber nicht so sehr im Trösten. Aber sie versucht es. »Ich dachte, vielleicht könntest du mir sagen, wie du dich nach dieser Sache fühlst.«

Ich verdrehe die Augen. »Wütend. Angepisst. Enttäuscht. Was soll ich denn sonst sagen? Es ist doch schon vorbei! Sie ist *weg*!«

Ich kann selbst hören, wie rau sich meine Stimme am Ende anhört, also verstumme ich, verschränke die Arme vor der Brust und lasse mich in die Couch zurücksinken. Mein ganzer Körper schreit *Sprich mich nicht an*, und Kezia akzeptiert das. »Okay. Connor?«

»Sie hätte uns nicht über das anlügen dürfen, was sie mit Dad gemacht hat«, sagt er.

»Das weiß ich, aber bist du traurig? Oder bist du wütend?«

Sie bemüht sich zu sehr. Vermutlich ist sie ebenso wütend auf Mom wie wir. Jetzt sind wir kein Gefallen mehr, den sie und Javier gern erweisen. Wir sind eine Verantwortung. Ich wette, beide denken dasselbe: *Wie sind wir nur in diese Sache hereingeraten? Und wie kommen wir da wieder raus?*

Ich wette, das denken wir alle, aber Connor und ich werden das nicht sagen. Wir sind die Kinder unserer Mutter. Wir wollen nicht über unsere Gefühle sprechen. Als Mom uns nach ihrem Gefängnisaufenthalt zu den Therapiesitzungen geschleift hat, muss ich in der Gesprächstherapie einen Rekord gebrochen haben, Stunden ohne zu sprechen durchzuhalten.

Falls ich darüber sprechen will, *falls*, dann wohl kaum hier. Und nicht, wenn Connor zuhören kann. Ich muss für ihn stark sein.

Connor hat als Reaktion auf Kezias Frage lediglich mit den Schultern gezuckt. Sie schenkt uns ein trauriges, schmales Lächeln, als würde sie es verstehen. Doch das tut sie nicht. »Okay, aber ihr wisst, dass ihr jederzeit zu uns beiden kommen könnt, ja? Jederzeit. Wegen allem. Das war ein schwerer Tag, und wir wollen für euch da sein.«

»Ja. Super. Sind wir jetzt fertig?«, frage ich. »Kann ich in mein Zimmer gehen?«

»Klar«, sagt Kezia. Sie klingt sanft. »Du kannst dich ausruhen, wenn du willst. Wir sind hier.«

Bevor ich das tue, beuge ich mich vor und lege meinem Bruder einen Arm um die Schultern. »Du kannst zu mir kommen, das weißt du, oder?«, flüstere ich nur ihm zu.

Er nickt leicht. Das wird er tun, wenn er dazu bereit ist.

Ich gehe in mein Zimmer und lasse die Tür mit einem Krachen zuschlagen. Ich lege mich aufs Bett und starre an die Decke; ich zappele herum, stecke mir die Kopfhörer ins Ohr, aber nichts funktioniert. Ich kann mich nicht ausruhen. Ich kann nicht schlafen. Also wandere ich auf und ab. Ich denke über Mom nach. Ich erinnere mich an all die Dinge, die sie für mich getan hat, mit mir, an all den Spaß und das Licht und das Lachen, die sie mir geschenkt hat, und ich frage mich, ob ich einen schrecklichen Fehler begangen habe. Dadurch werde ich wütend auf mich selbst, erst darauf, ihr wehgetan zu haben, und dann darauf, nicht bei meiner Linie zu bleiben.

Ich fühle mich im Augenblick so allein, so leer. Ich will, dass ich jemandem wichtig bin. Nicht im abstrakten Sinn. Ich will, dass mir jemand direkt ins Gesicht sieht und mir sagt, dass ich wichtig bin. Ich wünsche mir das so sehr, dass es wehtut. Aber ich will das nicht von Kezia hören. Nicht von Javier.

Nein. Ich möchte unbedingt mit Dahlia sprechen, doch ich darf nicht in die Stadt gehen oder sie anrufen. Ich weiß, warum, und das ist auch clever, aber ich fühle mich im Augenblick nicht clever. Ich bin verzweifelt. In mir ist eine Leere, die mich erstickt, als wäre im Zimmer nicht genug Luft.

Also nehme ich mein Handy, wähle ihre Nummer aus dem Gedächtnis und schreibe ihr, wo sie mich treffen soll. Ich unterzeichne mit *Tana*, kurz für Lantana, das Wandelröschen, ihre Lieblingsblume. Sie hatte mir vor einer Weile den Spitznamen Lannytana verpasst.

Innerhalb von Sekunden bekomme ich eine Antwort. Halbe Stunde, O. K.?

K, schreibe ich zurück und stecke das Handy wieder weg.

Sie hat nicht gezögert. Ich fühle Wärme in mir hochsteigen, gleichzeitig bin ich nervös.

Connor hat mir gezeigt, wie man es anstellt. Ich klettere aus dem Fenster und schließe es hinter mir. Boot bellt, als ich über den Zaun springe, aber nur einmal, als wüsste er nicht, wie er kommunizieren soll, dass ich die Regeln breche. Oder als würde er mich nicht wirklich verraten wollen. Schließlich läuft er ein paarmal am Zaun auf und ab, geht dann zurück auf die Veranda und legt sich hin. Um Connor zu bewachen, schätze ich. Gut. Das muss er für mich erledigen.

Ich bin schon lange nicht mehr gelaufen, habe jedoch das dringende Verlangen, es wieder zu spüren. Die Kontrolle. Das Brennen. Die Stille in mir, die sich einstellt, wenn man alles auf diese eine Anstrengung konzentriert. So bleibt kein Platz mehr für all die Nebengeräusche.

Also laufe ich. Ich nehme den Weg durch den Wald, wobei ich aufpasse, wohin ich trete. Ich halte mich an Wildpfade, bis ich auf eine Straße stoße, dann laufe ich mit großen Schritten. Nicht einmal eine halbe Stunde später sehe ich das blaue Glitzern des Stillhouse Lake durch die Bäume. Ich werde langsamer, da meine Beine zu zittern beginnen. Ich komme von der anderen Seite, vorbei am Schießstand, wo Javier jetzt eigentlich arbeiten sollte. Hätte er nicht einen verlängerten Urlaub genommen, um uns zu beschützen.

Ich frage mich, wie lange er brauchen wird, um herauszufinden, dass ich im Augenblick nicht sicher bin. Und wie lange, um mich zu finden.

Ich bleibe im Wald, bewege mich ganz vorsichtig und verstecke mich, sobald ich irgendein Anzeichen von Autos oder Menschen sehe. Heute sind nicht viele unterwegs. Es ist kalt und leicht bewölkt. Für die meisten Leute Grund genug, im Haus zu bleiben. Der Wind ist zu stark, um mit dem Boot zu fahren.

Ich komme an Sams Haus vorbei. Es wird wohl leer stehen; er hat es abgeschlossen und alles so gelassen, im Notfall hätte ich also ein Versteck. Aber ich will auch nicht unbedingt einbrechen.

Von seinem Haus aus sehe ich unser altes Haus.

Es liegt etwas von der Straße und vom Hafen zurückgesetzt – nahe genug, um als Seelage zu gelten, aber weit genug den Hügel hoch, dass wir uns keine Sorgen wegen Überflutung oder zufälliger Besucher machen müssen. *Unser Haus.* Was es wohl nicht mehr wirklich ist. All unsere schönen Zeiten dort, all unsere Erinnerungen daran, sauber zu machen und zu streichen und es für uns einzurichten, unsere Abende mit Essen und Fernsehen und Familie … all das ist jetzt verdorben. Ich weiß nicht mehr, wie ich mich deswegen fühlen soll.

Es ist, als wäre dieses Haus ein Museum für das Leben von jemand anderem.

Ich schlüpfe aus dem Schutz der Bäume und jogge wieder, wobei ich versuche, so auszusehen, als wäre ich nur gerade beim Trainieren und, nein, garantiert nicht das Kind des berüchtigsten Serienkillers der letzten zehn Jahre – nein, ganz und gar nicht. Ich sehe niemanden. Als ich zur Straße komme, beschleunige ich und renne sie hoch. Dabei bekomme ich einen guten Blick auf unser Haus.

Kurz bevor wir es verlassen mussten, nachdem das über Dad bekannt geworden war und die Leute schließlich wussten, wer wir wirklich sind, wurde unser Haus von Vandalen besprüht. Die Farbe ist noch immer da, die beleidigenden Sprüche verteilen sich über die Garage und die Wand. Neue Graffiti sind dazugekommen. Eins ist eine plumpe Zeichnung einer hängenden Frau und zwei kleineren Figuren auf demselben Schafott. Wow, wirklich subtil, Leute.

Auf der Schwelle unseres »Museums« halte ich schwer atmend inne, versuche, meinen Puls wieder unter Kontrolle zu bekommen. *Was du tust, ist dumm, Lanny. Total dumm. Das ist dir doch klar.* Ja, und ich glaube langsam auch wirklich, dass das keine gute Idee ist. Aber jetzt bin ich schon so weit gekommen. Ich weiß nicht, warum, aber es fühlt sich so an, als wäre dies der einzige Ort auf der Welt, an dem ich mich noch normal fühlen kann.

Das Vorderfenster wurde eingeschlagen. Ich sehe, wie der Wind hineinbläst. Die Vorhänge flattern wie verwundete Vögel.

Ich hatte die Schlüssel in der Tasche und schließe jetzt die Tür auf, auf der noch immer das alte Tatort-Absperrband klebt. Mit den Schlüsseln säbele ich das Siegel durch und drücke die Tür auf. Kein Licht. Als ich auf den Schalter drücke, bleibt es dunkel. Kein Strom. Oh, und auch kein Alarm. Das Alarmfeld ist inaktiv.

Ich schließe die Tür und verriegele sie. Da trifft mich dieser Gestank. *Widerlich, mein Gott, was ist das? Eine Leiche?* Für eine Sekunde stehe ich hier im Wohnzimmer mit nur dem trüben Licht, das durch die flatternden Vorhänge dringt, und stelle mir vor, wie jemand im Flur an einer Schlinge baumelt. Hätte ich nicht eben die Tür hinter mir verschlossen, wäre ich in der nächsten Sekunde wieder draußen gewesen.

Sei nicht dämlich; hier gibt's keine Leiche, ermahne ich mich. Ich sehe mich um. Das Wohnzimmer sieht fast aus wie immer, abgesehen von dem Ziegel, der durch die Frontscheibe geworfen wurde. Na gut, und ein paar kreativen Graffiti an den Wänden. Der Fernseher ist weg, zusammen mit der Spielekonsole und den meisten Spielen. Die sind wohl reingekommen, um zu zerstören, und haben sich dann davon ablenken lassen, dass es etwas zu klauen gab.

In der Küche wird der Gestank schlimmer. Dort finde ich ein Chaos vor. Noch mehr rote Sprühfarbe, die wie frisches Blut getropft ist. Aber wer auch immer das fabriziert hat, konnte nicht gut genug mit Farbe umgehen, um es auch lesbar zu machen. Könnte *Schlampe* heißen, aber nur, wenn ich die Augen zusammenkneife.

Die Küche ist die Quelle des Gestanks. Irgendjemand hat den Kühlschrank geöffnet und das Essen auf dem Boden verteilt;

das Ganze ist eine schimmlige Masse, auf der selbst in der Kälte die Fliegen krabbeln. Am liebsten würde ich mich übergeben, aber stattdessen schnappe ich mir Besen und Kehrschaufel und Mülltüten und fege so viel zusammen, wie ich kann. Der Müll, der noch im Mülleimer ist, stinkt ebenfalls. Wir hatten keine Zeit mehr, ihn zu leeren, bevor wir los sind.

Irgendwie hätte ich nie gedacht, dass ich Dahlia an einen Tatort bestellen würde. Ich gebe mein Bestes, um sauber zu machen, bevor sie kommt.

Ich packe alles in Tüten und bringe es raus zum verschließbaren großen Metallcontainer, der Bären abhalten soll. Nicht, dass ich hier jemals einen Bären gesehen hätte. Zumindest schreckt er auch die Waschbären ab.

Ich verriegele gerade wieder das Schloss, als ein Schatten über mich fällt und mir klar wird, dass jemand direkt hinter mir steht. Ich drehe mich um, bereit zu schreien und die Schlüssel zwischen meine Fingerknöchel zu stecken, wie Mom es mir beigebr…

Aber sie ist es.

»Hey«, sagt sie und streicht sich die Haare aus den Augen. Dahlia, genau, wie ich mich an sie erinnere. Nur ihre Haare sind mittlerweile etwas länger. Mein Gott, ist sie hübsch. Hübscher, als ich es jemals sein werde. Ich möchte weinen, weil es so schön ist, sie zu sehen, und gleichzeitig möchte ich sie umarmen, bin mir allerdings nicht sicher, ob ich das tun sollte. »So, du hast also einfach die Fliege gemacht, Alte. Was geht denn da ab?«

Sie hievt sich auf den Picknicktisch, der auf der hinteren Veranda steht. Die, die Mom und ich gebaut haben, aber nie wirklich nutzen konnten. Ich setze mich neben sie, nahe genug, dass sich unsere Oberschenkel berühren. Mein Herz rast. Ich darf eigentlich von niemandem gesehen werden und ganz bestimmt nicht von jemandem, der mich kennt. Ich habe sämtliche Sicherheitsregeln gebrochen.

Aber das hier fühlt sich so richtig an. So vollkommen richtig. Die Leere in mir ist weg und in diesem Augenblick verspüre ich inneren Frieden.

»Ich musste weg«, erkläre ich. »Tut mir leid. Ich wollte dich anrufen, aber es ging alles drunter und drüber. Und dann waren die Leute hinter uns her. Du hast davon gehört, oder?«

»Ja«, sagt sie leise. »Stimmt es, dass du Lancel Graham umgebracht hast?«

Graham ist in der Tat tot. Aber es schockiert mich, zu hören, dass meine Freundin glaubt, ich hätte es getan. »Was? Nein! Gott! Wer hat denn so was gesagt?«

»Alle«, sagt sie und zuckt mit den Schultern. »Na ja, er wurde beerdigt, also klang es irgendwie nach der Wahrheit, okay? Und du bist hart drauf. Man sagt, er sei ein abgefuckter Serienkiller gewesen. Und dein Dad auch …?« Es ist nur halb eine Frage, und ich will sie nicht beantworten. Kein bisschen. Es ist eine so ruhige Frage und doch fühlt sie sich größer als die ganze Welt an. Ich habe Dahlia nie von Dad erzählt. Es ist nicht so, dass ich es nicht wollte, aber es gab Regeln. Moms Regeln.

Scheiß auf Mom. Mom hat es sich zur Gewohnheit gemacht zu lügen – uns anzulügen, vielleicht auch sich selbst. Aber ich will Dahlia nicht mehr anlügen, nie wieder. Hier mit ihr in der Sonne zu sitzen, etwas Echtes zu fühlen, selbst wenn ich nicht genau weiß, was es ist … das hat etwas zu bedeuten.

Ich strecke die Hand aus und streife ihre Finger mit meinen. Sie sieht mich nicht richtig an, aber sie dreht ihre Hand und unsere Finger verschlingen sich ineinander. Mein Puls rast, weil sich das hier stark anfühlt. Es fühlt sich *richtig* an. Wir haben manchmal so Händchen gehalten. Ich dachte, das wäre nur, weil wir beste Freundinnen wären.

Aber jetzt glaube ich, dass es etwas anderes ist.

Ich kann Dahlia vertrauen. Ich muss ihr vertrauen, denn wenn ich es nicht tue, bin ich genau wie Mom. Eine Lügnerin.

»Mein Dad ist ein Monster«, erkläre ich. »Das ist alles wahr. Er hat Mädchen vergewaltigt und gefoltert und ermordet, die nur etwas älter waren als wir.«

Sie schaut mich mit aufgerissenen Augen an. »O mein Gott. Das ist abgefuckt. Hattest du keine Angst?«

Ich zucke leicht mit den Schultern. »Ich wusste nichts davon. Für uns war er einfach … du weißt schon, Dad. Er hat manchmal die Beherrschung verloren, aber er hat uns nie geschlagen oder so etwas. Er hatte nur seine Regeln.«

Sie beißt sich auf die Lippe, eine Angewohnheit von ihr, wenn sie nervös ist. Ich sehe das halb versteckte Aufblitzen ihrer Zähne. »Ich habe gehört, er hätte Sachen in eurem Haus gemacht.«

»Nicht im Haus. In der Garage«, stelle ich klar. »Sie war immer verschlossen.«

»Trotzdem.«

»Ja«, sage ich leise. »Ich weiß. Das ist total verkorkst.«

Ihr davon zu erzählen, fühlt sich so an, als würden mir riesige Felsbrocken von den Schultern fallen. Es macht mich benommen, wie federleicht ich mich fühle. Wie *sicher*.

Noch immer hält Dahlia meine Hand, und ich fühle jede Rille in ihren Fingerspitzen, jeden Pulsschlag von ihr. Mir ist heiß in der Sonne, ich bin entspannt, und zum ersten Mal seit langer Zeit ist da kein Chaos mehr.

»Hey«, meine ich. »Fällst du immer noch in Spanisch durch?«

»Aber so was von«, sagt sie und lacht – nicht, weil das so witzig ist, sondern aus Erleichterung, dass wir das Thema wechseln. »*No se habla*, aber echt.« Doch das Lachen stirbt schnell wieder ab, und sie wirft mir unter ihren dichten, samtigen Wimpern einen Blick zu. Dahlias Wimpern sind lang und weich, nicht so stachlig wie meine, wenn ich Mascara auflege. Ich trage heute überhaupt kein Make-up und fühle mich jetzt nackt. Dahlia hat blaue, sehr klare Augen, in der Farbe des Sees in der Sommerhitze. Mit nur einem Hauch von Grün im Zentrum. Sie trägt einen dicken Pullover und darüber einen Hoodie mit schwarzen Halbfingerhandschuhen. Ihre blonden Haare sind durchsetzt von dunkelgrünen Strähnen, die smaragdfarben beginnen und nach unten hin verblassen. Sie sieht aus wie eine punkige Meerjungfrau.

»Also«, sagt sie. »Ich hab dir bestimmt eine Trillion Mal getextet. Wie so ein Stalker. Und du hast nie geantwortet.«

»Ich konnte nicht«, erkläre ich. »Wir mussten unsere Handys wegwerfen und neue besorgen.«

»Weil ... weil die Cops hinter euch her waren?«

»Nicht die Cops«, berichtige ich sie. »Wir haben nichts falsch gemacht. Nein, wegen meines Dads. Er ist ausgebrochen.«

»Ja, weiß ich, aber ich dachte, sie hätten ihn schon wieder eingesperrt?« Dahlias Augen sind riesengroß, und sie starrt mich an, als wäre ich gleichzeitig wundervoll und tragisch und angsteinflößend.

»Nein, sie haben alle anderen wieder erwischt, die entkommen sind, aber er ist noch da draußen. Irgendwo.« Ich seufze. »Deshalb sollte ich dir nicht schreiben oder dich anrufen oder irgendetwas. Weil wir versuchen, sicherzustellen, dass er uns nicht finden kann.«

»Dann ... Darfst du denn überhaupt hier sein?«

»Zum Teufel, nein, und die werden total wütend sein, wenn sie es mitbekommen.«

»Oh ... wo wohnst du denn?«

Ich will es ihr sagen. Das will ich wirklich, und das würde ich auch, wenn es nur mich beträfe ... aber es ihr zu sagen, würde bedeuten, auch Connors Leben in ihre Hände zu geben, nicht nur meines, und das kann ich nicht. Ich muss auf ihn aufpassen, besonders, seit Mom ... was immer sie jetzt ist. »In der

Gegend«, sage ich nur. »Ich darf es dir aber nicht sagen. Nicht, weil ich dir nicht vertraue, nur weil …«

»Nein, schon gut, ich verstehe das. Ich werde nichts sagen. Ich hab dich hier nie gesehen.« Sie sieht mich jetzt direkt an, und das ist überwältigend. »Ich will nicht, dass dir etwas passiert, Tana.«

Mir stockt der Atem und ich zittere. Ich hoffe, das merkt sie nicht. Wieder wechsle ich das Thema. »Wer hat eigentlich das Haus so verwüstet?« Ich schwenke mit der Hand Richtung Flur, Küche, über den ganzen Schaden.

»Oh. *Das.*« Dahlia wickelt sich eine Strähne um den Finger und zieht daran. Das ist süß. »Ja, na ja, du kennst doch diesen Arsch Ernie aus der Stadt? Er und ein paar seiner Baseballkumpel von der Highschool. Sie wurden schon zwei- oder dreimal von den Cops vertrieben. Tut mir leid. Ich wollte kommen und aufräumen, hatte aber Angst, dass man mich dabei ertappt und auch verhaftet. Meine Eltern würden das niemals verstehen. Sie verstehen das meiste nicht.« Wieder sieht sie mich an, und in diesem Blick liegt etwas, das ich instinktiv erkenne und gleichzeitig auch wieder nicht. Aber plötzlich ist mir warm, ich brenne in den erstickenden Klamotten, die ich trage.

»Schon okay. Zumindest haben die Cops sie erwischt, bevor sie noch mehr Schaden anrichten konnten. Hey, komm doch rein«, sage ich. »Ich sollte mich nicht hier draußen aufhalten, wo uns jeder sehen könnte.«

»Ich …« Dahlia denkt ein paar Sekunden darüber nach. Ich rutsche vom Tisch und gehe zur Hintertür. *Sie wird gehen*, denke ich. Ich bin mir nicht sicher, was ich deswegen empfinde. Ich fühle mich schlecht, glaube ich. Ich weiß es nicht. Doch als ich zurückschaue, folgt sie mir. »Klar.«

Ich öffne die Tür und gehe rein, dann schließe ich hinter ihr wieder ab. »Tut mir leid«, erkläre ich ihr. »Das ist eine Regel.

Türen immer verschlossen halten. Ich meine, du kannst natürlich raus und alles. Ich halte dich hier nicht als Geisel.«

»Du Witzbold, dir ist schon klar, dass da ein großes Loch im Fenster ist, oder? Was bringt denn da das Abschließen?« Dahlia hustet und verzieht das Gesicht. »Puh. Was ist denn das für ein Gestank?«

»Der Arsch Ernie und seine Freunde haben auf dem ganzen Boden Lebensmittel verteilt. Ich hab aufgeräumt. Schätze aber, der Geruch wird noch eine Weile bleiben.«

»Ernie hat übrigens deine Spiele und den Kram. Er hat in der ganzen Stadt damit angegeben, der Idiot. Gott, wie ich den hasse. Ich hab darüber nachgedacht, seine Reifen aufzuschlitzen.«

»Wirklich?«

»Der redet die ganze Zeit nur davon, wie böse du bist. Ich möchte mit einem Baseballschläger auf seine Windschutzscheibe einprügeln. Ich meine, dagegen ist das Aufschlitzen seiner Reifen doch ziemlich milde. Fast schon eine gute Tat.«

Während wir reden, gehen wir durch den Flur, weg von dem Gestank. Dabei ist es nicht so, als würde das eine von uns planen. Meine Angst hat sich verflüchtigt; Dahlia macht die Welt um mich herum immer etwas besser, sodass sie sich fast normal anfühlt.

Die Tür zu meinem Zimmer ist halb geöffnet und ich drücke sie weiter auf.

Ernie und seine Komplizen sind ganz offensichtlich nicht bis hierhin vorgedrungen, denn es fühlt sich an, als würde ich in einen Traum treten. Alles ist so, wie ich es zurückgelassen habe, und noch genauso chaotisch. Ein paar Sekunden erstarre ich und Dahlia taucht hinter mir auf. Ich spüre die Wärme ihrer Haut an meinem Rücken und die Wärme ihres Atems an meinem Hals, als sie spricht. »O mein Gott, ist es verwüstet? Haben sie …?«

Ich trete weiter vor, weil ich nicht weiß, ob sie spüren konnte, wie ich erschaudert bin. Ich hebe Sachen vom Boden auf und stapele sie in der Ecke auf, nur um etwas zu tun zu haben. Das sind vor allem Klamotten. Da liegt mein schwarzes Lieblingsshirt. Es stinkt nach altem Schweiß. Ich lege es trotzdem beiseite, um es später mitzunehmen.

Hier drin rieche ich den Verrottungsgestank kaum noch, und als ich die Tür schließe und das Fenster ein klein wenig öffne, ist alles gut. Ich setze mich im Schneidersitz auf das Bett. Dahlia lässt sich neben mich fallen und drückt mein Kissen an sich. Ich vermisse mein Kissen. Die von Javier sind nicht weich genug. Vielleicht nehme ich das nachher auch mit.

»Hey, das ist meins«, sage ich und sie verdreht die Augen und bewirft mich damit. Ich fange es, bevor es in meinem Gesicht landet. Es riecht noch nach Waschmittel, was mich an Mom erinnert, und wie sie zweimal in der Woche die Wäsche gemacht hat und ich beim Zusammenlegen geholfen habe. Laken und Handtücher, jede Woche. Routinen. Sicherheit.

Warum musste sie nur solch eine *Lügnerin* sein?

Ich vermeide den Schmerz. Wechsle das Thema. »Also, was machst du heute noch?«

»Zum Fels hochgehen.«

Oh. Klar. Der Fels ist ein großer Felsbrocken auf halbem Weg den Berg hoch. Er ist voller Graffiti und ein Versammlungsort für die Jugendlichen in der Gegend, die rauchen und trinken und all das machen wollen, was ihren Eltern nicht gefallen würde. Ich war nicht oft dort, aber ich weiß, wo es ist. Das wissen alle.

»Oh. Da hängst du also jetzt ab?« Sie zieht die Schultern vor, was man als eine Art Achselzucken deuten kann. »Du wirst noch erwischt, wenn du so weitermachst.« Ich zögere und fahre dann fort. »Triffst du dich mit jemandem?«

Plötzlich grinst sie, und ich wünschte, ich hätte nicht gefragt. Denke ich. »Niemand Besonderes. Ich habe nur geschaut, wer sich da oben so rumtreibt und ob es da irgendetwas Gutes gibt. Manchmal hat Mary Utrecht das Valium ihrer Mom dabei.«

»Oh, jetzt bist du also auf Pillen? Ich gehe und schon landest du auf der dunklen Seite?« Ich werfe das Kissen, das sie in der Luft auffängt.

»Entspann dich, das ist ganz locker. Ist ja nicht so, als würde ich zu Pillenpartys gehen oder so was.« Sie wirft mir einen schnellen Blick zu. »Hey, wie bist du überhaupt hierhergekommen? Ich habe den Wagen deiner Mom gar nicht auf der Straße gesehen.«

»Ich bin gelaufen«, sage ich und wünschte mir sofort, ich hätte es nicht getan; wenn sie das irgendjemandem erzählt, weiß derjenige, dass ich irgendwo in Laufdistanz zu diesem Haus lebe. Ich wünschte, wir wären woanders. Ich liebe mein Zimmer, aber alles darin erinnert mich an Mom, wie sie immer hier war, bereit, mich in die Arme zu nehmen, wenn ich es brauchte, oder ein Problem zu lösen, oder mich mit ihrem Leben zu beschützen. Dahlia hierzuhaben, hilft, hält die Wahrheit aber nicht davon ab, weiter zu mir vorzudringen.

Mir wird klar, dass ich nicht mehr wütend auf Mom bin. Ich bin traurig. Ich bin enttäuscht. Ich bin verwirrt.

»Alles okay?«, fragt Dahlia leise.

»Ich weiß es nicht.« Ich schlucke und es tut weh, und meine Augen brennen. »Ich … meine Mom und ich hatten Streit. Ich hab so einiges gesagt. Ich war ziemlich grausam.«

Sie beugt sich vor, um mich anzusehen. »Ich brülle meine Mom dauernd an.«

»Nein, das ist … ich glaube, ich habe ihr wirklich wehgetan. Und vielleicht hat sie es verdient, das weiß ich nicht mehr. Aber …« Ich kann es nicht verhindern. Ich muss weinen. Ich rolle mich auf die Seite, es ist schrecklich, dass ich weine und

Dahlia mich so sieht. Aber es fühlt sich gut an, als sie meine Schulter berührt und mir durch das Haar fährt und mit ihrer Hand in langsamen Kreisen über meinen Rücken streicht.

»Du bist ein guter Mensch, Lanny Proctor«, flüstert sie mir ins Ohr. »Du bekommst das wieder hin. Okay?«

»Okay.« Ich schlucke die Tränen hinunter. Dass ich weine, hat vielerlei Gründe: Mom, die uns angelogen hat; mich, die ich sie mit beißenden Worten verletzt habe; dieses ruinierte Haus, das vorher meine Zuflucht war. Ich weine sogar, weil ich Dahlia verloren habe, dabei habe ich sie gar nicht verloren. Dumm. Ich fühle mich so dumm.

Dahlia weiß, wie sie mich aus dieser Stimmung holen kann.

Das Kissen trifft meine Nase. Ich schiebe es weg und brülle. »Hey!«

»Schluss mit dem traurigen Gesicht. Zeit, wieder fröhlich zu sein, Freundin!«

Ich bin zur Hälfte wütend auf sie und zur Hälfte aus dem Häuschen. Ich schmecke gleichzeitig Tränen und Lachen. Ich greife mir das Kissen, schlage sie damit und wir ringen darum. Und dann liege ich auf ihr und wir sehen einander an und sie lacht ihr glockenhelles Lachen und ich denke … ich denke …

Ich denke nicht nach.

Ich küsse sie einfach.

Es ist, als würde alles in mir plötzlich still werden, und ich fühle nur noch sie, ihre Lippen (so viel weicher als die der Jungen, die ich geküsst habe, kleiner, süßer), ihr Körper, der sich meinem entgegenwölbt, unsere Brüste, die sich unter den Kleidungsschichten aneinanderpressen. Gott, ich habe das Gefühl, als wäre das der beste Augenblick in meinem Leben. Als hätte ich bis zu diesem Augenblick alles falsch gemacht und jetzt endlich etwas so Wichtiges herausgefunden, dass alles in mir seinen Platz findet. Es ist wundervoll und doch auch erschreckend. Ich zittere vom Schock über das, was ich getan habe, und ziehe mich zurück. Ich frage mich, ob Dahlia mich jetzt wohl anschreien und beschimpfen wird.

Sie schreit nicht. Weder weint noch brüllt sie. Sie lächelt, als würde sie gerade aus dem wundervollsten Traum erwachen, und sie sieht mich auf diese Art an – die Art, wie Javier Kezia ansieht, die Art, wie Sam manchmal meine Mom angesehen hat. Mein Atem stockt, denn ich hatte recht, es ist wunderschön. Es fühlt sich wunderschön an.

»Aber hallo, ich hatte mich schon gefragt, wann du endlich dahintersteigst«, sagt Dahlia, was mich panisch und verwundert auflachen lässt. Ihr träges, reizendes Lächeln verblasst. »Ich habe mich in den Schlaf geweint, seit du weg warst. Wusstest du das?«

»Nein. Warum?« Das meine ich ernst, denn das alles hier passiert so schnell, und ich kann es noch nicht ganz erfassen.

»Weil ich dich liebe, du Dummerchen.« Sie schnappt sich das Kissen und prügelt wieder auf mich ein. Meine Haare fliegen mir ins Gesicht und ich muss lachen und sie küsst mich wieder.

Es ist immer noch dumm. Ich weiß, dass es dumm ist. Und gefährlich. Aber es fühlt sich nicht falsch an.

Ich fühle mich nicht mehr falsch.

Kapitel 16

Gwen

Es scheint, als hätte man mich aufgeschnitten und alles herausgenommen, was wichtig ist. Ich kann nicht mal behaupten, dass es wehtut, denn ich fühle ... nichts. Keine Wut, keine Angst, keinen Hass, keine Liebe, nichts als hallendes Schweigen von meinem Kopf und meinem Herzen.

Ich bin kein Mensch mehr, nur noch eine Hülle. Vielleicht war ich ja immer eine Hülle, denn wenn diese Videos echt sind – wie es offenbar alle annehmen –, dann war ich nie diejenige, für die ich mich gehalten habe.

Sam sitzt am Steuer. Nach einer langen, unnahbaren Stille spricht er. »Wo soll ich dich absetzen?« Sein abrupter Tonfall macht klar, dass er nicht einmal so viel sagen möchte. Ich schlucke schwer und schließe die Augen.

»Das war's also«, sage ich. »Wir sind durch.«

»Wir sind bereits seit Atlanta durch«, gibt er zur Antwort. »Hast du tatsächlich etwas anderes geglaubt?«

Gott, das tut so weh, aber gleichzeitig kann ich nicht leugnen, dass er recht hat. Er sollte tunlichst von mir wegkommen; er weiß nicht mehr, wer ich bin oder was ich überhaupt bin. Was Sam angeht, könnte ich eine geheime Komplizin von

Melvin sein oder gegen ihn arbeiten oder irgendeine psychotische Kombination aus beidem. »Ich verstehe«, sage ich und meine das auch so.

Ich bin völlig aus dem Gleichgewicht. Der Verlust meiner Kinder hat mir den Boden unter den Füßen weggerissen. Mir ist egal, wo er mich absetzt – am Rand dieser Landstraße oder mitten in einer Stadt. Er könnte mich von mir aus auch erschießen und mich ins Meer werfen. Ich glaube nicht, dass mir das etwas ausmachen würde. Ich bin innerlich tot. Ich will meine Kinder, aber meine Kinder wollen mich nicht mehr. Wie soll man da noch weiterleben?

Lange Zeit sagt Sam nichts mehr. Wir lassen Norton hinter uns und fahren wieder zurück auf die Autobahn. Die Taubheit verschwindet nicht, doch plötzlich beginnt etwas anderes in mir zu wachsen. Ein wildes Gefühl von Unbekümmertheit. Von Zielgerichtetheit. Wenn ich meine Kinder nicht auf meine Art beschützen kann, beschütze ich sie eben auf eine andere.

Absalom hat mich zur schlimmsten Art von Feind gemacht: zu jemandem, der nichts mehr zu verlieren und nichts mehr zu fürchten hat. Das Einzige, was Melvin gegen mich in der Hand hatte, waren meine Kinder, doch wenn deren Sicherheit nicht mehr in meinen Händen liegt, gibt es für mich jetzt keinen Grund mehr, vorsichtig zu sein.

Oder unsichtbar.

»Wie weit ist es bis zur nächsten Stadt?«, frage ich Sam.

»Eine halbe Stunde bis zur nächstgrößeren«, meint er. »Warum?«

»Lass mich da raus«, sage ich. »Er wird mich finden.«

»Was redest du da?«

»Melvin wird mich finden. Dafür sorge ich schon.« Ich kann mir vorstellen, wie das läuft: ein Augenblick der Unaufmerksamkeit, und mit einem Schlag ist er da. Er stürzt sich auf mich, schlägt mich nieder oder versetzt mir einen mit dem Elektroschocker. Ich werde genauso aufwachen wie seine Opfer: hilflos, aufgehängt, zu Tode verängstigt, voller Schmerzen. Schmerzen, die erst enden werden, wenn ich sterbe. »Ich muss nur dafür sorgen, dass du ihn finden und töten kannst. Mir ist völlig egal, was er mir antut. Ich kann ihn für dich herauslocken.«

»Das meinst du nicht ernst.«

»Und ob. Er wird mich so lange wie möglich am Leben erhalten, du dürftest also genug Zeit haben. Und selbst wenn es für mich zu spät ist, wird er meinen Körper danach noch bei sich behalten; er wird erst weglaufen, wenn er zufriedengestellt ist. Ich wäre *die Letzte*, Sam, selbst wenn du es nicht schaffst, mich zu retten, bevor es vorbei ist. Du kannst ihn aufhalten. Ich kann dafür sorgen, dass er sich Zeit lässt, es möglichst lange hinauszögern, bis du ihn findest. *Er darf meine Kinder nicht bekommen.* Das ist alles, was mir jetzt noch wichtig ist.«

Plötzlich zieht er den Wagen nach rechts in den Kies, und das Fahrgestell wackelt, als ein schneller Sattelzug vorbeibraust, dann noch einer. Er schaltet auf Parkstellung und dreht sich in seinem Sitz, um mich anzusehen. Ich habe keine Ahnung, was er gerade denkt. »Gottverdammt, Gwen. Wenn du die Wahrheit über dieses Video sagst ...« Für einen Augenblick schließt er die Augen und endlich erkenne ich seinen Gesichtsausdruck. Es ist der erstarrte, ferne Blick von jemandem, der etwas Schrecklichem ins Gesicht sieht. Ich frage mich, ob mein Gesichtsausdruck das Gleiche zeigt. »Du musst für deine Kinder da sein, wenn du diese Dinge nicht getan hast. Das ist dir doch klar.«

Ich tue doch nichts anderes, als an meine Kinder zu denken. Ich denke daran, wie Lanny mir ins Gesicht sieht und mich ein für alle Mal ablehnt. Meine Kinder verdienen meinen letzten und besten Versuch, sie zu schützen, selbst wenn das bedeutet, dass ich ihnen für immer genommen werde. Ich kann nicht beweisen, dass ich unschuldig bin. Aber ich kann sie retten, ob sie nun an mich glauben oder nicht.

»Es ist das Richtige«, erkläre ich ihm. »Das ist die einzige Möglichkeit.«

»Das kann ich nicht zulassen.«

»Du kannst mich nicht aufhalten.«

Er schüttelt den Kopf. »Es wäre für dich am besten, wenn du zu Rivard zurückkehrst. Rivard kommt an Absalom ran. Absalom führt dich zu Melvin. Du musst es nicht auf diese Weise tun.«

»Das dauert zu lange.«

»Du kannst dich doch nicht einfach so hergeben wie ein … Lamm auf der Schlachtbank.«

»Warum nicht?« Ich drehe mich zu ihm und sehe, wie er vor dem zusammenzuckt, was er in meinem Gesicht sieht. »Wenn ich für die Menschen, die ich liebe, bereits tot bin, kann ich genauso gut für sie sterben.«

Es ist trostlos, ergibt für mich aber völlig Sinn. Ich glaube, dass mich Sam Cade nun zum ersten Mal wahrhaftig bedauert. Als wäre ich zerbrochen. Aber das bin ich nicht. Ich bestehe nur noch aus festem Stahl. Nichts Weiches ist mehr übrig.

Ich bin zu kaputt, um noch zerbrochen zu sein.

»Wenn du mich hier verlassen willst, dann tu es«, erkläre ich. »Ich mache es auch allein. Aber ich werde mich an Melvin Royals Fersen heften. Das ist alles, was er mir in dieser Welt noch gelassen hat.«

Er schluckt. Ich weiß nicht, wann ich Sam das letzte Mal so unsicher erlebt habe. Ich blicke aus Tausenden Kilometern Entfernung auf das Verlangen, das ich nach ihm hatte, den hoffnungslosen Wunsch, dass wir das Minenfeld zwischen uns überwinden und die Vergangenheit hinter uns lassen könnten, wenn auch nur für eine Weile.

Aber die Vergangenheit lässt uns niemals in Ruhe. Sie ist in jedem Atemzug, jeder Zelle, jeder Sekunde. Das weiß ich jetzt.

»Mein Gott, Gwen«, flüstert Sam. »Tu das nicht. Bitte nicht.«

Ich löse meinen Gurt, öffne die Tür und trete hinaus in den kalten Nebel. Regen liegt in der Luft, die Art von Winterregen, die sich blitzschnell in Eis verwandelt. Schwarzes Eis, von der Sorte, die man nicht kommen sieht. Die dein Leben außer Kontrolle wirbelt und ins Chaos stürzt.

Ich laufe am Straßenrand entlang weiter in die Richtung, in die auch die Autos unterwegs sind. Es ist gefährlich, hier zu Fuß unterwegs zu sein. Der Kiesstreifen neben der Fahrbahn ist sehr schmal und fällt steil ab. Rechts neben mir sehe ich nur Baumwipfel.

Alles tut weh. Es gibt nichts Sicheres, nichts Gutes, nichts Freundliches mehr. Dennoch werde ich mich nicht verletzen, wenn ich falle. Werde nicht bluten, wenn Melvin mich aufschneidet. Ich bin nicht hier. *Ich bin nicht hier.*

Als Sam von hinten seine Arme um mich legt, kämpfe ich. Ich wehre mich. Aus den vorbeifahrenden Wagen und Trucks muss es so aussehen, als würde er mich angreifen, doch niemand hält an. Niemand interessiert sich dafür.

Alles tut weh.

Ich schreie. Das Geräusch steigt auf in die neblige Luft und wird verschluckt, als hätte es nie existiert, und alles bricht in sich zusammen und ich werde erdrückt von dem Gewicht der Trauer. So schwer, als wäre es die Erde selbst.

Ich verspüre das wilde Verlangen, in den Verkehr zu rennen, und das sollte ich auch. Ich sollte das Ganze einfach in einem wilden Hupkonzert und Lichtern und quietschenden Bremsen und Blut enden lassen, aber das rettet meine Kinder nicht.

»Ganz ruhig«, sagt Sam, seine Lippen dicht an meinem Ohr. Er hält mich zu fest, als dass ich mich befreien könnte. »Ganz ruhig, Gwen. Atme.«

Ich atme, aber viel zu schnell. Mir ist schwindlig. Übel. Die Welt ist grau, und nichts ist mehr wichtig, doch sein Körper ist warm und solide und hält mich fest, hält mich am Leben. Hält mich am Schmerz fest.

Und dafür hasse ich ihn.

Und dann vergeht der Hass und darunter ist etwas Rohes, etwas Verletztes und doch verzweifelt Dankbares. Mein Keuchen verlangsamt sich. Ich höre auf, gegen ihn anzukämpfen.

Langsam kommen die Tränen, erst nur ein Tröpfeln, dann als Flut. Er löst seinen Griff so weit, dass ich mich umdrehen und an ihn lehnen kann. Ich konnte mich immer an ihn anlehnen, und diese Gunst habe ich mir nie verdient. Auch jetzt verdiene ich sie nicht. Seine Anwesenheit ist das Einzige, das in diesem Nebel, diesem Schmerz, diesem Eis noch real ist.

»Ich habe meine Kinder verloren«, keuche ich zwischen den Schluchzern. »O Gott, *meine Kinder*.« Der Schmerz ist in meinem Herzen, in dem leeren Raum meines Schoßes, in dem sie herangewachsen sind, und er ist so ursprünglich, dass ich nicht weiß, wie ich ihn überleben soll.

»Nein, das hast du nicht«, versichert er mir. Ich fühle das Kratzen seiner Bartstoppeln, als er seine Wange an meine drückt. »Du hast niemanden verloren. Aber willst du wirklich, dass ihre Mom von ihrem Dad ermordet wird? Glaubst du, das wird sie retten? Ich weiß, wie es sich anfühlt, der Überlebende zu sein, und es hat mich von innen nach außen gekehrt. Tu ihnen das nicht an.« Ich fühle, wie er schluckt. »Tu mir das nicht an.«

Für eine lange Zeit stehen wir da in der Kälte, umtost vom Verkehr und eingehüllt vom Nebel. »Ich versuch's«, sage ich und meine damit: *Ich versuche zu leben.*

Und ich glaube es auch fast.

* * *

Nur weil Sam nicht will, dass ich mich in den Verkehr stürze oder mich Melvin ausliefere, bedeutet das nicht, dass unsere Freundschaft wieder intakt ist. Ich weiß nicht, ob da noch etwas zwischen uns ist. Die Brücken, die wir mit Zeit und Hingabe und Freundlichkeit gebaut haben ... sie sind nur noch Trümmer, und die Stromschnellen darunter sind gefährlich.

Wir fahren ungefähr eine Stunde. Die Stille liegt schwer zwischen uns. Schließlich redet Sam. »Wir brauchen Benzin. Und etwas zu essen würde auch nicht schaden.«

Ich kann mir zwar nicht vorstellen, etwas zu essen, trotzdem nicke ich. Ich will mich nicht streiten. Ich fürchte mich davor, dass uns die kleinste Meinungsverschiedenheit in den Fluss stürzen würde, ohne Hoffnung auf Wiederkehr.

Er hält an einem Truckstop, einer der großen Ketten, die Platz für Dutzende Wagen haben und in denen es extravagante kleine Läden sowie ein Restaurant und Duschen für müde Fernfahrer gibt. Wir setzen uns an einen Tisch im Diner und essen gebratene Hähnchenbrust und Kartoffelbrei. Das Essen belebt mich ein klein wenig.

»Gehst du zurück nach Stillhouse Lake?«, frage ich ihn schließlich. »Oder ... nach Hause?« Mir wird klar, dass ich überhaupt nicht weiß, wo er zu Hause ist. Wir haben nie darüber gesprochen, woher er kommt.

»Das habe ich noch nicht entschieden«, sagt er. »Ich denke darüber nach.« Er wirft mir einen so kurzen Blick zu, dass ich ihn kaum wahrnehme. »Falls du nicht das getan hast, was diese Videobänder zeigen ...«

»Das habe ich nicht.« Irgendwie gelingt es mir, die Worte ruhig auszusprechen. Dabei möchte ich sie schreien. Meine Fäuste auf den Tisch hämmern, bis sie bluten.

»Falls du es nicht getan hast«, wiederholt er ohne irgendeine Betonung, »dann kann ich nicht zulassen, dass du dich in Gefahr begibst, ohne dass dir jemand den Rücken stärkt.«

Ich stelle fest, dass ich mir in die Innenseite der Wange beiße, um mich davon abzuhalten, etwas Dummes zu tun. Ich schmecke Eisen. Ich habe so fest zugebissen, dass ich blute. Ich habe den verrückten, dämlichen Drang, ihm zu sagen, dass ich diese Dinge getan habe, dass er einfach verschwinden soll, denn ich weiß ganz genau, dass das gnädiger wäre. Das alles hier zerreißt ihn innerlich. Das sehe ich an der vorsichtigen Art, wie er sich bewegt, als ob er über alles nachdenken müsste, was er tut, wie normal es auch sein mag. Wir hatten uns gegenseitig davon überzeugt, dass wir das alles überwinden könnten, und jetzt … jetzt können wir es nicht.

»Kannst du jemanden empfehlen?«, frage ich.

Sam legt seine Gabel hin und lehnt sich an das abgenutzte Vinylpolster. Zum ersten Mal schaut er mir geradewegs in die Augen. Ich kann ihn nicht einschätzen. Er ist völlig kontrolliert, an der Oberfläche ist nichts abzulesen. »Eine Menge Leute«, meint er. »Aber niemand, bei dem ich sicher sein könnte, dass du ihn nicht aufs Kreuz legst.«

»Sam …«

»Lass es.« Seine Stimme ist schneidend. Ich sehe das Flackern in seinen Augen. Unterdrückte Gewalt. »Falls du mich anlügst, dann schwöre ich bei Gott, dass ich gehen und dich sterben lassen werde, denn dann bekommst du, was du verdient hast. Verstehst du mich?«

Ich sollte ihm jetzt und hier sagen, dass er einfach wegfahren soll. Ich weiß, das sollte ich. Sam ist ein guter Mensch, der es schwer hatte. Aber ich kann entweder ehrlich und grausam sein oder nett und eine Lügnerin.

Er würde mir nicht dafür danken, nett zu sein. Und die Wahrheit ist, dass ich ihn brauche.

»Ich lüge dich nicht an«, sage ich ernst. »Ich habe ihm niemals geholfen. Und werde es auch niemals tun. Ich will, dass er stirbt. Und du kannst mir dabei helfen.«

Er blinzelt nicht. Rührt sich nicht. Ich sehe, dass er darauf wartet, irgendein Anzeichen von Täuschung in mir zu sehen, irgendeine Schwäche.

Dann nickt er und spießt ein Stück Hähnchenbrust auf. »Dann ist das unser Deal. Wir finden ihn. Wir töten ihn. Und dann sind wir fertig miteinander.«

Ich bemerke, dass mir der Schal vom Hals gerutscht ist und die dunklen Male rund um meinen Hals entblößt. Als die Kellnerin bei uns hält, um unsere Wassergläser nachzufüllen, blickt sie mich besorgt an. Ich rücke das Stück Stoff wieder zurecht, sage nichts, esse einfach weiter. Als sie die Rechnung bringt, dreht sie sie vor mir um. Auf der Rückseite steht handschriftlich: *Tut dieser Mann Ihnen weh?*

Die Ironie ist so stark, dass ich am liebsten lachen würde. Ich schüttle den Kopf und bezahle die Rechnung bar. Noch immer stirnrunzelnd, geht sie wieder.

Ich erzähle Sam nicht, dass sie dachte, er würde mich misshandeln. Das wäre in der Tat ein brutaler Scherz, denn schließlich bin ich es, die *ihm* wehtut.

Sam starrt aus dem Fenster. Die Scheibe ist beschlagen, aber als ich mir einen Fleck frei reibe, sehe ich, dass heftiger Eisregen vom Himmel kommt. Auf dem kalten Gehweg liegt bereits eine Schicht; die Straßen werden nicht viel besser sein.

»Bei dem Wetter kommen wir nicht mehr weit«, meine ich.

Er nickt. »Nebenan ist ein Motel.«

Wir fahren den SUV auf den Parkplatz. Diese Kette ist nicht so anonym wie das *French Inn*. Ich muss eine Prepaidkarte als Garantie benutzen, obwohl wir bar bezahlen.

»Ein Zimmer?«, fragt die Rezeptionistin, was eigentlich nicht als echte Frage formuliert ist, doch Sam sagt: »Zwei.« Das bringt uns einen neugierigen Blick von ihr ein. Es ist doppelt so teuer, aber ich verstehe das. Wir brauchen jetzt beide Raum für uns selbst.

In der Stille des anonymen Zimmers sitze ich auf dem Bett und starre ins Nichts. Ich frage mich, wann sich diese Leere wieder füllen wird. All meine Panik und meine Schmerzen sind weg, doch übrig bleibt nur ... nichts. Nichts, bis auf den Wunsch, Melvin zu finden.

Mein Zimmer hat eine Verbindungstür zu Sams Zimmer. Ich ziehe die Schuhe aus, wickle mich in die Decke und starre auf diese stille, geschlossene Tür, bis mich der Schlaf endlich überwältigt.

Mit klopfendem Herzen erwache ich im Dunkeln. Ich weiß erst nicht, warum, bis ich das Handy neben mir summen spüre. Meine Augen sind verschleiert, und ich brauche eine Sekunde, um mich auf die Nummer zu konzentrieren. Sie ist mir bekannt.

Es ist dieselbe, über die Melvin mich schon mal angerufen hat.

Ich drücke die Taste. Ich sage nichts.

»Harten Tag gehabt?« Melvins Stimme.

»Ja«, sage ich. »So hast du es doch gewollt.« Ich werfe die Decke ab und schalte das Licht auf dem Nachttisch an. Eine kurze Schrecksekunde lang bilde ich mir ein, ihn dort in der Ecke sitzend zu sehen, aber niemand ist da. Schnell gehe ich zur Verbindungstür, öffne meine Seite und schalte das Handy auf stumm, während ich leicht gegen das Holz tippe.

»Das hast du dir selbst zuzuschreiben, Gina. Du hörst einfach nicht auf zu bohren. Aber bald schon wirst du irgendwo enden, wo du nicht sein willst. Oder ... keine Ahnung. Vielleicht willst du ja genau dort sein. Vielleicht hast du mittlerweile auch Gefallen daran gefunden.«

Sam reagiert nicht. Eine Sekunde lang glaube ich, er habe mich im Stich gelassen, dass er seine Meinung geändert und in die Nacht davongefahren sei ... doch dann höre ich, wie das Schloss gedreht wird, und er öffnet die Tür. Genau wie ich ist er komplett angezogen. Angesichts der dunklen Ringe unter seinen Augen und der leicht silbergrauen Stoppeln auf Kinn und Wangen scheint es nicht so, als hätte er geschlafen.

»Du willst das zu Ende bringen?«, frage ich Melvin. Ich sehe, dass Sam die Situation versteht. Er wechselt die Haltung, als würde er sich kampfbereit machen. Es hilft mir, ihn da stehen zu haben. Es hält das tief in meinen Eingeweiden sitzende Grauen im Angesicht von Melvins Stimme auf Armlänge entfernt, selbst wenn das nur eine vorübergehende Erleichterung ist. »Na schön, dann bringen wir das zu Ende. Komm und hol mich. Ich werde nicht gegen dich kämpfen. Wir können es gleich hier und jetzt beenden. Du musst nur zustimmen, unsere Kinder in Frieden zu lassen.«

Er ist versucht. Das spüre ich in der Luft zwischen uns. Die schreckliche Anziehungskraft verursacht mir Übelkeit und Schwindel. Ich erkenne seinen tieferen Tonfall, als er jetzt spricht. Für ihn ist das eine Art von Vorspiel. »Wir werden das zwischen uns zu Ende bringen«, sagt er. »Aber erst, wenn ich bereit bin. Du musst schon noch warten, mein Schatz. Du musst warten und die Augen offen halten und dir Sorgen machen, wann ich dich holen komme.« Das alles hat eine doppelte Bedeutung, sexualisiert und fetischisiert meine Ängste. »Ich möchte, dass du wartest. Ich möchte, dass du es dir vorstellst, wieder und immer wieder. Und wenn du es dann nicht mehr ertragen kannst … dann ist es Zeit.«

»Ich sage dir, wo ich gerade bin. Du musst nur hier auftauchen.«

Melvins Tonfall ist abschätzig. »Ich bin nicht auf der Jagd nach dir. Noch nicht.«

»Tu es, sonst finde ich dich.«

»Weißt du, warum ich dich geheiratet habe, Gina? Weil du die perfekte Ehefrau bist. Du bist blind, taub und ignorant gegenüber allem, das dich nicht betrifft, und du hast das Rückgrat eines Wurms. Du wirst niemals hinter mir herkommen.«

»Du redest da gerade von Gina«, sage ich, leise aufgrund meiner schmerzenden Kehle. »Aber ich bin Gwen. Gwen wird dich finden, und sie wird dir eine Kugel in dein krankes Hirn jagen. Das ist ein Versprechen.«

»Tapfer am Telefon, wenn Mr Cade in der Nähe ist. Aber vielleicht statte ich ja einfach ihm einen Besuch ab und überlasse es dir, hinterher aufzuwischen.«

»Du tötest keine Männer«, antworte ich. »Und du hast nicht den Mumm, es bei jemandem zu versuchen, der es mit dir aufnehmen könnte. Das schließt mich ein.«

Er schweigt. Ich glaube, ich habe ihn wütend gemacht, doch als er schließlich antwortet, ist seine Stimme ruhig und kontrolliert. »Für alles gibt es ein erstes Mal. Und das erste Mal ist immer aufregend.«

Er legt auf, bevor mir noch etwas einfällt, womit ich ihn verhöhnen und seine Aufmerksamkeit auf mich, nur auf mich lenken könnte. Ich habe das Gefühl, versagt zu haben, und das erschüttert mich. Ich darf nicht zulassen, dass er die Kinder findet.

Schweigend nimmt mir Sam das Handy ab. Holt die Schlüssel.

»Wohin gehst du?«

»Ich werfe das Ding weg«, antwortet er. »Und zwar weit weg von hier. Ich besorge dir auf dem Rückweg ein anderes. Schließ dich ein. Und erschieß jeden außer mir, der hier reinkommt.«

»Nein! Wenn ich ihn dazu bringen kann, mit mir zu reden …«

Sam hält meinen Arm fest, als ich nach dem Handy greifen will. Er ist sanft, was nicht zu der Emotion passt, die ich von ihm ausgehen spüre. »Wenn du ihn weiterreden lässt, bringst du dich damit verdammt noch mal um«, sagt er. »Und mich gleich mit. *Wir* jagen ihn. Nicht andersherum.«

Dann ist er fort, und ich habe keine andere Wahl, als die Türen zu verschließen, mich wieder hinzusetzen und darauf zu warten, was als Nächstes passiert.

KAPITEL 17

SAM

Ich frage mich, wie es Melvin Royal immer wieder gelingt, an ihre Telefonnummer zu kommen. Das ergibt keinen Sinn. Es sind Wegwerfhandys und die Nummer muss weitergegeben werden. Er kann keine Aufzeichnungen durchsuchen, um sie zu finden; nicht einmal Absalom ist so gut, so schnell. Also, wie zum Teufel findet er sie? *Vielleicht will sie ja gefunden werden. Vielleicht hat sie ihm die gottverdammte Nummer geschrieben und du bist der größte Trottel der Welt, weil du ihr auch nur im Ansatz glaubst.*

Ich kann eine Menge Dinge über Gwen glauben. Ich kann sogar glauben, dass vor langer Zeit eine verängstigte Ehefrau Dinge getan haben könnte, die sie aus ihrem Gedächtnis streichen will.

Aber ich weiß, dass sie völlig aufrecht in ihrem Wunsch ist, diesen Mann tot zu sehen. Also muss ich die Möglichkeit verwerfen, dass sie mit ihm zusammenarbeitet.

Als er das erste Mal angerufen hat, hatte ihn wohl Absalom mit den Informationen versorgt. Aber irgendwie, irgendwo hat wieder jemand ihre Nummer abgegriffen und sie ist letztendlich in Melvins Händen gelandet. Wie?

Ich kann dieses Rätsel nicht lösen. Ich fahre vorsichtig, bin mir der rutschigen Straße wohl bewusst, der Wagen, die im Graben gelandet sind, des glitzernden Eises, das noch immer im Licht der Straßenlaternen vom Himmel fällt. Ich würde gern hundert Kilometer weit fahren, um dieses Handy loszuwerden, aber das ist zu gefährlich. Ich gebe mich mit vierzig Kilometern zufrieden, was beinahe zwei Stunden angespannter Fahrt benötigt. Ich lösche die Kontakte, den Verlauf und die SMS, zerstöre die SIM-Karte, nehme den Akku heraus und schleudere die Hülle, so weit ich werfen kann, auf das leere Feld. Es ist jetzt nur noch nutzloser Schrott, und falls er es durch irgendeine seltsame Hexerei trotzdem noch orten kann, soll er doch unter der Eisschicht danach graben.

Ich bin auf dem Weg zurück, als mein eigenes Handy klingelt. Eine Sekunde halte ich inne, dann fahre ich auf den Parkplatz einer Tankstelle und gehe ran. »Ja.« Kein Name, keine Höflichkeiten.

»Seien Sie still und hören Sie zu.« Es ist eine verzerrte elektronische Stimme. Die Nummer ist unterdrückt. »Wir können Ihnen dabei helfen, sich an dem zu rächen, der für den Tod Ihrer Schwester verantwortlich ist.«

Ich warte eine Sekunde. »Ich schätze mal, ich rede gerade mit Absalom.«

»Ja.«

»Ich bin an nichts interessiert, was ihr zu verkaufen habt. Weder an euren Pornos noch euren Foltervideos noch an irgendwelchem anderen kranken Kram, den ihr habt …«

»Wir verkaufen nichts. Nicht an Sie. Wir wollen Ihnen etwas gratis anbieten.«

Ich denke darüber nach aufzulegen, aber dass Absalom mit mir *spricht*, scheint mir irgendeine Art von Sieg zu sein. Sie haben so viel Angst, dass sie sich selbst melden. Das Mindeste, was ich tun kann, ist es, sie in der Leitung zu halten. Je länger sie sich mit mir befassen, desto weniger Zeit verbringen sie damit, Gwens Ex zu beschützen. »Ich bin mir nicht sicher, ob ich irgendetwas von euch will, ob nun gratis oder nicht.«

»Was, wenn wir Ihnen Melvin Royal bieten?«

»Glaubt ihr, ich erwische ihn ohne euch nicht?«

»Wir wissen, dass Sie ihn nicht erwischen.« Dieser Absalom-Arsch klingt kalt und selbstgefällig. Ich würde zu gern durch das Handy greifen und seine Eingeweide durch seinen Mund ziehen. »Er wird immer schneller und cleverer als Sie sein. Ohne uns haben Sie keine Chance.«

Ich sehe dem Verkehr auf der Straße zu. Niemand fährt besonders schnell, vor allem nicht die großen Trucks; ihnen allen ist die Gefahr des Eises bewusst. »Und warum wendet ihr euch plötzlich gegen ihn? Ihr habt ihm vorher doch geholfen.«

»Vorher hat er uns Geld eingebracht. Jetzt kostet er uns Geld.«

Auf eine verdrehte, kalte Art ergibt das Sinn. »Und was wollt ihr jetzt von mir?«

»Einen fairen Handel«, sagt die Stimme. Flach, moduliert, unmenschlich. »Sie geben uns die Ehefrau, wir geben Ihnen den Ehemann.«

»Warum wollt ihr sie? Und kommt mir nicht mit diesem Bullshit von wegen gute Tat und Bestrafung der Bösen. Wir wissen beide, dass das niemals euer Anliegen ist.«

Die Stimme von Absalom – und unheimlicherweise bin ich überzeugt, dass ich diese Stimme ohne den digitalen Filter erkennen würde – sagt: »Sie brauchen nicht zu wissen, warum wir sie wollen. Sie müssen nur wissen, dass sie das bekommt, was sie verdient hat. Sie haben die Videos gesehen. Sie wissen, dass sie es verdient.«

Ich schweige. Als ich blinzle, sehe ich dieses schreckliche normale Lächeln auf Gina Royals Gesicht in dem Video, als sie ihrem Ehemann ein Messer reicht, damit er sein Opfer aufschneiden kann. Ich kann mir dasselbe Lächeln bildlich vorstellen, während meine Schwester hilflos dort hängt. Diese Videos könnten gefälscht sein, und mein Gott, ich bete, dass sie es sind, aber sie fühlen sich echt an, und dagegen ist nur schwer anzukommen. Sie zielen auf meinen vergrabenen Hass und die Wut ab, dieselbe Wut, die mich dazu gebracht hat, online gegen Gwen vorzugehen, sie zu stalken, ihren Tod zu planen. Auch wenn ich es nie in die Tat umgesetzt habe.

Dennoch kann ich nicht leugnen, dass diese Gefühle noch vorhanden sind und unter der Oberfläche brodeln.

»Woher weiß ich, dass ihr mir überhaupt irgendetwas geben werdet?«, frage ich.

»Einen Kilometer vor Ihnen befindet sich die Abfahrt zur Willow Road. Nehmen Sie sie. Biegen Sie rechts ab. Zwei Blocks weiter an der Ecke ist ein Coffeeshop. Sagen Sie der Barista, Sie hätten Ihr Tablet dort vergessen. Es wartet eins auf Sie unter Ihrem Namen.«

Verflucht. Das Handy fühlt sich heiß in meiner Hand an. Ich bin erschütterter, als ich sein sollte. Natürlich können sie mich aufspüren. Sie haben diese Nummer. Ich muss mein Handy auch loswerden. Das hätte ich längst tun sollen, aber ich war so besorgt um Gwen, dass ich nicht einmal daran gedacht habe, dass womöglich unsere beiden Handys gehackt sind.

»Okay«, bestätige ich. »Ich sehe nach. Wie kontaktiere ich euch?«

»Gar nicht.« Die Stimme bleibt flach, ausdruckslos, aber ich stelle mir vor, dass der Mann am anderen Ende der Leitung jetzt lächelt. Vielleicht grinst. »Schauen Sie sich einfach an, was Sie darauf finden. Das Passwort ist 1-2-3-4.«

Mittlerweile dringt die Kälte in den SUV herein. Oder vielleicht ist es der Schock, der sich jetzt so auswirkt; wie auch immer, meine Daunenjacke wärmt mich nicht mehr genug.

Ich beende die Verbindung, lege das Handy auf dem Beifahrersitz ab und fahre wieder auf die Straße, in Richtung Willow Road.

* * *

Im Coffeeshop – ein regionaler Laden, keine nationale Kette und bei diesem miesen Wetter so gut wie leer – bestelle ich einen Kaffee und frage nach dem Tablet. Es liegt mit einer Klebenotiz daran hinter der Theke. Als ich frage, wer es gefunden hat, ernte ich nur ein desinteressiertes Schulterzucken.

Es schaltet sich an, nachdem ich den Knopf gedrückt habe, und ich gebe das Passwort ein, das ich von der Stimme erhalten habe. Ich habe vorsichtshalber einen Platz in der Ecke des Ladens gewählt und sitze in einem solchen Winkel, dass kein Vorbeigehender oder gelangweilter Barista das sehen kann, was ich mir anschaue. Nicht, dass irgendjemand auch nur ansatzweise daran interessiert wäre.

Sofort taucht eine Datei auf. Es ist ein Video; ich pausiere es, um mir Ohrhörer einzustöpseln. Die Figur auf dem Bildschirm trägt eine schwarze Robe mit Kapuze, eine rote Teufelsmaske verdeckt das Gesicht. Die Wand dahinter ist weiß und kahl. Die Beleuchtung ist schlecht, der Ton nicht viel besser, aber er ist deutlich genug.

»Wenn Sie das hier sehen, wissen Sie, was wir anbieten. Sie wissen, wer das hier ist. Bei Einverständnis geben wir Ihnen den Standort.«

Es ist ein kurzes Intro, dafür gedacht, keine Informationen preiszugeben, falls jemand anderes versehentlich das Video sieht … aber mir ist der Kontext klar.

Ein Schnitt und die Szene verändert sich. Sofort erkenne ich Melvin Royal. Sein Gesicht ist zur Kamera gerichtet, aber es ist klar, dass er nicht weiß, dass er gefilmt wird. Er trägt Baseballkappe und Sonnenbrille und hat sich einen verlotterten

Bart wachsen lassen. Er ist optisch gut angepasst: Jeans, ein Flanellhemd, eine Daunenjacke, die ein genaues Ebenbild meiner eigenen ist. Er wirkt keineswegs wie ein Mann auf der Flucht. Er sieht vielleicht nicht komplett wie ein Einheimischer aus, aber zumindest wie ein gewöhnlicher Tourist.

Er steht an einer Ecke und schaut sich ein Gestell mit Postkarten an, vermutlich unter einer Markise. Die Sonne scheint, es ist also nicht hier in der Nähe, aber es ist zumindest so kalt, dass jeder, der durch das Video läuft, etwas Dickeres als einen Pullover trägt.

Er ist allerdings nicht auf der Suche nach einer Postkarte. Er beobachtet die Leute. Als eine junge Frau vorbeigeht, sehe ich, dass sie seine Aufmerksamkeit erregt. Er zieht eine Karte aus dem Gestell und tut so, als würde er sie genauer mustern, aber alles an seiner Haltung deutet darauf hin, dass seine Augen hinter der Sonnenbrille sie beobachten. Sie abschätzen.

Er steckt die Karte zurück ins Gestell und folgt ihr. Lässig. Natürlich. Ein Jäger in seinem Revier.

Es ist schrecklich anzusehen. Ich kann mich des Gedankens nicht erwehren, dass dieses Mädchen mittlerweile tot ist. Das Ganze bringt dunkle Albträume zurück, von meiner Schwester, wie sie ahnungslos über den dunklen Parkplatz läuft und dann für immer verschwindet. Weggefangen von einem Raubtier, so schnell und gnadenlos wie eine Gottesanbeterin.

Ich erkenne nicht, wo er sich aufhält, nicht anhand dieses nahe herangezoomten Videobildes. Ich versuche, das Postkartengestell zu vergrößern, um Details zu erkennen, aber nichts ist scharf genug. Es könnte überall sein, wo der Winter langsam die Oberhand ergreift. Vermutlich südlich oder westlich von hier; ich sehe weder Schnee noch Eis auf dem Boden.

Natürlich weiß ich auch gar nicht, wann es gefilmt wurde. Ich versuche es mit den Metadaten der Datei, aber die sind gelöscht. Absalom lässt sich nicht linken.

Auf dem Tablet öffnet sich ein Chatfenster. Der Kontaktname lautet Abs, für Absalom.

Ich sehe zu, wie eine Nachricht erscheint: Wir geben Ihnen den Ort, wenn Sie uns Gina geben.

Wie genau soll ich sie euch geben? Ich schinde nur Zeit, versuche nachzudenken. Kämpfe gegen eine Flutwelle aus Erinnerungen und Übelkeit und das Gefühl an, dass, wenn ich nichts tue, noch mehr Frauen sterben werden. So sicher wie das Amen in der Kirche.

Moteladresse und Zimmernummer, steht in der nächsten Nachricht. Halten Sie sich fern. Überlassen Sie sie uns.

Was werden Sie mit ihr tun?
Das, was Sie wollten.

Die Antwort kommt schnell. Bereits in der nächsten Sekunde öffnet sich ein weiteres Fenster und stapelt Dokumente übereinander, schneller und immer schneller. Screenshots. Erschrocken wird mir klar, was das ist.

Meine Worte. Beiträge auf Message Boards. E-Mails, die ich an Gina Royal gesendet habe. Briefe, die ich ihr geschickt habe, jedes Mal, wenn sie umgezogen ist und versucht hat, sich zu verstecken. Der Hass ist hier, in Pixeln und Seiten.

… hast dabei geholfen, meine Schwester wie ein Tier abzuschlachten …

… niemals mit dir fertig. Es gibt kein Versteck für dich …

… schuldig, und ich werde das niemals vergeben …

… hoffe, du leidest die gleichen Qualen wie sie …

Das bin ich. Meine kranke Wut, festgehalten und dargestellt. Real gewordene Albträume. Ich habe diese Dinge geschrieben. Ich habe sie gemeint.

Sie ist schuldig, zitiert Absalom meine Wutrede. Sie verdient es, für die Mädchen zu bezahlen, die gestorben sind.

Fickt euch, schreibe ich mit zittrigen Fingern zurück. Ihr helft Melvin Royal.

Jetzt helfen wir Ihnen. Alles hat seinen Preis. Sie ist Ihrer.
Wir geben Ihnen Melvin. Sie geben uns Gina.

Für einen langen Augenblick bin ich still. Ich starre diese Beweise meines Wahnsinns an, wohl wissend, dass er noch immer in mir steckt; zur Hälfte glaube ich diesen Videos über Gina Royal. Ich wünschte so sehr, dass ich es nicht täte. Ich will diesen Teil von mir mit der Wurzel herausreißen, aber das kann ich nicht; in diesem Teil stecken auch die Erinnerungen an meine kleine Schwester, die ich verloren habe. Er mag toxisch sein, aber er ist auch wichtig.

Ich denke nach. Mein Kaffee steht noch immer unberührt da, wird kalt, während der Eisregen gegen die Fenster peitscht und die Nacht dunkler wird. Ich erinnere mich daran, wie Gina Royal sagte, dass sie ihrem Mann niemals geholfen hat. Es unter Eid geschworen hat. Ich erinnere mich an das Video, gefälscht oder nicht, das besagt, dass sie gelogen hat.

Ich erinnere mich, wie Gwen in den kalten Wind geschrien hat, während ich sie davon abhielt, sich in den Verkehr zu stürzen.

Und dann schreibe ich drei Wörter.

Ich bin dabei.

Kapitel 18

Connor

Dad hat gesagt, Javier und Kezia würden niemals rausbekommen, was ich getan habe, und damit hatte er recht. Er hat mir all diese Anweisungen geschickt: wie ich das Video auf seinem Handy herunterlade, wie ich es auf das übertrage, das Mom mir gegeben hat, wie ich die Kindersicherung deaktiviere, die verhindert hat, dass ich das Internet benutze, damit ich so tun konnte, als hätte ich das Video auf einem Message Board gefunden. Er hat sogar eine gefälschte Nachricht dort gepostet, damit Javier einen nicht mehr funktionierenden Link findet, wenn er selbst danach sucht. Moms Code zur Deaktivierung kannte ich bereits. Der war nicht schwer rauszubekommen.

Dad hat mich angewiesen, das alles zu machen und sein Handy zu verstecken, bevor ich mir das Video auf dem anschaue, das Mom mir gegeben hatte.

Er wusste, dass es wehtun würde. Er hat mich vorgewarnt, dass es das tun werde und dass es ihm leidtue.

Dad hatte mit allem recht.

Er hat es bewiesen.

Ich schreibe ihm regelmäßig, wann immer ich dazu komme. Jetzt sitze ich in meinem Zimmer, mit abgeschlossener Tür, falls Lanny nach mir sehen will, und lese seine neueste Nachricht.

Ich hab dir geschrieben, Kleiner. Ich hab dir Briefe geschickt, Geburtstagskarten, Geschenke. Hast du irgendetwas davon bekommen?

Darauf gibt es nur eine Antwort: Nein.

Weil sie dich unbedingt gegen mich aufbringen wollte, mein Junge. Tut mir leid. Ich hätte mich mehr bemühen sollen.

Gab es wirklich Geschenke? Karten? Briefe? Ich weiß es nicht, aber ich erinnere mich daran, dass Lanny meinte, sie habe einen Brief gesehen, den er Mom geschickt hatte. Nicht uns. Aber darin stand etwas über uns. Mom hatte nie vor, uns irgendetwas davon zu zeigen.

Vielleicht hat sie alles vor uns verborgen. Alles, was Dad gesagt, geschrieben, geschickt hat.

Es ergibt Sinn. Alles, was er sagt, verstört mich, und alles ergibt Sinn.

Aber ich weiß trotzdem nicht, ob ich ihm vertrauen kann oder nicht. Mom hat uns angelogen. Vielleicht lügt auch er jetzt. Ich weiß nicht, wie ich jemandem vertrauen soll, jetzt nicht mehr. Also schreibe ich nicht zurück. Ich lese nur noch einmal seine Entschuldigung.

Nach einer weiteren Minute erscheint noch eine Nachricht.

Na gut, denk darüber nach, Brady. Denk dran, du kannst mich alles fragen, was du willst. Gruß, Dad.

Ich schreibe ein »Bye« zurück und schalte das Handy aus. Dann nehme ich den Akku heraus. Was das angeht, bin ich immer noch vorsichtig. Ich will nicht, dass jemandem wehgetan wird. Vor allem nicht Lanny.

Ich sollte aufhören, ihm zu schreiben, das ist mir klar. Ich weiß, dass es falsch ist. Lanny wäre so wütend. Mom – ich will nicht an das denken, was Mom tun würde. Mom ist nicht mehr wichtig, und ich kann jetzt nicht mal mehr so tun, als hätte ich sie je gekannt. Zumindest hat Dad mich nicht angelogen. Dad sagt, sie habe ihm geholfen. Er hat Beweise. Mom hat nur ihr *Bitte glaubt mir*, doch das tue ich nicht mehr.

Dads Handy ist wie ein geheimes Versprechen, ein Notausstieg. Ich trage es immer bei mir; ich lade es nur auf, wenn ich schlafe, und dann stecke ich es unter mein Kissen.

Ich lebe jetzt ein Doppelleben. Brady hat ein Handy. Connor hat eins. Aber ich bin fast schon zwei verschiedene Leute.

Dad schreibt immer nur zurück. Er schreibt niemals zuerst und wir haben noch nicht miteinander gesprochen. Er hat mir gesagt, dass es meine Entscheidung ist, und falls ich niemals anrufen will, sei das auch in Ordnung. Er wollte mich nicht drängen und das hat er auch nicht. Nicht wie alle anderen.

Er lässt mich meine eigenen Entscheidungen treffen.

Ich halte das Handy in der Hand, denke darüber nach, es anzuschalten und Dad anzurufen, als ich Lanny über den Zaun klettern sehe. Sie geht nicht; sie kommt zurück. Ich wusste nicht einmal, dass sie weg war. Sie ist schnell und geschickt, trotzdem bellt Boot und läuft ihr hinterher, als würde er mit ihr diskutieren. Sie hebt einen Stock auf und wirft ihn, damit er ihm hinterherjagt. Eine ziemlich gute Erklärung, falls Javier aus dem Fenster schaut.

Dad klingt in diesen Nachrichten nicht verrückt. Er klingt wie ein Vater. Er fragt, wie es mir geht, wie ich mich fühle. Was ich lese. Ich soll ihm Geschichten erzählen, aus den Büchern, die ich mag. Er erzählt mir ebenfalls Geschichten – nichts Seltsames, was die Leute wohl erwarten würden. Er erzählt mir von seiner Kindheit, von der Suche nach Pfeilspitzen, vom Fröschefangen, Angeln. Normale Sachen, die ich nicht tue. Ich bin keiner, der läuft und springt. Das ist Lannys Job. Ich lebe hauptsächlich in der Stille und sehe zu, wie die Dinge passieren. Vielleicht ist das schlecht. Ich weiß es nicht. Aber so gefällt es mir.

Dad hat mich nicht einmal nach Mom gefragt oder wo wir sind. Das würde ich ihm auch nicht erzählen; ich weiß, dass ich ihm nicht so sehr vertrauen kann. Aber manchmal wünschte ich, er würde fragen, was seltsam ist. Ich frage mich, warum ich das will. Ich glaube, ich habe diese Fantasievorstellung, dass er kommt und mich holt und dass dann irgendwie ... alles besser wird. Er würde ein guter Dad sein und wir würden zusammen Abenteuer erleben. Ich stelle mir sogar vor, was für ein Auto er fahren, was er tragen, welche Musik im Radio laufen würde. Dad mochte immer komische Oldies aus den Achtzigern. Also vermutlich so etwas. Manchmal höre ich mir das auch an, nicht weil sie mir gefallen, sondern weil ich mich frage, warum sie ihm gefallen. Ich könnte ihm beibringen, neue Musik zu mögen. Ich könnte ihm eine Playlist zusammenstellen.

In dem Zusammenhang erinnere ich mich daran, dass ich die immer für Mom gemacht habe und sie sich hingesetzt und sie mit mir zusammen angehört hat. Und dann hat sie gesagt: *Oh, das gefällt mir, wer ist das?* Und das hat sie nicht nur gespielt, sie hat sich auch später noch daran erinnert. Diese Erinnerung schmerzt, und mir ist übel, und es fühlt sich falsch an, dass ich das getan habe. Aber es ist nicht meine Schuld.

Mom hat *uns* verlassen.

Ich gehe auf die Veranda und setze mich auf einen Stuhl.

Lanny hält inne, als sie mich sieht. Ich sehe sie zögern, bevor sie erneut den Stock für Boot wirft und mir zunickt. »Hey. Was machst du hier draußen, Doofkopf? Es ist kalt.«

»Lesen«, erkläre ich, was keine Lüge ist. »Was treibst du da?«

Sie ist rot geworden, und ich glaube nicht, dass das von der Kälte kommt. »Nichts.«

»Hast du dich mit deiner Freundin getroffen?«

»Nein!«, kommt es wie aus der Pistole geschossen und auf eine Weise, dass ich es sogar für wahr halten könnte. Aber die Röte in ihren Wangen vertieft sich. »Halt die Klappe, du weißt doch gar nicht, was du da redest. Außerdem, wir sollen doch nicht irgendwohin gehen, wo uns jemand sehen könnte. Richtig?«

»Richtig. Und wir tun ja auch immer das, was wir tun sollen. Richtig?«

»Na, ich schon«, sagt sie mit der Überlegenheit der älteren Schwester. »Weißt du, du verdirbst dir hier draußen noch die Augen. Es ist dunkel.«

»Ich wollte gerade rein«, behaupte ich. »Und man verdirbt sich damit nicht die Augen. Würdest du mehr lesen, wüsstest du das auch.«

»Oder man liest einfach gar nicht. Na los. Gehen wir rein.«

»Moment«, stoppe ich sie. »Geht's dir gut? Wirklich? Was Mom angeht?«

»Klar«, erwidert sie, und ich sehe, wie sie stur das Kinn vorreckt und die Augenbrauen wütend hebt. »Ich bin froh, dass sie weg ist. Wir waren uns doch einig. Wir haben darüber gesprochen, Connor.«

»Willst du, dass sie zurückkommt?«, frage ich sie. »Ich meine nicht jetzt. Ich meine … vielleicht irgendwann.«

»Nein. Niemals. Sie hat uns angelogen.«

»Jeder lügt«, sage ich.

»Wer hat dir denn das erzählt?«

»Ich habe gehört, wie Kezia das gesagt hat. Jeder lügt.«

»Sie meint, wenn die Leute mit den Cops reden. Nicht mit ihren Kindern. Nicht untereinander.«

Aber du hast mich gerade angelogen, wo du hergekommen bist. Und ich habe dich wegen des Videos angelogen. Jeder lügt. Und jetzt lügst du deswegen. Darüber nachzudenken, bereitet mir Kopfschmerzen. Ich vermisse Mom. Ich vermisse es, einen Ort zu haben, von dem ich weiß, dass ich dort sicher bin.

Ich vermisse es, ein Zuhause zu haben. Ein echtes Zuhause. *Ich vermisse Mom.*

Nein, tue ich nicht. Ich vermisse Mom nicht. Sie ist eine Lügnerin, und sie ist gegangen, und ich werde deshalb nicht weinen, denn weinen ändert nichts, macht alles nur schlimmer. Das hat mir Dad mal gesagt, und wie so einiges, was er mir gesagt hat, ist es sogar wahr.

Ich bin froh, dass Lanny etwas gemacht hat, wodurch sie sich besser fühlt. Meine Zeit an diesem Handy macht mich nicht wirklich glücklich; es löst irgendetwas aus, aber nicht das. Ich bin einfach nur weniger allein. Nicht ganz so verwirrt.

Vielleicht bin ich nicht dafür gemacht, glücklich zu sein. Genau wie Dad. Ich will Lanny nach Dad fragen, aber ich weiß, dass sie mich dann nur anbrüllen und mir erzählen wird, dass Dad ein Monster ist.

»Na komm«, sagt Lanny und ich folge ihr die Verandastufen hoch ins Haus. Boot kommt ebenfalls mit hinein und springt auf sein Fleecekissen neben dem Kamin. Ich tätschele ihm den Kopf, und er leckt mich kurz ab, dann setzt er sich ans Fenster, um hinauszuschauen.

Javier ist nicht drinnen. Na ja, zumindest ist er nirgendwo, wo ich ihn sehen kann, was wohl nicht das Gleiche ist, aber es fühlt sich seltsam an. Ich gehe in mein Zimmer und schaue aus dem Fenster. Ich sehe ihn vor der Scheune auf und ab gehen. Er spricht am Handy. Er wirkt angespannt.

Ich fühle mich wie ein Geist. Als würde mich niemand mehr sehen. Mom hat es getan, früher. Aber Lanny sieht mich meistens nur als jemanden, der Platz wegnimmt – glaube ich zumindest. Sie nennt mich manchmal immer noch NKB, Nerviger Kleiner Bruder. Manchmal meint sie es auch ernst.

Aber Dad bin ich wichtig.

Und obwohl es nicht schlau ist, hole ich wieder das Handy aus der Tasche und frage mich, wie es wohl wäre, seine Stimme zu hören.

* * *

Nach dem Abendessen lese ich in meinem Zimmer, als ich höre, wie Lanny mit Javier spricht. Sie ist nicht sonderlich laut, und normalerweise würde ich der Sache überhaupt keine Aufmerksamkeit schenken, aber sie spricht über Dad. Ich glaube, Javier und Kezia versuchen immer noch, uns zu therapieren. Ich würde ihnen nur ungern sagen, wie lange sich meine Schwester bei der letzten Therapie geweigert hat, etwas zu sagen. Sie gibt nichts preis.

Na gut, das stimmt nicht ganz. Sie gibt nichts über sich selbst preis. Aber über mich schon.

»... keine große Sache für mich«, sagt sie, als ich anfange zu lauschen und mein Buch aufgeschlagen auf meiner Brust ablege. »Dad, meine ich. Er hat mir nie wirklich Angst gemacht. Ich war ihm nie sonderlich wichtig. Es ging immer nur um Connor. Er hat ihn verhätschelt, zumindest, wenn er überhaupt jemandem Aufmerksamkeit geschenkt hat.«

Lügnerin, denke ich. Der Gedanke an Dad macht ihr große Angst. Und der Rest, was mich angeht? Das ist doch auch eine Lüge, oder? Ich bin mir nicht sicher. Meine Erinnerungen an

Dad sind alle seltsam verzerrt, als hätte ich sie möglicherweise erfunden.

Vielleicht sind es die von Lanny ebenso.

Ich verstehe nicht, was Javier sagt. Er ist weiter weg und seine Stimme ist zu leise. Aber ich höre die Antwort meiner Schwester.

»Er ist schon immer still gewesen, aber seit wir unser Haus verlassen haben, ist es viel schlimmer geworden. Er benimmt sich seltsam. Vielleicht versucht er immer noch, mit dem Schrecken zurechtzukommen, oder vielleicht liegt es daran, dass er an einem fremden Ort ist. Ich weiß es nicht. Connor sagt mir nie, wie er sich fühlt. Er hat manchmal eine geheimniskrämerische Art.« Sie lacht leicht, aber es klingt hohl.

Geheimniskrämerisch. Sie meint, wie Dad.

In diesem Augenblick hasse ich sie. Es ist ein reiner, ungefilterter Hass, der mir das Gefühl gibt zu ersticken. *Du bist hier doch geheimniskrämerisch. Du hast dich heute über den Zaun rausgeschlichen. Wag es nicht, so etwas zu sagen.*

Es gefällt mir nicht, so wütend zu sein. Dabei wird mir wieder kalt und zittrig. Ich wünschte, sie würde einfach aufhören zu reden.

Aber sie macht weiter. »Das ist nicht Connors Schuld. Er hat immer gedacht, Dad wäre okay. Wahrscheinlich, weil Mom zu besorgt war, ihm die Wahrheit zu erzählen, die komplette Wahrheit. Aber jetzt ist er alt genug, um es zu erfahren. Dad ist ein Monster. Ich lasse Connor keinesfalls in seine Nähe.«

Sie redet so, als hätte sie das Kommando.

Aber das hat sie nicht.

Solange ich dieses Handy besitze, habe *ich* das Kommando.

Kapitel 19

Gwen

Ohne mein Handy fühle ich mich nackt, auch wenn es kein großer Trost war. Das Motelzimmer fühlt sich kalt und leer und gewöhnlich an. Und Sam ist schon zu lange fort. Viel zu lange. Ich versuche es mit Fernsehen, aber das macht mich nur wütend. Die Menschen sehen Leben und Tod als Unterhaltung an, Serienkiller als coolen Halloweenscherz. Das widert mich an. Ich schaue mir ein Stück eines Horrorfilms an und fühle mich schmutzig dabei. Schließlich starre ich nur noch leer in die Nachrichten, sehe zu, wie sich die Welt, die ich einst kannte, langsam auflöst.

Schließlich ruft Sam mich über das Hoteltelefon an. Es ist fast Mitternacht. Ich bin völlig erschöpft, aber zu angespannt, um schlafen zu können; atemlos greife ich nach dem schweren Hörer und hebe ihn an mein Ohr. Es ist ein altes Modell, der Hörer ist durch ein Spiralkabel mit dem Telefon verbunden, und versehentlich reiße ich dadurch das ganze Gerät vom Tisch, sodass es krachend auf den Boden fällt. »Hallo? Verdammt! Tut mir leid. Hallo?«

Eine Sekunde lang höre ich nur statisches Rauschen und denke, dass ich das verdammte Ding kaputt gemacht habe, doch dann höre ich Sams Stimme. »Hey. Ich dachte, ich rufe lieber mal an.«

Er klingt seltsam. Vielleicht liegt es an der schlechten Verbindung, aber ich erstarre, als würde ich nur darauf warten, dass der Hammer fällt. »Was ist denn?«

»Das Wetter ist viel schlechter geworden«, erklärt er. »Ich musste von der Straße runter, die ist nur noch eine Rutschpiste. Es könnte ein paar Stunden dauern, bis ich wieder da bin. Ich wollte nur, dass du weißt …«

»Dass ich weiß …?« Es fühlt sich so an, als würde da noch mehr dahinterstecken. Mehr, als er sagt.

»Dass du mich nicht vor morgen zurückerwarten musst«, sagt er dann. »Ich nehme mir hier ein Zimmer und versuche es, sobald die Sonne etwas von dem Eis weggetaut hat. Okay?«

»Ist das wichtig?«, frage ich. »Du hast keine Wahl, dann habe ich auch keine.«

»Ja«, sagt er. »Tut mir leid, Gwen. Tut mir wirklich leid.«

In dem Augenblick frage ich mich, ob er in Wahrheit gar nicht mehr zurückkommt. Ich könnte es ihm nicht vorwerfen, wenn er seine Meinung mithilfe von etwas Distanz und Zeit geändert hätte. Ich bin ein schwarzes Loch, das Probleme und Schmerzen und Bedürfnisse anzieht, und allein in meiner Nähe zu sein, muss für ihn im Augenblick die pure Qual sein. Er hat etwas Besseres verdient, als sich in die Hölle ziehen zu lassen, in der ich lebe.

Spielt keine Rolle, ermahne ich mich. Ich hatte so oder so vor weiterzumachen, ob nun mit ihm oder ohne ihn.

»Okay«, sage ich. Auch ich klinge seltsam. »Schon gut. Alles gut. Danke, Sam. Für alles.«

Das ist final. Ich höre das Ende in den Worten, und mir stockt der Atem, denn obwohl ich geglaubt hatte, dass mich nichts mehr berührt, tut es doch weh. Diesmal hinterlässt es eine Narbe.

»Gwen …« Irgendetwas ist da in seiner Stimme. Ich spüre, dass er es mir sagen will – und dann ist da nur noch die Stille, unterbrochen von Statik. »Bis bald.«

Es fühlt sich falsch an. Ich zwinge mich zu einem Lächeln, denn ich weiß, wenn man am Telefon lächelt, klingt das fröhlicher. Liegt irgendwie an der veränderten Tonhöhe der Stimme. Nichts Magisches dahinter. »Okay«, sage ich. »Sei vorsichtig da draußen.«

Er bittet mich nicht um Vorsicht. Eine schnelle Verabschiedung, dann höre ich nur noch den Piepton. Langsam lasse ich den Hörer auf die Gabel sinken. Sofort verdreht sich das Telefonkabel zu einem unentwirrbaren Knoten. Ich ziehe das Kabel heraus, entwirre es und stecke es wieder ein.

Ein klein bisschen Ordnung in einer Welt, die außer Kontrolle ist.

Ich habe das wilde, dunkle Verlangen, meine Kinder anzurufen. Diese Nummer würden sie nicht erkennen. Vielleicht würden sie ans Telefon gehen und ich könnte die Stimme von Lanny oder Connor hören. Das Verlangen danach brennt so stark in mir, dass ich das Gefühl habe, die Flammen könnten mich verzehren.

Ich lasse mich auf das Bett sinken, schalte den Fernseher wieder an und warte. Morgen früh werde ich einen Plan schmieden.

Morgen früh finde ich einen Ausweg.

* * *

Ich versuche, wach zu bleiben, doch die Nacht zieht sich wie Kaugummi und irgendwann schließen sich meine Augen ganz von selbst. Als ich sie öffne, sehe ich Melvin Royal, der sich über das Bett beugt.

Er kann nicht hier sein. *Das ist unmöglich.* Einen Pulsschlag lang denke ich, dass ich mir das nur einbilde, und das ist lang genug, dass ich den Preis dafür zahle.

Ich greife nach meiner Waffe. Sie ist nicht da, wo ich sie abgelegt hatte. Ich erblicke sie auf dem anderen Bett. Zu weit weg, als dass ich herankommen würde.

Ich kämpfe. Mein erster Schlag, ohne Gleichgewicht und aufgrund der federnden Matratze unter mir mit nur wenig Wucht, trifft dennoch sein Ziel.

Melvins Gesicht verrutscht von dem Schlag und entsetzt halte ich eine Sekunde inne. Mich überkommt ein Gefühl der Unwirklichkeit, ich spüre, wie sich meine Haut anspannt, als würde sie aufgrund der Unmöglichkeit des Ganzen schrumpfen.

Das ist nicht Melvin. Das ist jemand, der eine Gruselmaske von Melvins Gesicht trägt.

Sein Schlag ist nicht dadurch behindert, von einem Bett aus ausgeführt zu werden. Er trifft mich hart. Die Matratze absorbiert einen Teil der Erschütterung, aber nicht genug. Ich bin benommen, und meine Widerstandsfähigkeit ist vermindert, als er mich vom Bett auf den Teppichboden zerrt, wo er mich auf den Bauch rollt. Ich nutze die Gelegenheit, um mich hochzudrücken, und lasse mein rechtes Bein zu einem schnellen, fiesen Tritt nach vorn schnellen.

Er sitzt rittlings auf mir, allerdings zu weit vorn, als dass mein Tritt etwas bewirken könnte. Dann drückt er ein Knie in meinen Rücken und zwingt mich wieder nach unten. Ich greife hektisch nach allem in Reichweite und finde das Telefonkabel. Ich ziehe daran, und genau wie vorher kracht das gesamte Gerät vom Tisch. Es trifft meine Schulter, aber ich spüre den Schmerz kaum. Ich greife danach, spüre das Gewicht des altmodischen Geräts in meinen Händen und drehe mich, um es ihm gegen den Kopf zu schleudern.

Er weicht zurück, fängt meinen linken Arm mitten im Schwung ab und dreht ihn, bis ich das Telefon wieder fallen lasse.

Er hat noch kein Wort gesprochen, wer immer er auch ist. Jedenfalls nicht Melvin. Er trägt eine dieser unheimlichen Halloweenmasken, die im Zuge von Melvins Prozess verkauft wurden und wohl noch immer auf dem Markt sind; mein Ex war ein beliebtes Arschlochkostüm, besonders unter den Jungs aus den Verbindungshäusern. Aber eine so direkt vor mir zu sehen, ist ein echter Schock.

Als wäre ein Albtraum zum Leben erwacht.

Ich bin völlig auf den Kampf fokussiert, doch dann überkommt es mich: Ich befinde mich in einem *Motel*. Und zwar einem, das dank des Wintersturms vermutlich voll belegt ist.

Ich öffne den Mund, um laut zu schreien.

Er drückt mir die Kontaktpunkte einer Taserwaffe in den Nacken und der Stromschlag schießt durch mich hindurch. Die Welt wird nicht dunkel, sie wird gleißend hell; jeder Nerv in meinem Körper reagiert und hinter meinen Augen spielt sich ein stummes Feuerwerk ab. Der Schmerz ist mir vertraut. Ich wurde schon mal getasert. *Halt durch, halt durch …*

Der zweite Schock, länger gehalten, zerstört jeglichen Widerstand in mir.

Ich spüre, dass er mit mir umgeht wie mit einer Puppe, während ich zitternd daliege. Meine Hände sind mit irgendeiner Art von Handschellen auf meinem Rücken gefesselt. Er hebt mich auf und wirft mich über seine Schulter. Kurz hält er an, um meine Waffe und meinen Rucksack mitzunehmen, und ist dann innerhalb von Sekunden zur Tür raus. Er schließt das Zimmer und zieht die Maske wieder zurecht, sodass sie sein komplettes Gesicht verbirgt. Verschwommen sehe ich ein rostiges Eisengeländer an meinem Blickfeld vorbeiziehen. Der Eisregen hat eine dicke, wässrige Eisschicht darauf hinterlassen.

Sam und ich haben diesmal Zimmer im ersten Stock genommen. Direkt auf der anderen Seite des Geländers ist der Parkplatz voll von geparkten, stillen, eisüberzogenen Fahrzeugen. Ich sehe ein oder zwei Lampen in Zimmern brennen. Ich versuche, mich zusammenzureißen. *Schrei*, befehle ich mir, aber ich kann nicht. Ich kann kaum etwas sehen. Es ist, als wäre mein Körper in einem Käfig eingesperrt.

Mein Entführer rutscht etwas auf dem Eis weg, während er mich auf der Ladefläche eines Lieferwagens ablädt. Ich hoffe darauf, dass er hinfällt, aber er fängt sich an der offenen Tür ab. Er klettert rein, zerrt mich vorwärts und tut etwas, das ich nicht sehen kann. Aber ich spüre ein Ziehen an meinen schlaffen gefesselten Händen. Ich höre ein Klicken. Ich liege auf einem ausgefransten Teppich, doch darunter befindet sich kaltes Metall.

Ich bin auf alberne Weise dankbar, als er eine dicke Fleecedecke nimmt und über mich wirft. Zumindest werde ich nicht erfrieren.

Auch wenn das vermutlich viel angenehmer wäre als das, was mir jetzt bevorsteht.

Ich habe kein Handy. Sam ist nicht hier.

Niemand wird je erfahren, wohin ich verschwunden bin. Wenn sich niemand die Überwachungsvideos anschaut – falls es hier überhaupt Kameras gibt –, wird man nicht einmal wissen, dass ich nicht aus freien Stücken gegangen bin.

Mein Entführer ist fertig. Ich höre das dumpfe Klappen der Türen, die hinter mir zuschlagen. Der Lieferwagen stinkt nach Rost, Öl, altem frittiertem Essen. Langsam spüre ich meinen Körper wieder, und es tut überall weh, aber dieser Sturm ist ein Sommerregen im Vergleich zu der Angst, die mich ergriffen hat. *Ich bin allein. Ich bin allein, und Sam weiß nicht, was mit mir passiert ist.*

Ein neuer Gedanke schleicht sich ein und bringt eine grauenvolle, reißende Verzweiflung mit sich. Sams seltsames Verhalten am Telefon. Sein Zögern. Was wollte er mir sagen? Dass sie kommen, um mich zu holen?

Ist Sam dafür verantwortlich?

Ich versuche, nicht an das zu denken, was mir widerfahren wird, aber ich kann es nicht verhindern. Ich weiß es. Ich habe die Resultate von Melvins Blutrausch gesehen. Tränen fließen aus meinen schmerzenden Augen. Ich weine nicht um mich selbst. Ich weine um meine Kinder, die nun niemals erfahren werden, wie sehr ich sie liebe. Ich verschwinde in der Dunkelheit. Ich werde als Skelett am Boden eines Sees enden, und man wird mich niemals finden.

Bitte, bete ich zu einem Gott, von dem ich nicht weiß, ob er zuhört. *Bitte, lass sie nicht glauben, ich hätte sie im Stich gelassen. Tu mit mir, was du willst, aber erspar ihnen diesen Schmerz. Lass sie wissen, dass ich für sie gekämpft habe. Bitte.*

Ich höre ihn in den Fahrersitz steigen und dann fahren wir mit einem Ruck los in die eisige Nacht. Ich weiß nicht, wohin wir fahren. Das Grauen und der Schock lassen ein klein wenig nach, genug, um mich atmen zu lassen. Mich nachdenken zu lassen.

Das ist es doch, was du wolltest, sage ich mir. *Du wolltest, dass Melvin dich holen kommt. Jetzt musst du nur noch lang genug leben, um für deine Kinder von Nutzen zu sein.*

Bleib am Leben.

Ich kann mich nicht mehr auf Sam verlassen. Nur noch auf mich selbst. Mein ganzes Leben hat mich an diesen Punkt geführt.

Ich bin nicht bereit.

Aber ich werde es sein.

KAPITEL 20

SAM

»Ganz ruhig«, ermahnt Mike mich. »Konzentrier dich.«

Ich schaue aus dem kalten Inneren seines schwarzen Jeeps nach draußen. Wir stehen in einer entfernten Ecke des Parkplatzes, geparkt unter einem Sicherheitslicht, das uns nicht erhellt, aber jeden blendet, der in unsere Richtung schaut. Irgendwie war ich nicht überrascht, zu erfahren, dass Mike nach Knoxville zurückgekehrt ist; er hatte gewusst, wohin wir unterwegs waren, als wir Wichita verlassen hatten. Ich dachte, er würde Gwen auf der Spur bleiben, darauf warten, dass vom FBI Beweise kommen, um einen Bundeshaftbefehl zu bekommen und sie verhaften zu können.

Stattdessen sitzt er mit mir hier in dieser eisigen Nacht und sieht dabei zu, wie Gwen entführt wird.

Er tut gut daran, mich zu ermahnen, denn es bedarf sämtlicher Willenskraft, die ich besitze, nicht sofort meine Waffe zu ziehen und den Mann zu erschießen, der eine Melvin-Royal-Gummimaske trägt. Und dann auf ihn einzutreten. Meine kranke Wut pulsiert in mir, bereit zu explodieren.

Der Grund dafür liegt nicht nur darin, dass er Gwen so niedergeschlagen hat, dass sie schlaff über seiner Schulter hängt, sondern weil er dazu diese Verkleidung getragen hat. Es ist einfach nur abartig böse. Ich stelle mir vor, was ihr durch den Kopf gegangen sein muss, als sie sie gesehen hat.

Ich habe ihr das angetan. Ich hasse mich selbst genauso heftig wie dieses Arschloch, das ihr wehgetan hat.

»Es könnte trotzdem auch er unter der Maske stecken«, meine ich an Mike gewandt. Es fällt mir im Augenblick schwer, Worte zu formulieren, aber ich zwinge sie heraus, um nicht völlig den Verstand zu verlieren. »Melvin würde das witzig finden.«

»Könnte sein. Ist aber vermutlich nicht so. Bleib einfach ruhig. Es geht ihr gut. Sie wollen sie lebendig.« Er wirft mir einen kurzen Blick zu. Ich weiß, dass er meine Wut erkennt. »Du kannst die Sache jederzeit abbrechen, Sam. Jederzeit.«

Ich wünschte, das hätte ich bereits getan. Seit dem Augenblick, in dem ich Ja gesagt habe, habe ich meine Entscheidung hinterfragt. Ich hatte niemals vor, zuzulassen, dass Absalom Gwen tatsächlich in die Finger bekommt, aber damit das hier funktioniert, mussten sie glauben, dass ich die Sache durchziehe. Aus der Ferne betrachtet bedurfte es dafür lediglich Nervenstärke.

Tatsächlich aber muss ich dabei zusehen, wie die Frau, die mir noch immer wichtig ist, schlaff und blutig weggeschleppt wird, ihrem sicheren Tod entgegen. Und das fühlt sich ganz und gar nicht nach einem cleveren Schachzug an. Es fühlt sich so an, als wäre ich ein Komplize bei ihrer Ermordung. *Falls er davonkommt ...*

»Er kommt nirgendwohin«, sagt Mike. Seine Stimme ist ruhig und fest, was meinen Adrenalinspiegel ein klein wenig senkt. »Bei diesem Eis kommt er nur langsam voran. Wir können ihn hochnehmen, wann immer wir wollen. Das weißt du auch. Vermassle es jetzt nicht. Haben die schon was geschickt?«

Ich schaue wieder auf das Tablet, das ich aus dem Coffeeshop habe. Der Akku ist noch bei achtzig Prozent. Es hat eine Datenverbindung, aber es gibt keine neuen Nachrichten. Noch nicht. Sobald wir Melvins Standort bekommen haben, treten wir in Aktion. Verdammt, es ist so hart, dabei zuzusehen, wie dieses Arschloch sie mitnimmt. Erinnerungen an meine Schwester kommen hoch und drohen, mich zu ertränken.

Ich weiß, dass Gwen bereit ist, ihr Leben zu riskieren. Sie wäre die Erste, die mir das sagen würde. Sie würde mir in die Augen blicken und sagen: *Ziehen wir das durch.* Sie würde sagen, dass unsere erste und einzige Priorität ist, Melvin zu erwischen.

Aber das stimmt nicht. Und dieses Wissen zerbricht die Schale aus Zweifeln, die ich um meine Gefühle für sie herum habe wachsen lassen. Zerschmettert sie vollständig. Es spielt keine Rolle, was sie getan hat. Wichtig ist nur, wer sie ist und was ich für sie empfinde.

Na los doch, ihr Bastarde. Schickt endlich die Nachricht. Die Luft ist frostig, aber das ist gut; meine Haut fühlt sich an, als stünde sie in Flammen, und die Angst um sie brennt wie Phosphor in meiner Brust. Jede Sekunde der Verzögerung ist eine weitere Sekunde, die sie der Gefahr näher bringt.

»Wir sollten los«, dränge ich Mike. »Wenn wir sie verlieren …«

»Wir verlieren sie nicht«, versichert Mike. »Ich benutze sie nur ungern als Köder, aber entweder ist sie die tapferste Frau, der ich je begegnet bin, oder eine Psychopathin. So oder so ist das unsere beste Option. Lassen wir Absalom glauben, dass sie sie haben, sie geben uns Melvin Royal, wir holen sie zurück.«

Ich wünschte, das hier wäre eine offizielle FBI-Operation, mit weiteren Fahrzeugen und Drohnenunterstützung, aber wir waren uns einig, diese Angelegenheit ohne Hilfe abzuwickeln. Mike ist bereits große Risiken eingegangen, als er uns in Wichita mit einbezogen hat, ganz zu schweigen von der Sache mit der Hütte in Georgia. Falls er Ergebnisse vorweisen kann, wird man vergeben und vergessen, aber bis dahin besteht keine Chance, Bundesressourcen – oder selbst lokale – anzuzapfen.

Eine weitere Sache, die an meinen Nerven zehrt: Mikes Zuversicht. Er ist gut darin, seine wahren Gefühle zu tarnen.

»Noch nichts«, sage ich. Das Tablet verrät nichts. Wir beobachten den Mann in der Melvin-Royal-Gruselmaske, wie er vorsichtig zu einem weißen Lieferwagen geht. Er fällt beinahe hin, als er sein Gewicht verlagert, um Gwen hineinzuwerfen. Es ist wie ein Schlag in die Magengrube, als ich zusehen muss, wie sie wie ein Sandsack fällt, ohne jeglichen Versuch, sich abzufangen. *Lebt sie noch?* Mein Gott, was ist, wenn er sie in diesem Zimmer umgebracht hat? Der Gedanke lässt mich beinahe aufspringen, aber mit Mühe bekomme ich mich wieder unter Kontrolle. *Absalom wollte sie für etwas Besonderes. Sie werden sie nicht einfach so töten.*

Das klingt verzweifelt, selbst wenn ich es nur in meinen Gedanken sage. Ich könnte die gesamte Situation völlig falsch eingeschätzt haben.

Ich könnte für Gwens Tod verantwortlich sein.

Dadurch, dass der Mann auf dem Eis ausgerutscht ist, liegt Gwen nur halb im Fahrzeug. Ich sehe, wie sie zuckt, wie sich ihre Füße bewegen, als würde sie nach einem Boden suchen.

»Es geht ihr gut«, sagt Mike. »Sie bewegt sich, Mann. Es geht ihr gut.«

Nein, es geht ihr nicht gut. Ich kenne Gwen. Sie würde diesen Abschaum mit allem bekämpfen, was sie hat, ob nun gefesselt oder nicht, wenn sie dazu in der Lage wäre. Während wir noch zuschauen, steigt der Mann in der Melvin-Royal-Maske in den Lieferwagen und verschwindet aus unserem Blickfeld. Wieder dieser Schlag in die Magengrube, diesmal noch heftiger. Was zum Teufel treibt der da?

Gwens schwach zuckende Füße werden ins Dunkel gezerrt, und für einen kurzen, erstickenden Augenblick kann ich nicht sehen, was da vor sich geht. Ich höre Mike sagen: »Ruhig, warte«, bevor ich überhaupt bemerkt habe, dass meine Hand auf dem Türhebel liegt. Er greift nach meiner Jacke und zerrt mich zu sich. »*Warte!*«

»Worauf denn bitte? Du weißt, mit was für Menschen wir es hier zu tun haben!«

Falls sie sich kaum bewegen kann, kann sie vermutlich auch nicht schreien. Bei diesem Gedanken schiebe ich seine Hand von mir und ziehe die Waffe. Mike hebt langsam eine Hand, um zu signalisieren, dass er aufgibt.

Doch als ich meine Aufmerksamkeit wieder dem Lieferwagen zuwende, sehe ich den Bastard aussteigen. Ich kann gerade so die Unterseite von Gwens Socken sehen, geisterhaft bleich im reflektierenden Licht.

Ich sehe, wie sie sich bewegt. Gott sei Dank.

»Schon irgendwas von …«

»Schau doch selbst nach«, unterbreche ich ihn und schiebe ihm das Tablet zu. Ich will diesen Mann im Auge behalten. Er konzentriert sich darauf, das Gleichgewicht zu halten, während er die Türen zuschlägt. Ich sehe, dass er einen Schlüssel benutzt, um zuzuschließen. Keine Fenster im Frachtbereich. Sie ist jetzt unsichtbar.

Aber sie ist am Leben. Sie ist noch am Leben. Und wir haben sicherzustellen, dass sie es auch bleibt.

»Noch nichts«, meint Mike. Er ist mittlerweile auch leicht angespannt, das kann ich spüren. Für einen Mann, der sich immer komplett beherrschen kann, bedeutet das, er empfindet ebenso stark wie ich. »Gib ihnen noch eine Minute.«

»Die verdammte Minute ist längst um«, erkläre ich. »Die legen mich aufs Kreuz. Sie werden ihn nicht einfach hergeben.«

»Wir wussten, dass diese Möglichkeit besteht. Wir stellen ihn, sobald er vom Parkplatz runter ist. Vielleicht haben sie noch jemanden hier, der das Ganze beobachtet. Wir müssen versuchen, an diese Information zu kommen.«

»Nicht, wenn wir dabei riskieren, sie zu verlieren.«

»Wir werden sie nicht verlieren.«

Das rote Rücklicht des Lieferwagens leuchtet eine Sekunde auf, dann die vorderen Scheinwerfer. Und dann fährt er langsam rückwärts, vorsichtig auf dem Eis, auch wenn er Winterreifen gegen die Glätte hat.

Ich nehme Mike das Tablet wieder ab. *Los doch, los, ihr Arschlöcher …*

»Mike«, dränge ich. Der Lieferwagen fährt über den Parkplatz Richtung Ausgang. Wieder blitzen die Rücklichter auf, rot wie die Augen eines Dämons, und er biegt rechts ab. *»Mike!«*

»Vertrau mir«, sagt der. »Wir werden sie nicht verlieren. Aber hier ist nicht viel Verkehr, der uns decken könnte. Wir müssen etwas zurückbleiben.«

»Sie muss aber in Sichtweite bleiben! Fahr los!«

Er startet den Motor und legt einen Gang ein, sodass wir langsam vorwärtsgleiten. Viel zu langsam. Ich möchte aufs Gaspedal treten. Der Parkplatz ist in kaltes weißes Licht getaucht, das vom Eis widergespiegelt wird. Mike biegt rechts ab und korrigiert problemlos das leichte Rutschen.

Er nickt in Richtung des weißen Lieferwagens vor uns. Der biegt nach links ab, unter der Autobahn hindurch. Auf dieser Spur wird er eine Biege fahren und die Autobahnauffahrt in die andere Richtung nehmen.

Mike nimmt sein Handy vom Armaturenbrett und reicht es mir. »Achte auf den Bildschirm«, sagt er. »Pass auf, dass wir das Signal nicht verlieren.«

Ich hatte den Peilsender unter dem Lieferwagen angebracht, nachdem der Mann in der Maske in Gwens Motelzimmer verschwunden war. Ich hatte es gerade noch so wieder in den

Jeep geschafft, als der Angreifer mit ihr über der Schulter wieder herauskam. Aber ihr ohne Peilsender zu folgen, war keine Option, niemals. Und zum Glück leuchtet der Punkt auf dem Bildschirm in einem stetigen Grün. Der Lieferwagen taucht auf der anderen Seite der Autobahnunterführung auf und biegt wieder links ab. Auf der Karte unterwegs nach Norden.

Ich gebe Mike leise Anweisungen. Meine Konzentration ist komplett auf dieses grüne Licht konzentriert. Das Licht steht für Sicherheit. Solange wir es sehen können, geht es ihr gut. Daran kann ich mich festhalten.

Wir nehmen die erste Linksbiegung. Der Schotter und Asphalt unter der Autobahn nach dem glatten Rutschen über das Eis kommt unerwartet, der allerdings nur wenige Sekunden währt, dann biegen wir wieder nach links ab, und erneut muss Mike gegenlenken, um nicht wegzurutschen.

Das grüne Signal flackert.

Ich sehe vom Bildschirm auf. Ich kann den Lieferwagen nicht sehen, aber vor uns befindet sich ein kleiner Anstieg. Wahrscheinlich ist er schon auf der anderen Seite und fährt ihn gerade hinunter. Wir müssen langsamer werden, weil eine weggerutschte Limousine die rechte Spur der Autobahnzufahrt blockiert. Eine frustriert aussehende Frau versucht, mit ihren Reifen wieder Halt zu bekommen. Unter anderen Umständen hätte ich Mitleid mit ihr, aber im Augenblick verspüre ich nur Wut, weil sie im Weg ist. Ich sehe ihr bleiches, furchtsames Gesicht, als wir an ihr vorbeischlittern. Mike ist ein geübter Fahrer, trotzdem bete ich, dass wir nicht noch durch irgendetwas Größeres blockiert werden.

Wieder blinkt das Signal. Es ist allerdings noch immer vor uns. »Wie groß ist die Reichweite von dem Ding?«, frage ich Mike.

»Ein paar Kilometer«, meint er. »Wieso?«

»Es flackert«, erkläre ich.

Mike sagt nichts. Keine beruhigenden Worte. Als ich ihn ansehe, erinnert mich sein Gesicht an unsere Zeit damals im Militärdienst, als er so überzeugend tat, als wäre alles gut, dass sogar ich es glaubte.

Wir überwinden den glatten Hügel und ich halte Ausschau nach dem Lieferwagen.

Er ist nicht zu sehen. Allerdings kommt da noch ein weiterer Hügel. Er scheint immer direkt vor uns zu bleiben, gerade außer Sicht. Trotzdem noch auf der Karte.

»Verdammt noch mal, fahr schneller«, weise ich ihn an. Mein Herz schlägt wie wild, meine Handflächen schwitzen. Zu viel Adrenalin und keine gute Möglichkeit, um es loszuwerden. Die ganze Zeit denke ich an Gwen in diesem Lieferwagen, dazwischen blitzen Bilder von Melvin Royals Tatorten auf.

»Es ist alles gut«, sagt Mike. »Beruhige dich. Du hilfst ihr nicht, wenn du ausflippst.«

Ich will diesen Lieferwagen sehen. Ich will sehen, wo sie ist. Ich muss es sehen.

Die Fahrt den Hügel nach unten fühlt sich wie kontrolliertes Schlittern an; ich spüre, wie die Hinterreifen versuchen auszubrechen. Der Eisregen hat aufgehört. Dicke Wolken fangen das orangefarbene Glühen der Lichter der Stadt ein und reflektieren sie, um einen surreal wirkenden Himmel zu erzeugen, der an einen Science-Fiction-Film erinnert.

Alles fühlt sich falsch an und gefährlich und ... *Wo zum Teufel ist dieser Lieferwagen?*

Wieder flackert das Signal. Als wir den nächsten Hügel erklimmen, diesmal einen steileren, sieht es auf der Karte so aus, als wäre der Lieferwagen einen Kilometer vor uns zum Halten gekommen, denn wir schließen langsam auf. Ich sage Mike nichts davon. Bei diesen Wetterbedingungen wird er sowieso nicht schneller fahren.

Den Pick-up auf der Gegenspur sehe ich bereits, bevor er von der Straße abkommt und die Kontrolle verliert. Der Fahrer ist zu schnell, und als er rutscht, verliert er die Nerven und reißt das Lenkrad herum. Der Pick-up – zu leicht und für diese Wetterbedingungen nicht ausgelegt – dreht sich heftig, stößt gegen eine Leitplanke, neigt sich und stürzt über die Barriere. Mit einem gewaltigen Krachen landet er auf dem Dach und rutscht direkt auf uns zu. Mike flucht und versucht uns daran vorbeizusteuern. Beinahe gelingt es ihm auch.

Der Truck streift die hintere Stoßstange des Jeeps und wir verlieren Bodenhaftung. Ich klammere mich an den Handgriffen fest, als unser Fahrzeug ins Schleudern gerät und immer schneller rutscht. Mike gelingt es noch, das Lenkrad zur Seite zu kurbeln und dann wieder gerade. Beide blicken wir zu dem Pick-up hinter uns. Das Dach ist halb zerquetscht und drinnen bewegt sich nichts. Der Fahrer darin ist verletzt. Vielleicht sogar tot.

»Halt jetzt nicht an«, mahne ich. Es fällt mir schwer, aber wir haben keine Wahl. »Wir können ihm nicht helfen, Mike.«

»Verflucht«, meint Mike. »Wo ist der Lieferwagen?«

Ich schaue auf das Handy. »Hat angehalten«, antworte ich. »Einen Kilometer vor uns.« Wir haben bereits eine Minute verloren, aber zumindest bewegt sich der Lieferwagen nicht mehr. Vermutlich ist er von der Straße runtergefahren.

»*Verflucht!*« Er entreißt mir das Handy und macht einen Anruf. In kurzen, klaren Worten, die er wie Kugeln abfeuert, meldet er den Unfall und gibt seine Abzeichennummer und Kontaktinformationen durch. Das Ganze dauert eine volle Minute, die wir eigentlich nicht haben, und ich bekämpfe den inneren Drang, ihm das Handy wegzunehmen. Er beendet den Anruf, wirft mir das Handy zu und fährt wieder los. Wie es scheint, hat unser Jeep keinen Schaden genommen. Oder zumindest nicht genug, um uns aufzuhalten.

Ich wechsle auf dem Bildschirm wieder zurück zur Karte.

Da ist kein Punkt.

Bestimmt nur kurz unterbrochen, beruhige ich mich. *Warte.* Das tue ich. Ich starre den Bildschirm eine Sekunde lang an. Fünf Sekunden. Zehn. Ich spüre, wie sich Übelkeit in meinem Magen ausbreitet. Mir der Schweiß auf der Stirn steht. *Nein. Bitte, Gott, nein.*

Es kommt kein Signal.

Sie ist fort. Sie ist *fort.*

»Mike«, flehe ich. Ich glaube, er hört die Verzweiflung in meiner Stimme.

»Ich fahr ja, so schnell ich kann«, sagt er. Das tut er auch. Der Hügel ist steil und glasglatt. Wenn er auch nur ein bisschen zu viel Gas gäbe, würden wir erneut die Bodenhaftung verlieren und rückwärts rutschen.

»Wir haben kein Signal mehr«, sage ich. Ich fühle Übelkeit. Leere. »Hol auf. Schnell.«

»Sie sind direkt vor uns«, versichert er mir. »Halt durch. Wir werden sie sehen, sobald wir oben angekommen sind. Halt einfach durch.«

Ich schaue weiter auf den Bildschirm, bete um einen Punkt, ein Flackern, *irgendetwas. Das kann nicht sein. Es darf nicht sein.* Die können doch nicht einen ganzen Lieferwagen verschwinden lassen.

Können sie schon, wenn sie den Peilsender gefunden und zerstört haben.

Wir erreichen die Hügelkuppe. Von hier aus können wir das Gelände kilometerweit überblicken. Vor uns sind vier Fahrzeuge in Sicht, die sich vorsichtig ihren Weg bahnen. Eine rote Limousine. Ein Polizeiwagen mit blinkenden Sirenen, der sich langsam voranbewegt. Ein schwarzer Jeep, älter als unserer und gefährlich schnell unterwegs. Ein Lastwagen, der sich an Zufahrtsstraßen hält und auf ein langsames, stetiges Vorankommen setzt.

Ich sehe keinen Lieferwagen. Überhaupt keinen. Bei diesen Straßenverhältnissen dürften sie eigentlich nicht weit vor uns sein. Sie können nicht einfach verschwinden.

Mittlerweile zittere ich. Die Blinklichter des Polizeiwagens tauchen alles in grelle Farben.

»Er könnte sich direkt vor dem Lastwagen befinden«, sagt Mike. Seine Kontrolle ist mittlerweile nicht mehr perfekt, ich höre die Besorgnis in seiner Stimme. »Verflucht noch mal, wo steckt der?«

»Fahr einfach«, dränge ich ihn. »Schneller.« Ich klinge verzweifelt. Was ich auch bin.

Wir fahren jetzt schneller weiter. Wir haben dieselbe Geschwindigkeit wie der Jeep, wodurch wir an der Limousine und den Cops vorbeiziehen. Die Cops sehen uns finster an, aber mir ist im Augenblick völlig egal, ob sie uns stoppen wollen, wir würden ohnehin nicht anhalten. Ich habe Gwen gefährdet. Ich habe zugesehen, wie sie entführt wurde. Im Augenblick würde ich es mit jedem aufnehmen, Abzeichen oder nicht, der sich mir in den Weg stellt, denn *wir müssen sie finden.*

Auch vor dem Lastwagen befindet sich kein Lieferwagen. Nirgends ein Lieferwagen.

Und kein Signal.

Keine Gwen.

Wir haben sie verloren. Ich spüre, wie mich die Panik zu übermannen droht, so kalt wie Eis.

»Fahr zurück«, befehle ich. Ich höre die Schärfe in meiner Stimme. »Sie sind bestimmt irgendwo runtergefahren. Vielleicht haben sie eine Nebenstraße genommen. Das Fahrzeug gewechselt.«

»Sam ...«

»Tu's einfach!« Ich fühle mich innerlich wie zerfetzt. Ich erinnere mich an die Melvin-Gummimaske und mir kommt die Galle hoch. Ich schaffe es, sie hinunterzuschlucken. »Wir müssen sie finden!«

314

Wir wenden auf der rutschigen Straße und fahren zurück. Wir überprüfen jede Seitenstraße, jede Haltebucht, jedes Gebäude.

Der Lieferwagen ist fort. Ich spüre Mikes Hand auf meiner Schulter, aber ich will jetzt nicht beruhigt werden. Ich will, *dass das hier nicht passiert*, denn wenn ich das getan habe, wenn ich sie umgebracht habe ...

Das Tablet, das ich beinahe schon vergessen hätte, leuchtet auf. Eine Nachricht ist angekommen. Ich greife danach, und Mike hält auf dem leeren Parkplatz eines geschlossenen Restaurants, während ich das Gerät anschalte.

Die Nachricht ist von Absalom. Sie haben getrickst. Haben Sie geglaubt, wir würden das nicht bemerken? Aber wir halten unser Wort.

Die nächste Nachricht beinhaltet einen Link. Ich klicke darauf.

Eine Karte öffnet sich. Sie zoomt heran. Mit zittrigen Fingern bearbeite ich das Display, um mir einen Überblick zu verschaffen. Was schaue ich mir hier an?

Es ist eine Karte von Kansas. Auf der Karte befindet sich ein Pin, in einer ländlichen Gegend außerhalb von Wichita.

Ich sehe zu Mike hinüber. Sein Gesicht ist leer. Ich frage mich, ob er die gleiche tiefe, brennende Schuld spürt oder ob das für ihn nur ein gottverdammtes Manöverpech ist. Ein Schachzug, der sich nicht ausgezahlt hat.

Ich wechsle zurück zum Nachrichtenfenster.

Wo ist sie?

Ich kann sie per Textnachricht nicht anschreien. Die Buchstaben wirken nüchtern und verzweifelt.

Verdammt, ihr Arschlöcher, was ist in Wichita?

Es ergibt eine kranke Art von Sinn, dass Melvin in sein altes Jagdrevier zurückkehren würde. Und dass er Gwen dorthin bringen würde.

Für einen langen Augenblick kommt keine Reaktion. Ich möchte dieses Ding zerbrechen, es in kleine Stückchen zerbröseln, die niemand wiederfinden wird, da ich meine Wut an sonst niemandem auslassen kann. An niemandem, außer an mir selbst.

Plötzlich poppt die Antwort auf.

Vergessen Sie die Schlampe. Sie ist jetzt nicht mehr Ihr Problem.

Ich stoße einen Schrei aus und schlage so fest gegen die Armaturentafel, dass etwas in meiner Hand platzt wie ein brennender Feuerwerkskörper, aber es ist mir verflucht noch mal egal. *Nein, verdammt, nein, nicht so, nicht so …*

Ich schreibe zurück.

Falsch, ihr Arschlöcher, sie ist mein Problem und ich werde sie finden. Wenn ihr ihr etwas antut, werde ich es mir zur Aufgabe machen, euch allen eine Kugel in den Kopf zu jagen.

Aus mir spricht meine Wut. Ich habe keine Ahnung, wie ich auch nur einen von ihnen finden soll. Es ist eine leere Drohung, aber ich kann nicht anders.

Eine weitere lange Pause, dann kommt eine Nachricht zurück.

Sie wollen spielen? Wir haben Ihnen gesagt, wo Sie Melvin Royal finden. Wenn Sie ihn schnell genug erwischen, bleibt sie vielleicht am Leben.

Sämtliche Luft entweicht mir.

Ihr lügt.

Nein. Wir wollen, dass Sie dort sind. Um es zu sehen.

Meine Hände schmerzen. Ich hole keuchend Luft. Ich will das Tablet zerschmettern, spüren, wie das Glas birst und splittert wie brechende Knochen.

Genau das ist es, was Absalom tut. Höhnen. In die Irre führen. Drohen.

»Sie wollen, dass wir nach Wichita fahren«, sage ich laut. Als ich mich zu Mike umdrehe, sieht er mich mit echter Besorgnis an. »Warum wollen sie das?«

»Es würde uns davon abhalten, woanders zu suchen«, sagt er. »Ich rieche schon seit Atlanta Lunte. Die haben mit dir *und* mir gespielt. Sie schicken uns, wohin es ihnen beliebt, um ihren Plunder loszuwerden, wie beispielsweise Suffolk. Der Mistkerl ist eh schon im Visier des FBI gewesen. Wir sind ihnen zu nahe gekommen, und jetzt arbeiten sie daran, uns aufzuteilen. Sam, wir müssen jetzt genau nachdenken.«

Ich will nicht nachdenken. Das ist im Augenblick verflucht noch mal das Letzte, was ich will. Doch tief in meinem Inneren glaube ich, dass Mike recht hat. Sie haben Gwen. Das ändern wir auch nicht, indem wir ihrem Köder nachjagen. Wir müssen ihnen einen Schritt voraus sein.

Ich atme tief ein, halte die Luft an und stoße sie dann wieder aus. »Okay«, sage ich. »Wo fangen wir an?«

»Wir schauen uns noch mal das Video an, das ihr in der Hütte gefunden habt«, erklärt er. »Denn ich glaube, von da ab haben sie uns in die falsche Richtung gelotst.«

Ich starre ihn an. »Du glaubst, sie wollten, dass wir das finden?«

»Nein, ich glaube, genau das wollten sie nicht, und deshalb ist alles, was seitdem von ihnen gekommen ist, als Gegenmaßnahme zu verbuchen. Wir haben diese Spur und plötzlich gibt es ein Video, das Gwen belastet. Dann ein zweites, als wir Suffolk ergreifen – und ich bin mir ziemlich sicher, dass Absalom diesen widerlichen Bastard sowieso loswerden wollte, weil er unvorsichtig war. Irgendjemand führt uns hübsch am Nasenring vor, und den müssen wir jetzt loswerden.«

Ich schlucke meine Entgegnung hinunter, widerstehe mühsam dem Drang, Mike aus dem Wagen zu schmeißen, nach dem Lenkrad zu greifen und zu fahren, bis ich sie finde. Denn er hat recht.

Langsam. Mach dich locker. Fang von vorn an.

Denn nur so haben wir noch eine Chance, Gwen zu finden.

Wir müssen ihnen einen Schritt voraus sein.

KAPITEL 21

CONNOR

Ich höre Lanny ins Bad gehen. Sie duscht gern abends. Ich warte, bis ich das Wasser laufen höre, dann verriegele ich meine Tür, hole das Brady-Handy heraus und schalte es ein. Es dauert eine ganze Minute, bis es sich aktiviert hat und nach einem Signal sucht. Ich höre ein kaum wahrnehmbares Läuten, als es bereit ist. Das Geräusch des fließenden Wassers wird meine Stimme übertönen, solange ich wirklich leise rede.

Ich klettere in meinen Schrank und schließe die Tür. Die Kleidung und die Decken hier drin sorgen für weitere Dämpfung. Ich will nicht, dass mich irgendjemand hören kann. Die Dunkelheit fühlt sich beruhigend an, und als ich das Handy hervorhole, wirft das blaue Display scharfe Schatten um mich herum. Ich setze mich im Schneidersitz auf den Boden und lehne mich gegen die zusammengelegten Decken in der Ecke. Der Wandschrank ist aus Kiefernholz, und der warme, markante Geruch kitzelt mich in der Nase.

Ich kann das nicht, denke ich, doch das Schlimme ist, ich weiß, dass ich es kann. Ich weiß, dass ich es muss. Ich habe Fragen, und ich möchte seine Stimme hören, wenn er sie beantwortet. In Nachrichten zu lügen ist einfach. Vielleicht ist es am Telefon nicht so einfach.

Ich wähle die einzige Nummer im Verzeichnis. Mein Herz pocht so heftig, dass mein Brustkorb wehtut.

Es klingelt und klingelt, und dann wechselt es zum Anrufbeantworter, der lediglich aus einer mechanischen Stimme besteht, die sagt: *Bitte hinterlassen Sie eine Nachricht.* Ich lege auf. Mir ist heiß, ich schwitze, bin enttäuscht und gleichzeitig doch auch erleichtert. Ich habe es versucht und er ist nicht mal rangegangen. Ich weiß nicht, ob ich noch einmal dazu in der Lage sein werde. Das hier war schwer genug.

Hier im Schrank zu sitzen, fühlt sich so an, als wäre ich vom Rest der Welt abgeschnitten. Es ist seltsam und gleichzeitig irgendwie friedlich. Ich frage mich, wie lange ich wohl hier drinbleiben kann, bis mich jemand suchen kommt, als das Handy in meiner Hand vibriert. Ich lasse es beinahe fallen. Dann gehe ich ran. »Hallo?« Meine Stimme klingt hoch und unsicher und leise. Sie ist sich weniger sicher als ich, dass das, was ich hier tue, das Richtige ist.

Es ist Dad. »Hey, mein Junge, tut mir leid. Ich bin nicht rechtzeitig ans Handy gekommen. Danke, dass du angerufen hast. Ich weiß, dass das ein großer Schritt für dich war.« Er klingt so, als wäre er gerannt. Ich stelle mir vor, dass sein Handy in der anderen Zimmerecke lag, vielleicht in einer Jackentasche, und dass es geklingelt und geklingelt hat, und genau dann stoppte, als er danach gegriffen hat. Wenn er außer Atem ist, war es ihm wichtig genug, um sich zu beeilen, den Anruf anzunehmen. Das hat etwas zu bedeuten. Glaube ich.

»Hi«, sage ich. Ich bin noch nicht bereit, ihn richtig *Dad* zu nennen, nicht laut. »Vielleicht hätte ich nicht anrufen sollen ...«

»Nein, nein, das ist doch gut«, versichert er mir. Ich höre so etwas wie eine Tür zuschlagen. Ich höre Wind über den

Lautsprecher des Handys, als wäre er nach draußen gegangen. »Bist du allein?«

»Ja.«

»Gut.« Er stoppt eine Sekunde, und ich höre, wie er atmet. »Wie geht's dir?«

»Ganz gut.« Mir ist klar, dass ich mehr als das sagen sollte, versuchen sollte, richtig mit ihm zu reden, aber plötzlich, wo ich ihn am anderen Ende der Leitung höre, fühlt es sich falsch an. Die Fantasie war besser als die Realität. Also rede ich hastig weiter. »Es ist kalt draußen, vielleicht wird es bald schneien oder so. Ich war heute eine Weile draußen.«

»Bist du spazieren gegangen?«

»Nein. Ich war nur draußen.«

»Du solltest mehr rauskommen, Brady. Du solltest auf Entdeckungstour gehen. Wandern, wenn du irgendwo bist, wo das geht. Ich bin immer gern gewandert.«

Ich bin nicht wie er, kein einsamer Wolf, der zu Abenteuern aufbricht. Ich mag Geschichten, in denen ich Teil eines Teams bin, wo ich nicht deshalb wichtig bin, weil ich schnell rennen oder gut kämpfen kann, sondern weil ich clever bin und ein Problem lösen kann, wenn es jemand anderem nicht gelingt. Ich frage mich, ob er das verstehen würde. »Ja«, stimme ich zu, weil ich ihm nicht widersprechen möchte. »Schätze schon. Ich könnte den Hund mitnehmen.«

»Ihr habt jetzt einen Hund?«

»Er heißt Boot«, sage ich. »Ein Rottweiler.«

»Kann der irgendwelche Kunststücke?«

»Er kann apportieren und sich hinlegen und herumrollen«, erkläre ich. »Ich bringe ihm bei, Hände zu schütteln.«

»Ist er ein guter Jagdhund?«

»Weiß ich nicht.«

»Gehst du gern jagen?«

Da ist etwas an der Art, wie er das sagt ... ich weiß es nicht. Es fühlt sich hässlich an. Also ignoriere ich es und versuche, schnell das Thema zu wechseln. »Nein, ich bin nur – ich hab mich verlaufen und Lanny und ...« Ich kann mich gerade noch stoppen, beinahe hätte ich Javiers Namen verraten. »Lanny hat mich mit Boots Hilfe gefunden.« Ich hatte mich nicht verlaufen, nicht wirklich. Nachdem ich dieses Video angeschaut hatte, war ich so wütend und verletzt gewesen, dass ich einfach nur *wegwollte*. Aber ich war noch nicht besonders weit gekommen, als mir klar wurde, dass ich keinen Ort habe, an den ich gehen kann. Zu dumm. Ich hätte einfach weitergehen sollen. »Also kann er wohl jagen. Er ist ein guter Hund, und er ist auch clever.«

»Ich mag Hunde«, sagt Dad. »Katzen aber nicht. Hunde sind für mich immer Jungs und Katzen Mädchen. Meinst du nicht auch?«

Ich weiß nicht, was ich dazu sagen soll. Es klingt seltsam, als wollte er damit auf irgendetwas hinaus, was mir nicht gefallen würde. Es fühlt sich nicht richtig an. Ich wechsle die Position und über mir klappern die Kleiderhaken. Der Kieferngeruch kitzelt mir wieder in der Nase. »Ich habe angerufen, weil ich dich etwas fragen muss«, sage ich. Mir ist gerade erst klar geworden, dass ich das jetzt tun werde, wirklich tun werde. Mir ist schlecht, aber ich zwinge mich trotzdem dazu. »Du weißt doch, dass gesagt wird, dass Mom, äh, dir dabei geholfen hat, diese Ladys umzubringen?«

»Hm-hm.«

»Hat sie das wirklich?«

»Mein Junge, es tut mir leid. Ich – also, ich glaube, dass du jetzt alt genug bist, um die Wahrheit zu erfahren. Du wurdest, was mich angeht, den Großteil deines Lebens angelogen, habe ich dir das nicht schon gesagt? Aber noch schlimmer ist, dass es deine Mutter war, die dich angelogen hat. Sie ist nicht unschuldig, das kannst du mir glauben. Ich fand, dass du wissen solltest, was wirklich passiert ist, als du noch klein warst.«

Die Art, wie er das sagt, gibt mir das Gefühl, dumm zu sein, weil ich über das aufgebracht war, was ich gesehen habe. Als müsste ich besser sein als das. Stärker. »Okay«, sage ich. »Na ja, ich hab ja das Video gesehen, das weißt du doch.«

»Und du hast dafür gesorgt, dass sie nicht wissen, dass du dieses Handy hast, richtig?«

»Genau, wie du gesagt hast«, bestätige ich.

»Und deine Schwester hat das Video ebenfalls gesehen?«

»Ja.« Ich wünschte, ich hätte das nicht getan. Ich finde es schrecklich, sie weinen zu sehen, und noch schlimmer, sie *nicht* weinen zu sehen, wenn sie es eigentlich tun sollte. Aber sie musste das erfahren, was ich erfahren hatte: dass Mom nicht die ist, die zu sein sie vorgegeben hat.

»Und niemand weiß, dass du mit mir redest?«

»Nein.« Ich atme tief ein und wieder aus. »Ist es wahr? Dass du später dieses Mädchen getötet hast, die, die du getragen hast?«

»Du meinst die, die deine Mom mir *geholfen* hat zu tragen?« Seine Korrektur kommt etwas scharf heraus, doch sofort klingt seine Stimme wieder sanfter. »Tut mir leid, Brady. Es ist nur, dass ich so viele Jahre lang bespuckt wurde und man über mich Lügen verbreitet hat. Und deine Mutter ist mit allem davongekommen.«

»Aber hast du es getan?«

»Was?«

Ich schlucke. Mein Mund ist trocken. Ich will das nicht fragen. Aber eigentlich will ich es doch, und ich überwinde mich. »Hast du sie umgebracht? All diese Ladys?«

Er antwortet nicht. Es dauert so lange, dass ich den Wind durch den Hörer höre und sein ruhiges, gleichmäßiges Atmen am anderen Ende. Schließlich redet er wieder. »Es gibt Dinge, die du nicht verstehen kannst. Es ist nicht so, wie du denkst.«

»Das ist eine einfache Frage.« Plötzlich klinge ich ziemlich erwachsen, finde ich zumindest. »Hast du sie getötet oder nicht?«

»Ich habe ein Mädchen getötet, aber das war ein Unfall. Wir wollten Lösegeld für sie erpressen, mehr nicht. Wir brauchten Geld für dich und deine Schwester, und ihre Familie war reich. Das war ein *Unfall.*«

»Aber all die anderen …«

»Es hat keine anderen gegeben. Die anderen Sachen, die man über mich sagt, die anderen Mädchen – das ist alles erfunden. Gefälscht – ich werde dir Links zu den Artikeln darüber schicken, wie die Wissenschaftler im Polizeilabor meine DNS gegen die des echten Mörders ausgetauscht haben. Darum musste ich raus aus dem Gefängnis. Ich muss meine Unschuld beweisen. Solange ich hinter Gittern war, hat mir niemand zugehört.«

Der echte Mörder. Mein Puls beschleunigt sich, denn das klingt richtig. Es ergibt Sinn. Mein Dad kann kein Mörder sein, nicht wirklich. Es gibt so viele Fernsehsendungen über Leute, die beschuldigt wurden, aber das Verbrechen nicht wirklich begangen haben, und dann wird am Ende der echte Mörder gefunden. Warum kann das nicht auch diesmal so sein? Warum kann Dad nicht unschuldig sein? Würde es nicht viel mehr Sinn ergeben, dass er und Mom etwas Dummes getan haben, um uns zu helfen, und die Polizei dann beschlossen hat, dass er auch an allem anderen schuldig ist? Und dass Mom uns angelogen hat, damit sie bei uns bleiben und sich um uns kümmern konnte?

Ich bin froh, dass mir das eingefallen ist, denn es hat mir überhaupt nicht gefallen zu glauben, dass Mom gelogen hat, nur um Dad wehzutun. Nein, sie hat nur versucht, uns zu helfen.

Falls es wirklich ein Unfall war, ergibt das mehr Sinn als der Versuch, sich vorzustellen, dass mein Dad, der große, warme Schatten, der mich zu meinem ersten Baseballspiel mitgenommen hat und mit mir Fernsehen geschaut hat und mir manchmal abends Geschichten vorgelesen hat ... dass mein Dad ein Monster ist.

In der Ferne höre ich, wie die Dusche ausgeht. Lanny ist fast fertig im Bad. Sie wird sich jetzt noch die Haare föhnen, und dann wird sie an meiner Tür klopfen, um mir Gute Nacht zu sagen. Das macht sie immer.

»Ich muss weg«, sage ich schnell. »Tut mir leid.«

»Warte! Brady ... Mein Junge, ich wollte mich nur dafür bedanken, dass du mit mir geredet hast. Ich weiß, dass das nicht einfach ist. Aber es bedeutet mir sehr viel.« Ich kann hören, dass es das tut. Er klingt so, als würde er gleich anfangen zu weinen. »Ich hätte nie gedacht, dass ich noch mal deine Stimme hören würde.«

»Okay.« Ich fühle mich jetzt seltsam und mir ist übel. Ist es besser zu wissen, dass mich mein Dad geliebt hat, noch immer liebt, wenn jeder von mir erwartet, ihn zu hassen? »Ich muss jetzt los.«

»Noch eine Sache«, sagt er. »Bitte.«

»Was?« Ich halte den Daumen über der Taste, mit der der Anruf beendet wird, aber ich drücke sie noch nicht. Ich warte.

»Nenn mich einfach Dad«, bittet er. »Nur einmal. Ich habe so lange darauf gewartet, es zu hören.«

Ich sollte das nicht tun. Das ist eine Grenze, die ich nicht überschreiten sollte. Klar, ich habe das Wort in der Nachricht geschrieben. Aber ich habe es nicht gesagt. Es fühlt sich so an, als würde ich mir damit etwas eingestehen, das zu groß ist, als dass ich es verstehen könnte.

Aber ich habe keine Zeit, noch länger darüber nachzudenken. Also sage ich nur schnell »Auf Wiedersehen, Dad« und lege auf. Mein Herz hämmert, meine Hände zittern. Es ist einfach unfassbar, dass ich gerade mit meinem Dad gesprochen habe.

Jemand klopft an meine Tür. Es ist nicht Lanny; ich höre, dass der Föhn gerade erst angeschaltet wird. Ich schalte das Handy aus und öffne die Schranktür, um zu antworten. »Ja?« Ich sehe zu, wie sich der kleine Kreis dreht. Es dauert ewig, dieses Ding abzuschalten.

»Connor? Darf ich reinkommen?«

Es ist nicht Javier. Es ist Kezia. Als ich nicht reagiere, dreht sie den Türknauf. Ich bin froh, dass ich abgeschlossen habe, denn dieses Handy schaltet sich einfach nicht aus … und dann ist es plötzlich aus, dunkel und still. Ich stecke es in meine Hosentasche und gehe die Tür öffnen. »Hi«, sage ich zu Kezia. »Tut mir leid.« Ich gehe zurück zum Bett und setze mich im Schneidersitz darauf.

Sie kommt nicht rein, beobachtet mich nur. »Ich mache mir Sorgen um dich.«

Alle machen sich um mich Sorgen. Außer Dad, der glaubt, dass es mir gut geht.

Als ich nicht antworte, redet Kezia weiter. »Weißt du, es ist okay, wenn du sauer auf deine Mom bist. Aber du solltest wissen, dass sie dich trotz allem liebt. Sogar sehr. Okay?«

»Klar«, sage ich und zucke mit den Schultern. »Sie müssen sich um mich keine Sorgen machen. Mir geht's gut. Ich warte nur darauf, ins Bad zu können. Lanny braucht einfach ewig.« Ich hoffe, ich klinge okay. Zumindest normal. Innerlich zittere ich und habe das Gefühl, gleich auseinanderzufallen. *Ich habe mit ihm gesprochen. Ich habe seine Stimme gehört. Ich habe ihn Dad genannt.* Ich weiß nicht, wie ich mich fühle. Beschwingt, weil ich damit durchgekommen bin. Verängstigt. Glücklich. Besorgt. Und alles gleichzeitig.

Jetzt kann ich das Handy loswerden, sagt ein Teil von mir. *Ich habe mit ihm gesprochen. Das ist also erledigt. Ich sollte es jetzt zerstören und die Reste vergraben.*

Aber das geht nicht. Denn dieses Stück Technik in meiner Tasche ist wie ein magischer Knopf, den ich drücken kann, um mich … irgendwie normal zu fühlen. Wie könnte ich es jetzt loswerden? Aber es ist ein Risiko. Wenn sie es herausfinden, werden alle furchtbar böse auf mich sein.

Ich erinnere mich an seine zittrige Stimme, als er mich gebeten hat, ihn Dad zu nennen, als wäre das das Einzige, was er auf der Welt will, und ich denke: *Ist mir egal, ob sie wütend werden.*

Ich brauche meinen Vater. Und jetzt glaube ich, dass er mich auch braucht.

* * *

Zum ersten Mal seit Wochen schlafe ich gut. Ich träume nicht einmal. Es ist so, als hätte Dads Stimme etwas in mir zum Schweigen gebracht, das die ganze Zeit geschrien hat.

Mir ist klar, dass das vermutlich falsch ist.

Als wir am nächsten Morgen aufstehen, scheint alles normal, bis auf mich. Wir essen Waffeln und Bacon. Ich überzeuge sie, mich Kaffee mit viel Milch und Zucker probieren zu lassen. Als ich es tatsächlich darf, kann ich mich nicht entscheiden, ob er mir schmeckt oder nicht, aber ich trinke trotzdem ganz aus. Lanny trinkt ihren Kaffee nur mit Milch. Javier und Kez komplett schwarz.

»Warum trinkt ihr ihn ohne was darin?«, frage ich sie, einfach, um ein Gesprächsthema zu haben. Javier lacht und wechselt einen Blick mit Kezia.

»Ist vermutlich für uns beide gleich«, meint er. »Als ich bei den Marines war, konnten wir schon froh sein, überhaupt

Kaffee zu bekommen. Etwas anderes dazu hatten wir so gut wie nie. Außerdem hat man nur begrenzt Platz in seinem Rucksack, und wenn man alles, was man braucht, auch noch schleppen muss … verzichtet man eben auf die Luxusartikel.«

»Ich habe mich auf der Wache an schwarzen Kaffee gewöhnt.« Kezia nickt. »Man schnappt ihn sich einfach schnell für unterwegs. Sahne ist fast immer aus, der Zucker meistens ebenfalls. Nach einer Weile passt sich der Geschmack einfach an.«

Das klingt erwachsen. Vielleicht werde ich ihn irgendwann auch schwarz trinken.

Nach den Waffeln kommt der Abwasch, dann nehme ich mein Bad. Als ich wieder rauskomme, ist Javier schon zum Schießstand aufgebrochen. Kezia bleibt bei uns. Ist ganz gut, dass es in Norton so wenig Verbrechen gibt, schätze ich. Sie bekommt zwei Anrufe in der nächsten Stunde, aber keiner von denen ist wichtig genug, dass sie deshalb ihre Pläne ändern müsste.

Lanny ist damit beschäftigt, irgendein Armband zu flechten. Sie versucht schon den ganzen Tag, so zu tun, als wäre alles gut und cool, und das ist ihre neueste Masche. Sie sieht nicht mal auf. »Hör auf, mich anzustarren.«

»Ich starre doch gar nicht.«

»Doch, tust du. Mann, geh und mach irgendwas anderes.«

»Ich finde es schrecklich, hier nur rumzusitzen.«

»Du musst einfach Geduld haben.«

Ich lache, nicht sonderlich glücklich. »Ach ja? Seit wann bist du denn der Geduldsmensch hier? Bei dir ist es doch schon eine Staatskrise, wenn du dreißig Sekunden auf die Mikrowelle warten musst.«

»Das bin ich, seitdem du ein Nervbeutel geworden bist«, sagt sie.

»Für wen ist das Armband?«

Ihre Finger verheddern sich, sie flucht leise vor sich hin und löst den entstandenen Knoten. »Für mich«, sagt sie, was garantiert eine Lüge ist. Lanny hat ihr Lebtag kein geflochtenes Armband getragen. Besonders nicht in Schwarz und Rosa. Schwarz vielleicht. Aber rosa?

»Niemals.«

Ein paar Sekunden lang schweigt sie, dann lenkt sie ein. »Für eine Freundin.«

Ich bohre nur nach, weil sie sich dabei unwohl fühlt. Sie zappelt herum, wirft mir drohende Blicke zu, die mich auffordern, das Thema fallen zu lassen. »Hör mal, ist doch cool, wenn es für Dahlia ist.«

Sie hebt den Kopf und sieht mich lange seltsam an. Dann gibt sie es zu. »Ja, ist es.«

»Ist sie nicht diejenige, der du eins auf die Nase gegeben hast?«

»Sie ist jetzt schon lange ... meine Freundin.«

Ich zucke mit den Schultern. »Trotzdem hast du ihr eine verpasst, als du ihr begegnet bist. Und so lange ist das noch nicht her. Noch nicht mal ein Jahr.« Ich tue so, als würde ich lesen, doch in Wahrheit beobachte ich meine Schwester. Sie knüpft immer wieder ein und dieselbe Stelle, dann knurrt sie schließlich, zupft das gesamte Armband in Einzelfäden auseinander und steht auf, um aus dem Fenster zu schauen. »Also. Du hast sie wohl sehr gern?«

»Vielleicht«, sagt sie, was Ja bedeutet. Sie verschränkt die Arme. »Ja. Geht dich nichts an.«

»Solange du ihr nicht erzählst, wo wir sind.« Ich sehe, wie sie sich aufrichtet, lege ein Lesezeichen in mein Buch und klappe es zu. »Sag mir nicht, du hast es ihr verraten! Du darfst das doch *niemandem* sagen, das weißt du ja wohl!« Ich senke die Stimme, damit Kezia nicht hört, worüber wir sprechen.

Lanny zuckt nur mit den Schultern. Ihr Unterkiefer hat sich verspannt, als würde sie erwarten, dass ich sie gleich schlage. »Das ist Moms Regel gewesen und Mom ist weg. Und außerdem – wird sie es niemandem verraten.«

»Sie wird es *allen* verraten!« Jetzt bin ich wütend. *Ich* habe keinen meiner Freunde angerufen. Oder bin losgezogen, um sie zu suchen. Ich habe genau das getan, was Mom von mir erwartet hat. Na ja ... außer bei dem Handy. Das ist die Ausnahme. »Bist du dahin gegangen, als du über den Zaun gestiegen bist?«

»Nein, ich bin ...« Ihr stockt der Atem, sie beißt sich auf die Lippe und ich sehe Tränen in ihren Augen, aber sie wischt sie sofort wieder weg. »Ich bin zu unserem Haus gegangen. Das ist alles. Ich habe mich dort mit ihr getroffen.« Auf einmal sieht sie mich so böse an, dass ich das Gefühl habe, als hätte sie mich geschlagen. »Warum liest du nicht einfach weiter dein dämliches Buch?«

Mittlerweile bin ich selbst so wütend, dass ich es auf den Tisch krachen lasse. »Das ist *dein* dämliches Buch, ist dir das nicht mal aufgefallen?« So ist es nämlich. Es ist das Buch, das sie an dem Tag gelesen hat, an dem in unserem Leben alles aus der Bahn geraten ist. Sie hatte darin gelesen und nicht einmal aufgesehen, als Mom wegen der Polizei bremste. Ich dachte nur die ganze Zeit: *Was ist so toll an diesem Buch?* An diesem Buch von dem Tag, an dem Mom verhaftet wurde, an dem Tag, an dem uns unser Dad weggenommen wurde. Sie las dieses Buch am letzten Tag, als es noch keine Monster gab und unsere Eltern uns noch beschützen konnten. Ich hab es gerettet, nachdem sie es weggeworfen hatte. Ich wollte mich an etwas klammern können, etwas von zu Hause. Etwas von *vorher*.

Ich habe es behalten.

Mittlerweile zittere ich. Und ich atme so schnell, dass mir der Magen wehtut. Ich habe dieses Buch so lange und so oft gelesen, dass sich bereits Seiten gelöst haben und fast herausfallen. Zwei ragen wie schiefe Hasenzähne daraus hervor.

Lanny streckt die Hand aus und streicht mit den Fingern über das Cover, als würde sie das Gesicht eines Toten berühren. Dann nimmt sie das Buch und geht zum Kamin. Mir wird plötzlich klar, dass sie es verbrennen will, also renne ich ihr hinterher, rette es und drücke es mir fest an die Brust.

Wir sagen nichts. Wir sehen einander nur an. Dann sinkt sie zu Boden und fängt an zu weinen. Ich bin ihr Bruder. Ich sollte versuchen, sie aufzuheitern. Aber das tue ich nicht.

Ich gehe in mein Zimmer, schlage die Tür hinter mir zu und verriegele sie. Noch immer höre ich Lanny weinen. Ich tigere hin und her, dann nehme ich meine Jacke, die Handschuhe und die Mütze aus dem Schrank.

Kezia hat unseren Streit vom Küchentisch aus mit angesehen und sich nicht eingemischt. Als ich in meinen Winterklamotten aus dem Zimmer trete, meint sie: »Da draußen ist es eiskalt, Connor.«

Ich fühle mich gerade nicht wie Connor. Ich will nur Wärme.

Ich will meinen Dad.

»Ich bin nicht lange draußen«, versichere ich ihr. Boot, der bis eben faul ausgestreckt vor dem knisternden Kamin lag, ist aufgesprungen und tänzelt mir um die Füße. »Boot muss mal raus.«

Es gefällt ihr nicht, aber schließlich nickt sie. »Na gut. Aber nur innerhalb des Zauns.« Sie starrt mich ein paar lange Sekunden lang an, und ich wage es nicht wegzuschauen. »Connor? Kann ich dir vertrauen?«

»Ja«, sage ich. Und das meine ich auch so. Sie kann Connor vertrauen. Allerdings nicht Brady.

»Okay.« An der Art, wie sie jetzt zu Lanny hinüberschaut, erkenne ich, dass sie mir glaubt.

331

Als ich die Tür öffne, hat sie bereits einen Arm um meine Schwester gelegt, die so heftig weint, als hätte man ihr das Herz gebrochen.

Ich gehe nach draußen, und sie hatte recht, es ist wirklich eiskalt – die Art feuchte Kälte, bei der es sich so anfühlt, als würde es schneien, obwohl es das gar nicht tut. Die Wolken sind von einem tiefen Grau und so schwer, dass sie den Eindruck erwecken, jeden Moment auf uns herabzustürzen. Dunst hängt in den Baumwipfeln. Am See ist es heute vermutlich genauso neblig, er wird wohl langsam zufrieren.

Boot hüpft auf und ab, also hebe ich einen kalten, schon ziemlich zerkauten Tennisball hoch und werfe ihn. Während der Hund zufrieden an seinem Spielzeug nagt, stecke ich das Buch in die Tasche und nehme stattdessen das Handy heraus. Diesmal mache ich mir keine Sorgen deswegen. Ich denke nicht an das *Was wäre wenn* oder *Warum nicht*. Ich wähle einfach nur Dads Nummer.

Er geht beim ersten Klingeln ran. »Mein Junge?«

Ich verspüre einen Druck hinter den Augen und in meiner Kehle, aber ich werde nicht weinen, werde ich nicht ... und dann weine ich, genau wie Lanny. Ich schluchze. »Ich w-will nur einfach a-alles wieder wie früher haben.« Es platzt aus mir heraus, all das, was ich seit Jahren zu unterdrücken versuche. Ich will nach Hause nach Wichita. Ich will meinen alten Namen zurück. Will in unserem alten Haus leben und eine Mom und einen Dad haben und dass alles wieder *in Ordnung* ist.

Mein Dad klingt besorgt. »Ist irgendetwas passiert, Brady? Geht's dir gut?«

»N-nein.« Die Antwort passt auf beide Fragen. »Wo bist du, Dad?«

Es ist das zweite Mal, dass ich ihn so nenne, und mittlerweile kommt es mir ganz natürlich vor. Ich musste seine Stimme hören, musste hören, dass ich ihm wirklich wichtig bin.

»Du weißt, dass ich dir das nicht sagen kann. Ich wünschte, ich könnte es. Aber du kannst mir sagen, wo *du* bist. Ich kann kommen und dich besuchen, wenn du magst – aber nur, wenn du es willst, okay? Ich würde das niemals ohne deine Erlaubnis tun.«

Ich versuche mich zu erinnern, wann meine Mom das letzte Mal um meine Erlaubnis gefragt hat. Sie hat es jedenfalls nicht getan, als wir umgezogen sind oder als sie uns gesagt hat, dass wir andere Namen brauchen. Sie hat es auch nicht getan, als sie uns hergebracht hat und ohne uns losgezogen ist. Mom befiehlt. Sie befiehlt und sie lügt und sie war nie die, die zu sein sie vorgegeben hat.

Dad fragt wenigstens.

Aber ganz so dumm bin ich auch nicht. Wie auch immer ich mich gerade fühlen mag, Dad ist ein Krimineller auf der Flucht, und ich kann ihm nicht einfach verraten, wo ich bin – nicht meinetwegen, sondern wegen Lanny. Dad würde mir niemals wehtun, das weiß ich, aber etwas tief in meinem Inneren flüstert mir zu, dass ich kein Risiko eingehen sollte, was Lannys Sicherheit betrifft.

»Brady?« Ich habe zu lange geschwiegen. Dads Stimme zittert wieder. Er hustet. »Mein Junge, ich schwöre, ich will dir nichts Böses. Du musst nirgendwo mit mir hingehen. Ich will nur – ich will dich nur sehen, das ist alles. Ich vermisse dich so sehr. Du bist mir wichtig. Ich will, dass du das weißt. Dass du mir glaubst.«

Für Mom bin ich nicht wichtig genug, dass sie hier bei mir bleiben würde. Aber Dad hält mich für wichtig genug, um zu riskieren, geschnappt zu werden, nur um mich zu sehen.

Das ist bedeutsam.

»Ich kann nicht mit dir gehen, Dad«, erkläre ich ihm. Es tut weh, aber es ist nur fair. Ich will ihn nicht anlügen. »Ich will dich aber gern sehen. Können wir dann einfach nur ... reden? Nur einmal?«

Eine Sekunde lang schweigt er. »Ja. Ja, das kann ich machen. Aber, Brady? Wir müssen bei dieser Angelegenheit *sehr* vorsichtig sein. Wenn du irgendjemandem davon erzählst, selbst deiner Schwester, könnte das meinen Tod bedeuten«, mahnt er.

»Werd ich nicht«, schniefe ich und wische mir die Nase am Ärmel ab. »Ich werd es niemandem erzählen.«

»Nicht einmal deiner Schwester?«

»Nein.«

»Ich hab dich lieb. Das weißt du doch, oder?«

Ich wechsle das Thema. »Also ... wann?«

»Ich muss dich fragen, wo du bist, damit ich das beantworten kann. Ist das okay?«

»Weißt du es denn nicht?« Ich bin überrascht. Ich habe geglaubt, er hätte mein Handy zurückverfolgt. Mom hat immer gesagt, dass er das könnte.

»Tue ich nicht«, sagt er und ich glaube ihm. »Ich würde ohne deine Erlaubnis nicht versuchen, dich zu finden.«

Darüber hat sie also auch gelogen. Ich bin zu wütend, als dass es mich noch interessieren würde, ob das falsch oder richtig ist, was ich hier tue. »Ich bin in Norton. In Tennessee.«

Ein paar Sekunden lang ist er ruhig; dann höre ich ein leises Lachen. Es klingt bitter. »Sie hat euch also gar nicht woanders hingebracht, oder? Clever. Sie weiß, dass alle an anderen Orten suchen werden. Nicht so nah an dem Ort, an dem ihr zuletzt gewohnt habt.«

Ich will nicht darüber sprechen. Über Mom. Dabei fühle ich mich nur schrecklich. »Wann also?«

»Ich bin im Augenblick gar nicht so weit weg«, erklärt er. »Hör zu ... wir treffen uns irgendwo, wo du dich sicher fühlst. Wo wäre das?«

Ich fühle mich nirgendwo sicher, niemals, aber das sage ich ihm nicht. Ich versuche, an etwas zu denken, und das Einzige, was mir einfällt, ist das, was Lanny gesagt hat. *Sie hat sich in unserem alten Haus mit Dahlia getroffen.*

Das ist sicher. Irgendwie. Und es verrät nichts.

Also entscheide ich mich dafür. »Komm zu unserem alten Haus am Stillhouse Lake. Weißt du, wo das ist?«

»Ich werde es finden.«

»Wann?«

»Ich hab dir ja gesagt, ich bin nicht weit weg. Also ... wie wär's mit in ein paar Stunden?«

Ich werde dorthin laufen müssen, was mich mindestens eine Stunde kosten wird. Weniger, wenn ich jogge, aber ich bin nicht wie Lanny. Ich habe daran keinen Spaß.

»So nahe bist du?« Plötzlich fühle ich mich komisch. Als hätte ich wirklich nichts sagen sollen. Nicht um das hier bitten sollen. Ich will das Handy wegwerfen und reingehen und Kezia erzählen, was ich getan habe. Ich hätte nie geglaubt, dass man etwas so dringend wollen und trotzdem auch davor Angst haben könnte.

Dad muss das aus meiner Stimme herausgehört haben, denn er sagt: »Ich will dich nicht drängen, Junge. Wenn du warten willst, kann ich warten. Ich werde nicht nach dir suchen, das schwöre ich. Genau, wie ich dich nicht anrufe. Du rufst mich an, wenn du dich mit mir treffen willst. Ist das besser?«

Ich atme so tief ein, dass es schmerzt, die Luft anzuhalten. Ich erwärme die kalte Luft und sie entweicht als weißer Nebel, als ich wieder ausatme. »Okay«, sage ich. Er klingt völlig normal. Ich bin hier der Sonderling. Dad tut, was er kann, damit ich das Gefühl bekomme, ihm vertrauen zu können, und ich benehme mich idiotisch. »Ich bin in zwei Stunden da. Aber Dad? Ich nehm den Hund mit.«

Er lacht. »Da bin ich froh. Ich will, dass du dich sicher fühlst. Bring Boot mit. Lass die Nummer deiner Schwester auf Kurzwahl. Tu einfach das, was du brauchst, um genug Vertrauen zu haben. Ich werfe dir das nicht vor.« Er schweigt eine Sekunde und dann ändert sich sein Tonfall. Er wird ruhiger. Etwas dunkler. »Aber, Brady … wenn du deiner Mom davon erzählst oder einem anderen Erwachsenen oder sogar Lanny, bringst du mich in ernste Gefahr. Diese Cops werden mich erschießen, sobald sie mich sehen, glaub mir. Ich vertraue dir mein Leben an. Du hast hier die Macht. Alles liegt in deinen Händen, mein Junge.«

Ich habe das Gefühl zu ertrinken. Ich will das Richtige tun, aber ich weiß nicht mehr, was das bedeutet. Er ist mein Vater. Er hat mich um nichts gebeten. Ich habe *ihn* gebeten. Er ist bereit, sich für mich in Gefahr zu bringen.

Und er liebt mich. Ich höre es in dem, was er sagt, wie er es sagt.

»Okay«, stimme ich zu. Ich klinge noch immer nicht so, als wäre ich mir sicher, also versuche ich es noch mal, lauter diesmal. »Okay. Wir sehen uns dort.«

»Ich hab dich lieb, Brady«, sagt er.

Ich schlucke einen weiteren Anflug von Nervenflattern hinunter. »Ich hab dich auch lieb.«

Ich schalte das Handy aus und stecke es ein. Boot kommt heran, immer noch damit beschäftigt, den Tennisball zu zerkauen, und legt sich über meine Beine, als ich zu Boden sinke. Ich umarme ihn. Er zappelt, schaut mich aus seinen großen braunen Augen an, während er mit seinem Kiefer noch immer den Tennisball zermalmt. Er lässt ihn fallen und leckt mir die Tränen vom Gesicht.

»Bin ich dumm, Boot?«, frage ich ihn. Er leckt einfach weiter. »Ich sollte nicht gehen. Ich sollte jemandem davon erzählen.«

Wenn ich das wirklich durchziehen will, muss ich es geschickt anstellen. Also gehe ich wieder ins Haus und behaupte gegenüber Kezia, ich hätte Bauchschmerzen und wolle mich hinlegen und schlafen. Sie fragt, ob ich irgendetwas gegen die Bauchschmerzen möchte, aber ich lehne so höflich wie möglich ab und gehe in mein Zimmer. Ich zerwühle mein Bett und stapele Kleidung darin, damit es so aussieht, als wäre ich noch da. Dann schreibe ich eine Notiz: *Tut mir leid, aber ich werde mich in unserem alten Haus mit Dad treffen. Bitte nicht böse sein. Ich habe mit ihm gesprochen und ich muss ihn sehen. Ich bin auch vorsichtig. Ich habe Boot mitgenommen.* Ich lege die Notiz oben auf die Kleidung. So kann sie zumindest jemand finden, falls etwas passiert und ich nicht zurückkomme. Auch die Telefonnummer, die Dad mir gegeben hat, legte ich dazu. Nur zur Sicherheit. Dann verriegele ich die Tür, schalte den Fernseher ein, öffne das Fenster und klettere raus. Ich schließe es hinter mir. Seitlich vom Haus pfeife ich nach Boot und lege ihm eine der Leinen an, die Javier benutzt, wenn er mit ihm außerhalb des Hofes spazieren geht. Boot wirkt aufgeregt, allerdings bellt er, als ich ihn zum Tor führe und es öffne.

»Jetzt komm schon, Junge«, flüstere ich. »Los, komm!« Wir können nicht hierbleiben. Sollten Kezia oder Lanny rausschauen …

Aber Boot beschließt, dass es in Ordnung ist, und stapft durch das Tor, als wären wir unterwegs zu einem tollen Abenteuer. Ich schließe das Tor hinter mir und wir laufen in die Schatten des Waldes.

Es ist ein weiter Weg bis zum Stillhouse Lake.

Ich renne.

* * *

Das Haus ist verwüstet. Das hat Lanny zwar erzählt, aber da habe ich nicht wirklich zugehört. Ich habe keine Schlüssel dabei, also gehe ich auch nicht rein. Stattdessen lungere ich im Schatten neben dem Haus herum und versuche, so auszusehen, als wäre ich nur ein Junge aus der Gegend, der mit seinem Hund Gassi geht. Ich sehe niemanden. Die Kälte und der Eindruck, dass es jeden Augenblick zu schneien beginnen könnte, halten die Leute vom See fern.

Kezia hat bereits zweimal angerufen. Ich bin nicht rangegangen.

Ich habe den See vermisst. Ich setze mich eine Weile neben das Haus und starre darauf. Dicht über der Wasseroberfläche schwebt der Nebel, und das Wasser sieht dick und milchig aus. Es ist bereits angefroren, bis heute Nacht wird sich auf dem See eine Eiskruste gebildet haben. Er wird allerdings nicht tief zufrieren. Es ist schön hier. Und ruhig, hin und wieder zwitschert ein Vogel, und aus der Ferne tönt das Geräusch einer Kettensäge, mit der wohl jemand Brennholz macht, um dafür vorzusorgen, wenn es Sturm gibt.

Ich spiele mit Bradys Handy herum und denke darüber nach, Dad anzurufen und ihm zu sagen, dass er nicht kommen soll. Diese Idee hier klang ursprünglich okay, als ich noch wütend und verängstigt und aufgebracht war. Jetzt fühlt sie sich seltsam an. Nicht immer weiß ich mit Sicherheit, ob ich das Richtige oder Falsche tue, aber das hier fühlt sich definitiv nach einem Fehler an.

Ich will ihn gerade anrufen, als das Handy klingelt. Schnell ziehe ich es aus meiner Jackentasche und schaue auf die Nummer.

Oh, verflucht. Ich denke ernsthaft darüber nach, nicht ranzugehen, aber dann drücke ich die Taste doch und halte mir das Handy ans Ohr.

Lanny brüllt bereits, bevor ich überhaupt ein Hallo herausbringen kann. »Was zum Teufel machst du da, du Idiot? Wo bist du gerade?«

»Lanny ...«

»Ich hab deine dämliche Notiz gefunden. Ich bin reingekommen, um dich fürs Abendessen aufzuwecken und, mein Gott, Connor – wo bist du? Kezia dreht durch!« Meine Schwester brüllt immer noch, aber ich höre heraus, dass sie Angst hat. Richtige Angst.

Brady, denke ich. *Mein Name ist Brady.* Aber ich sage es nicht. »Es ist alles in Ordnung«, beschwichtige ich sie. »Ich will ihn einfach nur sehen. Er wird in ein paar Minuten hier sein. Ich will nur mit ihm reden, dann komme ich zurück. Außerdem habe ich Boot bei mir. Alles ist okay.«

»Dad ist ein Mörder und du kennst ihn überhaupt nicht! Du kannst dich doch kaum an ihn erinnern! Connor, versprich mir auf der Stelle, dass du zurückkommst, *sofort* ...«

Sie wird unterbrochen. Na gut, sie redet noch, aber ich höre Statikgeräusche und das Handy entfernt sich von der Stimme. Mir ist klar, dass es jemand genommen hat. In der Ferne höre ich Stimmen: Lanny und Kezia. *Was ist los? Wo ist er?*

Lanny hat Kezia offenbar nichts von der Notiz erzählt, bevor sie mich angerufen hat.

Es folgen ein paar Sekunden des Schweigens, womöglich, während sie die Notiz liest. Dann höre ich Kezias ruhige Stimme: »Connor, bist du jetzt gerade bei eurem alten Haus?«

»Ja«, bestätige ich.

»Ist dein Vater schon da?«

»Nein.«

»Okay. Ich möchte, dass du Folgendes tust. Ich möchte, dass du zum Haus des nächsten Nachbarn gehst und klopfst und, wenn möglich, reingehst. Ich schicke einen Streifenwagen los und komme ebenfalls, so schnell ich kann.«

So, wie sie es sagt, ist es nicht einmal ein Befehl, es ist einfach ein Fakt. Ich werde ihre Anweisungen befolgen. Sie wirkt gelassen und zuversichtlich und kontrolliert, und das erinnert mich daran, wie meine Mom manchmal solche Dinge sagte.

»Aber ich möchte mit ihm reden«, widerspreche ich. »Mehr nicht. Bitte schicken Sie nicht die Polizei.« Ich weiß, dass sie es trotzdem tun wird, schließlich ist sie ein Detective. Und jetzt habe ich durch diese Notiz alles vermasselt, weil sie es melden muss. Ich habe meinen Dad in Gefahr gebracht. »Bitte erschießen Sie ihn nicht!«

»Connor, niemand will ihm wehtun«, behauptet sie, was eine Lüge ist. Sie ist in Bewegung. Ich höre, wie die Tür zuschlägt. Kezias Atem geht schneller, aber ihre Stimme ist noch immer ruhig. »Dein Vater wurde wegen schwerer Verbrechen verurteilt, und er ist ein gefährlicher Mann. Er muss ins Gefängnis, damit er niemandem wehtun kann. Läufst du? Denn ich höre dich gar nicht laufen. Du sollst doch zu den Nachbarn gehen, jetzt gleich.«

Ich entferne mich drei oder vier Schritte vom Haus. Das nächstgelegene Haus befindet sich auf der anderen Hügelseite, nahe der Auffahrt. Ich bewege mich langsam. »Ich bin unterwegs«, behaupte ich.

Am anderen Ende der Leitung höre ich, wie ein Motor angelassen wird. »Connor, ich bleib am Handy«, sagt sie. »Hey, bist du den ganzen Weg von der Hütte aus gelaufen? Das ist ganz schön weit. Bist du nicht müde?« Sie redet, damit wir beide ruhig bleiben, schätze ich. Ich gehe weitere vier oder fünf Schritte, dann halte ich an, weil ich sie mit meiner Schwester flüstern höre. Vermutlich denkt sie, ich würde das nicht verstehen, aber ich habe ein sehr gutes Gehör. Wie eine Fledermaus, sagt Lanny manchmal.

Kezia weist Lanny an, über ihr eigenes Handy die Polizei von Norton anzurufen.

In dem Augenblick überkommt mich die Erkenntnis, dass ich jetzt ein *Köder* bin, dass sie meinen Dad erwischen werden, und zwar meinetwegen. Weil ich dafür verantwortlich bin. Und wenn er kommt und verhaftet wird, wird er mir die Schuld dafür geben.

Ich gehe nicht in Richtung des Nachbargrundstücks. Ich lege einfach auf. Ich bleibe vor unserem Haus stehen und denke ein paar Sekunden lang nach. Irgendjemand hat das Vorderfenster zerbrochen, und die Vorhänge wehen in der kalten Brise, die vom See herüberkommt. Sie rascheln wie trockene Blätter. Ich wähle die Nummer meines Dads. Er geht nicht ran. Ich bekomme nur den Anrufbeantworter und spreche ihm drauf, dass er nicht kommen soll, aber dass er mir schreiben soll, wenn er die Nachricht erhält.

Die Minuten verstreichen. Lange Minuten. Ich schaue immer wieder aufs Handy. Keine Nachricht von Dad. Kein Anruf von ihm. Kezia versucht immer wieder anzurufen, aber ich leite sie nur auf den Anrufbeantworter weiter.

Fünfzehn Minuten. Kezia wird nicht mehr lange brauchen, um hier einzutreffen, selbst wenn die Polizei von Norton sich mehr Zeit lassen sollte.

Erneut wähle ich die Nummer meines Dads. *Komm schon, komm schon …*

Wieder lande ich auf dem Anrufbeantworter und platze heraus: »Dad, bitte komm nicht, es tut mir leid, tu es bitte nicht, die Polizei sucht nach dir …«

Das Handy gibt einen Signalton von sich und fragt mich, ob ich die Verbindung beenden und einen neuen Anruf annehmen will. Kezia. Ich ignoriere sie, halte das Handy fest in meiner Hand und laufe vor ans Ufer des gefrierenden Sees. Noch einmal versuche ich es unter Dads Nummer. Und wieder. Und wieder. Als ich immer wieder beim Anrufbeantworter lande, sage ich zuletzt darauf: »Ich vernichte jetzt das Handy, Dad. Ich will nicht, dass sie dich darüber finden können! Bitte komm nicht hierher!«

Ich werfe das Handy, so weit ich kann, auf den angefrorenen See.

Es landet und bricht durch die dünne Eisdecke. Es versinkt ohne ein Geräusch, nicht einmal ein Wellenkräuseln ist zu vernehmen. Es ist zu kalt für Wellenkräuseln.

Ich höre ein Motorengeräusch. *Die Polizei ist da*, denke ich und drehe mich um, bereit, meine Strafe zu akzeptieren. Boot ist an der Leine wie erstarrt und blickt Richtung Straße.

Es ist kein Polizeiwagen. Nicht einmal ein unmarkierter, wie ihn Kezia fährt. Es ist ein weißer Lieferwagen, ein großer, langer, ohne Fenster an den Seiten. Er ist von Schlammflecken übersät, als wäre er durch viel Matsch gefahren.

Hinter dem Lenkrad sitzt ein Mann in einer schwarzen Jacke und mit hochgeklappter Kapuze. Er parkt auf der Straße und steigt aus. Ich kann sein Gesicht nicht sehen, aber ich weiß, wer es ist. Wer es sein muss.

Plötzlich geschieht alles nur noch in Zeitlupe. Ich weiß, dass das nicht wirklich so ist, aber so wirkt es auf mich: als wäre ich in einem dieser Filme, wo plötzlich alles langsamer wird und der Held einer Kugel ausweichen kann. Allerdings gibt es hier keine Kugel.

Ich weiß nicht, was ich tun soll. Ein Teil von mir schreit *Lauf*, und dieser Teil ist stark genug, dass ich ein paar Schritte zurücktrete, aber wohin kann ich schon gehen? Hinter mir ist der See. Ich sollte nach links rennen, um den Lieferwagen herum und Richtung Nachbarhaus, wie Kezia gesagt hat. Aber der andere, der größere Teil von mir sagt: *Bleib. Es ist dein Dad.*

Ungefähr zwei Meter vor mir bleibt der Mann stehen und zieht die Kapuze herunter.

Es ist nicht Dad.

Der Mann ist alt, mit einem dichten grauen Haarschopf an den Seiten und einer Glatze oben. Seine schlammig braunen Augen blicken fies drein, und sein Grinsen besteht nur aus Zähnen. »He, hallo, Brady«, sagt er. Er hat einen Tennessee-Akzent, also stammt er vermutlich aus der Gegend. »Dein Dad hat mich geschickt, um dich abzuholen. Komm jetzt einfach mit mir und ich bringe dich zu ihm.«

In der Ferne höre ich etwas. Das Heulen einer Polizeisirene. Das hier ist nicht so, wie es sein sollte. Ich weiß nicht, warum Dad nicht hier ist. Hatte er Angst? Hat er mir nicht vertraut? Damit hatte er ja vielleicht recht, denn ich habe mit dieser Notiz alles vermasselt. Es ist meine Schuld.

Die Sirenen klingen noch weit entfernt.

Boot knurrt. Es ist ein leises, dröhnendes Knurren, wie ich es noch nie von ihm gehört habe, nicht so. Das Knurren, mit dem er uns bei Javier begrüßt hat, war dagegen lediglich ein Spiel, das hier ist ernst. Ich sehe zu ihm hinüber. Boot starrt den Mann an und seine Lefzen sind zurückgezogen und entblößen seine langen, kräftigen Zähne.

»Jungchen, du musst diesem Hund Einhalt gebieten.« Der Mann versucht es mit einem Lächeln. »Hab dir doch gesagt, dein Dad hat mich geschickt. Aber ich lass mich nicht auf einen Kampf mit diesem Hund ein. Wenn der mir zu nahe kommt, töte ich ihn.«

Er hat eine Waffe. Ich sehe sie, sie steckt im Hosenbund seiner Jeans. Er legt seine Hand darauf.

Boot bellt laut und furchteinflößend und stürzt vor. Er ist zwar an der Leine, aber er ist groß und stark, und ich kann ihn nicht halten.

»Boot, nein!«, brülle ich, aber der Hund hört nicht auf mich. Er springt vorwärts, kommt auf dem Boden auf, springt erneut. Fast schon, als würde er fliegen.

Der Mann reißt seine Waffe raus. Aber es ist gar keine Waffe, denn als Boot auf seiner Brust landet, drückt er das Ding gegen den Hund, und ich höre so etwas wie ein Zischen. Boot stößt ein hohes, jämmerliches Fiepen aus und rollt von dem Mann herunter. Er fällt mit zitternden Beinen und zuckendem Kopf. Seine Augen sind wild und kugelrund.

Ich schreie auf und laufe auf ihn zu, doch da steht der Mann schon. Er ergreift mich am Arm und schwingt mich herum. Seine Fingernägel sind lang und dreckig, und er ist nicht mein Vater, und irgendwie ist das alles hier falsch. Boot ist verletzt und ich darf nicht in diesen Lieferwagen einsteigen, Mom hat uns immer eingeschärft, niemals zu jemandem ins Auto zu steigen, sondern zu brüllen und zu rufen und sich bei jedem Schritt zu wehren.

Ich versuche, mich zu befreien, aber er schlingt beide Arme um mich und hebt mich vom Boden. Ich zappele und schreie, doch meine Arme sind unter seinen gefangen. Ich trete ihn. Boot zuckt noch immer und winselt, als würde er Schmerzen leiden.

»Halt still, du verdammter kleiner Scheißer!«, ruft der Mann. Ich rieche Zahnpasta in seinem Atem und Kaffee. »Sei jetzt ruhig, sonst schlag ich dich k. o., kapiert? Die Cops sind unterwegs! Wir haben keine Zeit für solche Spielchen. Willst du denn nicht deinen Daddy sehen?«

Ich trete ihn weiter. Er kann mir nicht den Mund zuhalten, wenn er auch weiterhin meine Arme festhalten will, also schreie ich wieder los, aber der Mann schleppt mich zum Lieferwagen. Selbst wenn mich jemand hört, wird niemand rechtzeitig hier sein. Ich muss etwas tun.

Mom würde nicht zulassen, dass ihr so etwas passiert. Ich denke überhaupt nicht mehr an Dad. Ich erinnere mich an meine Mom, die sich immer, immer zwischen uns und jede

Gefahr gestellt hat. Sie hätte niemals aufgegeben. Und ich werde auch nicht aufgeben.

Noch einmal trete ich zu, fester, und diesmal erwischt mein Stiefel die Lendengegend des Mannes. In meinem Knie macht es Klick, und Schmerz durchzuckt mich, aber das kümmert mich nicht. Und als er aufbrüllt und mich loslässt, renne ich los. Ich höre die Sirenen. Ich sehe aufgewirbelten Staub auf der anderen Hügelseite. Sie sind fast schon da.

Bevor ich mehr als ein halbes Dutzend Schritte gekommen bin, schlägt er mich von hinten mit etwas nieder. Ich stolpere noch ein paar Schritte vorwärts und falle dann hin.

Alles wird grau und weich und dann rot vor Schmerzen, und ich kann nicht mehr nachdenken. Ich spüre, wie er mich an den Füßen zieht.

Ich höre, wie die Sirene immer lauter und lauter wird. Ich bilde mir ein, sie wäre nur in meinem Kopf, bis ich Kezias schwarzes Auto über den Hügel und auf uns zuschießen sehe. Die eingebauten blau und rot blinkenden Lichter im Kühlergrill.

Ich darf nicht zulassen, dass er mich in den Lieferwagen bekommt. Das weiß ich. Ich zappele und versuche, den Mann aus dem Gleichgewicht zu bringen, während er mich zieht.

Ich sehe Kezia die Tür aufschleudern und herausspringen, noch bevor das Auto richtig zum Halten gekommen ist. In der nächsten Sekunde hat sie ihre Waffe gezogen, zielt und ruft: »Polizei! Lassen Sie den Jungen los!«

Die andere Tür öffnet sich jetzt ebenfalls und Lanny kommt herausgestürmt. Sie sollte nicht zu uns kommen, aber sie tut es. Sie läuft direkt auf uns zu.

Sie läuft Kezia ins Schussfeld.

Lanny schreit meinen Namen – *Brady*, nicht Connor, weil sie so wütend ist und so große Angst hat –, und sie attackiert den Mann, der mich zu ziehen versucht, so hart, dass sich sein Griff lockert. Von dem Aufprall schlägt mein Kopf hart auf der

Straße auf. Alles wird weicher. Ich rappele mich auf, aber die Welt bewegt sich weiter. Ich komme nicht zu Lanny, weil sie mit dem Mann in der Jacke kämpft. Ich sehe Boot; er versucht, sich auf zittrigen Beinen aufzurichten, und er bellt, aber es klingt verzweifelt und hilflos. Er kann auch nicht viel tun.

Kezia schießt in die Luft und brüllt: »Lanny, Gott verdammt noch mal, *runter*!«

Lanny versucht es, doch der Mann packt sie an den Haaren und reißt sie nach hinten, um sich hinter ihr zu verstecken. Er steigt rückwärts durch die offenen Türen des Lieferwagens und zieht sie mit hinein. Wieder höre ich das zischende Geräusch. Er hat sie getasert.

Ich versuche, zu ihr zu gelangen, das tue ich wirklich, aber er hat sie bis nach vorn geschleift und jetzt lässt er sich in den Fahrersitz fallen. *Ich komme nicht zu meiner Schwester …*

Mit quietschenden Reifen fährt der Lieferwagen davon. Er hat noch nicht einmal die Hintertüren geschlossen. Die klappen wild umher, bis sie von selbst krachend ins Schloss fallen, als er in der Kurve bei Sams Hütte beschleunigt. Er fährt um den See herum.

Er wird davonkommen.

Plötzlich ist Kezia da und ich spüre ihre warme Hand auf meinem Gesicht. Sie dreht mich, um zu sehen, wie stark ich verletzt bin. Ich glaube, ich blute. Ich weiß es nicht. Ich kann nichts anderes denken als: *Ich habe das getan.* Ich muss es laut ausgesprochen haben, denn Kezia presst ihre Hand an meine Stirn und sagt: »Nein, Schatz, hast du nicht. Alles okay. Wir werden sie finden. Entspann dich einfach. Alles ist gut.« Ihre Stimme zittert. Sie nimmt ihr Handy und wählt. »Verdammt, wo bleibt meine Unterstützung? Weißer Lieferwagen, fährt um den See herum! Bestätigte Kindesentführung, ich wiederhole, *bestätigte Kindesentführung*, das Opfer ist Lanny Proctor, weiß, weiblich, vierzehn Jahre alt, trägt Jeans und eine rote Daunenjacke, schwarze Haare, *verstanden*?«

Mein Kopf tut so heftig weh, dass ich mich übergebe. Ich spüre, wie sich Lannys altes Buch in meine Rippen gräbt.

Ich spüre es, als Boot herangehumpelt kommt und mir das Gesicht leckt.

Dann spüre ich nichts mehr.

KAPITEL 22

GWEN

Der Schmerz kommt wie eine langsam heranrollende mächtige Welle.

Erst ist es nur eine rote Wand, eine Ankündigung meines Körpers, dass etwas nicht stimmt. Dann schwindet sie ein wenig, und ich kann die Eckpunkte genauer identifizieren: mein rechter Knöchel, der heiß pulsiert; mein linkes Handgelenk; mein rechtes Knie; mein Kiefer, wobei ich mich überhaupt nicht erinnere, dort getroffen worden zu sein, aber in einem echten Kampf nimmt man das auch nicht im Einzelnen wahr, alles verschwimmt; meine Schultern tun fürchterlich weh.

Irgendetwas befindet sich in meinem Mund, es sitzt fest zwischen meinen Zähnen. Stoff. Ein Knebel. Darum schmerzen meine Kiefer so sehr.

Ich erinnere mich … woran erinnere ich mich? Das Motelzimmer. Der Mann mit der Melvin-Maske. Ein Taser. Der Lieferwagen. Alles fühlt sich fern und verschwommen an, aber ich weiß, dass es echt ist, weil ich Todesangst verspüre. Albträume sind nicht mehr furchteinflößend, wenn man erst einmal aufgewacht ist.

Erinnerungen schon.

Ich erinnere mich, in einem Lieferwagen gewesen zu sein. Gefesselt mit ... irgendetwas. Ich erinnere mich an das Rasseln von Ketten. Wir sind gefahren und haben dann angehalten. Der Lieferwagen ist einen steilen Anstieg hochgefahren, und dann war alles sehr, sehr dunkel, und dann sind wir wieder gefahren.

Ich erinnere mich an eine grelle Taschenlampe vor meinem Gesicht, so hell, dass es schmerzte, und an einen Stich in meinen Arm. Mir wird klar, dass er mir etwas injiziert hat. Vielleicht sogar mehr als einmal, damit ich betäubt bleibe. Dazu passt der schreckliche bittere Geschmack in meinem Mund, wie vergiftete Kreide. Ich bin so ausgetrocknet, dass meine Lippen aufgesprungen sind, ich habe unglaublichen Durst und meine Kehle tut furchtbar weh. Ich kann nicht einmal genug Speichel aufbringen, um zu schlucken.

Es ist dunkel und mir ist so kalt, dass ich krampfhaft zittere, obwohl eine Decke um mich geschlungen wurde. Ich befinde mich nicht mehr in einem Lieferwagen.

Ich bin in einer Kiste. Ich liege zusammengekauert, die Beine an die Brust gepresst, und meine Hände sind immer noch hinter meinem Rücken gefesselt. Darum tun mir die Schultern so weh. Mein Kopf pocht derart heftig, dass ich wünschte, jemand würde ihn mir abhacken und mir diese Qualen ersparen. Ich vermute, das sind die Nachwirkungen der Medikamente. Es ist pechschwarz hier drin. Ich kann die Kiste, in der ich mich befinde, nicht erkennen, aber als ich mit den Fingern über die Oberfläche schabe, ertaste ich raues Holz. Splitter. Die Luft riecht abgestanden, gleichzeitig fühle ich jedoch eine Brise von einer Seite hereinkommen. Die Kiste hat Luftlöcher, und als ich mich etwas drehe und in die Richtung schaue, erhasche ich einen Lichtschimmer.

Schon witzig, wie ein solch kleiner Strahl der Hoffnung einen beruhigen kann.

Okay, ermahne ich mich. *Dir ist kalt, du hast Schmerzen, aber du bist noch am Leben. Erste Amtshandlung: Komm aus dieser Kiste raus.* Ich frage mich, ob ich irgendwo abgelegt wurde, um langsam und qualvoll zu sterben. Aber das ist nicht Melvins Art. Wenn er es nicht sehen und sich nicht die Hände schmutzig machen kann, gibt es ihm keinen Kick. Und ich weiß, dass das hier seine Handschrift trägt. Wenn mich jemand tot sehen will, dann mein Ex.

Ich versuche, mich anzuspannen und gegen den Deckel der Kiste zu drücken, aber so, wie ich hier drin liege, verfüge ich nicht über genügend Hebelkraft. Ich versuche, meine Füße gegen die Seiten zu drücken, aber die Kiste ist einfach zu klein.

Ich versuche es mit Schreien. Das Einzige, was ich produzieren kann, ist ein abgehacktes, dumpfes Stöhnen, das nicht einmal in ein paar Metern Entfernung gehört werden könnte. Und ich höre Motoren und Maschinen in der Nähe.

Jetzt, wo mein Kopf langsam wieder klarer wird, stelle ich fest, dass ich mich nicht in der Nähe von Autos befinde, was ich zuerst vermutet hätte.

Ich befinde mich in der Nähe von Flugzeugen. *Ich bin auf einem Flughafen.*

Ich fange wieder an zu rufen, versuche, gehört zu werden; ich versuche, die Kiste zum Schaukeln zu bringen, aber sie ist schwer, und ich habe nicht viel Platz, um mein Gewicht zu verlagern.

Mein Ellbogen schlägt hart gegen die Seite der Kiste. Das schickt einen explosiven Schmerz durch meine Nervenbahnen und in meine malträtierte Schulter, aber ich tue es erneut, diesmal noch härter. Vielleicht hört ja jemand mein Klopfen.

So ist es auch. Der Deckel wird abgenommen und das Licht einer Taschenlampe auf mich gerichtet. Ich kann nicht daran vorbeisehen. Ich kann nur versuchen, um Hilfe zu schreien, und darum kämpfen, mich aufzurichten …

Da höre ich eine männliche Stimme. »Stopf ihr das Maul und sorg dafür, dass sie ausgeknockt ist, bis wir ankommen.«

»Das wäre eine hohe Dosis.« Eine zweite Stimme. Ich erkenne keine von beiden. »Es könnte passieren, dass ihr Herz nicht mitmacht oder die Atmung versagt. Wenn wir sie umbringen ...«

»Verflucht. Ja. Okay. Gib ihr so viel wie möglich. Wir können ihr noch eine Dosis verpassen, sobald wir gelandet sind.«

Nein, nein, nein ... Mein Herz schlägt schneller, das Adrenalin setzt ein, ich grabe meine Schultern in das splittrige Holz und richte mich auf, versuche verzweifelt, aus der Kiste zu kommen ...

Ein Taser lässt Blitze durch mich zucken und ich sacke zusammen.

Den Stich der Nadel spüre ich kaum noch.

Als die Kiste wieder geschlossen wird, schwinde ich bereits auf einer dunklen Welle dahin. Die letzten Erinnerungen, an die ich mich klammere, die einzigen, die wichtig sind, sind Gesichter.

Meine Tochter. Mein Sohn.

Wenn sie das Letzte sind, was ich jemals sehe, genügt das vielleicht.

KAPITEL 23

LANNY

Es ist dunkel, und für eine Sekunde, nachdem ich aufgewacht bin, bilde ich mir ein, wieder in dieser winzigen Zelle im Keller von Officer Grahams Berghütte zu sein. Ich strecke die Hand nach meinem Bruder aus.

Connor ist nicht da.

Mein Kopf pocht schmerzhaft, ein Übelkeit erregendes lilarotes Pulsieren, bei dem sich mir der Magen umdreht. Ich weiß nicht, was passiert ist. Ich erinnere mich noch, dass Brady gegen einen Mann ankämpfte. Und ich hingerannt bin, um ihn zu retten, und dann …

Dann was? Ich kann den Gedanken nicht festhalten. Er entgleitet mir. Dann fällt mir endlich ein, dass der Mann mich getasert hat. Und mich dann geschlagen hat, weil ich immer wieder versucht habe aufzustehen.

Brady! Geht's ihm gut? Nein, fällt mir wieder ein, ich darf ihn so nicht nennen. Sein Name ist Connor. Habe ich ihn Brady genannt, als ich seinen Namen gebrüllt habe? Ich glaube, ich erinnere mich daran.

Da war noch jemand …

Kezia. Jetzt fällt mir alles wieder ein. Wie das Auto zum Halten gekommen ist, ich die Tür aufgerissen habe und zu meinem Bruder gerannt bin. Kezia – Kezia hatte ihre Waffe gezogen.

Ich bin Kezia vor die Waffe gerannt. Mom wird mich umbringen; sie hat mir beigebracht, niemals etwas so Dummes zu tun. Mich überkommt das dringende Verlangen nach meiner Mom. Ich will, dass sie mich in den Arm nimmt und mir sagt, dass alles okay ist, dass ich das überstehe.

Denn mir ist mittlerweile klar, dass ich mich in einem großen Metallraum befinde, der ruckt und vor und zurück schaukelt. Ich höre einen Motor und Straßengeräusche. Mein Kopf schlägt immer wieder schmerzhaft gegen Metall. Ich versuche, eine Hand auszustrecken, um ihn abzupolstern, aber es tut auch weh, wenn mein Schädel gegen meine Fingerknöchel prallt. Ich habe Angst, ihn – wer immer er auch ist – wissen zu lassen, dass ich wach bin, also öffne ich die Augen nur ein winziges bisschen, gerade genug, um verschwommen zu erkennen, wo ich bin.

Ich befinde mich im Laderaum eines Lieferwagens. Auf dem Boden liegen ein Teppich und eine alte Fleecedecke. An der Seitenwand sind Ketten befestigt. Bei jedem Schlagloch, in das er fährt – und davon gibt es eine Menge –, schleudert es die Ketten nach oben und sie kommen rasselnd wieder auf dem Boden auf.

Ich bin nicht angekettet. Das teste ich, indem ich meine Arme und Beine bewege. Vielleicht hatte er nicht genug Zeit. Vielleicht hat er Angst, erwischt zu werden.

Ich bin hier. Connor nicht. Das bedeutet, dass er entkommen ist. Er ist sicher. Ich habe Angst – Todesangst –, aber ich bin auch extrem stolz darauf, für ihn gekämpft zu haben. Falls mir irgendetwas zustoßen sollte, habe ich zumindest Connor nicht im Stich gelassen. Und das kann mir niemand nehmen.

Ich höre den Mann, der fährt, murmeln. Er telefoniert mit irgendjemandem. »Ich sag dir doch, es ist nicht so gelaufen, wie du gesagt hast! … Ja, der Hund war ein verdammtes Problem! Und der Junge wollte nicht mitkommen, wie du gedacht hast. Und dann waren da das Mädchen und der Cop – ich hab mich hier zu nichts verpflichtet, ist das klar? Ich bin nur für den Transport zuständig. Das ist alles. Ich zieh das nicht durch … Nein! Du kannst dir deinen verfickten Bonus sonst wohin stecken!«

Wir fahren auf einer unebenen Straße hügelaufwärts. Vermutlich ein Bergpfad. Irgend so etwas. Wir sind bestimmt noch nicht weit von Norton entfernt, aber hier erstrecken sich Hunderte Kilometer Wildnis in alle Richtungen, und falls es ihm gelungen ist, aus der Gegend um den Stillhouse Lake herauszukommen, bevor sie ihre Straßensperren errichtet haben …

Er telefoniert. Das hat etwas zu bedeuten. Mein träges, schmerzendes Hirn realisiert endlich, warum das wichtig ist: weil ich auch eins habe. Langsam schiebe ich meine linke Hand nach unten, hin zu meiner Jackentasche.

Mein Handy ist weg.

Ich versuche es noch mit der rechten Tasche, falls ich mich falsch erinnere, wo ich es hingesteckt habe. Kein Handy. Er muss es weggeworfen haben. Das gehört zum Einmaleins von Entführern, erinnere ich mich. Ich habe das alles genauestens studiert. Ich wollte Bescheid wissen, falls Dad uns jemals erwischen sollte. Erst werfen sie die Handys weg, damit wir nicht verfolgt werden können. Als Nächstes …

Ich versuche, nicht über das nachzudenken, was als Nächstes passiert.

Mit wem redet er da? Diese Frage schleicht sich in meinen Verstand, und mir wird klar, dass sie wichtig ist. Was ich jetzt erfahre, könnte noch von großer Bedeutung sein. Dieser Mann ist nicht mein Schreckgespenst von Vater, er ist … einfach irgendein Kriecher. Stark, schnell, aber ein Kriecher. Mom könnte ihn übertölpeln. Dad würde ihm ohne Umschweife den Kopf abschlagen. Ich bin das Kind von zwei wirklich angsteinflößenden Menschen, daran muss ich mich jetzt festhalten. Ich habe Macht.

Ich muss lediglich herausfinden, wie ich sie nutzen kann.

Du bist ein Kind, höhnt eine Stimme in meinem Hinterkopf. *Du hast überhaupt keine Macht. Du wirst sterben.* Diese Stimme. Es ist dieselbe, die mir sagt, dass ich beim nächsten Test versagen werde oder dass ich nicht hübsch genug bin oder dass ich niemals glücklich werden kann und deshalb einfach aufgeben sollte. Manchmal habe ich auf sie gehört. Einmal saß ich mit einer Packung Tabletten in der Badewanne, habe sie abgezählt und gedacht: *Es wäre besser, wenn ...*, aber ich wusste, dass das nicht stimmte. Mein Leben hat einen Wert. An jenem Tag im Badezimmer habe ich die Stimme zum Schweigen gebracht, und das tue ich auch jetzt.

Ich werde *leben*.

»Hör zu, ich mach das nicht wegen deiner verfluchten Rache, du *schuldest mir was.* Und du solltest mir jetzt lieber diese Cops vom Hals schaffen, denn wenn die mich erwischen, werde ich denen alles sagen, und du kannst wetten, dass das ausreicht, um ...« Einen Augenblick lang hört er auf zu reden. Ich spüre, wie der Lieferwagen langsamer wird, als hätte er den Fuß etwas vom Gaspedal genommen »Äh ... nein, nein, mein Gott, ich will sie nicht, was zum Teufel sollte ich denn mit ihr wollen? Ich gehöre nicht zu diesen Freaks, okay?«

Ich versuche, alles einzuordnen, was er sagt. Ich wünschte, er würde einen Namen nennen. Irgendeinen Namen.

Und dann tut er es mehr oder weniger. »Niemals. Ich geh bestimmt nicht das Risiko ein, mit ihr bis nach Atlanta zu fahren, sie kommt also in die Grube. Ist mir egal, was der alte Bastard will.«

Er hat aufgelegt. Ich höre, wie er das Handy auf den Sitz neben sich fallen lässt. Eine dicke Metallwand trennt mich vom Vorderbereich des Lieferwagens, daher habe ich keine Möglichkeit, mich vorzubeugen und es zu nehmen. Ich muss hier irgendwie rauskommen und dann rennen.

Der Lieferwagen fährt immer noch aufwärts. Ich rutsche langsam rückwärts, in der Hoffnung, dass es so aussieht, als würde ich nur durch das Rütteln des Wagens bewegt werden. Ich halte den Kopf gesenkt und zur Seite, falls er in den Rückspiegel schauen sollte. Er murmelt leise vor sich hin, aber ich höre immer nur eins von zehn Wörtern ... *dämlich ... Gefängnis ... Atlanta*. Er hat nicht meinen vollen Namen gemeint – Atlanta Proctor. Er meinte die Stadt.

Mit den Stiefeln stoße ich gegen etwas Festes. Ich bin jetzt an den Hintertüren angekommen.

Ich lasse mich von dem holpernden Lieferwagen herumschütteln, um einen guten Blick auf die Türen zu erhaschen. Auf der Innenseite befindet sich ein einfacher Riegel. Aber ist die Tür verschlossen oder hat er vielleicht irgendeine Fernsteuerung zum Verschließen? In der Sekunde, in der er mich daran ziehen sieht, wird ihm klar sein, dass ich nicht mehr ohnmächtig bin. Und ich weiß nicht, was er dann tun wird. Er hat mich vor Kezia nicht erschossen oder mir in den Rücken gestochen, aber Kezia ist jetzt nicht hier.

Ich kann nicht warten, bis die Situation noch schlimmer wird. Falls die Tür verriegelt ist, wird sie das auch noch sein, wenn der Lieferwagen anhält.

Ich springe auf, ergreife den Riegel und reiße daran.

Die Tür ist nicht verriegelt – ich höre, wie sie sich bewegt –, aber sie scheint zu klemmen.

»Hey!«, brüllt er, und mir ist klar, dass ich keine Zeit mehr habe. Ich drehe mich auf den Rücken, ziehe meine Beine an und trete dann mit aller Kraft, die ich habe, gegen die Tür. Einmal, zweimal.

Beide Türen fliegen auf.

Der Lieferwagen hält an, und ich werfe mich nach vorn und lande in rauen, schlammigen Spurrillen. Ich zögere keine Sekunde.

Ich renne los.

Der alte Mann versucht, auszusteigen und mich zu fangen, aber ich lasse ihn schnell hinter mir. Ich laufe, wie meine Mom es tut, als wäre mir der Tod auf den Fersen, und ich blicke nicht zurück, bis die Straße eine Biegung macht und ich einen kurzen Blick riskieren kann.

Er sitzt wieder hinter dem Steuer und wendet den Wagen.

Ich befinde mich auf einem breiten, abschüssigen Hügel. Ich sehe nichts außer Bäumen und der sich dazwischen schlängelnden Straße, aber das spielt jetzt auch keine Rolle. Wenn ich hierbleibe, wird er mich mit dem Lieferwagen einholen. Ich muss von der Straße runter. Ich zittere, und meine Haut fühlt sich so an, als würden Ameisen auf ihr herumkrabbeln. Als hätte ich einen Sonnenbrand. Vielleicht wegen des Tasers. Ich habe Probleme, klar zu denken, aber ich muss es versuchen, denn niemand weiß, wo ich bin. Ich bin ganz allein, und ich will am liebsten nur schreien und rennen und meine Mom finden …

Mom. Ich habe so viel Energie darauf verschwendet, auf sie wütend zu sein, und doch ist sie die Erste, an die ich denke. Die Einzige. Und als wäre sie hier bei mir, als würde sie neben mir stehen, fühle ich mich plötzlich ruhiger. Ich höre ihre Stimme.

Du musst laufen, Baby. Verschwinde von der Straße. Los jetzt.

Keuchend atme ich ein und stolpere über die trockenen und kalten Spurrillen in das Wintergras. Ich renne und stolpere, als sich die verdrehten und toten Halme in meinen Füßen verfangen. Ich höre den Lieferwagen die Straße entlangkommen, aber ich werde nicht langsamer, *ich darf nicht*. Ich renne, als würde mein Leben davon abhängen, denn das tut es. Und plötzlich befinde ich mich in den kalten, dunklen Schatten der Bäume.

Ich gehe weit genug, dass man mich nicht sofort sehen kann, dann hocke ich mich hin. Ich zittere noch immer, und ich bin mir nicht sicher, ob ich in diesem Wald gut laufen kann; durch die hochgewachsenen Kiefern dringt nicht viel Licht. Ich kann es mir nicht erlauben, hinzufallen, mir den Kopf aufzuschlagen oder ein Bein zu brechen. Ich muss vorsichtig sein. Ich wünschte, ich hätte eine Taschenlampe oder auch nur das bleiche Licht des Handybildschirms, aber ich habe überhaupt nichts. Ich gerate jetzt in Panik; das leichte Zittern verwandelt sich in heftiges Beben, und ich fühle die Kälte durch meine dicke Daunenjacke. *Meine rote Jacke. Warum habe ich nur diese dämliche rote Jacke angezogen?* Ich kann sie nicht ausziehen. Ich würde sonst erfrieren.

Mom, hilf mir.

Diesmal höre ich nicht ihre Stimme, aber mich überkommt das warme Gefühl, sicher zu sein. Mom gerät nicht in Panik. Sie plant. Sie findet Waffen und bereitet sich vor, und wenn es Zeit zum Kämpfen wird, dann kämpft sie. Ich muss jetzt sie sein.

Ich gehe langsam weiter, tiefer hinein in die Dunkelheit. Ich stoße auf einen ziemlich guten abgebrochenen Ast von ungefähr der Dicke und dem Gewicht eines Baseballschlägers. Und was noch besser ist, das abgesplitterte Ende hat scharfe Stacheln. Ich halte den Ast fest und gehe weiter. Ich habe keine Ahnung, was die Richtung angeht. Es ist zu bewölkt. Ich halte nach Moos Ausschau – befindet sich das nicht immer auf der Nordseite der Bäume? –, und sobald ich welches gefunden habe, schlage ich die Richtung ein, von der ich glaube, dass sie mich nach Norton führt. Ich muss es nur zu einer richtigen Straße schaffen und jemanden anhalten.

Der Lieferwagen fährt weiter. Ich höre ihn die Straße ent-langfahren. Er rattert und knirscht, und in den Kurven quiet-schen die Bremsen.

Ich halte an, als mir klar wird, dass ich genau das tue, was er von mir erwartet. Ich laufe Richtung Norton, Richtung Sicherheit. Den Hügel nach unten.

Doch soweit ich die Straße überblicken konnte, wird er mir auf dieser Kurve den Weg abschneiden. Er wird mich finden. Hier stehen die Bäume noch sehr dicht, aber ich sehe bereits, dass sie weiter unten einen größeren Abstand haben. Meine rote Jacke wird wie eine Fackel leuchten.

Ich muss nach *oben*. Er wollte mich doch irgendwohin bringen, oder? Vielleicht dorthin, wo er wohnt. Und wenn das eine Hütte oder so etwas ist, gibt es da vielleicht ein Handy, einen Computer, selbst ein Funkgerät würde genügen.

Ich will das nicht tun. Mir ist übel, als ich mich von dem abwende, was wie meine mögliche Sicherheit aussieht, und stattdessen ins kalte, dunkle Unbekannte gehe. Aber ich weiß, dass er damit nicht rechnet.

Ich halte mich lange zwischen den Bäumen, behalte aber immer die Straße im Auge. Der Lieferwagen ist noch nicht zurückgekommen. Vielleicht fährt er weiter unten am Hügel auf und ab und wartet auf mich. Langsam fühle ich mich wie-der besser; das Zittern ist schwächer geworden, und obwohl ich immer noch Angst habe, habe ich zumindest eine Keule und schwanke nicht mehr.

Falls irgendetwas passiert, werde ich rennen. Ich bin schnell. Ich kann das schaffen.

Etwas weiter vorne erblicke ich etwas. Irgendetwas aus Metall, wie einen Zaun. Mein Herz setzt einen Schlag aus und klopft dann schneller, denn ein Zaun bedeutet, dass sich dahin-ter etwas befindet. Ich hatte recht. Hier oben ist tatsächlich etwas.

Erneut kontrolliere ich die Straße. In der Ferne erhasche ich ein Aufblitzen von Glas, von dem ich annehme, dass es der Lieferwagen ist. Er ist noch weit weg. Ich muss es riskieren. Auf der Straße bin ich schneller.

Ich breche aus der Deckung. Ich laufe so schnell, dass ich das Gefühl habe, meine Sehnen könnten reißen. Aber mein Körper kennt das, er ist darauf trainiert und geht in den einfachen, effizienten Rhythmus eines Mittelstreckenlaufs über. Ich gewinne an Boden. Vor mir geht es steil bergauf und meine Lungenflügel brennen, bevor ich auch nur die Hälfte überwunden habe, doch als ich um eine breite, ansteigende Kurve biege, sehe ich, dass sich die Straße zu so etwas wie einer Wendeschleife verbreitert.

Endstation.

Vor mir befindet sich ein dicker Zaun aus zusammengeschweißtem Altmetall, der an einzelnen Stellen völlig durchgerostet ist. Uralte **BETRETEN VERBOTEN**-Schilder, von denen eins nur noch an einem fragilen Bolzen hängt und so aussieht, als würde es sich gleich verabschieden. Aber ich sehe nichts auf der anderen Seite des Zauns. Ich klettere hinüber und horche auf ein Kläffen. Hunde würden mich verraten, und falls sie mich angreifen sollten, wüsste ich nicht, ob ich ihnen davonlaufen könnte. Ich halte mich geduckt nahe bei den Bäumen, die auch hinter dem Zaun noch eng beieinanderstehen. Ich laufe parallel zu den kaum sichtbaren Rillen in der Straße, die direkt bis zu der Barriere führt. Ich bin mir nicht sicher, ob ich das tun sollte, doch eins weiß ich mit Sicherheit: sich im Dunkeln und bei diesem Wetter im Wald zu verirren, bedeutet den Tod. Wenn es zu schneien anfängt, erfriere ich garantiert.

Ich entdecke die Hütte nur wegen des Glitzerns von zerbrochenem Glas in der Ferne. Sie ist halb zerstört und zusammengesackt. Die Fenster fehlen und die Tür steht weit offen. Hier wohnt niemand. Hier hat schon jahrelang niemand mehr gewohnt. Ich werde langsamer und schaue sie mir genauer an, denn einer Sache bin ich mir sicher: Falls es jemals einen Ort gegeben hat, an dem es spukt, dann hier, an diesem Ort. Er fühlt sich furchtbar an, als hätte er eine andere, eine schreckliche Schwerkraft. *Hier sind Menschen gestorben. Ihre Schreie liegen noch in der Luft.*

Na los, ermahne ich mich. *Wenn es dort kein Telefon gibt, kannst du immer noch den Berg wieder hinuntergehen. Aber du musst nachschauen.*

Ich überquere den mit Unkraut zugewucherten Boden, der mal ein Garten war. Ich sehe einen zugewachsenen runden Fleck, vermutlich ursprünglich ein Brunnen oder vielleicht eine Kläranlage. Rosenbüsche wachsen wild um das Haus herum, mit Dornen in der Größe von Tierkrallen. Im Augenblick blüht hier nichts.

Da die Tür offen steht, trete ich hinein. Mein Herz hämmert wie wild. Ich bin mir sicher, dass da drin jemand lauert und auf mich wartet; ich will so unbedingt weglaufen, dass meine Beine vor Verlangen danach zittern. Aber ich taste mich weiter in die Dunkelheit vor. Beinahe hätte ich aufgeschrien, als ich etwas in der Ecke glitzern sehe, was nach Augen aussieht.

Es sind allerdings keine Augen. Es ist eine Videokamera. Die Technik ist neu, nichts aus der Betamax-Generation, aus der diese Hütte stammt. Es sind sogar Lampen vorhanden, alle an einen kleinen Dieselgenerator angeschlossen. *Was zum Teufel ist das hier?* Das Gefühl des Grauens ist hier drin so stark, dass ich es schmecken kann, und alles, einfach alles in mir schreit danach, wegzurennen, hier zu verschwinden und niemals zurückzukommen.

Ich bleibe wie erstarrt stehen, als ich das Himmelbett in Prinzessinnenrosa auf der anderen Seite des Raums stehen sehe. Es ist neu, zumindest relativ gesehen. Es ist ordentlich gemacht, mit einer rosa Rüschendecke und dicken weißen Kissen. Es ist falsch und pervers und unglaublich unheimlich, sodass ich mich ihm nicht weiter nähere. Das ist einfach nicht drin. Ich bewege mich langsam zur Kamera und den Lampen. Dort finde ich einen zugeklappten Laptop auf einer umgedrehten Apfelkiste. Ich klappe ihn auf und er fährt hoch, ohne nach einem Passwort zu fragen. Er hat eine Internetverbindung über ein Handynetz.

Ich öffne das Nachrichtenprogramm und danke Mom im Stillen dafür, dass sie mich gezwungen hat, Telefonnummern auswendig zu lernen. Schnell tippe ich Kezias, Javiers, Connors ein, sämtliche Nummern, an die ich mich erinnern kann, und sage allen, sie sollen das Handysignal dieser Verbindung zurückverfolgen. Ich kann ihnen nicht sagen, wo ich bin, aber wenn der Computer sendet, müsste das funktionieren. IP-Adressen können gefälscht werden. Handysignale werden durch Türme geleitet und sind schwerer zu fälschen.

Ich sehe die anderen Programme auf dem Rechner durch und finde Skype. Schnell starte ich es und rufe Kezias Nummer an. Innerhalb von Sekunden hat sie angenommen und ihr Gesicht erscheint in einer verschwommenen Pixelwolke. »Lanny? Mein Gott, wo bist du?«

In dem Moment breche ich in Tränen aus. Sie zu sehen, macht das alles real. Ich kann mich nicht mehr zusammenreißen. Ich will, dass jemand kommt und mich abholt. *Jetzt.* Ich versuche zu reden, kann es aber ein paar Sekunden lang nicht. Als es mir endlich gelingt, sage ich: »Es geht mir gut, aber bitte kommen Sie mich holen! *Bitte!*«

»Das werde ich, ich versprech's dir. Kannst du mir sagen, wo du bist?«

»Ziemlich weit oben«, berichte ich und wische mir die Tränen ab, die immer noch heiß meine Wangen herunterrinnen. Meine Stimme bricht immer wieder und ich höre die Todesangst darin. »Ich habe die Straße nicht gesehen. Aber das hier ist irgendeine alte Hütte. Ich weiß nicht, wofür sie da ist, aber ...« Ich hebe den Laptop an und drehe ihn herum, damit sie den Raum, die Lampen, die Kamera und das Bett sieht.

Als ich ihn wieder zu mir drehe, wirkt Kezia erschüttert. Zum vermutlich ersten Mal, seit ich sie kenne, sehe ich echte Angst in ihrem Gesicht. Sie versucht zu sprechen, kann aber nicht. Sie schluckt und versucht es noch mal. »Okay. Okay, du musst Folgendes tun. Halte diese Verbindung aufrecht. Wir werden das Signal zurückverfolgen.«

»Es ist ein Handysignal«, erkläre ich. »Ich glaube, es führt nur eine Straße nach oben. Wir sind irgendwo westlich von Norton. Die Straße führt in einer großen S-Kurve nach oben.«

»Gut«, sagt sie, und versucht zu lächeln. »Das ist gut. Wir werden dich finden. Kannst du die Tür zuschließen?«

Ich schlucke schwer. Mir läuft die Nase. Mit dem Rand meines Shirts wische ich sie ab. Meine Augen sind geschwollen und schmerzen mittlerweile. Ich will mich einfach nur in der Ecke zusammenrollen, aber ich stehe auf und nehme den Laptop mit zur Tür. »Hier ist kein Schloss«, verneine ich.

»Kannst du sie mit irgendetwas verbarrikadieren?«

Ich stelle den Laptop ab und sehe mich um. Ich versuche, das Bett zu ziehen, doch es ist groß und schwer, ich kann es gerade mal ein paar Zentimeter verrücken. Als ich wieder zum Laptop komme, sehe ich, dass sie gerade mit Detective Prester redet. Und mit noch jemandem.

Connor.

Der Kopf meines Bruders ist bandagiert. Ich erkenne etwas getrocknetes Blut auf seinem Kinn. Aber das Erste, was er sagt, als er mich sieht, ist: »Lanny? Geht's dir gut?«

»Ja.« Mir fällt auf, dass ich flüstere. »Es geht mir gut. Ich bin nur ...« Ich schlucke. »Ich habe Angst, dass er zurückkommt.« Etwas Schreckliches fällt mir ein. Ich stehe auf und sehe mich um. Diesmal richtig. Es gibt hier keine Schränke. Keine

Nischen, in denen sich mein Dad versteckt halten könnte. »Hat Dad dir gesagt, dass er dich *hier* treffen würde?«

»Nein«, sagt Connor. Er sieht so elend aus. »Er sollte mich beim Haus treffen. Ich hab nicht gewollt, dass das passiert, das schwöre ich, ich wollte nur …« Er fängt an zu weinen, als würde ihm das Herz brechen. »Er hat gesagt, dass er mich lieb hat.«

Ich kann mir nicht vorstellen, wie sich das für ihn anfühlt oder wie wichtig es ihm erscheint. Ich will nur meine Arme um ihn legen und ihn drücken, bis er sich nicht mehr so schlecht fühlt. Bis er wieder mein nerviger kleiner Bruder ist.

Er ist derjenige, der die ganze Zeit still gelitten hat, und ich habe es nicht einmal gewusst.

Connor schluckt schwer. »Bitte komm zurück. Bitte. Du musst.«

Er rückt von der Kamera weg. Kezia beugt sich ins Sichtfeld, und ich sehe, wie sie ihn kurz besorgt anschaut, bevor sie ihre Aufmerksamkeit wieder auf mich richtet. »Süße, du musst einen Ort finden, an dem du dich verstecken kannst. Wenn du da drin nichts findest, verschwinde aus der Hütte. Wir triangulieren das Signal und schicken die Polizei so schnell wie möglich los. Ich werde hierbleiben, um die Verbindung zu dir zu halten. Nimm den Laptop mit, wenn es geht, und lass ihn eingeschaltet.«

Ich muss ihn aufgeklappt lassen, was etwas unhandlich ist, doch ich verspüre eine enorme Erleichterung, als ich die Hütte verlasse. Die allerdings nur wenige Sekunden anhält, denn nun frage ich mich, wo der Lieferwagen wohl ist. Ob er zurückkommt? Durch die Bäume kann ich nichts sehen. Ich kann nichts hören.

Was, wenn er zu Fuß zurückkommt? Ich musste meine Keule zurücklassen.

»Es gibt hier kein Versteck«, gestehe ich Kezia kummervoll. »Hier sind nur die Hütte und Bäume.« Ich schwenke die Kamera herum.

»Stopp«, sagt Kezia. »Was ist das?«

Ich schaue nach, woran ich vorbeigegangen bin. »Vielleicht ein Brunnen? Soll ich ihn öffnen?«

»Sieh mal nach, ob das eine Art Keller ist«, sagt sie. »Aber geh nicht runter. Schau einfach nur nach.«

Ich umklammere die Metallabdeckung und ziehe sie weg. Viel ist nicht zu sehen. Auf einer Seite befindet sich eine klapprige Leiter aus Eisen, aber ich erkenne nicht, ob sich da unten ein Raum befindet.

Ich erhöhe die Helligkeit des Laptops, so stark ich kann, minimiere den Videobildschirm und wechsle auf eine weiße Seite. Dann neige ich den Laptop ungelenk über den Rand und lasse das Licht nach unten strahlen.

Es ist nicht so tief, wie ich gedacht habe. Falls das mal ein Brunnen war, wurde er zum Teil aufgefüllt. Nach ungefähr fünf Metern endet die Leiter auf einem Betonboden.

Unten befindet sich ein weißer Haufen mit Stöcken. Eine Menge Stöcke. Ich weiß nicht, was das darstellen soll, bis ich die bleiche Rundung von etwas sehe, das aussieht wie …

… wie ein Schädel.

Ich betrachte hier gerade Knochen.

Beinahe hätte ich den Laptop fallen gelassen. Ich höre ein hohes, dünnes Zischen in meinen Ohren. Ich stolpere rückwärts und sinke schnell zu Boden. Der Laptop fällt neben mir herunter, bleibt allerdings geöffnet. Alles sieht körnig und seltsam aus. Ich habe das Gefühl zu schweben.

Ich werde ohnmächtig, denke ich, und das ist so dämlich. Warum sollte ich das tun? Mein Herz schlägt nicht, es flattert beinahe, und mir ist übel. Kalter Schweiß ist mir im Genick, auf dem Gesicht, meinem Hals, unter den Brüsten und Armen ausgebrochen. Er riecht ranzig.

Ich weiß nicht, was da gerade mit mir passiert.

»Lanny!«

Ich blinzle. Kezia hat meinen Namen jetzt bereits eine ganze Weile gerufen. Ich drehe mich zum Laptop um. Ich neige ihn so, dass die Kamera mein Gesicht sehen kann, und öffne den Skype-Bildschirm wieder. Kezia füllt praktisch den gesamten Bildschirm aus, so nahe beugt sie sich vor.

»Da sind tote Menschen«, erkläre ich ihr. »Im Brunnen. Sie sind tot.«

Ich sehe sie schlucken. Ich will wieder weinen, aber im Augenblick ist einfach alles zu wirr. Ich weiß nicht, ob ich noch Tränen übrig habe. Ich spüre nur noch Kälte.

»Kommt ihr?«, frage ich sie. »Bitte kommt. Bitte.«

»Tun wir«, verspricht sie. Kezia hat Tränen für mich übrig. Ich sehe, wie sie ihr die Wangen hinunterlaufen. »Atme einfach tief ein und aus, meine Süße. Wir sind ...« Sie unterbricht kurz, um auf das zu lauschen, was jemand im Hintergrund ruft. Dann atmet sie tief und zittrig ein. »Okay, wir haben dein Signal trianguliert. Wir kommen, Lanny. Wir kommen sofort. Ich schicke Connor mit Detective Prester los und bleibe hier bei dir. Genau hier. Ich lass dich nicht allein, okay?«

»Es geht mir gut«, sage ich. Das kommt ganz automatisch. Es geht mir nicht gut. Ich bin froh, dass sie den Anruf nicht beendet hat. Ich weiß nicht, was ich tun würde, wenn mich jetzt niemand sehen würde. Vermutlich schreien. Oder einfach ... verschwinden. Das hier fühlt sich so an wie ein Ort, an dem Menschen einfach ... verschwinden.

Kezia sagt mir wieder und wieder, dass ich sicher bin, aber ich fühle mich überhaupt nicht sicher.

Ich sitze da und starre in die offene Grube, bis ich die Sirenen kommen höre. All diese Zeit habe ich geglaubt zu wissen, was das Böse ist. Mom hat es gewusst. Ich habe nur so getan. Aber jetzt weiß ich, dass es dieser Raum in der Hütte ist. Dieser Knochenstapel. Das Böse ist ein stiller Ort, und Dunkelheit.

Kezia spricht. »Siehst du die Polizeiwagen schon? Sie kommen die Straße hoch. Sie kommen jetzt. Mach dir keine Gedanken wegen des Mannes im Lieferwagen. Sie haben ihn auf dem Weg nach unten zur Hauptstraße abgefangen. Er wurde festgenommen. Er kann dir nichts tun.«

Ich nicke. Sehe von der Grube weg. Dann sehe ich sie an. »Er wollte Connor hierher bringen. Oder?«

Sie antwortet nicht.

Ich bin froh, dass sie es nicht tut.

Kapitel 24

Sam

Mike Lustig und ich sitzen im Coffeeshop, in dem ich das Tablet bekommen habe, und ein paar Kunden kommen hereingetröpfelt, während die bleierne Sonne aufgeht. Die Wolkendecke dünnt sich langsam aus. Bis Mittag wird das Eis geschmolzen sein, was vielversprechend klingt, doch das Verkehrschaos wird noch anhalten. In einer Stunde gehen die ersten Flüge vom Flughafen, der mittlerweile randvoll mit gestrandeten Reisenden ist.

Gwen ist fort. Wir können sie nicht mehr aufspüren. Diese Chance haben wir in der Sekunde verloren, in der dieser Lieferwagen über den Hügel gefahren ist und sich in Luft aufgelöst hat. Ich kann meinen Kummer, meine Angst und meine Wut jetzt nur in mich hineinfressen. Der Druck in diesem Dampfkochtopf wird nur begrenzt halten, aber für den Augenblick geht es nicht anders.

Wir müssen eine Möglichkeit finden, an Melvin Royal heranzukommen, die sie nicht vorhergesehen haben.

Mike und ich sitzen in einer Ecke, ignorieren, wie um uns herum langsam das Alltagsleben wiederaufgenommen wird, und schauen uns das Video an. Wir versuchen, etwas zu finden, *irgendetwas*, das wir vielleicht übersehen haben. Das Tablet hat eine Vorrichtung für zwei Sets Kopfhörer und Mike hat seine eigenen dabei. Als wir beim ersten Mal zum Ende des Videos kommen, nickt Mike und macht mit der Hand eine Kreisbewegung. *Spiel es noch mal ab.* Das tue ich, wieder bis zum Schluss. Wir schauen es uns immer wieder an. Mittlerweile habe ich den Überblick über die Schreie, das Flehen, die Fragen und Antworten verloren. Ich sehe nichts, was ich nicht schon vorher gesehen habe.

Und plötzlich doch.

Es blitzt eher in meiner Erinnerung auf als auf dem Bildschirm, ausgelöst durch den Anblick eines dreckigen Trucks, der an den Fenstern des Coffeeshops vorbeidröhnt. Und dank dieses flüchtigen Blicks ändert sich meine Perspektive und *ich verstehe es.* Ich weiß, warum das alles passiert. Warum ich bereits beinahe von Anfang an diesen Schatten, dieses Gewicht gespürt habe.

Ich wünschte, ich könnte Erleichterung spüren. Doch das tue ich nicht. Ich spüre, wie sich echtes Entsetzen in meinen Eingeweiden breitmacht. *Das darf nicht wahr sein. Es kann nicht stimmen.*

Mike sieht es mir an, als ich die Kopfhörer abnehme, und hält das Video an. »Was ist los? Was ist?«

»Wir liegen völlig falsch. Nein. Nein, ich habe von Anfang an falschgelegen.« Meine Stimme klingt rau und verzerrt. *Es ist meine Schuld.* Die Tatsache gähnt vor mir wie ein schwarzes, bodenloses Loch der Schuld. »Mein Gott, ich war das, Mike. Ich bin …«

»Hey, Mann, konzentrier dich. Was hab ich verpasst?«

»Du hast gar nichts verpasst«, sage ich. »Los, komm. Wir müssen sofort los.«

Ich stehe bereits. Er schnappt sich das Tablet und stopft die Kopfhörer in seine Tasche. »Wohin fahren wir?«

»Zum Flughafen.«

»*Zum Flughafen?* Jetzt sag mir nicht, dass du den Köder schluckst und wir nach Kansas fliegen, Mann. Du bist doch schlau genug ...«

Der Fußweg wurde mit Steinsalz gestreut, das unter meinen Stiefeln knirscht, als wir zum Jeep laufen. Die Luft fühlt sich schwer und scharf in meiner Lunge an, aber hinter den Wolken blinzelt die Sonne neblig hervor. Bald wird sie die Wolkendecke durchstoßen. Ich denke deshalb darüber nach, weil ich die Logistik planen muss. Logistik ist besser als Schuldgefühle, denn wenn ich mich in diesen Abgrund fallen lasse, komme ich nie wieder heraus.

»Lass mich dir eine Frage stellen«, fange ich an. »Welcher Name stand gestern Nacht auf diesem Lastwagen auf der Zufahrtsstraße?«

Mike bleibt stehen, um mich über das Dach des Jeeps anzustarren. »Wovon zum Teufel redest du da?«

»Wir sind doch letzte Nacht dem weißen Lieferwagen gefolgt. Er war ungefähr einen Kilometer vor uns, als der Pick-up den Unfall hatte, weißt du noch? Als wir über den Hügel gekommen sind, waren da eine rote Limousine, ein anderer schwarzer Jeep, der zu schnell gefahren ist, und ein Polizeiwagen mit angeschalteter Sirene. Und ein Lastwagen.«

Er runzelt die Stirn. Scheint zu glauben, ich hätte jetzt völlig den Verstand verloren. Vielleicht habe ich das auch. Vielleicht kann man das alles nur verstehen, wenn man verrückt ist. »Was ist mit dem Lastwagen?«

»Rivard Luxe«, erkläre ich. »Der Lastwagen vor uns auf der Straße hatte seitlich die Aufschrift ›Rivard Luxe‹. Mike, der Laster war groß genug, dass ein Lieferwagen hineinpasst.«

Ich sehe es vor mir, wenn ich blinzele: den goldenen Schriftzug auf der dreckigen Seite dieses Lastwagens, als würde ich es auf einer Großbildleinwand vor mir sehen. Die lebendigste

Erinnerung, die ich jemals hatte. Es war mir aufgefallen, aber ich hatte es einfach nicht beachtet. Ich war zu sehr auf Gwen konzentriert, auf diesen Lieferwagen, zu sehr, um zu sehen, was da direkt vor meiner Nase war.

Mike versteht es immer noch nicht. Ich öffne die Fahrertür und steige ein. Als er auch drinsitzt, sagt er: »Selbst wenn du recht hast, was zum Teufel hat der Lastwagen mit dem Video zu tun, das wir uns gerade angeschaut haben?«

»Als wir das erste Mal über das Video gesprochen haben, habe ich dich gefragt, ob dir der Name Rivard etwas sagt«, sage ich. »Und du hast mir erzählt, dass Ballantine Rivard berühmt ist. Ab diesem Zeitpunkt sind wir von falschen Voraussetzungen ausgegangen. Und das haben wir eben wieder getan, als wir uns das Video angeschaut haben.«

»Mein Gott.« Mike zieht den Ausspruch in die Länge, so ehrfürchtig, dass es fast wie ein Gebet klingt. »Diese arme Sau von Privatermittler wurde nicht von Ballantine Rivard angeheuert. Er hat lediglich den Namen *Rivard* gesagt.«

»Ganz genau«, stimme ich zu und starte den Jeep. »Er wurde überhaupt nicht von dem alten Rivard angeheuert. Sondern von seinem Sohn. Der tot ist.«

»Und das ist kein Zufall«, ergänzt Mike. Jetzt versteht er es. Komplett. »*Verflucht.*«

Wir wissen also Bescheid. Das Problem ist nur … was können wir mit diesem Wissen unternehmen?

* * *

Es gibt einen guten Grund, warum ich Mike an meiner Seite haben will: FBI-Agenten machen Eindruck.

Mike führt eine Hinterzimmerunterhaltung mit dem Manager einer Fluglinie, der trotz der Flut an Reisenden zwei Tickets für uns herbeizaubert. Dank Mikes Marke werden wir auch schnell durch die Security gelotst und sitzen kurz darauf im ersten verfügbaren Flug nach Atlanta in der Businessklasse.

Es erinnert mich an die Plüschsitze im Flugzeug von Rivard Luxe, das wir nach Wichita und zurück genommen haben. Ich bin wütend und angewidert von mir selbst, dass ich darauf hereingefallen bin. Es nagt an mir. Mittlerweile sehe ich alles, jeden einzelnen Schritt. Ballantine Rivard hat alles darangesetzt, uns in die Irre zu führen, Gwen zu bedrohen und Zweifel und Angst zu säen, um uns zu entzweien.

Ich möchte wetten, dass Rivards Sohn nicht von Absalom in den Tod getrieben wurde. Zumindest nicht auf die Art, die uns sein Vater weismachen wollte.

»Rivard wird niemals mit uns reden«, überlegt Mike. »Und ich habe keine Hoffnung, aufgrund einer Annahme und eines wilden Ratespiels eine richterliche Anordnung zu bekommen.«

»Das ist mir klar.« Ich klinge verbittert und wütend, denn genau das bin ich auch. Ich war einfach ein verdammter Narr. Ich habe den Gedanken, dass Gwen schuldig ist, längst hinter mir gelassen. Ich weiß nicht, warum ich jemals darauf hereingefallen bin, außer dass ich bereits einmal darauf konditioniert gewesen bin, es zu glauben. Sie ist immer ehrlich zu mir gewesen. *Ich* bin derjenige, der gelogen hat. *Ich* bin derjenige, der mit der Absicht in ihr Leben getreten ist, es zu zerstören.

Und jetzt, wo ich es tatsächlich getan habe, muss ich sie finden und ihr helfen, es wieder zusammenzusetzen. Nur so kann ich jemals wiedergutmachen, was ich ihr angetan habe, oder es zumindest versuchen.

»Was hältst du davon, mir ausnahmsweise ohne diese Marke zu helfen?«, frage ich Mike, der seufzt.

»Wenn das hier alles vorbei ist, habe ich vermutlich sowieso keine mehr; das Bureau hält nicht viel von Agenten auf Abwegen, und, meine Fresse, ich bin im Augenblick so was von auf Abwegen. Aber du kannst auf mich zählen.« Er schweigt kurz. Vielleicht sinniert er auch über den kolossalen Fehler nach, den wir beide begangen haben und der uns jetzt hierhergeführt hat. Dann fragt er: »Glaubst du, Rivard steckt hinter dem Tod seines Sohns?«

»Mit ziemlicher Sicherheit«, bestätige ich. »Dieser Turm ist seine Festung, und wenn ich raten müsste, sind die Läden nichts weiter als eine elaborierte Geldwäscheoperation. Absaloms Dark Web ist sein echtes Geschäftsfeld, und er wollte nicht zulassen, dass irgendjemand seine goldene Gans tötet. Falls ihm sein Sohn zu dicht auf den Fersen war, vielleicht ein Gewissen entwickelt hat, erklärt das vermutlich dessen ›Selbstmord‹.« Ich mache Anführungszeichen in der Luft. Alles basiert nur auf einem Lastwagen und einer Vermutung, aber es klingt wahr. So ergibt endlich alles einen Sinn für mich.

Ich *wusste*, dass mit diesem aalglatten alten Mann etwas nicht stimmte. Ich habe es von Anfang an gespürt – die mühelose Art, mit der er uns in den Turm gelotst und uns dann dazu gebracht hat, in Wichita nach seiner Pfeife zu tanzen. Er hat eine plausible Möglichkeit gesucht, das zweite gefälschte Video von Gwen in Umlauf zu bringen, und vielleicht war Suffolk etwas problematisch geworden. Zwei Fliegen mit einer Klappe.

Das Ganze reicht tiefer und ist schwärzer, als ich es mir je hätte ausmalen können. Melvin Royal, so bösartig er auch ist, ist für Absalom nur ein weiteres Werkzeug – er konnte seine eigenen kranken Fantasien befriedigen, und Rivard war da, um ihn dafür auch noch zu bezahlen. Das Ausmaß und die Grausamkeit machen mich ganz schwindlig.

»Ist mir völlig egal, was wir tun müssen«, erkläre ich Mike leise. »Ich will, dass Rivard uns sagt, wo Gwen ist. Was immer es auch kostet.«

»Was immer es auch kostet«, wiederholt Mike. »Aber du musst einen Gang runterschalten, Junge. Spar dir das für den Moment auf, in dem du es brauchst.«

Ungeduldig und unruhig sitze ich schweigend da, während das Flugzeug enteist wird, wir auf den Start warten und schließlich Richtung Atlanta fliegen.

* * *

Wir landen um drei Uhr nachmittags. Die Luft ist frisch und klar, es fühlt sich kaum nach Herbst an und noch viel weniger nach dem Winter, den wir gerade hinter uns gelassen haben. Wir leihen wieder einen SUV aus, diesmal über Mikes persönliche Kreditkarte, und er nimmt sämtliche Kaskoversicherungen dazu. »Scheiß drauf«, meint er. »Ich möchte mir nicht auch noch Sorgen wegen des Lacks machen müssen.«

Wir fahren zu Rivard Luxe und parken im Besucherbereich der Garage. Einen Augenblick lang sitzen wir nur da, bis Mike sagt: »Hast du auch nur die geringste Idee, was wir jetzt machen sollen?«

»Klar«, sage ich. »Ich versuche noch, eine bessere zu finden, weil uns diese Taktik vermutlich nur in benachbarte Zellen führt. Mike … ich rede hier von einem Bundesvergehen.«

»Du machst mir den Plan ja wirklich schmackhaft. Was soll's, ich hab gesagt, ich bin dabei, also ziehen wir das durch. Erklär's mir gar nicht erst genauer, ich will's überhaupt nicht wissen.« Ich weiß, dass er das Ticken der Uhr in sich spürt, genau wie ich. Gwen ist irgendwo da draußen. Unwillkürlich stelle ich mir vor, was ihr vielleicht bereits widerfährt. Ich muss diese Gedanken loswerden. Wenn mir das nicht gelingt, werde ich nur zu hastig, treffe schlechte Entscheidungen und dann war das alles für die Katz.

»Okay«, sage ich. »Du musst zu diesem Gemischtwarenladen auf der anderen Straßenseite. Kauf eine Baseballkappe, ein Klemmbrett, eine Aktenmappe, eine Wasserflasche, eine Sonnenbrille und einen Stift. Falls sie dort Kapuzenpullover haben, kauf zwei – einen für mich, einen für dich. Ach ja, hast du zufällig Schutzhandschuhe dabei?«

»Klar«, bestätigt er und greift in seine Jackentasche. Er holt zwei Paar heraus und gibt sie mir. »Ich vermute mal, du trägst mir hier gerade auf, eine Tarnung zu besorgen. Sonst noch was?«

»Babypuder.«

»Was für eine Party soll das denn werden?«

»Halt einfach die Klappe und hol das Zeug.«

»Und wohin gehst du, während ich mich um den Einkauf kümmere?«

»Zum Copyshop die Straße runter«, erkläre ich. »Wir treffen uns in fünfzehn Minuten wieder hier.«

Fünfzehn Minuten später stehe ich mit einem dicken Umschlag in der Hand neben dem SUV. Mike kommt mit einer Plastiktüte, vollgestopft mit Sachen, die Rampe herunter. Er hat alles bekommen, sogar die Kapuzenpullover.

Wir steigen wieder in den Mietwagen, schließen die Türen, und ich hole die Unterlagen aus dem Umschlag, die ich gedruckt habe. »Hier. Steck die auf das Klemmbrett.«

»Klar«, sagt Mike. Er befestigt das Blatt unter der Klammer. »Ein Abnahmeformular. Ich schätze, wir machen eine Lieferung. Damit kommen wir aber nur bis zur Rezeption.«

»Wir müssen sie dazu bringen, den Turm zu evakuieren«, erkläre ich. »In einem Gebäude wie diesem sind die Feuermelder in Zonen aufgeteilt, sodass nach und nach bestimmte Stockwerke evakuiert werden. Das sorgt dafür, dass nicht das ganze Gebäude mit einem Mal stillgelegt wird, und erleichtert die Evakuierung. Um allerdings den Feueralarm für sein Stockwerk auszulösen, müssten wir uns in seinem Penthouse oder dem Sicherheitscenter befinden.«

»Das wird nicht passieren.«

»Nein. Deshalb müssen wir das ganze Gebäude auf einmal lahmlegen. Wir sorgen dafür, dass Rivard zu uns kommt.« Ich strecke die Hand vor. Er bemerkt, dass ich die Latexhandschuhe trage, die er mir vorhin gegeben hat. »Babypuder.«

»Oh, verdammt«, flucht er, während er mir den kleinen Behälter reicht. »Das meinst du doch nicht ernst, Sam. *Scheiße*. Hast du auf dem Umschlag irgendwelche Fingerabdrücke hinterlassen?«

»Nein«, versichere ich. Ich schütte eine großzügige Menge Puder in den Briefumschlag und benutze das Wasser aus der Flasche, um die Falzlinie zu befeuchten und den Brief zu verschließen. Dann stecke ich alles in den dickeren Pappumschlag, drehe ihn um und presse das gedruckte Etikett drauf, das ich im Copyshop erstellt habe. Es hat eine falsche, aber immerhin offiziell aussehende Adresse einer lokalen Anwaltskanzlei. Darauf steht: PERSÖNLICH UND VERTRAULICH: BALLANTINE RIVARD. Und auf einer zweiten Zeile: DRINGEND: SOFORT ÖFFNEN. »Vertrau mir. Ich will dich nicht als Zellennachbar.«

»Okay. Was soll ich machen?«, fragt Mike.

»Du wartest hier. Es genügt, wenn einer von uns beiden auf dem Überwachungsvideo zu sehen ist.« Ich ziehe die Kapuze des Pullovers hoch, setze die Baseballkappe und die Sonnenbrille auf. Ich stecke den Umschlag unter dem Abnahmeformular fest, damit ich nur das Klemmbrett anfassen muss, und streife dann die Latexhandschuhe ab. Ab jetzt muss ich vorsichtig sein, was ich anfasse. Das Klemmbrett ist okay. Ich darf aber weder das Papier noch den Umschlag berühren.

Mike weiß, dass ich das tue, um ihn aus der Sache rauszuhalten, falls sie schiefgeht. »Halt den Kopf gesenkt und behalt die Sonnenbrille auf. Gut, dass du ein durchschnittlich aussehender weißer Kerl bist.«

Sobald ich die Lobby betreten habe, gehe ich schnell. Es ist beinahe Feierabendzeit, eine Menge Leute strömen bereits auf die Türen zu. Ich begebe mich schnurstracks zum Empfangstresen.

Ich erkenne niemanden wieder, der im Dienst ist, und als ich dem Mann hinter dem Computer das Klemmbrett zuschiebe, schenkt er mir sowieso kaum einen Blick. »Tut mir leid«, erkläre ich. »Ich brauche eine Unterschrift. Die Lieferung ist für …« Ich tue so, als würde ich auf das Etikett schielen. »… Ballantine Rivard. Persönlich und vertraulich. Und dringend.«

Er zögert keine Sekunde. Warum sollte er auch? Er kritzelt seine Unterschrift aufs Blatt, füllt das Datum aus, dahinter seinen Namen in Druckschrift, und nimmt den Umschlag entgegen, ohne dass ich ihn dazu auffordern muss. Er schiebt mir das Klemmbrett wieder zu. Jetzt wirkt der Mann in der Rivard-Luxe-Jacke genervt. »Na super«, sagt er. »Sie wissen schon, dass es fast fünf ist, oder?«

»Ist doch nett«, gebe ich zurück. »Ich hab noch vier Stationen vor mir, bevor ich Schluss machen kann, Mann.«

Das war's. Ich verschwinde schnell durch die Vordertüren und gehe zur Parkgarage herum. Ich steige wieder in den SUV und werfe das Klemmbrett auf die Rücksitze. Mike trägt mittlerweile auch seinen blauen Kapuzenpullover. »Ist so gut gelaufen, wie es laufen konnte. Also, wie lautet das Standardprotokoll für so etwas?«

»Bei einem Hochhaus? Wenn jemand mögliche Sporen von Milzbrand in der Post entdeckt, wird der Alarm aktiviert und der Gefahrgutbeauftragte, die Cops, das FBI, einfach alle werden gerufen. Das ist ein elendes Gewühl. Die Gebäudesicherheit evakuiert alle Leute auf allen Stockwerken bis zu einer sicheren Entfernung. Die Klimaanlage wird ausgeschaltet. Es ist der reinste Zirkus. Und je größer das Gebäude, desto größer das Chaos.«

Klingt perfekt. »Und ich habe soeben einen Terrorakt begangen«, sage ich.

»Mach ein *wir* daraus«, sagt er. »Das sollte jetzt verflucht noch mal auch funktionieren.«

»Rivard hat garantiert einen Privatfahrstuhl«, merke ich an. »Sie werden ihn darüber evakuieren. Den müssen wir finden.«

»Oh, ich weiß schon, wo der ist«, meint er. »Als Rivard in die ganze Angelegenheit verwickelt wurde, habe ich ihn durchleuchtet, von oben nach unten. Hab nicht viel rausgefunden, aber ich erinnere mich an den Fahrstuhl. Er befindet sich ein Stockwerk über uns in der Parkgarage. Ein gesicherter Ausgang, aber wir müssen ja nicht rein. Die kommen raus.«

Ich nicke. »Dann entwaffnen wir seine Jungs und bringen ihn zum Reden. Hast du damit ein Problem?«

»Nein«, sagt Mike. »Finden wir deine Lady.«

* * *

Es dauert weitere qualvolle zwanzig Minuten, bis der Alarm endlich losgeht. Ich kann nicht aufhören, darüber nachzudenken, wo Gwen sein könnte. Falls sie in Wichita ist, falls Absalom uns von Anfang an die richtigen Informationen gegeben hat … aber warum sollten sie? Nein, das war ein Ablenkungsmanöver. Es muss so sein.

Aber ich kann das Denken nicht lassen. Gwen ist allein, und sie glaubt, ich hätte sie verraten und verkauft. Jede Sekunde, die wir hier warten, zählt in Blutstropfen und Schreien. Ich muss hart darum kämpfen, meine Nerven im Zaum zu halten. Sich nicht zu bewegen, fühlt sich wie ein weiterer Verrat an.

Wir warten in einer Ecke nahe dem nicht markierten privaten Ausgang, und endlich sehen wir einen schnittigen, übergroßen Mercedes-SUV die Rampe hochfahren und parken. Er ist für einen Rollstuhl ausgelegt. Der Fahrer steigt aus, um die Rückseite zu öffnen und eine Rampe auszuklappen.

Ich wechsle einen Blick mit Mike. Der zuckt mit den Schultern. Der Chauffeur ist ein Afroamerikaner von ungefähr Mikes Größe und Körperbau. In diesem Bereich der Parkgarage befinden sich kaum noch andere Fahrzeuge – vermutlich braucht man hierfür eine Marke –, und seit wir unsere Position eingenommen haben, ist niemand rein- oder rausgekommen. Es ist ein Risiko.

Aber das ist es wert.

Den bewusstlosen Chauffeur lassen wir gefesselt hinter einer Stützwand zurück. Mike steht vor dem Auto in der mühelosen Haltung von jemandem, der das Warten gewohnt ist. Die Kappe verdeckt sein Gesicht. Meiner Erfahrung nach sehen die Leute das, was sie zu sehen erwarten. Formen, keine individuellen Merkmale. Als sich die Ausgangstür öffnet, strömt eine Flut an Sicherheitsleuten heraus. Mit dieser Menge könnten wir es ohne Waffengewalt nicht aufnehmen, und selbst mit wäre es nicht allzu wahrscheinlich, dass wir siegreich aus der Sache hervorgehen würden. Aber das ist nun auch nicht nötig.

Ballantine Rivards Rollstuhl kommt rasant herausgerollt. Rivard trägt einen dunkelblauen Anzug mit einer blassgelben Krawatte. Heute kein bequemer Sportanzug. Er ist wütend; das sehe ich von meinem Platz, zusammengekauert auf dem Beifahrersitz. Die Fenster sind dunkel getönt, was im Augenblick sehr nützlich ist. Ich habe meine Waffe gezogen, falls ich sie benutzen muss, denn mittlerweile stehen all meine Nervenenden unter Strom. Ich weiß, dass wir nur einen Sicherheitsmann davon entfernt sind aufzufliegen.

Aber sie schauen uns überhaupt nicht an. Sie blicken nach draußen, suchen nach Bedrohungen. Rivard ignoriert seine Wachen, hält an, dreht seinen Rollstuhl und fährt rückwärts die Rampe hoch. Er ist darin geübt. Er befindet sich mit dem Rücken zum Fahrersitz, und ich höre, wie er ein Gurtsystem einrasten lässt. Mike schiebt die eingebaute Rampe ein und steigt in den Fahrersitz. Ich glaube nicht, dass Rivard ihm auch nur einen Blick geschenkt hat.

»Wohin?«, fragt Mike Rivard.

»Ins Katastrophenbüro. Los«, faucht Rivard.

Mike nickt, als wüsste er genau, wo sich das befindet, und die ganze Sache läuft unglaublich reibungslos ab. Rivard hat noch immer nicht bemerkt, dass Mike nicht sein üblicher Fahrer ist, und er weiß auch nicht, dass vorn noch ein blinder Passagier mitfährt. Ich hatte mir Sorgen gemacht, dass einer seiner Wachleute mitfahren würde, aber sie steigen alle in ein anderes Fahrzeug.

Wir verlassen die Garage. Eine Schranke ist heruntergelassen, aber die diensthabenden Wachmänner – noch keine Polizisten – lassen sie hochfahren, damit wir passieren können. Das Gebäude wird noch immer evakuiert. Rivard Luxe beschäftigt in seinen Büros beinahe zweitausend Menschen, und das hier wird den Verkehr von Atlanta für Stunden lahmlegen. *Wenn man uns schnappt, gehen wir definitiv ins Gefängnis.* Terrorismus und Entführung.

Es wird eine Weile dauern, bevor Rivard vermisst wird, doch ab jetzt tickt die Uhr nicht mehr nur für Gwen … sondern auch für uns.

Ich weiß nicht, wann Rivard auffällt, dass irgendetwas nicht stimmt – vielleicht, als Mike nicht der erwarteten Route folgt –, aber weil ich ihn im Rückspiegel beobachtet habe, sehe ich, wie er sein Handy aus der Tasche nimmt. Ich halte ihm meine Waffe an den Kopf. »Fallen lassen«, weise ich ihn an. »Sofort.«

Das Handy fällt zu Boden und prallt mit einem harten Geräusch gegen die Hintertür. Für einen Augenblick bleibt Rivard stumm. Als er endlich spricht, klingt er kein bisschen furchtsam. »Mr Cade. Ich hätte wohl damit rechnen sollen, dass Sie zurückkommen. Ich hätte allerdings erwartet, dass Sie etwas Konventionelleres versuchen.«

»Ich freue mich, Sie zu enttäuschen«, meine ich dazu. »Wo ist sie?«

»Melvin Royals Frau?«

»Gwen.«

»Sie meinen Gina. Sie wird immer zuallererst seine Frau sein. Ich dachte, das hätten Sie mittlerweile begriffen.«

Ich spüre, wie sich meine Muskeln anspannen, und muss mich dazu zwingen, sie zu lockern. »Wollen Sie unbedingt eine Kugel im Kopf?«, frage ich ihn. »Dann machen Sie ruhig so weiter.«

»Möchten Sie mir vielleicht erklären, warum Sie mich als Geisel genommen haben?«

»Sie werden mir sagen, wohin Absalom Gwen gebracht hat.«

»Ich habe keine Ahnung.« Sein schwerer Louisiana-Dialekt klingt jetzt wie eine Verspottung. Ich hatte noch nie zuvor den Drang, einem alten Mann eins mit der Pistole überzuziehen, aber im Augenblick ist das Verlangen danach stark. »Warum sollte ich das wissen?«

»Sam?« Mikes Stimme ist ruhig, dennoch angespannt. »Bleib auf dem Teppich, Mann. Wohin fahren wir?«

»Dorthin, wo er Rodney Sauer zurückgelassen hat«, sage ich. »Das scheint mir passend.«

Rivard ist verstummt. Vielleicht überlegt er, welche Knöpfe er diesmal betätigen muss, und findet keine. Ich halte die Waffe an seinen Kopf gedrückt und weise ihn an, die Hände oben zu halten. Er ist ein alter Mann. Seine Arme zittern, und es wird schlimmer, je länger wir fahren. Gut. Ich will, dass er müde wird und Angst hat.

Wir parken in einer düsteren Gasse zwischen zwei Lagerhäusern. Alles in dem Viertel ist baufällig und leer. Die einzigen Bewohner hier sind Ratten und Tauben.

Während ihn zur Abwechslung Mike mit der Waffe in Schach hält, öffne ich den Fond, nehme sein Handy und hole den Akku heraus. Ich kann nicht ausschließen, dass ein so reicher Mann etwas eingebaut hat, mit dem man ihn im Zweifel dennoch aufspüren könnte, also suche ich mir einen handlichen Ziegel und zerquetsche das Handy. Danach werfe ich die Überreste in eine Schlammpfütze. Der gewalttätige Akt fühlt sich gut an.

Ich steige in den Wagen und gehe in die Hocke, um auf Augenhöhe mit Rivard zu sein. Während er mich mustert, ändert sich sein Gesicht. Es spannt sich an. Für einen Augenblick sehe ich den Schädel unter der Haut und die Hölle in diesen Augen. »Für das hier« gehen Sie für lange Zeit in den Knast«, sagt er.

»Und ich werde weiter frei sein. Das wissen Sie doch.«

»Ich weiß nur, wenn Sie mir nicht sagen, was ich wissen will, werden Sie hier sterben«, sage ich. Und ich meine jedes Wort todernst. Ich stecke bereits viel zu tief drin.

»Sie würden einen hilflosen alten Mann im Rollstuhl töten. Das ist krank.«

»Damit kennen Sie sich ja aus«, kontere ich. »Milliarden schmutziger Dollar auf Ihrem Bankkonto für viel schlimmere Dinge. Glauben Sie, wir wüssten das nicht?« Ich halte ihm die Waffe unter das Kinn. »Wir wissen Bescheid.«

Rivards Augen springen zu Mike. Er ist verunsichert. Mike hat die Rivard-Sicherheitsjacke ausgezogen und in den Wagen geworfen, und jetzt zieht er die Kapuze über. »Sie da, ich erkenne Sie. Sie sind Bundesagent«, sagt Rivard. »Das können Sie doch nicht zulassen!«

»Was genau?«, fragt Mike. »Den Terrorakt, die Entführung oder den Mord? Die ersten beiden Dinge sind mein Problem. Das letztere ist nur Ihres. Mord ist kein Bundesvergehen.«

Rivards Lippen sind bleich, er hat sie zusammengepresst und seine Augen wandern von einem von uns zum anderen. Ich glaube, so langsam begreift er, wie tief die Falle ist, in der er sitzt.

»Sie sind Absalom«, spricht Mike aus. »Der Rest sind nur kleine Fische. Sie sind eine fette Spinne, die sich an den Toten nährt. Wie lange läuft das schon? Fünf Jahre? Zehn? Ich schätze, noch bevor Melvin Royal sein erstes Opfer aufgeknüpft hat. Herauszufinden, wie Sie das Dark Web nutzen können, um Ihre Kunden zu finden und Geld zu machen, muss sich angefühlt haben, als würde man auf einen Fluss aus purem Gold stoßen.«

Rivard schweigt. Wenn Blicke töten könnten, wäre ganz Atlanta jetzt nur noch ein Atompilz. Aber mehr über Absalom zu erfahren, ist für mich nicht von Interesse. »Gwen«, sage ich. »Reden Sie. Jetzt. Denn ich verspreche, ich fange gleich damit an, Ihnen Körperteile abzuschießen. Ich werde auch nett sein und mit denen anfangen, die Sie vermutlich sowieso nicht mehr spüren.« Ich senke die Waffe, um mit dem Lauf gegen seine Kniescheibe zu tippen. Seine gehobenen Arme zittern jetzt unkontrolliert. Gleich wird er sie senken müssen. »Halten Sie die Hände oben. Ich zähle bis fünf, dann verlieren Sie ein Bein.«

Mein Tonfall klingt beinahe normal, doch an dem verzehrenden Hass, der in meinem Inneren schwelt, ist nichts normal. Ich dachte, Melvin Royal sei ein Monster, und das ist er auch, aber dieser Mann … dieser Mann ist derjenige, der Monster dazu benutzt, Geld zu machen. Und wenn ich diesen Abzug betätigen muss, wird es mir nichts ausmachen.

»Sie ist fort, Mr Cade«, sagt er und leckt sich die blassen Lippen. Seine Zunge sieht aus wie ein Wurm, der über eine Wunde kriecht. »Sie wissen bereits, wo. Absalom hat es Ihnen gesagt, genau, wie ich sie angewiesen habe.«

Ich blinzle nicht. Ich fange an zu zählen. Denn ich glaube ihm nicht. Sie ist nicht in Wichita.

Als ich bei fünf ankomme, spannt sich mein Finger und Rivard platzt heraus: »Stopp! In Ordnung! Wenn Sie es unbedingt wissen wollen, sage ich es Ihnen! Aber *bitte*, lassen Sie mich meine Arme runternehmen!«

»Ich sag Ihnen was«, wirft Mike ein und zieht seine Handschellen hervor. »Ich mach es einfacher für Sie.«

Die erbitterte Wut, die über Rivards Gesicht flackert, bestätigt mir, dass er einen Plan hatte. Sobald Mike seine Hände an dem Gurt gesichert hat, der seinen Rollstuhl an Ort und Stelle hält, durchsuche ich Rivard.

In seiner Brusttasche finde ich eine schmale kleine Pistole. Voll geladen. Ich werfe sie Mike zu. »Sogar mit Gravur«, sagt der. »Nur Arschlöcher gravieren ihre Waffe. Na los. Verpass ihm die erste Kugel.«

Rivard schwitzt jetzt. Alles, worauf er sich verlassen hat, ist fehlgeschlagen, und ihm muss klar sein, dass ich es ernst meine. Falls nicht, wird er es herausfinden, wenn seine Kniescheibe auf dem Boden aufkommt. »Na schön«, sagt er, in einem öligen Tonfall, der gleichzeitig verzweifelt klingt. »Beruhigen wir uns doch alle wieder. Wir sind doch alle vernünftige Leute. Und ich kann sehr vernünftig sein. Sie wissen doch, über welche Ressourcen ich verfüge. Was genau möchten Sie von mir? Soll ich Ihnen ein paar unserer kreativeren Zulieferer ausliefern? Das mache ich gern. Ich bin mir sicher, das FBI wird mich *sehr* nützlich finden.«

»Darauf wette ich«, sagt Mike. »Und wissen Sie was? An das kommen wir auch ohne Ihre Hilfe. Schieß, Sam.«

»Ich kann meine Beine ja nicht einmal spüren. Auf mich zu schießen, ist doch nur Theater!«

»Ich denke doch, der Anblick des Innenlebens Ihres Knies könnte Eindruck auf Sie machen«, berichtige ich. »Eins, zwei …«

Rivard unterbricht mich hektisch. »Um Mitternacht findet ein Pay-per-View-Event statt!«

»Und warum zum Teufel sollte uns das interessieren?«

»So läuft das bei uns«, erklärt Rivard. »Für … Premiuminhalte. Ein Live-Event, tausend virtuelle Pässe, fünfzigtausend Dollar pro Pass.«

Ich spüre bereits, wie die Übelkeit in mir hochkocht. Ich kann sehen, was jetzt folgen wird, und es ist grauenvoll. »Sie haben zwei Sekunden, um mir zu sagen, wie mir das helfen soll, Gwen zu finden.«

»Sie ist es!«, stößt er aus und zuckt zusammen, als er meinen Gesichtsausdruck sieht. Die Abscheu, die ich empfinde, verursacht mir Übelkeit, so stark ist sie. Ich will diesen Mann so unbedingt töten, so *dringend*, dass ich es schmecken kann. Mord hat einen scharfen, metallischen Geschmack, als würde man auf Alufolie beißen. »Sie und Melvin Royal. Wir wollten, dass es aufgenommen wird. Um Mitternacht geht's los. Die Aufnahmen verkaufen wir später, aber das Live-Event ist … etwas Besonderes.«

»Sie verdammter Scheißkerl«, stoße ich aus und stehe wirklich kurz davor, den Abzug zu drücken; die Welle des Hasses, die mich durchflutet, ertränkt beinahe meinen klaren Verstand. »Wo findet es statt?«

Unglaublich, aber er *lächelt*. Es ist ein perverses Lächeln. Schweiß glitzert auf seiner Stirn. »Sie können sich einen Platz kaufen, Mr Cade. Wir sind noch nicht ganz ausverkauft. Ich glaube, fünf Tickets sind noch übrig.«

Erschieß ihn. Erschieß dieses Stück Scheiße jetzt sofort. Ich weiß nicht, wem diese Stimme gehört, aber ich glaube, es ist meine Schwester. Und ich hätte es wohl auch getan, wenn Mike nach diesem schrecklichen Verhöhnen nicht vorgetreten und Rivard seine Faust in den Mund gerammt hätte. Diese überraschende Aktion reißt mich aus meinem Rausch. Ich glaube, er hat Rivard gerade das Leben gerettet. Und mir. Meine Haut fühlt sich an, als würde sie gleich zerreißen, als wäre sie das Behältnis einer Bombe, die mit zu viel Gewalt in mir explodiert.

385

Noch nie zuvor in meinem Leben habe ich einen solchen Hass verspürt, nicht einmal auf Melvin Royal. Alles ist darin gefärbt, schmeckt danach.

Rivard hängt schlaff in seinem Stuhl, sein Mund ist blutig. Er sieht schockiert aus und verletzlich, und plötzlich sehe ich einen jämmerlichen alten Mann.

Ich nehme den Finger vom Abzug.

»Lassen Sie mich Ihnen etwas erzählen, Mr Rivard«, sagt Mike. Ich kenne diesen Tonfall. Das ist der Mike, der tötet. Das ist der Mike, der mich aus einer Kriegszone gebracht hat, nachdem mein Flugzeug in feindlichem Gebiet abgestürzt war. Der Mike, der jeden Bastard ausgeschaltet hat, der uns in den Weg kam. »Sam Cade ist der netteste Kerl in diesem Lieferwagen. Sie sollten also verdammt gut über das nachdenken, was Sie jetzt sagen, denn mir sind meine Marke, meine Karriere oder, wie viel Zeit ich im Gefängnis verbringe, mittlerweile völlig egal.«

Ich glaube ihm. Ich weiß nicht, ob er lügt, aber ich weiß, dass Rivard es mit Sicherheit nicht weiß, und es bereitet mir ein grausames Vergnügen, die echte Furcht in seinen Augen zu sehen.

»Louisiana, vor Baton Rouge. Da steht ein verfallenes Haus, direkt am Killman Creek. Die Triton-Plantage. Dort findet es statt.« Er versucht zu grinsen. »Aber Sie werden mich brauchen. Sie brauchen mich, damit ich es stoppe. Sie kommen da nicht mehr rechtzeitig hin.«

»Müssen wir auch nicht«, sagt Mike. »Das ist das Tolle an moderner Polizeiarbeit. Ich muss lediglich einen Anruf tätigen und dann werden alle dort verhaftet.«

Rivard ist noch nicht *völlig* gebrochen. Er fletscht die blutigen Zähne. »In Louisiana? Das bezweifle ich doch sehr. Wir haben dort viele, sehr viele Polizeibeamte geschmiert, und wir sind vorsichtig. Sie können nicht darauf bauen, dass die Polizei am anderen Ende überhaupt *irgendetwas* tut. Selbst wenn Sie Glück haben und einen ehrlichen Cop erwischen – diese Gegend wird gut verteidigt. Sie bekommen sie da niemals lebend raus. Oder Melvin. Sie brauchen mich, um …«

Mike zerrt das teure Seidentaschentuch aus Rivards Tasche und stopft es ihm in den Mund, dann reißt er ihm die Krawatte ab und benutzt sie als Knebel. »Ich bin Ihre Stimme leid«, sagt er und wendet sich dann an mich. »Ich rufe jemanden an. Er kann Rivard auf Eis legen, bis wir genug Beweise haben, um ihn wegzusperren.«

Meine Kehle ist trocken, ausgedörrt von Wut und Adrenalin. Ich muss zweimal ansetzen, bevor meine Stimme wieder richtig funktioniert. »Glaubst du ihm, was die Polizei betrifft?«

»Ich halte es für möglich. Das Schlimmste, was wir tun können, ist, die Cops vor Ort anzurufen und damit seine Männer zu warnen.«

»Glaubst du, er sagt die Wahrheit? Dass er die Sache abblasen kann?«

»Ich glaube, wenn wir ihn auch nur in die Nähe eines Telefons lassen, wird sein erster Anruf dafür sorgen, dass dieser Ort niedergebrannt und jeder darin getötet wird«, sagt Mike. »Denn eine Kakerlake wie der? Die weiß, wie man immer und überall überlebt.«

Mike verlässt den Lieferwagen, um zu telefonieren. Rivard gibt gedämpfte Geräusche von sich, doch ich ignoriere ihn einfach. Er ist bedeutungslos. Ich versuche zu berechnen, wie weit es von Atlanta bis nach Baton Rouge ist und wie hoch unsere Chancen stehen, innerhalb von ein paar Stunden dort zu sein. Nicht gut. Die Flugverbindungen an der gesamten Ostküste sind wegen des Sturms ein Chaos, und selbst wenn Mike wieder seine FBI-Magie einsetzen könnte – der Sturm zieht weiter südwestlich, was bedeutet, er steht direkt zwischen uns und dem Ort, zu dem wir müssen. Er wird überall Chaos anrichten.

Wir müssen Gwen da rausholen. Bei dem Gedanken, dass sie in diesem Haus ist, mit *ihm*, bekomme ich eine Gänsehaut und Übelkeit steigt in mir hoch. Mir ist egal, wie es passiert, aber ich will, dass sie in Sicherheit gebracht wird. Ich will sie wieder in meinen Armen halten und ihr sagen, wie unendlich leid es mir tut, dass ich ihr das angetan habe.

Und mit jeder Minute, die verstreicht, verringert sich die Chance, dass ich das jemals tun kann.

Mikes erster Anruf ist kurz. Als er fertig ist, kommt er zu mir. »Mein Kumpel ist unterwegs. Er wird den Lieferwagen und Rivard verschwinden lassen, bis ich ihm neue Anweisungen gebe.«

»Ihm ist bewusst, wer Rivard ist, oder?«

»Er weiß Bescheid. Er ist zuverlässig, und er schuldet mir etwas.«

Ich frage mich, wer angesichts von Rivards Reichtum wirklich zuverlässig ist, aber ich muss darauf vertrauen, dass er recht hat. »Was ist mit den Cops?«

»Ich rufe das FBI-Büro in New Orleans an«, sagt er. »Rivard könnte zwar die Hälfte der Cops in der Gemeinde dort geschmiert haben, aber ich kenne die NOLA-Leute. Die hat er nicht geschmiert.«

Gleich darauf muss ich allerdings feststellen, dass der Anruf nicht gut läuft, und wieder steigt mein Blutdruck ins Unermessliche und es pocht in meinen Schläfen. »Was ist?«, frage ich.

»In New Orleans ist der Teufel los. Terroralarm«, berichtet er mir. »Meine Leute sagen, sie haben keine Chance, sich loszueisen, um uns zu helfen. Sie sagen, wir sollen die lokalen Behörden anrufen.«

»Was ist mit der Staatspolizei?«

»Die sind zum Großteil überfordert und werden als Unterstützung nach New Orleans beordert. Im Übrigen: Mit denen haben wir das gleiche Problem wie mit den lokalen Behörden. Wir wissen nicht, wen Rivard gekauft hat, und ich habe da unten keine persönlichen Freunde, auf die ich mich verlassen kann.«

Ich schaue auf die Uhr. Es ist gerade achtzehn Uhr. Gwens Ermordung wird um Mitternacht als Livestream ausgestrahlt.

Wir haben noch sieben Stunden, um sie da rauszuholen. Der Zeitzonenwechsel bringt uns eine zusätzliche Stunde.

Halt durch, denke ich. *Mein Gott, Gwen, halt durch für mich. Du hast es mir versprochen.*

Halt durch.

KAPITEL 25

GWEN

Als ich diesmal aufwache, liege ich in einem Bett.

Sofort überkommt mich die Übelkeit, und ich rolle mich zusammen, um mich nicht zu übergeben. Mein Schädel pocht so stark, als wollte er gleich platzen, und ich zittere – diesmal nicht vor Kälte, sondern wegen der Nachwirkungen der Droge. Nachdem das etwas nachgelassen und sich mein Magen leicht beruhigt hat, spüre ich andere Dinge. Dieselben Schmerzen wie vorher, doch noch weitere sind dazugekommen. Mein Rücken fühlt sich wund an und brennt. Ich schätze, das raue Holz der Kiste hat mir dort viele Splitter eingebracht.

Ich öffne die Augen, mühe mich ab, meinen vernebelten Verstand dazu zu bringen, mir zu sagen, wo ich mich befinde. In dem Raum herrscht Dämmerlicht, aber ich kann ein weißes Betttuch auf mir erkennen. Es fühlt sich feucht an und riecht nach der Haut von jemand anderem. Langsam nehme ich einen Gestank wahr: Schimmel, den Geruch von etwas *Altem*: Leichen. Im Boden. Der Gestank von Alter und Verfall.

Langsam kriecht die Furcht in mein Bewusstsein, noch behindert durch meine Müdigkeit … doch immerhin bringt sie auch Klarheit mit sich. Ein Ziel.

Ich wechsle die Position, um eine quälende Verkrampfung in meiner Hüfte zu lösen, und spüre, dass sich das Bett bewegt – jedoch nicht durch mich. Ich erstarre. *Jemand liegt neben mir in diesem Bett.* Ich spüre die animalische Wärme seines Körpers. Jeder Instinkt in mir schreit *nicht bewegen!*, als könnte ich mich wie ein Kind unsichtbar machen. Aber still liegen zu bleiben, wird mir nicht helfen.

Ich muss mir selbst helfen.

Ich versuche wegzurücken, in der Hoffnung, leise aus dem Bett zu schlüpfen, halte jedoch inne, als mir klar wird, dass ich mein linkes Handgelenk nicht rühren kann.

Dasjenige, das so stark wehtut.

Mein Handgelenk ist mit massiven Handschellen an das alte Bettgestell aus Eisen gefesselt. Ich muss mir irgendetwas gebrochen haben, vielleicht einen kleinen Knochen in meiner Hand, denn wenn ich versuche, an der Fessel zu ziehen, wie sanft auch immer, durchfährt mich ein derart gleißender Schmerz, dass es mir den Atem raubt. Ich will schreien, kann aber nicht.

Ich trage nicht meine eigene Kleidung. Irgendjemand hat mir stattdessen ein altes, steifes Nachthemd übergezogen. Das Nylon fühlt sich brüchig an, als könnte es zu Staub zerbröseln, falls ich mich zu heftig bewege.

Vor dem Fenster schwindet langsam das Licht. Die Sonne geht unter. Ich drehe den Kopf und kann gerade so die Umrisse des Mannes erkennen, der neben mir liegt.

Ich schätze, ich sollte nicht überrascht sein, dass es Melvin Royal ist, aber das bin ich. Ihn hier zu sehen, wie er schläft, als hätte er keine Sorgen auf der Welt, ist ein solcher Schock, dass es sich wie ein Schlag direkt in mein Herz anfühlt. Ein tödlicher Schlag. Ich spüre, wie sich ein Schrei in meiner Kehle sammelt.

Töte ihn. Das ist der nächste Gedanke, der die Leere meines Verstandes erfüllt. Ich beuge den rechten Ellbogen und hole aus. Ich werde ihn in seiner Kehle vergraben, mich mit meinem Gewicht darauf stemmen, bis ich sein Zungenbein zerschmettert habe. Für eine Sekunde glaube ich, das auch erreichen zu können. Ich spüre, wie mein Ellbogen auf seiner Kehle aufkommt, und fange an zu drücken … und dann rollt er sich weg. *Lachend.*

Ich kratze Melvin, grabe meine Fingernägel in alles von ihm, das ich erreichen kann, und reiße ihm kleine Hautfetzen ab, als er sich meinem Griff entwindet. Wie wild zerre ich an meinem gefesselten Handgelenk, und jedes Ziehen verursacht ein so qualvolles Brennen, als hielte ich ein Feuerwerk in meiner Handfläche. Es ist mir gleichgültig. Die Wut in mir ist stärker als die Furcht, als der Schmerz – stärker als *alles.*

Melvin, der sich zum Rand des großen Bettes gerollt hat, starrt mich an, während ich wild um mich schlage. Er stützt sich auf einem Ellbogen auf und beobachtet mich mit einer grauenvollen Faszination. Ich bin völlig außer mir vor Wut, sie verbrennt mich wie eine Kerze und lässt keinen Platz für vernünftigere Emotionen wie Furcht oder Verwirrung oder Entsetzen.

Ich will ihn einfach nur töten.

»Dankst du mir etwa so dafür, dass ich dir noch ein paar letzte angenehme Stunden Schlaf gegönnt habe?«, meint er. »Ich hätte dich in den Keller sperren sollen. Wo du dich eine Weile mit Ratten und Kakerlaken hättest herumschlagen können.« Er dreht sich und begutachtet die tiefen Wunden, die meine Fingernägel in seiner Haut hinterlassen haben. Er ist schlank. Fit. Er hat seine Gefängniszeit vermutlich mit Gewichtheben verbracht, doch er hat die bleiche Haut von etwas, das in Höhlen lebt. Mir fällt ein, dass er nur eine Stunde Hofzeit pro Tag hatte. Es hat ihm nicht gutgetan. Er hat sich einen Bart wachsen lassen. Aber abgesehen davon sieht er noch exakt so aus, wie ich ihn in Erinnerung hatte.

Er ist zu allem fähig, was mir nur zu gut bewusst ist. Ich habe es gesehen, in verwesendem Fleisch und gebrochenen Knochen und getrocknetem Blut, eine Skulptur aus Grauen und Pein, die er erschaffen hat. Aber ich weiche nicht mehr ängstlich davor zurück. »Steck mich doch in den Keller. Ratten und Kakerlaken wären eindeutig die bessere Gesellschaft.« Es klingt wie ein Knurren. Ich frage mich, ob meine Augen blutunterlaufen sind. So fühlt es sich auf jeden Fall an. Es fühlt sich so an, als würde jede Ader in meinem Körper vor Zorn platzen. »Du *Bastard*.«

Er zuckt mit den Schultern, und dieses träge, kühle Lächeln entfacht in mir den Wunsch, es ihm aus dem Gesicht zu kratzen. »Du warst so eine nette Frau, als ich dich geheiratet habe. Sieh dir doch an, was das Singledasein aus dir gemacht hat. Die Muskeln gefallen mir nicht, Gina. Wenn ich mit dem Schneiden anfange, kommen die zuerst weg. Ich mag meine Damen zart.«

Meine weißglühende Wut flackert kurz, und schnell füttere ich sie mit Bildern von seinen Opfern. Ich möchte lieber wütend als furchtsam sein, und diese Emotionen sind jetzt meine einzigen beiden Optionen. Dazu habe ich mich bereit erklärt, auf dieser Straße in Tennessee, als ich darüber nachgedacht habe, einfach in den Verkehr zu laufen und Schluss zu machen. Ich habe Sam gesagt, dass ich mein Leben lieber aufgeben würde, indem ich Melvin beschäftigt halte, sodass er gefunden werden kann.

Wut ist besser als Angst. Immer.

»Ich bin nicht eine deiner *Damen*«, erkläre ich. Ich frage mich, wie viele Knochen in meiner Hand ich mir wohl brechen muss, um sie aus der Handschelle zu ziehen. Drei? Vier? Die Schelle sitzt sehr eng. Aber er ist zu ruhig. Zu vorbereitet. Das hier ist eine Falle, und ich glaube, er *will*, dass ich mir selbst wehtue.

»Du bist meine Frau, Gina.«

»Nicht mehr.«

»Das habe ich nie akzeptiert«, stellt Melvin fest, als würde das alles klären. Er schaut auf die Uhr, die auf der Kommode neben seiner Bettseite steht. »Fast schon sieben. Du solltest etwas essen. Es wird noch eine lange Nacht.«

Mir fällt auf, dass er eine ausgeblichene alte Schlafanzughose trägt. Sie ist ihm etwas zu groß. Und uralt, genau wie das Nachthemd, das er mir angezogen hat. »Wo sind wir?«, frage ich. »Wie hast du mich hergebracht?« Wir befinden uns nicht in Tennessee. Es fühlt sich weder so an noch riecht es so. Die Luft hier ist schwerer, außerdem ist es wärmer.

»Dieser Ort gehört einem Freund von mir«, sagt er. »Es war seinerzeit ein stattliches Anwesen. Die Vorderseite sah mal aus wie das Weiße Haus, aber das ist nicht mehr zu erkennen, nachdem die Verrottung eingesetzt hat und die Ranken der Kopoubohne alles überwuchern. Was deine Frage angeht, wie du hergekommen bist ... sagen wir einfach, ich hatte etwas Hilfe.«

»Eine Plantage«, vermute ich, weil sich das hier alles nach Southern Gothic anfühlt. Und die Kopoubohne gibt mir den entscheidenden Hinweis. »Glaubst du jetzt, du wärst der Herr irgendeines vergammelnden Anwesens?«

»Es ist eher ein Ort, an dem Sonderveranstaltungen gefilmt werden. Hier werden Auftragswerke ausgeführt. Mein Freund hat auch noch ein paar andere Sets für so etwas. Du hast sogar ein paar davon gefunden. Das Lagerhaus war eins. Die Hütte, die du in die Luft gejagt hast, ebenso.«

Sonderveranstaltungen. Mit einem schalen Geschmack im Mund erinnere ich mich an das, womit Absalom handelt: Vergewaltigung, Folter und Mord, aufgenommen auf Film. »Du warst ein Teil davon«, sage ich. »Absalom.«

»Ich war ein Kunde, der zum Zulieferer aufgestiegen ist«, erwidert er. »Ich hatte Talent. Habe damit beinahe zehn Jahre lang eine gute Karriere hingelegt. Ich war vorsichtig. Schlussendlich bin ich wohl zu sorglos geworden. Ich hätte die Letzte im See versenken sollen, solange ich noch die Gelegenheit dazu hatte. Hätte ich die Garage in der Nacht zuvor in Ordnung gebracht, wie ich es eigentlich vorgehabt hatte, wären wir noch immer verheiratet.« Er tätschelt die Matratze. »Und wir würden uns noch immer ein Bett teilen. Ich weiß, dass du das vermisst hast. Ich habe es jedenfalls.«

Er klingt so normal. Wehmütig. Es ist verwirrend. Wer wäre ich heute, wenn er in den vergangenen fünf Jahren weiterhin Macht über mich gehabt hätte? Was hätte er unseren Kindern angetan? Ich will es mir nicht vorstellen, aber ich tue es trotzdem: die arme, passive Gina Royal, die Angst hatte, jemandem auch nur zu lange in die Augen zu schauen, die mit hochgezogenen Schultern und einer Opfermentalität durchs Leben schleicht. Ihren Kindern vorlebt, wie Unterwerfung funktioniert.

Meine Kinder mögen Schaden davongetragen haben, aber ich habe für sie gekämpft. Ich habe dafür gesorgt, dass sie stark und unabhängig sind. Das kann er ihnen nicht nehmen. Oder mir.

»Wirst du mich vergewaltigen, Melvin?«, frage ich ihn. »Denn wenn du das versuchst, werde ich so viele Stücke von dir abreißen, wie ich erreichen kann.«

»Das würde ich dir niemals antun. Nicht der Mutter meiner Kinder.« Ich bin ein klein wenig zu ihm durchgedrungen. Er streckt sich und versucht, es normal aussehen zu lassen, aber ich sehe, dass er frustriert ist. Ich spiele nicht die Rolle des eingeschüchterten Opfers. Ich *unterwerfe* mich nicht. »Auch wenn ich nicht mehr viel von ihr in dir sehe. Sieh dir doch an, was du aus dir gemacht hast. Und wofür? Um zu überleben? Das ist es nicht wert, Gina, besonders, weil du so sterben wirst.« Seine Augen nehmen einen feuchten, schleierhaften Glanz an, als wären sie aus Eis. In seinem Kopf hat er bereits damit begonnen, mich auseinanderzunehmen.

»Fick dich«, schleudere ich ihm entgegen. Ich zerre an den Handschellen. Der Schmerz ist enorm, eine Supernova aus rot und gelb glühenden Funken, die wie Phosphor brennen, als ich meine Hand drehe. Irgendetwas gibt mit einem feuchten, spröden Knacken nach. Das Gefühl ist so überwältigend, dass ich eine gesegnete Sekunde lang überhaupt nichts mehr fühle. Als wollte mir mein Körper Zeit zur Flucht verschaffen.

Ich breche mir einen weiteren Knochen. Meine Finger brennen, als hätte ich sie angezündet. Ich stoße einen Schrei aus, aber es ist ein wütender Schrei. Ein siegreicher. Schmerz ist Leben. Schmerz ist Sieg.

Ich werde freikommen und ich werde ihn töten.

»Gina«, sagt er. »Sieh mich an.« Er klingt beinahe sanft. »Es tut mir leid, dass es so passieren muss, vor den Kameras. Das habe ich nicht für dich gewollt. Ich wollte, dass es nur du und ich sind. Aber Absalom wollte eine Entschädigung für das, was sie für mich getan haben. Und was sie noch tun werden.«

»Du entschuldigst dich?« Ich kann nicht anders, ich stoße ein bitteres, bellendes Lachen aus. »Mein Gott, was kommt als Nächstes? Was, glaubst du, wird Absalom denn noch für dich tun? Dich außer Landes bringen? Dir irgendwo anders neue Opfer verschaffen? Sie benutzen dich, du Idiot. Wenn sie bekommen haben, was sie wollen, werden sie dich ebenfalls umbringen.«

»Nenn mich nicht Idiot«, sagt er. Die Sanftheit schwindet aus seiner Stimme, sie ist jetzt flach und kalt. »Tu das *niemals*. Ich habe dich aufs Kreuz gelegt, Gina. Bis zum Ende.« Er senkt das Kinn, und seine Augen sind kaum noch zu sehen. Jetzt ist darin keine Menschlichkeit mehr zu erkennen. Nur das Monster. »Brady hat mich angerufen. Hast du das gewusst?«

Die Bemerkung durchdringt den Schild, den ich bis eben aufrecht gehalten habe, und innerhalb eines Augenblicks ist all mein wunderbarer, befreiender Zorn verpufft. Ich halte in meinem Befreiungsversuch inne. Ich will ihm keinen Vorteil verschaffen, aber ich kann mich nicht zurückhalten. »Was redest du da?«

»Unser Sohn. Brady.« Melvin setzt sich auf den Bettrand. »Ich habe arrangiert, dass er ein Handy bekommt, als unser Freund Lancel ihn hatte – du erinnerst dich doch noch? Dieses Handy war Bradys Rettungsleine, falls er sie brauchen sollte. Und wie sich herausgestellt hat, hat er sie gebraucht. Erst hast du ihn verlassen. Dann hat er herausgefunden, dass du ihn angelogen hast. Genug Zweifel, um ihn anzupiksen, ihn zum Reden zu bringen. Beinahe hätte es funktioniert.« Sein Mund hat sich zu einem schrecklichen, bitteren Ausdruck der Abscheu verzogen. »Aber du hast unseren Sohn zu dieser schwachen, erbärmlichen kleinen Marionette gemacht. Du hast ihm das angetan. So ist er für mich wertlos. Ich werde ihn härter machen müssen.«

Das ist nicht der ruhige, höfliche Melvin, den die anderen Menschen kennen. Das ist nicht einmal der Melvin, den ich kannte, damals in Wichita; er hätte solche Dinge niemals gesagt, nicht über seinen eigenen Sohn. Das ist der toxische Schlamm am Boden eines schwarzen Sees, der aus seinem Mund quillt. Ihn so über meinen Sohn reden zu hören, macht mich ganz krank. Und es macht mir wahnsinnige Angst.

»Du lügst. Du hast nicht mit ihm geredet«, sage ich, weil es das Einzige ist, an das ich mich klammern kann. »Er hätte mir davon erzählt.«

»Er hat das Handy nicht sofort benutzt – du hast ihn ja an der kurzen Leine gehalten. Aber nachdem er erst einmal angefangen hatte, konnte er nicht mehr aufhören.« Noch ein kaltes Lächeln. »Wie der Vater, so der Sohn, würde ich sagen.«

Plötzlich fällt mir wieder ein, wer dieses schreckliche Video gefunden hat. *Connor*. Das war gar kein Unfall. Es war auch nicht Absalom. Melvin hat das unserem Sohn angetan. Er hat es mit Absicht gemacht. »Du verfluchter Hurensohn!«

»Nicht meine Schuld, dass du ihn bei Fremden zurückgelassen hast«, meint Melvin. »Du hast ihn verwundbar gemacht. Leicht zu brechen. Und ich habe ihn gebrochen. Ich hatte geplant, dass er hier bei uns ist. Ich glaube, das wäre passend gewesen, wenn er sieht, wie du brichst. Dann hätte ich ihn mitnehmen und ihm beibringen können, wie man stark ist. Aber das hat nicht funktioniert. Statt Brady haben wir Lily bekommen.«

Das alles geht zu schnell und ist zu viel. Ich habe gar keine Zeit mehr, den Schock zu spüren. Ich ertrinke direkt darin. »Du meinst Lanny?« Ich habe ihren Namen ausgesprochen und wünschte, ich hätte es nicht getan, denn jetzt kann er die Risse in mir sehen. Die Furcht. Davon zehrt er. »Du hast sie nicht.«

»Da hast du recht. Hab ich nicht. Sie hat sich eingemischt, als Absaloms Lieferant losgezogen ist, um unseren Sohn zu holen. Mittlerweile ist sie oben in den Bergen, an einem anderen unserer ... besonderen Orte.« Er zuckt mit den Schultern. »Ich hab ihnen gesagt, sie sollen sie benutzen, für was auch immer. Sie ist nicht so vermarktbar, wie sie es in jüngerem Alter gewesen wäre, aber ...«

»*Halt die Klappe!*«, kreische ich. Das Schrille darin überrascht mich selbst. Ich fühle mich schwer, und mir ist kalt, als würde mein Körper bereits aufgeben. Ich will meine Wut zurück. Die Angst ist zu hart. Zu schwer. *Lanny, o mein liebes, mein kostbares Kind, wo bist du, was hat er getan ...*

Irgendwie gelingt es mir, mich selbst zu ermahnen, dass Melvin Royal ein Lügner ist. Ein Täuscher. Ein Manipulator. Und er kennt meine Schwächen. Über meine Kinder kann er mich verletzen. Ich muss einfach glauben, dass sie in Sicherheit sind. *Ich muss.*

»Du bist eine wirklich schlechte Mutter«, sagt er in die schwere Stille hinein. »Ich werde meinen Sohn holen gehen und er wird mir gehören. Deine Tochter habe ich bereits. Denk darüber nach, bis ich bereit für dich bin.«

Er weiß, wann er zuschlagen und wann er sich zurückziehen muss. Er steht auf und geht zur Tür. Zum ersten Mal fällt mir auf, dass in diesem Schlafzimmer auch noch andere Möbel stehen – eine windschiefe alte Kommode, ein paar gerahmte Drucke, halb zerfressen von Schimmel. Ein zerbrochener Spiegel, der die Welt in zwei schlecht reflektierten Stücken zeigt.

Darin bin ich entzweigerissen, als hätte er bereits damit begonnen, mich zu zerstören.

Ich weiß, ich sollte mich befreien. Ich weiß, ich sollte kämpfen. *Ich muss kämpfen.*

Doch nachdem Melvin mich verlassen hat, kann ich nur noch zitternd daliegen. Ich ziehe die Bettdecke über mich, denn trotz der dicken, feuchten Luft scheint die Kälte in mich einzudringen. Ich brauche meine Wut zurück.

Ich frage mich, ob irgendjemand weiß, wo ich bin. Ob Sam mich sucht oder ob ich ihm dafür überhaupt noch wichtig genug bin.

Vielleicht wird es so mit mir enden.

Vielleicht kann ich die Sicherheit meiner Kinder mit Blut erkaufen, bevor er mich komplett zerstört.

Auf mehr kann ich jetzt nicht mehr hoffen.

Kapitel 26

Sam

Es kostet Rivard drei gebrochene Finger, doch schließlich stimmt er zu, den Flugplatz anzurufen und uns sein Privatflugzeug zur Verfügung zu stellen. Damit umgehen wir das Gewirr der stornierten Flüge der kommerziellen Fluggesellschaften, es bringt uns jedoch ein anderes Problem: Es dauert, bis das Flugzeug aufgetankt und bereit ist, und als wir an Bord gehen, stellen wir fest, dass der Pilot noch nicht da ist. Er wird noch eine Stunde brauchen.

Ich sage der Flugbegleiterin, sie solle sich den Tag freinehmen, bezahlt natürlich. Wir werden weder Getränke noch Essen benötigen. Sie wirkt überrascht, aber niemand protestiert gegen einen unerwarteten Bonus, sodass wir nach ihrem schnellen Weggang allein im Flugzeug sind.

Mike beobachtet mich, während ich auf die Uhr schaue. Es ist bereits zwanzig Uhr. Die Flugzeit nach Baton Rouge beträgt ungefähr eineinhalb Stunden, aber das Wetter wird es erforderlich machen, dass wir einen Umweg nehmen, der uns mindestens eine weitere halbe Stunde kostet. Wenn wir nicht bis einundzwanzig Uhr in der Luft sind, was eine Landung um dreiundzwanzig Uhr bedeutet, haben wir keine Zeit mehr, dorthin zu gelangen, wo Gwen festgehalten wird. *Wir hätten Rivard dazu bringen sollen, dass er die Sache abbläst.* Aber ich weiß genau, dass er uns dann einen Strich durch die Rechnung gemacht hätte. Nur so hätte er noch seine Rache bekommen können.

Jede Sekunde, die wir hier verschwenden, wird in Blut bezahlt. »Ich übernehme das Flugzeug«, erkläre ich Mike. Er nickt; das hat er erwartet. Er weiß, dass ich es fliegen kann, und es ist vollgetankt und bereit. »Mach zu und lass uns losfliegen.«

Ich sinke in den Pilotensitz und starte die Sicherheitschecks. Das Cockpit ist anders – schnittiger und mit mehr Automatik als die meisten –, aber ich bin genug Maschinen geflogen, dass ich mich mit einem Blick zurechtfinde. Ich habe zehntausend Flugstunden absolviert. Dieses Flugzeug ist ein Kinderspiel. Ich setze den Kurs und der Computer lädt sofort die Wetterwerte und passt die Route an. Ich hatte recht. Zwei Stunden Flugzeit.

Ich weiß, wie man das Flugzeug auf den Start vorbereitet, und bin nicht überrascht, dass dem Tower der Pilotenwechsel nicht auffällt. So kleine Flugplätze wie dieser verlassen sich darauf, dass sich die Leute auskennen. Ich gehe auf Funk und weise Mike an, sich hinzusetzen, dann rolle ich aufs Feld. Die Konzentration aufs Steuern der Maschine hält die Nervosität und die Bilder von dem, was mit Gwen passiert, in Schach. Zumindest für den Augenblick.

Das Abheben fühlt sich wie ein Sieg an, wie ein Rausch, als würden wir endlich Absalom in seinem eigenen Spiel schlagen. Aber ich weiß, dass das nur eine Illusion ist. In der Luft zu sein, bedeutet Freiheit für mich, und die Vibration des Flugzeugs ist ein vertrauter, beruhigender Rhythmus. Er hält die Angst in Schach.

Ich stelle auf Autopilot und gehe nach hinten zu Mike. »Können wir sonst noch etwas tun?«

401

»Ich habe das örtliche Büro des FBI in Baton Rouge angerufen«, sagt er. »Die beiden dort stationierten Agents arbeiten mit New Orleans zusammen. Ich versuch's mit Shreveport. Möglicherweise müssen wir doch mit der Staatspolizei vorliebnehmen. Das ist unser letzter Ausweg, ich weiß auch gar nicht, ob die uns ernst nehmen werden, aber langsam gehen uns die Optionen aus.«

Ich überlasse ihn seinen Telefonaten. In der Zwischenzeit kann ich nichts tun als warten, und darin bin ich nicht gut.

Kämpfe, Gwen.

Kämpfe.

Kapitel 27

Gwen

Die Verzweiflung hält an, bis eine schäbig aussehende dürre Frau mit den Armen voller Junkienarben mir Wasser bringt. In der Sekunde, in der ich es sehe, erkenne ich, wie unglaublich durstig ich bin. Ich nehme die Flasche und trinke gierig.

Das ist ein Fehler, der mir klar wird, sobald die Drogen in mein System übergehen. Innerhalb weniger Minuten spüre ich die chemische Welle durch meine Adern rauschen. Obwohl ich versuche, meine gebrochene Hand noch durch die Handschellen zu zerren, scheine ich mich nicht mehr richtig fokussieren zu können. Der Schmerz hält mich weiter zurück, und sosehr ich mich auch zu konzentrieren versuche, alles verrinnt wie Sand durch ein Sieb.

Als die Drogen ihre volle Wirkung entfalten, keuche, schwitze und stöhne ich. Alles um mich herum ist verzerrt und verschwommen. Spinnen zwischen der Bettdecke. Augen auf der Decke. Das Grauen fühlt sich wie etwas Lebendiges in mir an, das darum kämpft herauszukommen. Ich stelle mir vor, wie es sich durch meine Haut bohrt, in dicken schwarzen Streifen herausquillt, die mich ersticken und blind machen.

Als ich endlich ohnmächtig werde, ist es die reinste Gnade.

Ich weiß nicht, wie viele Stunden vergehen. Als ich das Bewusstsein wiedererlange, bin ich nicht mehr mit Handschellen gefesselt. Meine linke Hand ist geschwollen und ich kann sie kaum bewegen. Durch die Drogen fühle ich mich schwach und unfokussiert. Wieder sehe ich die dünne Frau. Sie schreit mich an, ein roter Strom aus Geräuschen, und reibt mich dann grob mit einem feuchten Tuch ab. Sie zieht mir das Nachthemd aus und schleudert mir Kleidung entgegen. Ich schaffe es nicht allein, daher zieht sie mich wie eine Puppe an, schlägt mich, als ich mich wieder ins Bett legen will, und zwingt mich, auf dem Boden zu liegen. Es ist mir egal.

Ich bemerke kaum, dass sie mich an den dicken Metallfuß des Bettes kettet. Ich bin schon wieder bewusstlos, bevor ich mir überlegen kann, was ich als Nächstes tun sollte.

Als ich das nächste Mal aufwache, ist mein Kopf viel klarer. Meine linke Hand ist mittlerweile noch stärker geschwollen und blutunterlaufen, außerdem steckt sie wieder in Handschellen. Keine Chance mehr, sie da rauszubekommen. Ich hab sie völlig verpfuscht und bin trotzdem nicht frei.

Ich muss einen Weg hier raus finden und zurück zu meinen Kindern kommen. Ihre Gesichter schweben so klar vor mir, dass ich das Gefühl habe, den Arm ausstrecken und sie berühren zu können. Mich überkommt ein so intensives Gefühl des Verlusts, dass es mich innerlich zerreißt und ich weinen muss. *Ich habe sie verloren. Ich habe meine Kinder verloren.*

Ich schlage meine linke Hand auf den Boden, und der Schmerz, der mich durchfährt, raubt mir den Atem. Er durchbricht den Kummer und bringt mir gleichzeitig Klarheit.

Ich tue es erneut.

Ich beiße mir auf die Lippe, um nicht zu schreien. Mein ganzer Körper zittert, so sehr strenge ich mich an. Ich habe das Gefühl, als würde es mich innerlich zerreißen. Doch als der Sturm vergeht, ist mein Kopf klarer. Schmerz hilft. Schmerz vertreibt den letzten Rest des durch die Drogen hervorgerufenen Nebels.

Ich höre knarzende Schritte und sehe die nackten dünnen Beine der Frau, die mir die Drogen gegeben hat. Sie steht über mir. Ich nicke wie ein Junkie vor mich hin. Sie beobachtet mich einen Augenblick und geht dann wieder. Ich vergewissere mich, dass sie fort ist, bevor ich mich umsehe.

Ich befinde mich noch im selben Zimmer. Es ist dasselbe Bett. Bin ich hier wirklich mit Melvin aufgewacht oder war das nur ein grässlicher Drogentraum? Gott bewahre, ich wünschte, ich könnte das glauben, aber ich weiß, dass es real ist. Dass er real ist.

Das alles hier ist grauenvoll real, und ich muss mich zusammenreißen, denn meine Zeit läuft ab.

Er hat mir etwas über die Kinder erzählt. Etwas Schreckliches. Ich greife danach, doch es entgleitet mir wie Öl im Wasser. Dafür bin ich fast schon dankbar, denn ich erinnere mich nur noch an das *Gefühl* dieser Verzweiflung, nicht den Inhalt.

Ich konzentriere mich auf das, was sich vor mir befindet. Meine geschwollene verletzte Hand. Die Handschelle, die in das unförmige Fleisch einschneidet. Lilafarbene Fingerspitzen.

Die andere Handschelle ist um den Eisenfuß des Bettes gelegt.

Ich starre es lange Sekunden an, und erst langsam wird mir bewusst, warum ich so starre.

Ich kann sie abziehen.

Das Bett ist schwer, aber dieser Metallfuß? Dünner als der Durchmesser der Handschellen. Wenn ich das Bett anhebe, kann ich sie darunter herausziehen. Das Junkiemädchen ist nicht vorsichtig genug gewesen. Sie glaubt, ich wäre längst geschlagen.

Vorsichtig, um kein Geräusch zu machen, rücke ich ein Stückchen vor und drücke mich langsam nach oben, um das schwere Gewicht des Bettes mit meinem Rücken hochzustemmen. Es ist eine unangenehme Position und tut schrecklich weh. Ich muss mich stark darauf konzentrieren, um zu verhindern, dass meine zitternden Muskeln einfach aufgeben und das Bett herunterkracht ... langsam ziehe ich den Ring über den Metallfuß des Bettes und lasse mich samt meiner Last dann wieder Zentimeter für Zentimeter nach unten sinken, bis das Bettbein wieder auf dem Holzboden steht. Das alles in völliger Stille.

Irgendwo weiter hinten im Haus höre ich Glocken. Nein, ein richtiges Glockenspiel. Eine Uhr. Ich habe einen Teil des Läutens verpasst, weiß also nicht, wie spät es ist. Allerdings nach zehn. Könnte elf sein. Oder auch Mitternacht.

Ich höre Bodenbretter knarzen und mache mich bereit. *Du musst hochschnellen.* Ich will weinen, so verloren fühle ich mich, so müde. Aber ein Teil von mir ist noch immer dieser hart geschmiedete Stahl, zu dem Melvin mich gemacht hat. *Du musst hochschnellen. Wenn es das Mädchen ist, schleudere ihr den Metallring ins Gesicht. Bring sie zu Boden,* befehle ich mir. *Nimm ihre Waffe, falls sie eine hat. Und dann lauf und halt nicht an.*

Ich weiß nicht, wohin ich mich wenden kann. Ich glaube nicht, dass es einen Fluchtweg gibt.

Aber ich werde nicht anhalten.

Ich spanne alle Muskeln an, als die Schritte näher kommen.

Das Junkiemädchen ist nicht das Erste, was ich sehe. Es ist Melvin, und erneut erschüttert mich der Anblick seines Grinsens. »Na, sieh mal einer an, wer da wach ist«, sagt er. »Annie. Hilf ihr hoch. Wir müssen pünktlich anfangen.«

Pünktlich anfangen. Als wäre das hier irgendeine Broadway-Produktion und er der Bühnenmanager.

Mit aller Kraft, die ich noch in mir habe, schnelle ich hoch und schwinge den Metallring der Handschellen gegen sein Gesicht, aber ich versage. Mir fehlt das Gleichgewicht und er kann mühelos ausweichen. Er ergreift mich an den Unterarmen und schiebt mich zu Annie, die meine linke Hand ergreift und so fest zudrückt, dass meine Knie unter mir nachgeben. Ich schreie nicht. Nicht wirklich.

»Tu, was ich dir sage«, zischt sie. »Vorwärts.«

Sie verpasst mir einen Schubs. Meine verletzte Hand verbleibt in ihrem eisernen Griff, womit sie mir klarmacht, dass sie mir jederzeit Schmerzen zufügen kann. Wir verlassen das Zimmer, und ich kann erkennen, dass wir uns auf einer Art Galerie befinden. Rechts verläuft ein Holzgeländer, über das man einen Blick in den Raum darunter hat. Alles riecht nach Vernachlässigung und Moder. Der Boden knarzt und quietscht bei jedem Schritt. Vor uns gähnt ein großes Loch, und darüber ist ebenfalls die Decke eingefallen. Wasser tropft von den herabhängenden geschwärzten Rändern und fällt auf die zerbrochenen Bretter darunter. Durch das Loch in der Decke sehe ich einen bewölkten Nachthimmel, und als ich den Kopf in den Nacken lege, ziehen mich die Drogen beinahe nach oben zu den schwach glitzernden Sternen.

Annie führt mich nahe am Geländer entlang an der eingebrochenen Stelle vorbei. Es ist in kaum besserem Zustand als der Fußboden. Ginge sie auf dieser Seite, würde ich sie einfach dagegenstoßen. Vermutlich würde das Geländer nachgeben und sie in das Atrium unter uns stürzen.

Dummerweise befinde *ich* mich auf der Geländerseite. *Stürz dich runter,* sagt eine Stimme in mir. *Das ist garantiert besser als das, was er mit dir vorhat.*

Aber ich weiß, dass mich der Sturz nicht umbringen würde. Ich habe Angst, dass ich mir dabei lediglich ein Bein breche und damit jede Chance auf Flucht oder Kampf zunichtemachen würde.

Ich stolpere über den zerrissenen Teppich und falle so plötzlich nach vorn, dass Annie mich loslässt. Instinktiv bremse ich meinen Sturz mit den Händen ab. Dabei fährt in die linke

Hand ein solch stechender Schmerz, dass ich laut aufschreie und mich nach rechts abrolle … wobei meine Finger an einem lockeren Bodenbrett hängen bleiben. Es ist am Ende gespalten. Ich spüre den scharfen Rand. Ich zögere keine Sekunde. Ich grabe die Finger in den Riss, ziehe an der Bruchstelle und ein Stück splittert ab. Ich halte es fest, während Melvin mich an den Haaren nach oben zieht. Ich benutze es nicht – noch nicht. Ich presse es flach gegen mein rechtes Handgelenk, sodass es nicht zu sehen ist.

Warte, bis du dir sicher sein kannst. Du bekommst keine zweite Chance. Ich weiß, was mich erwartet, es wird langsam und brutal und grauenhaft sein. Das Schlimmste daran jedoch, das *Allerschlimmste*, ist, dass ich nicht glaube, dass Durchhalten eine Option für mich wäre. Ich glaube nicht, dass mir jetzt noch jemand helfen kann. Ich muss mir selbst helfen. Solange er auf mich konzentriert ist, ist er nicht hinter meinen Kindern her.

Die Kinder.

Jetzt erinnere ich mich wieder an das, was Melvin gesagt hat. *Brady hat mich angerufen. Wir haben Lily.* Mich überkommt eine Welle des Entsetzens, die sich wie kalter Honig auf meiner Haut anfühlt. *Nein. Nein. Nein.*

Wir nähern uns einer geschlossenen Tür. Ich werde langsamer. Annie ergreift mein linkes Handgelenk und verdreht es, aber diesmal spüre ich es kaum noch, denn ich empfinde einen viel größeren Schmerz. Ein größeres Grauen. Ich darf das nicht geschehen lassen. Er darf meine Kinder nicht bekommen.

Melvin geht voraus und öffnet die Tür für uns. Die Geste eines Gentlemans von einem Monster.

Es ist seine Folterkammer. Ich muss nicht einmal einen Blick hineinwerfen, um das zu wissen. Die Tatsache überkommt mich einfach so unvermeidlich wie der Winter. Ich vermeide es, mir die Details genauer anzuschauen.

Stattdessen schaue ich das Mädchen an. Das Mädchen, das auf diesem blutgetränkten ovalen Teppich steht, mit der Drahtschlinge um ihren Hals. Das Mädchen mit schwarz gefärbten Haaren, die ihr schweißverklebt und wirr im Gesicht hängen.

Für diese eine grässliche, irrationale Sekunde glaube ich, dass es Lanny ist.

Ich schreie. All die Agonie, der Kummer und das Grauen, so real und präsent, platzen aus mir heraus. Es fühlt sich so an, als wäre ich bis auf die Knochen aufgeschlitzt und gehäutet worden. Wie Blut quillt es heraus. Eine Sekunde später verstumme ich, schlucke den Schrei hinunter, aber ich weiß, was ich ihm damit offenbart habe.

Das Mädchen ist nicht Lanny. Es ist nicht meine Tochter. Aber es ist die Tochter von jemand anderem.

Sie steht auf ihren Fußballen, kämpft darum, das Gleichgewicht zu halten, denn wenn sie sich auch nur eine Sekunde entspannt, quetscht die Schlinge ihr den Hals. Es ist absichtlich und grausam und genau berechnet. Genau wie die Werkzeuge, die sorgsam aufgereiht an der Stecktafel hängen. Auf der hölzernen Werkbank stehen offene Werkzeugkisten, in denen Schraubenschlüssel, Schraubenzieher, Drahtbiegezangen zu sehen sind ... alle farblich gekennzeichnet und in präzisen Reihen in den Schubfächern angeordnet.

Präzise in seiner Unmenschlichkeit.

In dem Raum befinden sich noch zwei weitere Leute. Ein Mann stellt die Beleuchtung ein, wobei er das Mädchen und ihren grausamen Kampf einfach ignoriert. Ein anderer passt den Fokus einer Videokamera auf einem Dreibein an. Beide sehen völlig normal aus. Es ist schrecklich zu sehen, dass das hier für sie nur Arbeit darstellt. Einfach ein weiterer normaler Tag.

»Verdammt«, sagt der Kerl mit der Videokamera. »Sie war noch nicht an. Ich hätte zu gern diesen Schrei mit aufgenommen. Das war doch mal was.«

»Geht's gleich los?«, fragt Melvin.

»Noch zehn Minuten. Du kannst mit dem Tochterdouble anfangen, aber mach's kurz. Die bezahlen für das Hauptevent, nicht das Vorprogramm.« Der Kerl ist völlig entspannt, einfach so … *normal.* Er trägt ein Hawaiihemd mit Hulamädchen darauf, Cargoshorts und Sandalen. Aber nichts hier ist normal. Keiner von denen hat eine Seele. Ihnen allen fehlt das Menschliche.

Ich drehe den Kopf. Melvin ist neben mir zum Stehen gekommen. Er starrt das Mädchen mit grauenhafter Fixierung an, reißt sich dann aber wieder von ihr los, um diesen irren Blick auf mich zu heften. Es ist das Schrecklichste, was ich je gesehen habe. Die Pupillen seiner Augen haben sich geweitet und im Licht dieses Raums sind sie beinahe … rot. Die Augen eines Monsters. »Sie sieht doch ziemlich nach ihr aus, oder? Nach unserer Lily.«

Ich kann nicht atmen. Kann mich nicht bewegen. Vor mir steht etwas so Gefährliches, dass es selbst meine Stimme lähmt. Ich wusste, dass er böse ist. Ich habe aber nie gewusst, welches Ausmaß dieser Abgrund hat. Da ist einfach … nichts. Nichts, das ich auch nur das geringste bisschen als menschlich identifizieren könnte.

»Ja.« Meine Antwort kommt als zittriges Flüstern, aber nicht aus Angst, sondern vor Wut. »Aber dieses Mädchen ist nicht Lily. Es ist völlig sinnlos, ihr wehzutun. Es hat nicht denselben Effekt.«

»Ach nein?« Er mustert mich wie ein Vogel, der einen Wurm betrachtet. »Ich lasse dir die Wahl.«

Der Kameramann hat stillschweigend die Kamera eingeschaltet. Ich bin völlig geblendet, als plötzlich gleißend helles und heißes Licht auf mein Gesicht fällt. Aber ich blinzle nicht. Ich kann nicht. Wenn ich auch nur ein Anzeichen der Schwäche zeige, hat er mich.

»Womit lässt du mir die Wahl?« Der kleine Holzsplitter ist fest gegen meine Haut gepresst, und ich spüre den Abdruck, den er hinterlässt. Ich verlagere das Gewicht auf meinen linken Fuß. Achte darauf, dass er meinen rechten Arm nicht sehen kann.

»Ich lass dieses Mädchen gehen, wenn du darum bittest, ihren Platz einzunehmen. Aber du musst es *wollen*, Gina. Du musst darum *bitten*. Bettle mich an. Wenn du das tust, mache ich sie los und lasse sie gehen. Sie wird Stunden brauchen, um eine Straße zu erreichen. Eine Menge Zeit, bevor sie jemanden findet, der ihr zuhört. Sie ist eine Junkiehure. Vielleicht wird ihr niemals jemand glauben.« Seine Lippen zucken und ein langsames Lächeln formt sich. »Aber sie wird leben. Ich weiß doch, wie gern du die Menschen retten möchtest.«

Der Atem in meiner Lunge verwandelt sich in Gift. Er hat mich. Er weiß, was ich tun werde. Aber bevor ich das tue, sage ich: »Du wirst Connor niemals bekommen.«

»Oh, Connor gehört ganz dir«, sagt er. »Aber ich werde Brady bekommen. Verlass dich darauf. Wie lautet deine Antwort? Denn so oder so, du wirst hier heute Nacht sterben. Die da muss es jedoch nicht. Die Uhr tickt, Gina. Entscheide dich.«

Ich möchte nicht mehr in diese schrecklichen Augen blicken. Ich schließe die Augen und sage, was er hören will. »Bitte, Mel. Bitte lass sie gehen. Ich flehe dich an.«

Die Worte brennen in meinem Mund. Und was noch schlimmer ist, ich habe ihn gerade Mel genannt. Zum ersten Mal seit dem Tag, an dem unser Leben zerstört wurde. Ich frage mich, ob es ihm überhaupt auffällt.

»Braves Mädchen«, sagt er. Ich spüre eine plötzliche Wärme an meiner Haut. Er hat mir eine Hand auf die Wange gelegt. »In Ordnung. Sie kann leben. Ich wusste immer, du würdest nachgeben, wenn ich die richtige Motivation finde.«

Er beugt sich nahe heran. Sein Atem streicht über meine Haut. Seine Finger sind sanft, während er mit ihnen mein Kinn und meine Lippen nachfährt. Ich halte die Augen geschlossen. *Mein Gott, ich kann nicht hinschauen. Ich kann nicht.* Ich zittere. Die Drogen machen mich schwindlig und ich bin wacklig auf den Beinen. Ich wünschte, Annie würde meine gebrochene Hand wieder drehen, damit mein Verstand klar wird.

»Lasst das Mädchen runter«, sagt er. Er spricht nicht mit mir, doch seine Lippen sind so nahe an meiner Wange, dass sie über meine Haut streichen. »Bringt sie hier raus. Setzt sie auf der Straße ab und sagt ihr, sie soll laufen.«

Der Bann bricht, allerdings bin nicht ich diejenige, die ihn bricht. Es ist das Geräusch der Kabelwinde, die sich mit einem jaulenden Klang in Bewegung setzt, und das erstickte Keuchen des Mädchens. Sie weint. »Oh mein Gott, danke, danke …«

»Raus«, sagt Melvin. »Sonst bring ich dich um.«

Ich höre das Trappeln rennender Füße. Sie flieht.

Jetzt, denke ich. *Jetzt.* Ich darf ihn nicht verfehlen. Er ist so nah.

Ich öffne die Augen und ändere meinen Griff um den Holzdolch.

Irgendjemand lacht.

Es bringt mich aus der Fassung. Melvin ebenfalls, und beide schauen wir zur Türöffnung. Dort lehnt Annie, wie es aussieht völlig zugedröhnt, und kichert, während sie das andere Mädchen um ihr Leben rennen sieht. »Meine Fresse«, sagt sie. »Ich dachte, du wärst ein echter Kerl. Und jetzt lässt du hier einfach Leute gehen, handelst irgendwelche Deals aus. Gehört dir diese elende Schlampe nicht sowieso längst?«

»Du redest von meiner Frau, Annie«, sagt er. Sein Tonfall ist sanft und ruhig, aber die Augen … er steckt tief in seiner Fantasiewelt, was auch immer die beinhaltet. »Benimm dich meiner Frau gegenüber nicht respektlos.«

»Die?« Annie verzieht den Mund. »Die ist doch nichts.«

»Falsch. Sie gehört mir.«

Als er sich bewegt, ist es wie das Zuschnappen einer Schlange, zu schnell, um wirklich gesehen zu werden. Er rammt ihren Kopf an den Türrahmen, wieder und wieder und wieder, so rasant und schockierend brutal, dass ich nicht einmal darüber nachdenken kann, zu handeln, ihn anzugreifen, zu versuchen, ihr Leben zu retten. Er ist ein Tiger, rasend in seiner Blutlust, und ich habe furchtbare Angst. Alle sind wie erstarrt, selbst die Filmcrew, die sicherlich schon Horrorszenarien gesehen hat, die ich mir nicht einmal vorstellen kann.

Ich will das nicht sehen, aber ich kann auch nicht die Augen schließen. Es ist so unvermeidbar wie ein Albtraum.

Annie bricht keuchend zusammen, Blut läuft ihr in die Augen. Sie kriecht in meine Richtung.

Ich weiche zurück. Diesen Instinkt kann ich nicht unterdrücken. Die Panik tost in mir, ein schwarzer Tornado der Verzweiflung, denn mein dünnes Stück Holz ist nichts, *nichts* gegen diesen Wahnsinn. Es ist eine papierdünne Lüge, die ich mir selbst eingeredet habe. Nichts kann Melvin Royal aufhalten.

Melvin tritt über Annie hinweg, greift sich einen Schraubenzieher vom Regal und treibt ihn mit einem brutalen und kräftigen Hieb in ihren Schädel.

Dann verliert er die Kontrolle.

Vor mir wird alles grau. Ich darf das nicht sehen. Ich darf das nicht erleben. Mein Verstand versucht, davonzulaufen, sich zu verstecken wie ein Kind in einem Labyrinth. Ich höre mich schreien, weil Annie es nicht kann; sie gibt kein Geräusch von sich, und ich will in diesem Augenblick nur weg von hier.

Doch ich kann nicht an ihm vorbei. In dem Augenblick, in dem ich mich bewege, bin ich ein Opfer.

Als Melvin innehält, geschieht das nur, weil er müde ist, nicht, weil er fertig ist. Ich sehe es an der Art, wie sich seine Brust hebt und senkt, und seine Hand zittert. Die abgeschlachtete

Frau auf dem Boden ist vom Hals aufwärts kaum noch als Mensch zu erkennen.

Die zwei Filmleute haben keinen Ton von sich gegeben und sich nicht von der Stelle gerührt. Sie sind ebenfalls erstarrt, als wüssten sie, dass sie sich in der Anwesenheit eines Raubtiers befinden, das sich ebenso leicht auf sie stürzen könnte. Melvin hockt sich hin und blickt den Kameramann an. Annies Blut tropft an ihm herunter. Noch immer hält er den Schraubenzieher.

»Filmen Sie weiter«, sagt er zum Kameramann. *Mein Gott*, er klingt so normal, genauso wie der Mann, den ich geheiratet habe. Der Mann, der geschworen hat, mich zu lieben und zu ehren und zu beschützen. »Ich fange gerade erst an.«

Ich spüre, wie ich mich davon löse. Es ist keine Ohnmacht; ich weiß, dass ich mich nicht auf diese Weise verwundbar machen darf. Ich fühle, wie mein Geist meinen Körper verlässt, wie ein Ballon nach oben steigt, der nur ganz lose mit diesem schweren, zitternden Sack Fleisch verbunden ist. Aus dieser Entfernung schaue ich nach unten, ohne das Grauen oder die Übelkeit zu spüren. Ich beobachte das Ganze nicht. Ich muss glauben, dass meine Kinder noch irgendwo am Leben sind. In Sicherheit. Dass es Sam irgendwo gut geht.

Dass irgendwo noch Menschen im Licht leben.

Aber hier, in der Dunkelheit, bin ich das Einzige, was zwischen Melvin und den Menschen steht, die ich liebe.

Und ich muss standhalten.

Als ich die Augen wieder öffne, befinde ich mich noch immer an diesem gärenden Ort des Todes. Melvin Royal dreht sich zu mir um. Sein blutverschmiertes Gesicht ist völlig entspannt, sein Lächeln hungrig.

»Gina«, sagt er. »Es tut mir leid, aber so muss es …«

Ich springe vor und ramme ihm das spitze Stück Holz ins Auge.

Es dringt tief ein, durchbricht die fragile Oberfläche. Ich spüre, wie die warme Flüssigkeit daraus über meine Finger rinnt. Das ist alles, was ich habe. Alles, was ich tun kann. Es ist nicht genug, das ist mir klar. In meinem Inneren wird alles still.

Es ist beinahe friedlich.

Das Holz in meiner Hand bricht ab, als er schreit und sich mir entwindet. Er lebt. Auf einem Auge blind, schmerzerfüllt, aber am Leben.

Melvin zieht das Holzstück aus seinem zerstörten Auge und brüllt vor Wut.

Die Stille in mir zerbricht, die Angst rollt wieder herein, schwarz und silbern und kalt wie Eis. Ich weiß, ich habe nur noch Sekunden, um mich zu retten.

Ich sprinte bereits vorwärts. Es fühlt sich an, als würde ich mich in Zeitlupe bewegen, jede Bewegung kristallklar und zu langsam. Irgendetwas in mir schreit mich an, *beeil dich, schnell, mein Gott, lauf, los doch.*

Ich bin an ihm vorbei, bevor ihm auch nur klar wird, dass ich mich bewegt habe. Allerdings ist er nur einen oder zwei Schritte hinter mir. Er schreit meinen alten Namen, meinen toten Namen. Wenn er mich jetzt in die Finger bekommt, wird es zu keiner sorgfältig arrangierten Folterung kommen, ausgestrahlt, um Absalom noch reicher zu machen; es wird einfach ein blutiges Gemetzel, genau wie bei Annie. Er wird mich in Stücke reißen.

Ich sehe den Kameramann aus dem Raum hinter uns kommen; er hat den Videorekorder dabei und filmt mich, während ich auf die Treppe zulaufe. Ich höre Melvin brüllen. Es klingt, als würden sich hinter mir die Pforten der Hölle öffnen.

Der Schraubenzieher, mit dem Melvin Annie getötet hat, ist in den Flur gerollt, durch einen unbedachten Fußtritt dorthin befördert. Ich beuge mich vor und hebe ihn auf, ohne im

Laufen innezuhalten. Jemand rennt die Treppe nach oben. Ein anderer Mann, und er hat eine Waffe in der Hand.

Ich brauche diese Waffe.

Ich spüre weder den Schmerz in meinem Handgelenk noch irgendetwas anderes. Ich bin energiegeladen und verkürze den Abstand schneller, als ich selbst für möglich gehalten hätte. Ich stoße den Schraubenzieher in den Hals des Wachmanns. Die Waffe fällt zu Boden, während er nach hinten stolpert und die Treppe hinunterfällt. Ich bücke mich nach der Waffe, drehe mich auf den Rücken und sehe im Rollen, wie Melvin einen letzten Schritt auf mich zu macht. Seine rechte Hand hat er auf sein verstümmeltes blutiges Auge gepresst, doch er sieht die Waffe noch rechtzeitig, um sich zur Seite zu werfen, als ich ziele und feuere. Adrenalin hin oder her, der Rückstoß jagt einen brutalen Schock durch meinen Arm. Frustriert und vor Schmerzen schreie ich auf. Mein erster Schuss hat ihn um weniger als drei Zentimeter verfehlt. Ich versuche es erneut.

Melvin flüchtet in den Raum, in dem er mich umbringen wollte. Dort hat er Waffen. Vielleicht sogar eine Pistole. Ich kann jetzt nicht mehr zurück. Selbst wenn mein Handgelenk von meinem Arm abfällt, ich muss die Waffe halten und schießen. Der Schmerz ist unwichtig.

Ich feuere weitere Kugeln in die Wand, methodisch von einer Seite zur anderen. Ich weiß nicht, wo er ist. Mein Herz rast so schnell, dass es sich wie ein sterbender Vogel in meiner Brust anfühlt, aber in meinem Kopf ist alles langsam; ruhig; beinahe friedlich. Die Waffe in meiner Hand ist eine Halbautomatik, hat also mindestens sieben Kugeln. Ich habe vier abgefeuert.

Der Kameramann steht noch immer da und filmt mich. Vielleicht versteht er tatsächlich nicht, dass er nicht zu einer Filmcrew gehört, sondern dass er Erfüllungsgehilfe bei schrecklichen Verbrechen ist. Vielleicht glaubt er ja, die Kamera sei ein magischer Schild.

Ich erschieße ihn und er geht zu Boden. *Fünf.*

Ich quäle mich vorwärts. Meine Beine sind schwach, aber irgendwie halte ich mich aufrecht. Trunken stolpere ich um das Loch im Boden, trete über den toten Kameramann hinweg und bete, dass noch mindestens eine weitere Kugel in der Waffe ist, damit ich sie in Melvins Kopf versenken kann.

Ich schaffe es zur Tür der Folterkammer. Auf dem ovalen Teppich liegt ein Mann bewegungslos und zusammengerollt: der Beleuchter. Ich habe ihn mit den Schüssen durch die Wand erwischt.

Melvin ist nicht hier. *Melvin ist fort.*

Links von mir befindet sich eine Tür. Die ist mir vorher nicht aufgefallen, das Dreibein der Kamera hatte sie blockiert. Aber das Dreibein ist umgeworfen, daneben flackert ein kaputter Laptop.

Ich spüre jemanden hinter mir. Einen Schatten, der sich schnell bewegt.

Ich wirbele herum und drücke den Abzug.

Eine Sekunde zu spät wird mir klar, dass es nicht Melvin ist.

Es ist Sam.

Die Waffe klickt.

Leer.

Schwer atmend kommt Sam zum Stehen. Er starrt mich aus wilden Augen an, wobei er in der immer größer werdenden Blutlache von Annie steht. Er hat ebenfalls eine Waffe und hält sie auf mich gerichtet, als wäre ich eine gefährliche Kreatur, der er nicht vertrauen kann. Dann brüllt er: »Runter damit, Gwen! Runter!«

Ich lasse die Waffe fallen, und sie trifft mein Bein schmerzhaft genug, dass es mich aus meiner augenblicklichen Trance reißt. Alles kommt auf einmal auf mich hereingeströmt, ein Sturm aus Emotionen, die ich nicht verstehen kann. Er entreißt mir den Fokus, bringt mich zum Schwanken. Der Schmerz ist zurück. Die Angst ebenso.

»Er ist noch hier!«, kreische ich Sam zu. »Melvin! Er ist noch hier!«

Sam starrt den verstümmelten Körper von Annie mit einem Ausdruck reinen, wilden Grauens an. Es dauert eine Sekunde, bis er seinen Blick losreißen und sich auf mich konzentrieren kann. »Nein. Er ist draußen im Flur. Er ist tot.«

»Was?«

»Er hat eine Kugel ins Auge bekommen. Schon okay, Gwen. Er ist tot.« Er fängt mich auf, als ich gegen ihn falle. Ich verspüre eine solch starke Erschöpfung, dass ich glaube, ich könnte sterben. Mein Herz hämmert wie ein Motor; mein Körper ist noch immer auf Flucht und Kampf fixiert, auch wenn es nichts mehr gibt, gegen das ich kämpfen kann. Tränen strömen mir über die Wangen, wilde Tränen der Verzweiflung, der Erleichterung.

»Du hast ihn erwischt«, flüstere ich an Sams Brust. »Danke. Mein Gott, danke.«

Er hält mich so fest, dass es sich anfühlt, als würden wir miteinander verschmelzen, und das will ich, ja, das will ich. »Nein«, meint er. »Ich habe ihn nicht erschossen. Das warst du. Oder nicht?«

Eine lange, eisige Sekunde verstreicht, bis ich verstehe, was er da gerade gesagt hat und warum es wichtig ist.

Ich habe Melvin nicht ins Auge geschossen. Ich habe auf ihn eingestochen. Bei all dem Blut sah es vermutlich nach einer tödlichen Wunde aus. Nach einem Schuss ins Auge. Melvin musste sich also nur hinlegen und Sam an sich vorbeilaufen lassen.

Ich greife nach Sams Waffe und nutze seine Schulter, um zu zielen, denn direkt hinter ihm kommt das Monster. Ich sehe den Tiger und die Mordlust in seinen Augen.

Melvin stürzt sich mit einem Messer auf Sams Rücken.

Ich stoppe ihn mit drei Kugeln in die Stirn.

Er geht in die Knie und dann liegt er auf dem Gesicht. Noch immer atmet er. Ich sehe, wie sich sein Rücken hebt und senkt. Ich will ihm noch eine Kugel verpassen, doch Sam dreht sich um und nimmt mir die Waffe ab.

Und das ist auch gut so, denn vermutlich hätte ich sonst Agent Lustig erschossen, der soeben mit gezogener Waffe durch den Türrahmen tritt. Sam senkt die Waffe. Lustig wirft einen Blick auf uns beide, dann auf den sterbenden Mann am Boden. Den toten Mann bei der Beleuchtung. Den verstümmelten Körper von Annie.

»Mein Gott.« Lustig senkt die Waffe. »Bei allen Göttern, was zum Teufel ist hier los?«

Schweigend stehen wir da. Lustig kniet sich neben Melvin, und wir schauen zu, wie sich die Brust meines Ex-Manns noch dreimal keuchend hebt und senkt. Dann ein langes, rasselndes Ausatmen, bis Stille eintritt.

Der Teufel ist tot. *Er ist tot.* Ich will etwas fühlen … aber was? Soll ich mich gut fühlen? Irgendwie kommt dieses Gefühl nicht. Ich bin einfach nur dankbar. Vielleicht werde ich später Zufriedenheit verspüren, einen Abschluss finden.

Aber im Augenblick bin ich so dankbar, dass ich weine. Ich kann nicht mehr aufhören.

»Bitte«, keuche ich. Ich greife nach Sam und er legt wieder seine Arme um mich. »Bitte, bitte sag mir, dass es ihnen gut geht, bitte, bitte …«

»Es geht ihnen gut«, flüstert er mir zu. Von ihm strömt Stille aus, Frieden, genau das, was ich jetzt brauche. »Connor geht es gut. Lanny geht es gut. Du bist sicher. Es geht uns gut. Atme einfach nur.«

Meine Knie geben nach, als wir die vermoderte Treppe zur Hälfte nach unten gekommen sind. Sam trägt mich den Rest des Weges. Ich bin so müde. Ich kann die Augen nicht mehr offen halten. Als ich es endlich wieder schaffe, sie zu öffnen, setzt er mich gerade in den Beifahrersitz einer Limousine, und ich sehe die verrottete, einst üppige koloniale Pracht der Triton-Plantage. Das Gebäude sieht tatsächlich aus wie das Weiße Haus, von Fäulnis und Zeit zerstört. Neben der Straße verläuft ein Bach, träge und von Schlamm verstopft. Bayou-Gebiet.

Sam und Lustig stehen vor dem Auto und sprechen leise miteinander. Sie sind beide bis ins Mark erschüttert. Das kann ich hören. Ich jedoch bin es nicht. Nicht mehr.

»Rivard hatte recht. Die Staatspolizei ist nicht mal aufgetaucht. Wenn wir nicht rechtzeitig gekommen wären ...« Lustig bricht ab. »Das da drin ist ein Blutbad. Gott allein weiß, was für Leichen wir hier in der Gegend ausgraben werden. Wie viele von diesen Orten haben sie?«

»Dutzende«, sagt Sam. »Aber wir haben Rivard, und das hier ist ein Anfang. Bald wird alles wie ein Kartenhaus zusammenfallen. Wir werden sie finden. Alle.«

Ich wünschte, sie würden es abfackeln. Das ganze Haus, Asche und Knochen. Doch ich weiß, dass meine Wünsche in dem Fall keinen Vorrang haben. Ich bin so unglaublich müde, dass mir einfach nur die Tränen meine kalten Wangen hinunterlaufen. Ungelenk wische ich sie mit meiner blutverschmierten rechten Hand weg.

Das ist Melvins Blut.

Melvin ist tot.

Mike Lustig beugt sich zu mir vor. »Sie sollten unserem Jungen Sam danken«, sagt er. »Er hat Ihnen das Leben gerettet.«

»Nein«, widerspreche ich. Ich spüre, wie mir wieder alles entgleitet. »Ich habe ihn gerettet.«

Ich schlafe.

Völlig traumlos.

Kapitel 28

Gwen

Ein Monat später

Für die meisten Menschen sieht es so aus, als hätte ich mich erholt. Für meine Kinder bemühe ich mich, den Schein zu wahren. Obwohl ich mich innerlich zerbrechlicher als Glas fühle, glaube ich, dass nur Sam das noch erkennen kann. Sam, der alles sieht. Früher hat mich das vielleicht gestört, aber jetzt bin ich froh darüber. Ich spreche mit Sam. Ich gehe sogar zu einer Therapeutin, die auf Traumabewältigung spezialisiert ist. Es geht mir langsam besser. Den Kindern auch. Ich sorge dafür, dass sie ebenfalls eine Therapie machen, ob sie es nun wollen oder nicht.

Ich überprüfe die Perverslinge nicht mehr, aber als ich Sam deswegen frage, erzählt er mir im Vertrauen, dass das Ganze erst recht wieder hochgekocht ist. Entgegen meinen Wünschen bin ich erneut das Thema unzähliger Artikel und Blogbeiträge. Einige halten mich für eine Heldin. Viele allerdings glauben, ich sei mit einem Mord davongekommen.

Eins muss ich akzeptieren: Ich kann mich jetzt nicht mehr davor verstecken.

Symbol dafür ist das Haus am Stillhouse Lake, das wir uns zurückerobern. Es sind nicht nur wir vier; unsere Freunde haben uns geholfen. Javier und Kezia. Kezias Dad, Easy Claremont. Detective Prester und mehrere Beamte der Polizei von Norton, deren Namen ich mittlerweile kenne. Einige der Schulfreunde der Kinder sind samt ihren Eltern ebenfalls gekommen; sie alle haben mitgeholfen, die Fassade unseres Hauses neu zu streichen und die hässlichen Erinnerungen an die Vergangenheit loszuwerden.

Ich erwarte, dass uns bald neuer Hass entgegenschlagen wird, doch zumindest für den Augenblick ist dieses Haus wieder unsere Festung.

Heute wird es fertiggestellt.

»Mom!« Auf der anderen Seite des Zimmers hält Connor etwas hoch, das ich nicht sehen kann. »Ist das Müll?«

»Sieht es wie Müll aus?«, rufe ich zurück und ringe mich zu einem Lächeln durch. Er lächelt zurück. Es ist zögerlich und nicht von Dauer, aber es ist ein Anfang. Wir haben Arbeit vor uns, Connor und ich. Noch viele Kilometer zu gehen. Er gibt sich selbst für zu viele Dinge die Schuld und trauert nun auch noch um seinen Vater. Ich weiß, dass Melvin das nicht verdient hat, aber hier geht es nicht um ihn. Es geht um Connor und darum, ihn all die Stufen der Trauer durchleben zu lassen; für einen Mann, der ihn niemals wirklich geliebt hat. »Danke, Schätzchen. Wie wär's, wenn du eine Pause einlegst?«

»Wie wär's, wenn *du* mal eine Pause einlegst?«, schreitet Sam ein und nimmt mir die Mülltüte aus meiner funktionierenden rechten Hand. Meine linke ist bandagiert und geschient. Sie tut höllisch weh, aber immerhin hat der Arzt gemeint, dass sie heilen wird. Irgendwann. »Du solltest dich nämlich hinsetzen. Übertreib es nicht.«

Er hat recht. Wir sind fertig. Sam und Lanny haben gemeinsam die verwüsteten Küchenwände neu gestrichen, während Kezia und Javier das neue Vorderfenster eingesetzt haben. Connor und ich haben den letzten Rest Müll eingesammelt. Die Vorhänge vorn bleiben fürs Erste ab. Ich möchte den Schnee und den leicht gefrorenen See sehen können. Da draußen wirkt alles so sauber, auf eine Weise, die es für mich vorher nicht gab.

Lanny sitzt mit ihrer Freundin da – anhand ihrer Blicke sehe ich, wie nah sie sich stehen –, und sie tragen zusammenpassende geflochtene Armbänder. Wenn sie glaubt, dass wir nicht hinsehen, hält Lanny Dahlias Hand. Sie braucht das. Sie braucht das Gefühl, geliebt zu werden. Ich tue, was ich kann; ich werde sie stärker als eine Löwin lieben, aber ich kann ihr weder Sanftheit noch Zärtlichkeit geben. Dahlia scheint das übernehmen zu können, zumindest für den Augenblick. Ich halte kurz an, um meine Tochter zu umarmen, weil das einfach sein muss. Sie lässt es für einen wirklich langen Moment zu, bevor sie mich sanft von sich schiebt und ihre dunkel geschminkten Augen verdreht. Ich küsse sie auf ihre dunklen Haare und versuche, nicht an das Mädchen in der Schlinge zu denken. Von der ich glaube, dass sie davongekommen ist. Ich frage immer wieder nach ihr. Sie sind bei ihrer Suche auf kein Lebenszeichen von ihr gestoßen, immerhin ist aber auch nicht irgendwo auf der Plantage ihre Leiche aufgetaucht.

Vielleicht hat sie ja Sicherheit gefunden. Vielleicht hat das Ganze für sie eine Wende zum Guten gebracht.

Sam wartet mit einem Bier auf mich. Dankbar nehme ich es entgegen und lasse mich neben ihm auf die neue Couch sinken. Die alte war völlig verschmutzt, und außerdem war es Zeit dafür. Zeit für neue Dinge. Einen neuen Anfang.

»Mike hat angerufen«, berichtet Sam und trinkt einen großen Schluck Bier. Connor setzt sich neben ihn auf die andere Seite, und als Sam den Arm um ihn legt, zuckt er nicht zurück. Er zieht ein Buch hervor und fängt an zu lesen, aber das war zu erwarten. Ich sehe, dass es ein neues Buch ist. Eins, das ich vorher noch nicht gesehen habe. Das scheint bedeutsam zu sein, auch wenn ich nicht weiß, warum. »Er wird für eine Weile in DC feststecken, aber er lässt dich grüßen. Rivards Vorstandsassistent ist in der Sekunde, in der er erfahren hat, dass der alte Mann verhaftet wurde, eingeknickt. Er hat Mike buchstäblich die Schlüssel zum Königreich übergeben.«

»Alles?«, frage ich und werfe ihm einen Blick zu. Manchmal erscheint mir das Geschehen in Baton Rouge wie ein Albtraum, der bereits einen Monat hinter mir liegt, dann kommt plötzlich alles wieder lebendig in mir hoch. Erinnerungen an leere, hungrige Augen. Die Waffe mit ihrem Rückstoß in meiner Hand. Noch immer spüre ich, wie er durch meinen Arm in meinen Körper ging. Fühle das Blut auf meinem Gesicht. Ich atme tief durch. »Bist du sicher? *Alles?*«

»Beinahe tausend Verhaftungen allein diese Woche«, erwidert er. »Auf der ganzen Welt. Einschließlich derjenigen, die Tickets für die Show in jener Nacht gekauft haben.«

Das ist Codesprache, die ich verstehe. *Die Show.* Die, bei der ich zu Tode gefoltert werden sollte. Ich erschaudere ein bisschen und kuschle mich dichter an ihn, um seine Wärme zu spüren. »Das klingt gut.«

»Sie werden sie alle bekommen. Rivard war Geschäftsmann, seine Aufzeichnungen sind makellos. Sogar die Trolle werden festgenommen und weggesperrt.« Sam lacht etwas bitter. »Es hat sich dadurch zwar kein Rückgang bei den Hassmails an dich abgezeichnet, aber gib der Sache etwas Zeit.«

»Für Mike ist also alles okay?«

»Mike«, sagt Sam, »ist der neue Goldjunge des FBI. Ich glaube, das gefällt ihm. Oh, noch eine Sache. Die Forensik zu den Videos ist endlich da: Natürlich waren sie gefälscht. Was nicht heißen soll, dass du uns deswegen noch etwas zu beweisen gehabt hättest. Keinem von uns.« Er blickt zu Kezia, Javier, den

Kindern, und ich verspüre Dankbarkeit in mir aufkommen. Im Verlauf dieses Monats sind sie nacheinander alle zu mir gekommen und haben mir erzählt, wann und wo ihnen klar geworden ist, dass sie falschlagen. Vielleicht recht vorhersehbar, dass meine Tochter die Letzte war.

Sam hat sich als Erster entschuldigt. Nicht dass er sich für irgendetwas hätte entschuldigen müssen. Oh, die Kinder hatten mir als Erste *geglaubt*, denke ich, aber es bedurfte eines Erwachsenen, der es zugab, bevor sie sich wohl genug fühlten, es ebenfalls zu äußern. Ich schätze, dieses Widerstreben, Verletzlichkeit zu zeigen, haben sie von mir. Ich hoffe, dass ich ihnen jetzt auch etwas anderes zeigen kann.

Ich hebe den Kopf und sehe ihn an. Er küsst mich auf die Stirn, ein kurzes Streifen mit den Lippen, das mich wärmt. Es ist so lieb. Und ich bin sehr dankbar dafür. »Danke.«

»Gern geschehen«, sagt er und hält mir seine Flasche hin. Wir prosten einander zu. »Das FBI gibt morgen eine öffentliche Erklärung ab, die dich komplett reinwäscht. Ende.«

Ich seufze leise. Das war noch das geringste Problem angesichts all der anderen Dinge, die passiert sind, aber ich bin froh, dass das jetzt ebenfalls geklärt ist. »Wir beide wissen, dass das nicht stimmt«, erkläre ich. »Es wird immer Leute geben, die das nicht glauben wollen. Nichts davon.«

»Bei einem Kampf zwischen irgendeinem *Infowars*-Nerd und dir weiß ich, auf wen ich mein Geld setze«, sagt er. Er trinkt noch einen Schluck, und ich merke, dass er das Nächste, was er sagt, lässig klingen zu lassen versucht. »Was mein Haus angeht: Wie es scheint, will der Besitzer, dass ich ab nächstem Monat einen neuen Vertrag unterschreibe. Und die Miete wird steigen.«

»Verstehe.«

»Könnte also sein, dass ich bald obdachlos bin.« In seiner Stimme schwingt eine leise, neckende Frage mit.

Ich lächle, sehe aber nicht auf. »Das wäre wirklich traurig.«

»Unglaublich traurig.«

»Und ich vermute, du bräuchtest dann ein neues Heim.«

»Wo du es erwähnst: Fällt dir da etwas ein?«

Lanny und Dahlia flüstern miteinander. Kichern. »Oh, nun sagt es doch endlich«, platzt Dahlia heraus. »Wir wissen doch alle Bescheid.«

»Ja«, sagt Connor und blättert um. »Das ist ja ziemlich offensichtlich.«

»Okay, okay, na schön. Mr Cade, Sie dürfen gern hier mit einziehen.« Ein Zittern überkommt mich, obwohl ich es so meine. Es ist ein großer Schritt für mich. Ein Zeichen des Vertrauens, von dem ich nicht sicher war, ob ich es jemals wieder jemandem schenken könnte.

»Bist du sicher?«

Diesmal blicke ich auf. Seine Augen sind fest und freundlich. Mir stockt der Atem, denn in ihnen liegt ein Ausdruck, den ich dort vorher so noch nicht gesehen habe. Durchdringend, als würde er mich noch einmal zum ersten Mal sehen.

»Ich bin mir sicher«, sage ich. Zwischen uns befand sich ein Minenfeld, aber die Minen sind jetzt alle weg, alle in die Luft gegangen. Übrig geblieben ist guter Boden. Ein guter Ort, um zu bauen. Es bedarf Arbeit, aber davor habe ich mich nie gescheut.

»Essen ist fertig!«, ruft Kezia aus der Küche. »Ich habe es nicht gekocht, also ist es sicher, ich schwör's.« Der Running Gag der vergangenen Wochen bestand darin, dass Kezia Claremont ein unerklärliches Talent dafür hat, wirklich alles zu ruinieren, was sie zu kochen versucht. Es ist eine Gabe.

»Sie hat sich allerdings bemüht. Sie hat den Toast angebrannt«, witzelt Javier, während Kezia eine große Pfanne mit gebratenem Hähnchen und Gemüse zum Tisch trägt. »Essen wir lieber, bevor Boot sich alles schnappt.«

Bei der Erwähnung seines Namens rollt Boot herum und leckt sich die Lefzen. Ich streichle ihn. Er grunzt und schließt die Augen. Er hat sich von uns allen am besten erholt.

»Ja, stellt schon mal alles auf den Tisch«, sage ich und entschlüpfe Sams Wärme, um mir Jacke, Mütze und Handschuhe anzuziehen. »Ich geh nur kurz raus, um die Post zu holen. Bin gleich wieder da.«

»Sei vorsichtig!«, rufen alle gleichzeitig. Sam beobachtet mich, um zu sehen, ob ich Gesellschaft brauche. Ich schüttle den Kopf.

Ich lächle, während ich – vorsichtig – den Hügel hinuntergehe. Das Haus ist sicher. Alles ist sauber und neu, die schlechten Sachen sind alle weg. Ich weiß, dass das symbolisch ist. Dass die richtige Heilung der Zeit und Liebe und Fürsorge bedarf.

Aber wir sind eine Familie. Wir sind Überlebende.

Ich öffne den Briefkasten. Er ist randvoll. Ich stehe direkt neben der Mülltonne am Ende der Auffahrt und werfe unnötige Kataloge und Post gleich weg, bis nur noch eine Handvoll Rechnungen und ein Brief übrig bleiben. Ich sehe den letzten Umschlag an und halte wie erstarrt inne. Für einen Augenblick stockt mir der Atem. Wenn mein Herz stoppen könnte, würde es das tun.

Es ist Melvins Handschrift. Ich blicke auf den Poststempel.

Jemand hat ihn abgeschickt, nachdem er gestorben ist. Vielleicht jemand bei Absalom als letzten hinterhältigen Stich in den Rücken.

Ich schaue mir an, wie er meinen Namen in diesen sorgfältigen, präzisen Druckbuchstaben geschrieben hat, und erinnere mich an den Rausch, der ihn überkam, als er Annie umgebracht hat. Das werde ich nie vergessen. Niemals.

Einen Augenblick denke ich nach, dann stecke ich die anderen Briefe in meine Jackentasche und gehe weiter den

Hügel nach unten, über die Straße und bis an das Ufer des Stillhouse Lake.

Das Wasser ist glasig und still, in Wellenlinien erstarrt. Ich sehe mich am Ufer um und finde einen passenden Stein von der Größe einer Grapefruit. Ich halte Melvins Brief in meiner heilenden linken Hand und werfe den Stein mit meiner rechten. Er bricht problemlos durch die dünne Eisschicht und enthüllt dunkles, eiskaltes Wasser.

Ich hebe noch einen Stein auf, einen kleineren, und durchsuche meine Taschen. Die Post war mit einem Gummiband umwickelt gewesen. Damit befestige ich Melvins Brief an dem Stein.

Ich werfe den beschwerten, ungeöffneten Brief in das Wasser. Eine Sekunde lang sehe ich noch das blasse Flackern des Papiers. Ich stelle mir vor, wie die Tinte zu verschwimmen beginnt. In wenigen Stunden wird das, was er geschrieben hat, fort sein, das Papier in einzelne Fetzen Zellstoff zerfallen.

»Mom?« Es ist Connor, der vom Haus aus ruft. Ich drehe mich um und winke. »Mom?«

»Ich komme!«, rufe ich zurück.

Die letzten Überbleibsel meines Ex-Manns liegen jetzt am Boden des Sees. Niemand wird jemals erfahren, was Melvin sagen wollte.

Und vielleicht, falls er in der Hölle schmort, tut ihm das ja am meisten weh.

SOUNDTRACK

Für jedes Buch, das ich schreibe, suche ich mir die passende Musik, die mir dabei hilft, den richtigen Tonfall sowie das Tempo der Geschichte zu finden. Da sie mir bei der Inspiration geholfen hat, dachte ich, Sie würden auch Gefallen an der Musik finden, die mich bei Gwens Reise in »Wer die Furcht kennt« begleitet hat.

Ich hoffe, Ihnen gefällt diese musikalische Reise ebenso wie mir, und bitte denken Sie daran: Datenpiraterie schadet den Musikern, und die Einnahmen über die Streamingdienste reichen nicht aus, um davon leben zu können. Der Direktkauf des Songs oder Albums ist noch immer die beste Art, Ihre Begeisterung zu zeigen und den Künstlern zu helfen, neue Werke zu schaffen.

»Eminence Front«, The Who
»Sledgehammer«, Peter Gabriel
»Poker Face«, Lady Gaga
»Staring at the Sun«, TV on the Radio
»Games Without Frontiers«, Peter Gabriel
»Hate the Taste«, Black Rebel Motorcycle Club
»Box Full o' Honey«, Duran Duran
»Red Rain«, Peter Gabriel
»Time of the Season«, The Ben Taylor Band

»Mama«, Genesis
»Welcome to the Circus«, Skittish
»Beneath Mt. Sinai«, The Stone Foxes
»Whatcha See Is Whatcha Get«, The Dramatics
»Human«, Rag'n'Bone Man
»Believer«, Imagine Dragons
»Jockey Full of Bourbon«, Joe Bonamassa

Danksagung

Danke schön an meinen Freund Steve Huff sowie meine Mitverschwörerin Ann Aguirre. Ein besonderer Dank geht an die mächtige Liz Pearsons und das tolle Team von T&M, die einfach nur rocken.

Zeitfracht Medien GmbH
Ferdinand-Jühlke-Straße 7
99095 Erfurt, Deutschland
produktsicherheit@kolibri360.de

Druck:
CPI Druckdienstleistungen GmbH
im Auftrag der
Zeitfracht Medien GmbH
Ein Unternehmen der Zeitfracht - Gruppe
Ferdinand-Jühlke-Str. 7
99095 Erfurt